LE MAÎTRE DES PEINES

Le Salut du corbeau

Tome 3

MARIE BOURASSA

LE MAÎTRE DES PEINES

Le Salut du corbeau

Tome 3

ÉDITIONS FRANCE LOISIRS

Note de l'auteure

Certains événements décrits dans ce roman sont des adaptations de faits historiques; de même, quelques personnages ayant réellement vécu sont parfois placés dans des contextes fictifs. Les autres personnages, les situations, ainsi que deux agglomérations décrites dans ce roman sont fictifs. Toute ressemblance avec des personnes connues ou inconnues, existant ou ayant déjà existé, ne peut être que pure coïncidence.

Remerciements

Je tiens à exprimer toute ma gratitude à Dominique Martel, à Jocelyne Fournier et à Bernard Chaput, trois de mes quatre premiers lecteurs, ainsi qu'à Geoffrey Abbott pour avoir éclairé ma lanterne sur certains détails d'ordre technique. Merci du fond du cœur à Jean-Claude Larouche, mon éditeur, pour avoir eu foi en mon œuvre, et à Marc Beaudoin pour ses conseils judicieux. Je suis aussi reconnaissante envers mon employeur, le frère Étienne Rizzo, de même qu'envers mes collègues de travail, Lucie, Luc, Denise, Claudette, le frère Bruno et Michel, qui m'ont fait bénéficier d'un horaire propice à l'élaboration de ce roman. Je ne saurais non plus oublier Ciuin-Ferrin et mes autres amis clavardeurs pour leur complicité enthousiaste lors de jeux de rôle qui m'ont permis non seulement de voyager dans le temps, mais aussi de mieux cibler certains aspects de mon intrigue et de mes personnages. Enfin, je veux adresser une mention toute spéciale à mon père, Yves, à ma famille et à mes amis pour leur indulgence à mon égard au cours des six dernières années.

M. B.

À Hélène,
ma grande sœur de naissance
et encore plus grande amie de renaissance.

À Lisa,
amie de mes trente ans,
sœur de mes quarante.

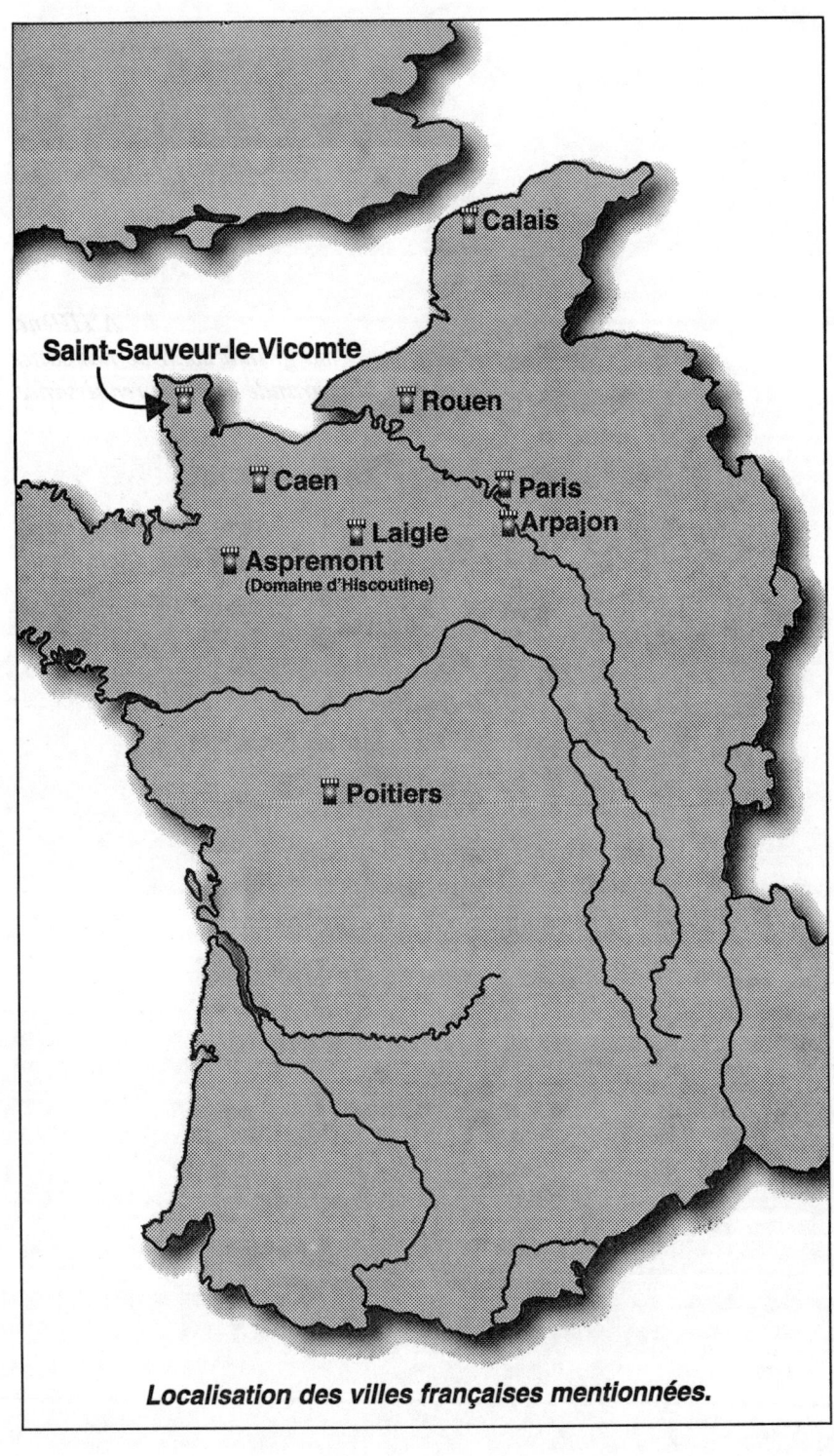

Localisation des villes françaises mentionnées.

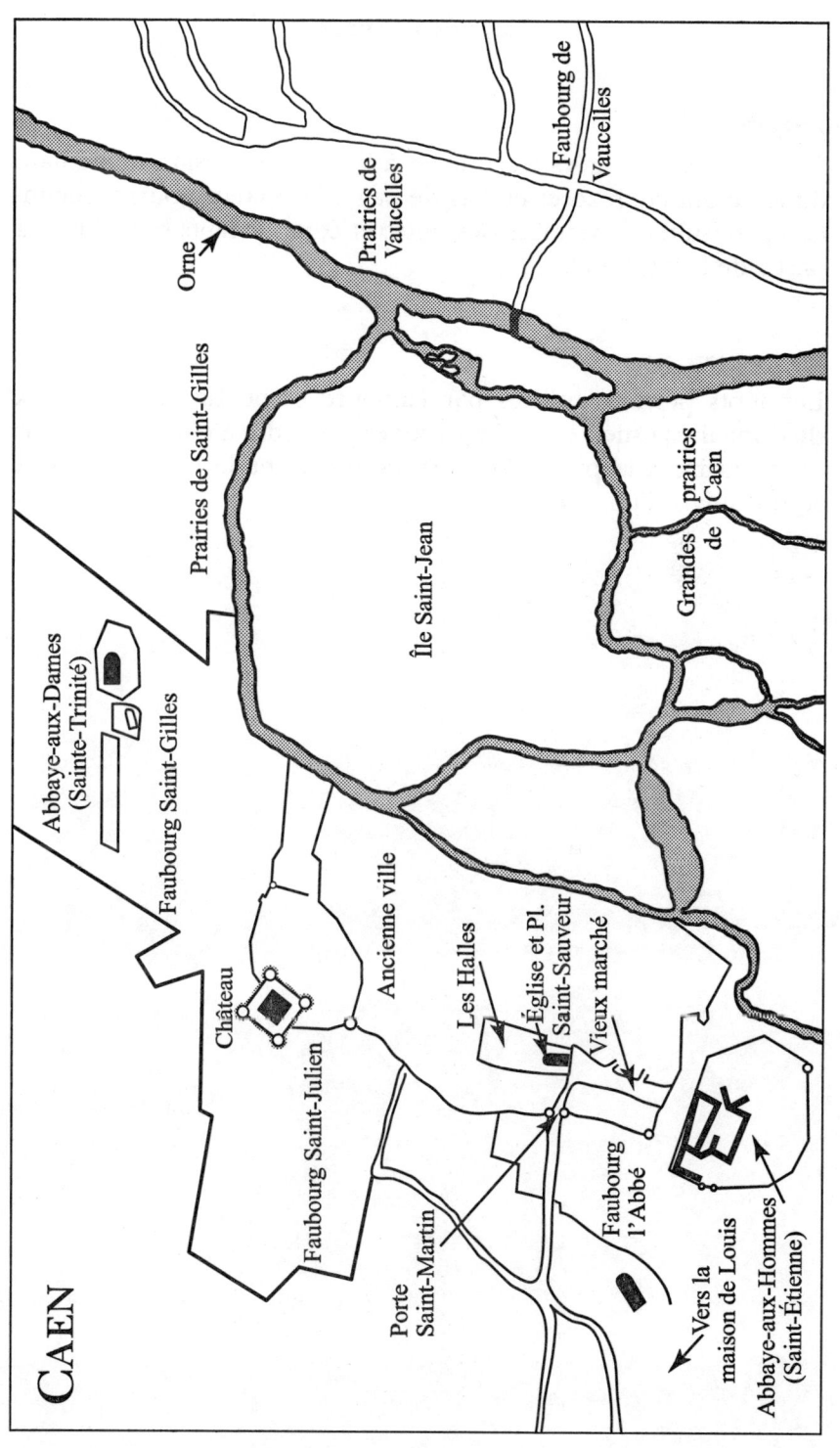

CAEN

Abbaye-aux-Dames
(Sainte-Trinité)

Faubourg Saint-Gilles

Prairies de Saint-Gilles

Orne

Prairies de
Vaucelles

Faubourg de
Vaucelles

Île Saint-Jean

Grandes
prairies
de Caen

Château

Faubourg Saint-Julien

Ancienne ville

Les Halles

Église et Pl.
Saint-Sauveur

Vieux marché

Porte
Saint-Martin

Faubourg Saint-Martin

Faubourg
l'Abbé

Vers la
maison de Louis

Abbaye-aux-Hommes
(Saint-Étienne)

Note de l'éditeur

NOTES:

Seules les notes jugées essentielles à la compréhension immédiate du texte ont été placées en bas de page. Le lecteur pourra, cependant, consulter l'ensemble des notes et compléments historiques à partir de la page 439.

GLOSSAIRE:

Les mots périmés utilisés par l'auteure et ne figurant pas aux dictionnaires usuels ont été regroupés par ordre alphabétique dans un glossaire à la page 451 et suivantes. Dans le texte, ces mots seront suivis d'un astérisque.

Première partie
(1870-1871)

Chapitre I

Noli me tangere

(Ne me touche pas)

Poussière. Ô mon bien-aimé,
si le feu de ton amour
peut se passer de moi,
quittons-nous!
Là, sur-le-champ!
Je m'en vais! (...)
Rompue de fatigue,
je marche... vers toi.
(Extrait d'un chant bâul)

Paris, automne 1370

Les Anglais étaient las de la guerre. Ils étaient allés se battre en Espagne pour rien. La plupart étaient revenus de là-bas bredouilles et malades. De retour en terre de France, qu'ils avaient pillée en guise de compensation, ils avaient tenté en vain d'assiéger Paris. Le jour où ils consentirent enfin à se retirer au grand soulagement des bourgeois, une veuve aisée décida elle aussi de faire le ménage et flanqua son jeune amant à la porte.

— Mais je ne suis pas anglais, dit-il.

— Pour moi, c'est tout pareil. Tu n'es qu'un pleutre. Ton pillage, c'est à la taverne que tu le fais. Je n'ai plus un sou vaillant. File. Va-t'en te joindre aux nôtres et rends-toi utile.

Elle lui fourra son bissac dans les bras et lui claqua sa porte au nez.

Morose, Sam erra de par la ville. C'était aussi bien. Il avait envie de partir depuis un bon moment déjà, mais n'avait su comment annoncer la chose à sa concubine ombrageuse. «Voilà toujours bien

13

une chose de réglée. Mais que faire, maintenant? Me joindre aux nôtres... et puis quoi encore? Elle en a de bien bonnes!»

Se retrouver en plein cœur de Paris à l'orée de sa vingtaine n'est pas nécessairement le rêve de tout le monde. En tout cas, ce n'était certes pas celui de ce jeune homme qui ne savait plus trop où il en était. Trop orgueilleux, cependant, pour demander de l'aide, il secoua la poussière de son kilt aux splendides coloris. Ce vêtement contribuait, plus que n'importe quel état d'esprit invisible, à faire de cet individu quelqu'un qui n'était pas à sa place dans cette ville. Trois gamins ricaneurs mais impressionnés le suivaient de loin en échangeant force hypothèses sur qui il pouvait bien être.

Ces quatre dernières années avaient beaucoup changé Sam. Le garçon d'écurie avait été laissé loin derrière pour céder sa place à un homme. Par nécessité, le temps avait modelé en lui le pillard, à défaut d'autre chose. Or, il se sentait maintenant inutile, désarmé.

Dès le lendemain des noces de Jehanne, il avait pris la route malgré son retard pour tenter de rallier les compagnies de routiers que Du Guesclin[1] avait eu charge de mener vers l'Espagne, dès l'automne 1365, en passant par Auxerre.

Parmi la troupe de routiers sans gloire mais bien nourrie qu'il était parvenu à rejoindre, car elle était revenue d'Espagne avant les autres, Sam n'avait attendu qu'une occasion de se démarquer par quelque action d'éclat. Mais il n'avait rien pu faire de notable, sinon se défendre correctement au besoin et prendre sa part de butin. C'était loin de suffire pour satisfaire l'ambition du jeune homme. Il aurait voulu que Du Guesclin le remarque et lui parle, qu'il l'encourage d'une claque amicale sur l'épaule, qu'il le prenne sous son aile pour le présenter au roi. Mais rien de cela n'était arrivé. Sam n'avait pu apercevoir le Breton que de loin et il n'avait jamais vu l'ombre d'un monarque.

Une fois les Anglais aux portes de Paris, le roi de France n'avait pas ordonné d'attaque; il s'était contenté d'observer la tentative de siège depuis les fenêtres de son hôtel Saint-Paul où il logeait, sans s'émouvoir. Des conseillers lui avaient dit: «Sire, vous n'avez que faire d'employer vos gens contre ces enragés; laissez-les se fatiguer d'eux-mêmes. Ils se sont rabattus sur des fruits trop verts. Par l'œuvre de ces aliments en apparence si innocents, la courante* remplace dans leurs rangs les ravages du fer. Ils crèvent en foule et ne vous mettront pas hors de votre héritage, avec toutes ces fumières*.»

---

1. Voir notes à la page 439.
* Voir glossaire à la page 451.

«Peut-être devrai-je me faire hanouard* pour être enfin en mesure d'approcher le roi de France un jour», s'était dit Sam avec amertume.

Au lieu d'un roi, il aperçut fortuitement le redoutable Édouard de Woodstock[2] à la sortie de la barrière Saint-Jacques, alors que les Anglais avaient enfin résolu de vider les lieux. Il portait mal ses quarante ans que la guerre et les abus avaient alourdis. Son gros visage sanguin au front presque fuyant s'ornait d'une barbe drue et d'une moustache vaguement blonde. Et, comme pour former contraste avec la virilité porcine de son menton, ses sourcils droits dessinaient au-dessus de ses fortes arcades un trait trop mince. Ils ressemblaient à ceux d'une femme.

Une foule de chevaliers français s'était assemblée près de la barrière pour les regarder partir. Sam se joignit à eux.

L'un des Anglais se détacha soudain de la file. Il fit volte-face et revint, par défi, heurter sa lance contre la barrière. Les chevaliers applaudirent ce geste dont ils virent la bravoure, mais pas l'outrage qu'il représentait. Ils laissèrent l'Anglais rebrousser chemin en dépit de son coup de lance qui constituait ni plus ni moins que la désacralisation de murailles jugées inviolables. Ce fut la riposte d'un boucher qui, lui, avait décidé de réagir à l'injure, qui rappela les chevaliers à leur devoir. La bravade de l'Anglais lui coûta un coup de hache qui lui fut fatal. Après quoi, ils se mirent à quatre pour frapper le défunt, pour le profaner à son tour. On autorisa tout de même les seigneurs anglais à venir le ramasser pour l'ensevelir en Terre Sainte.

— La guigne les a rendus non seulement malhabiles, mais écervelés, dit Sam à son voisin.

— Ouais. Quoi que l'on fasse, les Anglesches ne seront jamais faits pour s'entendre avec nous autres, Méridionaux. Ils sont trop ennuyeux. On dirait que, depuis Maupertuis[3], ils ne sont plus capables d'admettre les vexations d'une défaite.

Sam ne le démentit pas. Il avait côtoyé des Anglais suffisamment longtemps pour constater qu'ils étaient encore plus incommodes à vivre comme compagnons que comme ennemis. Il leur préférait de loin le flamboyant Seyton, un compatriote qui, lui, au moins, s'était démarqué en ayant le cœur de ferrailler contre des hommes, et non contre des murs. Il soupira et dit :

— En tout cas, moi, je m'en vais. Je n'ai plus rien à faire à Paris. Les femmes d'ici ne me réussissent pas et j'en ai marre des espérances bretonnes* de Du Guesclin.

De plus, il n'aimait pas les grandes cités. Il en avait vu suffisamment pour s'en convaincre. Celles d'Espagne, surtout, avaient produit sur lui le même effet que Paris. Il y avait trop de tout: trop de saleté, trop de bêtes qui traînaient dans le moindre recoin, trop de maisons, trop de rues, et trop de monde dans ces rues. La promiscuité bruyante l'irritait. «Mais je dois bien convenir qu'avec l'âme vide comme je l'ai, aucun autre endroit ne saurait être plus approprié. Ça meuble mes pensées, ça m'étourdit», se dit-il *in petto*.

Il se prit à imaginer, parmi les fumées âcres de l'allée qu'il venait de parcourir, la pimpante simplicité du hameau de son enfance: une poignée d'habitations se pelotonnant comme une grosse fourmilière autour d'une placette où murmurait l'eau glacée d'une vieille fontaine. Là-bas, tout était propre et frais. Il songea au domaine qui surplombait la colline où, enfant, il avait passé des heures à jouer au chevalier avec son amie Jehanne.

Il arriva presque à se persuader que Paris l'étrangère ne l'entourait plus, que rien de tout ce qui lui était advenu ne s'était produit, que ce n'était qu'une fable et que, le lendemain, il allait s'éveiller pour voir les villageois barbus s'en aller aux champs comme d'habitude. Il allait revoir le pré qui, tout récemment encore, avait dû fleurer bon le foin nouvellement fauché; l'aire avait dû être çà et là émaillée de meules assoupies telles des bêtes lourdaudes. Il sentit à nouveau comment, quelquefois, au gré de l'élan capricieux et changeant de la brise naissante, l'entêtante senteur d'une mer proche mais invisible venait s'amalgamer à celle du fourrage chauffé par le soleil de la journée. Il songea aux jours où il allait s'asseoir un peu plus loin en bordure du pré, au pied de ses vieux arbres, ses préférés, sur les ruines d'un muret en pierres sèches qui s'était jadis effondré à cause des racines. Alors, la brise tiède, qui savait toujours l'attendre et le rejoindre, se levait de nouveau pour murmurer entre les branches s'étendant au-dessus de sa tête. Il avait toujours aimé ces arbres, deux pins qui avaient poussé si près l'un de l'autre qu'au fil des ans, leurs branches s'étaient entremêlées de façon inextricable. Il fallait y regarder à deux fois avant de constater qu'il ne s'agissait pas d'un seul et même arbre.

Un petit bruit dans le présent fit sursauter le voyageur, dont les réflexions se mirent automatiquement en sourdine. Lassés de son errance passive, les gamins s'étaient désintéressés de lui et avaient disparu. Ils venaient d'être remplacés par un grand chat rayé qui, tenant avec précaution dans sa gueule un souriceau qui remuait encore faiblement, gambada allègrement devant lui pour s'arrêter devant une porte fermée.

En souvenir derrière les lueurs filtrées de ses paupières closes, il parvint à revoir pour une millième fois la tour aux chats d'Hiscoutine et les cheveux épars de Jehanne sur leur écrin de foin parfumé. Pendant quatre ans, ces images lui avaient donné courage; elles avaient eu pour lui l'ardeur d'une quête.

Il rouvrit les yeux. Le chat était encore là. Il avait déposé sa proie devant lui et avait entrepris de la taquiner délicatement du bout de sa patte. Le souriceau ne bougeait pas.

«Je devrais me sentir incapable d'aimer. Il me semble que tout serait plus facile, puisqu'il me faut dès à présent me rappeler à ma haine. Sans lui, je ne serais jamais parti.»

Sam se passa la main sur le front pour en apaiser la brûlante activité. Levant les yeux, il nota la présence inattendue d'un clocher qui se dressait comme un guetteur trop audacieux. Il ressemblait à une pointe de flèche ébréchée contre un ciel devenu subitement rouge et or, tel celui d'un conte de l'Orient. L'horizon serti de rubis et de fins nuages en nacre se touchait déjà de saphir.

«Bon Dieu, pas déjà!»

La tombée de la nuit inspirait la crainte, elle inquiétait toujours. Se retrouver seul en pleine nuit dans une ville inconnue avait de quoi éveiller l'angoisse des plus braves. Pourtant, les nombreux périls de l'obscurité ne représentaient rien pour le jeune homme, car il était en train d'apprendre que ces dangers-là n'étaient pas les pires. Ce qu'il avait envie de faire maintenant, plus encore que la nuit, lui faisait peur.

Le souffle lui manqua: à l'autre bout de la ruelle tortue où il se trouvait, une petite patrouille de guet armée surgit brusquement au pas cadencé. Il plongea dans une venelle crasseuse et se tapit contre les colombages d'une habitation pour regarder les gens d'armes s'avancer en bon ordre. Il n'avait aucune envie de se faire confondre avec l'ennemi par quelque bande de pochards ignorants qui risquaient de le prendre pour un Anglais. Un soleil indirect arrivait à se faufiler entre des encorbellements trop rapprochés. Ses rayons saturés de fumées parvenaient non sans peine à toucher la pointe de vouges* et de guisarmes*. Pendant une seconde, ils donnaient aux épieux ferrés l'aspect légèrement cuivré de décorations. La patrouille passa à sa hauteur sans s'arrêter. Haletant, le jeune étranger se descella du mur. Le colombage rugueux essaya de le retenir par l'un des plis amples de son tartan.

«Et si mon entreprise tournait mal? se dit-il avec appréhension en quittant la venelle qui, même en plein jour, simulait la nuit noire. Et pourtant, non. Rien ne saurait être pire que la vacuité que j'ai connue jusqu'à présent. Je veux que mon cœur soit à nouveau capable de tout, qu'il soit, comme l'a dit un sage, "prairie pour les gazelles et couvent pour les moines". »

Le lendemain matin, il quitta Paris et prit la route seul.

*

Hiscoutine, novembre 1370

Elle se ménagea un creux douillet sous les couvertures. Son nez se mit en quête de la chevelure de son mari. Il ne la trouva pas. Le sommeil s'évapora tout à fait et Jehanne ouvrit les yeux. Un léger bruit derrière le paravent la fit s'asseoir.

Louis s'était savonné avec rage, cherchant à réveiller son corps qu'il trouvait trop insensible.

— Ce n'est pas encore l'aube. Que faites-vous? demanda-t-elle.

— Je n'ai plus sommeil, dit Louis qui achevait de s'habiller.

Il ajustait le poignet de l'une de ses manches étroites. La nuit trop noire s'amusait à déguiser l'homme en une sorte de spectre dont seuls les mains et le visage pétrifié étaient visibles. Louis surnageait dans un état second où régnait encore l'ambiance phosphorescente de son rêve. Pourquoi ne pouvait-il jamais se pelotonner seul dans son lit afin d'y bercer sa douleur?

— Est-ce moi qui vous ai dérangé? demanda Jehanne.

— Oui et non.

— Ce genre de réponse abstruse ne vous ressemble guère.

— C'est sans importance, laissez.

Fidèle à l'habitude qu'elle avait acquise assez rapidement après son mariage, Jehanne arriva presque à se persuader que son cœur n'était pas froissé par la brusquerie de Louis. «Il est fait ainsi, il parle de cette façon à tout le monde», ne cessait-elle de se répéter comme une patenôtre réconfortante.

— Il y a quelque chose que je voudrais vous dire... Me promettez-vous de ne pas rire de moi?

— Oui, dit-il.

— Vous m'avez manqué.

Louis ne rit pas. Il y eut un silence, puis il dit:

— Il fait froid. Restez au lit le temps que j'aille faire du feu.

Jehanne n'osa pas désobéir; il avait dans le regard cette lueur malsaine qui lui venait parfois au réveil, après une nuit trop agitée. Mieux valait alors le laisser tranquille. Comme elle le faisait toujours, de toute façon.

— Voilà, je ne sais plus quoi faire, dit Jehanne avec résignation à la flamme d'or du chaleil* éclairant le dessous du baldaquin et qui était, hélas trop souvent, sa seule compagnie. Même les chats lui manquaient, dans le lit. Leur absence était survenue tout naturellement dès que Louis était venu dormir avec elle.

Elle se blottit à nouveau sous les épaisses couvertures après avoir remis les courtines en place. L'aigre vent nocturne, au goût de salaisons, n'était pas encore tombé. Il mugissait comme une bête traquée, incitant à une proximité chaste sous une même courtepointe, au coin du feu. Juste pour le plaisir de se trouver là, en sécurité entre les bras de son homme, et de pouvoir se gaver de sa présence. Proximité dont elle devait la plupart du temps se passer.

Louis avait quitté la chambre conjugale où persistait un peu de la tiédeur de leur propre foyer presque éteint. Le creux que Louis avait laissé dans le lit trop vaste avait retenu pour Jehanne un peu de l'odeur de son mari, ce mélange de terre boisée et de savon domestique qu'elle aimait tant. Elle y enfouit son visage. Alors, perdue dans ses pensées et caressant les carreaux* délaissés, encore tièdes, elle put enfin se permettre d'aimer son mari. Son Louis. Celui dont l'étreinte trop rare constituait le meilleur des abris. Elle songea à sa grosse patte d'ours possessive lui enserrant la nuque. C'était là sa caresse, un geste tout simple qu'elle ressentait comme un envoûtement. Et, pendant qu'il était là, celui qu'elle aimait, elle se délectait de ses rares paroles et de son visage grave qui n'était pas fait pour sourire. Elle caressait son dos et ses bras noueux et laissait ses doigts folâtrer dans sa chevelure sombre. Pendant un instant, avec ces doux fantasmes, elle parvenait à oublier la crainte que Louis suscitait et la domination physique absolue qu'il exerçait sur elle. Le moindre geste de spontanéité de la part de sa jeune épouse entraînait la plupart du temps un comportement agressif hors de proportions où ordres et gestes menaçants remplaçaient sans transition des caresses ensorcelantes. Sciemment ou non, il ne l'autorisait pas à oublier ce qu'il était. Jehanne devait donc s'abstenir le plus possible de lui manifester trop ouvertement son affection.

Un bon feu ronflait dans l'âtre de la grande pièce que Louis s'était mis à arpenter nerveusement sans s'apercevoir qu'il bousculait des objets. La futaie était invitante en cette journée qui promettait d'être douce et neigeuse. Un temps idéal pour aller y faire un peu de coupe.

— Maître, c'est vous?

La grosse Margot descendait l'escalier en hâte, un bougeoir à la main. Louis repoussa un petit banc contre le mur avec impatience.

— Vous êtes souffrant? demanda la servante.

19

— Non. J'ai faim. Prépare le déjeuner.

— Mais le père Lionel ne s'est pas encore levé pour l'office.

— Ah oui, l'office. J'oubliais.

Sur ce, il endossa son floternel* et disparut dans la nuit encore noire, plantant là une Margot perplexe. Jehanne quitta à son tour la chambre conjugale et chercha son mari du regard.

— Il est sorti, lui dit Margot. Tout va bien, ma tourterelle?

— Oh, oui, ça va. Oui...

La jeune femme vint s'asseoir à table afin de se chauffer au feu allumé par Louis. La servante l'y rejoignit, de même qu'un père Lionel encore un peu égaré. Une bouilloire avait été accrochée au-dessus du feu.

— Bon, il faut que j'aille quérir les œufs, dit Margot d'une voix mal assurée, tout en s'efforçant d'examiner Jehanne à la dérobée.

Elle se couvrit d'un long châle. Le son atténué d'une hache fendant du bois parvint à leurs oreilles. Margot quitta la pièce en emportant une lanterne et un panier vide couvert d'un linge propre.

Lionel et Jehanne se retrouvèrent seuls. Il vint prendre place devant elle. «Cette coiffe la vieillit trop. On dirait une guimpe*. Ma belle perle abritée de la lumière dans son écrin fané», se dit l'homme avec lassitude, sans penser que ses propres cheveux, courts et raides autour de la petite tonsure, étaient devenus grisâtres comme s'ils avaient été saupoudrés de cendres ineffaçables pour un long carême.

Il avait, depuis un certain temps déjà, cessé de reconnaître sa Jehanne en cette étrangère qui se laissait de plus en plus glisser par mimétisme dans son rôle de maîtresse de maison exemplaire n'ayant d'autre souci que le confort des siens, et dont la personnalité effacée ne causait jamais aucun remous. Depuis quatre ans, il y avait eu trop de nuits misérables qui s'étaient écoulées goutte à goutte dans une solitude tourmentée. Toutes, elles succédaient à des journées sans histoire qui n'avaient plus rien de commun avec les embrasements de son adolescence. L'âme de la jeune femme devait, pour la première fois, s'efforcer de survivre. Presque vingt ans – toute sa vie – qu'elle devait consentir à abandonner derrière elle, bon gré mal gré, comme un bagage superflu, car il lui fallait essayer de tenir une heure... et une autre encore. Elle se languissait de Louis comme une plante se languissait du soleil de mai, avec lequel il n'avait aucune ressemblance. La veille au soir, pourtant, par la présence du floternel* noir suspendu à un clou à l'entrée, Jehanne avait eu le bonheur de voir qu'il était de retour.

Elle dit, d'une voix qu'elle voulait insouciante:

20

— L'hiver est si ennuyeux pour Louis. Il a bien besoin d'un peu d'air frais.

Elle baissa la tête.

— Va-t-il encore partir? demanda Lionel doucement.

— Je n'en ai pas la moindre idée. Vous savez que mon mari n'est pas un bavard.

— Ça, non. Il s'est absenté deux semaines la dernière fois qu'il est allé en ville. Deux semaines pour une seule exécution.

La jeune femme réprima un frisson de dégoût.

— Je le sais pour lui avoir moi-même fait lecture de l'assignation, dit le moine.

— Il avait sans doute beaucoup d'autres choses à faire là-bas : ce travail d'éboueur qu'ils exigent de lui, le havage*...

— Jehanne, ce n'est pas cela et tu le sais aussi bien que moi.

Elle leva vers lui un regard profondément triste. L'iris gris de ses yeux frémit comme les derniers pétales ternes oubliés sur leurs tiges par la bise maussade de novembre.

— Que dois-je donc vous dire à propos de Louis, mon père, que vous ne sachiez déjà? Nous sommes seuls tous les deux. Ou plutôt il est seul et je suis seule.

— Il ne travaille pas le dimanche, au moins? C'est que je suis un peu trop occupé ce jour-là pour être en mesure de le garder à l'œil. Pourtant, même un mécréant comme lui se doit de respecter au moins le jour du Seigneur.

— Oh, pour cela je n'ai rien à dire. Je ne crois pas que ce soit le Seigneur qui l'ait convaincu, mais au moins il reste à la maison le dimanche. N'empêche que je peux sentir qu'il a hâte que cette journée-là soit passée. On dirait qu'il s'ennuie avec moi. Parfois, j'ai même hâte au lundi. Pas pour moi, bien sûr, pour lui.

— Quel mufle!

— Non, mon père. Il ne fait rien de mal. Il est tout à fait correct avec moi. Mais quand même... heureusement que nous sommes dimanche. J'aurai l'impression d'être une femme mariée pendant au moins une journée.

— Il n'y a rien pour le retenir parmi nous plus longtemps que nécessaire, ni douceurs ni flatteries. Oh non, surtout pas de compliments. Je le sais, j'ai essayé de lui en faire à plusieurs reprises, tous véridiques, bien sûr. Mais à chaque fois il s'est défilé avec une admirable modestie. Soit il regardait ailleurs, soit il se trouvait soudain quelque besogne urgente à accomplir. J'ai bien vite renoncé à ce genre d'approche avec lui.

— La modestie n'a rien à y voir, malheureusement. Je crois qu'il

21

se défile parce que l'opinion des autres à son sujet n'a aucune valeur pour lui.

Jehanne baissa soudain la tête en roulant des yeux coupables. Elle avait encore trop parlé. Elle se demanda tout à coup si Louis n'avait pas un peu raison de se méfier des conversations qui n'étaient pas strictement indispensables.

—Je n'ai pas voulu dire ça.

Mais Lionel avait compris. Il lui avait été désolant de se rendre compte que le mariage n'avait fait qu'aggraver en Louis des traits qu'il avait souhaité voir s'atténuer à la longue, au contact d'une personne aimante. Son union n'avait fait que jeter dans l'étau cruel des bras de Louis ce qu'il ne pouvait percevoir que comme un objet à contrôler, un objet vivant, frémissant. Louis l'exécuteur, cette fois, s'était fait le maître de la vie. Il ne souhaitait pas tuer. Il se délectait trop de sentir sa petite Jehanne palpiter dans son étreinte. Il la maintenait en vie, il l'entretenait en lui accordant la permission de l'aimer. «C'est l'une des issues aux limites de sa condition d'humain, puisqu'il lui est impossible d'en trouver une autre, songea-t-il. L'exercice d'un contrôle absolu sur un autre être, l'omnipotence que l'on éprouve à l'égard de cet être, voilà qui crée l'illusion de dépasser les restrictions de cette condition. C'est particulièrement vrai pour un individu comme Louis, dont l'âme ne connaît pas la joie.»

Pourtant, Jehanne lui avait certifié que son mari ne trouvait aucun plaisir, fût-il sexuel ou non, à lui infliger de la douleur. Il ne lui avait administré aucune forme de châtiment physique depuis le matin de leurs noces. Même si la cruauté pouvait s'exprimer autrement que par la passion du contrôle absolu, sans limites, et par l'imposition d'une douleur physique, ces choses-là n'étaient que différentes manifestations de ce désir d'omnipotence. Cela dit, Lionel avait appréhendé des séquelles chez Jehanne. Elle qui ne pouvait pas se défendre eût pu développer à son tour une certaine forme de méchanceté. Son naturel doux l'avait plutôt fait pencher vers la soumission, ce qui n'était pas forcément une bonne chose; mais le mariage avait aussi accentué en elle certaines vertus telles que la solidarité, la compassion, ainsi que la créativité.

La cruauté de Louis, si réelle cruauté il y avait, échappait à toute forme de classification. Était-il ou non assoiffé de pouvoir? «Un individu cruel ne cherchera à opprimer que les faibles, pas les puissants, se disait Lionel. Or, son travail à lui a fait en sorte qu'il a su mettre à mal les uns et les autres avec la même efficacité, sans distinction notable. Il n'a pas éprouvé davantage de plaisir là qu'à infliger une blessure à autrui sur le champ de bataille ou en combat égal. Il n'a éprouvé aucune admiration pour les grands de ce monde qu'il a côtoyés et ne s'est soumis à leur volonté que par nécessité. Et il ne démontre aucun mépris pour les faibles. C'est même plutôt l'inverse.»

— Décidément, il est une énigme, dit le confesseur.

— C'est vrai. Mais je me sens en sécurité quand il est là avec ses petites manies.

Lionel sourit. Il eût été trop facile de déduire que Jehanne avait automatiquement adopté à l'endroit de Louis un esprit opposé de soumission, et cela, même si elle donnait toute l'apparence de l'avoir fait. Car un comportement soumis pouvait être trompeur, il pouvait aisément être perçu comme étant à l'opposé d'un comportement dominateur, alors qu'en fait, tous deux sortaient du même creuset; tous deux étaient dus au même sentiment d'impuissance vitale. Il dit:

— Tu veux sans doute parler de sa propension à multiplier les exigences qui font de notre vie à tous une espèce de mécanisme d'horloge où le moindre geste est strictement réglé et prévisible?

— Mon père!

— N'ai-je pas raison de dire ceci? Tout, pourvu qu'il ne soit pas mis en face d'une surprise, ce qui nécessiterait de sa part une réaction spontanée et originale. Ça en dit long. Pense aux compliments.

— Il sait pourtant faire preuve de spontanéité, de créativité et même de solidarité ici et au village.

C'était la vérité. D'instinct, les villageois s'en remettaient à lui pour les aider à régler leurs litiges. Il avait également charge des rares affaires de justice. Pour eux, il était une espèce de seigneur. Mais, comme les gens en général avaient assez peur de lui, ils avaient plutôt tendance à régler entre eux leurs conflits, et cela malgré le fait que Louis s'était toujours montré très juste à leur égard.

— En effet, je le crois capable de spontanéité, de créativité, de solidarité, voire d'amour. J'ai jadis perçu ce même grand amour, ce sentiment de sécurité et de complicité qu'éprouvait le garçon qu'il fut avec Adélie, sa mère.

Il rentra frileusement les mains dans ses manches.

— Comment ne pas ressentir un courant de pitié et de communion irrésistible, absolue, pour cet être éprouvé? J'ai la conviction intime qu'il ne peut exister d'homme complètement mauvais, même s'il détient un potentiel d'inhumanité par l'effet même de son humanité.

La porte s'ouvrit brutalement sur la grande silhouette noire qui rentrait une brassée de bois. Louis se tint un instant sur le seuil et leur jeta un regard soupçonneux.

— Sortir fendre du bois comme ça sans éclairage, alors que nous en avons déjà assez, quelle imprudence! dit Margot qui le suivait avec sa lanterne et son panier.

— J'y voyais bien assez.

Il s'avança vers le foyer près duquel il laissa tomber les bûches qu'il entreprit d'empiler sans dire un mot.

— Bonjour, mon fils, dit Lionel en souriant au dos du géant.

— Du bon bouilleux* chaud, voilà ce qu'il nous faut à tous, dit la servante en se mettant au travail. Le temps d'en mettre à chauffer et j'accours pour l'office.

Pendant que Margot s'affairait, Hubert, Thierry, Toinot et Blandine se manifestèrent à leur tour. En étouffant leurs bâillements, ils se réunirent dans la grande pièce pour descendre à l'église du village assister à l'office quotidien.

Au retour, tout le monde put s'attabler et déjeuner.

— Savez-vous quel jour nous sommes, mon fils? demanda Lionel innocemment.

— Non. Mais je suppose que c'est important!

— En effet, on ne peut rien vous cacher. Nous allons célébrer le premier dimanche de l'Avent et j'envisage quelques préparatifs, dit le moine dont les yeux rieurs scintillaient.

Cela signifiait donc que l'escapade en forêt était remise. Louis maugréa à peine afin de ne pas se montrer trop grossier, puisqu'il s'agissait d'une fête religieuse.

Le bouilleux*, pour Jehanne, avait une amertume tout à fait incompatible avec sa belle couleur dorée.

*

Hiscoutine, janvier 1371[4]

Il existait deux types de meuniers : ceux d'eau douce qui, assourdis par la rumeur de l'eau et le tic-tac de la meule, ne chantaient pas, et ceux qui veillaient sur les moulins à vent. Ceux-là chantaient à gorge déployée. Du moins c'était ce que les gens disaient.

Hubert n'était guère du genre à chanter. Cet homme mince et vieillissant était d'une nature plutôt introvertie et, même s'il était fier de ses mains abîmées par les meules, il avait tendance à laisser les extravagances aux autres.

Pourtant, quelques jours après la Nativité, il revint du moulin plus tard que d'habitude et en chantant à tue-tête, si bien qu'on pouvait l'entendre depuis la maison. Deux autres voix s'ajoutaient

24

à la sienne, accompagnées d'un rebec*, d'un fifre*, d'un tambourin et d'une clochette que l'on agitait rythmiquement :

Here we come awassailing
Among the leaves so green;
Here we come anwandering
So fair to be seen[5].

— J'y vais, dit Toinot aux autres qui, partagés entre l'amusement et l'inquiétude, écoutaient les chanteurs.

Il accourut à la porte et l'ouvrit. Il les regarda approcher, puis tourna la tête pour annoncer aux habitants du manoir :

— Je ne sais pas qui c'est qui rapplique. Hubert nous ramène deux gars. Chacun porte une fardelle* et un faux-visage*.

Encadré de deux visiteurs qu'il accompagnait, en tenant un bras dessus, bras dessous, tandis que l'autre jouait de son rebec* guilleret, Hubert tâchait de suivre leur chant :

Love and joy come to you,
And to you your wassail too,
And God bless you
And send you a happy new year[6]*!*

L'un des deux hommes passait son temps à ajuster, par-dessus sa fausse chevelure hirsute, un bonnet indiscipliné qui refusait avec obstination de lui protéger les oreilles. L'autre portait une calette* en tiretaine*.

Louis, qui jusque-là avait été figé sur place par le refrain, profita de la distraction des autres pour s'effacer dans la cuisine.

— Jehanne, dit-il en lui faisant signe.

Elle hésita imperceptiblement avant de le suivre. Il ferma sur eux deux la porte à battants.

— Ça, par exemple! On dirait bien que c'est la quête de l'agui-laneuf[7], comprit soudain le père Lionel.

---

5. «Nous voici qui venons quêter
   Parmi les feuilles si vertes;
   Nous voici qui venons errer
   Si agréables à voir.»

6. «Que l'amour et la joie viennent à vous,
   Et à votre offrande aussi,
   Et que Dieu vous bénisse,
   Et vous envoie une bonne année!»

— Quoi, pas déjà? dit Thierry.

— Mais qui c'est qui a bien pu arriver à faire picoler l'Hubert comme ça, je me le demande, remarqua Toinot, une note d'amusement dans la voix.

— Dame Jehanne! Maître! Que faites-vous donc? appela Blandine joyeusement. Sans vous commander, venez! Venez vite voir!

We are not daily beggars
That beg from door to door,
But we are neighbours' children
Whom you have seen before[8].

Jehanne seule émergea de la pénombre pour s'avancer lentement jusqu'à la porte, comme toute bonne hôtesse était tenue de le faire. Les domestiques s'écartèrent. Son visage était pâle sous sa coiffe empoussiérée par l'usure, et une humidité suspecte sur ses joues semblait avoir été essuyée en hâte.

Le chant se termina et les masques tombèrent. Le joueur de rebec* leur était inconnu. C'était un grand brun dont la longue barbe avait été soigneusement dissimulée sous son cache-nez. Tout le monde reconnut l'autre, cependant. L'amas de soie filasse dévoila un visage espiègle et des boucles rousses que des brins de neige curieux s'empressèrent de venir visiter.

— Mazette! Je vous dirais qu'Hubert sait chanter en anglais mieux que moi! Allez, mon vieux, bois un bon coup. Tu l'as bien gagné!

Avec désinvolture, il fourra un flacon entre les bras du meunier, avant de s'incliner bas devant Jehanne que la surprise fit haleter.

— Mes hommages, gente dame.

Il y eut un moment de silence embarrassé dont il refusa d'admettre l'existence.

Sam avait beaucoup changé. Il arborait fièrement une barbe courte aux reflets dorés qui semblait douce comme un duvet. C'était un homme fait pour les caresses. Il assena à son compagnon une grande claque dans le dos.

— Voici Iain, un bon ami à moi. Père anglais, mère écossaise. Il ne doit pas y en avoir plus d'une centaine comme lui de par toute la Grande Île*. Il ne comprend à peu près rien de ce que l'on raconte

---

8. «Nous ne sommes pas les mendiants de tous les jours
   Qui quêtent de porte en porte,
   Mais nous sommes les enfants de voisins
   Que vous avez déjà vus.»

ici, mais les Anglais, eux, il les a fort bien compris. On peut dire qu'il a rendu de fiers services à Du Guesclin, même s'il ne le sait pas encore. *Dat virtus quod forma negat*[9]! Eh bien, quoi! La bise vous a-t-elle tous frigorifiés sur place? Mais réchauffez-vous donc, que diable!

Il arracha son flacon des mains d'Hubert et le lança à Thierry, qui l'attrapa.

— Nous ne sommes pas venus ainsi à l'improviste en ce château de Crèvecœur pour faire un charivari*, même si l'envie ne me manque pas, mais pour vous divertir. Pour notre peine, nous ne vous demanderons qu'un bon souper et le plaisir de votre compagnie.

Il s'inclina de nouveau et chancela tant qu'il perdit l'équilibre et plongea tête première dans la congère qui s'élevait à sa droite. Les serviteurs éclatèrent de rire. Sam se releva, son bonnet planté tout de travers sur le dessus de la tête et la figure pleine de neige. Il se mit à mâchonner d'un air niais un brin de menthe sauvage séché pour se donner bonne haleine. Cette fois, même Jehanne ne put s'empêcher de rire comme les autres, malgré l'angoisse qui lui serrait la gorge. Alors qu'elle suivait le groupe qui s'entassait dans la pièce à vivre toute pimpante, elle jeta un coup d'œil du côté de la porte à battants. Elle était restée close. Louis n'avait pas quitté la cuisine.

— Hum, ça sent la Noël ici, ma fille, dit à Jehanne le père Lionel.

Tous deux restaient à la traîne tandis que des conversations animées se télescopaient au-dessus des têtes des autres. Lui aussi avait remarqué la porte fermée.

— Louis doit être en train de nous mijoter quelque chose de spécial, dit Jehanne.

— Voilà en effet de quoi nous mettre en appétit. Mais, tu sais, ce n'est pas exactement cela que je voulais dire.

— Je sais, mon père, je sais, dit-elle en souriant.

Ils regardèrent tous deux en direction de Sam, qui venait d'entreprendre une gigue qu'il enrichit de ses propres improvisations au son du rebec* et de battements de mains. Il tâcha de ne pas se montrer trop réjoui de l'absence du bourreau.

Après la danse, l'Écossais salua et s'épongea le front avant de s'approcher de son hôtesse, dans le but avoué de lui présenter les politesses d'usage.

— Très chère Jehanne! dit-il en pressant entre les siennes ses deux mains opalines.

Il lui sourit affectueusement. Chacun fit semblant de ne pas remarquer leurs regards qui s'accrochaient l'un à l'autre, altérés. Il

---

9. «Le courage fournit ce que la beauté refuse.»

était après tout son plus vieil ami. Son seul ami. Aucun de ceux du village ne venait plus la voir.

Mais Sam se reprit. Il libéra les mains de Jehanne et recula.

—Nous voici donc, mon compagnon Iain et moi, recrus de fatigue après nous être portés à la défense du «Tristemare»[10], clama Sam bien haut en gonflant le torse.

Il poursuivit:

—Nous sommes affamés de la sollicitude de vieux amis et des apaisants touchers de la belle maîtresse du logis. Dans notre bagage, nous ne ramenons ni fortune ni titres, seulement nos alpargates* et notre *homespun* usés. Mais nous sommes désormais fervêtus* par l'intérieur. Nous serons bientôt les défenseurs de la foi, les bras vengeurs de la justice et les boucliers des opprimés. Tels que vous nous voyez, nous nous sentons déjà l'âme de chevaliers. L'idéal chevaleresque est devenu notre seule quête!

Il leva son flacon sous les acclamations, les rires attendris d'Iain et le rougissement de Jehanne.

—J'ai pour preuve cette jeune fille qui, selon la légende de Perceval, n'a pas ri depuis plus de six ans et qui ne rit à nouveau qu'au moment où elle fit la rencontre d'un homme promis à la plus haute chevalerie.

Il regarda du côté de Jehanne. Le père Lionel, qui avait accepté une écuelle de cidre chaud, trinqua avec eux et dit:

—Ah, voilà qui est fort bien, mais, dis-moi, Samuel, as-tu rencontré un seul chevalier, quelque part sur cette terre corrompue, qui soit parvenu à faire siennes toutes ces admirables vertus?

—Euh... il ne me semble pas en avoir vu, non.

Tous s'esclaffèrent, y compris Sam lui-même, qui se justifia:

—Eh quoi! Il est toujours permis d'en rêver, à cet idéal chevaleresque, puisque nul jamais ne pourra l'atteindre.

—Effectivement. Car, s'il était atteint, ce ne serait plus un idéal, fit remarquer Lionel, stimulé par cette discussion qui promettait.

Le sujet était lancé, et tout le monde y alla de sa repartie. On prit place qui sur des bancs ou une escabelle, qui sur des coffres, pour bavarder. La conversation dériva assez rapidement en direction de la guerre, et l'on oublia bien vite les chevaliers de légende dans leur armure rutilante. Margot fit circuler des gobelets d'hypocras* accompagnés de fruits secs. Sam profita de l'occasion pour aller s'asseoir auprès de Jehanne.

—Ça n'a pas l'air d'aller, toi, dit-il.

—Tu trouves? Mais à quoi vois-tu ça?

Il leva les yeux vers la porte de la cuisine qui était toujours fermée. Jehanne dit :

— Ne te fais pas d'idées, Sam. Nous allons bien.

— Ouais. J'ai vu en Espagne un homme qui lui ressemblait un peu. Le genre d'homme qui se délecte de sang et de malheur.

— Tu veux parler de Pèdre de Castille, n'est-ce pas?

— Tout juste. Il était peut-être riche, mais pour la cruauté, oui, c'est pareil. Sa femme, cette malheureuse Blanche, qui était la belle-sœur du roi de France, tu te souviens qu'il l'a empoisonnée?

— Comment l'oublier?

— C'était un satrape*. Et lui aussi avait une prédilection pour des hardes noires. La seule différence, c'est que les siennes étaient en velours.

— Mais, Sam, tu sais bien que ces vêtements austères sont une obligation reliée à son office.

— C'est un seigneur des ténèbres, et j'ai peur pour toi. Tu n'es pas bien.

Jehanne soupira. Comment essayer de le convaincre, lui ou un autre, que Louis n'était ni un sorcier ni Burgibus*? De tout temps, la croyance populaire avait assimilé les bourreaux à des maléfices, et Louis ne simplifiait pas les choses, puisqu'il exploitait habilement cette croyance.

Jehanne regarda à son tour la porte qui demeurait obstinément close.

— Il ne sort pas, dit-elle.

— Les corbeaux n'aiment pas les réjouissances.

— Ne dis pas ça. Tu le connais mal.

— Et toi, ma Jehanne, est-ce que tu le connais? Le connais-tu vraiment?

Jehanne baissa piteusement la tête. Sam la regardait intensément, avec une avidité qu'il n'avait jamais eu envie de refréner.

— Non, admit-elle.

— L'aimes-tu?

— Arrête, Sam. Je suis très contente de te voir, mais, si tu es revenu pour essayer de tout remettre en question, j'aime autant que tu t'en ailles.

— Ça non. Tu te défends trop, Jehanne, et je ne te lâcherai pas comme ça. Réponds-moi... Je t'en prie.

Elle était piégée dans une impasse. Il valait mieux qu'elle lui dise la vérité qu'il exigeait avec tant d'ardeur, pour ne pas qu'il se méprenne sur son hésitation à lui répondre. Mais, Dieu! qu'elle avait peur de le perdre à nouveau, et cette fois à tout jamais!

— L'aimes-tu, Jehanne? demanda encore Sam.

— Je le vénère, dit-elle tout bas, avec dans la voix une tonalité recueillie qui ne pouvait démentir le sens profond de ses paroles.

Sam rejeta légèrement la tête en arrière pour l'appuyer contre le mur de planches blanchies qui se trouvait derrière eux. Jehanne, elle, suivit des yeux son index fin qui parcourait distraitement le tracé des volutes de vigne brodées sur son giron. Et elle dit:

— Mais j'essaie de le comprendre et je n'y arrive pas.

— À quoi bon essayer, ma mie? Il n'y a rien à comprendre. Il est creux comme un arbre mort. Que *Seanair** l'ait aimé me dépasse. Lui-même disait qu'il souffrait du mal de saint Acaire*. Dis-moi, Jehanne. Est-ce qu'il...

Le jeune homme ne put terminer sa question et se contenta de lui prendre les mains. Jehanne comprit et répondit:

— J'ai l'impression d'embrasser non pas un homme, mais l'effigie d'un homme. Il est inaccessible.

— Comme tous les tyrans. Il ne vit pas. Il existe. Tiens, pense un peu à Philippe le Bel.

— Tu viens tout juste de le comparer à Pèdre, et maintenant c'est Philippe le Bel.

— Non, mais écoute. On a dit de lui qu'il n'était ni un homme ni même une bête, qu'il était une statue. Voilà. Il est trop assommant. Il n'a vraiment rien à dire, cet homme-là.

— A-t-on tant besoin de parler, Sam?

Il n'insista pas et porta à ses lèvres le gobelet d'hypocras* dont il venait de découvrir la présence dans sa main. Ils portèrent une attention de principe à la discussion qui déjà promettait de tourner en prise de bec amicale. Les esprits s'échauffaient et repoussaient dehors la maussaderie hivernale.

On en était à discuter de la bataille de Najera lorsque Jehanne se tourna de nouveau vers Sam pour dire, comme s'il n'y avait pas eu de pause:

— Je le sais aussi bien que toi, qu'il aurait dû se tenir à mes côtés pour vous accueillir. Mais il est contrarié, et ça, tu ne peux pas lui en faire reproche. Pourtant, j'ai appris à son sujet des choses que toi, tu ignores. Je sais ce qu'il est en train de faire de l'autre côté de cette porte. C'est sa façon à lui de vous accueillir. Il fait de son mieux, Sam.

— Et qu'est-il en train de faire?

Jehanne sourit.

— Du pain.

— Quoi, du pain? demanda Sam en haussant les épaules avec un soupçon d'impatience.

30

—Sam, tu ne t'en souviens donc pas? Faire le pain est une sorte de passion pour lui. C'est lorsqu'il travaille à la cuisine qu'il m'arrive de le comprendre.

—Ouais, ça peut se concevoir lorsqu'on pratique un métier qui consiste à faire frire des gens tout vifs dans l'eau, l'huile, la résine, le soufre ou je ne sais quoi d'autre.

Jehanne se leva et le quitta brusquement, sans dire un mot de plus, l'abandonnant à son amertume et à son gobelet d'hypocras*.

—Il t'a envoûtée, dit-il assez fort pour faire baisser le ton aux autres.

Jehanne ne se retourna pas et disparut dans la cuisine.

Pendant ce temps, l'Écossais s'était redonné contenance grâce à un petit air accompagné au rebec* qu'Iain avait mis de côté sur un coffre.

—N'est-ce pas là un air sur Pèdre de Castille? demanda Thierry.

Sam fit couiner douloureusement le rebec*.

—Ouais, et nous avons amplement de quoi nous en inspirer.

Il reposa l'instrument là où il l'avait pris, se leva et s'apprêta à endosser sa cotte.

—Veuillez m'excuser un instant, dit le père Lionel, interrompant une fascinante discussion à propos de la tour qui venait d'être achevée à Pise pour rattraper Sam avant qu'il ne mît le pied dehors.

—Samuel, pourrais-je te parler?

Il eût été malséant de refuser, même si le jeune homme n'était pas d'humeur à écouter un sermon.

—Oui, bien sûr, répondit-il poliment.

Les deux hommes allèrent s'isoler dans l'appentis qui servait de resserre. Sam prit place sur une caisse tandis que Lionel restait debout. Pour une fois, il ne tourna pas autour du pot:

—Veux-tu bien me dire ce qui te prend?

—Qu'insinuez-vous? demanda Sam en levant vers lui des yeux verts trop honnêtes pour être en mesure de dissimuler un affreux sentiment de culpabilité.

—N'essaie pas. Tu sais très bien de quoi je parle.

Sam baissa honteusement la tête.

—Oui, je le sais.

—Mais quelle sorte d'ami es-tu donc pour oser ainsi jouer les galants et semer le doute dans l'esprit de Jehanne? N'est-elle pas déjà suffisamment troublée comme ça?

—Je suis désolé. Je... j'ignorais qu'elle était troublée.

—Non, au contraire. Tu le savais très bien. Tu cherchais à en profiter et c'est cela que je n'aime pas.

Instinctivement, l'Écossais adopta une posture contrite en croisant très fort ses deux mains sur ses genoux. À plusieurs reprises, il essaya de parler sans y parvenir. Le moine, qui restait debout à dessein, l'intimidait. Sam se sentit indigne de se trouver là. Il avait, encore une fois, fait du mal à Jehanne par sa tendance à ne penser qu'à lui-même. Mais était-ce ne penser qu'à lui-même que d'aimer au-delà de toute raison? Jésus n'avait-il pas lui aussi aimé de cette façon?

Il dit:

—J'ai beaucoup voyagé et vu bien des choses, mon père. Des belles et des moins belles. J'ai aussi connu bien des femmes. Pourtant, il m'a fallu revenir ici pour me rendre compte que je suis toujours le même. Je n'ai pas changé. Par contre, j'ai découvert une chose : Jehanne, elle, m'aime comme je suis. Les autres, non. Pourquoi cela, à votre avis?

—Tu fréquentais moins les tavernes avant. Non, Samuel, je t'en prie, écoute ce que je te dis. Pour une fois que je parviens à m'expliquer de façon concise, profites-en. Iain m'en a glissé un mot.

—Il vous a parlé de ça? demanda le jeune homme, incrédule.

Ses oreilles rougirent et produisirent, sous l'éclat des boucles rousses, un effet curieux. C'était aller un peu loin que de confesser toutes ces nuits mouvementées au cours desquelles les beuveries s'étaient souvent transformées en débauche collective. Orgies qui, au matin, l'avaient abandonné malade de dépit, le cœur en miettes et la tête vide.

Le père Lionel se hâta de préciser:

—Rassure-toi, il n'a pas pu me confier grand-chose. Tu le sais bien. Mais il m'en a juste assez dit pour que j'aie été en mesure de lire entre les lignes. Et Jehanne aussi a compris ce penchant chez toi. Il y a longtemps.

—Je vide un hanap à l'occasion, sans plus. Pourquoi les femmes voient-elles toujours les choses pires qu'elles le sont en réalité?

—Elles voient souvent plus loin que nous, Samuel. Si elles nous donnent l'impression d'être défaitistes, c'est sans doute parce que nous autres, du sexe que l'on dit fort, sommes trop sûrs de cette force. Peut-être les femmes ne nous perçoivent-elles que comme des gamins turbulents. Et je pense qu'elles ont raison là-dessus. Tu vois, j'ai déjà égaré mon esprit de synthèse.

—Je n'arrive pas à en trouver une qui me revient. Elles ont toutes un caractère exécrable dès qu'elles me deviennent plus familières et, à partir de là, elles passent leur temps à rouspéter après moi. C'est ça qui me fait boire, rien d'autre. Alors, du coup, je file.

—Voilà le modèle classique de l'esteuf* qu'on se relance. Quel pitoyable manque d'originalité, Samuel, et dans notre propre maison, encore! Mais ton caractère à toi, mon fils, qu'en fais-tu? Parlez-vous de façon sensée, pour l'amour du Ciel. Dites-vous ce que vous avez sur le cœur. Tu le faisais bien avec Jehanne. Tu peux aussi le faire avec une autre. Que de fois j'ai vu des couples tout juste formés interrompre toute forme de communication verbale une fois franchi le seuil menant à l'alcôve. Pourtant, il faut avoir observé ces mêmes couples alors qu'ils se courtisaient: quelle éloquence! On dirait qu'une fois les couples formés et prêts à appareiller pour la vie conjugale, tout est dit et ils peuvent se permettre de sombrer dans une existence morne.

—C'est tellement compliqué. Il n'y a rien de simple. Même pas l'amour.

—Surtout pas l'amour, dit Lionel.

*

H̶iscoutine, fête des Rois 1371

Louis avait fait du pain et bien d'autres choses encore. À Hiscoutine, on ne s'était guère préoccupé jusqu'alors des festivités hivernales du carnaval telles que la fête des saints Innocents[11], mais le retour de Sam avait tout changé. Les jours de réjouissances allaient se succéder jusqu'au carême-prenant, c'est-à-dire jusqu'aux trois jours précédant les Cendres. Cela incluait donc le Mardi gras, qui était la dernière fête avant d'aborder quarante longs jours de privations.

Mais en cette fête de l'Épiphanie, douzième jour après Noël, il restait encore amplement de temps pour s'emplir la panse. Louis s'occupait pour l'heure à confectionner des piles de délicieuses galettes. Les estomacs protestant fort à cause de l'arôme ensorcelant que dégageait la cuisine, Margot servit à tous du vin de merise pour les aider à patienter. Sam annonça à Lionel:

—Ce n'est pas seulement pour faire la guerre qu'on m'a gardé. Tenez, jetez un coup d'œil là-dessus, dit-il en faisant circuler un codex* à quatre plis qu'il avait trimballé dans son bagage. Un noble bourgeois de votre connaissance m'a commandé ceci. Il a nom Nicolas Flamel[12]. Je ne l'ai pas terminé.

Le codex* ne contenait qu'une seule petite peinture. Le reste, demeuré vierge, avait été vraisemblablement destiné à contenir une légende. Lionel, qui le regarda en premier, ne fit semblant de rien.

Chacun se fit ensuite un point d'honneur de ne pas y remarquer le bourreau sans cagoule qui tenait les liens de sa victime, un vieil homme aux traits imprécis qu'il conduisait à l'échafaud. L'image était trop indécente par son réalisme. Il eût fallu que les traits du tortionnaire fussent eux aussi anonymes afin d'exacerber ceux de la victime, qui, eux, traduisaient un héroïsme tragique et résigné. C'était ce qu'avait dû jadis exprimer le visage de Firmin.

Lionel dit, avec une neutralité forcée :

— Cette nouvelle forme d'art est très perturbatrice. Regarde ça, Margot.

Lionel lui passa l'image; elle l'observa avec un intérêt non feint. Il dit encore :

— Des visages qui se démentent l'un l'autre, mais qui raillent toute possibilité de bonheur dans un ensemble parfait. Chacun à sa propre manière exprime l'absence d'espoir, mais il n'en est pas moins impitoyable. Ce sont des gens qui ont appris à survivre.

— Il ne s'en fait plus, des gens comme ce malheureux, désormais, dit-elle en rendant l'image au moine. Je parle du prisonnier, comme de raison.

— Eh, nous autres aussi, on veut voir, intervint Toinot.

Lionel lui remit le codex* ouvert.

— C'est mieux ainsi, je crois, dit le moine pensivement. Car de telles gens ne sauraient où trouver leur place dans le monde actuel. Nos combats ne sont plus les leurs.

La peinture semait quelques toux gênées sur son passage.

— Qu'on le veuille ou non, poursuivit Lionel, ce sont des gens comme eux qui ont fait l'histoire. Nous sommes loin de ces récits feutrés racontés du bout des lèvres par des orateurs idéalistes. Eux souhaiteront en rester aux enluminures, et ton livre sera détruit. C'est trop. Il y a quelque chose de terriblement humain dans une image comme celle-là. Comme lors de ces jeux théâtraux auxquels on assiste parfois, les images sont conçues pour stimuler l'appétit de l'imagination et non pas pour le satisfaire. Ce qu'on y montre nous permet d'évoquer la manière dont cela a pu survenir.

— Ah, *Lewis Rewett*, dit tout à coup Iain.

Leur hôte s'avançait en portant un grand plateau sur lequel les galettes chaudes avaient été empilées. Il retira son tablier et prit place à table avec eux. Le codex* avait mystérieusement disparu entre les mains de Jehanne avant qu'il n'eût le temps de l'apercevoir.

Deux cruchons de vin plus tard, alors qu'il ne restait plus que quelques galettes refroidies, Louis porta la main à sa bouche et en sortit la fève, en la tenant entre le pouce et l'index.

—Votre Majesté! s'exclama Jehanne.

Gourmande, elle ne le quittait pas des yeux. L'ivresse l'avait rendue à son exubérance naturelle que nul ne lui avait plus vue depuis longtemps. La réserve que Louis l'avait contrainte à adopter s'effritait devant eux tous comme du vieux plâtre. Elle se leva pour aller décrocher du gui dont elle seule pouvait oser couronner l'homme sévère. Ce qu'elle fit, après quoi elle l'embrassa goulûment. Il se laissa faire et ne fit que lui prendre un peu la main.

—C'est pas du jeu, dit Sam. Il savait dans quelle galette était la fève. Tricheur!

Le jeune Écossais ne put s'empêcher de s'imaginer en empereur déclarant déchu ce roi indigne, une main posée sur un globe, l'autre serrant un sceptre, tandis qu'un chevalier lui tenait au-dessus de la tête une épée nue.

—Non, il ne le savait pas, dit Blandine en levant bien haut son gobelet. Ce n'est pas un gamin comme toi, l'Escot. Vive le roi!

Jehanne resta prisonnière de la main de Louis qui toisait Sam en silence. Elle tenta de l'apaiser en lui posant un petit baiser sur le front et lui dit:

—Louis Ier. Pour moi, il n'est de plus grand bonheur que celui-là. Mais, vous savez, je suis un bien petit royaume pour un aussi grand roi.

Le regard noir du monarque d'un jour se désamorça et il en fut le premier surpris. Il leva la main vers sa tête et y prit la couronne qu'il posa sur la coiffe de Jehanne.

—J'abdique pour vous, dit-il, magnanime.

Elle lui sourit, car elle avait compris qu'il renonçait à déclencher des hostilités contre Sam qui, pourtant, faisait tout pour les attiser. Jehanne avait sa façon bien à elle de percevoir les choses. Il lui arrivait parfois d'agir selon son intuition sans que personne d'autre n'arrive à saisir le sens de ses interventions. Ces dernières années avaient vu Louis se familiariser un peu plus avec l'étrange poésie de ses idées.

Iain applaudit et le félicita:

—Bravo, ma dame. Votre *Lewis Rewett*, il a l'esprit *chivalresque*.

—*Shut up, you twit*[13]*!* dit Sam.

Louis leva son gobelet en guise de remerciement et s'étira pour murmurer quelque chose à l'oreille de sa femme, qui se pencha pour l'écouter:

—Si tous les Anglais prononcent mon nom comme ça, j'espère qu'il n'en viendra pas d'autres.

---

13. «La ferme, andouille!»

Jehanne s'étouffa de rire dans son mouchoir.

L'après-midi passa en musique et en gigues ponctuées du bavardage de ceux qui ne dansaient pas, en l'occurrence, Lionel et Louis. Mais comme ce dernier, lorsqu'il n'était pas occupé ailleurs, n'ouvrait guère la bouche, ce fut au moine seul de distraire les danseurs qui, parfois, venaient s'asseoir à table pour se reposer et boire un coup. Jehanne, elle, s'était permis de faire les honneurs de la danse au son du rebec* d'Iain et du vieux bodhrán* d'Aedan. À plusieurs reprises, le moine avait failli céder à la tentation d'aller la rejoindre. Finalement, il s'assit à table et passa près de renverser un plat de beignets avec son bras.

— Tiens, je n'avais pas remarqué qu'ils étaient là.

— Je viens de les faire, dit Louis.

— Vraiment? Vous étiez donc encore à vaquer dans la cuisine, mon fils? Ça non plus, je ne l'avais pas remarqué. C'est vrai que la nuit tombe déjà, dit Lionel en mordant dans l'une des petites boules d'or cuivré dont l'intérieur était si blanc qu'on l'eût dit prélevé dans la neige.

Louis avait broyé au mortier du sucre de Chypre, des amandes et des restes de pain de froment rassis au levain qu'il avait ensuite mélangés à des œufs battus. Pendant que les autres dansaient, il avait confectionné de petites boules de pâte qu'il avait mises à frire dans du saindoux. Le résultat était un monceau de jolies pépites aussi attrayantes pour l'œil que bonnes au goût. Louis avait tôt appris que l'apparence des aliments jouait un rôle primordial dans leur appréciation.

— Ah, vous avez le don de nous donner faim même quand on a trop mangé. Je me demande qui de nous deux est le plus grand pécheur: vous qui me tentez ou moi qui succombe à la tentation?

— Ne me demandez pas ça. C'est vous l'expert en matière de religion.

— Oh, expert, expert... c'est un bien grand mot.

Les yeux sombres du confesseur se posèrent sur le visage de Jehanne qui, elle aussi, avait été attirée par les beignets. Ils s'y arrêtèrent, puis repartirent vers un point lointain qu'eux seuls pouvaient voir. La jeune femme aimait ce regard de vagabond ailé.

— Dites-nous, père Lionel.

— Quoi ça?

— Ce qui vient tout juste de vous passer par la tête, là.

— Oh, ce n'était rien. Je pensais bien orgueilleusement à moi. Cela doit être à cause de la musique. C'est que j'ai autrefois rêvé de me faire ménestrel, vous savez.

36

Sam tendit le bras, à la gauche de Louis qui était demeuré debout, pour prendre un beignet et dit, en s'asseyant :

— Quoi, c'est vrai ? Vous, ménestrel ? Racontez-nous donc ça.

— C'est qu'il y a très peu à dire, puisque je ne le suis pas devenu.

Jehanne eut envie de demander : «Mais là, ce regard, que signifiait-il ? À quoi pensiez-vous pour être subitement redevenu si jeune ?» Au lieu de quoi, elle souffla :

— Dites-nous le peu qu'il y a à dire.

Lionel comprit d'instinct ce que le fait de parler ouvertement de lui-même impliquait : sa douce petite Jehanne cherchait à combler la vacuité laissée dans sa vie par le mutisme de son mari. Lui ne faisait jamais de confidences. Après une seconde d'appréhension, le moine dit, en s'adressant exclusivement à Jehanne :

— Il me souvient du joli temps d'autrefois, trop vite enfui, hélas... À cette époque, vous disais-je, je rêvais de me faire ménestrel ou bateleur.

Il rit doucement.

— Seulement, mes parents ne trouvaient pas l'idée de leur goût. Mon père, surtout. Tu comprends, l'honneur de la famille. Les artistes, encore plus que les paysans et même les mendiants, sont la lie de l'humanité...

— Pas tout à fait, interrompit Louis.

— Enfin, presque. Il y a bien aussi les cagoux*...

— Et ceux qu'on traite comme tels, dit encore Louis.

— Bon sang, taisez-vous donc, enfin, et laissez-le placer un mot ! dit Sam avec impatience.

Pour une fois que cet insupportable bourreau parlait, il fallait que ce soit au plus mauvais moment. Pour toute réponse, Louis administra à Sam une claque derrière la tête comme lorsqu'il était gamin. Son beignet à demi mangé roula sur la table. C'était d'autant plus humiliant qu'il valait mieux ne pas répliquer.

Lionel et les autres firent semblant de n'avoir rien vu, et le moine reprit :

— Hum... Comme je le disais, même si je me sentais l'âme plus vagabonde que le vent, mes parents désapprouvaient mon choix. Il suffisait déjà amplement que ce couple exemplaire ait périclité pour une autre raison – un mariage obligé – sans qu'il ait de surcroît à subir cette humiliation. J'ai donc renoncé à mon projet. Cela dit, ce n'était pas parce que mes parents savaient quoi faire de moi. J'étais l'avorton, le bon à rien de la famille, vois-tu, ce que mon père se plaisait constamment à me rappeler à force de coups de pied au c... euh, pardonne-moi cette grossièreté.

Jehanne rit à son tour.

— Cela ne fait rien. J'aime à vous écouter parler. Vous êtes un magicien des mots.

— Dis plutôt que je patauge dans la rhétorique. D'ailleurs, ton mari trouve que mes prêches sont trop longs.

— C'est vrai, dit Louis qui sirotait un peu de vin.

Jehanne renchérit:

— Comme de raison, puisque l'on ne peut pas, comme vous le souhaitez sans doute, expédier l'office en moins de dix mots. Non, laissez, je n'ai rien dit. Continuez, s'il vous plaît, mon père.

— Fort bien. Comme je le disais, les premières années de ma vie ont été consacrées à mon postérieur. Pour pouvoir chanter, il fallait que j'aille me cacher dans les dépendances. Or, voilà qu'un beau jour une brise malicieuse porta la mélodie que je dédiais à un four dont la réceptivité était des plus discutables... jusqu'aux oreilles diaphanes d'une jolie demoiselle, dont je m'épris aussitôt que je la vis en train de m'applaudir depuis la grille derrière laquelle elle se tenait.

Les yeux de Lionel explorèrent ardemment l'horizon que leur offraient les volets fermés sur la soirée hivernale. Il ajouta, d'une voix enrouée:

— À partir de cet instant-là, je n'ai plus chanté que pour elle. Ma jolie demoiselle! Ah, Jehanne, que de moments exquis nous avons partagés! Elle était d'une intelligence phénoménale. J'avais même commencé à lui apprendre à jouer de la flûte. Je lui en avais fabriqué une rudimentaire avec un roseau. Moi, je chantais et je jouais du tambourin. Nous étions vraiment faits pour vivre ensemble, en parfaite harmonie, dans tous les sens de l'expression.

Il soupira en regardant droit devant lui et déglutit péniblement. Jehanne perçut le changement et s'abstint de regarder en direction de Sam. Au lieu de quoi, elle sourit à son mari qui les honorait rarement de sa présence lors de ces longues heures d'hiver passées à écouter raconter des histoires. Lionel reprit:

— Je n'étais qu'un jeune coq imprudent et sûr de son bon droit. Ma vie n'appartenait qu'à moi et il me plaisait de la lui consacrer, à elle. Nous nous apprêtions à partir tous les deux de par le vaste monde. Ma jolie demoiselle était issue d'une famille de bourgeois aussi respectable que la mienne, mais elle avait eu le bonheur de recevoir une éducation plus raffinée que la moyenne des jeunes filles. Ce fut peut-être cela qui lui rendit l'aventure attrayante. Elle voyait plus loin que le bout de son nez et elle se plaisait à échafauder en ma compagnie toutes sortes de rêves, plus saugrenus les uns que les autres.

Il se tut un instant pour regarder Sam, dont les oreilles rougirent.

— Les idées coulaient de ma bouche comme cervoise d'un goulot de taverne. Ma belle croyait à mes élucubrations qui étaient aussi emberlificotées qu'un écheveau mal fait. Mais moi aussi, j'y croyais. Malheureusement, d'une façon déraisonnable. Cette arrogance m'a coûté très cher. La chose a fini par s'éventer : j'avais, disait-on, porté atteinte à la réputation d'une pucelle. En outre, cette jeune fille était fort convoitée par plusieurs étudiants dont la parenté était très influente. On se hâta donc de nous séparer. Ils la donnèrent à un autre et j'entrai au cloître.

— Pourquoi ne vous ont-ils pas laissés ensemble ? Vous auriez pu vous marier.

— Ce n'était pas dans l'ordre des choses. Mon père trouvait que ma faible constitution ne m'autorisait pas à prendre la relève de son commerce. C'est mon frère qui en a hérité. De toute façon, cela ne m'intéressait pas à l'époque. On me trouvait aussi trop irresponsable pour les affaires et on me croyait incapable d'assumer la charge d'une famille.

Son doigt suivit lentement l'une des rainures de la table polie à la cire d'abeille.

— J'ai longtemps maudit la générosité de mes parents envers ma communauté. Je trouvais qu'elle m'emprisonnait. Jusqu'au jour où j'ai admis que sans elle je n'eusse été bon à rien. Je n'étais pas fait pour vivre dans le monde. Moi, je ne voulais que chanter, disaient les gens. Alors, j'offris ma voix à Dieu.

Son doigt s'arrêta, hésita, tourna en rond autour d'une zone où la rainure avait reçu un coup.

— Mais Dieu non plus n'en voulut pas. Comment aurais-je pu Lui en faire reproche ? C'est une chose plutôt insultante que celle de se faire offrir un cadeau qui était destiné à un autre. Et ma voix s'éteignit. Pendant très, très longtemps. D'avoir dû renoncer à mon rêve me fit prendre un rôle de moine modèle qui me seyait si bien que je pris un plaisir presque malsain à m'y complaire : je cherchais à appesantir davantage mon fardeau, il fallait que je paye le prix, que je souffre pour tout le mal que j'avais fait aux miens. Je me tus pour ne pas avoir parlé quand il eût été temps de le faire.

Il soupira.

— Quand tu es venue, Jeannette, tu ne peux t'imaginer à quel point le désir de chanter, de déclamer, de te chuchoter toutes sortes d'innocentes bêtises m'a tourmenté.

— Vous auriez dû.

— Sans doute. Mais, vois-tu, je cherchais sans trêve à expier ma faute. On eût dit qu'il n'existait nulle part de peine assez grave pour moi. Je ne parlai pas davantage lorsque, quelques années avant ta venue, le monastère hébergea pendant un certain temps un garçon qui m'était devenu très proche.

Il fit une pause et regarda Louis. Cela passa inaperçu.

— Je n'ai jamais expié. La faute est toujours là et je parle plus que jamais... J'ai un peu trop bu, je crois. Il eût sans doute mieux valu que je fusse demeuré muet.

— Ça, non! intervint Jehanne. Pourquoi dites-vous cela?

Lionel regarda Louis de la part de qui il attendait une saillie qui ne vint pas. Il répondit:

— Pour rien. Un moine n'a pas d'identité. Au cloître, j'ai dû revêtir un habit qui ne me convenait pas. Mon nom ne m'allait plus. Néanmoins, j'ai dû les porter tous deux et apprendre à m'y sentir à l'aise.

— Je ne comprends pas.

L'index de Lionel quitta la rainure de la table et se mit à errer au hasard sur le bois lisse.

— Moi non plus. Pas encore.

— Trop compliqué pour moi, tout ça. À plus tard, dit Louis en vidant son gobelet et en se détournant.

Lionel le regarda s'éloigner et dit:

— Je l'ai mis mal à l'aise. Toutes mes excuses.

Il venait de réaliser que la musique s'était tue et que tout le monde s'était réuni à table pour l'entendre, même Iain.

— Mais pas du tout, dit Sam en secouant le moine amicalement et en le prenant par l'épaule afin de lui arracher un sourire. Pour ma part, après avoir entendu une histoire comme celle-là, je vous trouve beaucoup plus sympathique. On se comprend.

— Sortons faire un tour pour nous dégourdir les jambes et nous aérer un peu les idées, proposa soudain Hubert.

Ceux que l'idée tentait décidèrent de suivre cet exemple. Lorsque Jehanne remarqua que seul Louis ne manifestait aucun signe de vouloir se joindre au groupe, elle décida de profiter de l'occasion pour rester un peu seule avec lui. Dès que les autres furent sortis, elle le rattrapa par le bras avant qu'il ne s'avisât de s'affairer à quelque nouvelle tâche culinaire. Il se laissa entraîner vers un banc et asseoir par Jehanne, qui se tint entre ses jambes et appuya les mains sur ses épaules. Louis dut lever la tête pour la regarder. Elle sourit.

— Louis, dites-moi, à quoi pensez-vous en ce moment?

— À rien, répondit-il, les yeux un peu écarquillés.

— C'est Sam qui aimerait vous entendre dire cela.

Elle rit.

— Ce n'est pas possible de ne penser à rien. Je le sais pour l'avoir déjà essayé. Et vous?

— Oui, j'ai déjà essayé.

— Et qu'est-ce que cela a donné?

— Rien...

Ses yeux brillèrent et il grogna. Jehanne éclata de rire et songea: «La voilà, Sam, l'utilité d'une légère ivresse. La voilà. Ce n'est pas du tout ce que, toi, tu fais.» Il y avait de ces fois où il était bon que les inhibitions prissent un peu congé.

Louis dit encore:

— J'aimerais réussir à ne pas penser. Tout serait plus facile.

Jehanne cessa brusquement de sourire et se plongea tout entière dans le regard intense de son mari. Pour la première fois, elle en vit l'éclat minéral céder et se mouiller de bruine. Son visage n'était plus le même.

— Êtes-vous sérieux, Louis?

— Si je le dis, c'est que je le pense.

Il haussa les épaules. Elle les lui pétrit affectueusement et dit:

— Vous aussi, vous auriez un grand nombre de choses à me raconter.

Le regard de Louis étincela à nouveau, et un rictus déplaisant lui retroussa un coin de la bouche.

— Ha! Quelle farce!

— Je n'arrive pas à vous comprendre. Tant de méfiance... On dirait que vous cherchez toujours à vous battre contre quelque chose, même lorsqu'il n'y a pas lieu de le faire.

— Je passe ma vie à lutter. Aitken n'est qu'une personne de plus à m'en vouloir parce que j'existe.

Jehanne ne sut que répondre à cela. Elle essaya de tempérer les choses:

— Mais vous savez bien qu'avec moi il n'y a aucun danger. Allez donc, j'aimerais bien en apprendre un peu plus à votre sujet. Parlez, je ne sais pas, moi, de votre famille, ou de vos premières amours, tiens, pourquoi pas! Je promets de ne pas en être jalouse.

Taquine, elle enroula autour de son doigt la mèche errante qui lui barrait le front.

— Voulez-vous arrêter de penser, maintenant! ordonna-t-il d'une voix caustique. Vous inventez trop de choses. Ça suffit!

— Voyons, Louis, vous m'offensez. J'ai quand même appris à me servir de mon imagination de façon intelligente. Je sais différencier la vérité des fabulations. Or, c'est par vous-même que j'ai appris que l'on vous a fait beaucoup de mal. Mais j'en sais si peu à votre sujet!

— Vous en savez bien assez.

—Non. Le père Lionel m'a un peu parlé de vous, puisque vous refusez de le faire.

—Encore lui...

—Je sais que c'est de vous qu'il parlait quand il a dit qu'un garçon est allé habiter à l'abbaye avant moi. Il m'a aussi dit que votre père cuisait le meilleur pain de Paris.

Les mâchoires de Louis se serrèrent.

—Je ne parlerai pas de mon père. Taisez-vous.

Sans qu'elle sût pourquoi, Jehanne ressentit soudain une vague crainte en voyant l'homme qui était assis devant elle. Des larmes inopportunes lui montèrent aux yeux. Elle se sentit terrassée. Louis, qui s'était raidi sous ses caresses, attendit sans rien faire. Quand Jehanne se redressa à son tour, ce fut pour contourner le banc. Elle enlaça son mari qui n'avait toujours pas bougé.

—Oh, Louis, je vous demande pardon. Je n'ai pas voulu vous faire de peine. J'aurais dû m'en douter.

—De quoi, ça?

Il cligna des yeux. «Je cesse de penser», se dit-il comme un ordre. Mais là encore, il fut incapable de faire taire son âme. Elle parla à sa place dans son silence: «Tant mieux pour toi si tu crois que c'est de la peine que j'ai. C'est aussi bien comme ça.»

Il abandonna sa tête contre la poitrine étroite de Jehanne, qui lui posa une main fraîche sur le front.

Un peu plus tard dans la soirée, alors qu'on en était aux prémisses d'un copieux souper, Louis dut prendre la précaution de sortir pour aller chercher le père Lionel qui n'était pas rentré de la promenade en compagnie des autres.

—Commencez sans moi. Servez-vous pendant que la porée* est chaude, dit-il avant de poser sur la table une grosse miche de pain noir qui devait bien peser dans les trois kilos.

Il marcha jusqu'à la porte pour disparaître dans la nuit avec une lanterne.

C'était une soirée d'encre qui eût été inquiétante sans les lueurs colorées des nombreux lumignons que l'on avait accrochés aux branches. Quelques flocons voletaient parfois, pareils à une poussière de soie. Ils semblaient ne jamais se poser nulle part et finissaient par s'égarer dans l'air calme.

Personne en vue. Des traces embrouillées menaient en bordure du bois. Tandis qu'il les suivait, Louis se demanda comment le moine avait pu faire pour se tracer un chemin si vite en s'enfonçant dans la neige avec sa longue coule, dans l'état où il se trouvait.

La neige devenait plus profonde là où les premiers arbres l'avaient retenue contre le gré du vent. Il entendit un petit bruit sur sa droite et leva bien haut sa lanterne.

Lionel éclata de rire presque à ses pieds. Son haleine créa de petits nuages qui allèrent rejoindre les rares flocons à mi-chemin dans le bouquet de minces faisceaux que produisait l'esconse* haut perchée.

— Je me suis pris les jambes dans je ne sais quoi et je suis tombé. Je crois bien m'être un peu endormi.

Il se releva péniblement, sans aide, et sourit à Louis. Il rejeta son capuce. Sa coule noire était couverte de neige.

— Et voilà. Comme c'est curieux. Je me sens aussi souple que lorsque j'avais vingt ans. Ce sont là les effets d'une fontaine de Jouvence connue de nous seuls, mon fils.

— Votre fontaine, c'est du vin, dit Louis. Rentrons!

Il prit le moine par le bras avec une certaine rudesse.

— Je ne parle pas de ça, mais du reste, mon fils. Mon récit de tout à l'heure m'a fait le plus grand bien.

— Tant mieux pour vous.

— C'était presque, oserai-je l'avouer, comme en confession. Sur le coup, j'en ai éprouvé une certaine crainte, puis une lourdeur, celle du regret d'avoir un peu terni notre belle fête avec ces choses tristes..., mais je constate en ce moment même combien j'ai eu tort.

Un gaz stomacal monta dans la gorge de Louis, qui hoqueta. Il s'arrêta et se pencha pour poser sa lanterne sur un tronc couché. Il prit une poignée de neige qu'il se mit dans la bouche afin d'en chasser les relents de mangeaille datant du midi. Lionel s'arrêta aussi sans y prêter attention.

Lorsqu'ils se remirent en marche, Lionel était toujours soutenu par le bras. Le moine en prit tout à coup conscience. Il s'arrêta à nouveau et leva des yeux humides vers Louis.

— Ça alors! Je devrais m'adonner à ce vice plus souvent, dit-il.

Louis lui lâcha le bras et fronça les sourcils d'un air désapprobateur.

— Ne me regardez pas comme ça, dit le bénédictin. Vous savez bien que je blaguais.

Il continua à tituber en avant, sans Louis, et dit, d'une voix morose:

— Oh, et puis après tout, je me demande bien en quoi cela pourrait vous incommoder.

Un chat tacheté, surnommé Scribouillard par Lionel parce qu'il lui volait ses plumes, leva la tête. Tout occupé qu'il était à nettoyer la partie noire de sa fourrure près d'une épaule, il considéra avec quelque attention la porte derrière laquelle il venait d'entendre un bruit insolite. Comme il ne s'en produisit pas un deuxième, le chat se concentra à nouveau sur la toilette de son pelage luisant et déjà passablement humide.

Jehanne s'était isolée dans la chambre conjugale afin de se rafraîchir un brin. Elle préférait attendre le retour de Louis avant de manger. De toute façon, elle n'avait pas très faim.

Après sa toilette, elle s'assit sur le grand coffre qui trônait au pied du lit. Elle caressa le dos mince du codex* que Sam ne lui avait pas encore réclamé. Elle le retourna et se mit à tracer machinalement du doigt les contours de la peinture. Son index s'attarda sur les épaules de l'homme imberbe qui représentait la victime, puis sur son visage étrangement résigné, mais encore suppliant, tourné vers l'échafaud. Le bout du doigt descendit vers ses poings liés et suivit la corde qui allait s'enrouler autour de la large main du bourreau. Il fit une pause sur le floternel* noir, remonta le long du bras et, enfin, atteignit le cou qui était à peine exposé. Jehanne examina longuement le visage du géant : il avait été figé dans une expression d'indifférence glaciale. Comme si ce qui se passait ne le concernait en rien. Son regard se portait au-dessus de la tête de sa victime ; l'illustrateur devait avoir tenu à bien signifier que Louis ne ressentait ni colère ni compassion lorsqu'il exerçait son métier. Seul un léger rictus lui retroussait le côté gauche de la bouche. Jehanne n'y toucha pas. Elle n'avait jamais aimé cette espèce de grimace qu'il lui arrivait de faire parfois. L'ensemble de l'œuvre évoquait une cruauté implacable. La jeune femme soupira et contraignit son attention à se diriger sur la canne rouge que Louis tenait appuyée contre son épaule comme une arbalète. Finalement elle se leva et sortit rapidement dans la cour pour voir si les deux hommes s'en revenaient.

*

Le codex* avait tant de choses à exprimer lorsqu'on prenait le temps de bien l'étudier. Jehanne avait l'impression que, malgré la raideur de son maintien, le bourreau menaçait subtilement de frapper le malheureux avec sa canne à pommeau d'étain. Peut-être même l'avait-il déjà fait. Elle pouvait presque le voir bousculer le captif trop hésitant à petites poussées retenues, tandis qu'il regardait devant lui d'un air ennuyé. Jehanne se rendait compte qu'à force de chercher à rejoindre l'âme de son mari, elle s'était perdue elle-même. Elle n'était plus trop certaine de ce qu'elle attendait de la vie. Le retour de Sam et son codex* ne faisaient qu'amplifier ce questionnement.

Avec tout cela en tête, Jehanne se coucha et s'assoupit.

— Avancez, messire, avancez.

Cette voix grave, aimable, elle la reconnaissait.

— À genoux, petite sotte, et cherchez, lui ordonna soudain Louis qui avait émergé du codex*.

Il imita méchamment le geste qu'elle avait elle-même vu faire jadis par Sam, alors que ce dernier l'avait incarné devant les enfants du village: il la fit se prosterner devant lui en lui pressant le bout ferré de sa canne contre la nuque. Cela la contraignit à tourner la tête et elle sentit contre sa joue la dalle froide du plancher.

Et elle se mit à analyser frénétiquement le dallage en le balayant du plat de la main tandis que lui restait planté là à la regarder faire. Ne trouvant rien, elle palpa précautionneusement tous les coins et alla jusqu'à insérer sa main dans un trou de souris.

— Rien. Il n'y a rien du tout ici, et j'ai les genoux en compote. Je ne passerai pas toute la journée à ramper comme un cafard pour te faire plaisir, Louis Ruest, dit-elle.

Il restait debout derrière elle et la regardait de haut.

— Que cherches-tu donc? demanda-t-elle.

— Aucune idée. C'est toi qui cherches, pas moi.

Jehanne reprit son souffle, le corps trempé de sueur. Elle éprouvait fréquemment, lorsqu'elle était seule, ce genre d'émois invraisemblables qui lui étaient d'autant plus difficiles à supporter qu'ils se composaient de sentiments contradictoires. En elle bouillonnait un mélange chaotique, instable, fait de crainte et de respect, de répulsion et d'attirance, d'hostilité et de compassion pour l'être impitoyable qu'était son mari. Il était des fois où cela lui rendait presque tangible à ses côtés la présence sévère et tourmentée de l'homme en noir.

Louis reposait paisiblement à ses côtés, couché sur le dos. Elle n'osa pas bouger. «Quel cauchemar atroce», se dit-elle, tout en sachant fort bien que les choses devaient se passer ainsi dans la réalité. Elle déglutit péniblement en gardant les yeux fermés pour ne pas voir son mari. Elle n'eut pas conscience qu'elle s'était remise à somnoler.

Quelque chose comprimait sa poitrine. «C'est impossible. Il est là, juste à côté. Il dort, tout comme moi.» Elle rouvrit les yeux.

Une main rouge appuyait sur sa poitrine. En un instant, elle aperçut aussi l'homme en noir, sa hache à la main. Son visage exprimait, malgré son austérité naturelle, un profond désarroi.

— À l'aide, crut-elle l'entendre dire.

Elle se réveilla en sursaut et s'assit dans le lit.

Louis ne s'était pas levé, comme il le faisait si souvent. Il dormait toujours, le visage un peu tourné vers elle, parfaitement immobile. Elle se demanda s'il dormait vraiment, avec ses yeux qui restaient souvent à demi ouverts. Elle avait depuis longtemps constaté ce fait chez lui. La plupart du temps, ils étaient fixes. Pourtant, elle eût pu aisément se persuader, sous la lueur flageolante du chaleil*, que son regard étrange suivait ses moindres déplacements. Cela ne devait être qu'une illusion, car Louis respirait profondément et ne bougeait pas du tout.

Mais il était d'autres fois, et c'était le cas en ce moment même, où la respiration de Louis devenait inégale et où ses yeux se mettaient à rouler avec affolement dans leurs orbites. Ils pouvaient aussi subitement cesser tout mouvement et, pendant quelques secondes, se braquer droit sur elle en vacillant.

Elle n'avait jamais pu s'habituer à le voir dormir. Cela avait quelque chose d'angoissant.

Le sommeil la fuyait. Elle demeura assise auprès de Louis et surveilla ses moindres tressaillements, depuis le tic qui lui refermait les doigts jusqu'à une espèce de petit froncement des sourcils. Il regarda de droite à gauche, de gauche à droite, et ses paupières frémirent. Elle se demanda si cette légère agitation était le fait d'un rêve en cours et, si tel était le cas, de quoi il pouvait bien rêver, lui qui avait affirmé catégoriquement ne pas être sujet aux vagabondages oniriques. Comme chaque fois qu'elle le voyait ainsi, elle fut prise de l'envie de le réveiller, de l'extraire d'une expérience qui n'avait pas l'air plus agréable que celle qui venait de lui arriver à elle.

Elle se pencha au-dessus de lui.

Il s'accrochait au pendu dont il avait fait céder les vertèbres sous son poids. Pour une raison ou une autre, il ne s'y était pas pris de la manière habituelle. Mais peu importait : c'était chose faite. Encore une fois.

Mais au lieu des exclamations de la foule, il y eut le silence.

Louis se rendit alors compte qu'il était seul. Seul et suspendu à ce mort qui se balançait doucement sous son étreinte. Son souffle tiède caressait la poitrine désormais immobile.

Il leva les yeux vers sa victime. Son cou cassé lui donnait un air recueilli. On eût dit qu'elle posait sur lui un regard affectueux. Une mèche foncée s'agita sous la brise. Ce visage, il le connaissait.

C'était le sien.

— Non !

Pris de panique, le bourreau ne sut comment il parvint à la fois à couper la corde et à tenir debout dans ses bras le corps inerte. Il le secoua doucement et palpa sa gorge d'une main fébrile en une quête qu'il savait perdue d'avance. La tête rejetée en arrière, langue pendante, bouche bée sur un dernier souffle dont il l'avait privée, sa victime posait sur lui ce regard figé qu'elles avaient toutes. Pour la première fois, il put voir clairement son propre visage. Celui qu'il n'avait jusque-là jamais vu autrement que par l'intermédiaire imparfait d'un miroir en étain poli. Et ce visage, c'était celui d'un mort. Il n'avait pas su le reconnaître avant. Et désormais il était trop tard. Trop tard. Il se sentit perdre le souffle et sombrer.

— Dieu, aidez-moi. Dieu, aidez-moi.

Ses appels de plus en plus frénétiques se changèrent en hurlements paniqués. Le défunt disparut et tout devint noir. Louis eut le temps de sentir son âme se dissoudre dans les larmes qui lui inondaient le visage avant d'être à son tour anéanti.

Ses yeux s'étaient immobilisés sur elle et son souffle s'était suspendu. Jehanne n'aima pas cela. Elle lui caressa doucement la joue.

— Louis? appela-t-elle tout bas.

Il sursauta et ses yeux s'ouvrirent tout à fait. Mais l'homme ne semblait toujours pas la voir. Sans prévenir, il empoigna Jehanne par sa longue natte et la tira brutalement à lui. Surprise par ce geste inattendu qui en était un de défense instinctive, elle tomba sur lui. Son coude mal placé lui écrasa les parties génitales.

— Ahh!

Ce cri, il était terrible. Parce que c'était sa voix à lui, et Louis n'avait jamais crié. Cela devait lui faire très mal. Jehanne en fut glacée jusqu'aux os. Elle demeura figée dans la posture à laquelle il l'assujettissait toujours en tirant sur sa natte. Il se tourna un peu sur le côté, dos à elle et, gémissant tout bas, se recroquevilla en position fœtale.

— Je... je suis désolée. Louis, je suis désolée, souffla-t-elle.

Mais Louis n'entendit pas. Il n'avait pas même eu tout à fait le temps d'émerger de son cauchemar. D'abord, il y avait eu cette angoisse, toujours la même, et cette annihilation de son être... ce noir absolu dans lequel il s'était enfoncé. Cette fois, avant de disparaître tout à fait, il avait été happé par les flammes de l'enfer où il se consumait dans d'atroces souffrances.

— Louis, je vous en prie... laissez-moi vous soigner. Peut-être que quelque chose de froid...

Son mari ne cessait de haleter. Il allait la battre, c'était certain. Cette fois, elle n'avait aucune chance d'y échapper comme cela avait toujours été le cas jusqu'à présent. Elle jeta un coup d'œil effrayé à la ceinture qu'il avait accrochée à l'une des chevilles du mur.

Elle tendit la main pour caresser les mèches éparses qu'elle arrivait à atteindre sur l'oreiller.

Soudain, il se retourna brutalement sur le dos. Ses yeux exorbités luisaient de façon anormale. Ses traits exprimaient un désespoir infini, celui de quelqu'un qui se sent mourir.

— Louis? Louis?

Il cria de nouveau, plus fort. Mais ce n'était pas un cri de douleur. Cela ressemblait plutôt à un appel de détresse. Il repoussa Jehanne d'un coup de bassin et ses doigts se crispèrent dans ses cheveux. Pendant d'interminables secondes il demeura immobile dans une posture invraisemblable : son corps était si arqué qu'il ne touchait plus le lit que des épaules et des pieds. Puis il retomba. Il se mit à donner de grandes secousses rythmiques, d'une force surhumaine, avec les bras et les jambes. Ses doigts restaient toujours pris dans la natte qui s'était défaite.

Jehanne était pétrifiée. Elle se laissa secouer un court instant avant de remarquer les affreux grognements qu'il s'était mis à émettre. Elle jeta un coup d'œil sur lui à travers le rideau de ses mèches hirsutes. Il avait les mâchoires serrées. Ses lèvres n'étaient plus qu'un mince trait aux coins duquel moussait de l'écume blanche. Ses yeux à demi ouverts étaient tout blancs.

Elle ne se rendit pas compte tout de suite qu'elle s'était mise à hurler et à se débattre. Mais lui n'entendait pas. Il ne lâchait pas. Elle eut à peine conscience de l'arrivée du père Lionel et des domestiques. Margot avait eu le temps d'emporter un bougeoir. Avec grande difficulté, Thierry extirpa les doigts de Louis de ses cheveux emmêlés et Margot la prit en charge. Elle l'emmena hors de la chambre et les autres l'y suivirent à la requête du père Lionel, qui resta seul avec Louis.

Ses prières récitées d'une voix douce se joignirent aux grognements de Louis et les convulsions finirent par délaisser le corps du géant.

Lionel s'approcha avec un linge humecté dont il essuya avec tendresse le visage de l'homme inconscient. La respiration de Louis était sifflante, mais ses iris sombres étaient de nouveau à peu près visibles. Le moine, qui avait déjà été témoin de ce malaise, essuya l'écume qui maculait son menton et le col brodé de sa chemise de nuit. Après quoi il s'assit sur le rebord du lit et replaça les carreaux* froissés derrière sa tête afin de l'aider à mieux respirer.

— Qu'a-t-il bien pu se passer, mon Dieu? demanda-t-il tout bas.

Quelqu'un cogna discrètement à la porte et ouvrit. C'était

Margot.

— On n'entendait plus rien. Ça va?

Lionel se releva, couvrit Louis et vint la rejoindre. Il referma la porte derrière lui.

— Tout va bien. C'est terminé. Il dort.

Il suivit Margot dans la pièce à vivre où tous les autres, même Iain, s'étaient frileusement réunis. Ils n'étaient éclairés que par le feu de l'âtre et une seule chandelle posée au centre de la table. Jehanne sanglotait, bercée par Sam. On le laissa faire. Elle avait l'air d'avoir bien besoin de réconfort.

— C'était le haut mal, n'est-ce pas? demanda-t-il.

Lionel se laissa choir mollement sur l'un des bancs de la table.

— Oui.

— Cela allait de soi.

— Il paraît que Jules César et Alexandre en souffraient aussi, fit remarquer le moine, pour faire taire le jeune homme.

Blandine lui servit un bolet d'infusion.

— Merci, ma fille. Aurais-tu de quoi de plus fort à y ajouter?

À ces mots, les autres ne se firent pas prier pour réclamer eux aussi leur petit remontant, même si personne n'avait encore tout à fait dessaoulé.

Lionel dit :

— Je l'en croyais guéri. Cela faisait des années qu'il n'avait pas eu de crise...

Il regarda Jehanne.

— ... Dieu fasse qu'il en faudra tout autant avant la prochaine, lui dit-il dans le but de la rassurer.

— C'est moi... c'est ma faute, dit Jehanne d'une voix tremblante.

— Mais non.

— Mais si. J'ai fait quelque chose que je n'aurais pas dû faire. Je m'en étais abstenue jusqu'à cette nuit et j'aurais dû continuer.

— Qu'as-tu donc fait?

— Cela ne date pas d'hier... juste après mes noces, je me suis rendu compte que mon mari dormait les yeux ouverts.

— Que me dis-tu là, mie? Non, laisse, continue. Ma foi, tu sais comment capter l'intérêt de ton auditoire.

Sam se mit à genoux devant elle, sans lui lâcher les mains. Il leva vers elle son visage fatigué. La jeune femme reprit, en s'adressant à lui seul :

— La première nuit où je l'ai remarqué, cela m'a inquiétée. Et alors j'ai vu qu'il avait de ces petits frissons, tu sais, comme ceux que faisait le vieux chien du père Lionel quand il gémissait en dormant.

— Bonne comparaison.

— Cette nuit, j'ai voulu l'apaiser en le caressant et... je crois que cela l'a mal réveillé.

— Et alors? Ça nous arrive à tous d'être réveillés en sursaut. Qu'est-ce qu'il t'a fait? Il t'a maltraitée? S'il t'a maltraitée, je te jure que je...

— Non, non, Sam. Il m'a juste tiré les cheveux.

— C'est bien assez.

— Puisque je te dis que ce n'était pas sa faute. Écoute... on dirait qu'il a eu peur. J'aurais cent fois préféré qu'il se fâche et me punisse. Au moins, j'en serais quitte. Mais à la place, j'ai ceci qui va me hanter jusqu'à la fin de mes jours.

— Je te crois. Ça ne doit pas être beau à voir.

— Il m'a fait tomber sur lui. Mais je pense que ce n'était pas voulu de sa part. De la mienne non plus, parce que je lui ai donné un coup de coude dans... dans...

— J'ai compris. Aïe!

La jeune femme ne put faire qu'un signe d'assentiment. Elle était persuadée que cet épisode avait sonné le début de la fin entre Louis et elle.

— C'est ma faute. Je l'ai humilié.

— Foutaises, dit Sam, adoptant inconsciemment le genre de réplique que Louis lui-même eût servie.

Comme elle, il avait oublié la présence des autres dans la pièce. Il ajouta:

— Nous aurions dû nous en douter, de toute façon: le démon l'habite. Voilà une preuve de plus que c'est un monstre.

Jehanne repoussa son ami avec véhémence.

— Arrête, Sam! Ne comprends-tu donc rien? Je ne t'ai pas confié ce secret pour que tu en fasses ce qui te plaît. Le père Lionel a fait les prières qu'il fallait pour le préserver des rechutes.

— Peuh! Des prières... Est-ce pour cela que ton bourrel* te fait vivre comme une nonne?

— Je ne vis pas comme une nonne.

— Mais regarde donc un peu autour de toi, bon Dieu! Il vous tient tous sous sa coupe.

— Tu ne peux pas savoir. Tu le connais mal, je te l'ai déjà dit.

— Et alors? T'attends-tu à ce que j'éprouve de la sympathie pour lui, Jehanne? Non pas. Il est mauvais, aussi faux qu'un jeton.

— C'est parce que tu n'as pas vu ce que moi, j'ai vu. Il a des cicatrices. Partout. Oui, là aussi.

— Malepeste. Es-tu certaine que ce n'était pas... autre chose qui a causé cette crise?

— Qu'entends-tu par là?

— Euh... c'est-à-dire que... hum...

Il se gratta derrière l'oreille. Elle devint rouge. Puis il dit, légèrement impatienté:

— Bon sang, Jehanne, ai-je besoin de te faire un dessin? Un autre? J'ai entendu dire que... que le plaisir intense est perçu comme très proche du haut mal.

Il grimaça de dégoût à l'idée que Louis eût pu jouir, à peine quelques minutes plus tôt, en épinglant cette pauvre petite femme grelottante sous lui dans son grand lit.

— Tais-toi, Samuel! ordonna Lionel. Cela ne te regarde pas.

Avant que Jehanne eût le temps de trouver une réplique à Sam, dont la mine s'était renfrognée, la porte de la chambre s'ouvrit doucement et Louis apparut. Il allait nu-pieds et n'avait pas enfilé sa huque* à cordon par-dessus sa robe de nuit froissée. Il s'arrêta pour les regarder tous de ses étranges prunelles chatoyantes. Il demanda, d'une voix intriguée, très douce:

— Eh bien, qu'est-ce qui se passe? Que faites-vous tous là, comme ça, au beau milieu de la nuit? Ça ne va pas?

Il s'avança vers eux. Son visage exprimait un étonnement sincère. Cette apparition les avait tous saisis. Nul ne dit mot. Louis chancelait légèrement. Il tourna la tête en direction de Jehanne et de Sam. Tout de suite, l'Écossais réagit en se raidissant défensivement. Mais Louis ne s'occupa pas de lui. Il dit à Jehanne:

— Oh, mais il ne faut pas pleurer comme ça.

Il semblait avoir tout oublié et ne plus savoir exactement où il était, ni même qui il était. Son visage était très limpide et la moindre émotion y laissait sa trace de façon marquée.

Jehanne se leva, quittant la sécurité des bras de Sam pour aller vers son mari dont elle prit le bras avec hésitation. Elle renifla et, sans y penser, s'essuya le nez du revers de sa manche. Louis ne s'en aperçut pas. Il dit, d'une voix absente:

— Vous avez fait un cauchemar, c'est ça? J'en fais, moi aussi. Des fois. Toujours pareils. Là, c'est drôle, je viens de rêver que j'arrêtais des gens dans la rue pour leur parler. Mais personne ne comprenait ce que je disais.

— Vous ne devriez pas rester debout, Louis. Venez.

— Mais je vais bien. Je suis seulement très, très fatigué. Ne pleure plus, ma petite, d'accord? J'aimerais bien savoir ce qui se passe.

Il parlait comme s'il ne savait pas trop ce qu'il disait.

— Il ne se passe rien, Louis. Vous avez eu un malaise. Mais tout va bien, maintenant. Venez, venez vous recoucher.

— Ah, bon.

Le géant n'avait pas écouté. Il s'arrêta pour fixer le plancher à ses pieds.

— Cette petite fumée, elle est encore là.

— Quelle fumée? demanda Sam.

Au grand étonnement de tous, le père Lionel empoigna Sam par le col et l'entraîna jusqu'à l'appentis.

— *Get in zere. And aïe mine naou*[14]*!* grogna-t-il.

Louis ne remarqua rien de tout cela. Il suivit docilement Jehanne qui le guidait par le bras jusqu'à la chambre où elle l'aida à se mettre au lit. Il se laissa faire comme un grand enfant. Elle espéra qu'il ne sentait pas combien elle tremblait, combien elle avait peur d'y toucher. Il n'était pas sitôt installé qu'il se rendormit profondément. Encore terrifiée par la crise, Jehanne fut incapable de se recoucher avec son mari. Elle quitta silencieusement la chambre et retourna dans la grande pièce bavarder et boire avec le reste de la maisonnée qui, comme elle, pensait être incapable de refermer l'œil.

Il ne revint à lui qu'au plus noir de la nuit. Il était seul et il n'y avait pas un bruit dans la maison. Il s'assit au bord du lit et enfila ses chaussons avant de se lever. Il endossa sa huque* de cariset* dont il noua le cordon. Il se sentait encore très faible. L'air frisquet de la chambre acheva de le réveiller tout à fait et il se rendit jusqu'à l'âtre où les quelques braises restantes palpitaient doucement. Il ranima le feu et quitta la pièce, un bougeoir à la main.

Ce qu'il vit dans la grande pièce ne l'étonna guère, car il était encore un peu confus. Il se demanda tout de même comment il avait pu être en mesure de dormir, car il devait y avoir eu beaucoup de tapage. Des dormeurs étaient affalés un peu partout, au hasard de leurs errances festives. Les deux servantes avaient eu la décence de s'installer dans un coin et partageaient une même couverture. Iain était assis tout de travers dans sa grande chaise. Thierry avait rampé jusqu'à un seau qu'il agrippait encore et dans lequel il avait vomi. Toinot s'était endormi à table, la tête dans ses bras croisés. Hubert, quant à lui, s'était étendu de tout son long sur le plateau de la table et ronflait bruyamment. Les pieds du père Lionel dépassaient de sous la table. L'un des deux avait perdu sa sandale. Une fête avait dû se prolonger assez longtemps après qu'il eut décidé de se retirer. Il ne lui vint pas tout de suite à l'esprit que

_____

14. «Entre là-dedans, mais alors, tout de suite!» avec un fort accent.

52

Jehanne l'avait alors accompagné au lit.

Il dut faire le tour de la maison avant de la retrouver, endormie dans un coin, dans l'une des chambrettes. Elle était couchée sur le dos. Sa chevelure éparse formait une coulée d'or ambré sur la cotte de Sam, qui dormait près d'elle en chien de fusil.

Sans faire de bruit, Louis s'en retourna tisonner le feu dans la grande pièce et y ajouta quelques bûches. Il retourna à la chambre des maîtres pour y prendre son damas dont il repoussa la gaine et retraversa la grande pièce sans que ses pas feutrés ne dérangent personne.

Le bourreau vint à nouveau se tenir au-dessus du couple de dormeurs et l'observa un moment en songeant à une certaine légende arthurienne qu'avait un jour racontée le père Lionel. Alors, en guise d'avertissement, il planta son épée dans le plancher de bois entre eux[15]. Jehanne remua légèrement et Sam grogna, mais ni l'un ni l'autre ne se réveilla.

Louis les regarda encore sans un mot, puis quitta la chambrette en refermant doucement la porte derrière lui.

*

La matinée était déjà bien entamée lorsque Louis franchit à nouveau le seuil de la chambre. Exceptionnellement, il était le dernier debout. Il trouva la pièce à vivre pleine de monde et la table mise pour un déjeuner tardif. Il fut salué avec un enthousiasme encore teinté d'éthylisme.

—Bonjour, maître, lui disaient-ils, l'un après l'autre.

—Comment ça va, ce matin? Mieux, on dirait, dit Toinot.

—Si, si, ça va.

—Sam, je te demanderais, pour une fois, de ne pas lui chercher noise, d'accord? supplia Lionel tout bas.

—D'accord, qu'il y vienne, puisque vous y tenez tant que ça. De toute façon, je ne le trouve pas aussi pénible à endurer quand il est occupé à ruminer. Non, non, ne vous en faites pas. Je vais me tenir tranquille, c'est promis.

Louis prit place à table, ferma brièvement les yeux et se pinça l'arête du nez entre le pouce et l'index, en signe de lassitude

—Pas mon cas à moi, dit Thierry d'une voix pâteuse.

Le pauvre hère se prenait la tête à deux mains. Margot fit circuler de la tisane d'écorce de saule. Seul Louis n'en prit pas.

Jehanne émergea de la cuisine avec un plein pot de fromentée* qu'elle faillit échapper à la vue de son mari. Il fut immédiatement persuadé que c'était à cause de sa petite visite nocturne. Sam était assis devant lui et évitait de le regarder. Il n'avait, bien entendu, pas osé toucher l'arme maléfique qui devait être restée là où Louis l'avait plantée.

Jehanne s'était empressée de rejoindre son mari. Elle l'enlaça et se mit à l'étourdir avec une quantité de petits riens. Il parvint à prendre son gobelet malgré les baisers et les caresses folles de sa femme.

— Mais qu'est-ce que c'est que ces enfantillages? dit-il.

Elle balbutia nerveusement, avant de répondre:

— Vous ne vous êtes pas réveillé de la nuit, Louis, pas même avec tout ce bruit qu'on a fait. J'étais très inquiète.

— Si vous n'aviez pas tant bu, vous m'auriez vu attiser le feu peu avant l'aube. Maintenant, suffit. Lâchez-moi et asseyez-vous.

La présence de sa petite femme le soulageait, même s'il n'était pas près de l'admettre. Il s'était passé quelque chose de bizarre au cours de la nuit, et il n'était pas sûr de vouloir savoir ce que c'était. Il leva les yeux sur la tablée devenue silencieuse. Jehanne prit docilement place au bout du banc, à la gauche de Louis. Elle baissa les yeux.

— Une vraie nonne. Le goujat, le misérable brise-garrot, chuchota Sam à Thierry.

Quelques heures plus tôt, Lionel avait culbuté, heureux, dans les lueurs perlées du soleil matinal. Il étudiait à présent consciencieusement tous les éléments d'une scène de ménage classique en espérant que les choses allaient en rester là. Son vœu fut exaucé.

— Alors, elle vient, cette prière? dit Louis.

— Oh... oui, oui.

L'aumônier, un peu confus de s'être fait rappeler à l'ordre, fit un signe de croix, joignit les mains et dit le bénédicité. Il semblait que Louis seul fût disposé à déjeuner ce matin-là. Ce qu'il fit d'ailleurs de bon appétit.

L'air de rien, il demanda, en jetant un coup d'œil du côté de Sam:

— Au fait, quelqu'un aurait-il vu mon épée?

L'Écossais reposa son gobelet et déglutit péniblement. Le regard persistant de Louis lui fit l'effet d'une brûlure.

Il avait été le premier à se réveiller et à retrouver l'affreuse lame nue, dressée entre leurs corps comme une menace. Ce n'était pas là une épée ordinaire. L'épée d'un guerrier était un objet digne d'être glorifié dans les fables. Pas celle d'un bourreau. Il lui avait semblé que l'arme vibrait d'anticipation au fait qu'un adultère avait pu être commis. Il avait cru, et il le croyait encore, que le damas de Louis était une chose maléfique, potentiellement active par elle-même, qu'elle le désirait, lui, en tant que victime. La blessure et la souffrance étaient sa seule raison d'être et, par conséquent, elle semblait contenir cela dans sa structure même. Sam avait reconnu la douleur que pouvait causer cet instrument, comme s'il avait su la lui exprimer par sa seule présence. D'instinct, il avait roulé hors de sa portée. Son mouvement brusque avait réveillé Jehanne dont les nerfs, déjà passablement éprouvés, avaient failli céder à cette vue.

Sam dit, en adoptant un air bravache :

— On l'a vue, votre relique. Le sang qu'elle a versé l'a peut-être rendue sainte, mais moi, je n'aimerais pas être à votre place et avoir ça sur la conscience.

— Saint ou criminel, on se ressemble tous avec la tête en moins, Aitken. N'oublie pas ça. À ma connaissance, nul n'a jamais été secouru par son propre sang.

— Mais le bois de santal parfume la hache qui l'abat, cita Jehanne avec ardeur.

Le père Lionel, qui écoutait sans intervenir cet échange de proverbes, songea avec tristesse : « C'est du philtre d'amour qu'ont bu Tristan et Iseult, et non pas d'une épée, dont Louis aurait besoin. »

Sam lâcha un soupir et laissa ses yeux émeraude errer sur la tapisserie de la licorne et de la manticore* qui avait été tendue derrière Louis.

— Au fait, j'y songe : saviez-vous que, si on se sert à boire dans un gobelet fait avec une corne de licorne, on est immunisé contre toutes sortes de poisons ? On devrait avoir ça ici. Parce que c'est aussi très recommandé pour ceux qui souffrent du «saint malaise*».

Louis comprit alors ce qui avait dû se passer au cours de la nuit. Son poing se referma lentement sur la table et le bourreau s'appuya davantage contre le dossier de la chaise.

— Toi, je n'aurais pas dû t'enseigner le maniement d'une lame. Ça t'a rendu beaucoup trop téméraire pour un palefrenier. Tu devrais être en train de te faire bouffer par les vers à Najera avec les traîne-potence de ton espèce. Ainsi j'aurais la paix. Mais, comme on dit : «Graissez les heuses* d'un vilain, il dira qu'on les lui brûle[16].»

Jehanne se leva, sous prétexte que quelque chose était en train de coller dans la marmite de l'âtre qui n'y était d'ailleurs pas. Elle vit les yeux du prédateur se river à elle comme deux aimants.

On cogna à la porte avant que le père Lionel n'eût le temps de se lever pour flanquer Sam dehors. Tout le monde se tut et échangea des regards vaguement inquiets. Ce fut Louis qui s'essuya les mains et se leva pendant que Toinot et Thierry se tenaient prêts. Lionel profita de l'occasion pour souffler à Sam:

— *Traille tou kipe your laïfe*[17].

Hormis les courriers dépêchés à Louis depuis Caen, les visiteurs se faisaient généralement rares au domaine, et encore plus en hiver.

C'était un messager. Ce que celui-ci avait de particulier, c'était d'abord son âge, une quinzaine d'années, tout au plus, et le fait qu'il n'appartenait ni au château du gouverneur, ni au bayle*. C'était un simple citadin. Il n'eut pas besoin de demander le nom de celui qui lui ouvrit et recula de deux pas.

— Qu'est-ce que tu veux? lui demanda Louis d'un ton sec.

Le garçon s'avança bravement et dit:

— J'ai un message pour vous de la Torsemanche.

— Eh bien, donne-le-moi, dit-il en tendant la main.

Au lieu de laisser tomber le pli cacheté aux pieds du bourreau comme les autres messagers avaient coutume de le faire, le garçon le lui remit en tendant nerveusement le bras.

— Attends ici, lui ordonna Louis, et il s'apprêtait à refermer la porte lorsque la voix scandalisée d'une femme protesta:

— Maître, vous n'allez tout de même pas laisser ce pauvre garçon grelotter dehors comme ça par un temps pareil!

Louis, qui avait déjà fait demi-tour en détaillant le sceau de sa lettre, répondit, sans y prêter attention:

— Mais non, mais non... Par ici, Jehanne, j'ai besoin de vous.

— Bien sûr, Louis.

Elle se leva et dit:

— Blandine, fais entrer ce messager et sers-lui une bonne ration de fromentée* avec du cidre chaud. Veille à ce qu'il prenne un peu de repos au coin du feu. Je reviens de suite.

— D'accord, dame. Il n'est jamais trop tard pour bien faire, dit la servante en s'affairant sans délai.

Pendant ce temps, Jehanne suivit Louis dans leur chambre sans montrer qu'elle avait son courrier en horreur. Il s'agissait toujours de sommations au bout desquelles quelqu'un finissait par perdre la vie. Après avoir décacheté le pli, il le lui donna. Elle le déplia et lut:

Très estimé maistre Baillehache,
Il est de mon pénible devoir de vous annoncer que l'état de santé de mon associée, Desdémone, se desgrade considérablement depuis l'automne.

---

17. Littéralement, «Essaye de garder ta vie», avec un fort accent.

Par la présente, je sollicite donc respectueusement votre permission de lui accorder sa retraite. Il me fera plaisir de me charger à titre personnel des frais encourus par son entretien ainsi que par son logement chez moi. Je demeure votre bien desvouée,
Bertine.

Jehanne lui remit la lettre. Voilà, il allait encore partir. Mais cette fois, au moins, c'était pour s'occuper d'autre chose que de mort. Elle en fut quelque peu réconfortée, même s'il s'agissait de la gestion d'une maison close. Elle savait que Bertine, aussi connue sous le nom de la Torsemanche, en était la souteneuse, mais elle ignorait que Desdémone était la femme distinguée avec qui elle avait conversé un moment au banquet de noces. Elle baissa les yeux et s'efforça de cacher sa déception. Louis s'en rendit compte. Il lui passa sur la joue la jointure rugueuse de son index et dit, assez gentiment:

— C'est l'affaire d'une journée.

Elle leva les yeux sur lui et lui sourit.

— Merci, Louis.

De retour dans la grande pièce, il alla vers le jeune messager qui était occupé à se restaurer et lui dit:

— Fais-lui savoir que j'arrive aussitôt que possible.

— Bien, maître. J'ai aussi mandat de vous informer que l'on a découvert plusieurs cas de choléra en ville.

— Ah. Aucun signe d'épidémie?

— Pas encore. On maîtrise la situation. Mais la Torsemanche m'a chargé de vous assurer que Desdémone n'en montre pas les symptômes.

Louis hocha la tête. Et, se tournant vers Sam qui mordait dans un gros morceau de pain, il dit, sur un ton qui n'admettait aucune réplique:

— Aitken, tu m'accompagnes. C'est plus prudent de t'avoir à l'œil. Je ne voudrais pas être obligé de te faire giguer sans plancher, sur un air de chevestre*.

Sam ne répondit pas. Un peu de tisane s'efforça de lui faire avaler à la fois l'injure et sa bouchée de pain.

— Ah, j'oubliais. Puisqu'on s'occupe de messages, j'en ai un pour toi.

Il fouilla dans sa poche et jeta de nombreux petits bouts de parchemin aux pieds de l'Écossais, qui reconnut l'esquisse d'un portrait de Jehanne qu'il avait entreprise quelques jours plus tôt.

— Ne t'avise pas de me refaire un coup pareil, dit-il à Sam qui s'était accroupi devant les fragments de son œuvre comme un loqueteux fébrile ramassant une poignée de sous jetés en l'air.

*

Caen, janvier 1371

La maisonnette rouge au bout de l'impasse, gardée par sa grille de fer, donnait le frisson à Sam. Il préféra ne pas y entrer et demeura dans le jardinet mort pour attendre Louis qui s'occupait de rentrer quelques provisions. En hiver, cet endroit ceinturé de son muret en pierres était démoralisant. Sam ne pouvait concevoir la beauté de juin dans les lacis de ronces noirâtres qui ressemblaient à des couleuvres endormies au pied des pierres sur un lit de neige souillée par la cendre de foyer. Il ne pouvait concevoir non plus que Louis pouvait aimer les fleurs.

La voix péremptoire du bourreau appela, depuis la porte qu'il verrouillait :

— Allez, en route. À moins que tu ne préfères rester ici.

— Non, non, je vous suis. Où on va? dit Sam un peu hâtivement, de crainte de se voir forcé à se morfondre tout un après-midi en ce lieu sinistre à l'entrée duquel un pilori montait la garde.

Goguenard, les mains dans les poches, il s'avança vers le bourreau.

— Dommage, dit celui-ci. Ça m'aurait fait un bon prétexte pour enfin me débarrasser de toi en sabrenassant*, espèce de pique-écuelle. J'aurais pu t'enterrer dans mon jardin. Ainsi, une fois dans ta vie, tu te serais rendu utile.

Sam blêmit, mais il parvint à extraire de sa gorge serrée un petit ricanement sec.

— C'est une blague, j'espère?

— Mais oui.

— Ah bon. J'aime mieux ça. L'ennui, avec vous, c'est qu'on ne sait jamais quand vous êtes sérieux ou pas.

— On y va.

Le bourreau prit sa besace.

— Où ça?

— Tu verras bien.

Ils sortirent de la cour et Louis verrouilla la grille. Ainsi, ils partirent à pied sous quelques flocons somnolents qui mettaient longtemps à choisir un endroit où se poser. Les habits noirs et les cheveux de Louis semblaient les attirer tout particulièrement. Le duo n'échangea pas une seule parole jusqu'à ce qu'il eût atteint une porte close. Ils n'avaient pas encore quitté ce quartier mal famé des faubourgs, et pourtant Sam nota que la demeure où ils s'étaient arrêtés était, comme la maison rouge, mieux entretenue que celles qui l'entouraient. La porte donnait directement sur la rue boueuse. Çà et là, des femmes étaient apostées et racolaient au passage de clients potentiels, abandonnant tout de suite leurs poses suggestives lorsqu'ils allaient leur chemin devant à toute allure en faisant mine de ne pas les voir. L'une d'entre elles s'accrocha au bras d'un homme qui venait de lui faire signe, et ils s'approchèrent à leur tour de la belle maison. Le soir venant, les gens du guet venaient interdire l'issue des rues environnantes à l'aide de chaînes tendues.

Sam dit:

—Hum! Vous me payez le bordeau*, maître?

—Si on veut, répondit Louis, au grand étonnement du jeune homme. Le bourreau expliqua:

—Je n'ai pas à payer.

Sam siffla d'admiration. Intéressant, le tour qu'était en train de prendre la chose. Louis essayait-il de l'éloigner de Jehanne, de se le concilier en lui accordant ce genre de petites faveurs? Si tel était le cas, cela pouvait avoir ses bons côtés.

Louis ouvrit sans cogner et entra en premier. Sam suivit derrière. La prostituée et son client qui se tenaient eux aussi à la porte n'entrèrent pas. Curieusement, ils avaient l'air d'être sur le point de se disputer. Louis referma donc la porte.

Plusieurs voix féminines saluèrent son arrivée avec des excès de politesse nerveuse. L'Écossais se hissa sur la pointe des pieds. Son visage malicieux apparut par-dessus l'épaule du géant, qui n'en fit pas de cas.

Bertine se présenta au bourreau et lui dit:

—Bonjour, maître. Merci d'avoir fait si vite.

Elle lui tendit une petite bourse qu'il soupesa avant de l'empocher. Le visage de Sam se fendit d'un sourire lorsqu'il vit la souteneuse poser la main sur l'épaule de Louis et se hausser sur la pointe des pieds pour chuchoter à son oreille. Louis l'arrêta d'un geste et enfonça son coude dans l'estomac de Sam pour l'éloigner. Cela en fit ricaner plus d'une et Sam, qui se pétrissait l'estomac, feignit de balancer un coup de pied dans les mollets du bourreau.

—Je t'écoute, dit Louis à Bertine.

—Bien, euh... je ne vous ai pas tout dit dans ma lettre. À propos de Desdémone. Il y a une condition à l'offre que je lui ai faite. Et pour cela je vais avoir besoin de votre aide.

Il hocha la tête. Bertine poursuivit:

—Elle a des dettes. Surtout envers cet homme qui est resté dehors avec une de mes filles. C'est pour ça qu'il est venu. C'est un tavernier.

—Ça allait de soi.

—Il faut qu'elle règle ses dettes et qu'elle évite désormais de boire. Parce que, moi, je ne peux pas me permettre ce genre de dépenses et elle le sait. Déjà que, si elle ne travaille plus, ça nous fait un revenu de moins pour la maison. Vous comprenez?

—Et elle planque de l'argent, à ton avis?

—Oui, beaucoup. J'en suis certaine. À vrai dire, maître...

Et elle baissa le ton d'un cran:

—... elle m'en a volé.

Soudain, la porte d'entrée s'ouvrit sur le tavernier qui, hors de lui, poussa la prostituée et se mit à hurler:

—Voilà! Voilà comment on floue les honnêtes gens! De la racaille, tout autant que vous êtes!

Il titubait et ses protestations semblaient devenir plus véhémentes au fur et à mesure qu'il parlait. Visiblement, il avait généreusement goûté à la qualité de sa marchandise.

Bertine soupira.

—C'est chaque fois la même chose. La tare qui accable Desdémone nous atteint toutes. Cela nuit à la réputation de la maison. La mise à la retraite, c'est mon idée.

Sans s'arrêter de pester contre tout le monde, le tavernier se mit en quête de choses à briser. Bertine jeta un regard désespéré à Louis, qui ne faisait rien. Pour une raison ou une autre, il restait figé sur place à regarder l'homme au visage sanguin qui soufflait comme un taureau. Cela avait l'air de lui rappeler quelque chose de désagréable. Sam, quant à lui, s'était retiré dans un coin et il ne semblait pas vouloir intervenir. Il connaissait trop bien ce genre de piliers de taverne pour avoir envie de s'y frotter.

La porte restée entrouverte fut sa seule issue, dans tous les sens du mot. Bertine y porta le regard au moment même où un gamin d'une dizaine d'années passait pour la seconde fois, l'air de rien, histoire d'avoir une idée de ce à quoi pouvait bien ressembler ce lieu de perdition. Bertine, d'un signe, l'invita à entrer. Personne ne le remarqua. Elle lui chuchota quelque chose à l'oreille, puis:

—Tout un écu pour toi si tu me rends ce petit service. D'accord?

Le plan de Bertine était risqué, mais très attrayant: faire voler par le garçon le beau mouchoir en soie de ce gros gueulard qui était trop occupé pour se soucier de lui. De plus, l'objet convoité dépassait de sa poche d'au moins un bon quart. C'était tout simple.

Elle espérait que ce délit allait susciter une réaction de la part de Louis, qui était la seule personne apte à clore cet entretien à sens unique.

Pendant ce temps, le forcené continuait:

— À présent, faut me payer. Là, tout de suite! T'as compris, la Torsemanche? Sinon je reviendrai bouter le feu à ton repaire de punaises!

— D'où diable ce nom lui vient-il, à la Torsemanche? demanda quelqu'un.

— On l'appelait comme ça dans le temps et ça lui est resté, je suppose, répondit un autre, tandis que le garçon se mettait à louvoyer discrètement parmi les prostituées, quelques clients et les curieux qui entraient.

Tous restaient debout et n'osaient pas s'en mêler. Au moment où le gamin détalait en direction de Bertine, le mouchoir en main, le tavernier grogna et le rattrapa par le col de sa tunique.

— Ah, toi, mon petit voyou, si tu crois que tu vas t'en tirer comme ça! Non seulement on me prive de ce qui m'est dû, mais en plus on me refuse une petite compensation gratuite.

Il jeta un coup d'œil mauvais en direction de la putain avec qui il s'était disputé.

— Et voilà qu'on me vole par-dessus le marché! Petite canaille, gibier de potence!

Bertine serra les dents. Pauvre gamin. Elle avait su dès le départ que cela allait se produire, mais elle n'avait pas le choix. Il était impossible d'essayer de raisonner l'homme tant qu'il se trouvait dans cet état, et nul ne pouvait rien faire. L'ivrogne transpirait à grosses gouttes. Il se mit à secouer le garçon et lui administra quelques taloches au hasard.

L'attroupement s'était densifié, si bien que certains avaient dû rester dehors et se haussaient sur la pointe des pieds pour mieux voir.

Le tavernier ne remarqua pas le bourreau discret qui s'était défait d'une besace et qui parvenait miraculeusement à se frayer un chemin jusqu'à lui. Il ne leva les yeux qu'au moment où il l'eut devant lui, et il était trop tard: Louis avait déjà pris son élan. Son poing atteignit l'homme en pleine figure. Le garçon soudain libre en profita pour s'éloigner pendant que le tavernier s'écroulait sur la table, où il bouscula plusieurs écuelles avant de faire une culbute. Il tomba de l'autre côté et se remit à genoux, confus, à demi assommé, la bouche en sang, sous l'hilarité générale. Même le gamin, qui était allé rejoindre Bertine, riait de bon cœur en se faisant remettre l'écu promis. Louis était aussi confus que sa victime. Il regardait autour de lui d'un air étonné en se pétrissant les phalanges. Bertine lui fit un clin d'œil et il comprit. Ce n'était plus un secret pour personne en ville que l'exécuteur ne pouvait supporter de voir maltraiter un enfant. Il grommela :

— Ouais. Très habile.

Il repêcha le tavernier râleur et l'assit sans ménagement sur la table. L'homme le regardait d'un air éberlué. Soudain, il se mit une main devant la bouche.

— Désirez-vous un seau ? demanda Louis rapidement.

Il le retenait par l'épaule.

— Hm-hm, répondit l'homme en faisant un signe de dénégation.

Il cracha dans sa main un petit objet blanc qui nageait dans des bulles de salive rougie. Une dent.

— Aïe ! Toutes mes excuses, dit Louis.

— C'est bien de vous, ça, bourrel*, que d'arracher des dents qui sont encore saines.

Les curieux acclamèrent le tavernier que l'incident avait passablement dessaoulé. Louis dit :

— C'est un peu pour ça que je suis là, vous savez, mais, mon client, ce n'était pas vous.

L'homme mit quelques secondes avant de saisir le sens de ces paroles.

— Ah... Ainsi, vous croyez donc pouvoir en faire quelque chose ?

— Sûrement, oui. J'ai un mandat du bayle*. Tout est en ordre. Il suffit juste qu'il lui reste assez de dents et je vous garantis qu'elle crachera quelque chose de mieux que ce que vous venez de me montrer.

— Eh ! Eh ! Ouais.

Pendant ce temps, Bertine et les filles évacuaient les curieux qui, eux, avaient bien envie de continuer à faire la fête. Sam alla leur prêter main-forte.

— Rendez-vous tous chez moi ! Je viens de recevoir livraison d'un bon petit cru d'Argenteuil dont vous me direz des nouvelles, annonça le tavernier à qui Louis venait de remettre un linge imbibé d'eau glacée.

— Tenez-vous-en à la tisane d'écorce de saule et à la poudre de clou de girofle pour quelques jours, l'ami, lui dit-il.

Se tournant vers Bertine, il demanda :

— Où est-elle ?

— Là-haut, à sa chambre, maître. Venez, je vais vous conduire.

— Suis-moi, toi, ordonna Louis à Sam après qu'il eut ramassé sa besace à laquelle nul n'avait touché.

Ils grimpèrent un escalier abrupt et traversèrent un passage étroit, à peine éclairé. Bertine s'arrêta à la dernière porte à gauche.

Elle cogna doucement.

— Deux visiteurs pour toi, Desdémone.

— Dis-leur que je ne suis là pour personne, répondit une voix revêche.

— Allons, allons, chérie. Il y en a un des deux que tu n'as pas vu depuis fort longtemps.

— Bon, bon! Alors, qu'ils attendent.

Il y eut le grattement hâtif d'un meuble sur le plancher et quelques autres petits bruits indéfinissables. Enfin, des pas approchèrent de l'huis.

Bertine se tourna vers les deux hommes et leur dit:

— Bien. Je vous laisse.

Sam remarqua qu'elle était blême et qu'elle pinçait les lèvres. De son côté, Louis ne semblait pas avoir particulièrement apprécié la façon dont il avait été présenté. Il se poussa sur le côté. Sam n'eut pas le temps de lui demander pourquoi il faisait cela, car la porte s'entrouvrit. Une vieille femme l'avisa en clignant des yeux. Elle n'aperçut d'abord que le jeune rouquin qui lui souriait d'un air niais.

— Euh... salut, dit-il.

Louis ne remarqua pas la grimace souriante de Sam.

— Est-ce qu'on se connaît? demanda Desdémone à l'Écossais en s'appuyant au chambranle d'une façon racoleuse.

Elle se souvenait très bien de lui et ne regrettait plus d'avoir ouvert sa porte. Sam, quant à lui, même s'il avait flirté avec elle aux noces de Louis, fit mine de ne pas la reconnaître:

— Sûrement pas.

Piquée au vif, Desdémone se redressa autant qu'elle le put. Malgré les ravages produits par ses excès, elle parvenait encore à faire illusion. À l'exception de son ventre, elle avait conservé sa minceur de jeune femme. La peau ridée de ses épaules, dont l'une avait jadis été marquée d'une fleur de lys par Louis, et celle de sa poitrine étaient camouflées par divers affiquets et de grands voiles artistiquement enchevêtrés. Si l'abondance de fard empêchait les émotions ou la lassitude de trop paraître sur ses joues, elle n'arrivait pas à faire oublier les yeux ponctués de petites rides qui, eux, ne trahissaient que trop facilement une usure précoce. Desdémone se traînait les pieds et avait le dos voûté. Son sourire contraint était ébréché à cause de l'absence de deux dents du devant. Les autres avaient commencé à se déchausser.

— Eh ben alors, qu'est-ce que tu me veux, petit? demanda-t-elle. Ne viens pas me dire qu'il n'y en a pas une en bas qui ferait ton affaire. Un beau gars fringant comme toi!

Tout à coup, elle s'en voulut de s'être ainsi vieillie avant l'âge.

—Moi, tu sais, j'aime les beaux garçons, mais je suis plus bonne à grand-chose, maintenant. J'ai le foie malade. Tu vois, on m'a pour ainsi dire expulsée, poussée dans un coin de la maison comme une guenille défraîchie qui a fait son temps. Ah, si j'étais plus jeune, je te dis pas... Au fait, la patronne m'a bien parlé de deux visiteurs. Où est l'autre?

—Euh, balbutia l'Écossais.

Elle ouvrit davantage sa porte. Une grande main se plaqua contre le battant ouvert, juste au-dessus de sa tête, et le maintint fermement contre le mur. Par son geste, l'homme à qui appartenait cette main se dévoila et il fut impossible à la putain de refermer sa porte.

—Il est là, dit Louis gentiment.

Il repoussa Sam un peu et entra dans la chambre en penchant la tête. La femme recula. Son teint jaunâtre vira au gris.

—Maître, oh... veuillez me pardonner... si j'avais su... comprenez bien que je me serais arrangée un peu.

—C'est sans importance, dit Louis, qui nota le ton poli sans toutefois le lui laisser voir. Il se tourna vers Sam qui était demeuré sur le seuil.

—Entre. Et ferme la porte.

L'Écossais obéit. Le regard froid et scrutateur du géant examina dédaigneusement son hôtesse de la tête aux pieds. Les yeux de Desdémone brillèrent de rage contenue.

—Bon, m'as-tu bien regardée? Es-tu satisfait de ma déchéance?

Louis prit le temps de déposer son sac dans un coin de la chambre et d'en dénouer l'ouverture. Il dit, d'un ton détaché:

—Ouais. Le temps n'a certes pas arrangé les choses, hein? Ça se détériore. On croirait voir une vieille carne. Tu as le sang tourné. Ça t'a rendue si ridée et si jaune que même un Escot ivre ne voudrait pas de toi.

—Eh! Oh! Attention à ce que vous dites, bourrel*, dit Sam.

—Salaud! Tout ça, c'est de ta faute, dit Desdémone à Louis.

—Tut-tut, pas de gros mots.

—Et d'abord, qui c'est, au juste, ce rouquin-là? Le roi des mouches a amené son assistant?

—Eh! Oh! protesta Sam.

—Laisse, Aitken.

Il précisa à Desdémone:

—C'est un vieil ami de ma femme. Je l'ai emmené pour lui donner l'occasion de se distraire un peu. Bien...

Il se pencha pour fouiller dans sa besace et dit:

—Ta bienfaitrice m'a écrit. Ce n'est pas la grande forme, à ce qu'il paraît.

—Non, et tu en connais la raison aussi bien que moi. Bertine se fait-elle donc du souci au point de s'arranger pour que tu te pointes ici avec tes savants remèdes?

—Des remèdes? Oui, si on veut.

—Je me méfie de tes remèdes. Qu'est-ce que c'est que ça?

Il avait extrait quelque chose de sa besace et le présenta à la femme. À première vue, Sam crut qu'il s'agissait d'un objet décoratif. Louis tenait-il donc à cette prostituée au point de lui offrir un présent? Qui donc était-elle? Une amante? Voilà qui pouvait tout changer. Mais pourquoi ce bibelot de métal ouvré en forme de poire? Cela devait avoir une quelconque signification symbolique pour eux. Desdémone, elle, regarda tour à tour le bibelot, puis Louis, apparemment sans comprendre. Elle ne s'approcha pas non plus. Ce fut Louis qui en prit l'initiative. Ce faisant, sans quitter la putain des yeux, il tourna la petite clef ronde qui se trouvait sous la poire. Elle produisit un clac métallique et se sépara brusquement en quartiers. L'objet ressemblait maintenant à une fleur épanouie dont les pétales étaient en fait quatre lames acérées. Desdémone haleta. Louis revissa la poire avec ostentation[18].

—Comme tu peux le voir, j'ai l'outillage adéquat. Et ce n'est pas tout.

Un rouleau de corde suivit.

—Faut faire attention avec le chanvre. C'est une herbe étouffante, dit-il.

Et il termina en exhibant une espèce de bride en fer à laquelle était attachée une paire de tenailles.

Avant qu'elle eût eu le temps de tenter quoi que ce fût, Desdémone se retrouva étendue sur sa couche; Louis était par-dessus elle, tenant une dague sous son menton.

Sam était incrédule. Le monstre avait poussé l'audace jusqu'à l'emmener avec lui pour qu'il assiste à cette horreur. Et il appelait cela une distraction. De plus, il s'attendait à le voir rester là sans rien faire, lui, en spectateur passif. C'était mal le connaître.

—Arrêtez! cria-t-il.

Et il s'avança doucement. Lui-même avait dégainé sa dague.

Desdémone restait immobile, le plat de la lame froide appuyé contre sa gorge. Louis tourna un peu la tête sans bouger la main.

—Qu'y a-t-il?

—Lâchez-la, de grâce. Bon Dieu, ne sentez-vous donc rien du tout?

—Si, je sens quelque chose.

Il regarda Desdémone et lui passa sa main libre sous la nuque.

— Je sens ses vertèbres.

Desdémone frissonna.

— Ce n'est pas ce que je voulais dire, se hâta de rectifier Sam.

— On dit « ressentir », pas « sentir ». Ainsi, Aitken, tu intercéderais en sa faveur, même moche comme elle est?

— Oui, dit Sam sans réfléchir à la portée de cette question.

— Comme c'est touchant. Mais cela ne m'étonne guère de ta part. Tu as toujours aimé jouer les preux, pas vrai? Seulement, voilà: il y a de ces fois où tes bons sentiments sont plus nuisibles qu'utiles, tu me suis?

— Louis, non, supplia Desdémone tout bas.

La main de Sam pétrissait le manche de son arme. Louis, imperturbable, ne la quittait pas des yeux. Il dit:

— Lâche ça et rapplique ici. Plus près. Fouille dans ma poche. Doucement, hein. Pas de geste brusque, sinon, couic!

Sam obéit à contrecœur. Dégoûté, il enfonça une main dans la poche du floternel* dont il sortit un document plié. Louis dit:

— Tu sais lire, non? Eh bien, éloigne-toi, maintenant, et lis. C'est un mandat rédigé en bonne et due forme. J'ai en outre la permission de mettre en état d'arrestation quiconque tentera d'entraver mon travail.

— J'ai compris, dit Sam sombrement.

— Pitié, dit Desdémone.

Louis ne prêta pas attention à ses protestations et dit:

— Très bien. Alors, va me quérir ce tabouret qui est là et appuie-le contre la patte de la table. Fais vite.

— Ce que je n'ai pas compris, en revanche, c'est la raison pour laquelle vous m'avez emmené ici.

— Ne joue pas les abrutis, Aitken, pas avec moi. Tu le sais.

— Oui, je le sais pour avoir dû vous suivre en ville, mais ici...

— Je t'ai donné le choix, rappelle-toi. Tu étais libre de demeurer chez moi et d'attendre mon retour. Alors, ce tabouret, tu l'apportes, oui ou merde?

Sam poussa le petit siège en place de quelques bruyants coups de pied.

— La corde, maintenant, dit Louis.

Sam la lui lança dans le dos.

— Ne comptez pas sur moi pour être votre assistant.

— Comme tu voudras. Va-t'en donc dans le coin et ferme-la. Tu peux aussi t'en aller aux filles si ça te dit. C'est la maison qui paie.

Mais Sam n'était plus du tout tenté par la chose. Il rengaina sa dague et décida de rester. Il devait forcément y avoir un moyen d'empêcher la torture.

Pendant ce temps, Louis obligea Desdémone à se lever et la mena au tabouret sur lequel il l'assit rudement. Il ne retira sa dague que pour lui lier les mains derrière le dos, à la patte de table. Il lui arracha ses bracelets d'émail champlevé qui nuisaient au ligotage et les lança à terre. Les chevilles de la putain furent attachées aux pattes du tabouret. Desdémone ne se défendit pas. Elle s'était mise à sangloter.

— Dis-moi ce que tu veux. Dis-moi et si je l'ai je te le donnerai, suppliait-elle.

— Bien sûr. Mais tu es une drôlesse, toi. Tu me diras que tu ne l'as pas. Or, je détiens la preuve du contraire par la bouche même de ta patronne que tu as flouée.

Une fois sa victime bien ligotée et incapable de faire autre chose que de se débattre faiblement, il lui passa promptement l'étrange bride qui lui maintint de force la bouche ouverte. Louis jeta un coup d'œil alentour, trouva ce qu'il cherchait et ramena une verge plate.

— Pour un usage pervers à l'intention de tes clients, je suppose? dit Louis en songeant aux coups qu'elle devait leur assener avec. Je constate que tu n'as guère changé.

Il cassa la verge en deux parties de longueur inégale et mit de côté la plus courte des deux. Il s'accroupit face à la femme qui essayait désespérément de parler à travers l'horrible instrument qui lui emprisonnait la tête. Louis retroussa ses jupes et inséra la poire dans son vagin, ne la maintenant plus que par sa clef. Desdémone hurla de frayeur. Il leva les yeux sur elle et dit méchamment:

— C'est froid, hein? Mais c'est que ça y entre presque au complet. Avec quoi as-tu couché pendant toutes ces années, dis donc? Avec des étalons?

Elle se débattit de plus belle. Louis dit:

— Cesse donc de te tortiller ainsi. Ça pourrait s'ouvrir tout seul.

Il coinça la baguette cassée entre les cuisses de Desdémone et en appuya le plat contre la clef, de façon à maintenir la poire d'angoisse en place. Il ne se préoccupa pas de l'une des extrémités pointues qui lui pénétrait dans la chair.

— Si tu oses me frapper, Aitken, tu seras le prochain à bénéficier des services de cet instrument, dit-il à Sam qui s'avançait de nouveau.

Les poings serrés de l'Écossais hésitèrent, puis retombèrent lentement. Louis ne s'était même pas retourné vers lui et avait deviné son approche. «Le démon!» songea-t-il.

— Ne faites pas ça. Vous allez la tuer!

— Éloigne-toi, Aitken. Je t'ai déjà prévenu une fois. Ceci est la

67

seconde. Il n'y aura pas de troisième.

Sam recula. Louis se remit debout et dirigea les tenailles vers la bouche ouverte de Desdémone, qui fut prise de nausées. Il se tint penché au-dessus d'elle et, pendant quelques affreuses secondes, assujettit son instrument. Puis il lui imprima une violente secousse. Desdémone hurla et Sam donna l'impression qu'il était sur le point de plonger en avant. Les tenailles s'ouvrirent pour déposer une grosse molaire dans la main du bourreau. Il la montra à la putain en la tenant du bout des doigts, comme une chose laide.

— Dommage. Elle avait l'air encore saine.

Il posa la dent arrachée sur le coffre qui était au pied du lit et sortit son mouchoir de poche afin d'étancher le sang qui affleurait aux lèvres de la femme. Il demanda doucement:

— Tu as des dettes. Tu as extorqué de l'argent à la Torsemanche. Où est cet argent, Desdémone?

Il reprit son mouchoir pour entendre la réponse. Desdémone, dont les sanglots étaient devenus chevrotants, marmonna quelque chose d'inaudible.

— Comment? dit Louis, qui se baissa davantage.

Il ne manifestait aucune intention de lui enlever l'instrument afin qu'elle pût mieux parler.

— Pfah... pfah y'a-gent, parvint-elle à dire.

— Pas d'argent? C'est ça que tu as dit?

Elle acquiesça.

Louis se tourna vers Sam, dont le teint était devenu cireux. Il regarda à nouveau Desdémone.

— Tu sais que l'on réserve ce traitement aux débiteurs qui sont censés avoir le gousset vide, n'est-ce pas? Une dent par jour. Et laisse-moi te dire qu'au bout d'une semaine la plupart d'entre eux finissent par se souvenir qu'ils ont de l'argent.

Il porta la main à la poire d'angoisse, sous prétexte de l'ajuster, après quoi il posa la main sur l'un des genoux de la femme.

— Seulement, moi, je n'ai pas une semaine, pauvre traînée. J'ai promis à ma femme que je serais de retour auprès d'elle ce soir. Alors...

Avec la même brutalité, il lui arracha deux autres dents. L'une d'entre elles était une canine.

— J'ai été gentil, cette fois. Regarde celle-ci, dit-il en lui montrant une petite dent mal formée, presque toute noire. Il aurait fallu te l'arracher tôt ou tard, de toute façon. C'est une dent de sagesse et elle est pourrie. Il n'y a pas à se demander pourquoi tu n'es pas sage. Eh, là, ça coule, dit-il en se hâtant de lui éponger la bouche.

Il se rendait compte qu'il était plus loquace qu'à l'accoutumée et que ce flot de paroles ne visait qu'à le distraire des images de son passé que la présence de Desdémone ne cessait de faire ressurgir.

Il se détourna pour déposer avec soin les deux dents à côté de l'autre. Ce faisant, il aperçut Sam. L'Écossais était en train de virer au vert. L'effet était plutôt saisissant, compte tenu de ses cheveux roux.

— Prends le pot de chambre, Aitken. Tu vas être malade.

Son attention se reporta aussitôt sur Desdémone.

— Allez, sois raisonnable, sinon tu seras prise à manger de la bouillie jusqu'à la fin de tes jours. Où est l'argent?

Desdémone se sentait défaillir.

— Elle ne vous a rien fait, protesta Sam faiblement.

— Qu'est-ce que tu en sais? Apporte-moi de l'eau.

— Vous êtes un être pervers, sans rien d'humain.

Louis eut un sourire en coin.

— Tu as mis dans le mille. Regarde-la. Si c'est ça, être humain, je préférerais être un chien.

Ce disant, il désignait Desdémone. Sam n'osa pas lui rétorquer qu'à son avis, il en était un. Il lui présenta le grand pichet qui était posé sur la table. Louis en vida le contenu sur la tête de sa victime et donna une secousse menaçante à la poire.

— Non!

Les voix de Sam et de Desdémone s'étaient entremêlées. Les lèvres de Louis se retroussèrent d'un côté en une sorte de demi-sourire carnassier.

— Ah, l'amour, ce que ça peut faire...

Silence. Louis reprit les tenailles.

— Une incisive, maintenant, pour embellir encore un peu ton sourire...

— N-non... Ve fais pfayer, dit Desdémone dont les cheveux trempés, emprisonnés par la bride en fer, adhéraient comme du lierre grisâtre à ses joues au maquillage défait.

— Eh bien, nous y voilà. Ce n'était pas si difficile, n'est-ce pas?

Il abandonna son ton bon enfant aussi vite qu'il l'avait adopté et demanda sévèrement:

— Où est-il?

— Là... un frou vans ye flancher.

— Merde, ce que tu peux mal articuler. Tu es bien une ivrognesse, toi. Un trou dans le plancher? Là?

Il désigna du bout de son pied chaussé de cuir l'une des planches sur lesquelles Desdémone semblait poser son regard larmoyant. Elle fit un signe d'assentiment. Louis s'accroupit et essaya d'insérer ses ongles courts entre deux larges planches. Enfin, il parvint à soulever celle qui abritait une cache. Il y trouva un coffret en cuir clouté de bronze, une grosse bourse brodée avec des cheveux humains et un livre. Il se releva en soupesant les deux contenants. Il ouvrit le coffret. Il était plein de bijoux précieux.

Il les mit de côté avant de retirer l'instrument de torture mouillé de sur la tête alourdie de Desdémone. Il récupéra aussi la poire. Ensuite, il défit les liens de la femme avant de reprendre le coffret et la bourse.

— Bien. On a eu la main heureuse. Maintenant, si vous voulez bien m'excuser tous les deux, je dois aller rembourser qui de droit.

Il quitta la chambre, les laissant seuls, Sam et elle.

Aussitôt qu'il fut parti, Desdémone se jeta aux pieds de Sam et fondit en larmes.

— Ne le laisse plus me faire de mal, je t'en prie!

Le soir même, Sam calligraphia une légende au-dessous de son illustration dans le codex* que Jehanne lui avait redonné avant son départ: «*Oderint, dum metuant*[19].»

— «Qu'ils me haïssent, pourvu qu'ils me craignent», traduisit-il tout bas.

*

Depuis toujours, on percevait les vieillards comme étant détenteurs de sagesse. Les vieilles femmes, quant à elles, devenaient des sorcières. C'était comme ça. Le retour d'âge rendait la femme stérile, lui faisant perdre le seul rôle pour lequel on lui accordait une quelconque valeur; la société se mettait donc à la percevoir comme un élément inutile, voire nuisible et possiblement malfaisant.

Desdémone semblait avoir été ébranlée au-delà de toute possible rémission par sa rencontre avec Louis. À partir de ce jour-là, les habitants du quartier allaient l'apercevoir quelquefois, errant dans la cour avec un air absent, où, même au beau milieu du mois de février, elle allait arroser avec tendresse des fleurs qui n'y étaient pas.

À son retour à l'heure du souper le jour même, comme promis, Louis avait laissé tomber sur la table, devant Jehanne, le livre pris à Desdémone. Bertine le lui avait donné. C'était un bestiaire splendidement ouvragé. La prostituée avait peut-être eu l'intention de le vendre, car les livres étaient des objets rares et précieux, inutiles dans une maison close où nul ne savait lire. Louis l'avait à son tour offert à Jehanne, sachant qu'elle, plus que quiconque, allait en profiter. Il avait regardé les autres en enlevant son floternel* et avait annoncé:

70

— Aitken n'est pas revenu avec moi.

C'était secrètement ce qu'il avait souhaité. Jehanne avait baissé les yeux et Blandine avait dit:

— C'est drôle, on dirait que son ami l'a su avant nous. Il est parti sans nous dire où il allait et lui non plus n'est pas revenu.

Comme s'il n'avait pas été interrompu, Louis avait poursuivi, un peu à regret:

— Il a décidé de s'établir à Caen.

Il s'était attablé et il n'en avait plus été question.

Chapitre II

Fatum

(Fatalité)

Hiscoutine, printemps 1371

Le sentiment persistait comme une brûlure éloignée depuis longtemps de la flamme. Qu'elle le voulût ou non, depuis quelques lunes, Jehanne n'arrivait presque plus à trouver le sommeil malgré sa grande lassitude. Elle avait peur. Toutes les nuits, elle se réveillait en sursaut dès que Louis remuait, et il ne le faisait généralement pas beaucoup. Elle s'efforçait de ne pas le frôler, si bien qu'elle manqua plusieurs fois de tomber en bas du lit qui était pourtant vaste. L'odeur mâle de Louis la tenait en éveil, sur un pied d'alerte. Senteur d'homme était désormais synonyme d'angoisse. Et maintenant, dans le calme de la chambre, tout sentait Louis. L'air sentait Louis malgré la fenêtre légèrement ouverte sur un souffle vif et mouvant. Les draps sentaient Louis. Sa chemise de nuit sentait Louis, cette chemise qu'elle eût dû enlever comme il l'exigeait parfois, pour ensuite la remettre afin de s'y cacher en toute sécurité, une fois tout terminé. Avec son odeur à elle et seulement la sienne.

Mais le pire, c'était qu'elle s'était vue incapable de le caresser même lorsqu'il était réveillé. Les marques sur son sexe ne l'avaient jamais vraiment dégoûtée. Mais à présent, l'évidence du traumatisme qu'elles avaient causé les lui faisait craindre. Louis s'aperçut de ce changement subit, mais il ne chercha pas à forcer les choses. Il ne s'imposa pas à elle. Il lui offrit même de s'absenter plus souvent, lui disant qu'avec le début des travaux de la ferme il pourrait dormir aux champs, sous la tente. Il ne comprit pas lorsque sa femme refusa cela avec véhémence. Elle eût pu avoir leur grand lit pour elle seule et dormir en paix. Mais non. Jehanne était sans cesse tiraillée par un mélange de crainte suscitée par le haut mal – dont il n'avait pas manifesté le moindre symptôme depuis cette nuit terrible des Fêtes – et son intense désir d'avoir son mari à ses côtés, de se repaître de sa présence virile.

Il mit un mois entier à peaufiner sa petite idée. Certains talents devaient parfois être mis à contribution pour d'autres raisons que celles qui étaient inhérentes à la profession. La seule difficulté consistait à trouver quelque chose qui pouvait ressembler à une corne de licorne.

L'occasion se présenta un soir de mai, alors que Louis ramenait à la tour un chaton agaçant. Depuis l'incendie, il n'y subsistait plus qu'une espèce de cheminée géante. Il y trouva Jehanne. Elle s'était endormie dans un tas de foin avec deux couvertures. Il résolut de l'attendre.

Seule la lumière de la pleine lune éclairait la tour noircie, par l'ouverture où survivaient des vestiges roussis du toit. Jehanne se rassit brusquement et aperçut une grande ombre tapie dans un coin. Elle s'empara d'une lanterne qu'elle avait pris la précaution d'emporter et la brandit.

— Qu'est-ce que vous faites là? demanda-t-elle d'une petite voix.

Elle se leva et recula tout au fond de la pièce circulaire. Il allait la punir pour avoir quitté le lit conjugal, elle en fut persuadée. Un coup d'œil par la porte demeurée ouverte lui montra le paysage argenté et frais. Un bruit furtif la fit se retourner: Louis se tenait toujours à l'autre bout de la pièce. Il avait enlevé sa ceinture. Il tendait la main.

— Venez avec moi. N'ayez pas peur.

Mais elle refusa de bouger, ses craintes se voyant confirmées. Il s'avança vers elle après avoir fermé sa main sur les extrémités de sa ceinture afin d'en faire une boucle. Jehanne recula contre le mur et laissa tomber la lanterne qui roula aux pieds de l'homme comme une tête coupée. Il regarda brièvement l'objet, le remit debout pour qu'il ne mît pas le feu au foin et dit à Jehanne, d'une voix presque douce:

— Cessez de trembler ainsi. Apaisez-vous.

La main calleuse que Jehanne craignait et désirait tout à la fois se posa sur le côté de son cou, et un gros pouce entreprit de lui caresser maladroitement la joue.

— Je ne vous ferai pas de mal, Jehanne. Mais pour cela il vous faudra cesser vos fables. Je veux la vérité vraie, pas de contes. D'accord?

D'un geste presque caressant, il lui entoura les épaules de sa large ceinture rouge dont elle sentit le tressage à travers le tissu délicat de sa robe de nuit. Elle frissonna.

—Oui, Louis...

—Vous comprenez, les soupçons que j'entretiens depuis l'hiver à votre égard seraient à eux seuls suffisants pour que je sois dûment autorisé à entreprendre certaines procédures contre vous. Or, il me déplairait beaucoup d'avoir à vous soumettre à la question.

—La question? Des soupçons? Quels soupçons?

Louis attira doucement Jehanne à lui avec la ceinture et parut presque l'enlacer. La jeune femme, affolée, confuse, se laissa faire en tâchant de contrôler un souffle défaillant. Il expliqua:

—Le vieux Morel m'a signalé que Samuel Aitken avait tenté d'entrer par effraction dans son abri forestier en son absence. Six habitants d'Aspremont qui sont prêts à en témoigner ont certifié l'avoir vu traîner par ici et à l'Auberge du cheval noir au moins quatre fois. Une en février, deux en mars et une autre en avril. Et il n'est venu au domaine aucune de ces quatre fois. Ce n'est pas dans ses habitudes...

—Mais il a le droit d'aller où bon lui semble. J'ignore ce que vous me reprochez au juste...

—Voilà toujours bien un indice. Vous vous êtes un peu trop empressée de m'interrompre.

—Pardon.

—La question que j'allais vous poser est simple: avez-vous rencontré Aitken?

—Serait-ce une chose si répréhensible que de rencontrer mon vieil ami?

—J'attends une réponse claire à ma question.

La jeune femme baissa la tête. La main de Louis repoussa le col de sa robe et posa contre sa nuque tiède la boucle d'étain froid.

—Jehanne, va-t-il donc falloir que je vous fouette? Que je laisse sur vous les traces laides d'un châtiment?

Le bourreau repoussa Jehanne brutalement contre le mur en la tenant par la gorge et leva la boucle de la ceinture à la hauteur de son visage. Il lui montra les côtés et l'attache du fermoir qui étaient conçus de façon à être légèrement mobiles lorsque la ceinture était détachée. Il lui murmura à l'oreille:

—Ça devient coupant si on sait bien s'y prendre. Je vous en prie, ne m'obligez pas à en faire usage.

Il sentit sous sa paume l'effort que sa femme faisait pour déglutir. Sa prise ne se relâcha pas. Il attendit.

—Louis, s'il vous plaît... dit Jehanne d'une voix brisée. Je vais vous répondre, mais j'aurais besoin de prendre un peu l'air. Votre main...

Elle savait que le moment était mal choisi pour essayer de le convaincre que ces menaces étaient inutiles. Il empoigna sa femme par son vêtement en batiste et lui permit de se pencher pour prendre elle-même sa lanterne. Malgré sa frayeur grandissante, la jeune femme se laissa docilement entraîner dehors, où il la contraignit à s'appuyer contre la tour. La brise paisible de cette nuit estivale réveilla une boucle couleur de thé qui s'agita sur le front de la jeune femme avant de s'assoupir à nouveau. Jehanne leva les yeux vers le géant dont elle prit timidement la main qui serrait encore les bouts de la ceinture.

— Voilà. Inutile de chercher à gagner plus de temps, maintenant. Avez-vous, oui ou non, rencontré Samuel Aitken à mon insu, et ce, à quatre reprises depuis l'hiver dernier?

— Je...

— Oui ou non?

— Oui. Trois fois seulement. Pas quatre.

Elle se renfrogna, attendant des coups qui ne vinrent pas. Louis dit, tout à fait maître de lui-même:

— Bien. J'étais au courant. Mais je tenais quand même à l'entendre de votre bouche et m'assurer que vous n'essaieriez pas de me mentir.

Elle le regarda, éberluée.

— Vous le saviez?

— C'est Aitken lui-même qui me l'a avoué. Les noix dans un certain chêne creux que vous utilisiez comme signal, et le reste. Il m'a tout dit la quatrième et dernière fois où il a été vu en train de rôder par ici et où vous l'avez manqué. C'est moi qui l'ai vu en premier. Je coupais du bois. Plus exactement, ce sont vos traces dans la neige fondante que j'ai d'abord vues. Elles dataient d'avant cette dernière visite et il n'avait pas assez neigé par-dessus pour les effacer. La forêt vous a trahis, Jehanne. Elle est parfois une bien piètre complice.

Ils avaient trop compté sur le soigneux camouflage de ces traces par une nouvelle neige d'avril, ou par la discrète et incessante activité de la forêt: les lièvres appréciaient particulièrement leur clairière et ils avaient pu constater que des biches s'y reposaient fréquemment. Plusieurs braves oiseaux de passage s'y arrêtaient eux aussi pour apposer sur la neige quelque annotation de leur écriture cunéiforme. Mais il avait à nouveau neigé et Louis était venu avant que les bêtes eussent le temps de se remettre à l'œuvre. Il avait donc remarqué les traces encore fraîches laissées par des chaussures trop délicates pour la marche en forêt et l'effleurement de la neige par un ourlet de robe. Naturellement, il s'était mis à les suivre et avait trouvé peu après d'autres traces qui étaient venues se joindre à celles de la femme.

Celles-là provenaient des heuses* d'un homme. Les deux pistes convergeaient et se faufilaient joyeusement à travers les buissons jusqu'à une aire brouillée par de nombreux piétinements. Cet endroit se situait assez près de leur ancien abri souterrain.

Louis reprit :

— Ce n'était pas du tout prudent, Jehanne. Vous avez fait ça avec une complète absence de précautions, même les plus élémentaires. Cela seul m'est en soi une injure. J'ai même retrouvé son pot à feu. Vous auriez dû vous méfier de la malencontreuse audace de cet importun. Je n'ai jamais pu l'en guérir.

— Qu'avez-vous fait quand vous l'avez trouvé ?

— Je l'ai pendu.

— Quoi ?

En un clin d'œil, Jehanne était devenue blême comme un linge. Il leva à demi les mains en signe d'apaisement.

— Rassurez-vous, je l'ai ménagé. Il va bien. Mais il en a été quitte pour avoir la peau du cou et des mains un peu écorchée, sans compter une bonne frousse qui l'a fait pisser alors qu'il ne pouvait plus siffler...

En la voyant virer au gris, il se reprit en toute hâte :

— Excusez-moi. Ça m'a échappé.

Débusquer Sam dans son repaire avait été facile. La première chose qu'il avait remarquée avait été la hèze* appuyée contre une butte. L'Écossais trop confiant, distrait par la ramure cuivrée et frémissante d'un chêne, n'avait pas porté attention à la forme noire qui s'était recroquevillée derrière le buisson qui poussait juste à côté. Il avait pourtant bien vu la corde. À l'instant où il s'était demandé, intrigué, ce qu'elle pouvait bien faire là, il était trop tard. Louis avait bondi derrière lui et lui avait prestement passé le nœud coulant. Une secousse pour le serrer et Sam s'était retrouvé les mains liées derrière le dos et les pieds ballants. Le bourreau avait ensuite augmenté en toute tranquillité la tension avec ses deux mains en reculant de quelques pas. La corde tendue avait davantage éloigné Sam du sol. Le jeune homme s'était débattu, son visage contorsionné, enlaidi par des grimaces grotesques. Pendant ce temps, Louis avait entrepris d'attacher l'autre extrémité de sa corde à un fût voisin. Enfin, il s'était rapproché de Sam, au risque de recevoir des coups de pied, et lui avait solidement empoigné les chevilles. Il avait exercé une légère poussée vers le haut afin de réduire la strangulation et de lui permettre de respirer. Il avait dit :

— Tss-tss, que de signes révélateurs tu peux laisser derrière toi,

Aitken. Et je ne parle pas de cet emplacement que tu as si mal choisi. Est-ce par défi ou par bêtise que tu l'as fait? Enfin, peu m'en chaut. Tes petites manigances ont assez duré. Terminé, ce petit jeu d'amour courtois. Ma femme ne doit plus te revoir, et moi non plus.

Il avait brièvement interrogé Sam, qui s'était empressé de lui répondre en éliminant de son langage les épithètes disgracieuses qu'il avait coutume de servir au bourreau. Après cela, toujours sans libérer les chevilles de son captif, Louis avait commencé à relâcher doucement son emprise. La corde s'était remise à serrer.

— Dire que je n'aurais qu'à te lâcher et j'aurais enfin la paix. Tu pourrais bander une dernière fois et, là au moins, ça rapporterait quelque chose. C'est la semence de pendu qui fait pousser de la mandragore, tu le savais? Je pourrais aussi vendre cette corde[20]. Ainsi, tu me dédommagerais un peu pour toutes les emmerdes que tu me causes depuis des années.

Il avait dit, comme pour lui-même:

— J'ai jadis promis à Aedan de ne pas te tuer à cause de Jehanne. Cette parole, je n'aurais jamais dû la lui donner. Tu t'incrustes. Une vraie teigne. Que vais-je bien pouvoir faire de toi? Si tu persistes à me forcer la main ainsi, je ne serai plus en mesure de tenir cette promesse.

Soudain, il avait eu une idée.

— Mais oui! Que n'y ai-je pensé plus tôt. Une ordalie*. Voilà bien un geste magnanime qui saurait plaire au vieux. Tu n'as pas les pieds liés, Aitken.

Sans prévenir, Louis l'avait lâché. Il avait reculé hors de sa portée et l'avait froidement regardé se débattre.

— Déprends-toi tout seul et je te laisserai partir. Mais si tu meurs avant d'avoir réussi...

Il avait incliné la tête de côté et croisé les bras.

— ... ce sera ta faute et non la mienne.

Comme Louis l'avait prévu, Sam s'était d'instinct balancé afin de s'accrocher par les jambes à un arbre voisin. Se délier les mains avait exigé beaucoup de temps et il était passé près de retomber à plusieurs reprises avant d'y parvenir, car Louis s'était mis à lui bombarder vicieusement les jambes, les poignets et les mains avec des pierres pointues.

— Parce qu'il ne faut quand même pas que ce soit trop facile, hein, avait-il expliqué.

Mais lorsque Sam s'était enfin retrouvé assis à califourchon sur la branche qui l'avait soutenu, à demi étouffé et les mains ensanglantées, Louis avait été une nouvelle fois fidèle à sa parole. Il avait laissé tomber ses derniers cailloux et était parti sans se retourner.

Partagée entre l'horreur et le soulagement de savoir Sam sain et sauf, Jehanne avait écouté le bref récit qu'avait fait Louis de l'incident. Elle n'allait peut-être plus jamais revoir Sam. Et c'était sans compter son mari, son mari implacable mais juste qu'elle risquait de perdre aussi. Elle baissa la tête.

— Vous n'aurez plus confiance en moi, maintenant, lui dit-elle.

Il l'entraîna de nouveau à l'intérieur de la tour, le cuir de la ceinture lui effleurant le haut du dos comme un constant rappel. Louis lui fit face. Il abaissa son regard perçant vers les mains toutes menues qui tremblaient, croisées devant elle, et les laissa revenir au visage de Jehanne, qu'il voyait à peine. Était-elle seule responsable de tout cela? Il en doutait. Mais il décida qu'il n'y avait qu'un seul moyen de le découvrir. Il répondit:

— Pour regagner ma confiance, vous devrez me prêter serment par le sang.

L'esprit déjà passablement troublé de Jehanne s'affola à ces mots qui n'avaient guère de quoi rassurer, autant à cause du geste lui-même qu'à cause de ce qu'il pouvait éventuellement impliquer. La jeune femme n'avait jamais entendu dire que ce genre de rite se pratiquait pour tisser quelque lien féodal: c'était plutôt en s'age-nouillant devant son seigneur et en lui tendant les mains qu'un vassal jurait loyauté.

— Mais... n'est-ce pas là une cérémonie païenne? dit-elle d'une petite voix. Et nous sommes déjà mariés.

Elle avait entendu parler de ces couples ancestraux et de ces guerriers qui, en signe de fraternité, mélangeaient un peu de leur sang.

Louis répondit:

— Ça va plus loin qu'un serment. Il y a une autre raison pour laquelle je vous fais cette demande.

Elle continua en vain à chercher quelque argument pour détourner son attention et l'empêcher de mener à bien son inquiétant projet. Louis ne pressa pas sa femme. Il attendit sans un mot, avec cette patiente dignité un peu sévère qui lui était caractéristique et qui eût paru affectée chez n'importe qui d'autre. La jeune femme se sentit remuée par quelque chose de très ancien en elle, comme si des fragments d'un instinct préhistorique jusque-là profondément enfoui avaient soudain été remis à jour, ayant survécu à des siècles de doctrine judéo-chrétienne. Elle leva la tête vers son mari. Tel qu'il était, il y avait du primitif en lui. Et ce pragmatisme qu'il démontrait sans cesse... Peut-être allait-il avoir davantage confiance en ce symbole fruste qu'en une ou deux phrases ânonnées devant un prêtre. Elle se passa la langue sur les lèvres, avant de demander:

— Quelle est cette raison?

Il sortit de sa poche une espèce de petit stylet ouvragé dont la lame semblait faite d'une matière inhabituelle. L'instrument avait un aspect exotique, très ancien. Il le lui tint devant les yeux et elle ne put retenir un mouvement de recul.

— C'est... en os?

— Plus exactement en corne de licorne.

— Quoi? Les licornes existent donc?

— Les forêts sont encore immenses en certains endroits. Nous sommes loin d'avoir tout vu ce qu'il peut y avoir comme bêtes là-dedans. Les licornes sont extrêmement rares et, même avec mes ressources, je n'ai pas été en mesure de mettre la main sur une corne complète. Mais ceci fera très bien l'affaire.

Il ignorait si les licornes existaient ou non, mais il avait néanmoins décidé de jouer le jeu avec son stylet qui provenait en fait d'un cerf. Ce qui importait, c'était que Jehanne, avant tout, y crût.

— Une corne complète? Pour quoi faire?

— Pour boire dedans.

— Boire dedans? Mais...

Elle se tut subitement. Il lui revint en mémoire ce qu'avait dit Sam à ce sujet l'hiver précédent: boire dans un récipient qui était fait d'une corne de licorne immunisait le buveur contre les poisons et le haut mal. Elle leva de nouveau la tête vers Louis.

— Si je comprends bien, c'est un... grand honneur que vous me faites là, n'est-ce pas?

Louis fit un signe de tête.

— Vous êtes une licorne. Rappelez-vous la tapisserie. Puisque vous devez défendre ma vie, je défendrai la vôtre. Ainsi, il est juste que nous partagions ce qui nous donne la vie. La voilà, l'autre raison.

— C'est très beau.

«Et ça ne ressemble pas du tout aux paroles d'un bourrel*», se dit-elle. Comprenait-il réellement la portée d'une telle cérémonie? Lui dont le devoir était de verser le sang, ne tenait-il pas moins ce dernier comme une chose sacrée? Après tout, elle savait de source sûre qu'il était venu bien près de se faire bénédictin.

— Le père Lionel m'avait bien prévenue que l'existence d'un licteur* pouvait être emplie de paradoxes, dit encore la jeune femme.

— Un quoi?

— Non, rien. J'ai peur.

— Votre crainte me plaît davantage que trop d'audace, dit Louis.

Il laissa choir la ceinture à leurs pieds. Elle lui sourit.

— Merci.

Elle se trouva à même de consacrer plus de temps à son autre préoccupation immédiate :

— Est-ce que ce sera douloureux ?

Jehanne se sentit tout à coup ridicule et regretta d'avoir posé cette question à laquelle Louis répondit d'un simple haussement de sourcils interrogateur, comme s'il soupçonnait qu'elle se moquait de lui. Elle s'empressa de corriger :

— Non, laissez, je n'ai rien d...

— Ne craignez pas tant cela que mon châtiment si vous me trahissez encore, surtout une fois que le pacte sera scellé, dit Louis d'un ton autoritaire.

Il se rapprocha d'elle.

— Maintenant, assez hésité. Acceptez-vous, ou non ? Parce que je pourrais très bien m'arranger pour retourner vivre en ville.

— Non, je vous en prie, ne partez pas ! dit Jehanne en retenant Louis par le poignet.

Elle n'avait jamais cru qu'il pouvait lui donner encore l'occasion de faire un choix. Lui, de son côté, était certain de l'ascendant qu'il exerçait sur elle. La réponse de Jehanne le lui confirma :

— J'accepte. Je vous... je veux vous aider. Vraiment. Vous n'avez pas idée de ce que votre présence signifie pour moi.

Si elle avait trop parlé, il n'en manifesta aucun signe d'impatience. Sans ajouter un mot, il enroula sa manche droite afin d'exposer son avant-bras musclé sur lequel la lame en os zigzagua, sous les yeux de Jehanne, en trois coups secs et précis. Louis ne cilla pas. Trois entailles parallèles sinuaient juste sous son petit tatouage rougeâtre en forme de hache. La plus longue des trois, celle du centre, mesurait deux pouces. Ce mystérieux dessin se mit à luire sous les rayons bleutés de la lune. Il ne s'était pas ménagé.

— Mon ancienne signature, expliqua-t-il.

Puis il récita :

— Moi, Louis Ruest, fais serment de vous défendre avec honneur, de veiller sur vous et de vous faire à nouveau confiance. Je m'engage à respecter votre parole.

Un peu de sang tacha le vêtement de Jehanne, tandis qu'il y portait la main pour détacher le premier ruban qui fermait sa robe. Il ne s'en soucia nullement. Elle non plus, car le souffle lui manquait. Tout se passait si vite : il était désormais trop tard pour faire marche arrière. Elle sentit des doigts rudes mettre à nu son épaule gauche. Louis s'abstint poliment de trop exposer la poitrine de la jeune femme et repoussa d'un geste étrangement délicat quelques longues boucles folâtres. Le contact dur de la lame contre

81

la base de son cou la fit sursauter. Louis semblait s'être attendu à cette réaction et maintint le stylet immobile dans sa main quelques secondes. Il regarda Jehanne intensément.

—Répétez après moi: «Moi, Jehanne Ruest, jure, par mon offrande, d'aider à vous guérir en vous demeurant fidèle.»

Elle le regarda, éberluée.

—Répétez, ordonna Louis.

—Moi, Jehanne Ruest, jure, par mon offrande, d'aider à vous guérir en vous demeurant fidèle...

—... «Je me soumets à votre volonté», compléta Louis.

—Je me quoi?

Se pouvait-il que ces mots-là eussent davantage de signification qu'ils en avaient l'air de prime abord?

—Dites-le.

—Je me soumets à votre volonté.

«Me soumettre? Mais n'est-ce pas ce que je fais depuis cinq ans?» pensa-t-elle en levant les yeux vers le visage dur de cet homme et détaillant ses traits tandis qu'il ne la quittait pas du regard.

Aucun signal n'annonça le mouvement tant appréhendé. La pointe ivoirine du stylet pénétra sous la peau et se retira en zigzaguant alors même qu'un petit cri échappait à la jeune femme.

—Il n'y en aura pas pour longtemps, dit Louis.

Et il reposa le fil de la lame à la base du cou.

—Tenez bon, ajouta-t-il avant d'y laisser un second trait, puis enfin, un troisième.

Jehanne haletait. L'avant-bras de Louis se posa rudement sur l'épaule de Jehanne et leurs coupures fraîches se touchèrent.

—Oh, ne put-elle s'empêcher de souffler.

Il fit effectuer à son avant-bras un mouvement de va-et-vient sur son épaule, ce qui visait à sceller le pacte de façon très concrète. Soudain il retira son bras et porta sa coupure barbouillée au visage de Jehanne. Il lui dit:

—Baisez-la.

Timidement, elle y apposa les lèvres. Elle sentit sous la peau de Louis quelques muscles tendus comme des cordes. Il planta le stylet dans l'herbe entre eux, autant pour le nettoyer de façon symbolique que pour se libérer les mains, et se redressa. Sans prévenir, il empoigna Jehanne par les épaules et se pencha sur elle. Bouche bée, la tête rejetée par en arrière, elle sentit les lèvres fermes du maître se poser contre sa peau. Elles se pincèrent sur les coupures dont elles ravivèrent la sensibilité. La jeune femme crut sentir une brève succion.

Soudain, Louis la repoussa contre le mur et reprit son stylet. Alors qu'il s'éloignait sans encore se retourner vers la maison, Jehanne eut le temps d'apercevoir le tour de sa bouche ainsi que son menton sanguinolents.

— Attendez-moi ici, ordonna-t-il.

Même si ses jambes tremblantes menaçaient de céder sous elle, Jehanne n'osa pas lui désobéir. Il fut assez vite de retour avec à la main un petit pot de grès et quelque chose qui ressemblait à un bandage plié.

— Attention, c'est chaud, dit-il.

Et il entreprit de frotter un peu trop vigoureusement sa petite blessure à l'aide d'une pommade foncée. Cette pâte était effectivement très chaude. Brûlante, même, et il fallait en plus qu'il s'aidât du stylet, qui était chaud lui aussi et presque noir, car il avait été déposé sous les braises, pour faire pénétrer l'onguent grumeleux plus profondément dans les coupures en y pratiquant une suite de petites piqûres très rapprochées. En le voyant ainsi penché au-dessus de son épaule comme un enlumineur au-dessus de son œuvre, les sourcils froncés, Jehanne se demanda s'il ne mettait pas une certaine cruauté à lui prodiguer ces étranges soins. De temps à autre, il s'arrêtait pour l'éponger, mais ce n'était que pour mieux reprendre sa tâche qui devenait de plus en plus douloureuse. Sa coupure à lui, quant à elle, n'avait été que bandée en hâte.

Peut-être que cela aussi faisait partie du rituel, que c'était nécessaire pour que son mari fût réellement épargné par sa maladie.

— Louis, je vais me trouver mal, prévint-elle soudain.

Pour toute réponse, il la soutint par l'aisselle de sa main libre et lui repoussa la tête de côté afin de continuer comme une grosse guêpe besogneuse à piquer et à frotter son cou offert avec la pâte. Jehanne se mit à sangloter.

— Silence! dit-il.

La malheureuse s'efforça de taire ses reniflements. Seules de grosses larmes lui coulaient le long des joues.

Enfin, après un temps qui parut interminable, il mit de côté ses instruments et posa à Jehanne un bandage frais qui parut bien petit à la jeune femme, dont la blessure palpitait comme une chose en flammes.

— Ne l'enlevez pas. Je vous examinerai moi-même demain soir, lui recommanda-t-il.

Jehanne opina. Louis était subitement redevenu très doux. Il replaça le col de sa chemise de nuit et en renoua le ruban.

— Je... j'espère que cela vous aidera à guérir, dit Jehanne.

Elle s'avança pour se pelotonner dans ses bras. Il la serra contre lui, l'une de ses mains lui maintenant fermement la nuque. Dans son autre main, le stylet en ivoire fut bientôt remplacé par un objet en bois de forme oblongue.

*

La rumeur d'une foule envahit ses oreilles. De toute évidence, elle se trouvait dans une grande ville, sur une place pavée où l'on avait dressé une haute estrade surmontée d'un dais azur à fleurs de lys d'or. Sur un faudesteuil* était installé un petit homme châtain à la chevelure coupée en balai, comme c'était la mode. Sur sa tête brillait une couronne en or magnifiquement ouvragée et constellée de pierreries. Il était enveloppé d'un manteau de velours azur, lui aussi semé de fleurs de lys en fil d'or. Les bords en étaient garnis d'hermine. Autour de lui étaient regroupés environ une douzaine de dignitaires: conseillers, clercs et membres de la famille royale.

Soudain, une clameur s'éleva de la foule pour saluer l'arrivée d'un chariot. Le petit roi ricana et y porta ses yeux de félin matois.

L'homme qu'on amenait ainsi était chargé de lourdes chaînes au cou, aux poignets et aux chevilles. Le chariot était escorté par un groupe de six cavaliers: un à la tête, un à la queue et deux de chaque côté. Ils conduisirent le prisonnier devant un chapelain et se retirèrent avec le charretier. Seuls deux de ces gardes et le prêtre demeurèrent en sa compagnie, au pied de la dizaine de marches raides menant à la plateforme grossière d'un échafaud. Quelques détritus atterrirent aux pieds du condamné qui ne parut pas les remarquer. Il semblait avoir appris que, dans ce genre de situation, on devait subir les injures avec stoïcisme et, par le fait même, à en amoindrir les conséquences.

Charles de Navarre pianotait avec impatience sur le bras de son trône temporaire, tandis qu'il observait le malheureux qui, les joues trempées de larmes, chuchotait des paroles désespérées au prêtre. Sa chemise de toile grise ainsi que ses chausses avaient été lacérées et ensanglantées par des coups de fouet.

— Enfin! soupira le roi, lorsqu'il vit le prêtre donner l'absolution à cet individu qu'il était venu voir.

Deux autres gardes se tenaient prêts de chaque côté d'un banc qui avait été installé sur la plateforme.

— Baillehache! Va faire ton devoir, dit le roi.

— Bien, Sire, répondit la voix grave d'un colosse qui se détacha de l'ombre, s'étant, jusque-là, tenu complètement au fond du dais.

Le bourreau vint faire face au roi en prenant soin de poser le fer de sa hache au sol. Il s'inclina. Il se détourna et descendit de l'estrade.

Personne ne lança d'ordures à cet homme imposant. Le silence se fit. Il marcha posément en direction du condamné et riva son regard au sien.

– Allez-y, dit-il aux gardes.

La foule acclama cet ordre brutal et, tandis que les aides s'affairaient, le prisonnier fut libéré de ses chaînes, comme si, à partir du moment précis où on le confiait à Louis, il perdait toute capacité de défense. C'était comme s'il n'existait déjà plus. La foule recommença à crier en voyant la grosse main de Baillehache se refermer sur le bras de sa victime, au-dessus du coude. Portant sa lourde hache de la main gauche, il le fit grimper sur l'échafaud. À ce moment, elle reconnut l'homme : ce n'était pas celui du codex*. C'était Sam.

– Non! hurla-t-elle.

Mais nul ne l'entendit.

Un clerc du roi les avait précédés et déroulait un parchemin. Il attendit que le bourreau s'avance pour présenter le condamné aux gens. Le regard de Baillehache parcourut brièvement la foule. Ils furent plusieurs à ressentir que la bise se levait, et ceux sur lesquels ses prunelles sombres s'immobilisèrent se crurent personnellement touchés par sa froidure.

En fait, seules quelques personnes attirèrent véritablement son attention pendant la lecture publique du jugement. Il ne se préoccupait guère des cris de la foule qui se pressait tout autour de l'échafaud ceinturé de gardes. Les planches de la structure érigée en hâte geignaient sous son poids. Il avait à peine posé les yeux sur le visage rendu anonyme par la détresse et s'était tout de suite concentré sur son sinistre devoir.

L'homme aux mains liées sur le devant gardait la tête humblement baissée. Louis lui passa la corde au cou et serra le nœud, l'appuyant brutalement contre l'occiput. Après quoi, il entreprit de le hisser à l'échelle.

Une fois en place tout en haut de la potence, l'homme fut poussé dans le vide, où il se tortilla pendant plusieurs minutes. Ensuite, le bourreau leste se retint au madrier afin de ramener à lui le pendu qui étouffait. Il détacha la pauvre créature qui lui tomba dans les bras et la souleva pour la ramener en bas.

Louis conduisit le condamné au banc. Il porta les yeux directement sur le dais et attendit que le roi lui fît un signe. Cela ne tarda pas : une main baguée fit une espèce de geste de congédiement. Les petits nuages de vapeur s'exhalant de tous les nez disparurent un instant, car tout le monde retint son souffle. Il se dégageait de cette cohorte assoiffée de sacrifice un érotisme inexplicable. Le moment était venu où la victime, une fois dépouillée de ses vêtements, s'apprêtait à être aussi dépouillée de sa vie. On était venu non pas seulement pour assister à une mort violente, mais aussi pour partager cet élément sacré, ce mystérieux passage de vie à trépas, que la victime allait révéler.

Le bourreau s'approcha du condamné avec un instrument pris sur une petite table que l'on avait par égard pour lui recouverte d'un linge. Il s'agenouilla devant l'homme, dont les mains étaient toujours liées.

Sam abaissa sur lui un regard empli de compassion. Il demanda :

— C'est donc vous que l'on a appointé pour me délivrer de ce monde.

— Oui, Aitken. Pardonne-moi pour ce que je dois faire, lui dit Louis.

— Soyez pardonné.

Et il embrassa le bourreau sur le dessus de la tête.

Alors qu'il se tenait encore penché au-dessus de lui, Louis lui ouvrit le ventre. Il le repoussa légèrement d'une main tandis que l'autre main pénétrait dans la longue incision, juste sous l'estomac, afin d'en extraire les entrailles. Un affreux réseau de filaments qui ressemblaient à des toiles se rompit, et les intestins se déroulèrent avec mollesse. Il en attacha l'une des extrémités avec une ficelle afin de prolonger l'agonie, après quoi il jeta les boyaux au feu qui avait été allumé au pied de l'échafaud. Alors que le mourant s'effondrait, sa tête fut tranchée net. Jehanne criait, criait sans fin, mais ses hurlements se perdaient dans les acclamations de la foule.

Le bourreau remplaça sa large épée par une hache à l'aide de laquelle il débita le mort comme s'il s'agissait d'un animal de boucherie.

Le roi Charles s'essuya le nez et ricana à la vue de l'ogre sanglant qui dut attendre que le vacarme se calme un peu pour parler. Son regard sévère, dans un visage tiqueté de sang, parcourut la place, ne s'arrêtant pas lorsqu'une voix le couvrait d'éloges. Enfin il leva le bras, réclamant le silence. Sa main était complètement rouge. Cela produisit son effet et fit taire tout le monde presque instantanément.

— Justice est faite, annonça-t-il d'une voix forte.

À bout de souffle, Jehanne crut qu'elle allait s'évanouir. Tout autour d'elle la foule grondait comme un tonnerre humain. Dès le début du supplice, elle avait sans cesse tâché de s'approcher de l'échafaud, sans jamais y parvenir. Il eût pourtant fallu qu'elle lui parlât. Qu'elle tentât au moins de faire cesser cette œuvre infernale, avait-elle alors pensé. Il était trop tard, maintenant. Ses vains efforts et la vue de ces horreurs l'avaient exténuée, si bien que désormais elle se laissait bousculer mollement, les yeux rivés sur ce terrifiant Louis Ruest qui était son mari.

Réveillée en sursaut, Jehanne s'assit dans le lit. Louis dormait paisiblement à ses côtés, le dos tourné vers elle. La jeune femme se recoucha avec précaution et passa le reste de la nuit à regarder les vacillements du chaleil*.

*

Plus d'une semaine passa avant que Jehanne ne se décide à enlever son bandage. Le père Lionel entendit le cri. Tout le monde était au champ et il fut seul témoin de l'horreur de Jehanne. Il se précipita dans la chambre des maîtres sans se donner la peine de cogner et la retrouva derrière le paravent, pétrifiée face au petit miroir d'étain qui lui renvoyait l'image d'un cou et d'une épaule d'albâtre dénudés. Le confesseur détourna les yeux hâtivement, pas suffisamment toutefois pour ne pas remarquer une cicatrice rougeâtre dont la peau était frappée, comme d'une griffure de tigre.

—Je suis horrible, maintenant! se plaignit Jehanne.

Et elle fondit en larmes. Jamais plus elle n'allait pouvoir porter le moindre décolleté. Elle en avait rarement porté de toute façon, mais le simple fait de savoir qu'elle pouvait se permettre cette coquetterie lui avait toujours été une pensée agréable. Sa petite cicatrice en forme de goutte ne l'avait jamais vraiment dérangée : elle était pour ainsi dire née avec. De plus, il était aisé de la dissimuler à l'aide de quelques mèches folâtres. Mais ça...

Le trait central, plus long que les deux qui le flanquaient, pointait odieusement en direction de la petite goutte rouge et il guidait les deux autres à la jointure même du cou et de l'épaule.

Le père s'approcha alors que la vue de Jehanne noyait l'affreuse image produite par l'étain. Pendant un instant, il fut tenté de citer : «Vanité...», au lieu de quoi, il demanda, d'une voix blanche :

—Ton mari?

Jehanne ne put qu'acquiescer.

—Qu'y a-t-il de cassé à l'intérieur pour qu'il agisse ainsi? demanda-t-elle tristement.

Le soir même, après le souper, le moine prit Louis à part et l'emmena dans sa chambrette. Le bourreau ne parut pas s'inquiéter outre mesure de l'air furieux du bénédictin qui, pour une fois, ne passa pas par quatre chemins pour dire ce qu'il avait à dire :

—N'avez-vous pas déjà versé suffisamment de sang au cours de votre vie? Vous en faut-il toujours plus? Qu'avez-vous besoin de ces rites barbares, de ces pratiques païennes!

—Du calme. Demandez à Aitken. C'était son idée.

—Et vous avez une façon bien à vous de vous approprier les idées des autres! Je n'arrive pas à croire que vous ayez pu faire subir pareille humiliation à votre propre femme.

—Il n'y a rien d'humiliant là-dedans. C'est une façon de signer.

—Mais Jehanne n'est pas une boule de pain! Vous, par contre, vous êtes un homme de pierre dévastateur. Oh, pour ça, oui. Je vous imagine très bien parmi les gargouilles apocalyptiques de Notre-Dame.

— Tant mieux. Comme ça vous allez enfin me ficher la paix.

— J'en doute beaucoup, mon bon ami. Maintenant, entrez vous asseoir.

Louis obéit lentement, précautionneusement. Il prit place du bout des fesses sur un tabouret. Lionel, quant à lui, resta debout derrière sa table qui le séparait de Louis, ce bouillonnement de lave qui s'agitait sous une surface en apparence imperturbable. Ce fils Ruest, morceau de hargne étrangère, lui était plus incompréhensible que jamais.

— Veuillez excuser un jeu de mots douteux, dit le moine, mais il y a certains traits que je reconnais en vous. Votre signature, comme vous dites, est celle de Firmin. Et je n'aime pas ça du tout. Comprenez-vous ce que j'essaie de dire?

— Oui.

Louis cligna des yeux. Il n'avait pas été conscient de cet aspect des choses.

— Gardez bien ceci en mémoire : si vous lui voulez du mal, c'est à moi que vous en faites.

— Du mal à qui? Au vieux? Je ne lui veux rien. Il est mort, il n'existe plus.

— Je parlais de Jehanne.

— Ah.

— Mais puisque vous pensiez à Firmin, eh bien, d'accord, parlons de lui.

— Non, je n'y tiens pas.

— Vous avez cru qu'en vous éloignant de Paris pour venir vivre ici vous alliez l'oublier. L'avez-vous oublié, Louis? Non. Rien n'a changé. Vous l'avez laissé vous suivre.

La lave jaillit et les métaux en fusion sifflèrent. Le tabouret se renversa. Debout, Louis redevenait un prédateur.

— La ferme! Vous me filez la nausée avec vos histoires à dormir debout! Je n'y ai pas pensé, à cette signature, d'accord? Et ce n'est pas la sienne : c'est celle des Ruest, dit-il en se pointant du doigt. C'était la mienne!

Un encrier se brisa au-dessus de la tête du bourreau. Horrifié, Lionel, en abaissant son bras, regarda le liquide écarlate couler des cheveux mouillés d'abord sur le front de l'homme immobile, puis tout le long de l'arête de son nez comme le signet d'un missel d'autel. Il supporta le face-à-face héroïquement en tremblant, halluciné.

— Miséricorde. Mais qu'est-ce qui m'a pris? demanda l'aumônier.

—Je n'en ai pas la moindre idée, dit Louis, d'une voix glaciale et soudain très calme.

Le bourreau n'eut pas de scrupules à porter la main sur un homme de Dieu: il saisit le grand moine frêle à la gorge et serra d'une façon particulière, trop inoffensive pour ressembler à une strangulation. Lionel, subjugué par l'image qu'il avait lui-même créée, se garda de se défendre. Il se contenta de regarder son agresseur dans les yeux.

—Toute cette rancœur et cette colère... dit-il tout bas.

Les doigts du bourreau avaient momentanément interrompu la circulation sanguine des jugulaires. Lionel sentit ses forces le quitter et ses jambes cédèrent sous son poids. Louis le laissa s'effondrer et le poussa de quelques coups de pied sous la table.

—Gardez votre pitié pour ceux qui en veulent, lui dit-il avant de sortir.

*

L'isolement pesait sur les habitants d'Hiscoutine bien davantage en été qu'en hiver, puisque pendant la mauvaise saison ils ne s'attendaient pas à autre chose qu'à cet isolement. Mais, une fois passée la frénésie des semailles qui succédaient presque sans transition aux neiges, un désœuvrement tout particulier s'abattait sur la ferme: par l'effet de quelque magie portée par les vents, on avait envie d'abandonner pour un temps ses petites habitudes et de voir autre chose que les mêmes champs bordés des mêmes peupliers. Des visites inopinées se multipliaient et les ragots devenaient soudain plus savoureux. Les extravagantes fables que Sam leur avait servies jadis devenaient tout à coup crédibles. Qui pouvait affirmer avec certitude que les elfes n'existaient pas et que cette oie qu'ils devaient sans cesse éconduire de la maison n'était pas en fait une princesse à qui on avait jeté un sort, une fois qu'on avait vu Louis céder d'assez bonne grâce à la volonté de sa femme qui avait envie de faire la fête?

Jehanne n'avait plus reçu de nouvelles de Sam, à l'exception d'une seule. Le premier mai, de bon matin, elle avait trouvé à sa fenêtre une branchette garnie de ses feuilles encore toutes jeunettes ainsi que quelques ramilles des premiers muguets. Louis les avait vues aussi et les avait jetées au feu.

—Peut-être avez-vous envie d'aller cueillir le mai? D'aller en ville vous déhancher autour du poteau plein de guirlandes? lui avait-il demandé avec dérision.

Jehanne n'avait pas répondu. Pendant ce temps, le même

livreur de fleurettes était passé par la maison de Bertine afin de laisser, à la fenêtre de l'une de ses pensionnaires, une branche de sureau chargée de coquilles d'œufs[21].

Une fois venue la Pentecôte, au septième dimanche après Pâques, la température s'était considérablement réchauffée. Cela n'avait pas manqué de donner lieu à une autre fête qui, elle, s'était tenue à la ferme. De nombreux voisins s'étaient invités chez Louis et avaient un peu trop compté sur la générosité de son cellier pour pouvoir «gaiger» leur hôte, c'est-à-dire le surprendre le lendemain en train de faire la grasse matinée, le traîner nu dehors et l'arroser d'eau froide. C'était plutôt un Louis étonnamment en forme qui les avait surpris et ce, dès l'aube. Ils n'avaient pas encore dessaoulé. Il les avait lui-même balancés un par un dans le ruisseau.

Et soudain, entre les travaux de la ferme et ces premiers amusements de la belle saison, on s'était retrouvé sans crier gare au solstice d'été. C'était habituellement à ce moment-là que survenaient toutes les invitations qui avaient été incapables de s'infiltrer ailleurs.

*

Caen, fête de la Saint-Jean 1371

Un garçon d'une douzaine d'années posa dans une barge son fagot de branchages destinés à alimenter l'immense foyer que l'on avait érigé à l'embouchure de l'Orne, sur la plage située à quatre lieues de la ville que l'on pouvait atteindre en trois ou quatre heures. Cet endroit soigneusement choisi allait accueillir un grand feu de joie dès la tombée de la nuit. Il sourit à sa petite sœur qui, comme lui, avait la bouche et le menton tout collants de miel. Il s'essuya du revers de la main, sans s'apercevoir que ce faisant il s'était barbouillé avec un peu de terre.

—J'ai vu des fraises dans le panier de Mère. Et lorsque je suis entré dans la cuisine tout à l'heure, ça sentait la volaille rôtie, lui dit-il avec l'air d'ourdir un complot.

—Moi, j'ai faim. C'est pour bientôt, la fête? Je m'ennuie.

—Tu n'as qu'à te rendre utile, petite sotte, dit-il en remettant à sa sœur une grosse besace remplie de menus outils. Tiens, prends ça et rapporte-le à l'Escot. Il en a besoin pour finir de monter l'estrade sur la plage.

Elle se faufila parmi les badauds qui se faisaient de plus en plus nombreux sur l'aire d'embarquement, située sur l'un des bras d'eau entourant l'île Saint-Jean. Certains se regroupaient autour de quatre troubadours et d'une danseuse aux mouvements gracieux, tandis que d'autres avaient été attirés par l'odeur de pain et de soupe qui flottait autour d'un auvent de toile grise. La fillette ne vit l'Escot nulle part. Pourtant, il eût dû se trouver à l'une des gargotes alignées tout le long du canal.

La place Saint-Sauveur qui s'étendait devant le palais de justice[22], où elle aboutit après avoir débouché d'une ruelle étroite, grouillait de monde. Cette entrée de la ville était si bondée que la fillette commença à désespérer. La besace pesait de plus en plus sur son épaule et elle avait hâte de retourner à l'échoppe de ses parents pour y dénicher les fraises.

À cet instant, elle le vit. Mais elle ne put l'atteindre. Alors qu'un rondeau égrillard était repris par plusieurs voix enrouées, l'un des troubadours entrevus plus tôt se lança dans la foule trop dense et brandit sa vielle au-dessus de la tête d'un villageois.

— Rends-moi le flacon que tu viens de me chiper, maraud!

— Quel flacon? J'ai point de flacon, répondit l'homme en titubant un peu, déjà ivre comme bien d'autres alentour.

Il ne se rendait pas compte que le goulot du flacon volé dépassait impudemment de son sac. La vielle couina en se fracassant sur la tête de l'ivrogne. Il n'en fallut pas plus pour déclencher une pagaille généralisée: bientôt, tous les hommes présents se tapaient dessus sans même savoir pourquoi. Le vacarme constitué de cris, de bois brisé et de tintements métalliques devint si assourdissant qu'il alerta des chevaliers en armure dont le bouclier était peint aux armes du gouverneur. Mais leur présence ne changea pas grand-chose. Ils furent engloutis par la mêlée. Quelques-uns d'entre eux arrivaient tout juste à tenir en selle, car ils avaient eux-mêmes dérogé à la règle en s'enivrant pendant leur tour de garde.

Des paris commençaient à s'échanger entre ceux qui assistaient à la scène du haut de leur balcon.

— Tiens, en voilà un qui vient de perdre son plumail*, dit un vieillard joufflu en pointant l'un des chevaliers. Ah, il y a longtemps que je n'en avais pas vu une bonne comme ça.

— Tu dis vrai, cousin, dit un homme plus frêle. Pas de festivités dignes de ce nom sans une bonne bagarre de pochards.

— Je me souviens... c'était il y a quinze ans, le petit Morneau avait mis le feu aux braies du meunier. Le pauvre a été obligé de se noyer le fessier dans l'abreuvoir qui est derrière l'église Saint-Exécuteur[23]!

— C'est plus maintenant qu'on pourrait faire une aussi bonne blague.

— Regarde-moi ce ciel d'enluminure. Une journée idéale pour la fête.

— Tiens, qu'est-ce que je disais! Le voilà. Manquait plus que lui. Comme quoi la clémence des cieux fomente souvent l'orage.

Les deux hommes durent reculer lorsqu'un bout de planche auquel s'accrochait encore un morceau de tissu taché fut projeté dans leur direction.

— Ça chauffe sérieusement là-dessous. On ferait mieux de se mettre à l'abri. Dommage, j'aurais bien aimé voir ce que le bourrel* va faire, dit à regret le vieillard joufflu.

— Il ne fait rien du tout. On dirait qu'il veut seulement passer, répondit l'autre qui demeurait au balcon malgré l'os d'une cuisse de poulet qui lui passa à deux pouces de la tête.

Les rares émeutiers à remarquer le cavalier solitaire entièrement vêtu de noir, en cessant de se battre, furent secoués par l'effervescence de la bousculade sans avoir pu esquisser la moindre marque de respect ou de dégoût. Les autres se contentèrent de s'éloigner vaguement de l'imposant destrier noir. Mais ce n'était pas suffisant. Bientôt, le bourreau fut encerclé par une foule qui, pour une fois, ne réagit pas à sa présence imposante et austère.

Son visage aux traits durs ne trahit aucune impatience, aucune colère. Mais il émanait de lui une autorité implacable. Il porta un regard froid et calme autour de lui. Soudain, quelqu'un parmi la foule attira son attention. Au fond de ses prunelles sombres s'alluma une petite flamme inquiétante, cruelle. Mais il ne faisait toujours rien. Un jeune homme dont l'œil droit était poché et complètement fermé trébucha près du cheval noir, qui hennit nerveusement et fit un écart brusque, malgré la poigne de fer de son maître. Tonnerre n'appréciait pas l'odeur que dégageait cette foule d'ivrognes, et celle de cet homme-là plus particulièrement lui rappelait une expérience désagréable. Pendant qu'il accordait au fêtard maladroit le temps de se relever, les mains du bourreau resserrèrent imperceptiblement les guides.

— Messire le Faucheur, je vous salue! s'exclama Sam. Vous ne m'en voudrez pas, je l'espère, d'être présent à une fête offerte par la cité qui se trouve à être mon lieu de résidence?

Il s'inclina obséquieusement. On eût dit que ce simple geste avait éveillé chez le géant en noir un instinct meurtrier jusque-là soigneusement gardé en veilleuse. Mais là encore, Louis se contrôla. Il y avait trop de monde alentour pour faire une scène qui n'eût pu qu'être dégradante pour lui. Sam le savait et il avait visiblement décidé d'en profiter.

Louis répondit d'une voix mielleuse:

— Tu as tout autant le droit d'y assister que moi, Aitken. Je sais faire farine à tout vent. J'ai même apporté ce qu'il faut.

D'une petite tape, il désigna ses fontes.

— Ah oui? Et qu'est-ce que c'est? Du vin?

— Non. De la chevestre*. La même.

— Bernique! On peut dire que vous avez de la suite dans les idées, vous.

— Plutôt, oui.

— À propos, il va y avoir une surprise pour vous sur la plage, tout à l'heure.

— Je n'aime pas les surprises. En particulier lorsqu'elles viennent de toi.

— Celle-là, vous l'aimerez, c'est garanti. D'ailleurs, j'en ai une autre à vous montrer, et elle est pour tout de suite.

À cet instant survint la seconde personne que Louis ne souhaitait pas rencontrer: Desdémone. L'ancienne prostituée souriait béatement sans avoir l'air d'être tout à fait sûre de ce qu'elle pouvait bien faire là. Sam la prit par les épaules et la serra contre lui.

— Au début, ça n'a pas été facile de nous entendre, elle et moi. Mais à présent, on ne se lâcherait plus. À malin, malin et demi. C'est une femme d'expérience, beaucoup plus capable qu'elle en a l'air. Pas vrai, ma vieille?

— Toujours aimé les beaux garçons, toujours, répondit Desdémone d'une voix vague et distraite.

En présence de Louis, elle ne semblait pas tout à fait rétablie de la folie passagère dans laquelle l'avait plongée la séance de torture, même si, par ailleurs, son comportement était normal.

— Que voilà un beau couple, dit Louis dont les commissures des lèvres se retroussèrent.

C'était inespéré et il lui fut très ardu de ne pas s'en montrer trop ravi. Soudain, la compagnie de Sam ne le dérangeait plus autant.

— C'est à vous que je dois cet heureux dénouement, dit Sam. Alors, on fait la paix et on soupe ensemble?

— Si tu y tiens.

Sam éleva joyeusement son flacon.

— À la bonne heure, Baillehache! Puisque vous avez déjà la corde, moi, je m'occupe du vin.

Sur ce, il but et fit un clin d'œil à Louis avant de reculer dans la foule avec Desdémone.

— Place! Place! ordonna le cavalier noir d'une voix plus puissante qu'à l'ordinaire.

Même s'il ne pouvait s'empêcher de soupçonner qu'il devait y avoir anguille sous roche quelque part, Louis était content. Sam enfin mis hors course, c'était un souci de moins à ne pas prendre à la légère. Il talonna sa monture, la contraignant à se ménager un passage de gré ou de force. Le cheval roulait des yeux furieux, sentant des membres ou des corps se dérober juste devant ses sabots. Les gens se bousculaient et criaient encore plus autour de lui, sans lui porter davantage attention. Le passage se refermait sitôt le cheval passé.

Le bourrel* ne put voir la grosse poignée de monnaie de billon* qui passa de la main de l'Écossais à celle, mal assurée, de Desdémone. Sam fut très content de lui-même: sa diversion avait pris. Avec Desdémone comme soi-disant compagne, il ne s'attirait plus la méfiance de Louis; le bourreau était même allé jusqu'à accepter avec bonhomie son invitation à souper, ce qui allait bien au-delà de ce qu'il s'était permis d'espérer.

Desdémone, elle, se prêtait volontiers au jeu. En laissant croire à Sam qu'elle y participait pour de l'argent, elle profitait de l'occasion qui lui était donnée afin d'observer les choses de plus près. Elle avait bien sa petite idée sur ce qui pouvait motiver l'Escot à élaborer ses manigances avec l'aide de sa complicité: elle avait affaire à un triangle amoureux. Si son hypothèse s'avérait exacte, le plan de Sam allait lui permettre, à elle aussi, d'assouvir sa vengeance.

Pendant toute la durée de sa promenade, seules trois autres personnes croisèrent le chemin du couple. Il s'agissait d'habitants du village de pêche qui somnolaient à proximité. En cette fin d'après-midi, tout le monde était déjà rendu à la fête.

Jehanne et Louis se baladaient en silence dans cette incomparable quiétude de la mer lorsque celle-ci, enfin délaissée par les occupations humaines, peut se permettre de redevenir elle-même. L'océan nacré soutenait encore quelques voiles lointaines oubliées par cette belle journée d'été. En de nombreux endroits, le sable soyeux n'avait été dérangé que par la lente respiration des vagues. Un groupe de goélands survolait attentivement une petite crique isolée où avait été retenu un vieux bateau de pêche. Un pétrel brun réquisitionna l'esquif pour son usage personnel, à leur grand déplaisir. Les eaux parfumaient l'air d'une présence capiteuse, vénérable, antérieure à la terre. À un endroit où de minces lames d'eau venaient lécher le sable s'était déposée une chaîne de petits coquillages qu'un goéland solitaire survolait, se laissant prendre à leur blancheur. Louis se pencha pour en ramasser un qui était ébréché. Il l'examina en le retournant avec l'index dans la paume de sa main et le tendit à Jeanne qui le prit.

— Aitken nous attend pour le souper, annonça-t-il.

— Ah? Quelle agréable surprise.

Elle espéra que le ton de sa voix ne trahissait rien de son émoi. S'il le fit, Louis feignit de ne rien remarquer.

— Il sera accompagné. Quelqu'un de notre connaissance.

Il regarda un goéland manœuvrer pour se percher sur un petit poteau mal planté qui devait être le vestige d'une ancienne clôture affaissée parmi les herbes rêches d'une pente.

D'abord, Jeanne baissa sa tête coiffée d'une capeline légère. Lorsque, peu après, elle leva à nouveau son regard gris sur Louis, elle serrait les dents et dit, résolue :

— C'est sans doute pour le mieux. Oui. Maintenant, puisque quelqu'un comble enfin le vide de son cœur, le revoir ne me sera plus une aussi grande épreuve.

— Je suis heureux de vous l'entendre dire.

Ils allèrent s'asseoir sur la plage avec l'intention d'y attendre le coucher du soleil dans l'air déjà doré. De petites lames pressées venaient s'incliner à leurs pieds comme des serfs impatients de rendre hommage à leur seigneur. Bientôt, la brise marine leur apporta les premiers fragments de musique émaillés de battements de tambourins. Un second couple s'était détaché de la masse de fêtards et s'en venait dans leur direction. C'était Sam et Desdémone. L'Écossais leur proposa d'aller faire un tour du côté du petit bois qui entourait le village de pêche.

— Je connais près de là un lieu qui va vous plaire, dit-il, avant de faire circuler un cruchon de vin.

Le quatuor se mit en route. Il ne mit pas longtemps à pénétrer sous le couvert des arbres. Là, l'air encore salin devenait plus frais et se chargeait d'une senteur sauvage qui incitait à l'ivresse de vivre. Quelque part dans les frondaisons, un geai qui ne voulait pas être indiscret signala sa présence avant de disparaître parmi le feuillage dense.

— J'aime beaucoup cet endroit, dit-il en regardant Jeanne. Il me rappelle notre forêt.

Desdémone, quant à elle, les suivait sans dire un mot. Elle ne quittait pas Louis de ses grands yeux terrorisés.

— Quelle forêt? demanda ce dernier.

— La forêt, je veux dire. Celle où j'ai grandi, corrigea le jeune homme.

— Ah oui, celle-là. Un peu plus et tu y grandirais encore... Faites excuse, ça m'a échappé.

Avant que quiconque eût le temps de trouver une réplique, Sam s'immobilisa soudain et marmonna, son œil presque fermé clignant vaguement:

— Chut. Regardez.

Une tourterelle toute ronde s'était posée sur son épaule. Elle se mit à le becqueter délicatement, sélectionnant avec soin le poil de barbe qu'il convenait de lui arracher.

— Aïe, ne fais pas ça, petite bête, tu me pinces. Viens plutôt te poser dans ma main.

— Incroyable, dit Jehanne. Où est Desdémone? Il faut qu'elle voie cela.

— Je suis là. J'ai trouvé près de ce chêne crochu là-bas une espèce de grandes fougères comme on en voit rarement. Dis donc, l'Escot, ne peux-tu pas utiliser un rasoir comme tout le monde?

Le bec verni de l'oiseau picora le menton de Sam alors que ce dernier souriait avec précaution, tournant à peine la tête. Il dit:

— Elle m'en arrache un chaque fois que je viens par ici. On dirait une sorte de taxe. Si cela continue ainsi, je vais finir tonsuré comme notre bon petit père. Sauf que ce ne sera pas au bon endroit.

Un écureuil invisible leur expédia une bordée de jurons depuis un grand pin, et la tourterelle s'en alla, un poil roux dans le bec. Après avoir bu chacun un coup à même le goulot du cruchon, ils reprirent leur marche.

— On pourrait entraîner toutes les tourterelles de cette forêt à reconnaître les Anglesches et à leur tondre leur sale caboche, reprit Sam. Ainsi ils seraient épouillés et déjà tout prêts pour vous, Baillehache.

— Oh, Sam! s'indigna Jehanne.

Desdémone ricana nerveusement et trébucha dans une racine.

— Le rasoir, c'est plus rapide, expliqua Louis comme si Sam avait parlé sérieusement.

— Au fait, vous étiez au courant que le Mauvais a tenté de monnayer son alliance avec eux et qu'avant de trépasser Édouard de Woodstock lui a refusé la vicomté de Limoges[24]?

— J'en ai entendu parler, oui, dit Louis.

— Eh bien, le Navarrais a fait, comme à son habitude, le chafouin: il s'est tourné du côté de son «cher» cousin le roi de France et ils ont dépoussiéré ce traité de 1365, celui de Vernon. Il s'est fait confirmer la donation de Montpellier et a rendu hommage au roi de France. En plus, il lui a remis ses deux fils en otage. À l'heure qu'il est, ils se font élever à la cour.

— Tant mieux. Avec ça, il va peut-être enfin se tenir tranquille.

— Oui, mais en tout cas, ça nous ferait des Anglesches de plus qui sauraient prendre leur trou. Je suppose que... Ah! Merde!

Le pied du jeune homme venait de s'enfoncer dans un trou boueux qui datait de la dernière averse.

— À propos de trou, tu viens d'en dénicher un bien à toi, dit Louis.

Les deux femmes éclatèrent de rire tandis que Sam s'agenouillait pour repêcher une heuse* dont l'apparence extérieure s'était considérablement modifiée.

Le cruchon de vin était vide lorsqu'ils furent de retour au vaste campement qui avait été monté tout au long de la journée sur un plateau rocheux surplombant la plage. Les humeurs et les pieds s'allégeaient de plus en plus et même Desdémone avait cessé de jeter ses incessants coups d'œil angoissés en direction du bourreau. Les deux couples faisaient le tour des auvents afin de s'acheter de quoi souper.

— Je veux bien croire que c'est du poisson de mer frais pêché, mais trois francs et demi pour un petit panier de rien du tout, c'est un peu cher. Surtout que j'ai envie de dragées.

Sam jeta un regard de travers à Louis et serra les mâchoires.

— Chère petite Jehanne. Gourmande, mais pas orgueilleuse pour deux sous.

— Qu'entends-tu par là? Bon, je crois bien avoir fait mon choix. Ces rissoles*, là-bas. Ces petits pâtés frits ne sont pas dispendieux et on les garnit de hachis de viande. J'en ai même vu aux œufs. Ils ont l'air bons... Louis?

— Ça me va.

— Moi, j'ai le vin dans ma besace, comme promis, dit Sam. Ah, Jehanne, ne te mets pas en tête de me réprimander. Quand tu es là, mon ivresse est sereine. Tiens, voilà que je me mets à parler comme notre moine.

Une fois les rissoles* achetées à l'étal voisin d'un oubloyer*, ils revinrent s'installer devant leur tente pour manger.

Jehanne dit à Louis:

— C'est drôle de vous voir parmi tout ce monde. On dirait... comment dire? Cela me donne l'impression que vous n'êtes pas d'ici.

— Je ne le suis pas non plus.

— Ce n'est pas exactement ce que je voulais dire...

— J'ai compris. Ce que vous voulez dire, c'est que je ne suis pas à ma place. Partout où je vais c'est comme ça. Même à Paris.

— Oh, Louis...

Mais il avait raison. C'était bien ce qu'elle avait voulu dire.

Il lui remit sa généreuse portion de petits fours et déboucha l'un des gros cruchons de Bagneux couleur prune qu'il planta au centre du tapis avec des gobelets en bois pris dans ses fontes. Il roula le bouchon de cire et le mit de côté.

— Ce vin-là n'aura pas un goût de mâchefer, dit-il.

— C'est dommage qu'il n'y ait pas de poisson abordable. Montrez-moi ce que vous avez là. C'est aux œufs?

Elle prit le poignet de Louis et mordit dans la pâtisserie qu'il tenait avant de dire, sans transition :

— Cela doit être à cause de votre stature, que vous n'avez pas l'air dans votre élément. Pourtant, vous m'avez déjà dit une fois que votre mère était petite comme moi. Vous devez donc tenir cela de votre père. Ne me regardez pas ainsi, voyons. On dirait que vous avez honte de lui. Vous n'en parlez jamais.

— Il n'y a rien à en dire.

— Je ne vous crois pas. Louis, ne pensez-vous pas que, maintenant, vous pouvez vous permettre de me faire connaître vos parents?

— À quoi bon? Ils sont morts. Excusez-moi un instant.

Il se leva et alla dans la tente, sous prétexte d'y prendre quelque chose dont Jehanne ne vit jamais la couleur. Elle décida qu'il valait mieux ne pas insister.

— Quel merveilleux esprit de famille, murmura Sam.

— Chut, il revient.

Louis vint se rasseoir. Jehanne s'efforça de le remettre à l'aise et changea de sujet :

— C'est Margot et Blandine qui doivent bien s'amuser. On n'a retrouvé personne de la maison depuis qu'on est arrivés. Ça va leur faire du bien de changer d'air.

Elle mordit avec délices dans un petit four tendre, tenant précautionneusement la main dessous pour recueillir la garniture qui s'en échappait.

Sam se versa un second gobelet de vin et profita de l'occasion pour ajouter les deux gorgées qui manquaient à celui de Jehanne, qui reprit :

— Une partie du plaisir consiste aussi à savourer des aliments qu'on n'a pas soi-même préparés.

Sam se tourna vers Louis.

— Si vous voulez un conseil, Baillehache... Non, ne me dites rien, je sais : vous ne voulez pas de conseil. Je vous connais bien. Mais, cela dit sans vous offusquer, vous devriez emmener votre femme en ville plus souvent.

— Oh, oui, j'aimerais beaucoup cela, dit Jehanne en prenant le bras de Louis à deux mains.

— Quand j'y viens, c'est pour travailler et je n'aime pas la laisser seule, dit-il.

— On pourrait s'arranger pour qu'elle ne soit pas seule. Je lui enverrai Desdémone.

La compagne de l'Écossais fit à Jehanne un sourire inquiet, comme si elle avait besoin d'être rassurée par elle.

— Bonne idée, dit Jehanne en posant affectueusement la main sur celle de la femme.

— Et toi, pendant ce temps-là, que feras-tu? demanda Louis à Sam.

— Eh bien, moi aussi je travaillerai, pardi!

— Toi? Tire-au-flanc comme tu l'es?

— Peuh! Figurez-vous donc que, depuis mon retour d'Espagne, les commandes affluent.

— Des commandes?

— Oui, de peintures. Imaginez-vous donc qu'un vieux maître italien m'a même conseillé d'y ajouter ma signature. Amusant, non? Au fait, j'aimerais bien ravoir ce portrait que j'ai fait de vous il y a quelques années. Ça date un peu et ma technique s'est grandement améliorée depuis, mais justement, j'aimerais l'étudier à la lumière de ce que je sais maintenant.

— À ta guise. Je te l'apporterai.

Le portrait n'avait jamais quitté l'ancienne chambrette de Sam. Louis ajouta:

— Seulement, c'est un emprunt et rien d'autre. Tu devras me le remettre.

— Comment ça, vous le remettre? C'est à moi!

— Tu l'as abandonné lorsque tu es parti. Et puis, c'est trop tard, je l'ai déjà promis à quelqu'un d'autre.

— Vous ne m'aviez pas dit cela, intervint Jehanne.

— Qui veut l'avoir? demanda Sam.

— L'abbé Antoine.

Incrédule, Sam cligna de ses yeux verts. Il ignorait que son travail pouvait être connu aussi loin qu'à Paris.

— L'abbé de Saint-Germain-des-Prés?

— L'idée est de lui, dit Louis calmement.

Il avait jusque-là gardé pour lui les diverses étapes de cette mystérieuse transaction parce que cela le mettait mal à l'aise. Ce portrait n'eût jamais dû exister. Il avait l'impression très désagréable de s'être dédoublé et qu'une partie de lui-même était en train d'échapper à son contrôle.

— Nicolas Flamel veut l'acheter pour lui, dit-il. À une condition.

— Nicolas Flamel? Je l'aime bien, dit Jehanne.

— Tu aimes tout le monde, toi, Jehanne. Quelle condition? demanda Sam.

— Il veut le garder chez lui pendant quelque temps.

— Bravo! Bien manœuvré! s'exclama Sam, ravi.

Il connaissait l'immense influence qu'avait acquise la pensée de cet universitaire que l'on disait aussi alchimiste. Un homme tel que lui allait peut-être faire connaître davantage son œuvre. Mais le mieux, le plus inattendu encore était que toute l'affaire déplaisait manifestement à Louis.

Jehanne reçut avec étonnement une part de gâteau aux noix.

— J'ai apporté ça de la maison, expliqua Louis avant d'en trancher un morceau pour Sam, qui dit:

— À la bonne vôtre. Allons, sachons faire contre mauvaise fortune bon cœur, bourrel*, que diable! Pour une fois que je souhaite votre bien... il le faut, puisque c'est aussi celui de Jehanne.

Lorsque Sam avait mystérieusement disparu, peu après le souper, Desdémone n'avait posé aucune question et s'était assise près de Jehanne devant le tref* en *homespun** que Louis avait planté en prévision de la nuit. La jeune femme sourit à son mari. Elle anticipait le bonheur d'une nuit bercée par le souffle de la mer, dans la promiscuité romantique d'une tente.

Tandis que les gargotiers continuaient à confectionner des aliments qu'ils avaient l'intention de vendre au détail un peu plus tard, le vin, la bière et l'eau-de-vie coulaient déjà à flots. Non loin de là, des enfants agités se disputaient bruyamment la plateforme de l'estrade qui avait été érigée à l'intention des ménestrels, jusqu'à ce qu'un homme y grimpe pour les en évacuer. Ils y revenaient aussitôt qu'il avait le dos tourné.

Leurs voisins dîneurs étaient aux prises avec un bambin particulièrement turbulent. Il pleurnichait et cherchait sans cesse à se libérer des contraintes parentales. En désespoir de cause, la mère l'autorisa à se promener autour de leur grande couverture. Une part de tarte aux pommes tout juste entamée valait bien ce risque. Le garçonnet trottina allègrement en direction du tref* le plus proche en suçant un morceau de pain aplati. Après une courte exploration des environs, il découvrit Jehanne dans sa robe magnifique. Sans plus tarder, il amorça les politesses d'usage: il lui offrit aimablement son morceau de pain imbibé.

— Tu es bien gentil, toi. Mange-le, ton pain. J'en ai déjà, tu vois?
Comment t'appelles-tu?
— « Sarles ».
Ils échangèrent quelques mots sous le regard reconnaissant et
attendri de la mère qui terminait sa tarte. Le garçonnet s'installa à
demeure sous l'auvent de la tente.
— Charles, veux-tu bien revenir ici, protesta la villageoise. Laisse
le maître et sa dame tranquilles.
Jehanne dit, apaisante:
— Voyons, il ne nous dérange pas du tout. Prenez le temps de
manger. De toute façon, nous ne faisions que nous reposer un brin.
La fibre maternelle de Jehanne se manifestait sans retenue.
Ainsi, le petit Charles put-il bavarder avec cette jeune femme qui
savait si bien ne pas avoir l'air d'une grande personne. L'autre dame,
quant à elle, celle qui avait les cheveux gris, ne paraissait pas l'avoir
vu et ne faisait que se bercer doucement. Ce qui le déconcerta
davantage, ce fut la présence d'un géant tout noir qu'il remarqua
soudain. L'homme avait reculé dans l'ombre, mais l'enfant quitta sa
place et alla l'y rejoindre. Ils se dévisagèrent tous deux en silence. En
se retournant un peu trop vite, l'enfant trébucha sur le sol inégal. Sa
mère le vit tomber à plat ventre devant le maître qui ne fit aucun
geste pour l'aider à se remettre debout. Elle enfourna sa dernière
bouchée de tarte et s'approcha avec hésitation pour ramasser
l'enfant en larmes. Jehanne aussi s'était levée.
— Mille pardons maître, dame.
— Il est mignon comme tout, dit Jehanne.
— Mignon, peut-être, mais on ne tient pas en place à cet âge-là.
L'homme sombre les regardait, elle et son enfant. La villageoise
eut soudain l'impression ridicule que c'était lui qui avait fait
trébucher le petit dans le but de l'éloigner.
— Bon, on s'en va. Il est temps d'aller te coucher, toi. Tu deviens
intenable. Bonne Saint-Jean à vous.
Mère et enfant battirent en retraite sous l'œil navré de Jehanne.
— C'est comme ça, dit Desdémone.
— Que voulez-vous dire? demanda Jehanne gentiment.
— Hein? Oh, rien. Rien du tout. Je vais faire un tour.
La femme se leva et quitta l'auvent aussi, laissant Louis et
Jehanne seuls. Cette dernière se rassit en soupirant tristement.
— Elle a bien changé.
— C'est là-dedans que ça ne va plus, dit Louis en se tapotant la
tempe.
Il revint s'asseoir auprès de sa femme.

— Pourtant, des gens m'ont assurée qu'elle se comporte tout à fait normalement et qu'elle fait même l'apothicaire pour son ancienne maison.

Louis haussa les épaules avec indifférence.

— Possible.

— C'est drôle, mais j'ai l'impression que c'est vous qui lui faites peur. Je me demande pourquoi.

— Je fais peur à tout le monde, même si je ne fais rien.

C'était indéniable, et Jehanne venait d'en avoir la preuve.

Alors que le soleil couchant s'affairait à éparpiller ses braises, ils sirotèrent leur vin et grignotèrent en silence. Soudain, Jehanne posa son gobelet et prit la main de son mari, qui dut lui aussi délaisser son breuvage. Un peu étonné, il se laissa faire et se demanda ce qu'elle pouvait bien avoir derrière la tête. Son étonnement eût sans doute triplé s'il avait pu deviner qu'elle s'efforçait de recréer l'image d'un Louis enfant. Était-il possible que le gamin abstrait qu'elle imaginait eût pu vivre autrement que le petit Charles? S'était-il lui aussi éraflé les genoux en tombant? Avait-il joué à la balle et lancé des cailloux dans les mares trop paisibles? Avait-il eu lui aussi le nez enchifrené et la bouche gommée de miel? Quel avait été son jouet favori? Lui était-il arrivé de pleurer après un cauchemar?

— Louis, s'il vous plaît, faites des enfantillages, dit Jehanne avec douceur.

Elle passa la main emprisonnée sur sa joue. Il crut comprendre ce à quoi elle pensait et il en fut gêné. Sa main se hâta d'aller retrouver sa coupe. Jehanne soupira.

Un gros dragon en drap verdâtre se dandina parmi les pique-niqueurs. Il s'arrêta à la hauteur de Louis pour laper ce qui restait de vin dans son gobelet avant de s'éloigner en grognant de satisfaction.

— C'est pas juste. Moi aussi, j'en veux, dit une voix qui émanait du postérieur du dragon.

— Il n'a pas craché le feu, remarqua un gamin.

— Mon vin n'est quand même pas si fort, dit Louis.

— Même les dragons vous craignent... Vous êtes mon preux, mais vous devriez quand même modérer un peu, dit Jehanne en riant.

Ce disant, elle désignait le gobelet de Louis. La main rude se plaqua sur son épaule. Il s'approcha d'elle imperceptiblement. Sa légère ébriété, qu'il avait malgré tout pris soin de contrôler, avait adouci ses traits. Sa diction demeurée impeccable avait cependant ramassé quelque part un subtil accent traînant. Jehanne prit son mari par le bras. Il ne se déroba pas.

— Seriez-vous l'ange qui protège ma vertu? demanda-t-il d'un air grave.

Jehanne, peu habituée à une pointe d'humour de sa part, sourit sans savoir quoi lui répondre.

Sur la scène improvisée, une cornemuse gloussa avec nervosité au passage d'un légionnaire romain tourmenté par sa vessie que le trac rendait capricieuse. Le dragon avait perdu sa queue qui s'était coincée sans qu'il s'en rende compte dans les rayons d'une roue. Il passait benoîtement son chemin en affichant partiellement le caleçon en lin de l'un de ses propriétaires. Un gros tambour sautillait parmi les têtes échauffées. Partout, des centaines de petits groupes bavardaient et produisaient une rumeur assourdissante, ponctuée de rires et de notes musicales qui rendaient muettes les vagues de la mer toute proche.

Une demi-douzaine de gamins d'environ dix ans passèrent derrière Louis et sa femme en se hâtant vers l'estrade.

— Il n'osera pas monter, dit l'un.

— Peuh! même pas peur. C'est pas le vrai. Il est là, le vrai, dit un autre.

Il pointait Louis d'un air bravache, ce qui fit dire à un troisième:

— Quinze fraises que oui, il va monter.

— Tenu.

Le gamin grimpa sur l'estrade et tira la langue à sa bande d'amis.

— Bon Dieu de bon Dieu! Mais où je vais trouver des fraises, moi?

— De quoi parlent-ils, d'après vous? demanda Jehanne à Louis, qui haussa les épaules.

À peine deux minutes plus tard, alors que le gamin se donnait en spectacle à ses congénères avec une suite de clowneries enfantines, quelqu'un leva à bout de bras une imitation de billot, en l'occurrence un gros seau, qui roula dans sa direction. L'enfant dut l'arrêter de ses deux mains. Il ahana en le traînant jusqu'au centre de la plateforme et s'assit dessus pour reprendre son souffle.

— Oh! je viens de péter dessus, dit-il. Les autres gamins, hilares, s'écartèrent pour livrer passage à une espèce de géant d'allure bizarre, à pattes de héron: vêtu d'une longue cape noire, il avait peine à se tenir debout sur des échasses maladroites qui étaient soigneusement dissimulées sous son vêtement. Il semblait prêt de se casser en deux. Sa tête trop petite était coiffée d'une cagoule si ample que les trous pour les yeux lui arrivaient vis-à-vis des joues. Il dut se faire aider pour grimper sur l'estrade. Sous l'hilarité générale, il commença par se tromper de direction et s'en alla au bout opposé de l'estrade. Le garçon leva la jambe et lâcha un autre pet.

— Eh, par ici, Baillehache, appela-t-il.

Jehanne et Desdémone, qui était de retour juste à temps pour ne rien manquer, tournèrent toutes deux la tête vers Louis, comme bien d'autres qui se trouvaient à proximité. Le bourreau n'était pas reconnu pour son sens de l'humour. Il les surprit tous en levant son cruchon de vin, avec au visage une expression qui ressemblait à de l'indulgence. Ils furent nombreux à l'en applaudir.

Pendant ce temps, le faux géant s'était rapproché de sa présumée victime. Il gronda, d'une voix forcée vers la basse:

—Mais c'est que j'y vois rien du tout, moi, avec ce truc!

Et il arracha sa coiffure. Il était bien connu que Louis était l'un des rares bourreaux, si ce n'était pas le seul, à officier le visage découvert. L'acteur portait un masque, qui fut à demi soulevé par la cagoule. On eut quand même le temps d'apercevoir un peu de barbe rousse avant qu'il ne le replace. Le masque farfelu, garni de cheveux raides et noirs, caricaturait le visage de Louis d'une façon suffisamment reconnaissable pour que l'on pût trouver comiques les deux canines pointues qui y avaient été ajoutées.

—C'est Sam! s'exclama Jehanne. Vous avez vu?

—Oui.

—Moi, j'étais déjà au courant, dit Desdémone, gênée.

Louis rajouta:

—C'est bien de lui, et je trouve ça de très mauvais goût.

Il fronça les sourcils en direction du gamin. C'était la présence de l'enfant en tant que victime, bien plus que sa propre caricature, qu'il désapprouvait.

Le faux bourreau se dandina jusqu'au bord de l'estrade.

—Attention de ne pas tomber, bourrel*, t'as trop bu, cria quelqu'un dans la foule.

Sam se frappa la poitrine et tituba dangereusement sur ses échasses qu'un vent fripon dévoila quelques secondes. Il dit:

—Je suis le maître Baillehache, la terreur de cette cité, et je vais maintenant appliquer la justice! Mais je veux bien me montrer magnanime. À vous de choisir: la hart*...

Il s'empressa de fouiller sous sa cape, d'où il tira un nœud coulant mal fichu au bout d'une corde d'environ deux aunes en même temps qu'un peu du rembourrage dont il avait cherché à s'étoffer, sans grand succès, d'ailleurs, tous les bouts d'étoffe étant descendus au niveau de sa ceinture.

—Je parie que c'est la chevestre* que j'ai apportée et qu'il m'a prise, fit remarquer Louis.

—Vous avez apporté de la chevestre*? demanda Jehanne.

Louis ne répondit pas. Le faux bourreau tendit la main et

l'agita pour attirer l'attention du légionnaire adolescent qui, nerveux comme il l'était, avait oublié tout ce qui n'était pas sa propre représentation. Il sursauta et finit enfin par remettre à Sam son glaive en toc. L'échassier le prit et le brandit, tandis qu'il présentait la corde de son autre main.

— ... ou l'épée?

Les gens enthousiastes se mirent à voter pêle-mêle, tandis que le garçon continuait à faire des simagrées derrière le dos de Sam. Il essaya même de passer la tête entre ses jambes et manqua le renverser. Quelques-uns se prêtèrent au jeu et implorèrent la clémence du faux Baillehache.

Sam décida que les spectateurs avaient choisi la pendaison et il tituba vers le garçon, qui se mit à trotter en rond sur la plateforme afin d'échapper au bourreau qui le poursuivait gauchement, encouragé par la foule. Lorsqu'il parvint enfin à passer la corde au cou du gamin, comme un lasso, son nœud se défit. Le faux Baillehache se tourna vers la foule et s'exclama :

— Zut, tu parles d'un métier! Jamais un client satisfait, jamais! Les plaintes que je reçois me cassent les oreilles. Et pour ce qui est des honoraires, pff! On peut toujours courir! Ce que je passe mon temps à faire, d'ailleurs. Y a pas à se demander pourquoi je suis éreinté.

Les gens s'écroulaient de rire. Sam, tout heureux de l'effet produit par son petit numéro improvisé, ne remarqua pas que son jeune partenaire se tenait soudain très tranquille et qu'il ne riait plus.

Jehanne et Desdémone n'avaient rien remarqué non plus, du moins pas avant qu'elles ne vissent Louis en personne en train de grimper tout bonnement l'échelle menant à la scène. Ce ne fut qu'à ce moment-là qu'elles se rendirent compte qu'il ne se trouvait plus à leurs côtés. C'était à se demander comment un homme de cette stature pouvait arriver à se déplacer aussi discrètement.

— Oh non. Il doit être de très mauvaise humeur, dit Jehanne, une main sur la bouche.

Pendant que Sam continuait à énumérer les nombreuses misères de la vie d'un bourreau, Louis alla se planter juste derrière lui, les bras croisés. Sam ne remarquait toujours rien. Les spectateurs n'en pouvaient plus. Louis s'accroupit et passa de côté entre les deux échasses. Sam interrompit sa phrase et baissa les yeux. Ahuri, il perdit l'équilibre et s'abattit avec la lenteur solennelle d'un arbrisseau dont on aurait hypocritement scié le tronc. Entortillé dans sa grande cape, il se mit à genoux, enleva son masque et se releva, dévoilant son œil poché. Louis lui prit la corde des mains.

— Ce... c'était une blague, dit-il en se frottant le derrière de la tête.

— Je sais. Bon. Premièrement, on ne fait pas le nœud comme ça... mais comme ceci.

Il refit correctement le nœud coulant. L'estrade fut cernée d'encore plus près par un auditoire qui hésitait encore entre les acclamations et l'envie de faire semblant de n'avoir rien vu. Louis se tourna vers le gamin, qui sursauta. Jamais il n'avait vu Baillehache d'aussi près. Lui, il n'avait nul besoin d'échasses. L'ogre se planta devant lui sans lui prêter vraiment attention. Le gamin s'appuya contre le billot sous le regard féroce de Louis, qui avait détaché sa tunique ajustée et en avait noué les pans à la hauteur de son nombril. Des poils foncés bouclaient, éparpillés sur sa poitrine nue.

— Qu'est-ce qu'il me veut? Mais qu'est-ce qu'il me veut? demanda l'enfant d'une toute petite voix.

— Tu aimes les fraises, n'est-ce pas? lui demanda-t-il.

— O-oui, maître.

Il n'osait pas avouer que son envie d'en manger s'était subitement calmée.

L'intention initiale de Louis avait été d'aller chercher le gamin et de l'accompagner à l'auvent du marchand de primeurs. Ce fut l'un de ses copains qui le prit au piège:

— Coupez-lui la tête!

— Non! La corde, dit un autre.

— Allez, quoi, on fait semblant, c'est qu'un jeu!

La foule se joignit au groupe d'enfants pour réclamer un brin de fantaisie au bourreau toujours si sévère. Certains lui offraient même à boire. Louis jeta un coup d'œil sur Sam, dont le large sourire ne lui fut d'aucune utilité. Il fut lui-même étonné de son hésitation. «Ma femme a raison. J'ai peut-être un peu trop forcé sur le vin», se dit-il vaguement. Il se prit à songer au petit Charles qu'il avait effrayé même s'il avait tout fait pour ne pas être vu de lui. L'opinion des tout-petits avait toujours beaucoup compté pour lui. Même si ce genre de démonstration était contre ses principes, il s'y retrouvait pris, cerné par des regards implorants, comme si le fait de prendre part à leur vilain jeu était une faveur qu'il leur accordait. Comme s'ils lui demandaient de jouer avec eux, en quelque sorte, lui qui n'avait jamais vraiment joué, lui qui se tenait habituellement loin d'eux parce qu'il leur inspirait trop de crainte. Peut-être était-ce là l'occasion de leur plaire et de réparer la faute qu'il avait commise à l'encontre du petit Charles. Oui, à bien y penser, l'idée n'était peut-être pas si mauvaise, après tout.

—Bon, eh bien... d'accord, dit-il.

—Hourra! crièrent à l'unisson quelques dizaines de voix claires. L'un des enfants osa même s'étirer pour lui serrer la cheville. Louis se sentit curieusement rasséréné par ce seul petit geste. Cela lui donna l'impression d'être de nouveau accepté au sein d'une collectivité.

Il se tourna vers le petit acteur qui avait, lui aussi, repris un peu courage et lui demanda:

—As-tu quelque chose à dire?

—Euh... ben...

Le garçon eût bien voulu dénicher une trouvaille dramatique, mais il ne put que bredouiller un flot de syllabes hésitantes. La main du bourreau se plaqua donc sur son épaule et lui fit ployer les genoux. Elle lui entoura ensuite la nuque pour lui faire poser la tête contre le seau renversé. Le garçon piailla, saisi d'une angoisse bien réelle en dépit du caractère en principe ludique de l'activité.

Louis tendit la main vers Sam, qui lui remit le faux glaive.

—Amateur. On voit bien que tu n'y connais rien. Le billot, ça t'esquinte une épée.

Puis, au garçon:

—Ça ne va pas.

Il lui fit adopter la position correcte.

—Là. Tiens-toi droit.

Louis fit mine de prendre son élan avant d'abattre le glaive léger, l'immobilisant au dernier instant contre la nuque du garçon.

—Décapité, dit Louis simplement.

—Diable, c'est rapide, dit l'enfant qui se releva sur des jambes flageolantes.

—Très.

Le bourreau sentit qu'on lui tirait la manche. Il se retourna. C'était un autre garçon qui lui tendait la corde.

—Moi, j'ai rien vu. Pendez-le, à la place, s'il vous plaît.

Sans prévenir, Louis s'empara de la corde et la passa au cou du gamin qui avait réclamé cette seconde démonstration. Il le tira assez rudement à lui afin d'appuyer le nœud tout contre l'occiput. L'enfant, yeux exorbités, lâcha un petit cri tremblant et devint blanc comme un linge. Louis abandonna le bout de corde et, d'une main sur l'épaule osseuse du gamin, le tourna face à lui.

—Ça va?

—O... ouais.

—Viens là.

Il se hâta de dénouer la corde et de l'enlever à l'enfant qui avait été trop ébranlé par sa stupide plaisanterie. C'était une chose que de voir les autres y passer, c'en était une tout autre que d'y être soi-même soumis, et par surprise de surcroît. Louis s'en voulut. Il se demanda comment faire pour lui changer un peu les idées. Sans même y penser, il se passa la corde autour du cou et la tint à bout de bras, tirant la langue au garçon dont les joues trop pâles se colorèrent à nouveau sous la magie du rire.

Le légionnaire récupéra son glaive et en pourfendit le bourreau. L'arme s'en trouva émoussée de façon irrémédiable. Des gens l'entraînèrent joyeusement en bas.

—Bourrel*, laissez-nous vous offrir à boire, cria un homme rougeaud qui lui appuya un gobelet de vin contre la poitrine.

Ils acclamèrent l'homme grave alors qu'il avalait le contenu de son gobelet d'un trait.

Ils s'installèrent près d'un groupe de femmes qui s'étaient mises à danser autour d'un petit feu de cuisine sans remarquer leur présence. Louis sirota plus lentement un second gobelet offert. Bien qu'il fût un grand amateur de vin, il s'enivrait rarement et seulement s'il y consentait.

—Après tout, quand on vous voit point sur l'échafaud, z'êtes fait comme nous autres, pas vrai, l'ami? dit un savetier en lui donnant une grande claque dans le dos.

Au lieu de répondre, Louis leva la main et pétrit le postérieur de l'une des danseuses qui s'était trop rapprochée. Des rires gras se mêlèrent à son cri suraigu qui lui resta pris en travers de la gorge dès qu'elle se retourna. Le bourreau la salua d'un signe de la main, un vague demi-sourire aux lèvres. Elle regarda le malotru, bouche bée, sans oser le gifler comme cela avait d'abord été son intention. Au lieu de quoi elle lui fit une révérence polie et s'en alla se remettre de ses émotions un peu plus loin.

—Cela a ses bons côtés, à ce que je vois, fit remarquer l'un des hommes.

—Ouais. Mais comme on dit: «En juin, juillet, et août, ni femme ni chou»... sauf si t'es saoul[25].

Sam avait profité de la diversion pour s'éclipser en douce. De son côté, Jehanne s'éloigna suffisamment pour aller cueillir en secret une feuille de sauge qu'elle glissa dans sa chaussure gauche. Peut-être allait-elle ainsi réellement gagner l'amour de son mari, car il était reconnu que les herbes de la Saint-Jean avaient des propriétés magiques[26].

La nuit estivale, lente à se manifester, prolongeait un souper qui durait depuis au moins deux bonnes heures. Ceux qui n'avaient plus faim avaient toujours soif, et de la bouche de ceux qui avaient étanché cette soif plus que de raison se succédaient blagues ou chansons paillardes. C'était une soirée fraîche, agréable, et le ciel paresseux n'avait pas encore fini d'allumer ses étoiles.

Dès la nuit tombée, le feu de joie s'anima sur la grève. Les fagots dont il fut gavé firent monter ses flammes à une hauteur vertigineuse.

— Ils le verront depuis les côtes de la Grande Île*, disait-on avec un air de défi.

— Une carole! Une carole! se mirent à réclamer des jeunes gens qui faisaient cercle autour du feu.

Louis sentit une main possessive se refermer sur son bras et il fut entraîné en pleine lumière, parmi tous ces visages jeunes qui souriaient. Il se sentit sourire à son tour tandis que le cercle se brisait pour former cortège. On se mit deux par deux pour caroler. La carole ressemblait davantage à une marche solennelle ou à une procession qu'à une danse, à cette différence près que l'on y chantait l'amour sous forme de chansons à refrains.

Une fois tout le monde en position, les petits rires cédèrent la place à un silence que seuls les crépitements du grand feu ponctuaient.

Joliettement me tient le mal d'aimer, joliettement.
Ma très douce amie que je n'ose nommer
Joliettement me tient le mal d'aimer.
Je vous ai servie longtemps sans fausser
Bien et loyamment.
Joliettement me tient le mal d'aimer, joliettement[27].

Les pas subtils ne purent faire autrement que de s'adapter au thème. Alors que Louis ne faisait que chanter en vacillant avec beaucoup de dignité, la danse de tous ceux qu'il menait se teinta d'érotisme.

«Une voix si parfaite, si intense», pensa Sam qui, dans la foule, ne tenait pas à se faire voir. Une telle voix faisait que l'œuvre, peu importe ce qu'elle était, élevait son détenteur au-dessus de la condition humaine. «Dieu, comment un être aussi insignifiant que Baillehache peut-il parvenir ainsi à produire quelque chose d'aussi sublime?»

Sam s'effaça dès les premières notes de la mélodie. Il fallait agir, et vite.

Ainsi, cette voix qui appelait, qui suppliait d'une façon inconnue de son propriétaire, ne fut pas captée par celle-là même à qui

109

elle était destinée. Jehanne n'était plus là pour l'entendre. Elle s'était éloignée pour participer à un concours de tir à l'arc.

Ce fut Desdémone qui aperçut Louis en premier, plus de deux heures plus tard. Il titubait dans sa direction, la corde oubliée lui enserrant toujours le cou et lui pendant dans le dos.

— Mon père, arriva-t-elle à bredouiller vers Lionel, qui, lui aussi de la fête, était occupé à discourir sur la pensée de maître Eckhart[28] malgré le vacarme, avec un interlocuteur dont la sobriété était encore relative.

— Je n'ai jamais pu prétendre à une extrême sagesse telle que la sienne. Pour moi, la musique, plus que le langage parlé, me relie à la vie. Peut-être devrais-je m'y remettre.

Desdémone secoua nerveusement le confesseur, qui se décida enfin à regarder de son côté. Il demeura un instant interdit à la vue du bourreau.

— Où est ma femme? demanda ce dernier.

— Ma foi, je l'ignore. Je la croyais avec vous.

Louis regarda songeusement Desdémone, qui se tassa sur elle-même. Depuis la fin de la carole, il ne s'était pas écoulé vingt minutes sans qu'il vînt s'arrêter auprès d'elle pour lui administrer au moins quelques taloches et ce, sous n'importe quel prétexte.

— Ça ne fait rien. Je m'en vais la chercher.

Il alla son chemin en chancelant. Il fut avalé par l'obscurité et l'agitation des groupuscules qui s'émaillaient tout le long de la plage. Desdémone soupira de soulagement. En tant que complice de Sam, elle s'en était tirée sans même une bourrade.

De son côté, Lionel le regarda tristement partir et songea: «Samuel est un inconscient. Il n'y en a que pour lui.» Il jeta un regard circulaire dans la foule brouillonne où il eût été impossible de retrouver quelqu'un à plus de vingt pas. Découragé, il se retourna vers son compagnon.

— On ne s'entend pas. Qu'étais-je en train de dire? Auriez-vous l'extrême obligeance de me rappeler où j'en étais, mon bon ami?

Quiconque avait eu l'idée d'organiser un concours de tir à l'arc au beau milieu de la nuit, alors que les trois quarts des participants étaient ivres, devait avoir un sens de l'humour bien particulier.

Tandis que Jehanne cherchait des yeux où sa dernière flèche avait bien pu atterrir, un mouvement attira son attention. Elle aperçut la silhouette familière à l'orée du bois, de l'autre côté du grand champ de tir éclairé par des flambeaux fichés en terre et hérissé de flèches perdues. Il arborait fièrement son tartan et lui faisait de grands signes.

—Grâce! Je capitule! Je rends les armes! criait-il, simulant la panique.

Jehanne abandonna son arc et, empêtrée dans ses jupes, traversa l'aire sablonneuse en courant.

—Oh, Sam, mon tir était mauvais à ce point-là? demanda-t-elle au jeune homme.

—Atroce. Mais si les autres ont de bons réflexes, ils devraient avoir été capables de se pousser à temps. Comme dans les fables. Tu as mangé?

—Mais oui, un peu plus tôt, tout comme toi. L'aurais-tu déjà oublié?

—J'avoue que oui.

Ils s'éloignèrent du champ.

La nature attentive, avec son haleine à senteur de mer, laissait murmurer ses vagues sur la plage déserte qui berçait leurs pas. Ils s'étaient suffisamment éloignés pour que les rumeurs de la fête leur parvinssent grandement atténuées, car le vent capricieux du large en entraînait les fragments autre part avec les fumées aigres des feux dont ils n'apercevaient plus que les lueurs. Les étoiles se multipliaient comme un heureux présage et faisaient des clins d'œil complices à la lanterne solitaire qu'elles voyaient errer sur la grève. La plage se couvrait de varechs et de graviers mêlés de coquillages avant d'en changer pour un pavement rude, verdâtre et aussi glissant que du savon.

—Nous ne devrions pas tant nous éloigner. Ce n'est pas convenable, fit remarquer Jehanne.

—Au diable les convenances! Ils sont tous saouls. Leurs convenances, ils les ont jetées au feu avec les fagots. Même le bourrel* n'y a vu que du feu, c'est le cas de le dire, avec sa haute messe*.

—Quelle haute messe*?

—Non, rien, laisse tomber.

Mais nous avons bu, nous aussi, Sam.

—Pas trop. Juste assez pour que nous, on n'oublie rien. Qu'a dit ton geôlier au sujet de Desdémone?

—Rien. Il n'en parle pas.

—Le contraire m'aurait étonné.

Elle rit. Il s'arrêta pour lever les yeux vers la voûte céleste. Le ciel, comme une patiente grand-mère, avait fouillé dans son panier de guenilles et avait couvert la lune d'un rideau de tulle lacéré sur lequel subsistaient les vestiges d'une splendide broderie argentée.

— Toutes ces constellations... c'est étourdissant. Il y en a tellement qu'on a l'impression qu'elles devraient faire de la musique, dit Jehanne.

Sam s'arrêta et lui prit la main.

— Si je le pouvais, j'irais en cueillir pour en faire une parure de diamants digne de toi.

Une brise étrangement chaude caressa le visage de la jeune femme. Son cœur s'affola et, ce soir-là, elle n'eut plus envie de lui intimer l'ordre de se calmer. Elle ralentit et déposa sa lanterne sur le sable.

— Les étoiles sont beaucoup trop belles. Offre-moi plutôt un simple coquillage et il me plaira tout autant, puisque tu l'auras choisi pour moi.

— Ou peut-être un rang de perles égaré par une sirène. Une créature comme toi venue d'un autre monde...

— Oh! Sam, quel incorrigible rêveur tu fais!

Il passa les phalanges sur une joue délicieusement fraîche. Il prit ses mains dans les deux siennes et ils se regardèrent.

— Les rêves, il n'y a que ça de vrai, dit-il. Tu étais avec moi en Espagne. En rêve. Ce serait pareil si j'allais jusqu'au bout du monde.

Main dans la main ils firent face à la mer, qu'ils entendaient, mais ne voyaient pas. Sam dit encore :

— Les vieux pêcheurs racontent que tout là-bas, vers l'ouest, le brouillard ne se dissipe jamais. Les eaux sont peuplées de créatures maléfiques. Il y en a qui ont pris des morues et des saumons presque aussi grands qu'un homme. Cela mène au bout du monde. Si on se hasarde trop loin, on tombe, on tombe, à tout jamais. Mais moi, je suis persuadé qu'il y a une île là-bas, quelque part, une île magnifique, et que tu y possèdes un palais en cristal dont tu caches honteusement l'existence à ton plus cher ami.

— C'est vrai qu'il paraît qu'il y a une terre là-bas.

— J'irai avec toi.

— Louis m'en a parlé. Il tient cela d'un vieux Templier.

L'Écossais soupira et baissa la tête. Il donna un coup de pied à un coquillage qui alla se perdre dans l'obscurité.

— Oh! Sam, je suis désolée.

— Ce n'est pas grave. Je suppose qu'il était juste de me rappeler à l'ordre, encore une fois.

— Pardonne-moi. Je ne sais plus rêver. J'ai bien peur d'en avoir perdu l'habitude.

— Te souviens-tu de notre enfance, Jehanne? Te souviens-tu de la simplicité de nos soucis et comment nous parvenions sans effort à croire en nos rêves?

Ils marchèrent pendant un moment en silence. La lanterne qu'avait ramassée Sam éclaira l'échine luisante de quelques galets ronds. Il dit :

— J'irais vivre n'importe où avec toi. Avec ou sans rêves. Tu le sais, n'est-ce pas ?

— Oui, Sam. Je le sais.

— Dis-moi si tu préfères que je cesse de rêver et je le ferai. Pour toi.

— Non. Un Sam qui ne rêve pas, ce n'est plus un Sam. Montre-moi à nouveau comment on rêve.

— Tu es sûre que c'est ce que tu désires ?

La jeune femme ne répondit pas. Ils s'éloignèrent un peu de la plage et entreprirent de grimper une butte sablonneuse que surmontaient des touffes d'herbes ligneuses. Ils ne voyaient plus les lueurs des feux. Peut-être n'en restait-il que des braises rougeoyantes.

— J'ai aussi appris bien d'autres choses là-bas, dit Sam, sur ce que doit être un vrai chevalier.

— Oh, mais je me souviens de cela ! Tu nous en as parlé l'hiver dernier avec ton ami Iain.

Il sourit malicieusement. Tous deux s'assirent au milieu de la pente.

— Je n'ai pas tout dit. Il y manque encore, je crois, le plus important. Vois-tu, un bon guerrier développe à la longue un sens très raffiné du combat rapproché...

Il se glissa vers elle et reprit :

— Cela exige une connaissance de son corps et de ses émotions. Des siens propres et de ceux de l'autre. Il faut être capable de prévoir ses propres réactions et celles de l'autre pour s'assurer de la victoire. Donner, recevoir l'amour, c'est pareil. C'est aussi un art.

Troublée, Jehanne sentit le bras de son ami lui entourer les épaules.

— Sam...

— Nous, les hommes, il nous faut la guerre pour faire remonter en nous cet instinct que les femmes ont au naturel. Et dans cette guerre, *multi inimici, magnus honor*[29]. Car aimer est un art. Mieux que ça, c'est l'art suprême.

Jehanne demanda soudain :

— Et si les forêts de cette île des brumes étaient pleines de loups affamés ?

---

29. « Plus on a d'ennemis, plus l'honneur est grand. »

— Je t'en ferais des manteaux.

— Quand partons-nous?

— À l'instant, dit-il d'une voix enrouée. Allons nous reclure pour mieux savourer la connivence de la nuit.

Ils achevèrent de gravir ensemble la pente sablonneuse. Sam veillait sur les pas vacillants de la jeune femme à l'aide de ses deux bras. Les deux renflements des petits seins charnus reposaient sur son avant-bras.

— Comme deux colombes sur une même branche... qui me mèneront là «où les prés verdissent, où les oiseaux en leur latin doucement chantent au matin[30]», récita-t-il en souriant.

Sans trop savoir comment, ils se retrouvèrent dans un champ isolé au centre duquel murmurait un ruisseau complice. Ils s'installèrent tout près de lui et se turent pour la première fois de la veillée. Un cerf brama du côté de la bourgade endormie et, loin au-dessus d'eux, le cri d'une hulotte invisible lui répondit depuis un chêne qui agitait sa ramure d'une teinte rendue incertaine par la nuit. Ce fut pour eux un instant béni, car, désormais, le besoin d'avoir absolument quelque chose à dire ne se pressait plus aux portes de leur complicité. Une certaine paix de l'âme s'instaura en chacun d'eux, paix nécessaire pour permettre aux sentiments de reprendre leur place. Les émeraudes chevauchèrent sans ambages des flots du ruisseau aux cheveux fous oubliés par la coiffe sur les tempes de Jehanne. Il observait, fasciné, leurs palpitations sous le vent. Il pensa que ce visage vu ainsi de profil donnait le plus beau chef-d'œuvre, qu'aucune sculpture antique ne pouvait être en mesure de le reproduire avec fidélité. Jehanne, se sentant scrutée jusqu'à l'âme avec cette insistance adoratrice, brûlante, lui jeta un vif coup d'œil et baissa la tête. Elle ne savait plus que penser et, curieusement, cela ne l'importunait pas du tout. Elle laissa Sam se rapprocher et lui effleurer la nuque aussi délicatement qu'une abeille abordait un lys. Ses doigts caressaient les petits cheveux qui avaient tout déclenché. La main monta ensuite vers la tempe droite. Jehanne leva les yeux, bouche bée, en proie à quelque chose d'inconnu, d'une extrême douceur. Elle vit que le visage de Sam exprimait le même état d'esprit. La main de Sam bondit vers la coiffe et en dénoua le ruban. Ses doigts se frayèrent un chemin à travers le réseau complexe d'une natte enroulée. La coiffure se défit. De discrets rayons de lune accrochaient dans cette cascade soyeuse toutes les couleurs du spectre, éphémères et mouvantes. Sam se recula un peu et lui sourit.

— C'est ainsi que je te connais. Il y a une magie en toi que même mes plus beaux contes ne peuvent décrire.

— Pourtant, le magicien, c'est toi. Tu es mon complice de toujours, et sans toi je ne saurais plus rêver.

Il rejeta la tête en arrière et sourit au chêne.

—Dieu! Ce n'est pas possible d'être aussi heureux.

Jamais auparavant ils ne s'étaient sentis aussi pleinement créés pour l'amour, pour s'en repaître comme d'une ambroisie réservée aux seuls mortels. Ils se laissèrent emporter sans résistance comme des petits bouts de bois flotté sur l'onde.

—Je comprends tout, maintenant, dit-il soudain.

— Quoi ça?

— Tout, pourquoi ça n'a jamais pu aller plus loin avec les autres que j'ai connues. C'est parce qu'il n'y en a pas d'autre et il n'y en aura jamais. Depuis toujours, tu m'es destinée.

—Nous ressemblons à ces deux arbres, juste là. Eux aussi ont grandi ensemble. Leurs branches sont si entremêlées qu'on arrive plus à les distinguer les unes des autres.

—Je croyais t'avoir perdue.

—Jamais. Jamais je n'ai cessé de penser à toi, Sam, sois-en sûr. Jamais on n'oublie ses vieux amis. Les racines de nos amitiés d'enfance sont trop profondes. Certes, le temps et les circonstances peuvent nous obliger à couper l'arbre, et alors il est triste de voir une souche à sa place. Mais les racines, elles, sont encore là. Énormes. Intactes.

—Mais ces arbres-là ne sont pas coupés, eux. La hache ne les a pas trouvés. Elle ne nous trouvera pas non plus.

«La hache», répéta vaguement la conscience de Jehanne. Mais elle refusa d'entendre. Elle dit:

—Nous deviendrons grands comme eux. Et nous vieillirons ensemble. Nos racines s'étreindront sous l'or de nos feuilles.

—Tu brûles toute ma sève.

Leur lanterne tomba et disparut brièvement parmi les tiges chuintantes avant de rouler tout en bas du talus qu'ils avaient laissé derrière eux. Ils ne s'en soucièrent plus. Devenus presque invisibles, ils se soudèrent l'un à l'autre. La jeune rosée encore fragile fit adhérer les fougères odorantes à leur peau nue. Ils étaient redevenus libres et sauvages comme au temps de l'Éden. Elle s'abandonna à lui et lui à elle. Tous deux se complétaient comme la plage et la mer en une même palpitation vitale. Oui, il était plus que temps de laisser aller. Faits l'un pour l'autre de toute éternité, ils se rejoignirent enfin d'une façon absolue. Ils s'entremêlèrent, riant, sanglotant, sur un sable grossier encore tiédi par le souvenir du jour.

Une fois leur dessein accompli, les étoiles vacillèrent et s'éteignirent une à une comme l'avait fait plus tôt le lumignon oublié parmi les grandes herbes et les graviers.

Le miaulement d'une mouette cendrée arracha Jehanne à son sommeil envahi de fumées d'or. Elle se rassit brusquement. Le soleil se levait. Au loin, quelques petites nefs vétustes, tout juste réveillées, se laissaient mollement ballotter par les vagues. Des monceaux de varech luisaient sous la lueur incertaine de l'aube naissante comme des choses mortes.

Une main errante la tira à elle par son col et Sam se rassit à son tour. Il passa la cagoule froissée qu'il avait gardée dans sa poche, se tourna et se pencha au-dessus d'elle, récitant d'une grosse voix :

Deep in my dungeon
I welcome you here
Deep in my dungeon
I worship your fear
Deep in my dungeon
I dwell.
I do not know
If I wish you well[31].

Soudain, ce qu'il vit au cou de Jehanne chassa ce qu'il lui restait de vapeurs d'alcool. Il tira davantage sur son col, exposant son épaule.

— Le misérable ! Il t'a marquée comme une bête !

Jehanne haleta et jeta autour d'elle un regard effaré. Très loin vers l'est, sur la ligne d'horizon, un ruban cuivré était brodé par une main invisible.

— Qu'est-ce que j'ai fait ? Mais qu'est-ce que j'ai fait ?

— Hein ? Mais... Jehanne, regarde. Tu es avec moi, tout va bien, dit Sam dont le contact osseux, étranger, acheva de la réveiller.

— Non... je ne devrais pas être ici.

— Jehanne, écoute. Ton Faucheur n'est pas dupe. Il savait très bien qu'un jour ou l'autre il allait faire partie de la confrérie de saint Ernoul, patron des cocus.

---

31. «Dans les profondeurs de mon donjon
Je te souhaite la bienvenue
Dans les profondeurs de mon donjon
Je voue un culte à ton effroi
Dans les profondeurs de mon donjon
Je demeure.
Je ne sais pas
Si je te souhaite du bien.»

— Non, laisse-moi, Sam! C'est beaucoup plus grave. Nous n'aurions pas dû... tu n'as pas idée...

Jehanne le repoussa presque avec véhémence et, en sanglots, elle débarla en bas de la pente. Sam ne l'y suivit pas.

Elle courait, courait à en perdre tout souffle. Elle franchissait chaque lieue comme une naufragée. Rejoindre le campement où un nuage de fumée sale s'effilochait encore! Jehanne boitait à cause de la feuille de sauge qui s'était froissée dans sa chaussure. Elle ne voulut pas l'enlever. Elle avait oublié de reprendre la lanterne et sa coiffe.

La jeune femme erra sans but entre les foyers éteints, les restes de nourriture et les fêtards inertes, dont certains ronflaient bruyamment. L'horizon s'ourla peu à peu de rose. Des goélands au ventre doré surgissaient de nulle part et commençaient à survoler le site, fantasques, en quête de quelque bon morceau à chaparder. L'un d'eux alla même jusqu'à se percher sur la tête échevelée d'un dormeur qui le chassa en maugréant. Très loin à l'est, un unique petit nuage se fit offrir une somptueuse parure cuivrée.

Que faire désormais, après une nuit comme celle-là? Où allait-elle bien trouver le courage de continuer comme si de rien n'était, de prétendre que rien de tout cela n'était arrivé? Après avoir cédé à un moment de panique, Jehanne put prendre le temps de respirer, de réfléchir un peu. Elle sentait enfin ce que c'était que d'être une femme. Elle découvrait ce que c'était que d'être aimée. Sam avait savouré chacune de ses caresses d'une timidité presque virginale. Elle sentait encore en elle la pulsion créatrice de l'homme. Elle avait été une toile non encore peinte. Maintenant, les couleurs palpitaient comme cette aurore à laquelle se mêlaient à la fois chagrin et bonheur. Elle le savait et cela ne l'en rendait que plus fervente encore. Ils s'étaient mutuellement donné ce que chacun d'eux avait attendu toute sa vie.

À l'horizon, l'habit plumeux du petit nuage se transforma en or fondu tandis que le firmament prenait la teinte d'une pêche mûre. Jehanne avait l'impression d'assister au lever du jour pour la première fois de sa vie. En allait-il toujours ainsi lorsqu'on était amoureux? On eût dit que le moindre détail devenait plus vivant, différent, en raison d'une acuité nouvelle qui lui avait jusque-là fait défaut. Cela ne pouvait être que celle d'un peintre musicien. Oui, si l'on y prêtait attention, les couleurs faisaient de la musique. Elle s'étira langoureusement en levant les bras bien haut.

— J'ai tout oublié là-bas, et mes cheveux dansent.

Elle rit tout bas de ne pas avoir remarqué avant à quel point la brise marine pouvait être agréable à sentir sous son jupon de mollequin* et dans sa chevelure libérée de sa prison d'étoffe. Elle se mit elle aussi à danser.

— Comme vous voilà heureuse ce matin, ma femme!

Jehanne fut stoppée net dans son élan et faillit trébucher. Hormis les mouettes, nul n'avait encore bougé dans le campement. Sauf lui. Depuis quand était-il là? Elle rougit en y songeant.

— Oh! Louis! dit-elle dans un souffle, ses bras s'abaissant.

Sa silhouette noire tranchait plus que d'habitude dans cet environnement tout fait de pastels matinaux. Elle dit:

— Vous m'avez fait peur. Mais où étiez-vous donc passé? Je vous ai cherché partout.

— Vraiment?

Il s'approcha d'une démarche encore un peu chancelante. Ses vêtements étaient froissés et poussiéreux et de la barbe naissante lui salissait les joues.

— Quel... quel beau lever de soleil, n'est-ce pas? dit Jehanne.

Louis y jeta un coup d'œil indifférent. Le petit nuage était devenu presque blanc et son relief pelucheux était en train de disparaître. Le disque du soleil avait complètement émergé des vagues. L'attention de l'homme revint vers Jehanne et il ne dit rien. Il ne semblait pas conscient de l'inconfort dans lequel il plongeait sa femme, ni que son silence lui était encore plus insupportable que d'habitude. Elle dit:

— Cette corde que vous avez autour du cou...

— Oh, une plaisanterie.

— Brrr... Je ne suis pas sûre d'apprécier cet humour-là.

— J'ai bu, moi aussi.

Il enleva le nœud coulant et le passa à sa femme qu'il attira contre lui par le bout de la corde. Jehanne haleta. La main calleuse de l'homme se glissa sous sa longue chevelure et serra sa nuque gracile. Louis ne fit aucun commentaire sur l'absence suspecte de coiffe. Il força Jehanne à nicher son visage contre sa poitrine. Elle ne vit plus que le drap noir de sa tunique.

— Venez avec moi, dit-il.

Il l'entraîna à l'écart, jusqu'à leur tente.

Sans dire un mot, il la fit s'allonger sur la couche froissée.

— Vous avez dormi ici? demanda Jehanne.

— Oui.

Inutile de lui avouer qu'il venait d'évincer Desdémone, qui avait passé une partie de la nuit inconsciemment moulée contre lui. Il se pencha au-dessus d'elle et la regarda longuement. Jehanne s'en inquiéta. Que voyait-il? Soupçonnait-il quelque chose?

Elle essaya de prendre les devants et tendit la main pour lui caresser la joue. N'importe quoi pour lui faire cesser cet examen minutieux, même si elle savait par expérience qu'il la préférait passive. Il lui saisit les poignets et les plaqua sur le ballot servant d'oreiller.

— Cessez donc de vous tortiller ainsi.

— Je suis désolée.

— Qu'est-ce qui ne va pas? Vous êtes malade?

— Non, non. Je voulais vous... je voulais seulement vous toucher.

— Ne me regardez pas trop. Je suis horrible, vous le savez.

— Non, non! Ce n'est pas ça...

Jehanne se sentit avalée par un maelström qui n'était perceptible que d'elle seule. « Il se doute de quelque chose, j'en suis sûre », se dit-elle. Sa main libérée se leva de nouveau vers le visage de l'homme. Intrigué, Louis se laissa caresser, cette fois sans réagir. Il étudia cette façon inhabituelle qu'elle avait de lui pétrir l'épaule. Elle ne l'avait plus touché d'elle-même depuis l'hiver, même s'il n'avait plus fait de crise.

— Je dois encore avoir la berlue, dit-il.

Il s'en voulut de ne pas avoir les idées plus claires. Il s'était réveillé un peu plus tôt, la tête sur les jambes de Desdémone, qui avait profité de son état pour lui couper une petite mèche de cheveux à garder en souvenir.

— Je ne comprends pas... je ne comprends rien, dit Jehanne.

Si Louis perçut le trouble de sa femme, il le mit sur le compte de son besoin. Et cela, elle le sut au plus profond d'elle-même. Il ne faisait que s'efforcer de lui plaire au meilleur de sa connaissance. « Pauvre Louis. Non, je ne peux pas le lui avouer. Lui faire du mal, à lui qui a déjà trop souffert... lui qui ne peut plus percevoir les grandes complexités de l'âme... c'est au-dessus de mes forces », se dit-elle. Et elle s'abandonna aux mains expertes de l'homme qui s'étaient déjà mises au travail. Louis la dépouilla de son corsage et arracha son couvrechef*. Ardente, Jehanne se sentit une nouvelle fois partir à la dérive sur ces ondes de plaisir renouvelé dont son corps, même épuisé comme il l'était, ne semblait jamais se repaître. Les cheveux presque noirs de Louis lui chatouillèrent la figure. On eût dit qu'il se hâtait d'effacer avec violence sur son corps toute trace des sensualités de Sam.

— Ne me laissez plus jamais seule, Louis.

— Je suis là.

C'était tout simple. S'il restait avec elle, tout-puissant comme il l'était en ce moment même, Jehanne ne pourrait plus errer. Il lui était tellement plus facile de refouler Sam loin de son esprit lorsque son mari se tenait juste là, au-dessus d'elle tel un gardien, écoutant ses gémissements qui se muèrent bientôt en sanglots. Le chanvre du nœud coulant lui démangeait le cou et le menton. Elle lui prit la tête à deux mains et se mit à l'embrasser goulûment, désespérément. Elle était en larmes.

— Pourquoi pleurez-vous? lui demanda-t-il entre deux baisers qui avaient un goût de mer.

Jehanne répondit:

— Parce que je vous aime. Je vous aime tant que j'en ai mal.

Sans chercher à comprendre, il l'obligea à tourner la tête et se mit à mordiller durement son tatouage.

Deuxième partie
(1371-1372)

Chapitre III

Belle dame contre sorcière

Hiscoutine, **septembre 1371**

Une pomme abîmée manqua frapper Louis de peu : elle lui passa près de l'oreille pour aller rejoindre les autres qui attendaient dans le tombereau.

—Oups... pardon, dit Blandine avec son rire de lutin.

Elle astiqua un fruit contre son corsage et croqua dedans avec avidité. L'heure du dîner approchait. Ils travaillaient tous au verger depuis l'aube. Louis aussi fit une pause et regarda le ciel en se frottant les reins. Thierry, Hubert et Toinot vinrent à leur tour vider leur panier dans la charrette. Tout le monde avait été mis à contribution, à l'exception de Jehanne, de Margot et du père Lionel.

La récolte du secteur où ils travaillaient arrivait à son terme. Après avoir soigneusement entreposé les bons fruits dans les casiers du cellier, on en était à récolter les pommes tombées ou endommagées qui allaient servir à confectionner le cidre.

Une espèce de meuglement se fit entendre au loin. C'était Margot qui cornait le dîner à l'aide d'une petite trompe[32].

—C'est l'heure, dit Louis.

Les cueilleurs avaient attendu son signal et non pas l'appel de Margot pour s'arrêter et s'installer à l'ombre d'un grand pommier.

—Je m'en vais chercher le panier, dit Blandine en se mettant en marche vers la maison.

Le groupe avait convenu de casser la croûte en plein air pendant que mijotait dans l'âtre, en prévision du souper, un potage aux herbes du jardin dans lequel Blandine avait coupé en dés des choux et des raves, agrémentés de quelques lardons conservés dans de la graisse d'oie. Louis, quant à lui, décida de suivre la petite cuisinière. Sous la supervision directe de Jehanne, un repas chaud avait été préparé pour lui au manoir.

Il trouva la maison fraîche, sombre et silencieuse. Ni Jehanne ni Margot n'étaient en vue nulle part. Seul le père Lionel se trouvait dans la pièce à vivre. Il dormait profondément, assis tout de travers dans la chaise de Louis comme une grande marionnette aux fils coupés. Blandine alla prendre le panier à la cuisine et revint vers Louis, qui attendait.

— J'ignore où elles sont passées, mais votre repas est bien là, tout prêt, lui chuchota-t-elle.

— Laisse, je m'en occupe. Va porter ça aux autres.

— Bien, maître.

Elle lui fit une petite révérence et sortit.

Lorsque le père Lionel se réveilla, Louis était déjà assis sur le banc à côté de lui, en train de manger. Des perles luisaient dans ses cheveux, car il venait de se laver la figure et les mains dans le tonneau d'eau de pluie posé près de la porte d'entrée.

— Tiens, vous voilà, mon fils, dit Lionel en s'étirant.

Le maître ne fit aucun commentaire, mais tout le monde savait ce qu'il pensait des paresseux qui dormaient encore après le lever du soleil. Le moine dit, peut-être pour se justifier :

— Cette petite sieste m'a fait du bien. À force de ne plus dormir la nuit, je dois bien me rattraper quelque part.

Il bâilla et prit place à table devant Louis qui grignotait des olives de Provence.

— Quel beau rêve j'ai fait. C'est étrange, mais depuis que je dors en plein jour, mes rêves deviennent plus nombreux. J'étais à bord d'une nef. Cela me rappelle un petit voyage en mer que j'ai fait avant mon retour de Compostelle. Il y avait une dame aussi sur le pont. Une fort belle dame que j'ai connue jadis.

Il s'installa plus confortablement. Louis écoutait distraitement sans lever les yeux de son plat d'olives semées d'ail qui se vidait peu à peu.

— Nous vous entendions jouer de la musique. Avec un dulcimer*. Ne me demandez pas comment nous savions que c'était vous, car nous ne vous voyions pas. Mais je suis sûr que c'était vous.

Lionel tendit le bras pour prendre une part de tourte aux herbes qui était disposée dans un autre grand plat. Il mordit dans l'un des coins déjà secs et le mâcha pensivement.

— La dame s'est mise à votre recherche, reprit-il en pointant vers Louis un index luisant de beurre fondu.

Pas le moindrement du monde incommodé par le silence de son interlocuteur, il continua :

124

—Mais elle ne vous a pas trouvé. Moi, je ne cherchais pas. J'écoutais. C'était de toute beauté. Très doux. Et soudain je me rendis compte que c'était l'eau qui faisait cette musique.

Louis se leva et s'en alla dans l'appentis, laissant le moine poursuivre son récit en élevant la voix:

—Alors, je me suis penché par-dessus bord. C'était si merveilleux. Impossible à décrire. Mon fils, vous êtes là? Les reflets du soleil sur les vagues, c'était cela qui faisait la musique. Je ne pouvais plus en détacher le regard. Et tout à coup je passai par-dessus bord. Mais c'est étrange. Je ne ressentis aucune peur. La musique m'entoura de partout et je me noyai.

Lionel leva des yeux égarés sur la pièce déserte. Louis revint avec l'un de ses horribles instruments à réparer. Lionel fit semblant de ne pas le remarquer et dit:

—Je me demande ce que ce rêve peut bien signifier.

—Cela n'a aucun sens, répondit Louis qui rongeait une nouvelle olive.

—Pourtant, je suis persuadé que les rêves ont leur importance. Même les Écritures en font quelquefois mention, et les songes s'y manifestent toujours pour une raison édifiante. Bon, j'admets que certains d'entre eux sont plutôt étranges. Cela doit vous arriver à vous aussi. C'est tout à fait normal.

—Je ne rêve jamais.

Avant de dire cela, Louis avait tourné la tête et craché son noyau d'olive par terre. Lionel regarda les autres noyaux qu'il avait pris soin de jeter dans un récipient prévu à cet effet, posé sur la table.

—Mon fils, que se passe-t-il au juste avec vous?

—Rien.

—Oh, cessez vos secrets, voulez-vous? Vous ne me parliez déjà pas beaucoup, mais depuis quelque temps on dirait que vous n'êtes même plus capable de me tolérer à table. Qu'y a-t-il?

—J'ai dit qu'il n'y a rien!

L'instrument brisé se disloqua complètement entre les mains du bourreau. Le regard du bénédictin alla se perdre dans le plat où reposaient les olives luisantes.

—Vous et vos machines, dit-il avec lassitude.

Puis, comme pour lui-même, il ajouta:

—J'ai envie de partir. Un autre pèlerinage, peut-être. Tenez, pourquoi pas un petit voyage en mer?

Il rit tristement.

—Au fait, ceci est arrivé pour vous ce matin.

Il sortit de sa coule une lettre cachetée qu'il lui montra.

— Souhaitez-vous que je vous en fasse lecture?

— Non. Où est ma femme?

— Ma foi, je n'en sais rien. Elle est sortie avec Margot, je suppose. J'imagine qu'elles n'ont pas voulu me réveiller pour me dire où elles allaient.

— Nous sommes là, dit Jehanne dont le visage venait d'apparaître à l'une des fenêtres aux volets ouverts.

Même après une exposition au grand soleil, son teint demeurait blême. Elle entra, suivie de Margot, et plaça sur la table un panier de fleurs avant de déposer un petit baiser sur le front de son mari.

— Excusez mon retard. J'aurais voulu les avoir pour votre retour, mais je n'ai pas vu le temps passer, dit-elle en désignant les fleurs.

— Ouais.

Il prit la lettre et en regarda le sceau. Il la décacheta lui-même avant de la tendre à Jehanne afin qu'elle lui en fît lecture.

— Oh! non, ne put-elle s'empêcher de dire.

Il la regarda en fronçant les sourcils. Elle se reprit bien vite:

— Excusez-moi.

Elle déplia la missive d'une main mal assurée et lut:

Du bayle* Thillebert au maître Baillehache, au nom de S.M. le roi: l'exécuteur des hautes œuvres de la cité de Caen ne fera faute de se rendre ce XXVIIe jour du mois courant à la maison de justice afin que soit dûment appliqué le jugement des dénommés Jacquot le Blet et Antonine Macheau, condamnés à être brûlés vifs sur le bûcher en place Saint-Sauveur pour les crimes très odieux de sorcellerie et d'adultère[33].

Jehanne déglutit péniblement et replia la lettre.

— C'est tout? demanda-t-il.

La jeune femme fit signe que oui. Le *retentum* n'était pas mentionné[34].

Un silence lourd s'installa. Même si personne ne le disait, tous savaient comment les choses allaient se passer. Les condamnés, revêtus d'une chemise soufrée, allaient être assis sur un tabouret ou être laissés debout dans un tonneau de goudron; ils allaient être ligotés au poteau dos à dos par des chaînes fixées au moyen d'un anneau passé autour de leur cou. Le reste de leur corps allait être attaché par des cordes ou par un autre anneau. Louis allait devoir empiler autour d'eux des fagots jusqu'à la taille, en ayant soin de se ménager un petit passage qu'il allait être en mesure de refermer rapidement derrière lui une fois les premiers fagots allumés.

Contrarié, Louis pianotait sur la table sans toucher au reste de son repas qui était en train de refroidir.

— Pas encore un bûcher! J'ai toujours un mal de chien à me faire rembourser les fagots et tout le reste quand c'est l'écrivain public de Caen qui rédige mes notes de frais.

La lettre tomba des mains de Jehanne dans son plat intact. Il leva les yeux sur sa femme qui était devenue encore plus livide qu'à son arrivée.

— Inutile de vous mettre dans tous vos états. J'ai fait exprès pour laisser mes fagots dehors. Ils fumeront tellement que ces gens auront une chance de mourir étouffés bien avant que les flammes ne les atteignent.

Il fit un signe au père Lionel et dit:

— Vous vous chargerez de la note de frais.

— Bien sûr, de même que des prières pour ces pauvres âmes.

— C'est ça.

— Je... excusez-moi, dit Jehanne d'une voix tremblante.

Elle se plaqua une main sur la bouche et sortit en courant. Louis haussa les sourcils et la regarda battre en retraite.

— Qu'est-ce qui lui prend? Ce n'est pourtant pas la première assignation qu'elle me lit.

Il baissa les yeux sur son reste de tourte dont la garniture avait figé. Il le termina quand même.

— Votre métier continue de l'affecter grandement, on dirait, fit remarquer Lionel.

— Depuis le temps, faudra bien qu'elle s'y fasse.

— Ah mais, jusqu'à quel point peut-on s'y faire, justement? Je me le demande...

Louis leva brièvement les yeux sur le moine et ne répondit pas. C'était là le sujet tabou que, d'un accord tacite, chacun évitait généralement d'aborder dans la maison. Lionel se prit soudain à souhaiter qu'un signe d'inconfort, un seul, aussi minime dût-il être, vînt lui prouver qu'il s'adressait vraiment à un humain.

Louis se leva et empocha sa lettre.

— Vous ferez savoir à Jehanne que je suis retourné au verger.

— Un instant, mon fils.

— Quoi, encore?

— Rasseyez-vous, je vous prie. Je ne vous retiendrai pas longtemps.

Le bourreau obéit à contrecœur. Lionel ne sut comment aborder la question et Louis s'en impatienta:

— Bon, ça vient, oui?

Lionel secoua la tête.

— La mort... que fait-elle donc de notre âme? Maître, j'ai toujours souhaité connaître vos...

— Mes quoi?

— Vos impressions personnelles. Comment vous, en tant que chrétien, en tant qu'homme, arrivez à... à...

L'aumônier ne put que pointer faiblement le doigt en direction de la poche du floternel* dans laquelle Louis avait glissé la lettre. Le géant secoua la tête et imita méchamment l'expression du moine:

— «À... à...» Alors, que voulez-vous savoir au juste? Comment j'arrive à tuer des gens?

— Voilà.

— C'est bien simple. Je dois éviter d'y penser le plus possible. Je fais mon devoir, c'est tout. Cela répond-il à votre question?

— Un peu. Mais ce devoir vous pèse, n'est-ce pas?

L'homme en noir regarda ailleurs et marqua un temps avant de répondre:

— Oui.

— *Deo gratias*[35].

Lionel soupira de soulagement. Depuis combien de temps avait-il retenu son souffle?

— Qu'est-ce que vous croyez? Je ne suis pas né bourreau, dit Louis.

— Précisément. Comme c'est bien dit! Tout tient dans ce simple constat.

— Comment?

— Mais oui, bonté divine, j'aurais dû y penser avant.

— Si vous en veniez au fait? Parce que j'ai du travail, moi.

— L'idée que j'ai à exprimer est un peu complexe...

— Aïe, dit Louis.

Lionel éclata de rire.

— Vous avez bien raison. Je pèche par manque de concision et il me faut sans cesse courir après mes mots comme un berger après des brebis trop aventureuses. Je compte donc sur vous pour m'aider à ce sujet. Voilà: la contrainte dans laquelle vous maintient votre profession ne peut qu'avoir des répercussions sur votre tempérament...

— Ne me faites pas dire ce que je n'ai pas dit.

— Soyez rassuré. Si je me trompe, libre à vous de me le faire savoir. Doucement, bien sûr, car je suis plutôt douillet de nature. Je

---

35. «Rendons grâce à Dieu.»

128

n'ai pas particulièrement apprécié cette fois où je me suis réveillé coincé sous mon étude.

— Vous ne l'aviez pas volé.

— Passons. Comme vous l'avez si bien exprimé, on ne naît pas tortionnaire, on le devient. C'est bien ce que vous avez dit, n'est-ce pas?

— Oui, oui. Et après?

Le maître se releva et observa du coin de l'œil Jehanne qui revenait s'asseoir, le regard éploré.

— Vous avez vomi? lui demanda-t-il.

Elle acquiesça honteusement.

— Je n'arrive pas à comprendre pourquoi votre lettre m'a fait cet effet-là. Je me sens mieux, maintenant... Mais vous étiez en train de discuter. Je ne voulais pas vous interrompre.

— Il discutait, corrigea Louis.

— Il n'y a pas d'offense, ma fille. J'étais en train de m'interroger sur ce qui fait d'un homme un bourrel*. C'est une question qui me tracasse depuis fort longtemps et j'en suis venu à la conclusion que c'est la même chose qui fait d'un autre homme sa victime. Non, attendez, laissez-moi préciser ma pensée. Le tortionnaire est lui aussi torturé, ou du moins il l'a été. Victime et bourrel* sortent du même creuset, celui de la souffrance. Vous en êtes un exemple vivant.

— Trop aimable. Maintenant, ça vous ennuierait de me laisser tranquille?

— Par le fait même, il y a en vous quelque chose dont tous les bourreaux ne sont pas forcément nantis : ayant été initié par de nombreuses épreuves, vous avez acquis un don particulier.

— Ah ouais?

— Oui. Je vous sais capable de lire dans l'esprit des gens certaines choses qu'ils cachent.

— Je ne sais pas lire, dit Louis avec un total manque de bonne foi.

— Sans doute que non. Par contre, en compensation, vous êtes doté d'une excellente mémoire. Dites-moi, avez-vous déjà eu un jour l'impression que, pour être en mesure de préserver votre existence, vous n'aviez d'autre choix que celui de vous dédoubler?

Cette question fit à Louis l'effet d'une gifle. Il fut brutalement replongé dans ses souvenirs d'enfance où, pour échapper à la violence, il se terrait derrière son personnage de demi-idiot que rien n'atteignait jamais.

— Je ne vois toujours pas où vous voulez en venir, dit-il.

— Chaque fois que vous aviez l'impression de redevenir Louis

Ruest, un être humain à part entière, votre tourmenteur revenait à la charge. Il anéantissait votre pensée afin d'y substituer la sienne. Ce n'était plus vous qui pensiez, c'était lui qui pensait à travers vous.

Les yeux de Louis, un instant surpris, s'attisèrent.

— Comment pouvez-vous savoir tout ça, hein? Vous étiez là, peut-être?

— En quelque sorte oui, j'y étais. C'est l'un des rares privilèges qu'octroie la terrifiante capacité de se mettre à la place d'autrui.

Louis tremblait de peur et de rage contenue. Car il se sentait tout à coup scruté jusqu'au tréfonds de son âme et aussi vulnérable qu'un livre ouvert. Il craignait d'avoir à extérioriser des fragments de sa vie qui, à la semblance* du portrait que Sam avait fait de lui, échappaient à son contrôle; ils vivaient déjà par eux-mêmes.

«Vous ne pouvez pas comprendre», faillit-il dire. Au lieu de quoi, pour se protéger et s'isoler davantage, il s'emmura derrière ses tactiques d'intimidation.

— Foutaises, dit-il.

— Et, un beau jour, vous avez résolu la question en renonçant tout bonnement à votre identité.

— Mais vous allez la fermer, oui?

Excédé, le géant s'étaya des deux poings sur la table, son visage crûment éclairé par le courroux.

— Louis, non! intervint Jehanne.

— Laissez-moi vous dire une chose: je suis mort. Ce qui vit en moi n'est pas moi. Il y a longtemps que je ne sais plus ce que c'est que «moi». Et c'est tant mieux. Parce que, si c'était différent, je ne pourrais pas le supporter.

— Mais...

— Je fais ce que j'ai à faire, parce que je meurs chaque jour. Je ne ressens rien. Puisque je détiens le pouvoir d'enlever la vie, tout ce que je fais est enraciné dans ce pouvoir que l'on m'a remis. Et ce pouvoir exige la destruction. Alors, je détruis.

— Je souhaite vous aider, mon fils, dit Lionel, doucement.

— De l'aide, je n'en ai pas besoin. Fichez-moi la paix ou je vous colle une raclée.

— Louis, souffla Jehanne.

Mais il l'interrompit:

— Vos beaux discours sentent le remiage*, espèce de prophète à la manque. On les connaît par cœur. Et, à propos de remiage*, j'ai du travail qui m'attend au verger, et vous feriez bien de m'y accompagner si vous n'avez rien de mieux à faire que de vous attarder sur vos bêtises comme une mouche sur une merde!

Il donna un coup de poing sur la table. Jehanne, pétrifiée, sursauta. Louis sortit en claquant la porte. Elle sursauta encore. La maison fut de nouveau silencieuse. Après un moment, Lionel reprit la parole :

—Je suis désolé, ma fille.

—Ce n'est rien, mon père.

—C'est mal, ce que j'ai fait là. Mal et, qui sait, peut-être dangereux. Il y a de quoi ébrécher la bravoure d'un homme. Je n'aurais pas dû le pousser ainsi jusque dans ses derniers retranchements.

—Il n'aime pas parler de ces choses-là, vous le savez bien.

—Peut-être qu'il n'aime pas en parler, mais il les fait, ces choses. C'est cela que je veux essayer de comprendre.

Jehanne se leva à son tour.

—Nous ferions mieux d'y aller. Il nous attend.

—Quoi? Mais non, il m'attend, moi. Tu n'as pas à aller t'éreinter dans ce verger, Jehanne. Il ne te l'a pas demandé.

—Le père a raison, Jeannette. Je ne vous trouve pas bonne mine, depuis quelque temps, dit Margot qui avait choisi le moment opportun pour réapparaître.

—Raison de plus. Peut-être qu'un peu de grand air me fera du bien. Tenez, je vais emporter un brin de raccommodage et je travaillerai à l'ombre. Ainsi je ne me fatiguerai pas.

—Dans ce cas...

Personne n'était dupe. Si elle y allait, c'était pour surveiller ses deux hommes.

Une fois en route vers le verger avec le père Lionel, son panier au bras, Jehanne dit :

—J'ignore comment il fait pour ne pas en tomber malade.

—Quelqu'un l'a jadis beaucoup aidé à museler sa conscience.

—Vous croyez? Qui?

—Je préfère ne pas en parler. C'était un homme mauvais. Or, il n'est plus.

—C'est lui qui a tué cet homme, n'est-ce pas?

Lionel s'arrêta et elle aussi.

—Juste ciel. Je suis affligé d'une fâcheuse tendance à oublier à quel point tu peux être perspicace. Impardonnable lacune! Oui, ma fille, tu as vu juste. Il s'est vengé de cet homme à titre personnel.

La jeune femme frissonna. Elle se demanda s'il s'agissait de la même personne qui avait torturé son mari.

—Était-ce... un proche? Un parent? Un ami?

—Pourquoi veux-tu savoir cela, Jehanne?

—Pour rien...

131

Elle se remit en marche et lui aussi. Il reprit :

— La loi du talion est une puissante arme forgée par l'âme humaine ; et qui plus est, elle se voit soutenue par l'Ancien Testament : «Œil pour œil, dent pour dent.» Être quitte est la meilleure vengeance, nul ne peut nier cela. Voilà qui justifie la simplicité réaliste de la peine de mort et son apparente honnêteté. Et d'ici à ce que notre monde se dispose à enfin comprendre le sens de la nouvelle loi qui est celle du Christ, il continuera à se dégrader en ayant recours aux bourreaux. Car là où la vie ne vaut déjà pas grand-chose, elle se met à valoir encore moins.

— À force d'errer ainsi parmi les morts, Louis a du mal à vivre parmi les vivants.

— De tous les hommes, mires, soldats, et même nous autres prêtres, le bourrel* est celui qui vient le plus près de franchir le fil ténu séparant la vie et la mort. Par conséquent, il devient porteur des deux mondes. C'est la raison pour laquelle ces gens nous répugnent et nous fascinent tout à la fois. Ils vont là où personne d'autre n'est en mesure d'aller.

Un cœur de pomme fraîchement rongé atterrit aux pieds du moine. Louis s'en venait vers eux, une joue gonflée par une grosse bouchée de fruit qu'il mâchait furieusement. Il projeta involontairement un peu de pulpe hors de sa bouche lorsqu'il dit :

— Alors, quoi ! Si vous y mettez juste un peu plus de temps, peut-être que vous serez là pour m'aider quelque part vers la Noël.

*

Il avait dû parcourir au moins trois lieues en pleine forêt, loin de tout sentier, avant de trouver l'endroit. C'était une espèce de creux au milieu d'une futaie au feuillage cuivré. Il devait s'agir du site de quelque ancien culte païen : des rochers moussus avaient été érigés en forme d'autel, et plusieurs autres pierrailles encerclaient cette vague clairière. Une brise triste, dépourvue de la moindre vertu lénifiante, souleva quelques feuilles mortes au pied du cairn. Elle les fit tournoyer à ses pieds et caressa son visage.

Jehanne était venue là. Elle le lui avait dit lors d'une rencontre clandestine, organisée avec des noix déposées dans le même arbre complice de leurs amours passées. Cette rencontre n'avait duré que quelques minutes. Elle lui avait aussi dit tout le reste : comment, à plusieurs reprises, elle avait grimpé tout en haut du cairn pour se jeter en bas. Elle avait failli se fouler une cheville et cela n'avait servi à rien. Le petit était bien accroché. La jeune femme l'avait informé que, pour le moment, seule la vaillante Margot savait – par accident bien sûr. Elle n'avait pu oublier l'objet en bois qu'elle avait un jour trouvé dans les effets personnels de Louis, peu avant la nuit de noces. De plus, l'absence de certains linges qui, normalement, revenaient à la lessive à intervalles réguliers, avait tôt fait d'éveiller les soupçons de la gouvernante; elle avait été la seule à remarquer ce détail. Peu après, elle avait fait à Jehanne une étrange requête: elle lui avait demandé, en secret, d'insérer une gousse d'ail dans son col utérin, prétextant que c'était excellent contre les maux de ventre dus aux règles. La jeune femme n'avait pas fait objection à cela et avait obtempéré sans se douter de rien, et lorsque Margot s'était rendu compte que l'haleine de Jehanne sentait l'ail quelques heures après qu'elle se fut administré ce remède inusité, tout doute fut écarté:

— Elle n'est pas bréhaigne*, avait-elle assuré aux autres domestiques.

Tel avait été le but de Margot, qui était persuadée que l'haleine d'ail était concluante[36]. Elle avait dit à Jehanne:

— Mais, Jeannette, pourquoi pleurer? Tout ira bien, ma tourterelle. Je suis là, vous savez. J'ai été sage-femme dans mes jeunes années. C'est là une bénédiction de la Providence! Depuis le temps que vous attendiez, vous et votre mari. Le Tout-Puissant sait à quel point le brave homme a besoin d'un si grand bonheur!

— Et lui, le sait-il? lui avait demandé Sam, ayant arraché Jehanne au souvenir de l'innocente réaction de Margot.

— Non, mais ce n'est qu'une question de temps avant qu'il ne s'en aperçoive.

— Es-tu bien sûre de ce que tu dis, Jehanne?

— Oui. Je ne garde rien. Mais mon ventre s'arrondit et je commence à me sentir à l'étroit dans mes vêtements. J'ai tout essayé. Des potions, même de l'ergot...

— De l'ergot? Pour quoi faire?

Jehanne n'avait pas répondu que c'était pour faire passer l'enfant. Un groupe de pinsons avait filé devant eux après avoir picoré par terre. Ils étaient allés se dissimuler dans le feuillage encore dense de la futaie.

— Mais ce n'est pas ce que je te demande, avait repris Sam avec amertume. Je veux dire, comment peux-tu en avoir la certitude? Il a autant de chances que moi d'être le père.

— Il ne l'est pas.

— N'est-il donc pas assez homme pour bien te servir au lit?

— Tais-toi, Sam! Tais-toi, sinon je crois bien que je vais me mettre à te haïr.

Les iris couleur de pluie s'étaient posés sur le visage de l'Écossais d'une manière telle qu'il n'allait jamais oublier, endeuillés à l'avance d'une perte qui ne s'était pas encore produite. Jehanne avait dit d'une voix adoucie, déjà lointaine:

— Ne me demande pas comment je le sais. Mais j'en suis sûre. C'est tout.

— Que vas-tu faire?

— Je t'ai dit tout ce qu'il fallait que tu saches. Le reste ne regarde que moi.

— C'est chez une avorteuse, que tu t'en vas, c'est ça, hein?

— Ça suffit. Maintenant, écoute-moi. Il faut que tu partes. Je t'en prie. Va-t'en au plus vite et ne cherche plus à me revoir. Nous sommes tous les deux en danger.

— Non, Jehanne, attends!

Mais elle s'était retournée, avait arraché sa main glacée à la sienne qui avait cherché à la retenir pour un instant encore, et elle l'avait laissé seul. Seul avec ce cairn qui avait peut-être été édifié en prophétie pour le seul sacrifice de Jehanne.

Car il avait tout de suite su ce que Jehanne s'en allait faire. Comme il n'y avait pas d'avorteuse à Aspremont, il savait hors de tout doute qu'elle avait pris le chemin de Caen. Il savait même chez qui elle allait se rendre. « Desdémone est apothicaire dans une maison close. Si quelqu'un sait s'y prendre avec ce genre de pratique, c'est bien elle. Et elles se connaissent. Tout est de ma faute. »

Et il avait juré que si quelqu'un devait mourir, ce ne serait pas l'enfant. « Je mérite la mort », se dit-il en effleurant le couteau qui était accroché à sa ceinture. « Mais je ne quitterai pas ce monde avant d'avoir payé mon dû à la vie. Ce petit doit vivre. Il faut que j'aille prévenir Baillehache. »

Il s'élança dans le sentier menant à Hiscoutine.

L'arbre mourant que Louis avait choisi pour ses coupes d'hiver ne fut pas entaillé ce jour-là. Alors qu'il quittait le sentier pour aller le rejoindre, des gouttes de sang à ses pieds attirèrent son attention. Il s'arrêta. L'instant d'après, Sam surgit de nulle part et lui tomba presque dans les bras, maculant son habit noir d'un sang dont l'épanchement, pour une fois, ne lui était pas dû. Il échappa sa hache et retint l'Écossais qui annonça, d'une voix entrecoupée par un souffle rauque:

— Jehanne s'en va chez Desdémone. Allez-y, vite. La pute s'apprête à lui faire du mal.

— Desdémone? demanda Louis, dont les soupçons qu'il avait entretenus à la Saint-Jean se trouvaient confirmés.

134

— Oui. Elle n'est pas folle. Elle s'est jouée de nous. De vous, de moi, et maintenant, de Jehanne. Allez-y. Elle s'apprête à lui arracher son enfant.

— Quoi?

— Desdémone est une avorteuse. Pourquoi veut-elle faire ça? Par Dieu, pourquoi veut-elle faire ça?

Louis blêmit autant que l'Escot. Il sentit le sol se dérober sous ses pieds et ce fut à son tour de se retenir à Sam. Ils se soutinrent l'un l'autre, et le sous-bois se peupla de leurs halètements.

Sam perdit conscience et s'écroula. Louis dut le prendre dans ses bras pour retourner à la course au domaine.

*

— Non!

Le moine se leva et repoussa son banc. Il gémit.

— Margot, ce n'est pas possible. Pas cette horreur? dit-il doucement.

— Venez, mon père. Venez avec nous. Il faut qu'on y aille.

— Est-ce que le maître le sait?

— C'est de lui que je l'ai moi-même appris. Tout à l'heure, l'Escot s'est présenté à lui couvert de son propre sang. Le maître s'est hâté de lui prodiguer des soins avant de rentrer pour prendre en vitesse ses sacs de selle. Il nous a dit de rester ici, qu'il se chargeait de conduire Sam à Caen et de ramener dame Jehanne.

— De ramener dame Jehanne?

— Oui. Je ne sais pas tout ce que l'Escot a dit au maître, mais elle est déjà là-bas, sûrement avec Sam qui est à l'infirmerie des moines. Tout va bien, il est hors de danger. Venez, à présent. Même si nous avons reçu l'ordre de rester, ils ont besoin de nous.

— Mais je ne suis qu'un vieil homme. Je ne peux pas! cria Lionel en se jetant à genoux devant le petit crucifix qui était accroché au mur de la grande pièce.

Les yeux fixes, il dit, comme pour lui-même:

— J'aimerais bien voir Louis.

Le monde était devenu trop houleux à son goût. Il était empli des vestiges de nefs broyées. Et lui, l'esquif vulnérable, se sentait soudain la nécessité de s'amarrer à cet îlot volcanique, à cet individu dont la logique inébranlable résistait aux cyclones.

*

135

Jehanne n'en pouvait plus. Debout dans un cuvier à demi rempli d'un liquide presque bouillant qui lui avait rougi et enflé les jambes, la robe retroussée jusqu'en haut des hanches, elle suffoquait. Elle n'arrivait plus à distinguer Desdémone qui vaquait à quelque autre occupation dans sa chambre encombrée et saturée d'humidité aigre. La vapeur piquante de la fumigation abortive la faisait larmoyer. Du moins essayait-elle de se persuader que la faute en incombait aux seuls effets de la mixture.

Un peu plus tôt, alors que Desdémone avait achevé de verser l'eau bouillante dans son cuvier, elle avait dit à Jehanne :

— Rendez-moi donc service, ma petite dame, voulez-vous ? Ce parchemin, là, sur ma table de chevet, mettez-le au feu pour moi.

Jehanne était allée prendre le parchemin roulé dont le sceau n'avait jamais été brisé.

— Êtes-vous certaine que vous voulez faire cela, Desdémone ? Ce document m'a l'air important. On dirait presque un acte notarié.

— Vous dites vrai, c'est à s'y méprendre. Mais en fait, ça n'est qu'un document personnel. Une pauvre lettre d'amour qui n'a plus lieu d'être.

— Oh... je suis désolée. Pardonnez-moi ma trop grande curiosité. Je n'ai pas voulu vous blesser.

— Soyez tranquille, je n'y vois pas d'offense.

D'une main que la nervosité due à la perspective de l'avortement avait rendue tremblante, la jeune femme s'était empressée de jeter le rouleau dans l'âtre, où il s'était tortillé en se consumant comme une chose vivante. Le sceau, en fondant, s'était transformé en une seule grosse goutte écarlate qui avait fait grésiller les flammes. Jehanne s'était retournée vers Desdémone. La femme lui avait souri, les yeux mi-clos, et lui avait dit :

— Quelle sotte vous faites, papesse Jeanne[37]. Vous vous croyiez la plus forte, hein ? Mais vous n'êtes pas maligne. Je vous ai bien eus, tous. D'abord l'Escot, qui se croyait plus futé que moi avec ses petites faveurs, mais surtout Louis et vous. Toute malade que je suis, je vous ai eus.

Jehanne, interdite, avait écouté cela sans y croire et avait demandé :

— Mais... Desdémone, que vous arrive-t-il ?

L'avorteuse avait souri de plus belle.

— Rien. J'attendais mon heure pour vous avoir et voilà, c'est chose faite. J'en tiens même un de plus, un rejeton que je n'aurais jamais cru avoir.

Elle montra l'âtre d'un doigt crochu et dit :

— C'était l'unique copie du testament de Bertine. Il m'a été très aisé de le lui dérober puisqu'elle me croit folle et ne se méfie plus de moi depuis longtemps. Elle y léguait toute sa fortune à votre salaud de mari qui a jeté ses rets sur vous. Vous avez failli devenir très riches, tous les deux.

Jehanne s'était retournée vers le foyer où toute trace du parchemin avait disparu. Elle avait sursauté lorsque Desdémone avait déposé la bassine à ses pieds.

— Allez, la bourrelle*, déchaussez-vous et hop! là-dedans, qu'on lui règle son sort à votre mioche, maintenant qu'on s'est bien occupées de celui de son père.

Pendant un instant, Jehanne avait été tentée de reprendre sa mante et de quitter au plus vite ce lieu maudit et cette femme qui s'était si subitement muée en sorcière hargneuse. Mais elle avait hésité. Elle ne pouvait pas s'accorder le luxe de partir à la recherche d'une autre avorteuse. Sa présence en ville, surtout en solitaire, risquait de trop attirer l'attention et d'être rapidement signalée à son mari. Elle n'avait plus le temps ni le choix. Elle le savait. Desdémone aussi le savait et manifestement, elle en profitait.

Elle s'était donc docilement confiée aux soins sinistres de la sorcière.

— Je ne sais pas, mais moi, à votre place, je m'en irais louer une chambre à l'auberge aussitôt après, dit quelque part dans la chambre la voix odieuse. Parce que, quand ça va sortir, vous ne vous sentirez pas d'humeur à caracoler en ville.

Sur le point de se trouver mal, Jehanne n'eut pas le temps de lui répondre. Quelqu'un essayait soudain d'ouvrir la porte qui était verrouillée.

— Qui va là? demanda Desdémone.

Pas de réponse. Au lieu de cela, des coups puissants se mirent à ébranler l'huis, qui céda rapidement et alla donner contre le mur. À travers les épaisses vapeurs, Jehanne ne distingua qu'une grande ombre mouvante.

— Sors d'ici, rugit Desdémone, qui sembla lancer un objet métallique en direction de l'ombre.

Mais elle manqua sa cible et l'objet s'en alla tinter dans le passage. Un courant d'air dérangea les volutes blanchâtres qui enveloppaient Jehanne. L'homme, même vu de dos, lui fut parfaitement reconnaissable. Elle échappa ses jupes, dont le rebord s'abreuva de la médecine meurtrière.

— Louis?

Cette canne rouge que l'homme brandissait... Ce ne pouvait être que lui. Il l'abattit violemment, de biais, frappant Desdémone

137

à la tempe et fracassant plusieurs pots de grès qui suivirent la putain dans sa chute. Une fois qu'il se fut assuré qu'il l'avait bien assommée, il se tourna vers Jehanne. Si le courroux rendait son visage terrifiant, ce n'était rien en comparaison de ce qui s'y substitua peu à peu. Cela commença par de l'incrédulité.

— Qu'est-ce que...

Il s'avança lentement vers elle, abaissant les yeux sur le cuvier, apparemment sans comprendre. Lorsqu'il leva de nouveau les yeux vers elle, Jehanne sentit son âme se dissoudre. Ces yeux qu'il avait! Ils exprimaient l'effroi à l'état pur et toute la détresse de l'enfant trahi. Ces yeux, ils lui marquèrent l'âme comme un fer.

Sa canne lui glissa des mains. Il demanda d'une voix lointaine, très douce:

— Un enfant, Jehanne?

Elle renifla et ne parvint qu'à faire un faible signe d'assentiment. Il saisit la jeune femme par sa capeline et les cheveux moites qui bouclaient sur son front et la tira hors du cuvier. Elle se cramponna à lui. Consterné, haletant bruyamment, il la fit asseoir avec maladresse sur un long banc et s'agenouilla en vitesse à ses pieds. Le côté gauche de son visage fut parcouru de tressaillements. Tout son bras gauche fut en proie à de violentes secousses et le coin de ses lèvres se retroussa d'une façon incontrôlable, le contraignant à afficher un rictus cruel. Il se mit à émettre d'étranges petits grognements.

— Non, pas cela, non, souffla Jehanne.

Doublement terrorisée par la perspective d'une crise de haut mal, elle n'osait toucher à son mari.

— Sam... ne lui faites pas de mal. Pardonnez-nous, Louis. Je vous en prie... J'ai tellement peur de... de...

D'un mouvement brusque qu'il n'avait pas voulu tel, il appuya la joue contre la rondeur encore subtile du ventre. Ses yeux n'étaient pas révulsés, mais exorbités et trop fixes. Il articula péniblement, sa diction se faisant laborieuse comme celle d'un ivrogne:

— M-ma ré-ser-ve de *j-juniperus sabin-na**... c-c'était vous?

Jehanne se mordit la lèvre inférieure, mais ne nia pas. Il fut secoué d'un douloureux sanglot sec.

— C-c'est pas sa f-faute à lui, c-ce qui arri-arrive... Vous... la mère... Co-comment p-pouvez-vous faire ça?

Haletant, il leva sur elle un regard suppliant. Un peu de salive lui coulait sur le menton.

— Je ne sais pas, dit-elle avant de se mettre à pleurer.

Ses larmes brûlantes allèrent se perdre dans les cheveux raides de Louis. « Il a raison. Je suis un monstre », songea-t-elle.

—Je ne voulais pas faire cela. C'est la peur. J'avais peur de vous.

Dans son courroux, il s'était abstenu de la frapper et maintenant, dans une sorte de douceur, il ne savait plus quoi faire.

—M-moi aus-si, j'ai peur, dit-il.

Louis avait peur d'elle. « Une femme capable de commettre une telle horreur est capable de tout », se disait-il. Celle qu'il avait devant elle ne pouvait être sa Jehanne. Il se sentait perdu.

Jehanne posa une main craintive sur la tête de son mari et lui caressa les cheveux. Délicatement, elle tenta de repousser la mèche raide qui lui retombait sans cesse devant un œil. Il se laissa faire comme s'il était subjugué par cette caresse maternelle.

—L-les enf-fants... on n-ne touche pas, dit-il.

Derrière lui, Desdémone remua en gémissant. Sa réaction ne se fit pas attendre : il adossa fermement Jehanne contre le mur et prit appui sur elle pour se relever. Chancelant et hagard, il se détourna pour renverser le cuvier d'un furieux coup de pied qui manqua lui faire perdre l'équilibre. Desdémone fut aspergée par le liquide brûlant qui se retrouva captif de ses vêtements. Elle hurla de douleur et se tortilla sur le plancher. D'un second coup de pied, Louis projeta la bassine vide contre elle et tituba dans sa direction. Il se pencha pour la soulever de sa main valide.

—Louis, non... dit Jehanne de son coin d'où elle n'osait pas bouger.

Desdémone, quant à elle, commença à se débattre si violemment qu'elle entraîna Louis avec elle dans sa chute sur le plancher devenu glissant. Il l'écrasa sous son propre poids, apparemment sans même remarquer qu'il était tombé. En proie à une sorte de panique, il se mit à déchirer à grands coups de griffures le corsage défraîchi et à tirer dessus avec rudesse, comme un violeur. Puis il se redressa afin de rouer la femme de coups de poing aveugles, partout où il pouvait l'atteindre. Il n'entendit pas les cris de Jehanne qui se mêlaient à ceux de sa victime. Ses lèvres se retroussèrent méchamment quand il fut certain de lui avoir fêlé plusieurs côtes avec ses phalanges meurtries. Lorsqu'il sentit des poignes puissantes le soulever par les aisselles, il tenta de se retourner contre ceux qui le maintenaient solidement.

—Là, maître, calmez-vous, dit une voix d'homme.

Louis cligna des yeux et regarda celui qui avait parlé, puis l'autre homme qui le flanquait. C'étaient des gardes du bayle*. Il abaissa les yeux sur Desdémone qui gisait, à nouveau inconsciente, sa poitrine lacérée et sa robe en lambeaux. Les gardes attendirent qu'il montre un premier signe de détente avant de consentir à le lâcher. L'un d'eux osa même lui donner une petite tape amicale sur l'épaule et lui dit :

—C'est la Torsemanche qui nous a fait appeler. Elle nous a dit que votre dame était venue pour des remèdes, mais qu'elle risquait plutôt de se faire enherber* par malice. Le bayle* est déjà au courant de toute l'affaire. Son compte est bon, à cette ribaude. On vous l'emmène, d'accord?

Tremblant de tous ses membres, Louis acquiesça faiblement. Il chercha Jehanne des yeux, mais ne la trouva pas.

— On a conduit votre dame dans la pièce d'à côté. J'ai cru que ça valait mieux, vu son état, de ne pas trop vous voir à l'œuvre.

— Ça va. Merci, dit-il d'une voix rauque.

Il se laissa tomber sur le banc et se frotta vigoureusement le visage afin de reprendre ses esprits tandis que les deux gardes se chargeaient de Desdémone.

Peu après, il se releva et sortit de la chambre à son tour pour aller cogner à la porte de Jehanne. Il ouvrit sans attendre de réponse.

Elle était pelotonnée sur le lit, par-dessus les couvertures, dos à lui. Elle ne sanglotait plus. Mais elle fixait le mur d'un regard fiévreux. Elle n'eut aucune réaction lorsqu'elle sentit qu'il retroussait ses jupes et lui passait entre les jambes une main rude et glacée. Il lui palpa aussi le ventre. Il replaça sa robe et lui posa la main sur une hanche avant de se pencher au-dessus d'elle.

— Restez couchée. Vous m'avez compris? Ne bougez pas d'ici.

Elle ne fit rien.

Il quitta la chambre, le temps de retourner à la pharmacie de Desdémone qu'il saccagea jusqu'à ce qu'il eût trouvé et préparé correctement l'herbe qu'il cherchait. Il fut rapidement de retour auprès de sa femme qu'il fit asseoir. Elle n'osa pas regarder son mari dans les yeux, même si elle savait qu'il avait repris ses sens. Il continuait à l'effrayer. Il porta un bol de bois à ses lèvres.

— Buvez. C'est de la belle dame*.

Docile, Jehanne but sans lui poser de questions sur les propriétés de cette plante. Une fois le contenu du bol épuisé, il s'assit auprès d'elle sur le bord du lit.

— Est-ce qu'elle vous a entré un truc du genre aiguille à tricoter entre les jambes?

— Non, dit Jehanne, qui ne put réprimer un frisson.

— Elle ne vous a rien fait avaler non plus? Pas de camphre ni de potion à l'ergot?

— Non, rien.

Il soupira de soulagement. L'absence de saignement était aussi un bon signe. L'image fugitive de sa mère étendue dans une mare de sang lui revint à l'esprit, et l'angoisse lui noua à nouveau les entrailles. Il reprit:

—Vous rendez-vous compte de ce que vous avez failli faire? Elle a manqué vous tuer. Dans les trois quarts des cas, les mères avortées crèvent avec leur petit, au bout de leur sang. Elle ne vous a pas dit ça, hein?

—Non, dit-elle d'une voix blanche.

—Écoutez-moi bien, Jehanne. Le petit est sauf. Elle a mal manœuvré. Je suis arrivé à temps. Et encore autre chose: à partir de ce jour, je vais vous tenir à l'œil, ma femme. Avez-vous seulement songé à mon droit de vous punir sévèrement, de vous répudier même, pour cette tentative, et ce, même si elle a échoué?

—Une punition n'est rien en comparaison du remords que j'éprouve.

—Je ne vous demande pas de me répondre, mais de m'écouter. Ce petit naîtra. Je mettrai tout en œuvre pour qu'il se rende à terme, en santé.

Il la fixait de son regard redevenu lucide, terrifiant. Il s'inclina vers elle pour dire, avec une grande douceur:

—Mais je vous préviens, Jehanne: s'il lui arrivait malheur avant et que j'aie la moindre raison de soupçonner quelque chose de louche, je jure sur sa tête que je vous dénoncerai. Je témoignerai contre vous et j'exigerai un long châtiment que je vous infligerai de mes mains sans aucun regret.

Immobile, il attendit.

—J'ai compris, dit enfin Jehanne.

Il fit un signe de tête et se leva.

—Bien. Vous garderez le lit jusqu'à ce que je vous ramène à la maison. Interdiction formelle de vous lever, même pour le pot de chambre. Je prendrai arrangement avec Bertine pour que l'on vous apporte ici vos repas et d'autres remèdes. Demain, nous y verrons plus clair.

Jehanne ne fut pas dupe. Lui non plus. Il s'en alla vers la porte.

—Louis, appela-t-elle.

Il se retourna.

—Allez-vous... Sam...?

Il réfléchit, avant de répondre:

—Non.

Il valait mieux qu'elle ne sût pas que c'était le père qui avait sauvé l'enfant. Ce père qui avait lui-même été sauvé par une promesse jadis faite à son grand-père.

Jehanne ne lui posa aucune question à propos de Desdémone. Elle dit:

—Merci.

Il se hâta de sortir avant qu'elle ne lui demande ce qu'il comptait faire d'elle.

Louis s'était hâtivement couvert de son aumusse* à capuchon court, dépourvu de nœuds. L'infirmier de l'abbaye aux Hommes d'où était venu le messager expliqua tout au bourreau qui se tenait à ses côtés, sans oser le regarder dans les yeux, pendant qu'il le conduisait à travers des couloirs impeccables jusqu'à une porte fermée où il s'arrêta avec lui. Louis ne bougea pas. Il ne dit rien. Voilà qui était pire que la commotion que causait habituellement ce genre de nouvelle. Ne sachant trop comment clore cet entretien à sens unique, l'infirmier s'éloigna à reculons en disant :

— Tout ira bien, maître. Nous ferons en sorte de lui prodiguer tous les soins nécessaires. Bon, eh bien, je vais vous laisser tous les deux, maintenant. Mais pas pour longtemps. Nos patients ont tous grandement besoin de repos. Veillez à ne pas trop lui causer d'énervement.

Louis acquiesça et ouvrit doucement la porte de la grande salle silencieuse. Il l'avait à peine refermée sur le couloir sombre que des chuchotements nerveux se mirent à monter des lits où des patients étaient allongés deux par deux. Leurs échanges sonnaient comme des piétinements de souris.

Sans regarder autour de lui, Louis s'avança entre les deux rangées de lits, jusqu'à celui que le moine lui avait désigné. Le premier blessé avait eu des côtes broyées par une charrette qui s'était renversée sur lui. Il dormait profondément. Louis examina longuement les deux poignets du second, qui étaient emprisonnés dans des bandages blancs.

— Hé, tu lâches, d'accord? dit Sam d'une voix sans force.

Ses boucles rousses frémirent sur les carreaux* immaculés alors qu'il tournait lentement la tête vers lui. Il avait peine à garder les yeux ouverts, car il était sous l'effet de sédatifs. Il tenta de se redresser un peu contre ses oreillers, ce qui fit grommeler son voisin sans toutefois le réveiller.

Sam demanda :

— Es-tu déçu que j'aie manqué mon coup?

Louis ne dit rien. Sam ne paraissait pas se rendre compte qu'il le tutoyait.

— Ne reste donc pas planté là. Tu m'étourdis. Assieds-toi, quelque chose...

Louis tira un tabouret à lui et y prit place. Il attendit sans manifester le moindre signe d'impatience. Comme Sam s'y était attendu, il ne lui posa aucune question non plus. Il le connaissait bien, le Faucheur! Mais, pour une fois, Sam lui fut reconnaissant d'être tel qu'il était. Il y avait de ces moments, surtout face au désarroi d'autrui, où nul ne savait se montrer plus prévenant que lui.

De longues minutes s'écoulèrent sans qu'un seul mot fût échangé. La respiration de Sam ralentissait et ne devenait plus profonde que pour mieux l'éveiller en sursaut la seconde d'après. Soudain, il secoua agressivement sa tête rousse et grogna:

— Saletés de médicaments. J'ai à te parler. Empêche-moi de me rendormir.

— Bien.

Louis se releva et se rapprocha du lit. Sam se cala contre ses oreillers en soupirant. Il dit:

— Jehanne. Jehanne et le père...

La tête de Sam retomba. Louis tendit la main et la lui souleva rudement par les cheveux. Il sursauta et ricana faiblement:

— Ah, espèce de brute.

— Que dois-je faire? demanda Louis en le lâchant.

Sam répondit, la diction de plus en plus pâteuse:

— Pas capable de les voir tout de suite. Arrange ça pour moi.

— C'est déjà fait.

Sam baissa la tête à nouveau. Des sanglots muets le secouèrent. Sur le drap de lin blanc, quatre grosses larmes s'étoilèrent.

— Le petit est sauf. Du moins pour l'instant, dit encore Louis.

Sam leva vers lui un visage ruisselant et un regard sans profondeur, voilé par la somnolence. Il acquiesça. Mais ce n'était pas tout à fait pour la raison à laquelle pensait Louis. Il dit:

— Et ta femme?

— Tiens! Ma femme?

— Oui. J'y renonce.

— Il était temps.

— Comme tu dis.

— Elle se remet.

— «Celui qui ne peut mourir de son amour ne peut en vivre[38].» Merci d'être venu.

Louis recula, mais Sam le retint d'un geste vague.

— Hé, emporte ce petit paquet. Là, sur la table de chevet. C'était à Desdémone. Fais disparaître ce qu'il y a dedans sans le montrer à personne.

— Ça va, je le ferai, dit Louis en prenant l'objet en question.

C'était un simple mouchoir noué qui, au toucher, semblait réunir de minuscules fragments.

Sam cessa de combattre l'effet des sédatifs.

— Du sang... paraît que j'en ai perdu beaucoup. Je me demande si... ça va me guérir...

Seul le ruisseau qui traversait la forêt du domaine pouvait se montrer digne du secret que l'Écossais avait confié à son ennemi. Ce dernier longea la berge jusqu'à un endroit suffisamment éloigné du sentier pour que nul ne pût l'apercevoir et, là, il descendit de cheval et vida le contenu du mouchoir – qui appartenait à Jehanne – dans la paume de sa main. C'était une bague coupée en menus morceaux à l'aide d'une pince. Sam l'avait offerte à Desdémone pour se la concilier, il en était sûr. Et Desdémone l'avait refusée et brisée avant de la lui rendre. Parce que cette bague avait, dans son cœur à lui, d'abord été destinée à quelqu'un d'autre. Desdémone connaissait trop bien l'amour que Sam éprouvait pour Jehanne; cette bague eût dû être portée par Jehanne, elle eût également dû lui être offerte par Louis. Cet objet, devenu clandestin autant entre les mains de l'Escot qu'entre les siennes, représentait pour Desdémone un échec personnel, un symbole de l'union entre Louis et Jehanne, union qu'elle s'était juré de détruire, et de cela aussi Louis était sûr. L'or et une gemme unique palpitaient tristement sous la lumière cuivrée de cette fin d'après-midi avant de s'en aller s'éteindre au creux d'une cascatelle.

« Tant de mal pour quelque chose qui n'existe pas », se dit Louis dont la main eût pu, elle, porter un anneau intact. Du moins l'eût-elle pu jusqu'à tout récemment. Car au-dedans de lui quelque chose de plus précieux que l'or s'était brisé. C'était sa confiance en Jehanne. La malédiction de Desdémone, symbolisée par la bague, semblait les avoir atteints.

Le regard sombre de Louis s'attarda sur la cascatelle qui continuait à chantonner gaiement. Une grosse pierre polie formait creuset sous un endroit où un seul filet d'eau coulait, isolé de la source. Il s'accroupit pour regarder cela de plus près, caressant songeusement la roche érodée avec une grande patience par le seul travail du ruisseau.

« Même la pierre finit par céder sous la force de l'eau », se dit-il, d'abord évasivement.

Soudain il fronça les sourcils.

« Mais oui. Ça vaut la peine d'essayer. »

Il se releva et enfourcha sa monture qu'il lança à bride abattue, en sens inverse sur la route de Caen.

La torture par l'eau n'était pas nouvelle pour Louis. Il connaissait bien les procédures utilisées par l'Inquisition, entre autres. C'était un travail très simple et peu fatigant pour le bourreau. Le supplice consistait d'abord à immobiliser la victime à l'aide d'une sorte de banc dont le plateau était épais et creux comme une auge. Il suffisait à contenir un homme couché de tout son long sur le dos. Une barre ronde était mise au fond, en travers, de façon à ce qu'elle tienne son dos soulevé. Une fois la victime étendue, sa tête était plus basse que ses pieds. Ses bras, ses mollets et ses cuisses étaient ensuite ligotés et tirés de façon à ce que la corde pénètre dans les chairs et le dissuade de trop bouger. Le bourreau posait sur le visage du patient un morceau d'étoffe mince qui l'aveuglait et l'empêchait presque de respirer. Ensuite, il n'avait plus qu'à verser dessus un mince filet d'eau. Invariablement, cela lui coulait dans la bouche et y faisait pénétrer l'étoffe trempée jusque dans la gorge. Cela produisait le même effet de panique que celui d'une noyade et Louis savait par expérience que l'incapacité de respirer était pire que la douleur. Des héros avaient vaillamment supporté les tenailles et l'estrapade. Mais tous avaient immanquablement cédé sous l'eau. Comme la pierre dure. Lorsqu'on retirait le tissu pour leur permettre de parler, il était souvent maculé de sang. Des victimes lui avaient certifié qu'elles avaient eu l'impression d'être éviscérées par la bouche.

«Un demi-boisseau pour la question ordinaire, environ un pour l'extraordinaire», répéta Louis machinalement. Il se souvint de ces cas où il lui avait fallu remplacer l'eau par de la saumure ou du vinaigre, ou nouer fortement la verge du supplicié pour l'empêcher d'uriner. Il se demanda ce que sa petite idée allait bien pouvoir donner comme résultat.

— Qui a dit que la vengeance des hommes est terrible et que celle des femmes est cruelle? Il y a un peu des deux dans la mienne, tu ne trouves pas? demanda Louis à Desdémone.

Elle avoua tout en quelques minutes à peine. Louis ne lui avait pas posé de morceau de tissu sur le visage. Il s'était contenté de laisser tomber un filet d'eau froide, presque goutte à goutte, au milieu de son front. Il avait tenu le récipient bien à sa vue, six pieds au-dessus d'elle. Desdémone avait cru en perdre la raison dès les premiers instants. Elle s'était mise à hurler si vite qu'il avait été curieux d'essayer la chose lui-même. Il avait demandé au geôlier subitement nerveux de le ligoter et de tenter l'expérience sur lui. L'effet était presque immédiat et il fut très fier de sa découverte.

Par pure formalité, le bayle* avait cru bon de ramener le bourreau à l'ordre au sujet de l'incident qui avait précédé l'arrestation de Desdémone:

— Dorénavant, évitez de vous en prendre physiquement à vos clients avant que le verdict ne soit rendu, d'accord?

La chose eût pu en effet lui coûter son poste. Mais les exécuteurs étaient trop rares et les exécuteurs expérimentés, plus rares encore. Louis était trop précieux aux yeux de sa communauté pour qu'on le congédie parce qu'il s'en était pris à une vieille putain. On s'efforça donc d'étouffer l'affaire, et l'interrogatoire de Desdémone fut de très courte durée.

— Il y a quelque chose de personnel entre vous deux, n'est-ce pas, Baillehache? avait demandé Friquet de Fricamp à Louis.

— On peut dire cela, oui, avait répondu Louis.

— J'apprécie votre honnêteté. Cela a toujours été le cas, vous le savez. C'est pourquoi le verdict du juge ira dans le sens qui, j'en suis persuadé, sera celui que vous souhaitez pour elle.

— Toute bonne chose a une fin, dit Louis à Desdémone, le matin qu'il vint la chercher dans sa cellule, à la prison de Caen.

Il l'embrassa méchamment sur la joue, la saisit par son bras droit inerte, noirâtre, qu'il lui avait désossé tout vif la veille par simple envie de ne lui accorder aucun répit, et l'emmena hors du cachot. Quelques prisonniers essayèrent de regarder ce qui se passait à travers leur petite fenêtre munie de barreaux. La crainte leur donnait des faces identiques.

La putain grelottait de fièvre. Elle ne comprenait plus tout à fait ce qui se passait. Louis l'emmenait en bordure de la ville, à l'orée du bois, tout juste dépassé son joli jardinet et un pré, et le prêtre ne les y suivit pas[39]. Elle ne comprit pas non plus lorsqu'elle aperçut une foule qui s'y pressait. Elle crut apercevoir la chevelure enflammée de Sam. Bertine était là elle aussi, tout près.

Il tendit à Desdémone une pelle de bois à bout ferré.

— Creuse, raclure, dit Louis.

— Comment peux-tu me faire ça, alors que, moi, j'ai fait du mieux que j'ai pu pour t'aider lorsque tu étais captif des Pénitents?

— Moi aussi, je fais du mieux que je peux. Creuse, dit-il en la fouettant à l'aide d'une corde nouée.

Elle dut laborieusement manipuler l'outil d'une seule main. Il croisa les bras et la regarda faire avec les autres qui lui criaient après.

— C'est long, c'est long, disait-il parfois en lui tournant autour, les mains derrière le dos, la corde nouée prête au cas où elle ralentirait.

Après une heure, elle n'en pouvait plus. Il prit une pelle à son tour et lui prêta main-forte. La fosse qu'ils creusaient était profonde, mais pas assez large. Personne ne crut bon de lui souligner ce fait.

Finalement, Louis lança sa pelle à la tête de Desdémone, qui se jeta de côté pour l'éviter. Il grimpa hors de la fosse et claqua des doigts en pointant quelqu'un. Un garçon s'empressa de lui apporter un long épieu.

— Plante-le au fond et assure-toi qu'il tient bien, lui recommanda-t-il.

Pendant ce temps, il s'occupa d'une poulie qu'il avait suspendue à une grosse branche surplombant la fosse. Desdémone recula parmi les spectateurs qui la huaient. Des mains la repoussèrent vers Louis qui l'entraîna jusqu'à la poulie. Alors qu'il lui arrachait son manteau avec rudesse, elle lança à son ancien amant un regard d'imploration amère.

— Arrache-moi à la vie si tu veux, ça ne te servira à rien. Tu m'as déjà tout pris.

Il ne s'occupa pas de ses murmures frénétiques et se contenta de lui lier les mains derrière le dos tandis qu'elle disait :

— Mais moi aussi, je t'ai pris quelque chose. Quelque chose que personne ne pourra jamais avoir : un héritage et ton petit.

— Un héritage? Tiens donc! dit-il sur le ton de la moquerie.

Il assujettit un crochet à viande aux liens des poignets. Le ton de Desdémone se fit plus pressant :

— Tu demanderas à ta femme. Et à Bertine.

— Non. Ça ne m'intéresse pas. Quant au petit, il a de bonnes chances de s'en tirer. Ce qui n'est pas ton cas. Tu as tout fait pour qu'on en vienne là.

Le bourreau saisit la corde à deux mains et exerça une traction. La poulie souleva Desdémone de terre. Horrifiée, la femme vit le trou noir béer juste sous elle, avec en son centre l'épieu. Ses bras étaient tirés, tordus par en arrière dans un mauvais angle, au-dessus de sa tête.

— Louis, ne me fais pas ça, non! Pas l'estrapade[40]! Je peux encore tout arranger.

— Hein? dit Louis comme si de rien n'était.

Il fit mine d'échapper la corde qui lui glissa des mains sur une longueur de plusieurs toises. Desdémone tomba, hurlante, pour n'être retenue qu'à l'ultime seconde, juste au-dessus de l'épieu. Ses épaules se disloquèrent avec un craquement sinistre. Les spectateurs haletants l'acclamèrent. Le visage blanc de Sam ressemblait à un masque de plâtre parmi eux. Il n'exprimait rien. Ni amour ni haine. Bertine s'approcha de lui, et tous deux se soutinrent mutuellement.

Louis éloigna sa victime du trou et dit :

— Je te donne le choix, Desdémone. Ou bien je te laisse tomber encore une ou deux fois et ça t'ouvre ton ventre inutile, ou alors je vais te foutir* comme aucun homme ne l'a jamais fait. Qu'est-ce qui te tente?

Des rires gras montèrent de la foule et certains se mirent à scander:

— Le pal! le pal!

Desdémone, elle, ne répondit pas. Elle sanglotait, son visage invisible derrière un rideau de cheveux grisâtres et sales. Louis se tourna vers la foule.

— Bigre, ils semblent bien connaître tes goûts. Et ton crime. L'infanticide est puni du pal, tu le savais? Tu y es presque arrivée, et c'est du pareil au même. C'est par tes entrailles que tu périras, toi qui as voulu faire périr le fruit des entrailles de ma femme.

C'était, bien entendu, la pire des deux options. Si l'on se contentait de jeter la victime au hasard sur l'épieu, la mort intervenait en quelques minutes à peine. Mais Louis abaissa lentement Desdémone sur l'épieu. Cruel, il la remonta légèrement, pour mieux la descendre à nouveau. C'était un travail exigeant. Mais à force d'être piqués, les pieds de Desdémone finirent par s'écarter. Il s'assura qu'il ne perforait aucun organe vital tandis que le pal la pénétrait lentement, profondément. Hystérique, les membres blêmes et son bras flasque s'étirant de façon anormale, elle devint une vision de cauchemar qui se mit à gigoter au bout du pieu comme un pantin. Au fur et à mesure qu'elle s'enfonçait, la foule se pressait autour du trou et de Louis, qui contrôlait la tension de la corde.

Desdémone ouvrit convulsivement la bouche. Lorsqu'elle la garda ouverte assez longtemps, on put distinguer le bout de l'épieu qui en dépassait. Plusieurs personnes disparurent parmi les jambes des spectateurs.

— Reculez, reculez, ordonna Louis, qui se mit à pelleter de la terre par-dessus la mourante qui se débattait de moins en moins.

Moins de quinze minutes après le début de ses tortures, Desdémone, encore vivante, fut entièrement recouverte de terre. Louis fit un tertre à l'aide de grosses pierres qu'il enfonça avec violence dans le monticule meuble[41].

Louis ne comprenait pas comment il avait pu, pour la seconde fois de sa vie, faire preuve d'une perte totale de maîtrise de lui-même. Il s'accusa d'avoir mal exercé son office, car il ne pouvait s'empêcher de se sentir comme en état d'extase. Il mit cela sur le compte de l'exécution de Desdémone et refusa d'aller plus loin dans ses investigations. Ainsi, il ignora que tout ce qui venait de survenir avait en fait été simplement engendré par une agressivité défensive. Il ne réalisait pas vraiment que toutes ses inhibitions s'effritaient lorsqu'une femme enceinte ou un enfant était concerné.

Tandis que la foule se désagrégeait, il récupéra ses outils sans remarquer que Bertine laissait Sam derrière elle. Le jeune homme s'approcha un peu et attendit que Louis se tourne vers lui, pour demander :

— Comment va Jehanne?

— Elle va bien.

— Et le petit?

— Aussi.

Sam exhala l'air de ses poumons et fit un signe de tête en se mordant les lèvres. Louis hésita, avant de marmonner :

— Merci.

Quelque chose pesait lourd sur l'âme de l'Écossais. Était-il, oui ou non, le père de l'enfant à naître? Il n'osait aborder la question avec Louis, qui, de son côté, savait ce qu'il en était. Il ne l'aida pas. Il s'affaira à ranger sa poulie.

— Savez-vous si... est-ce que je...

Sam tripotait nerveusement les bandages blancs qui lui protégeaient encore les poignets. Louis le fixait en roulant lentement sa corde. Il demanda :

— Est-ce que quoi?

— Mais, bon Dieu, vous savez très bien ce que j'essaie de dire...

— Non. Je ne le sais pas.

— Bon, alors, merde, laissez tomber.

— Oui, ça vaut mieux. À quoi ça te servirait de le savoir?

— Ouais. Que comptez-vous faire? Je veux dire... une fois qu'il sera là.

Louis s'avança vers lui. Il lui mit une main sur l'épaule et dit doucement :

— Ça non plus, tu n'as pas à le savoir, Aitken.

Les yeux verts s'agrandirent, horrifiés.

— Vous voulez dire que... que vous allez la...

— Je ne veux rien dire du tout. Va-t'en.

Louis tapa gentiment l'épaule et ramassa ses affaires avant de tourner le dos à Sam pour s'en retourner chez lui en traversant le petit pré.

Et Desdémone reposa, déjà oubliée, presque à l'ombre de la maison de son bourreau qu'elle avait si mal aimé.

Chapitre IV

Retentum

(Coup de grâce)

Hiscoutine, nuit de la Toussaint 1371
Louis, le capuchon de son aumusse* relevé, fauchait du blé en fixant d'un regard troublé, intense, malade, le clocher d'où lui provenait un tintement cadencé. Les tiges ondulantes tombaient sans bruit à ses pieds et il ne se rendait pas compte que les grains trop mûrs allaient se perdre dans l'enchevêtrement de chaume encore tiède.

Jehanne se réveilla en sursaut et s'assit dans le lit. Quelle était la signification de cet autre rêve? Une cloche sonnait au loin. C'était celle de la petite église d'Aspremont. Louis n'était pas là. Elle poussa un soupir sans arriver à savoir si c'en était un de soulagement ou de déception. Depuis leur retour de Caen, en charrette, il n'avait plus couché avec elle. Tant que la chose lui avait été possible, il avait dormi en plein air. Mais, depuis deux semaines, il avait regagné son ancien logis sous les combles. Nul n'avait trouvé à y redire. Même le père Lionel considérait que c'était là une sage décision, étant donné la santé précaire de la jeune femme, due, au dire du maître, au choc émotif produit par la tentative de suicide de son ami. L'avortement raté, quant à lui, était demeuré secret.

La véritable raison pour laquelle Desdémone avait été exécutée ne fut pas ébruitée. Parmi les quelques personnes au courant de la visite de Jehanne chez elle, aucune ne pouvait trahir son secret. Desdémone n'était plus, Sam était parti, et le père Lionel, qui avait peut-être appris la vérité en confession, était tenu d'en garder le secret. Pour les autres, la ribaude avait été condamnée pour charlatanisme.

Une curieuse attente s'était installée au manoir. La venue de la saison froide ne voyait pas s'améliorer l'état de la future mère. Ses nausées persistaient et elle ne gardait presque rien. De menaçants cernes noirs lui barbouillaient le pourtour des yeux.

La cloche qui n'arrêtait pas de sonner rendait Jehanne nerveuse. Elle appela:

— Louis?

Et elle prêta l'oreille. Aucun bruit ne lui parvint à travers sa porte fermée. Il devait dormir en haut. Chaque nuit, il descendait à plusieurs reprises tisonner son feu et s'assurer qu'elle avait tout ce qu'il lui fallait. Parfois, il ne remontait pas et s'installait dans sa grande chaise, dans la pièce à vivre, au coin du feu. Et là, il cognait des clous jusqu'à l'aube.

— Louis? appela-t-elle de nouveau, un peu plus fort cette fois.

Un petit grincement et des pas discrets se firent entendre. La porte s'ouvrit. Jehanne écarta les courtines.

— Excusez-moi de vous déranger. Dormiez-vous?

— Non.

— Moi non plus. La cloche... ce n'est pas le tocsin, j'espère?

— Non. C'est le moine qui tient à réveiller les morts avec sa coutume. Ce faisant, c'est plutôt nous qu'il empêche de dormir. Les villageois se relaient au clocher. On en a pour toute la nuit.

— Oh, j'oubliais que nous étions à la Toussaint...

— Avez-vous besoin de quelque chose?

— Non, merci...

Elle eut envie de lui crier: «Oui! De vous! Restez avec moi.» Mais elle savait d'avance que c'était peine perdue.

— Bon, alors bonne nuit, si j'ose dire.

Il referma doucement la porte derrière lui.

Jehanne tira les courtines et, léthargique et perdue dans ses pensées, se laissa retomber contre ses oreillers. Ses yeux se rivèrent à la petite flamme tremblotante du chaleil* qui était redevenue la seule compagne de ses longues nuits.

Paradoxalement, malgré le fait qu'il gardât ses distances, Louis s'était transformé en une grosse chenille noire qui tissait sans bruit autour de sa femme un cocon de sollicitude discrète. Il se faisait un point d'honneur de lui préparer toutes sortes de concoctions qu'il lui administrait lui-même. Il lui faisait prendre chaque soir un bain tonifiant et supervisait minutieusement la nourriture qu'elle était capable d'assimiler. Le moindre malaise devait lui être signalé sans délai. Il l'autorisait à quitter le lit chaque jour un peu plus. Du jour au lendemain, il avait cessé de s'absenter du domaine à tout propos. Les travaux de la ferme avaient considérablement diminué, et ses assignations à Caen le retenaient rarement plus de trois jours à la fois.

Malgré toutes ces prévenances, Jehanne demeurait faible et morose. Ce soir-là, le petit miroir d'étain lui avait renvoyé le reflet d'un visage qu'elle n'avait pas reconnu : c'était le sien, encadré par la rigueur de la coiffe.

«Si je tombe gravement malade, peut-être que cela le décidera à me parler pour de vrai», se dit-elle encore, comme elle l'avait fait la veille, l'avant-veille et le jour d'avant. Les mêmes idées ne cessaient de revenir la tourmenter nuit après nuit, et elle non plus ne les reconnaissait pas. «Pourquoi me fait-il subir tout ça? Si seulement je ne l'avais jamais connu! Si seulement je ne l'aimais pas tant! Si seulement il me donnait quelque chose pour que je puisse m'endormir pendant très longtemps, pour m'empêcher d'y penser. Pourquoi le diable ne vient-il pas tout de suite m'emmener? Cela ne pourrait pas être pire que de rester avec un mari qui ne veut plus de moi.»

Quelquefois, lorsqu'elle se trouvait en compagnie des habitants du manoir, surtout, elle arrivait presque à se convaincre que ses idées noires n'étaient que le fruit de son imagination, qu'elles étaient dues à son extrême fatigue, que Louis n'était pas plus distant que d'habitude. Il travaillait dur tout comme elle, pour éviter de trop penser. «Il a toujours travaillé dur. Et puis... pourquoi ne dort-il plus avec moi? Que fait-il de la promesse qu'il a faite de veiller sur moi, de me protéger?» Une autre voix lui répondait : «Ne sois pas ridicule. Que crois-tu donc qu'il fait à se promener dans la maison en chemise, au beau milieu de la nuit? Et tous ces remèdes, ces herbes qui doivent coûter une fortune?» «Je sais bien... Pourtant, la seule chose que je demande est gratuite. Un simple compliment ou un mot aimable, cela me ferait tellement plaisir. J'en ai plus qu'assez de ses phrases laconiques et de ses réponses évasives.» «Mais il ne pense pas à ces choses-là, tu le sais bien.» «Alors, qu'il me dise au moins ce qu'il a l'intention de faire! C'est un monstre. Nul ne peut imaginer ce que cette attente exige de moi!» À ce stade de ses réflexions, Jehanne se prenait habituellement la tête à deux mains comme si, par ce geste, elle allait arriver à faire taire ses pensées. «Ça y est, je sais ce que je vais faire. Je vais le lui demander. Demain. Et nous verrons. S'il ne me répond pas, je prendrai quelque chose à son insu. Quelque chose pour m'endormir tout doucement et à jamais...»

Et, un instant tranquillisée par cette illusion, elle souriait.

Car Louis ne laissait aucun remède à sa disposition. Elle devait les lui réclamer et il ne lui administrait de sa main que la dose prescrite, celle qui était strictement nécessaire à son soulagement.

Le souvenir de leur première nuit s'était peu à peu désagrégé avec chaque nouvelle nuit que le temps y avait superposée. Tout allait pour le mieux, maintenant, songeait-elle avec amertume. Louis avait joué, il avait triomphé, et le stratagème avait pris. Il la tenait d'aplomb. À sa merci. Il détenait le pouvoir de la réduire en feuille d'arbre roussie, desséchée, impuissante sous la poussée du vent âpre de Normandie et ce, quand il le voudrait. Et la suzeraine Jehanne, avec sur la nuque le pied de son empereur, ne s'était rendu compte de rien. Même qu'elle en avait redemandé. Elle avait été foudroyée d'avance dans son propre élan d'amour.

«Un mot. Un seul, c'est tout ce que je demande. Pour me prouver que je me trompe», se dit-elle en tournant la tête.

À cet instant, elle prit conscience que la cloche s'était tue. Elle se leva et alla ouvrir ses volets.

Au loin, les premières lueurs de l'aube transformaient en miroir un petit étang sur lequel ne se reflétait aucun visage. C'était ce même étang qui avait, une nuit, assemblé toutes ses grenouilles pour faire chorus avec les ménestrels du mariage. «Tu vois bien que les grenouilles portent malheur», lui dit sa petite voix malveillante. «Oui, je sais», répondit-elle. Elle se souvint comme l'étang avait retenu son souffle, ému à la vue du nouveau couple, le matin suivant cette nuit-là. Puis, son bonheur se recroquevillant peu à peu, il s'était mis à geindre tout bas parmi ses roseaux.

La porte s'ouvrit brusquement. Jehanne se retourna: Louis se tenait à l'entrée de la chambre, un bol dans une main, un stylet dans l'autre, des bandages au bras. Il posait sur elle un regard désapprobateur.

— Que faites-vous là en plein courant d'air froid? Refermez cette fenêtre tout de suite et remettez-vous au lit.

— Oh, pas encore une saignée, dit-elle, obéissant à contrecœur.

Il posa ses ustensiles sur la table de chevet et ranima le feu. Sans un mot, il vint s'asseoir sur le bord du lit. Il lui prit le poignet et tira son bras hors des couvertures. Jehanne se laissa faire. La saignée était l'un des rares moments où il restait un peu auprès d'elle et la touchait. À l'aide du stylet, il pratiqua une petite incision dans une veine de l'avant-bras. Jehanne grimaça. Il tint le bol sous le membre délicat et trop pâle d'où s'écoula un mince filet écarlate. Lorsqu'il se décida enfin à lui adresser la parole, ce fut pour dire:

— Vos humeurs sont mal équilibrées. Il vous faudra faire un effort pour manger ce que je vous sers.

— J'essaie, Louis. Vous le savez bien.

— C'est vrai.

— Ce ne sont pas les humeurs qui me rendent malade comme ça. Je suis aux abois.

Il épongea la petite coupure et appliqua dessus un onguent coagulant avant d'y mettre le bandage.

—Parlez-moi, Louis. Dites-moi quelque chose qui est sans rapport avec tous ces soins que vous me prodiguez.

—Je reviens, dit-il, et il se leva pour quitter la chambre. Lorsqu'il fut de retour avec un bol de bouillon gras quelques minutes plus tard, il fit mine d'avoir oublié cette requête.

Jehanne parvint à boire la moitié du bouillon avant d'être prise d'un violent accès de nausée. Presque tout de suite après, ses yeux s'agrandirent et sa main se posa sur le petit renflement de son ventre. Ce fut alors qu'elle prit pleinement conscience qu'elle n'était plus tout à fait seule avec son chaleil* : pour la première fois, elle avait senti le bourgeon d'humanité remuer en elle.

À travers ses larmes et les derniers relents de sa nausée, elle ne put s'empêcher d'esquisser un sourire étonné.

*

Hiscoutine, matinée de la veille de la Nativité 1371

Le traîneau grossier construit par Louis se traçait péniblement un chemin dans la neige neuve et molle. Tonnerre soufflait, courbant l'encolure, stimulé par les cris joyeux des fêtards qu'il ramenait d'Aspremont, où ils avaient passé la nuit de tempête. Il y avait là Toinot, Thierry, Blandine et le père Lionel. Ce dernier partageait le banc avec Thierry qui conduisait, tandis que les deux autres « surveillaient les victuailles » à l'arrière. On faisait semblant de ne pas remarquer que Blandine tombait de plus en plus fréquemment, par accident bien sûr, dans les bras de Toinot qui, lui, ne se faisait pas prier pour la recueillir. Thierry, avec qui la cuisinière avait toujours flirté ouvertement, prétendit ne pas en prendre ombrage en s'absorbant dans la conduite de l'attelage.

Louis les entendit venir depuis le bas de l'allée, pelle à la main. Il avait entrepris de déblayer l'entrée dès la barre du jour. La matinée était douce, invitante, imprégnée de ce silence d'une qualité unique que l'on ne pouvait retrouver qu'après une abondante chute de neige. L'air nacré portait encore de menues paillettes qui chatouillaient les joues. C'était l'un de ces matins à se laisser tomber sur le dos et à rire en dessinant les anges dont on pouvait sentir la présence sans les voir. À l'horizon, des nuages teintés de gris parlaient déjà de redoux.

Blandine bondit hors du traîneau, suivie par la masse trapue de Toinot qui la poursuivit en fabriquant à toute vitesse des balles de neige. La servante, hilare, détala sous une grêle soudaine. Pendant ce temps, le traîneau, subitement rendu plus léger pour Tonnerre, effectuait sans eux la fin de son parcours jusqu'à l'entrée.

Lionel sauta en bas de son banc et dit:

— Bien le bonjour, mon fils. Nous voici de retour avec la corne d'abondance. Blandine a rempli ce traîneau de tant de provisions qu'elles seront quasi inépuisables.

— Allez-y, dit Louis, qui se poussa sur le côté afin de leur livrer passage.

Il s'appuya sur sa pelle. Ses pauses de plus en plus fréquentes l'obligeaient à se trouver des choses à regarder. Blandine, qui revenait avec Toinot en s'enfonçant dans l'épais tapis blanc, était comme lui couverte de neige. Tous deux vinrent donner un coup de main à Lionel et à Thierry, qui avaient entrepris de décharger le traîneau.

— Pour une fois que c'est nous qui sommes allés en ville et pas vous, ça me fait tout drôle, dit-elle. En tout cas, on s'y est bien amusés.

Ce disant, elle fit à Louis un clin d'œil fripon. Lionel revint chercher les derniers paquets.

— Cette maison est déserte, ma parole. Aurait-on par mégarde semé du monde en chemin? Où sont les autres? Où est Margot, notre maman géline*?

— Hubert l'a emmenée faire la sage-femme au village tard hier soir.

— Oh, quel dommage. L'avoir su avant, nous les aurions attendus et ramenés.

Louis fit disparaître le bout ferré de son outil dans la neige molle et serra les lèvres afin de retenir ses halètements.

— Avez-vous une seconde pelle?

— Non, c'est la seule que j'ai.

— Eh bien, dans ce cas, je vais rentrer de ce pas pour prêter main-forte à Blandine. Nous allons aujourd'hui donner un air de fête à cette maison, mon bon ami.

— J'ai fait le ménage.

— Je parle de décorations, maître.

— Comme vous voulez.

— Croyez-vous que cela dérangera Jehanne?

— La porte de sa chambre est fermée.

— Ah bon, je vois. Eh bien, à tout à l'heure.

— C'est ça.

«Sa chambre. Bien sûr. L'âme de cette maison est atteinte et je ne trouve rien de mieux à faire que d'y poser des décorations», se dit l'aumônier avec une soudaine lassitude.

Pendant ce temps, Blandine avait entrouvert l'un des volets de

156

la grande pièce afin de recueillir sur le rebord de la fenêtre un petit plat de crème qu'elle y avait mis à refroidir.

— Mon père, venez donc un peu par ici. Il se passe quelque chose de pas normal.

— Quoi donc?

— Regardez-le s'éreinter.

Louis piochait de plus en plus faiblement dans une accumulation de neige appesantie par la douceur inaccoutumée de cette journée nuageuse. Au même instant, Hubert et Margot se manifestèrent dans l'allée, peinant côte à côte dans les ornières creusées par les patins du traîneau. Louis interrompit de nouveau son travail pour les regarder arriver. De petits nuages de buée s'échappaient de sa bouche et s'éloignaient en hâte de son visage.

Margot, à bout de souffle à cause de la montée, dit:

— Mon vieux s'est enrhumé. Pas capable de rien faire avec. Il est acariâtre comme je ne l'ai jamais vu.

— Faut quand même pas exagérer, hein, dit Hubert en reniflant.

Louis rentra à son tour et enleva son floternel* dont le rebord était blanchi par des croûtes de neige à demi fondue. Il ne fut pas en mesure de passer inaperçu comme il l'eût souhaité: une quinte de toux inextinguible le retint sur le pas de la porte. Ses bronches congestionnées crépitèrent alors qu'il s'efforçait de reprendre son souffle. Enfin, les yeux trop brillants, il soupira de fatigue. Hubert, de son côté, se fâcha pour une vétille et donna un coup de pied à un banc qui tomba à la renverse. Le chat jaune nommé Miel qui se trouvait là renversa dans sa fuite par la table une pleine écuelle de noix.

— Bon Dieu, qu'est-ce qui se passe ici? demanda Toinot.

— Ils ne se sentent pas bien, ces deux-là. Je m'en occupe tout de suite, répondit Margot.

— Ce n'est rien, dit Louis.

— À d'autres. Allez vous installer là puisqu'on ne saurait vous faire coucher en plein jour. J'ai dit tout de suite.

Il y avait effectivement lieu de s'inquiéter, car Louis obéit sans se faire prier. Il s'enroula dans une courtepointe et s'enfouit tout grelottant au creux des coussins de son grand fauteuil, où il s'abandonna à une somnolence agitée.

— Un bassin rempli de neige propre, une tisane à l'écorce de saule et des cataplasmes de moutarde. Ça presse, dit Margot.

Blandine renchérit:

— Le fait est que je lui trouve une mauvaise mine depuis un bon moment. Il s'en met trop sur le dos. C'est lui qui fait tout.

— Hé, ho! Et nous, alors? maugréa Hubert.

157

— Toi aussi, mon bon petit papa, ta fièvre doit être en train de monter.

— Ce n'est pas de ça que je parlais, mais laisse tomber.

— Bon an, mal an, jamais vu ce gars-là attraper la grippe, fit remarquer Toinot en regardant Louis.

Peu après, Thierry rentra à son tour après s'être occupé de l'attelage.

— Il est malade? demanda-t-il en apercevant Louis emmailloté.

— Non, j'ai froid, dit ce dernier, qui se remit à tousser.

— Seigneur Jésus! C'est que ça sonne creux.

— Louis? appela une voix qui venait du fond de la maison. Immédiatement, Louis s'apprêta à se lever, mais Blandine l'arrêta d'une main sur l'épaule.

— Laissez, j'y vais.

Il n'écouta pas et suivit la servante sous les « tss-tss » désapprobateurs de Margot.

Dans la chambre conjugale, seule la lueur flageolante d'une chandelle dénotait la présence de quelqu'un. Jehanne s'occupait à festonner le rebord d'une petite chemise avec une broderie exécutée à points minuscules. Elle tourna la tête vers lui et il ressentit l'étrange bonheur de voir le visage morne de sa femme reprendre vie à sa seule vue. Blandine le dépassa et entra dans la chambre pour rafraîchir les oreillers et servir à Jehanne un peu d'eau à boire. Depuis un mois environ, elle avait pu recommencer à s'alimenter normalement, mais le moindre travail lui coûtait un effort considérable.

— Votre mari est venu vous prévenir, dame. Il est malade. Il ne peut pas rester ici avec vous.

— Malade? demanda Jehanne, qui s'alarmait.

— Ne vous en faites pas. Je suis grippé, c'est tout. Tenez, dit-il en posant un paquet enrubanné sur les genoux de Jehanne.

— Quelle folie êtes-vous allé faire là, Louis? Dire que je n'ai rien préparé pour vous, moi...

Elle jeta un coup d'œil navré à la petite chemise abandonnée sur son giron.

— Ce n'est pas grave.

— Si vous saviez à quel point je m'en veux. Les autres ont déjà suffisamment de travail comme ça. En plus il faut que je leur laisse tout le mien. Je ne sers à rien.

— Hé, ne dites pas ça, ma petite dame! intervint Blandine Vous oubliez que c'est vous qui travaillez le plus, ici. Et ça va nous donner un de ces cadeaux! Avec le plus beau des rubans et tout! Alors, le déballez-vous, le cadeau de votre mari, ou bien allez-vous passer le reste de la journée à le caresser comme ça? Sans vouloir vous offenser, comme de raison, maître. Parce que moi, j'ai bien hâte de savoir ce que c'est.

—Avec votre permission, Louis, j'aimerais venir vous tenir compagnie. Je l'ouvrirai parmi vous tous.

Il fit un signe de tête à Blandine et s'en alla regagner son fauteuil. Mais Margot l'attendait de pied ferme avec ses baquets de neige fondue. Avant de revenir dans la grande pièce, il dut s'immerger dans un bain d'eau glacée dans la cuisine. Il y demeura plus longtemps qu'Hubert qui, lui, était ensuite allé se mettre au lit sans réticence.

De retour dans la grande pièce, Louis se laissa mettre des cataplasmes dans le dos et sur la poitrine par Margot, qui prétendit ne pas voir ses cicatrices.

—Là. Restez bien tranquille au coin du feu. Je vous apporte...

—Un grog, l'interrompit Louis.

Thierry éclata de rire.

—Bien, va pour le grog, répondit Margot. Elle disparut dans la cuisine pour y prendre un petit flacon d'eau-de-vie, de même qu'un peu du précieux citron frais qui venait d'être ramené. Du même coup, elle s'occupa de la baignoire dans laquelle surnageaient des résidus de savon. Louis avait profité de l'occasion pour se laver, même si, depuis la veille, il n'avait pas dû beaucoup se salir.

—... On compte un peu trop sur la fin du monde pour régler nos problèmes, à mon avis, était en train de dire le père Lionel aux autres qui étaient réunis autour de la table et qui semblaient espérer, sans toutefois trop le montrer, se faire eux aussi servir un grog.

Seuls Jehanne et Louis étaient demeurés à leurs places. Miel, le chat jaune, s'était lové sur les genoux de la jeune femme et jouait avec le ruban qui avait enveloppé le cadeau de Louis, une petite parure faite d'une unique pierre semi-précieuse destinée à orner le front une fois qu'elle était accrochée aux cheveux. Pendant que les autres conversaient entre eux, Jehanne remercia son mari et lui dit:

—Cela doit faire joli sur une femme qui a de beaux cheveux. Les miens sont tout ternes, ils tombent par touffes. On me voit le fond de la tête, n'est-ce pas?

—Il me semble que non.

—Si, on le voit. C'est laid, Louis, je suis devenue affreuse et difforme.

Des larmes se mirent à rouler sur ses joues arrondies par une enflure malsaine. Louis détourna le regard et feignit de se rendormir, en murmurant:

—Quoi que j'essaie, faut toujours que ça aille de travers.

Jehanne s'en voulut amèrement. Elle essaya de mettre l'affiquet et n'y parvint pas.

Cet échange entre les époux s'était déroulé discrètement. Les autres n'avaient rien vu, car ils avaient entrepris une discussion théologique qui promettait de s'éterniser.

— Depuis tout le temps qu'on parle de la fin du monde qui approche et qui ne vient jamais! disait Toinot.

Lionel porta machinalement la main à sa poitrine où était logé un cilice et renchérit:

— Cela me fait penser à ce frère moine, Jean de la Rochetaillade. Pendant près de trente ans il a prédit des malheurs qu'on attend encore...

— Comme si on n'en avait pas suffisamment comme ça! interrompit Margot.

— Tout juste! Eh bien, Sa Sainteté le pape Innocent VI s'est tant et si bien lassé de la chose qu'il a fait emprisonner ce prophète malchanceux en son palais d'Avignon[42]. Telle est l'étrangeté de ce monde: il eût fallu qu'au moins un de ses cataclysmes se réalise pour qu'on lui rende tous les honneurs.

— À en croire ce genre de prophète, le monde se meurt depuis longtemps, fit remarquer Hubert.

— Cela vient de notre propension à circonscrire le destin de l'humanité à l'intérieur de frontières qui sont pour nous compréhensibles. La Création en est le début et elle doit s'achever, le plus tôt possible selon certains, avec la parousie*, espoir des affligés et prélude au Jugement dernier. En adoptant cette pensée résignée, nous renonçons à améliorer notre existence ici-bas, car seul importe notre accès à l'au-delà. L'âme humaine ne peut se résoudre à vivre avec son temps comme son corps est contraint de le faire.

— Mais qu'en est-il de vous, père? demanda Blandine. Y croyez-vous, à cette fin du monde, ou pas?

— Je crois à la fin d'un monde. Mais je crois aussi que par-dessus les ruines de ce monde quelque chose de meilleur pourra être édifié.

Margot fit circuler une grande théière remplie de grog fumant et des écuelles en bois.

— Comme c'est arrivé avec les Romains, dit Toinot. Un de ces beaux jours, un type creusera dans son jardin et retrouvera mon pot de chambre.

Ils s'esclaffèrent. Lionel dit:

— C'est une façon un peu crue de voir les choses, mais j'admets qu'il peut y avoir du vrai. Cela dit, je parlais de quelque chose de beaucoup plus fondamental. Je parle trop, n'est-ce pas?

Il n'attendit pas de réponse et reprit:

— Le but ultime de l'existence est que nous devons tendre vers la perfection divine. Ce que je voulais exprimer, c'est ma conviction que de notre époque, toute noire qu'elle puisse être, émergera quelque chose de grandiose...

— Un nouveau monde, peut-être, dit Blandine.

— Précisément. Tu devines mes pensées. Hum, je me demande si Aristote a déjà subi ce genre de frustration au cours de ses envolées lyriques.

— Blandine? appela Jehanne d'une petite voix qui se perdit dans les conversations animées et la toux de Louis.

Son visage était devenu livide. La discussion se tarit brusquement, et la servante se hâta de reconduire Jehanne à la chambre. Lionel les y suivit. Margot retourna à la cuisine. Toinot et Thierry, quant à eux, sortirent s'occuper des bêtes. Louis ne bougea pas.

Jehanne dit au bénédictin:

— C'est trop, je ne suis même plus capable de lui parler. Comment voulez-vous que j'arrive à lui demander ce qu'il compte faire de nous?

— Je lui parlerai, moi. Il nous faut bien en venir là. Après tout, c'est moi qui ai fait le rêve. Et je suis pasteur. C'est à moi qu'incombe ce devoir.

— Quel rêve? demanda Blandine.

Jehanne ne semblait pas savoir non plus de quoi il parlait. N'ayant aucune envie de leur relater le rêve qu'il avait fait jadis, dans lequel il avait vu Louis tuer Jehanne, il mit un terme à ces réflexions chaotiques et dit:

— Peu importe. Ce n'était qu'un rêve. Que vas-tu faire, maintenant?

— Vous attendre.

— Ah! M'attendre. C'est bien, alors j'y vais. À tout de suite.

Il quitta la chambre et retrouva Louis seul, tel qu'il l'avait laissé. Il prit place en face de lui.

— Puisque vous n'aimez pas les longs discours, mon fils, j'irai droit au but: ne trouvez-vous pas que cela a assez duré?

Louis tourna la tête vers lui et ouvrit complètement les yeux. Lionel poursuivit:

— Regardez-vous, tous les deux. Qu'êtes-vous en train de faire?

— Fichez-moi la paix.

Les pas lourds de Margot s'éloignèrent en direction de sa chambre, où dormait Hubert.

— Bonté divine, mes vieilles jambes sont raidies comme deux pieux, fit-elle remarquer.

Lionel reprit:

— Écoutez-moi bien, maître Baillehache. Jehanne... je l'aime. Je veux dire... elle est ce à quoi je tiens le plus en ce monde...

Depuis ce jour où elle avait été confiée à l'abbaye, Jehanne avait meublé un vide dans la vie de Lionel, un vide que Dieu ne pouvait remplir.

— J'ai déjà perdu une fois quelqu'un que j'aimais autant et ce, par ma propre faute. Pas question que je permette que cela arrive encore, pas si je peux l'empêcher.

— Mais de quoi parlez-vous?

— Que comptez-vous faire d'elle, une fois que le petit sera né? Allez-vous la répudier? La dénoncer pour sa faute et ainsi sceller son destin? Abandonner le bébé? Là est la cause de son malaise persistant et cela, vous le savez aussi bien que moi. J'exige que vous me disiez une bonne fois pour toutes vos intentions. Répondez-moi comme en confession.

— Je ne sais pas.

— Si fait, vous le savez. Seulement, vous ne voulez pas l'admettre.

— Je ferai ce qu'il y aura à faire. Et ne commettez pas l'erreur de croire que votre tête pelée vous protégera des représailles s'il vous prenait l'envie de vous mettre en travers de mon chemin. J'en ai assez, de vos combines. Vous êtes prévenu.

— Qu'allez-vous faire de Jehanne?

Il prenait un risque énorme. Louis, qui haussait rarement la voix, rugit:

— Je vous ai dit de me ficher la paix!

Lionel se releva.

— Vous rendez-vous compte que par la faute de cette angoisse à laquelle vous la soumettez, votre femme risque de perdre l'enfant?

Le regard fiévreux, malheureux de Louis transperça Lionel jusqu'au tréfonds de l'âme.

Lionel recula, mais il était déjà trop tard: Louis s'était levé à son tour. Il plaqua brutalement sa main sur la poitrine du moine, au niveau du cœur, à l'endroit précis où il savait le cilice niché. Lionel hurla de douleur et se courba en deux.

— Ma femme? Quelle femme? grogna Louis avant de repousser l'aumônier loin de lui.

Secoué, Lionel se précipita à la cuisine et se plongea la tête dans le seau d'eau afin de reprendre ses esprits.

— Mon père! s'exclama Margot qui était de retour.

Elle trouva le bénédictin à genoux sur le carrelage, confus, tout dégoulinant, en larmes et une main rougie sur la poitrine. Il haleta, tentant en vain de donner à sa voix un ton léger:

162

—Voyons, voyons, je me calme. Je crois que ce grog était beaucoup trop fort pour moi. Je n'arrive pas à comprendre comment j'ai bien pu me mettre dans un état pareil.

Margot l'aida à se relever et lui remit un grand linge pour qu'il pût s'éponger et un autre plus petit à poser contre son sein. Elle dit tout bas, avec exaspération :

—C'est lui qui est en train de vous rendre malade. Regardez comme il ose s'en prendre à vous ! Il vous travaille, je vous dis. Il nous travaille tous et il ne nous lâchera pas.

—Le fait est que j'ai de plus en plus de mal à me convaincre qu'il ne faut pas lui en vouloir.

—C'est un damné. Nous le savons depuis le tout début. Ils doivent tous lui ressembler, en enfer.

Lionel se laissa choir sur un banc et pleura en silence. Le chiffon froissé tenu sur son giron ressemblait à une grosse rose.

—Vous l'aimez, dit Margot, soudain radoucie.

Il ne put que hocher la tête. La rose frémit dans sa main. Il dit :

—Nous sommes plusieurs à l'aimer.

—Assez pour en mourir.

—C'est là notre drame. Car il ne le voit pas. Il ne le comprend pas. Son âme est loin. Très loin.

—Est-ce un diable, mon père ?

Lionel soupira et regarda Margot avec, dans le regard, une extrême lassitude en tous points semblable à celle qui affligeait Jehanne.

—Je ne sais plus, dit-il faiblement.

*

Les représailles ne tardèrent pas. Un après-midi de la fin janvier, alors que Louis était absent et que Margot s'affairait à quatre pattes à récurer le plancher de la grande pièce avec une brosse, un moine dominicain barbu accompagné de trois gardes de l'Inquisition survinrent et demandèrent à visiter la chambre de Lionel. Tandis qu'Hubert contraignait Jehanne à demeurer au rez-de-chaussée avec lui et que Margot ne remarquait plus sa brosse qui avait méticuleusement repris sa tâche, les autres suivirent le moine à sa chambre où ils assistèrent, impuissants, au sac de la précieuse bibliothèque. Le moine inquisiteur prit les livres un à un et les ouvrit pour en lire quelques passages. Certains furent lancés à terre aux pieds du bénédictin effrayé. D'autres furent jetés dehors, par la fenêtre que l'un des gardes avait ouverte. Les deux autres gardes encadrèrent l'aumônier. Le dominicain s'approcha pour lui dire :

— Père Lionel dit le Muet, la Sainte Inquisition a eu vent, par le biais de l'exécuteur de Caen, de vos malencontreuses errances mettant en péril manifeste la rédemption des fidèles qui sont sous votre responsabilité. Nous avons appris que vous avez en votre possession un certain nombre de livres à proscrire. J'ai le regret de vous informer qu'il vous faut dès maintenant nous accompagner à la prison de l'abbaye Saint-Germain-des-Prés.

— À la prison?

— Pour un court séjour seulement. Votre abbé s'est porté garant pour vous de la sincérité de votre repentir. J'ose croire qu'il ne s'est pas trompé. Après l'application de votre peine qui, remerciez-en le Tout-Puissant, sera légère, eu égard à votre âge ainsi qu'à votre grande piété, vous serez remis à la charge de votre abbaye.

Il lui avait été défendu de faire ses adieux à ses ouailles et, en moins d'une demi-heure, on l'avait emmené avec ses livres.

Ce fut à l'ombre des murs de Saint-Germain-des-Prés que Louis referma le pilori, celui-là même auquel les Pénitents l'avaient ligoté des années plus tôt, avec un claquement sur les poignets fins et la nuque du moine. Maître Gérard, le bourreau de Paris chez qui il avait été invité à souper la veille, n'avait pas vu d'objection à lui céder sa place lorsqu'il avait été informé que Lionel était l'aumônier de son domaine.

— Mes nerfs ne sont plus ce qu'ils étaient, avait-il dit. Tu as sûrement entendu dire que j'ai flanché, ce jour où il m'a fallu tronçonner Jean Perret et Henri Matret comme du bois de foyer[43]?

— Oui, j'ai su ça.

— Non seulement ils étaient innocents, mais je suis certain que Robert le Coq[44] était derrière toute cette histoire. C'est lui qui a forcé la main à Étienne Marcel, le prévôt des marchands. Pour faire un exemple, tu comprends. Il n'y avait aucune autre raison d'exécuter ces deux types-là. Après tout, c'est bien lui qui a influencé Étienne Marcel. Tu te souviens de lui?

Sans donner à Louis le temps de répondre, il avait continué:

— Ce Le Coq était un couard sans vergogne. Je suis bien content de savoir qu'il a fini par s'exiler à Calahorra où il a trépassé, cela fait trois ans de ça. Et il volait des biens au roi, en plus. Des chevaux.

Il avait regardé en direction d'un crucifix accroché au mur.

— Avec un moine, tu comprends, c'est un peu comme avec une femme: on veut pas trop leur faire ça. Encore heureux que t'aies pas à lui faire tâter du fouet.

Le bourreau de Paris n'avait pu se douter que, si Lionel eût pu choisir entre le fouet et l'heure à subir au pilori, la tête et les mains immobilisées par les lunettes verrouillées, il eût sans contredit choisi le fouet. Devant une foule qui n'osait rien lui lancer, mais qui se moquait de lui parce qu'il pleurait, Louis alluma un feu. Il saisit un livre ouvert par l'une de ses pages.

— Non, supplia Lionel, comme s'il s'apprêtait à voir périr un ami.

Le livre se déchira et tomba. Louis resta avec une page enluminée dans la main qu'il jeta au feu avant de donner un coup de pied au livre qui alla l'y rejoindre. Pendant ce temps, un héraut nommait un à un les ouvrages mis au feu, leur auteur et la raison pour laquelle les livres devaient être détruits.

— Les hérésies du moine Pélage[45], dont l'odieux discours restreignait la très sainte doctrine d'Augustin affirmant que la rédemption de l'homme tient à la grâce divine.

— Non, ce n'est pas cela du tout, protesta Lionel faiblement sous les huées de la foule qui n'avait pas tout compris.

Louis se retourna vers lui, yeux écarquillés, surpris de constater que, même dans la fâcheuse posture où il se trouvait, ce moine bavard osait encore discuter.

— Mais taisez-vous donc, marmonna-t-il.

Lionel gémit. Il souffrait atrocement de laisser rouler dans sa tête les idées sublimes qui eussent défendu Pélage et son livre. « Ce n'est pas cela du tout », se dit-il avec un serrement des mâchoires obstiné qui n'était pas sans rappeler Louis. Il tenta de se donner du courage en se concentrant très fort sur ces idées. Cela allait peut-être détourner son attention de cette vision d'horreur à laquelle il devait faire face. « Pélage reconnaît à l'homme la capacité de choisir entre le bien et le mal par la seule force de sa volonté. La grâce vient après. Cela ne contredit pas Augustin, mais la vision des anciens, selon laquelle l'homme est depuis toujours plus ou moins livré à la merci de la fatalité contre laquelle il n'a aucun pouvoir. Mais avec ceci... » Avec difficulté à cause du pilori, il chercha Louis des yeux à travers la fumée et l'aperçut qui se tenait près du feu, dos à lui, avec son bâton. « Avec ceci, la fatalité ne peut exister que par l'homme lui-même, par qui elle peut également cesser d'exercer son pouvoir. C'est magistral et ils ne le voient pas. »

Des années de travail se firent dévorer parmi les fagots. Les livres étaient des objets à la fois fragiles et robustes. Si leurs pages flambaient vivement et disparaissaient en quelques secondes à peine, un livre fermé pouvait se montrer incroyablement résistant au feu. Louis dut en ouvrir plusieurs avec son bâton muni d'un croc. Pendant un instant ils demeuraient intacts; puis l'une des pages se soulevait sous l'effet de la chaleur, et le feu, tel un prédateur aux aguets, se hâtait d'y mordre.

Après une heure, le brasier fut arrosé d'eau et la foule commença à se disperser. Louis se tourna vers Lionel et lui souleva le menton avec son croc. Il lui appliqua le picot sur la gorge.

— Estimez-vous heureux de vous en tirer à si bon compte. Savez-vous ce qu'ils font aux mauvais moines en Orient? Non? Ils leur percent un trou dans la gorge avec un fer rougi et ils y passent une maille de chaîne. Ils les promènent nus avec et, s'ils essayent de soulager le poids de la chaîne, un confrère charitable les suit et les aide à avancer à coups de fouet.

Il retira le croc et s'approcha pour ouvrir le pilori. Lionel roula hors de l'instrument, dans la neige souillée. Il regarda le feu presque éteint dans lequel subsistait encore une couverture de cuir rouge aux coins racornis et leva les yeux sur la silhouette noire et menaçante du bourreau, qui se découpait à contre-jour. Le portail de l'abbaye s'ouvrit pour livrer passage à deux moines qui s'avancèrent rapidement vers eux, leur capuce relevé et leurs mains glissées dans leurs manches amples.

Alors qu'ils emportaient Lionel en le soutenant, Louis avisa un homme à longue barbe qui s'était discrètement approché des débris noircis d'où montaient encore quelques fumerolles. Il se pencha pour tenter de ramasser une couverture rouge. Le bourreau marcha dans sa direction et le repoussa avec son bâton.

— Hé, qu'est-ce que vous faites là, vous?

L'homme se redressa et, sans un mot, scruta Louis d'un regard empli de compassion.

— Je vous reconnais, dit-il avec douceur après un moment.

— Hein?

— J'ai nom Nicolas Flamel.

— Ah. Et vous voulez quoi?

Louis se souvenait de ce nom-là. L'homme ajouta:

— Hélas, rien. Mais certains des livres que vous avez mis au feu aujourd'hui furent jadis en ma possession.

Il sourit. Louis ne sut trop que faire.

— Eh bien, vous avez de la chance de ne pas vous être retrouvé à la place du moine. Bon, allez, du vent.

— Votre infortunée victime, un ange déchu aux paroles d'or, est un mien ami. J'étais très inquiet pour lui, vous savez. Mais, baste! le père Lionel m'a écrit que vous allez bientôt être gratifié de ce grand bonheur qu'est la paternité.

Les yeux de Louis s'agrandirent d'incrédulité. Toujours souriant, imperturbable, Flamel attendait une réponse. Il acquiesça.

— Permettez-moi donc de vous féliciter à l'avance et transmettez mes meilleures salutations à votre dame, dit Flamel.

Au vu et au su de tous, il lui donna la main. Louis hésita avant de la prendre.

— C'est ça.

Un peu confus, le bourreau s'éloigna. Nicolas Flamel le salua affectueusement de la main et dit tout bas :

— Le processus de transmutation est enfin prêt à débuter.

*

Hiscoutine, hiver 1371-1372

Entre les heures écoulées à tisser et à broder de tendres petits objets, Jehanne se faufilait parfois à l'insu de Louis dans la chambrette de Lionel pour y faire un brin de ménage. Le moine lui manquait et c'était pour elle le seul moyen de tromper son ennui. Il lui arrivait de trouver des parchemins aux sceaux brisés qu'elle devait extraire de leurs cachettes parmi les livres rescapés. La calligraphie de la plupart d'entre eux lui était inconnue, mais elle pouvait deviner de qui provenaient ces lettres. Un jour, elle ne se rendit même pas compte qu'elle s'était assise pour en lire une, qui devait bien dater de dix ans :

La vie humaine est en de nombreux points comparable à celle des métaux : c'est au cours des toutes premières années de sa vie, alors qu'il n'est pas sorti depuis longtemps du creuset divin, que l'individu est le plus malléable. S'il peut être blessé aisément, il peut aussi être réparé facilement, du moins dans une certaine mesure. Il entreprend sa vie avec certaines qualités qui le prédisposent à prendre une direction ou l'autre parmi une multiplicité de choix.

Mais tempus fugit[46] *et avec lui les bienfaits relatifs de la prime jeunesse : le métal refroidit et il devient plus ardu de le manœuvrer. De même, le caractère humain a tendance à se fixer davantage. L'anneau d'or fabriqué par un orfèvre aura de moins en moins de chances de devenir autre chose qu'un anneau au fur et à mesure qu'il sera modelé, ouvragé et serti de gemmes. Si l'orfèvre change d'idée en cours de route et souhaite en faire l'ornement d'un calice, il devra remettre l'anneau à la fonte. Ce qui revient donc à dire que, plus le temps passe, plus l'impact de ce retour au creuset doit être considérable pour être à même de produire des changements fondamentaux dans la structure, changements qui ouvriront*

---

46. « Le temps passe. »

l'accès à une évolution différente. C'est cette sublime altération qui se nomme libre arbitre ou conscience pour l'un, et pur miracle pour l'autre. Car, mon cher ami, vous n'êtes pas sans savoir que les saint Paul sont une rareté en ce monde, tout comme le sont les chemins de Damas. La rencontre des deux éléments propices à la provocation du changement voulu est en soi miraculeuse. Cela dit, elle n'est pas impossible, puisque rien n'est impossible à Dieu. Et comme rien n'est impossible à Dieu, il m'est peu sage d'en discuter avec trop de scepticisme.

Pour pouvoir compenser les trop rares bonheurs de sa petite enfance, il faudrait à votre protégé une expérience qui soit de nature à le perturber d'une façon radicale et même dramatique, afin que soient réduites les souffrances dues à tous ces stigmates qu'il porte encore.

Profondément émue par sa lecture, Jehanne posa le parchemin sur le bureau. Elle regarda autour d'elle en se demandant pourquoi cette lettre avait été laissée là. On eût dit qu'elle y avait été mise exprès pour qu'elle la découvre. Sans le père Lionel, cet idéal, maintenu avec tant d'ardeur pendant des années, semblait avoir perdu toute signification. Elle dit, à haute voix:

— Croyez-vous encore cela possible, mon père? Moi pas. Nous avons tout essayé et ça ne sert à rien. C'est lui qui est parvenu à nous transformer et non l'inverse. Vous n'êtes plus là et Sam non plus. Il éloigne ou fait périr tous ceux qui daignent l'aimer.

Elle posa une main douce sur son ventre.

— Notre tour est pour bientôt.

*

Saint-Germain-des-Prés, hiver 1371-1372

Depuis son retour à l'abbaye il y avait de cela maintenant un mois, le père Lionel n'avait plus ouvert la bouche. Il s'isolait autant que possible du reste de la communauté, ne prenait qu'un maigre repas quotidien accompagné de vin coupé d'eau et dormait à même le plancher de sa cellule. Il avait repris son ancien mode de vie avec une espèce de furie. Le cilice qu'il portait au-dessus du cœur laissait une tache sombre sur sa coule poussiéreuse.

Le vénérable abbé Antoine était grabataire. Il avait beaucoup maigri, mais cela ne l'empêchait pas de continuer à veiller sur son petit univers avec une rassurante paternité. Lionel avait fait l'objet d'une attention toute particulière et il s'était fait un devoir de l'accueillir le jour même de son arrivée. Il lui avait peu parlé, alors.

Mais ce mois de réclusion écoulé, il le convoqua de nouveau un matin, peu après laudes.

—Vous avez été malheureux. J'en suis désolé, lui dit-il en lui prenant la main dans les deux siennes alors qu'il s'agenouillait devant le grabat pour poser sur les doigts usés son front brûlant.

Antoine parlait désormais très lentement, et sa voix était celle d'un vieillard qui avait beaucoup vu, mais trop peu dit.

—J'ai sans cesse prié pour vous, mon père. Et, avec ce qu'il me reste de souffle, je prierai encore. Parce que votre tâche n'est pas finie. Tenez, j'ai ici quelque chose qui vous appartient en propre et que j'ai le devoir de vous remettre.

L'abbé se mit au visage un étrange assemblage et expliqua :

—Ce sont des fragments de verre bombé qui grossissent les objets. Cela nous vient des Sarrasins. Grâce à cet appareil, les vieux hommes comme moi peuvent encore lire et étudier, ce qui aura pour effet, je l'espère, d'accroître les connaissances humaines.

Il enfouit une main qui tremblait un peu sous le coussin dur contre lequel sa tête s'appuyait et lui tendit un vieux bout de parchemin plié. Lionel ne le prit pas.

—Vous l'avez reconnu, je le sais. C'est ce bout de papier qui fera en sorte que vous soyez de nouveau envoyé dans le monde sauvage qui est naïvement persuadé de voir sa foi s'intensifier à cause de l'excitation violente, massive de ses pèlerinages en série et de ses miracles de pacotille. Je sais cela et je le déplore.

Antoine ferma les yeux et soupira. Il ne faisait que racler la surface et il le savait.

—J'ai toujours été convaincu que vous étiez davantage fait pour vivre parmi les pauvres franciscains. Ce que j'ai appris sur votre compte a cependant démenti ma conviction. Des livres, père Lionel. Je n'ai nul besoin de vous dire qu'un grand nombre de ces ouvrages n'étaient pas recommandables. J'ai eu beaucoup de fil à retordre avec nos estimés confrères dominicains qui ont charge de la Sainte Inquisition.

Lionel baissa humblement la tête.

—Tous ces livres, que de richesses entre les mains d'un seul homme d'Église... Et pourtant, je persiste à voir en vous cette inclination de l'ordre mendiant qui ne cesse de chercher à simplifier et à vulgariser la sainteté avec un individualisme tendre.

Sans transition, il demanda :

—Ces gens-là, ils vous sont très attachés, n'est-ce pas ?

Lionel fit un lent signe d'assentiment.

—Tous, sauf un, dit Antoine dont les prunelles ennuagées n'avaient rien perdu de leur perspicacité.

Lionel acquiesça de nouveau. Antoine tourna la tête vers le portrait de Louis qui avait été accroché au mur, à sa vue.

—Je m'en souviens encore. Ce naturel sévère, cette totale absence de rire... Il eût sans doute fait un bien meilleur bénédictin que vous et moi, une fois débarrassé de sa brusquerie. J'appréciais beaucoup en lui sa propension à une intériorité silencieuse, sa simplicité dévote... Est-il encore comme cela?

Le père Lionel ne sut que répondre.

—Plus le temps passe, mon père, plus vous vous affranchissez de votre ordre. Non, inutile d'essayer de vous défendre. Le but de ma remarque n'est pas de vous en faire reproche. J'estime au contraire que c'est là une nécessité. Votre foi en dépend. Vous la perdrez, mon père, si vous perdez votre foi en la nature humaine. Vous devez en quelque sorte vous affranchir, du moins partiellement, pour accomplir la tâche que le Seigneur attend de vous. Et pour y arriver, il vous faudra faire preuve d'un amour profondément et tragiquement humain. Comme le précise si bien Hadewich d'Anvers: «L'amour unifie tellement qu'on ne peut plus songer ni aux saints, ni aux hommes, ni au ciel, ni à la terre, ni aux anges, ni à soi-même, ni à Dieu, mais à ce seul amour qui nous embrase, toujours présent, toujours neuf[47]!» C'est cela que je tenais à vous dire. Maintenant, allez. Vous avez une visite au parloir.

Le parloir était silencieux, comme en attente des mots importants qui devaient y être échangés. Derrière un grillage séparant le moine du laïc, un regard fiévreux scintilla sous le capuce relevé. Il se posa sur la longue barbe aux reflets cuivrés et refusa de monter jusqu'aux yeux, de peur d'y trouver ce qu'il ne voulait pas y voir.

—Nicolas, dit Lionel tout bas.

—Cher vieil ami. Veuillez me pardonner mes manières. J'ai depuis longtemps renoncé à les améliorer.

—Il n'y a pas d'offense, après ce à quoi je vous ai contraint d'assister. Alors, vous l'avez vu?

—Oui. Il n'a pas beaucoup changé. C'est justement à ce propos que je suis venu vous voir.

—Qu'ai-je encore fait? demanda sombrement Lionel.

—Rien. Rien du tout et c'est justement ce qui ne va pas.

—Je ne comprends pas. Vous prendriez bien de quoi vous désaltérer?

Une grande main pâle surgit de la manche de la coule pour désigner un pichet d'hydromel qui avait été posé sur une tablette par le frère tourier. Flamel répondit:

—Pour le moment, je n'en ressens pas le besoin, merci.

170

— À quoi bon insister? J'ai échoué. Non, il n'a guère changé. Rien ne semble avoir d'emprise sur ce genre d'homme et pourtant il n'est jamais vraiment satisfait.

— Faut-il s'en faire, mon bon Lionel? Connaissez-vous quelqu'un qui soit entièrement satisfait de sa vie?

— Non, bien sûr que non. Moi-même, je ne le suis pas... Je n'ai pas voulu dire ça.

— Qu'importe, puisque vous le pensez!

Un silence désagréable s'immisça entre eux, leur faisant ressentir avec davantage d'acuité la présence du grillage. Flamel reprit:

— Vous savez de quoi je parle, père.

— Oui, je sais.

Sa voix était lasse, sans vie.

— Alors, pourquoi ne pas l'avouer? Est-ce une habitude acquise chez les Ruest de pelleter de la chaux sur ce qu'ils refusent de voir? Cette méthode n'est bonne que pour les cimetières.

— Je vous défends de me parler sur ce ton, dit le moine dont le visage se couvrait de plaques rouges. Qui vous prétendez-vous donc, pour oser venir me sermonner sur le pas de mon cloître?

— Je suis venu en ami, parce qu'on me l'a demandé.

— Ce n'est pas moi qui vous l'ai demandé.

— Vous êtes un homme doux, père Lionel, et ces paroles que vous venez de prononcer ne sont pas les vôtres. Ce sont celles de votre protégé qui, quant à lui, est un dur.

— C'est vrai. Il est révolté depuis toujours.

— Je le sais, je l'ai vu quelquefois. Pourtant, voyez comme vous vous ressemblez, tous les deux. Comme le plomb ressemble à l'or. Je veux dire comme le plomb peut avoir une ressemblance potentielle avec l'or et ce, avant même le début du travail de l'alchimiste. Oui, vous vous ressemblez dans votre structure même.

— Comment cela? demanda Lionel sans conviction.

— Vous aussi, vous avez peur.

— Partez.

— Inutile d'essayer de vous cacher. Je sais tout, Lionel. Rappelez-vous vos lettres. Ce n'est pas d'hier que j'entretiens des soupçons à ce sujet. Et, puisque vous refusez désormais à votre âme le droit de parler, j'ai la ferme intention de le faire à sa place.

Le moine baissa la tête. De grosses larmes se mirent à goutter sur sa poitrine et s'en allèrent rejoindre la tache rouge sur son cœur.

— Vous avez raison, dit-il. Tout le mal vient du père.

— Oui. Je ne peux m'empêcher de songer à Œdipe qui a tué son père et épousé sa mère.

— Comment l'avez-vous su? Par l'abbé?

— Non. Il n'a pas eu besoin de me dire un mot. C'est de Louis lui-même que j'en détiens le secret. Bien entendu, il l'ignore. Mais j'ai assisté au meurtre de Firmin et à ce qui s'est ensuite passé rue Gît-le-Cœur. Louis n'a cherché durant toute son enfance qu'à remplacer celui qui n'était pas là. J'ai tout vu, tout compris, et désormais il me faut en payer le prix. Je dois à présent prendre le risque de perdre mon meilleur ami, car je serai dur. Devant mon insistance, sans doute craindrez-vous mon avis et ne voudrez-vous plus me voir ensuite. Je n'ai pas le choix. Vous m'avez jadis demandé mon aide et cela, un véritable ami ne l'oublie pas. Le grand œuvre* auquel vous vous êtes voué exige de nombreux renoncements. Or, l'un de ces renoncements concerne cette paix factice dans laquelle vous vous efforcez, d'ailleurs sans succès, de vous complaire.

Lionel ne réagit pas. Nicolas reprit:

— Maintenant, oyez mes mots: hormis l'alchimiste, la seule autre personne qui puisse être en mesure de pleinement saisir le sens de ces sacrifices est la mère donneuse de vie.

Les yeux rieurs de Nicolas Flamel scintillèrent. Lionel releva la tête et sourit faiblement à son tour.

— Seigneur Dieu! Il faut que je sois rendu bien bas pour que vous vous voyiez contraint de me mettre sous le nez pareille évidence.

— À l'origine de toute histoire humaine – qu'elle soit celle d'un seul individu ou celle d'une grande civilisation – et de toute vertu, il y a la mère et l'enfant. Tout part de là. Les aspects les plus nobles de l'existence sont d'abord et avant tout ceux qui régissent le lien sacré qui unit ces deux êtres.

— Notre Dame est la personnification suprême de ce fait: elle agit dans notre monde violent comme le principe divin de l'amour, de l'union, de la paix.

— J'ai toujours trouvé que les femmes en savaient plus long que nous à ce sujet.

Le visage du père Lionel s'animait, retrouvait une certaine couleur. Ce genre d'échange, normalement fait par voie épistolaire, leur était devenu une sorte de jeu qui visait à leur aiguiser l'esprit. Ils le savaient et s'y prêtaient volontiers, comme deux chats adultes redevenus chatons le temps de s'amuser avec une pelote de laine. Heureux, Flamel continua:

— Vous vous souvenez sans doute encore de ce qu'a dit Gilles de Rome[48] au sujet des femmes: il déplorait leur incessant caquetage

172

et en justifiait l'existence par la faible raison de ce sexe. C'est ce genre de réflexions obtuses qui va graduellement nous aliéner toute une moitié du genre humain...

— C'est notre peur des femmes qui nous fait ainsi déraisonner. Et nous autres, hommes d'Église, sommes bien davantage soumis à cette tournure d'esprit, puisque nous devons nous défendre d'elles ainsi que des désirs provoqués par leur présence. Mais Gilles de Rome oublie une chose: la grande majorité des femmes ne savent ni lire ni écrire; il est donc primordial que leur héritage de connaissances se transmette de façon orale.

— La femme au stade de la maternité sait mieux que quiconque renoncer à elle-même pour étendre sa sollicitude aimante vers une autre créature. Elle est la dépositaire de tout savoir, de toute bonté et de tout dévouement.

— Mais oui. Une mère oriente ses dons non plus vers son propre accomplissement personnel, mais vers celui de son enfant, vers l'autre, vers la protection et les progrès de l'autre. Ce qu'il advient d'elle ne lui importe plus autant. L'amour qui naît de la maternité n'est pas seulement le plus intense, mais aussi le plus universel...

— Il est pure sollicitude. La mort est pour lui une intruse.

— C'est pourquoi il faut que j'y retourne. Pour eux, si ce n'est plus pour lui.

Flamel ne répondit pas et se contenta de sourire, pendant que Lionel reprenait:

— Vous qui travaillez sans relâche, vous voilà volontairement inoccupé. Vous avez fait en sorte que votre disponibilité me soit entière. J'en suis très conscient. Et reconnaissant.

— C'est tout naturel. Je suis persuadé que vous en auriez fait autant pour moi.

— Mais, dites-moi en toute honnêteté, mon ami, croyez-vous que je pourrai encore être utile? demanda Lionel tout doucement, ses yeux sombres baignant dans les larmes.

— Voyons, mon père, ne vous laissez plus abattre ainsi. Vous n'avez pas toujours été moine, rappelez-vous. Vous aviez déjà une vie entière derrière vous lorsque je vous ai connu.

Sans que Lionel sût exactement pourquoi, sa mémoire ressuscita un certain luth qui lui avait jadis été prêté par un bateleur. Le jeune homme qu'il était alors l'avait emporté et en avait joué à la fenêtre d'une jolie demoiselle.

— J'ai été tôt contraint de disparaître dans cette vaste fourmilière qu'est la vie monastique. Maintenant que je m'en suis éloigné pendant un certain temps, je me rends compte à quel point elle est rassurante. Peut-être est-ce là son utilité? Une existence rigoureusement planifiée annihile toute pensée autonome.

Il ferma les yeux et inspira profondément.

—Je retourne là-bas.

—Là je vous retrouve, mon chercheur d'étoiles!

—Ne vous y trompez pas. L'envie de tout laisser tomber me tenaille encore. Le simple bon sens paraît nous indiquer, à Jehanne et à moi, que c'est la seule chose à faire. Seulement, voilà: nous n'avons aucun bon sens.

—Pour ce genre de choses, c'est préférable.

—Oui. Et vous avez vu juste: j'ai eu peur. Bien sûr, j'ai encore peur, mais à présent je comprends que ce n'est que pour ma misérable personne. J'ai été orgueilleux, peureux d'abandonner Jehanne et l'enfant à leur sort et je meurs de honte à l'idée que certains ici me prennent encore pour un saint.

—Saint Pierre lui-même a eu peur, rappelez-vous.

—Comment l'oublier?

Et Lionel se souvint de la discussion qu'il avait un jour eue avec Jehanne au retour de cette dernière, juste avant son mariage.

—Oui, vraiment, tout se tient, conclut-il.

*

Hiscoutine, début février 1371-1372

Comme tous les matins, très tôt, Louis cogna à la porte de la chambre.

—Entrez, dit la voix assourdie de Jehanne.

Elle était comme à son habitude enfouie sous les couvertures et n'en émergeait que pour s'asseoir dans le lit afin que son mari pût lui prodiguer les soins qu'il jugeait indispensables. Il ne venait la voir que pour cela. Pourtant, ce matin-là, il ne se présenta pas avec sa panoplie de remèdes ou une écuelle de fromentée* à lui faire ingurgiter de force.

—Qu'est-ce que c'est que cela? demanda-t-elle.

Il s'approcha pour déposer sur les genoux de sa femme un plateau en bois orné de pampres gravés et peints qu'elle n'avait jamais vu. L'objet neuf comportait quatre pattes courtes qui lui permettaient de prendre appui sur le lit tout en accordant suffisamment d'espace aux jambes allongées. Dans les coins supérieurs du plateau, des creux avaient été ménagés afin de servir de support à deux petits bols destinés à contenir boissons ou soupes. Deux épaisses rôties nappées

174

de beurre au miel avaient été disposées au centre, à côté d'un œuf frit, d'une tranche de petit salé et d'un peu de fromage de ferme. Quelques tranches de pommes agrémentaient le tout.

— Louis, d'où cela vient-il? répéta Jehanne, qui ne savait quoi goûter en premier.

— D'ici.

— C'est... c'est vous qui m'avez préparé tout cela?

— Oui.

— Mais ce plateau?

— Je l'ai fait.

Jehanne regarda son mari, les yeux brillants de larmes d'une tout autre nature que celles qui avaient été bien près de les précéder. C'était la première marque d'attention qu'il lui manifestait depuis la Noël. Il avait même pris soin d'endosser la huque* que Jehanne lui avait offerte le jour de leur mariage. Il demeura debout près d'elle.

— Venez. Venez déjeuner avec moi, dit-elle en croquant l'un des coins croustillants et dorés du lard salé.

Louis s'assit sur le rebord du lit. Jehanne l'obligea à se pencher pour l'enlacer fortement et, ce faisant, elle bouscula le plateau.

— Attention à la tisane, dit-il en se redressant.

— Je n'en reviens pas de voir à quel point vous savez lire en moi, en fin de compte. Vous savez ce qui me rend malade.

— Oui, je le sais.

— Pourtant j'ai bien essayé de ne pas en parler.

Le morceau de viande resta oublié dans sa main. Louis dit:

— Ça n'empêche pas qu'on y pense quand même.

— Y avez-vous pensé autant que moi? Je veux dire... à ce que vous comptez faire?

— Oui.

Émue, Jehanne retint un sanglot. Elle ne voulait pas que ses paroles le fassent partir. L'espoir se mit à tressaillir en elle, comme un jumeau dont la présence se fût soudain révélée. Mais, même si le geste de Louis semblait indiquer un changement possible de dispositions à son égard, la jeune femme refusait de se bercer d'illusions. «Allons, cela ne veut probablement rien dire, songea-t-elle avec toute la force de persuasion dont elle se sentait capable. On m'a dit qu'il se comporte toujours gentiment avec les condamnés.»

— Mangez pendant que c'est chaud, dit-il.

— Louis, je...

Il attendit, mais rien ne vint. Jehanne secoua la tête. Elle n'était plus certaine de vouloir avoir la réponse à sa question. Au lieu de cela, elle se remit à manger et dit:

— Peu importe. Je m'inquiétais pour rien. J'aurais pourtant dû savoir que vous ne feriez aucun mal à mon enfant.

Il baissa la tête. Il avait l'impression désagréable qu'il eût dû penser à dire cela avant elle.

*

Le plateau de Louis eut des répercussions inattendues. Du jour au lendemain, Jehanne s'était mise à manger pour deux. Même le saumon, mets commun apprêté de diverses manières, s'était mis à disparaître. Elle avait quitté le confinement de sa chambre et n'y retournait plus que pour dormir. Au grand plaisir de Margot, elle avait recommencé à s'intéresser à tout. Louis voyait la muscade disparaître comme par magie du précieux cabinet à épices. Jehanne sentait la muscade, elle chantait et parlait de printemps en s'efforçant de ne pas trop penser à l'absence de berceau dans la maison. Elle avait cessé d'avoir peur pour son enfant. Comme elle n'avait jamais craint pour elle-même, elle n'avait plus rien à perdre.

Sans avertissement préalable, le père Lionel se présenta à la porte. Son retour fit le bonheur de toute la maisonnée, sauf de Louis, qui fit au moins preuve d'une certaine discrétion en n'y allant pas de l'un de ses commentaires typiques du genre: «Peut-être que j'aurais dû couper tout ce qui dépassait à l'avant du pilori!» Il se contenta plutôt de s'absenter une semaine entière, ce qu'il n'avait pas fait depuis l'automne.

— Louis se fait beaucoup de souci pour moi, expliqua Jehanne au moine alors qu'ils étaient seuls à la cuisine tous les deux. Il déteste lorsque je mange de la muscade moulue à même le pot.

— Miséricorde! s'exclama Lionel.

Il se gratta un sourcil et son œil s'emplit de larmes, car il avait accroché un petit bouton avec son ongle.

— Il a caché le pot, parce qu'il craint que je finisse par me brûler l'estomac.

— Dieu merci, voilà une décision sensée.

— Mais c'est plus fort que mon vouloir, j'ai envie d'en manger. Je n'arrive pas à m'ôter cela de la tête. Oh! Le bébé me donne des coups de pied. C'est justement l'heure de sa dose de muscade. Venez m'aider à retrouver le pot. Louis est beaucoup trop futé pour moi.

— Pas question que je contribue à un tel massacre. Puis-je te demander quelque chose?

— Vous savez bien que oui.

— Louis t'en a-t-il parlé?

176

Jehanne se mit seule en quête du petit pot de muscade. Elle fouilla derrière toutes les étagères et sous toutes les écuelles renversées.

— Quoi, du bébé?

— Oui, du bébé et de toi.

— Pas vraiment. Ce que je sais, par contre, c'est que le bébé n'a rien à craindre. Il ne sera pas laissé dans le besoin. C'est seulement depuis que j'ai cette certitude que je me sens mieux.

— Cela se tient. Ayant trop souffert lui-même étant petit, il ne peut supporter l'idée de voir un enfant souffrir. Et il a bien raison.

— Tiens, qu'est-ce que c'est?

Jehanne ne voulait pas entendre cela. Elle s'en voulait tant d'avoir envisagé l'avortement que c'était devenu une raison supplémentaire pour se désintéresser de son propre sort. Elle se confortait dans la perspective d'une punition abstraite qui, si elle se concrétisait, allait être amplement méritée.

Elle découvrit un sachet qu'elle ouvrit pour y planter le nez.

— Oh, du sucre. C'est bon, mais ce n'est pas cela que je cherche.

— Qui pourvoira à l'éducation du petit? Te l'a-t-il dit?

— Non et j'ignore s'il le sait lui-même. Une femme d'Aspremont, peut-être, puisque je ne pourrai pas lui laisser assez d'argent pour son entrée au monastère ou au couvent.

Jehanne se rassit sur un banc, près de Lionel, devant le plan de travail soigneusement récuré par Margot. Elle préférait ne pas songer, et lui non plus, que c'était à elle que revenait en premier lieu le privilège d'éduquer l'enfant. Il valait mieux ne pas trop penser non plus à ce qui l'attendait peut-être après ses relevailles, à son arrestation, au procès et au supplice qui risquait d'être exécuté par les mains mêmes de son mari. Lionel ne pouvait qu'imaginer tout ce qu'il fallait à Jehanne de force et de détermination pour orienter son avenir vers ce but ultime de donner la vie, même si cela signifiait qu'elle allait ensuite devoir renoncer à la sienne de la pire manière qui fût. Ils savaient déjà tous deux que le supplice n'était que l'une facette de l'épreuve à venir, que la séparation de la mère et de son enfant allait être plus terrible encore que le fer et le feu. «Des mères meurent en couches», ne cessait-elle de se répéter. Terrifiant espoir, que celui-là.

La voix douce de Jehanne interrompit le cours de ces réflexions lugubres:

— Je n'arrive pas à me décider pour un prénom. Auriez-vous une suggestion?

— Tu me demandes cela à moi, alors que je suis à peine capable de nommer un chaton?

— Et Scribouillard?

— Ce n'est qu'un surnom.

Soudain il baissa la tête et se passa l'index sur le sourcil. Il en regarda le bout afin de s'assurer qu'il ne s'y trouvait pas de sang, avant de dire:

— La seule fois où je l'ai fait... non, je ne peux pas. Il y a trop de choses dans un nom.

— Existe-t-il une version féminine du prénom «Lionel»?

— J'opterais plutôt pour le saint du jour où l'enfant naîtra.

— Si j'ai un fils, j'aimerais qu'il vous ressemble.

— Aie pitié de lui, le pauvre. La muscade est cent fois plus facile à supporter que cela.

*

Hiscoutine, printemps 1372

La réponse que reçut le père Lionel à sa missive envoyée à Paris en secret ne s'était pas fait attendre:

> *Très estimé père Lionel,*
> *C'est avec une grande joie que mon mari et moi-même avons appris la nouvelle au sujet de laquelle vous avez eu l'extrême obligeance de nous écrire. J'accepte volontiers en son nom et au mien l'offre du maître Baillehache d'être choisis en tant que parrain et marraine de l'enfant à naître, dans l'espoir puéril que cette démarche me rendra mon frère que je ne vois plus.*
> *Clémence*

Lionel rit tout bas et replia la courte lettre avant de la faire disparaître entre les pages d'un livre. «En voilà une autre qui ne passe pas par quatre chemins pour dire ce qu'elle a à dire», songea-t-il.

Il se planta à nouveau devant sa table de travail et posa les yeux sur un amoncellement de vieux parchemins couverts d'écriture qui dataient tous de quelques années.

— Et allons-y, leur dit-il.

La grande pièce embaumait la pâtisserie accompagnée d'un air printanier qui s'engouffrait par les volets enfin ouverts. Il s'attabla avec ses paperasses parmi les autres qui avaient déjà dîné de lamproies. À cause du carême Margot n'avait pu que rêver de leur préparer une chaudronnée de lentilles rehaussées de lardons et de saucisses. Jehanne, quand à elle, ne s'objecta pas à clore quel ques jours d'avance ce long temps de privations: par pure gourmandise, ils dégustaient maintenant un somptueux gâteau à la mie rousse zébrée d'une crème foncée et épicée confectionné par Louis. Au bout de vingt minutes, il ne resta plus, par miracle, que le plat de service qui l'avait contenu.

Louis demanda à Jehanne:

— Où l'avez-vous mise?

— Si vous me dites de quoi vous voulez parler, peut-être serai-je en mesure de vous répondre, mon bien-aimé.

— Ma muscade. Vous l'avez dénichée et j'en voulais pour ce gâteau.

Contrairement à ce qu'il avait attendu, Louis ne vit pas sa protégée rougir d'avoir été prise en flagrant délit. Jehanne répondit, désinvolte:

— Elle est sous notre lit. Il n'y a pas de secret. Je me suis seulement dit que c'était la chose à faire.

Il s'éclaircit la gorge et regarda ailleurs, comprenant ce à quoi elle faisait allusion. S'il avait dormi avec elle dans leur chambre, il eût sans doute fini par mettre la main sur le pot qui n'était même pas caché.

Pendant ce temps, Lionel fouillait bruyamment dans sa liasse de parchemins.

— C'est quoi, tous ces papiers? demanda Blandine.

— Il y en a un que je cherche et je n'arrive pas à mettre la main dessus.

— Bien voyons, fallait les emmener ici avec nous pour le retrouver.

— C'est tout à fait exact. Car, tenez, le voici justement.

Blandine fit au moine un clin d'œil coquin.

La jarre en terre cuite remplie de lait qui avait peu auparavant été mise à refroidir dans la mare perlait d'humidité. Lionel la prit et, avant de s'en verser, se la passa sur le front en soupirant d'aise.

— C'est drôle, je me sens tout bête comme si j'avais la fièvre.

— Vous devez l'avoir. Qu'est-ce qu'il y a? demanda Louis avec une certaine rudesse.

Le moine avala d'un trait ce qui lui restait de lait et reposa son bol. Il se ravisa à la vue d'un cercle blanchâtre qu'il avait laissé par accident sur le bois de la table. Il se leva et s'en fut placer son bol sur le monticule de vaisselle qui attendait près de l'évier. Il dénicha un torchon et prit le temps d'essuyer lui-même la table avec un zèle inaccoutumé.

Jehanne dit gentiment:

— Père Lionel, vous faites exprès pour nous agacer, n'est-ce pas?

— Bien sûr que oui. Laissez-moi ce plaisir.

— Nous n'avons rien demandé, dit Louis en jetant un regard

inquiet à sa femme.

— Ça, je le sais. Le plaisir est là aussi, et je vous redemande de bien vouloir me le laisser.

Il enroula le torchon autour de son doigt. Après quoi, il en frotta pensivement une tache sur sa manche.

— Attendez un peu. Je n'arrive pas à trouver le premier mot qu'il faut dire.

Sur ce, Margot fit discrètement signe aux domestiques.

— Bon, nous on a du travail. On vous laisse tous les trois. Allez.

Hubert, Thierry, Blandine et Toinot se levèrent et quittèrent la pièce. Une fois qu'ils furent seuls, Lionel dit :

— Je vous ai sciemment provoqué et poussé jusque dans vos derniers retranchements lors de nos récentes discussions, alors qu'il n'y avait pas lieu de le faire.

Il se remit à fouiller dans ses parchemins.

— Vous m'en voulez toujours, n'est-ce pas, maître ?

Louis ne répondit pas. Le moine soupira.

— J'ai... j'ai agi dans la colère. Je vous prie de me pardonner.

— Si quelqu'un doit demander pardon ici, c'est bien moi, dit Jehanne.

— Il faut d'abord que vous sachiez une chose. Ce parchemin que je cherchais fait état des économies que nous sommes parvenus à mettre de côté depuis ma nomination en tant que régisseur du domaine. L'argent se trouve en sûreté chez un banquier de Paris. Maître, ne m'en veuillez pas d'avoir omis de vous en parler avant. J'avais d'abord prévu conserver cette somme comme dot, dans l'éventualité où Jehanne eût choisi de prendre le voile au lieu de vous épouser. Mais comme tel n'a pas été le cas, l'argent est demeuré chez le banquier, chez qui il s'accumule depuis.

La brise profita de la minute suivante pour taquiner la tapisserie qui se souleva en gonflant. Elle fut seule à vivre cette minute.

— Ce banquier est un homme bon qui est en lien depuis longtemps avec mon abbé. Il a continué de se charger de prêter l'argent en mon nom et de le faire ainsi fructifier, en échange d'une compensation financière très raisonnable. Cela a donc fait de moi un usurier et, l'ai-je appris lors de mon séjour à Paris, un moine beaucoup trop bien nanti pour le salut de son âme. Permettez donc qu'avec ma bénédiction j'en fasse cadeau à l'enfant dont l'avenir se verra ainsi assuré.

Il leur expliqua brièvement que l'argent récupéré allait être confié aux parrain et marraine de l'enfant, qu'il prit soin de nommer, le jour même de son baptême.

Sur la tapisserie, la licorne ressemblait maintenant à un grand

180

mouchoir blanc agité depuis le pont d'une nef. À cause du courant d'air, des parchemins prirent leur envol et se mirent à leur tournoyer au-dessus de la tête. Ils ne s'en préoccupèrent pas.

— Maître, dit Lionel.

Il ne se passa rien.

— Mon fils, appela à nouveau Lionel.

— Quoi? dit l'homme en noir en sursautant.

— J'ai tout calculé, mon fils. Attendez, je vais vous montrer.

Il se leva et se mit à rassembler frénétiquement ses parchemins épars avant de retrouver celui qu'il voulait à l'endroit même où il l'avait déposé, bien en évidence sur la table. Il grommela, brandit fièrement l'objet de sa quête et tendit le feuillet à Louis. La liste de petits caractères reliés par des arobases* ressemblait à une longue note de frais. Elle s'embrouilla devant les yeux du bourreau, qui n'y toucha pas. Il renifla et se leva en vitesse.

— Mais que vous arrive-t-il donc, mon fils? demanda Lionel d'une voix tendre et anxieuse.

Louis ne fit que lever vaguement une main gauche tremblante, comme en signe de reddition, et quitta la pièce. Perplexe, le moine se tourna vers la jeune femme. Elle aussi avait les larmes aux yeux.

— Jehanne... vous aurais-je insultés sans le vouloir? Il ne s'agit après tout que du fruit du labeur de ton mari. Il a toujours su se montrer très économe.

— Non, mon père, oh non! Vous nous avez tout simplement secoués, voilà tout. Nous étions tellement sûrs de ne pas posséder un franc devant l'autre, fût-il à cheval ou à pied[49]. Comment croyiez-vous que nous allions réagir devant pareille nouvelle?

— Je n'en sais trop rien, à vrai dire...

Elle se leva et se jeta sur sa mante.

— Il faut que j'aille rattraper Louis, maintenant. Il a l'air très perturbé.

— Oui, vas-y vite, ma fille.

Elle le retrouva dans l'appentis dont la porte ouverte laissait entrer le vent par grosses bouffées. Il ne l'entendit pas arriver, car elle portait des mules aussi discrètes que les pattes de ses félins. Le regard de son mari se troubla et il tâcha de camoufler son malaise en se trouvant des broutilles à réparer, sous prétexte qu'il était déjà là avec son attirail.

— Vous savez, je me sens en pleine forme, à présent, dit-elle doucement.

— Bien sûr.

Mais non, pour lui, il n'y avait là rien de moins sûr. Cette jeune femme d'apparence si délicate, aussi fragile qu'un oiseau, se tenait debout face à lui comme si de rien n'était. Comme s'il ne s'était jamais promis intérieurement de surmonter sa faiblesse et de la détruire une fois le petit mis au monde. Il se rappela le pacte et l'idée que l'enfant conservait en lui un peu de son sang le réconforta.

— Cet arrangement vous convient-il? demanda-t-elle.

Il fit signe que oui et l'examina attentivement à la dérobée en essayant de ne pas trop le montrer. De prime abord, rien n'avait réellement changé chez elle. Ou alors très peu: d'abord, quelques petits boutons étaient apparus sur sa figure; ce que la coiffe laissait voir de cheveux avouait une ternissure qui ne pouvait qu'être temporaire; et, surtout, il y avait cette alchimie que diffusent toutes les futures mères par la seule grâce de leur présence. Mais non, là ne pouvait être la cause de son malaise. Il avait déjà vu tout cela. Il avait vu les bras de Jehanne, qui étaient toujours aussi fins. Il connaissait son corps frêle sous ses amples vêtements de maternité, ce corps qui s'était lové auprès du sien sous les couvertures. Tout cela datait d'avant le ventre. Son ventre. C'était donc cela qu'il craignait de regarder, cela dont il avait peur. Ce gros ventre posé sur elle comme un postiche.

L'instrument endommagé qu'il avait dans la main acheva de se briser en produisant un bruit métallique très désagréable. Il sursauta en même temps que Jehanne qui, en un geste instinctif, nerveux, porta la main à son ventre. Il était devenu dur comme une gangue protégeant son fruit. Louis écarquilla les yeux et n'osa plus bouger.

— Ce n'est rien, Louis. Une fausse contraction.

— Navré, dit-il, et il se hâta de faire disparaître l'instrument. Jehanne sourit de cette attention.

— Sortons un moment, dit-elle.

— Non. Je veux dire... il vente de plus en plus fort et ça refroidit.

— Je ne vois pas pourquoi je me priverais d'aller prendre un peu l'air, puisque je me suis bien couverte. Ce n'est pas une maladie, vous savez.

Elle passa le seuil. Louis la suivit dehors. Il neigeait un peu. Une feuille de chêne égarée par l'hiver qui n'avait pas encore tout à fait plié bagage passa devant eux en tournoyant sur l'herbe flétrie. Seules quelques plaques de neige subsistaient çà et là, et on pouvait aisément trouver des zones où la boue avait été essorée. Louis retint Jehanne par le bras. Il se mit devant elle sans la lâcher, comme s'il craignait qu'elle ne s'envole parmi les flocons fous. Il la regarda et entrouvrit la bouche. Elle leva vers lui ses beaux yeux couleur de pluie. Il voulut dire quelque chose, mais fut incapable d'y arriver. Il détourna les yeux et s'en retourna vers l'appentis.

Au moment où il atteignait la porte, Jehanne le rejoignit. Elle lui mit la main sur le bras. Il se retourna et elle lui dit :

—J'étais en train de perdre de vue combien je vous aime.

Sans prévenir, elle lui sauta au cou comme elle avait coutume de le faire étant enfant. Louis se raidit imperceptiblement au contact du ventre mystérieux et chaud.

*

Hiscoutine, Jeudi saint 1372

Il faisait étonnamment chaud en cette semaine sainte. Toute la neige avait fondu et le temps était à l'orage. Quelques feuilles brunes, souvenirs flétris de l'automne précédent libérés par le départ de la neige, cheminaient tranquillement sous la brise, tandis que les branches encore dénudées se parsemaient de moineaux précoces.

Jehanne se fatiguait. Son dos n'en pouvait plus. Elle n'arrivait pas à trouver de position confortable. Elle transpirait au moindre effort et, au cours de ce dernier mois, même la marche lui prenait beaucoup d'énergie. Elle se dandinait comme une grosse poule, le bassin en avant.

Assise à table, elle était occupée à prendre un de ses petits encas, constitué d'une épaisse tranche de pain frais généreusement tartinée de craspoiz* en purée.

—Ça me change du hareng, expliqua-t-elle.

—Ça n'a pas sonné aujourd'hui au village, dit Margot. Ça veut dire qu'on est déjà jeudi. On dirait bien que les cloches sont allées chercher les clefs du saloir[50].

—J'en arrive à un stade où j'ai hâte qu'il naisse, peu importe ma crainte, dit Jehanne à Margot.

—C'est normal, les derniers temps, dit la servante qui ne se doutait de rien de ce qui pouvait se cacher derrière cette phrase.

Pour elle, Jehanne appréhendait les seules douleurs de l'enfantement.

—N'empêche que, telle que je vous vois, vous devriez quand même faire un effort et mettre au moins votre capeline. Ce n'est pas convenable de vous promener ainsi affublée, et nu-tête en plus! Qu'en pensera votre mari?

—Eh bien, il en pensera ce qu'il voudra. On voit bien que ce n'est pas lui qui doit se traîner sur des jambes tordues par les crampes avec tout ce poids pour aller au petit coin vingt fois par jour.

— Jehanne! S'il vous entendait!

— Si j'entendais quoi?

Louis rentrait avec une brassée de bois. Jehanne rougit imperceptiblement et dit:

— Oh, rien... nous parlions de... de choses de femmes.

— Ah! dit-il en passant à côté d'elle avec son bois.

Ses yeux s'arrêtèrent sur sa tête nue et sur l'étrange vêtement qu'elle portait, mais il ne fit aucun commentaire.

Depuis plus d'une semaine, le contact serré de ses propres vêtements, même de maternité, horripilait Jehanne. Ses corsages étaient devenus trop ajustés à son goût. Ils comprimaient ses seins gonflés. Ce jour-là, elle avait enfin résolu cette question-là, faute d'avoir pu se soulager de ses autres désagréments pour lesquels elle devait prendre son mal en patience. Elle avait endossé un vêtement ample qui avait une vague ressemblance avec l'une des sous-chemises de son mari. Louis crut même en reconnaître le motif brodé dont Jehanne avait jadis orné les manches et l'ourlet, mais sa couleur prune le laissa perplexe. Jehanne lui expliqua:

— C'est celle qui a été tachée d'encre, vous vous souvenez? Je l'ai teinte. Voyez, la tache ne paraît plus du tout. Cette couleur vous ira bien. Vous voudrez bien me la prêter, parfois? Hein? Et, ah oui, j'oubliais de vous dire: tout à l'heure, je suis allée faire un peu de rangement dans vos outils.

Une ride triangulaire se dessina entre les sourcils froncés de Louis. Il empila les bûches près de l'âtre et revint sur ses pas pour aller boire un peu d'eau à même la louche du seau qui était posé dans l'appentis. Il ne revint pas. Jehanne échappa une petite carotte dans le beurrier. C'était le prétexte tout trouvé pour garnir sa crudité d'une grosse motte de beurre mou. Elle croqua la carotte et appela:

— Cela ne vous dérange pas, au moins? Hé! ho! Louis, m'entendez-vous?

— Je suis là, dit-il en revenant s'asseoir à table.

Il remarqua les petites gouttes de transpiration qui perlaient au front de Jehanne. Margot s'avança prudemment et dit:

— Ne faites pas de cas de la chemise, maître. Vous savez, pendant les derniers temps, il est normal pour les femmes d'avoir ce genre de petits caprices.

— Ce n'est pas un caprice, dit Jehanne avec impatience.

— Ça va, dit Louis.

Margot répondit à Jehanne:

—Non, bien sûr que non, ma tourterelle.

Puis, à Louis:

—Les sautes d'humeur aussi sont à prévoir.

—Laisse-moi tranquille, Margot. Tu ne comprends rien à rien!

La servante, compréhensive malgré sa maladresse, n'insista pas. Elle retourna à la cuisine. Jehanne se leva aussi vite qu'elle put et alla derrière Louis, qu'elle gratifia d'une claque derrière la tête.

—Vous aussi, vous me portez sur les nerfs avec votre prévenance à deux faces. Des caprices! Si au moins ça n'était que cela!

Elle se fourra son reste de pain dans la bouche, se dandina jusqu'à la porte d'entrée et sortit avant de la claquer si fort qu'elle en resta à demi ouverte.

Celles de la cuisine se rouvrirent doucement. Le visage poupin de Margot apparut brièvement dans l'embrasure. Louis tourna la tête vers elle. Il clignait des yeux, comme s'il ne réalisait pas trop ce qui venait de se passer. Elle se hâta de refermer. Blandine, qui se tenait juste derrière elle sur la pointe des pieds, chuchota:

—Eh bien, au moins je saurai ce que je dois faire si l'envie me prend, à moi aussi, de lui en flanquer une bonne sans subir de riposte: je n'ai qu'à tomber enceinte!

Les deux femmes pouffèrent de rire. Blandine, rougissante, pensait à Toinot.

Louis décida que c'était un temps idéal pour descendre au village.

Ses pieds nus foulaient l'herbe gorgée de pluie. Il pleuvait à boire debout. L'eau était tiède et subite comme une ondée de juillet. Et Jehanne, à nouveau heureuse, leva les bras sous les trombes d'eau irisées par un soleil d'or. En un instant, l'ample chemise prune de Louis et ses cheveux dénoués se plaquèrent contre sa peau nue. Elle ferma les yeux et leva son visage vers le ciel prodigue. La pluie ne fut pas perturbée par une déchirure dans un nuage trop hâtivement recousu. Le soleil entreprenait de choisir un emplacement pour son arc-en-ciel lorsqu'une voix derrière elle fit remarquer:

—Habituellement, on doit attendre la naissance du bébé pour le baptiser.

L'averse se transforma en or pur sous cet éclairage unique que détermine le soleil lorsqu'il se réconcilie avec les cumulus cendrés. Jehanne abaissa lentement les bras et se retourna. Elle récita:

—«Alors le Seigneur Dieu, qui avait façonné de la terre tous les animaux des champs et tous les oiseaux des cieux, les amena vers l'homme, pour voir comment il les appellerait[51].» J'ai trouvé un nom.

—Serait-ce Adam, par hasard?

Jehanne, radieuse, acquiesça.

— Bien trouvé. Qu'as-tu choisi pour une fille?

— Rien, parce que ce sera un garçon. Mon premier homme.

Soudain, la pluie qui s'était imperceptiblement adoucie cessa tout à fait. Lionel leva les yeux et dit simplement :

— Je te crois.

Jehanne sourit et cligna des yeux à cause d'une goutte insistante qui perlait tout au bout d'une mèche adhérant à la courbure de son nez. Elle adopta le ton de Margot et agita un index réprobateur :

— « Mais, Jeannette, c'est très mal de parler de ces choses-là avant la naissance, parce que ça porte malheur! »

Ils s'esclaffèrent et reprirent ensemble la direction du manoir en chantant, bras dessus, bras dessous. Lionel examina ses semelles d'un œil navré et dut se résoudre à abandonner ses sandales à la porte. Cela eut l'heur d'épargner au plancher les traces de boue, mais non pas les flaques qu'ils semèrent sur leur passage et que Blandine s'empressa d'essuyer derrière eux, au cas où Margot, qui était au moulin avec les autres, ne s'avisât d'être de retour trop vite.

— Mon père, voulez-vous bien me dire ce que vous faisiez dehors par un temps pareil, sous la pluie battante, si vous n'aviez pas de cérémonie à faire au village?

— Qui t'a affirmé que je n'en avais pas, ma bonne Blandine? Sache que j'avais un urgent besoin de l'élément liquide pour protéger ma vieille caboche de la surchauffe. Et comme les éviers sont extrêmement prosaïques, surtout lorsqu'il y traîne de la vaisselle, j'ai préféré sortir prendre un peu l'air. Ah, merci bien, chère enfant, poursuivit-il à l'adresse de la servante qui leur avait apporté des touailles* et des vêtements secs.

Il éprouva quelque difficulté à enlever sa coule trempée qui lui adhérait à la peau. Il s'épongea en hâte et enfila une chemise de nuit toute simple qui devait appartenir à Louis.

— Il est charmant, ce petit bouton en bois qu'il suffit de passer dans l'œillet pour fermer l'amigaut*. Hélas, Jehanne, la stature de ton mari fera en sorte de m'empêcher de lui confisquer ce vêtement original pour mon usage personnel. Comme c'est regrettable.

— Pourquoi? Parce que c'est trop grand pour vous? demanda Blandine, moqueuse.

— Tiens donc, c'est ma foi vrai. Regardez comme je flotte dedans. Mais je songeais plutôt au danger que représente la stature dudit mari...

Un amas de boucles mouillées appartenant à Jehanne émergea de l'encolure d'une chemise noire, qui appartenait elle aussi à Louis. Blandine fit un clin d'œil à la jeune femme hilare.

— Oh, qu'il n'aimera pas ça! Mais il doit être resté au village comme un bon garçon, au lieu de se promener comme vous autres quand il pleut des cordes.

Pendant que la servante aidait Jehanne à éponger ses longs cheveux, Lionel s'éclipsa dans la cuisine. Un cri scandalisé suivi de véhémentes protestations leur fit lever la tête à toutes deux. Les battants s'ouvrirent sur un Lionel piteux, qui se protégeait le dessus de la tête à deux mains. Il vint se rasseoir avec elles et dit à Blandine :

— Ta mère n'a pas suivi les autres au moulin. Elle n'apprécie pas ma tenue. Elle s'est emparée du balai et m'a flanqué à la porte. Je reviens donc humblement te demander l'aumône. Tu as bien quelque boisson chaude dont tu peux disposer?

— Cher père Lionel. J'ai de l'hypocras*.

— Va pour l'hypocras*.

La porte d'entrée s'ouvrit sur un Louis trempé jusqu'aux os. Il repoussa d'une main les longues mèches dégoulinantes qui lui bouchaient presque la vue.

— Un bon garçon, hein? pouffa Lionel.

— Attendez-moi, maître, je reviens de suite, dit Blandine, qui courut à nouveau dans la cuisine pour pêcher dans un grand panier qui se vidait peu à peu d'autres vêtements secs et une nouvelle serviette.

Gênée de sa propre audace, elle n'alla pas jusqu'à lui mettre la serviette sur la tête. Elle la lui remit bien pliée, avec, par-dessus, l'une des robes de nuit de Jehanne.

— Que voulez-vous, ces deux-là vous ont volé vos chemises de sur le dos, dit-elle.

Cette fois, même Margot ne put s'empêcher de rire.

— Je vois ça, dit Louis.

Comme Jehanne l'avait prévu, il n'exprima pas ouvertement son désaccord à ce sujet. Il se fit remettre l'un de ses ensembles noirs et alla se changer dans la chambre.

Lorsque Louis fut de retour, un bolet d'hypocras* l'attendait à sa place. Il s'assit et se mit à le siroter, apparemment sans s'étonner de l'humeur festive des autres. Jehanne, en tendant la main vers un bol que Blandine avait posé sur la table, remarqua :

— Hum, des dragées. Qui les a mises là pour me tenter alors que le carême achève?

Elle croqua bruyamment une friandise.

— Tant pis, je pèche. J'en ai trop l'eau à la bouche.

— Parlant de bouche, la vôtre est pleine, dit Margot. Vous savez que je ne peux endurer cela, de pareilles manières.

Astucieuse, Jehanne déglutit et demanda à Louis, comme si de

187

rien n'était :

—Avez-vous pensé à un nom pour le bébé?

Le bol d'hypocras* que Louis tenait s'immobilisa près de ses lèvres. Il le reposa et tourna la tête afin de jeter un coup d'œil autour de lui. Margot et Blandine, bien entendu, ne soupçonnaient aucunement ce qui pouvait se cacher derrière cette question posée au moment le plus opportun – car elle le prenait par surprise. Voilà qui était très habile de sa part, car, en tant que futur père, Louis devait normalement y avoir pensé autant qu'elle. Quant à Lionel, il se contentait d'afficher avec affectation un semblant de dignité, une expression qui lui convenait d'ailleurs tout à fait.

—Ne cherchez plus, Louis, dit Jehanne, souriante.

—Avez-vous cherché, Louis? demanda Lionel.

Les yeux du colosse retinrent un éclair. Jehanne dit :

—Laissez, mon père. Ce n'est plus la peine... Louis, j'ai besoin de votre avis.

—Plus tard.

—Mais je...

—Non. J'ai dit : plus tard.

Le ton de Louis était catégorique. Margot, qui se méprenait sur la véritable raison de cette réticence, approuva :

—Il a raison, ma tourterelle. Inutile de tenter le sort à parler ainsi de la naissance avant que ce soit chose faite.

Lionel se leva et porta solennellement la santé à Jehanne. Nul autre qu'elle ne pouvait soupçonner toute la sincérité qui se cachait derrière ce vœu. Il priait jour et nuit pour la sauvegarde de Jehanne et s'en voulait d'en oublier presque celle de l'enfant. Margot et Blandine portèrent elles aussi la santé à la future mère, ce qui contraignit Louis à les imiter afin de ne pas éveiller de soupçons.

L'aumônier dit, avec ferveur :

—Maintenant, l'héritier peut naître.

Chapitre V

Ausculta, fili [52]
(Écoute, mon fils)

Hiscoutine, vigile pascale 1372 (samedi 27 mars)

Un oiseau fut dérangé dans le sommeil agité de l'aube et ne se rendormit plus.

Le travail durait depuis presque vingt-quatre heures. Toute la nuit, Margot et Blandine s'étaient relayées, infatigables, au chevet de la parturiente.

Les hommes, quant à eux, restaient groupés autour de Lionel dans la grande pièce. Ils priaient avec lui devant un petit sanctuaire improvisé fait d'un crucifix et de deux cierges posés sur un coffre recouvert d'un drap propre. Seul Louis n'était pas capable de tenir en place. Nul ne l'avait jamais vu si désemparé. Il ne cessait de tourner furieusement en rond. Les patins de la berceuse de Jehanne émettaient un craquement rythmique comme le pouls d'une personne au repos. Chaque fois qu'il passait à côté, sa main lui donnait une petite tape nerveuse qui la faisait reprendre son bercement solitaire. Hagard, échevelé et les joues barbouillées de barbe, il se pétrifiait au moindre cri qui leur parvenait de la chambre dont la porte était close.

—Tout suit son cours normal, maître. Calmez-vous, répétait parfois une voix charitable que Louis n'entendait pas.

L'aumônier s'approcha de lui et le prit par le bras.

—Venez. Venez prier avec moi, mon fils.

Pris par surprise, Louis obéit. Il s'agenouilla avec une certaine docilité, si l'on ne tenait pas compte du fait qu'il bondissait à chaque cri.

—Disons le *Pater Noster* ensemble, maître. D'accord? Notre Père, qui êtes aux cieux...

Le regard fixe, Louis remua les lèvres en silence.

—Je ne sais plus les mots, finit-il par admettre d'une voix sans timbre.

Lionel l'aida :

— Que Votre règne arrive, que Votre volonté...

— ... aux offenses de la tentation, compléta Louis.

Lionel renonça à essayer de le faire prier.

— C'est long, trop long, dit-il en se remettant sur pied et en frappant la table du poing.

— Ne faites pas tant de bruit. Vous l'inquiétez, dit Hubert.

Louis finit par se laisser choir dans son fauteuil jusqu'à ce qu'il fît assez clair pour que l'on parvînt à l'occuper avec quelques menus travaux dans la cour.

Peu après l'aurore, Margot, qui faisait office de dame accoucheuse, examina une nouvelle fois la jeune femme. Elle se mordit les lèvres et fit un signe de dénégation.

— Ça n'avance plus. Il va falloir qu'on vous fasse marcher un peu, ça devrait vous faire du bien.

— Non. Pas tout de suite... trop fatiguée, dit Jehanne d'une voix faible.

Des mèches ternes et poisseuses adhéraient à son front blême. Calée contre d'énormes oreillers, elle paraissait minuscule et fragile dans le grand lit.

Quelqu'un éternua dans la pièce voisine. Jehanne tourna la tête vers la porte.

— Louis est rentré ?

Margot secoua la tête avec découragement.

— Ça m'en a tout l'air. Nous passons notre temps à l'envoyer dehors, mais il trouve toujours quelque raison pour revenir se mettre dans nos jambes. Ah, ces futurs pères sont bien tous pareils : une vraie calamité.

— C'est lui qui a cassé quelque chose quand j'ai crié tout à l'heure, n'est-ce pas ?

— Il a échappé un plat, ma tourterelle. Cela n'est rien. N'y pensez plus.

Jehanne afficha un air contrit.

— Il n'échappe jamais rien.

— N'y pensez plus, vous dis-je.

— Je marcherai avec lui.

— Ah non ! Ah ça, non ! Je ne ferai pas entrer ici cette nuisance qui ne fera que tourner autour de nous comme un gros taon. Et puis, ce n'est pas convenable.

190

—Mais Louis est un peu physicien*, Margot. Ce n'est pas pareil. Il pourrait m'aider.

—J'en doute, dans l'état où il est. Vous pouvez m'en croire.

—S'il vous plaît...

—Bon, bon, puisque vous y tenez vraiment...

Elle sortit discrètement, sans trop ouvrir la porte. Thierry était en train de converser tout bas avec le père Lionel :

—À votre place, je m'abstiendrais de lui servir ce fameux extrait de la Genèse qui dit que ces souffrances sont un juste châtiment hérité d'Ève pour avoir été la cause du péché originel. J'ai comme qui dirait l'impression que ce genre de sermon risquerait d'être fort mal accueilli.

—Ouais. Parce qu'il y a tout de même une différence entre la Bible et la vraie vie, remarqua Toinot.

Lionel répliqua :

—Trop grande, hélas. La Genèse rend Ève responsable des souffrances de l'enfantement. En revanche, il est également écrit que les fautes humaines, toutes, sans exception, ont été rachetées par le sacrifice de Jésus. Et Jésus, lui, est né d'une femme pure, exempte de la tare héritée d'Ève...

—Voilà que vous vous permettez de critiquer la Bible, à présent, intervint Margot.

—Mais pas du tout, voyons. Je trouve simplement dommage que les Hébreux n'aient pas mieux compris les femmes. C'est pourtant la femme qui ensemence l'homme et non l'inverse. Elle le remet au monde enfant, elle lui fait entrevoir la pureté de la Création telle qu'elle devrait être.

—Comment va-t-il? demanda l'accoucheuse en pointant du menton le fauteuil de Louis dont elle ne voyait que le dossier.

Ni l'un ni l'autre ne trouva quoi que ce fût à lui répondre. Embarrassés, ils regardèrent ailleurs en se raclant la gorge. Margot s'avança jusqu'au fauteuil où Louis s'était de nouveau affalé. Il avait dans la main un gobelet oublié qui penchait dangereusement. Immobile, il fixait le vide sans savoir quoi faire de son grand corps d'homme, inutile en de pareilles circonstances. Pour la première fois, la gouvernante osa caresser les cheveux presque noirs du maître. Louis baissa la tête et, chose étrange, ne se déroba pas sous sa main comme un chat refusant de se laisser toucher. Elle dit doucement :

—Elle va s'en tirer, ne vous en faites pas. Qu'y a-t-il dans ce gobelet?

—Une potion à l'ergot[53].

Il leva sur la gouvernante un regard suppliant.

191

— C'est pour elle. Donne-la-lui, dit-il d'une voix rauque.

Margot sut alors que Louis n'allait peut-être pas se montrer aussi encombrant qu'elle ne l'avait appréhendé. Elle regarda Lionel, en quête de sa permission. Ce dernier apaisa Louis d'un sourire et d'un signe d'assentiment.

— Que cet acte de compassion soit un bienfait pour votre âme.

— Vous pourrez la lui donner vous-même, maître, annonça Margot. Elle vous réclame.

— Je... je ne peux pas.

Lui, homme stérile qui donnait la mort, se sentait indigne de se trouver en présence d'un réceptacle de la vie.

— Venez.

Et elle prit le risque de glisser une main sous son bras. Il se laissa faire.

Lionel regarda Margot qui escortait le géant jusqu'à la chambre. Thierry dit:

— Eh bien, s'il se met dans un état pareil chaque fois que sa femme sera en gésine, il ne fera pas de vieux os.

— C'est son premier et il n'est quand même plus si jeune, renchérit Toinot.

— Parle pour toi, Papy.

Lionel dit tout haut, comme pour lui-même:

— Tout ce qui touche à la grossesse est pour lui quelque chose de sacré. Cela tient presque d'une sorte de mysticisme primitif, viscéral.

Après avoir reçu une foule de recommandations qu'il dut oublier à l'instant, Louis fut introduit dans la chambre conjugale qui avait été jusque-là aussi hermétique qu'un cloître. Des fumigations lénifiantes lui montèrent aux narines. Il s'arrêta dans l'encadrement de la porte et n'osa plus avancer, les yeux rivés au visage rayonnant de son épouse. Hormis quelques plaques rouges qui étaient apparues sur ses joues et son nez, tout paraissait normal. Un drap léger la couvrait jusqu'au ventre, et ses reins étaient calés contre plusieurs carreaux* moelleux. On ne voyait nulle part les traces des tourments physiques auxquels il s'était attendu.

— Louis, enfin!

Elle lui tendit la main. Il s'avança lentement et hésita avant de s'asseoir au bord du lit. Jehanne s'agrippa fébrilement à son bras et manqua lui faire renverser sa potion.

— Je suis là. Tenez. Ça va vous aider.

Il porta le bol à ses lèvres. En toute confiance, elle but tout sans lui poser de questions. Sa main tremblante pétrissait toujours le poignet qu'il lui avait abandonné.

— Merci, Louis, dit-elle une fois qu'il eut éloigné le bol.

Il lui essuya maladroitement les lèvres à l'aide de son gros pouce. La jeune femme lui caressa la joue qu'il avait rugueuse et dure comme du bois. Les deux domestiques quittèrent discrètement la chambre.

— On dirait... qu'il craint de naître, dit Jehanne.

Elle prit la grosse patte de Louis et la posa sur son cœur. Il en sentit les palpitations rapides au creux de sa paume et mit un temps avant de se rendre compte que son propre cœur s'était mis à battre au même rythme. Il dit :

— C'est trop difficile de venir au monde. Mais c'est encore pire d'essayer d'y rester.

— Aidez-moi à me lever. Je vais marcher un peu.

— Vous en êtes sûre?

— Oui. Tenez-moi bien.

Elle se mit debout en prenant appui sur les épaules de son mari, qui s'était penché pour lui soutenir les hanches. Dès qu'elle fut sur pied, une contraction lui tordit les entrailles et elle poussa un cri. Elle commença à s'affaisser dans les bras de Louis qui, effrayé, la retint. Elle reprit son souffle en enlaçant son mari et en appuyant sa tête contre lui. Il pouvait sentir son haleine chaude et pressée contre sa poitrine. «Il ne faut pas que je cède, se dit-il. Elle m'a trahi. Ce n'est pas moi qui porte malheur. C'est elle qui a tout fait.» Et lui aussi s'essoufflait de la lutte qu'il menait depuis des mois contre lui-même.

— Marchons, marchons, dit-elle, le ventre en bataille.

Ils firent le tour du lit à quelques reprises et durent s'arrêter une fois. Après cette nouvelle contraction, Jehanne haleta :

— Je crois bien que cette fois, ça s'en vient... Louis... M'aimez-vous au moins un peu?

Elle n'arrivait pas à expliquer un tel désarroi chez lui. Cela dépassait de loin l'anxiété typique du futur père, que Louis n'était d'ailleurs pas. Il ne devait pourtant pas l'aimer au point de se faire tant de souci pour elle.

— Je vous en prie... gardez-moi, dit-elle.

Sans répondre, il l'aida à se recoucher et parvint à se remettre sur pied malgré les baisers et les caresses folles, désespérées de sa femme. Il se détourna. Jehanne se calma et s'empressa de se corriger :

— Pardonnez-moi. Je vous ai rappelé quelque chose qui vous déplaît.

— N'en parlons plus.

Il préférait ne pas penser à la trahison de sa femme en un pareil moment.

Un violent serrement des entrailles tendit le corps tout entier de Jehanne, qui hurla et tendit la main vers lui. Elle se mit à souffler par saccades, comme Margot le lui avait enseigné. Louis s'approcha pour serrer la petite main moite, ne sachant trop lequel, de lui ou de Jehanne, avait le plus besoin du soutien de l'autre. La fixité de son regard donnait à penser qu'il était sur le point de se trouver mal.

Aussitôt que sa femme le libéra, il se mit à arpenter nerveusement la chambre, les mains dans le dos. Étincelants, ses yeux refusaient de se poser quelque part. Il regardait à droite, puis à gauche avec une fébrilité inquiétante. Allait-il être victime d'un malaise? Jehanne se redressa et s'empara de l'une de ses mains glacées qu'elle serra entre les siennes. Elle la secoua un peu.

— Louis!

Il cligna des yeux afin d'effacer de sa mémoire une certaine mare de sang qui tenait absolument à y réapparaître. Soudain, il aperçut un petit flacon plat posé sur le rebord de la fenêtre. C'était de l'eau-de-vie destinée à servir de remède. Il se dégagea précipitamment.

— Je vais prendre un peu de ça, dit-il, et il attrapa le flacon.

— Mais vous n'en buvez jamais!

Il avala la boisson claire d'un trait et fut pris d'une violente quinte de toux qui fit briller des larmes sous ses cils.

Dès qu'il se trouva de nouveau à sa portée, Jehanne l'empoigna par sa chemise et s'agrippa des deux mains à sa poitrine pour le tirer à elle. Les oreilles de l'homme s'emplirent de cris désormais ininterrompus tandis qu'il fermait son regard. Il se laissa bousculer par sa femme jusqu'à ce que Margot et Blandine fissent à nouveau irruption dans la chambre. Elles l'arrachèrent à elle, et Blandine se chargea de le reconduire à son fauteuil.

Peu après, Margot rouvrit la porte pour annoncer:

— On dirait bien que vous l'avez aidée, maître: la délivrance est commencée.

La porte se referma, et Louis se remit à faire les cent pas, jusqu'au prochain cri qui ne se fit pas attendre. Il bondit pour aller coller son oreille contre l'huis, car seuls des murmures étaient perceptibles entre les hurlements:

— On y va, ma tourterelle. Poussez, poussez.

— C'est très impoli d'écouter aux portes, dit une voix dans la grande pièce.

Hagard, Louis se retourna. Le père Lionel était assis à table et lui souriait d'un air malicieux. Il était seul. Les autres étaient sortis prendre un peu l'air. Thierry, quant à lui, était descendu à

Aspremont quérir les parrain et marraine qui étaient arrivés la veille et s'étaient arrangés pour passer la nuit à l'Auberge du cheval noir.

— Ça n'arrête plus, grogna Louis.

— Soyez rassuré. Il n'y en a plus pour longtemps, à présent.

Louis s'avança doucement vers le moine. Il avait l'air dangereux et sa main gauche était prise de tremblements. Soudain, il s'immobilisa : la voix perçante de Jehanne, presque celle d'un enfant, alla en s'atténuant et laissa place à un affreux silence.

— Non, non, pas tout de suite! cria Lionel qui se leva pour rattraper Louis par sa chemise au moment où ce dernier se précipitait vers la porte.

Louis se retourna à son tour pour repousser le moine. Les deux hommes s'empoignèrent et churent bruyamment sur le sol en bousculant les meubles. Hubert, qui rentrait une brassée de bois, les surprit en pleine bagarre. Le petit homme en resta bouche bée.

— Bon Dieu de bon Dieu!

Fou de panique, à demi aveuglé par des mèches qui lui barraient les yeux, Louis se redressa et tira Lionel à lui par sa coule. Mais son poing levé demeura en l'air. Une petite voix, encore inexistante l'instant d'avant, se fit entendre derrière la porte close. Ce fut elle qui sauva le nez de Lionel.

Tenant toujours fermement le moine par son froc, il se remit debout et écouta. Lionel sourit et crachota un peu de sang provenant de sa lèvre fendue. Louis le lâcha et se laissa tomber à genoux. Cette fois, il garda la pose. Il soupira bruyamment. Hubert, Toinot et Thierry l'imitèrent sans encore trop oser en rire.

— Vraiment, c'est une façon un peu harassante de rendre grâce... mais j'avoue qu'elle ne me déplaît pas, dit Lionel en se tamponnant la bouche avec son mouchoir.

Au bout d'un temps qui parut très long, la voix de Jehanne se fit à nouveau entendre. Elle venait d'expulser le délivre. Des clapotis témoignèrent d'un bain dans la bassine qu'on avait tenue prête pour la mère et l'enfant. Louis se releva lentement.

— C'est fini, dit-il d'une voix blanche.

La porte s'ouvrit sur une Blandine radieuse qui dit :

— Ils vont bien tous les deux. Allez-y, ils vous attendent.

L'aumônier dut donner une poussée dans le dos du géant subjugué, qui fut recueilli par Margot. Les deux servantes sortirent en titubant de fatigue, emportant avec elles les linges souillés et la bassine pleine d'eau rosâtre et de résidus de savon.

Alors qu'il avançait à pas prudents, Louis étudia le visage mobile de sa femme. Aucun voile crayeux n'en ternissait l'éclat.

Seules les rougeurs qu'il savait temporaires s'étaient accentuées. Elle lui offrit un sourire tremblant, exténué. Elle tenait quelque chose contre elle sous les couvertures.

— Venez vous asseoir avec nous, Louis, dit Jehanne.

Il s'approcha du lit, très lentement, comme s'il se trouvait sous l'eau. Jehanne dit encore:

— C'est un garçon. Mon petit garçon tout neuf.

Elle se découvrit partiellement. Une tête de bébé reposait sur sa poitrine. Louis étudia un peu craintivement la créature rose aux yeux fermés qui fronçait des sourcils blonds, vaporeux, à peine visibles. Deux charmants doigts aux ongles minuscules apparurent sous le menton. Elle acheva de lui dévoiler une réplique, complète bien que miniature, d'un corps humain. D'instinct, il compta doigts et orteils. C'était déjà un petit être parfait, empressé de vivre. Fasciné, Louis l'étudia en silence sous le regard attendri de sa femme.

— Touchez. Touchez le duvet sur sa tête. C'est si doux. Il a vos cheveux.

C'était vrai. La tête du nourrisson était couverte d'un duvet ébouriffé, foncé et trompeur. Décidément, la Providence avait bien fait les choses.

— Ça va, vous?

— Oui, dit-il.

Pour se donner une contenance, il s'assit au bord du lit et passa une phalange sur le crâne velouté du bébé. Les prunelles bleu foncé, sans pupilles, cherchèrent vaguement l'origine de cette brève caresse, puis se désintéressèrent de la question. Quel souvenir évoquaient-elles donc? Tout à coup, les traits d'un visage familier se superposèrent à ceux, à peine ébauchés, du nouveau-né. Ces yeux en amande, assoiffés mais dénués de profondeur, il les reconnaissait. C'était ceux de Desdémone. «Je te tiens», lui dit une voix. Louis sursauta. Il se souvint tout à coup du sort que la putain lui avait jeté depuis la venelle où elle s'était réfugiée et où il l'avait rattrapée. Cela datait de l'époque où il avait exécuté Isabeau et son neveu. Elle lui avait alors juré qu'elle allait tout mettre en œuvre pour détruire son mariage avec Jehanne. Il se souvint que Sam avait accompagné la putain et que c'était ensemble qu'ils avaient conduit Jehanne jusqu'à l'échafaud. Tout comme c'étaient encore Sam et Desdémone qui avaient œuvré à cette naissance illégitime. Il se rendait subitement compte qu'il était lui-même l'artisan de ce sortilège qui était peut-être sur le point de se concrétiser.

Jehanne demanda avec inquiétude:

— Louis, qu'y a-t-il? Avez-vous vu quelque chose d'anormal?

196

—Non, rien...

L'illusion fugitive se volatilisa et ne reparut jamais.

—Louis...

—Il n'y a rien.

Il tira les couvertures au-dessus de la poitrine de sa femme.

—Couvrez-le, qu'il ne prenne pas froid.

Le bébé fronça ses sourcils à peine visibles et chercha la provenance de cette nouvelle voix.

—Voulez-vous le prendre dans vos bras? demanda Jehanne.

—Non. Pas moi.

Il se déroba presque craintivement. Non, il ne voulait pas profaner la pureté de cet enfant trop vulnérable qu'il pouvait blesser d'un seul faux mouvement. Le bébé protesta vaguement avant de nicher son petit visage rougeaud contre le sein de sa mère.

Maintenant que le nourrisson était là, mis en présence de l'homme redoutable de qui allait dépendre son destin, sa mère chercha quelque façon de montrer à ce dernier l'attachement qu'elle ressentait déjà envers lui:

—Son nom... si vous êtes d'accord...

D'un signe de tête, il l'invita à le lui annoncer. Jehanne déglutit et dit:

—Adam.

Elle ferma les yeux, à la fois soulagée et effrayée d'avoir enfin prononcé les deux syllabes qui donnaient une identité à la petite créature. Louis ne bougea pas.

—Cela va de soi. Un peu inusité, quand même.

Il n'y avait dans sa voix aucune trace de sarcasme et pourtant cela lui fit mal. Elle ajouta:

—Nous aimions tous le vieil Aedan.

—Bien. C'est votre responsabilité. Moi, je n'ai rien à y redire.

Elle tenait frileusement le nouveau-né contre elle. Il s'était mis à pleurer et elle aussi, sans bruit.

Il se leva. Jehanne riva sur lui son regard désespéré.

—Louis, puis-je...

Louis regarda en direction de la porte. De joyeux éclats de voix et des bruits de pas plus nombreux qu'à l'accoutumée leur signalèrent le retour de Thierry avec des visiteurs dans la pièce d'à côté.

Louis dit à Jehanne:

—Oui. Hâtez-vous de le nourrir. Plus tard, nous aviserons.

Avant qu'elle ait eu le temps de songer à ce qu'il avait voulu dire par là, on cogna à la porte. Louis alla l'entrouvrir. C'était le père Lionel, qui annonça à haute voix:

—Veuillez me pardonner cette intrusion, vous qui êtes la moisson de ma vie. Oyez, oyez, notre précieux enfançon* s'apprête à recevoir la visite d'une parentèle complètement hystérique.

Louis tourna la tête vers Jehanne qui acquiesça avec vigueur. Ce qu'elle souhaitait le plus au monde, maintenant, c'était d'éviter de se retrouver à nouveau seule avec Louis. Ce dernier acheva d'ouvrir la porte en disant:

—Bon. Mais en vitesse, hein.

Soudain, l'espace autour du grand lit à colonnes rapetissa considérablement. Toinot, Hubert, Blandine, Thierry, Hugues et Clémence furent suivis de plusieurs villageois et de leur famille qu'ils avaient pris en remorque. On félicita la mère avec grands égards pour son extrême fatigue. Cette naissance avait été souhaitée depuis si longtemps. Louis s'inclina pour poser un baiser sur le front chaud de sa femme et s'éloigna avec une discrétion respectueuse tandis qu'allait se former un cocon familial autour du membre fragilisé. Souriante, mais pâle et sans force, Jehanne se retrouva avec le bébé au centre d'un tourbillon de petits cadeaux trouvés en hâte, d'embrassades et de phrases rituelles toutes faites, d'un secours appréciable lorsque les émotions intenses restreignent le vocabulaire.

Après quoi, Lionel, Thierry, Hubert et Toinot se détachèrent du groupe pour aller chacun leur tour emprisonner Louis dans leur étreinte virile.

Lionel dit:

—Votre plus belle création, mon fils. Quel petit être parfait, rempli de promesses. J'aimerais bien savoir à quoi il pense en ce moment même.

Margot fit son entrée avec une petite couverture brodée et un lange plié.

—À son premier boire, voilà à quoi il pense. Poussez-vous un brin, les hommes. Allez donc bavarder dehors. Je vous rejoins tout de suite.

—Ne me parle pas sur ce ton, dit Louis.

—Non, non, je ne m'adressais pas à vous, maître. Voyons, vous, le père! Restez ensemble. C'est à nous autres de faire un peu d'air.

Elle se rendit au chevet de Jehanne et souleva le bébé avec une habileté que les vingt dernières années n'avaient pas émoussée. Elle le langea et l'emmaillota avec soin avant de le rapporter à sa mère. Jehanne défit l'amigaut* de sa chemise de nuit et approcha le nouveau-né de son sein au mamelon congestionné. La bouche menue s'y accrocha avidement et produisit un bruit mouillé. Incommodé par cette fresque familiale, Louis s'était appuyé au mur et regardait ailleurs. Il sentait la fraîcheur de la fenêtre contre son dos.

— C'est pur miracle que vous soyez capable de l'allaiter, après un si mauvais début de grossesse, dit Margot. Heureusement que les derniers mois ont su rattraper les choses.

Jehanne leva vers Louis des yeux étranges, lumineux, maternels.

— C'est que mon corps veut vivre pour trois.

Margot sourit et quitta la chambre en laissant la porte ouverte. Dans la grande pièce, le carême finissant avait été oublié pour un jour. Un tonneau de vin avait été mis en perce et on trinquait à la santé du petit Adam Ruest.

Louis s'éloigna de l'endroit où il se tenait et retourna vers le lit. Jehanne ronronnait de petites choses tendres à son fils. Il put l'entendre distinctement dire :

— Regarde, Père s'en vient nous voir, mais oui...

— Pas de ça, dit-il sèchement.

— Quoi ? demanda Jehanne, éberluée.

— Ne m'appelez pas Père.

Il s'éloigna de nouveau et ramassa par terre une feuille morte qui avait été traînée à l'intérieur par des semelles humides. Il alla la mettre au feu. Jehanne demanda :

— Comment voulez-vous qu'il vous appelle, alors ?

Planté au pied du lit, il scrutait le plancher. Les tuiles bien astiquées ressemblaient à un échiquier géant. Le faisait-elle exprès ? Était-elle en train de jouer à une sorte de jeu ? Il répondit :

— Peu importe. Par mon nom.

— Voyons, vous n'y pensez pas ?

— Maître, on vous attend pour boire un coup... un autre, je veux dire, dit le bénédictin que les invités avaient dépêché à la chambre.

Jehanne essuya les lèvres tendres du bébé et l'appuya contre elle afin de lui faire expulser un rot en lui donnant de petites tapes dans le dos. Adam hoqueta à plusieurs reprises en dodelinant de la tête.

— Juste à temps, il va avoir terminé son premier repas, dit Jehanne qui avait oublié de relacer son vêtement.

Le bébé éructa et grogna de satisfaction.

— Si petit et déjà si fin gastronome, dit Lionel en riant... Dites-moi, maître, est-ce que quelque chose vous embête ?

— Non, non, ça va.

— Hum, permettez-moi d'en douter. Est-ce que je me trompe ou vous vous sentez plutôt empêtré dans votre nouveau statut ?

— C'est cela, je crois, intervint Jehanne. Figurez-vous qu'il refuse de se faire appeler Père.

—Accordez au moins à ce petiot le temps de s'initier aux gazouillis et aux bulles de salive. N'empêche que le titre de père n'est pas infamant à porter, mon fils.

Louis s'avança en direction du bénédictin, qui n'osa pas trop reculer de peur d'attirer l'attention des autres. Jehanne intervint :

—Il veut qu'il l'appelle par son nom. C'est cela qu'il a dit.

—Voilà qui n'est pas dénué d'une certaine sagesse. Car il est écrit : «Je t'ai appelé par ton nom, tu es à moi[54].»

—Ne me poussez pas encore à bout, moine, prévint Louis, tout bas.

—Alors, papa, vous venez boire un coup avec nous, oui ou non ? demanda Hubert en poussant dans la main de Louis un gobelet de vin et en l'entraînant de force dans la grande pièce.

Beaucoup plus tard dans la nuit, alors que tout le monde était monté se coucher depuis quelques heures, Louis retourna seul à la chambre. Il était encore tout habillé.

Jehanne somnolait, à demi découverte et les cheveux épars, son petit emmailloté niché contre elle. La présence du bougeoir dérangea le bébé, qui ouvrit ses grands yeux sombres. Il avait trouvé le moyen d'extraire l'une de ses mains de sa prison d'étoffe. Louis posa sa chandelle sur la table de chevet et se pencha au-dessus de sa femme pour glisser un index timide dans la paume toute neuve de l'enfant. Adam s'en empara immédiatement et parut disposé à le garder le reste de la nuit. Le bourreau n'osa plus bouger. Un rictus nerveux aux lèvres, il se mit à trembler sous l'emprise de la petite main rose.

—Louis, appela une voix ensommeillée.

Une autre main se posa sur son bras. Jehanne, réveillée à son tour, s'était tournée vers lui. Elle vit ce qu'il était en train de faire et lui sourit. Doucement, il parvint à extirper son doigt de la menotte soyeuse qui se mit à battre l'air sans conviction. Jehanne crut que Louis avait un peu trop bu. Le regard de l'homme, qui avait brièvement cillé au contact de la main d'Adam, redevint dur. Il dit :

—Thierry s'en vient. Je l'emmène cette nuit.

—Quoi ? Mais où ça ?

Alertée, Jehanne s'assit dans le lit.

—En ville. Mais d'abord au moine, qui va l'ondoyer*. Il n'y aura pas de baptême demain[55]. Il sera pris en charge par une nourrice que je lui ai trouvée. Plus tard, il sera confié à l'abbaye aux Hommes de Caen. Quant à vous...

Un Thierry blême et silencieux apparut sur le pas de la porte. Louis tourna la tête vers lui et lui fit signe d'entrer. Thierry dit:

— On dirait que c'est mon destin d'emmener dans la nuit des bébés naissants. Je l'ai fait avec vous jadis, ma petite dame.

Louis intervint:

— Pas un mot de plus, Thierry. Tu lui rends les choses plus difficiles pour rien. Contente-toi de faire ce pour quoi je t'ai appelé. Quant à vous, je vais vous répudier. Après vos relevailles, vous serez formellement accusée d'adultère.

— Non! NON! cria Jehanne aux deux hommes qui approchaient de chaque côté du lit.

Sans un autre regard pour l'enfant, Louis plaqua une main sur la bouche de sa femme. Jehanne avait à peine la force de se débattre tandis que l'autre main rude de Louis repoussait son col brodé afin d'exposer sa gorge. Son tatouage devint lui aussi apparent. Louis fit mine de ne pas le voir. La main de Jehanne se referma sur le poignet de Louis. Il ne s'en soucia pas. Il appuya fermement en deux points précis et abaissa les yeux sur elle. Jehanne lui serrait toujours le poignet et le suppliait de son regard mouillé de pluie. Sa main se desserra et ses yeux se fermèrent. Il la recoucha doucement, sans toutefois relâcher la pression qu'il exerçait sur ses jugulaires.

— Vite, emporte-le, dit-il en se retournant vers Thierry.

Le domestique s'avança à son tour et souleva le bébé, qu'il enveloppa gauchement dans une deuxième couverture. Pendant ce temps, Louis entreprit de bâillonner sa femme avant qu'elle ne reprît conscience. Il lui attacha bras et jambes en se servant des colonnes du lit et rejeta les couvertures sur la silhouette étoilée.

Mais Thierry ne put sortir. Quelqu'un lui bloquait le passage.

— Louis, attends, dit une voix.

L'interpellé fit volte-face.

— Plaît-il?

C'était Lionel qui, confus de ses propres privautés, baissa les yeux. Il était aussi blême que Thierry.

— Je voulais dire... maître. Oh... non!

Il venait d'apercevoir Jehanne qui s'était réveillée et se débattait faiblement en geignant tout bas. Louis vint se planter devant le moine et lui boucha la vue.

— On va justement avoir besoin de vos services. En attendant, qu'est-ce que vous voulez?

— Un mot, je vous prie? balbutia l'aumônier.

— Avec vous, ce n'est jamais un mot. Mais, bon, allez-y, je vous écoute.

—Qu'êtes-vous en train de faire là? Jamais auparavant vous n'avez fait de mal à un enfant.

—Quel mal? Je n'y touche même pas.

—C'est faux, mon fils. Vous vous apprêtez à séparer cet enfant de sa mère.

—Et alors? Ça n'a jamais tué personne, que je sache. Il ne manquera de rien et sera bien traité. Quant à elle... ce qu'il en adviendra n'est plus de mon ressort.

Lionel ferma les yeux, déglutit et poussa un profond soupir.

—C'est tout? demanda Louis.

—Dans les fables, le héros finit toujours par pourfendre le dragon et le mage rompt le charme, permettant à l'ogre de redevenir un homme. Mais moi, je ne me sens pas l'étoffe d'un héros ni celle d'un mage. Je ne suis qu'un vieux moine couard. Non, pas même un moine.

—Il me semblait aussi que ça ne pouvait être tout. Et je suppose que l'ogre, le dragon, la manticore*, le corbeau ou tout ce que vous voudrez, c'est moi. D'accord. Mais vous n'êtes sûrement pas venu ici me déranger en pleine nuit pour me raconter des fables. Hein?

Lionel rouvrit les yeux. Cette fois, Louis put lire une détermination nouvelle sur ses traits tirés.

—Hélas, non. Pas de fable, ni de héros ni de mage. Je ne suis que celui qui est venu soigner. Et, vous le savez mieux que moi, celui qui peut soigner peut également tuer.

—Tiens! tiens! des menaces, maintenant! Qu'est-ce que c'est encore que ce ramassis de sottises?

—Ce ne sont pas des sottises. On n'a parfois besoin que d'un mot, d'un seul, pour briser un homme.

—Bon, ça suffit.

Louis tira le moine par le bras et l'entraîna jusque devant Thierry, qui s'avançait vers eux. Le géant alla se tenir derrière le bénédictin et lui posa sa dague contre les côtes.

—Ondoyez ce petit bâtard au plus vite, qu'on en finisse. Thierry, de l'eau!

Le domestique posa doucement le petit sur le coffre. Louis en approcha Lionel. Il le força à s'agenouiller auprès d'Adam et se tint derrière lui. Intéressé par toute cette activité, le bébé regardait partout autour de lui et agitait sa petite main libre. Soudain, il aperçut la personne qui se penchait juste au-dessus de lui. Ses prunelles sombres happèrent Lionel et cherchèrent à l'entraîner dans les abysses de son passé.

—Non... petit Adam, pas ça. Arrête.

202

—Arrêter quoi? demanda Thierry qui rapportait un petit bol dans lequel il avait versé de l'eau fraîche.

—Où est Louis? lui demanda soudain l'aumônier.

—Je suis là, derrière, dit le bourreau. Dépêchez-vous.

Il avait renoncé à relever le fait que le moine l'avait, pour la seconde fois, appelé par son prénom, un privilège dont seule Jehanne avait pu bénéficier. Car Louis estimait que trop de familiarité engendre le mépris.

Lionel dit :

—Avant d'accéder à votre requête, j'ai une faveur à vous demander. Cela ne prendra qu'un instant.

Louis leva les yeux au plafond.

—Quoi, encore?

—J'ai une lettre en ma possession. Une lettre du père abbé, que j'ai rapportée avec moi à mon retour de Paris et que je dois vous lire.

—Bon sang, vous n'auriez pas pu y penser plus tôt?

—Je crains bien que non.

L'homme en noir empoigna le religieux par son capuce et le mit debout avant de le pousser vers la porte.

—Allez-y. En vitesse. Thierry, surveille le petit.

—J'ai la lettre sur moi, maître. Mais, sur mon âme, je sollicite un entretien en privé avec vous.

—Ça va, ça va, j'ai compris.

Louis le bouscula jusqu'à la porte d'entrée. Pendant que Lionel endossait sa vieille houppelande, il prit une esconse*, et les deux hommes sortirent ensemble dans la cour.

Ils s'éloignèrent suffisamment, jusqu'à un endroit non loin de la mare où chantonnait un invisible ruisselet de printemps.

Le père Lionel sortit un petit parchemin très usé de sa coule et le déplia. Il expliqua :

—En fait, je l'ai depuis des années. C'était par couardise que je l'avais laissée là-bas. Elle est ma guerre et mon combat. Vous avez connu la guerre, n'est-ce pas?

Louis hocha la tête. Il était devenu très calme.

—Alors vous devez savoir qu'un guerrier ne se plaint jamais. Il sait qu'il n'a aucune chance de vivre s'il ne prend pas le risque de perdre la vie...

—Oui, je le sais.

—Vous, vous ne craignez pas la mort. Vous me l'avez dit une fois. J'ai été étonné de découvrir chez vous cet aspect typiquement épicurien[56].

— De quoi?

— Épicure a dit: «Nous n'avons absolument pas à nous préoccuper de la mort: lorsque nous existons, la mort n'existe pas, et lorsque la mort est là, nous n'y sommes plus.»

— Ah. Il a raison. C'est mieux ainsi. La vie est pire. Elle est plus cruelle que nous. Alors, cette lettre?

— Oui. La lettre.

Le bourreau éleva sa lanterne afin que le moine pût lire:

Dieu mit Abraham à l'épreuve, et lui dit:

— Abraham!

Et il répondit:

— Me voici!

Dieu dit:

— Prends ton fils, ton unique, celui que tu aimes, Isaac; va-t'en au pays de Morija, et là offre-le en holocauste sur l'une des montagnes que je te dirai.

Abraham se leva de bon matin, sella son âne, et prit avec lui deux serviteurs et son fils Isaac. Il fendit du bois pour l'holocauste et partit pour aller au lieu que Dieu lui avait dit. Le troisième jour, Abraham, levant les yeux, vit le lieu de loin. Et Abraham dit à ses serviteurs:

— Restez ici avec l'âne; moi et le jeune homme, nous irons jusque-là pour adorer, et nous reviendrons auprès de vous.

Abraham prit le bois pour l'holocauste, le chargea sur son fils Isaac, et porta dans sa main le feu et le couteau. Et ils marchèrent tous deux ensemble. Alors Isaac, parlant à Abraham, son père, dit:

— Mon père!

Et il répondit:

— Me voici, mon fils!

Isaac reprit:

— Voici le feu et le bois; mais où est l'agneau pour l'holocauste?

Abraham répondit:

— Mon fils, Dieu se pourvoira lui-même de l'agneau pour l'holocauste.

Et ils marchèrent tous deux ensemble. Lorsqu'ils furent arrivés au lieu que Dieu lui avait dit, Abraham y éleva un autel et rangea le bois. Il lia son fils Isaac et le mit sur l'autel, par-dessus le bois. Puis Abraham étendit la main et prit le couteau pour égorger son fils. Alors l'ange du Seigneur l'appela des cieux et dit:

— Abraham! Abraham!

Et il répondit:

— Me voici!

L'ange dit:

— N'avance pas ta main sur l'enfant, et ne lui fais rien; car je sais main-
tenant que tu crains Dieu, et que tu ne m'as pas refusé ton fils, ton fils unique.
Abraham leva les yeux et vit derrière lui un bélier retenu dans un
buisson par les cornes; et Abraham alla prendre le bélier et l'offrit en
holocauste à la place de son fils[57].

Le verset n'allait pas plus loin.

Louis connaissait bien cette histoire pour l'avoir déjà entendue.
Il avait même jadis vu un vitrail qui la représentait. Lionel leva les
yeux sur lui, qui le regardait. La lueur flageolante de la lanterne
éclairait son visage comme un masque suspendu dans le vide.

Sous la calligraphie soigneuse de la citation, une note hâtive
avait été griffonnée. Lionel lut:

Comme Dieu arrêta la main du pieux Abraham, ainsi moi, j'arrête la
tienne. La vérité te rendra libre.

Le ruisselet chantonna tout seul, oublieux du monde. Les
cheveux à la base du cou de Louis sursautèrent à cause d'une brise
soudaine.

— C'est tout? demanda-t-il.

— C'est suffisant, vous ne croyez pas? Douze versets et tout est
dit. Le Seigneur ne veut pas que le fils soit sacrifié.

— Qui parle de sacrifier l'enfant? Il n'en mourra pas. Et ce n'est
pas mon fils.

— Ce n'est pas d'Adam que je parle, mais de toi, Louis.

— De moi? Expliquez-vous.

— Tu es mon fils.

Lionel vacilla. Une main paternelle qui n'avait jamais eu le
droit d'exister se tendit vers le bras de Louis, mais retomba à mi-
course.

— Quoi? fit Louis d'une voix blanche.

«Mon fils. Une douleur indéfinissable. Une douleur de l'âme.
Une douleur sèche. Celle de ne pas savoir quoi dire», pensa Lionel.
Et il dit:

— Mon nom est Lionel Ruest. Je suis le frère de Firmin.

— Le frère?

D'une voix atone, comme s'il avait répété sa vie durant une
même leçon apprise par cœur, Lionel dit:

— Pour cacher sa faute et la mienne, et pour sauver l'honneur
de la famille, ta mère Adélie a accepté la demande en mariage de
celui à qui elle avait d'abord été promise, celui qui, aux yeux de

mon père, était seul apte à prendre la relève de la boulangerie un jour. C'est là que j'ai dû faire mon entrée forcée au cloître.

— Il n'est pas... mon père?

Lionel fit face à Louis et l'approcha de très près. Des sanglots retenus le faisaient parler par à-coups tremblants.

— Je te l'aurais dit avant, mais... j'avais peur. Peur de toi et de ma propre faute. Firmin nous avait fait la promesse de veiller sur toi comme sur son propre fils. Pendant quarante longues années que je t'ai vu devenir un terrifiant étranger, j'ai ployé en secret sous le faix de ton enfance trahie. Quand tu as perdu ta mère, j'ai perdu ma femme. Chaque coup que tu as reçu, j'ai appelé, crié en mon âme pour le recevoir à ta place. J'ai souffert avec toi, loin de toi. Et tu m'as manqué... toute ma vie.

Louis gémit. La lanterne tomba sur le chaume détrempé à leurs pieds, où elle lutta en fumant pour ne pas s'éteindre. Le visage du géant n'était plus visible. Seuls de petits halètements douloureux trahissaient sa présence. C'étaient ceux de la rue Gît-le-Cœur. L'aumônier ne sursauta pas lorsqu'un poing se referma sur son col. Il ne se défendit pas. Toute peur venait de le quitter, au moment même de son aveu. Le bourreau se mit à avancer en titubant. Lionel le suivit à reculons sans résistance.

— Quoi que tu fasses, maintenant, je l'accepterai.

Louis dégaina sa dague et la posa contre la joue creuse du vieil homme.

— Le mal est fait. C'est trop tard. Je n'ai jamais eu besoin d'un père.

Lionel ne bougea pas. Il dit :

— Tue-moi si tu veux. Tant pis. Plutôt mourir que vivre sans ton pardon.

Louis donna une secousse à Lionel. Il se laissa faire. Seuls ses yeux sombres scintillaient, posés sur lui comme deux brisures d'étoiles à la fois proches et lointaines. Louis cilla de nouveau. La lame trembla dans sa main.

Complice des étoiles, une serpe de lune choisit cet instant pour entailler la lourde draperie qui couvrait le ciel, suffisamment longtemps pour éclairer un visage hâve d'une lueur bleutée qui en aggravait les rides. Ce visage, levé vers lui, Louis le connaissait. C'était le sien.

La dague lui tomba des mains et rejoignit l'esconse* à leurs pieds. Louis lâcha Lionel et recula lentement. Et, au moment où il se retournait pour s'enfuir en direction du ruisselet, il fut enveloppé par l'obscurité qui retombait et disparut.

Troisième partie
(1372-1376)

Chapitre VI

*Le grand œuvre**

Il courait, courait à perdre haleine. Des branches lui fouettaient parfois le visage : il ne les sentait pas. La nuit n'en finissait plus. Était-ce seulement la même nuit ? Et lui, était-il le même homme ? Il n'eût pu le dire et cela n'avait plus guère d'importance, désormais. Un brouillard gris s'était tissé autour de lui comme un cocon qui annihilait toute sensation et toute pensée. Il était là de toute éternité. Il ne souffrait pas. Il ne ressentait rien. Ce n'était ni merveilleux ni apaisant. Ce n'était rien. Le brouillard l'enveloppait, l'éloignait. Très bientôt, il allait disparaître à son tour, en pleine course. Il allait n'être rien.

Un bougeoir qui diffusait une lumière miellée dérangea le brouillard, et la voix d'un petit garçon surgit du silence cotonneux pour expliquer :

— Moi, je pense qu'on est venus au monde ensemble. Le même jour. Je suis vous, et vous êtes moi.

Et une autre voix, depuis longtemps oubliée, répondit :

— Tu es bien davantage que moi, Louis. Tu iras beaucoup plus loin. Ça, je le sais. Tu deviendras un grand homme.

— Où que j'aille, vous viendrez avec moi. Et je vous protégerai toujours. C'est promis.

— Non, pas ça ! Pas cette promesse, dit la voix du grand homme qu'il fut incapable de reconnaître.

Les fragments d'un rêve bien-aimé aux couleurs de vaisselle d'Andalousie se dévoilèrent brièvement à ses yeux : il vit un grand chêne au pied duquel une fontaine blanche murmurait, entourée de rosiers. Une femme invisible fredonnait. « J'ai toujours aimé cet air. Comment ai-je pu l'oublier ? » se dit-il vaguement.

—Fais-moi un vrai fils et c'est à lui que j'enseignerai le métier, dit soudain une voix rude.

Dans sa tête, la vaisselle d'Andalousie se fracassa avec un bruit assourdissant. Le brouillard se dissipa. Alors il eut à nouveau peur, et il eut à nouveau mal. L'image d'une olive lui revint à l'esprit. Noir et luisant d'huile, le fruit ovale s'en allait rouler dans une mare de sang.

—Non, dit encore sa propre voix.

Il revit le chasse-mulet* qui conversait avec son père alors que lui se terrait dans un coin de la boutique, exténué, endolori par le transport des sacs de farine.

—J'ai mal partout. Mal partout, dit-il faiblement.

—Espèce de paresseux. Tant vaut le mitron, tant vaut la miche, dit la voix rude.

Louis ne répondit pas. Il s'intima l'ordre de se taire et de ne plus bouger jusqu'à ce que Firmin oublie qu'il était là. C'était ainsi qu'il avait appris à éteindre la douleur et ce qui l'avait causée. Cela avait toujours été. Il se mit à attendre que le brouillard bienfaisant vînt à nouveau le faire cesser d'être lui.

Mais le brouillard n'aidait pas. Louis trouva une pêche et mordit dedans avec avidité. Le jus légèrement acidulé pénétra dans les gerçures de ses lèvres. Il y eut un bruit et il se mit à chercher frénétiquement quelque endroit où cacher son fruit à demi mangé.

Petit Pain avait léché ses larmes. Le chaton s'était pelotonné contre lui. Il ne bougeait plus. Il était étendu sur le flanc, son cou rompu.

—Merde, c'est cassé, dit la voix contrariée et anxieuse de Firmin.

Louis sursauta à la vue du gourdin que l'homme avait laissé tomber près de son visage. De gros doigts lui tâtèrent la nuque.

La voix d'une conscience qui ne pouvait être la sienne se superposa à toutes ces images : « Rien de tout cela n'eût dû arriver. J'ai tout faux. »

Les mains d'Adélie reposaient sereinement sur le cariset* presque neuf de sa jolie robe. Elles n'essayaient plus de replacer sa petite mèche rebelle. Elles ne bougeaient plus. Il entendit encore le craquement sinistre de bras que Firmin avait dû casser pour l'arracher, lui, à l'ultime étreinte de sa mère. Il sentit à nouveau Adélie qui pressait son front contre le sien et le souffle ténu qui lui avait caressé le visage. Il revit le brancard que l'on inclinait au bord d'une fosse et la forme blanche qui en glissait lentement, puis de plus en plus vite. Sa mère était devenue une chose. Louis se sentit tomber au fond du trou avec elle.

—Que vais-je bien pouvoir faire de lui, maintenant? avait demandé Firmin.

210

— Changez-moi en poussière, dit Louis, tout bas.

Firmin dit :

— Je ne t'ai jamais voulu. Jamais.

Et soudain Firmin recula, horrifié. Louis l'assomma avec le bras d'un mort qu'il avait commencé à dévorer.

— Je viens pour Firmin Ruest, dit-il.

Il y avait un quignon de pain planté au bout de son damas. Ce pain était signé de trois traits sinueux et parallèles. Cette image se désagrégea, et Louis vit un autre quignon de pain, planté sur un piquet, et Firmin, entravé, affamé, était incapable d'y mordre.

— Je croyais que vous m'aviez oublié, lui dit le vieil homme.

Il répondit :

— Je ne t'ai pas oublié, Firmin. Je n'oublie jamais.

« Non, je n'ai rien oublié et rien de cela n'eût dû exister », répéta sa conscience.

Et il jeta le pain rassis par terre de la même façon qu'il abandonna sa cagoule pour se montrer à Firmin.

— Faut que je te dise... Adélie... elle m'aimait pas. Son amour, elle le gardait pour un autre. J'ai tout perdu. Tout. C'est ta faute. Tu es maudit.

« Quel autre ? » demanda la conscience de Louis, qui n'arrivait pas à émerger de ce chaos de souvenirs disparates.

— Les vipères viennent au monde en déchirant le ventre de leur mère. Tu es une vipère. C'est à cause de toi qu'elle n'a jamais pu en avoir d'autres...

Louis se pencha au-dessus de Firmin et analysa dans sa bouche le goût violent du sang de son père.

« Mon père, c'est l'autre », dit sa conscience.

Il posa la main sur le front de Firmin, lui arracha le cœur et dit doucement :

— Je ne fais que reprendre ce que vous m'avez enlevé.

Au loin, le ciel échappa un grondement sourd. La pluie ne commença à tomber que lorsque l'homme eut atteint une clairière qui menait aux berges du ruisseau. Là, il s'arrêta et sentit vaguement les gouttes invisibles s'égrener sur son corps, le long de ses bras, sur ses joues hérissées de barbe, sur son dos couvert d'anciennes lacérations.

Louis eut l'impression d'ouvrir les yeux. Le brouillard était toujours là et pourtant, il ne l'apaisait plus. Trop d'images en avaient surgi. Une pensée l'obsédait. Elle le contraignait à essayer de se dégager, de s'éloigner enfin : « Ce n'est pas ce sang-là qui circule dans mes veines. Ma voix dit mes mots à moi. Le mal qui prolifère en moi est le mien. Je suis mauvais.» Il reconnut cette pensée. Mais il reconnut aussi une autre voix, aimable celle-là, qui lui dit :

— Le moyen de te délivrer existe bel et bien. Ta seule erreur vient du fait que tu ne le cherches pas au bon endroit.

— Où dois-je aller, alors? demanda la voix de son souvenir.

— Nulle part. Il est déjà en toi, où que tu ailles, avait répondu l'abbé.

Un visage apparut, nimbé par le brouillard. Il avait un regard un peu fuyant. Cela rappela quelque chose à Louis, et une voix de jadis s'éveilla :

— Je cherchais sans trêve à expier ma faute. On eût dit qu'il n'existait nulle part de peine assez grave pour moi. Je ne parlai pas davantage lorsque, quelques années avant ta venue, le monastère hébergea pendant un certain temps un garçon qui m'était devenu très proche.

Le visage fit une pause et regarda Louis. Cette dernière image était différente des autres. Elle était en train de devenir stable, presque tangible, sans toutefois parvenir à dissoudre le brouillard qui l'entourait. L'image reprit la parole :

— Un moine n'a pas d'identité. Au cloître, j'ai dû revêtir un habit qui ne me faisait pas. Mon nom ne m'allait plus. Néanmoins, j'ai dû les porter tous deux et apprendre à m'y sentir à l'aise.

— Je ne comprends plus rien, dit Louis.

Le brouillard se volatilisa brusquement et fut remplacé par une forte pluie qui avait la tiédeur du lait maternel. Louis sursauta. Il reprit conscience de lui-même et du visage qui était toujours là. C'était celui de Lionel. Ce moine le regardait en silence. Louis fut pris d'un léger vertige.

Trois jours après la naissance du bébé, une statue trempée surgit du rideau de pluie pour se planter sans bruit sur le seuil du manoir. Il faisait encore nuit, et tout le monde dormait. Sauf Lionel. Ce fut lui qui posa les yeux sur les grandes mains de Louis. Elles serraient prudemment les deux pans du floternel* noir contre une poitrine qui semblait être privée de tout souffle. Sur un visage ruisselant, parfaitement immobile et parsemé de barbe, deux prunelles fixes luisaient d'un éclat minéral. Cette apparition lui donna froid un court instant. Il avait passé les dernières heures seul dans la grande pièce à vivre. Seul, il l'était encore, parce que Louis, quant à lui, semblait ne pas être vraiment là. Le moine ne sentait aucune chaleur, aucune présence.

D'abord il ne sut que dire ni que faire. Il avança de quelques pas anxieux en direction de l'homme tout en se demandant s'il n'allait pas tomber à l'instant raide mort, une dague fichée en plein cœur. Mais Louis ne fit rien. Lionel se risqua à lui demander :

— Veux-tu te réchauffer ?

— Oui, dit Louis d'une voix sans timbre.

Lionel s'effaça pour laisser entrer le géant, qui marcha jusqu'à l'âtre sans manifester l'intention de retirer ses vêtements trempés. «Le moment est venu de savoir si l'orfèvre peut retravailler son œuvre ou s'il doit la remettre à la fonte», songea le religieux. Il alla prendre une grande couverture de laine grise pliée qu'il revint lui présenter. Il n'osa pas lui proposer de se défaire de ses habits mouillés. Louis n'eut aucune réaction. Alors, il déplia la couverture et la lui jeta sur les épaules. Louis tourna lentement la tête pour le regarder depuis l'abri de son état crépusculaire. Il ne dit rien et s'éloigna tout de suite en trébuchant comme un portefaix trop chargé.

— Du bon vin chaud coupé d'eau. Voilà ce qu'il nous faut à tous les deux, dit Lionel, qui s'affairait nerveusement tout en continuant à emplir le silence trop lourd avec de menus propos. La très sage Hildegarde de Bingen affirme qu'il n'y a rien de tel pour euh... pour des gens qui se trouvent dans notre situation.

Louis s'assit précautionneusement au bout de son grand fauteuil, tourné en direction du feu, pendant que Lionel disait :

— Je suis un vieil homme, désormais, mais qu'est-ce que ça peut bien faire ? Je ne le sens plus. Comme c'est étrange. J'avais pourtant appréhendé l'inverse.

Louis ne le quittait pas des yeux. Il écoutait.

— Tu es là et avec toi vient le printemps. Les écorces ont beau être épaisses, elles n'empêchent pas les surgeons de pointer. Comme le dit le proverbe : «La vieillesse, c'est l'hiver pour les ignorants et le temps de la moisson pour les sages.»

Ils attendirent que le vin se mette à frémir dans son petit chaudron en cuivre ; Lionel en versa une louchée dans un bol. Il l'apporta à Louis qui le prit machinalement. Le bénédictin baissa les yeux sur l'homme silencieux et dit :

— Un jour, il y a douze ans, c'est toi qui m'as accueilli de cette façon, avec du vin chaud.

— Je m'en souviens.

Louis porta le bol à ses lèvres tandis que le moine prenait place sur un tabouret presque en face de son fils. Il lui demanda doucement :

— Tout est à revoir, n'est-ce pas ?

Louis, un instant saisi, finit par acquiescer. Il abaissa le bol fumant sur ses genoux.

Oui, tout était à revoir : sa vie entière avait du jour au lendemain complètement basculé et changé de perspective. Il découvrait que, pendant toutes ces années, il avait eu une vision biaisée de sa propre existence, comme s'il l'avait vue à travers un verre déformant. Il savait qu'il allait devoir un jour reprendre ses souvenirs un à un et en défroisser les enluminures afin de pouvoir enfin les voir tels qu'ils étaient en réalité.

— Plus tard. Peut-être. J'aimerais dormir.

— Louis, j'ai à faire le même travail que toi. Comme tu peux le voir, j'en ai perdu le peu de sommeil que je pouvais avoir. Cela me fait peur. Aide-moi, je t'en prie.

Un peu de vin se répandit sur les genoux de Louis. L'étoffe humide de ses chausses s'en abreuva et rien n'y parut.

— Je comprends maintenant pourquoi il ne voulait pas de moi à l'église, dit-il, comme au hasard.

Lionel ne demandait pas mieux que d'emboîter le pas :

— C'est vrai. Il voulait éviter que tu sois mis en présence de quoi que ce soit qui pût m'évoquer. La famille a tout fait pour que mon idylle avec ta mère ne se poursuive pas en dépit des murs qui nous séparaient. Les murs d'une abbaye sont trop poreux. Mais ce n'est pas tout : il ne pouvait se passer de ton soutien, toi qui fournissais à la boulangerie le travail d'un adulte. Ah, même lui ne pouvait nier que tu étais bien un Ruest de la trempe de l'aïeul : tu as su survivre. Ce qui n'était pas mon cas. J'ai dit un jour que je n'étais pas fait pour vivre dans le monde. Toi non plus, tu n'es pas fait pour ça. Vois comme nous nous ressemblons. Mais toi, au moins, tu t'es battu à ma place.

Il soupira et se frotta un œil d'une main gourde.

— Ce que Firmin craignait plus que tout, c'était que l'abbé lui demande de te confier au monastère. Les généreuses donations consenties à l'abbaye au fil des ans par la famille rendaient la chose possible. Car, comme tu le sais, la vocation n'est que rarement accessible aux personnes moins bien nanties.

— L'abbé m'a offert de prendre l'habit. Par deux fois.

— Je sais. Mais cela m'étonnerait que les offrandes aient été la seule motivation du père abbé. Les choses n'étaient plus les mêmes chez nous sous la gérance de Firmin. Ses dons à lui, il les faisait à Bacchus, et notre famille avait déjà éclaté. Je serais plutôt porté à croire que l'abbé a simplement voulu faire en sorte que tu me reviennes. J'eusse été le plus heureux des hommes.

Louis se mit à se gratter nerveusement l'avant-bras droit. Sa main gauche tremblait. Il dit :

— Il m'a détruit. J'étais un boulanger. Après, j'ai voulu me faire moine. C'est « lui » qui m'a empêché d'être l'un et l'autre. Il n'y avait de place pour moi nulle part tant qu'il vivait. Je voulais me venger, je ne vivais plus que pour ça. La peste, la vie d'avant, ça ne comptait plus.

Ses prunelles chatoyèrent sans se poser nulle part. Il reprit :

— Mais une fois que j'ai eu sa peau, j'ai découvert que c'était mort en moi. Il n'y a plus rien au-dedans.

Lionel cligna des yeux. Louis allait vite, trop vite. C'était anormal pour quelqu'un qui n'était que partiellement présent.

— Ne dis pas ça.

— C'est lui qui l'a dit. Je suis une erreur.

— Dieu tout-puissant. Mais...

Lionel secoua la tête. « Avons-nous donc bel et bien engendré un monstre ? J'enrage à l'idée qu'il n'en était pas un à sa naissance. Et s'il n'en est pas un, à quels mots, à quels gestes dois-je donc avoir recours pour neutraliser ce dragon qui réside en lui, cette bête née de l'affreuse magie de Firmin ? »

Sans quitter son fils des yeux, il dit :

— Écoute, Louis. Firmin te détestait parce qu'il savait qu'Adélie et moi, nous nous aimions et que nous t'aimions, toi, plus que tout au monde. Même si tu ne pouvais véritablement être mien. C'était lui, l'intrus, avec son mariage arrangé à la convenance de la famille. Toi, tu es le fruit d'un grand amour défendu qui ne s'est jamais démenti durant toutes ces longues années. Et cela, ton oncle n'a jamais pu le supporter. Comprends-tu ce que j'essaie de te dire ?

— Oui.

Lionel soupira et s'éloigna. Louis continuait à se gratter le bras. Il semblait ne pas avoir entendu un mot. Lionel reprit :

— Non, tu ne comprends pas. Comment le pourrais-tu ?

Louis se leva. La couverture tomba inerte à ses pieds. Il dit, le regard toujours vague :

— Oui, je comprends. Ce n'est pas moi que vous aimez, c'est le fils de ma mère.

Il alla à la porte, mit son chaperon et sortit dans la cour. Le bénédictin, soudain furieux, l'y suivit.

— Comment oses-tu !

Lionel l'obligea à se retourner pour lui faire face. Il dut lever le bras pour le saisir par le col de son floternel*. Il lui administra deux gifles retentissantes et fit tomber dans la boue le chaperon noir du bourreau. Louis, surpris, regarda fixement le moine, mais il s'empressa d'adopter une posture presque martiale. Lionel attendit

215

en vain, sans le lâcher. Il dut finalement se résoudre à parler, à inspecter toutes les portes par lesquelles il pouvait pénétrer dans la geôle sordide qu'était l'âme de son fils.

— Quelle autre preuve dois-je donc te donner! N'en as-tu pas encore eu assez?

Le moine ne put s'empêcher de noter un changement radical chez Louis. Ce genre de discussion avait invariablement coutume de mener ce dernier à des tactiques d'intimidation. Louis s'était toujours montré d'une grande susceptibilité avec lui; d'ordinaire, il soupesait chacune des paroles de ses interlocuteurs afin d'y déceler les éventuelles intentions cachées. Or, Louis semblait subitement disposé à ne plus réagir aux cogitations du religieux avec son agressivité coutumière ou par quelque raillerie acerbe. Lionel n'arrivait pas à se convaincre que cela ne pouvait être dû qu'à la seule fatigue. «Il n'osera plus!» se dit-il avec un curieux mélange d'émotions. Louis réagissait à la nouvelle autorité paternelle avec la même passivité instinctive qu'il avait manifestée devant Firmin.

Il lui était pénible de ne pas exprimer toute la compassion qu'il ressentait pour son fils, mais il ne voulait pas tenter le sort en menant les choses trop loin, surtout pour une première fois. Cette nouvelle réceptivité encore fragile était trop précieuse pour qu'il prît le risque de la détruire avec des propos inconséquents qui n'eussent, en fin de compte, soulagé Louis que pour un temps. L'eau n'apaise pas la brûlure de la moutarde. Mais le pire de ce qu'exigeait cette retenue, c'était cette soif qu'avait Lionel de connaître les dernières années occultées de la vie d'Adélie. D'avoir à s'abstenir de demander à Louis de lui en faire le récit lui était plus pénible que tout; mais il devait prouver à son fils que, contrairement à son tortionnaire Firmin, il ne détenait rien de lui qui ait été soutiré pour son seul bénéfice.

Lionel lâcha le géant devenu docile.

— Rentre, maintenant, lui dit-il.

Louis obéit. Il reprit la couverture et s'en renveloppa lui-même avant de se rasseoir.

— J'essaie de comprendre, dit-il d'une voix lasse.

— Je sais que c'est difficile. C'est la raison pour laquelle j'estime que nous devrions cheminer ensemble. Ce que j'exige de toi, c'est ni plus ni moins que d'assimiler en quelques heures ce que j'ai pris moi-même plus de quarante ans à accepter.

Dans l'âtre, une bûche pétilla avec véhémence avant de s'effondrer.

— Quelle idée saugrenue que d'avoir alimenté le feu avec du bois cani* à cette heure de la nuit. Cela pète autant qu'une

216

bombarde à Crécy.

Louis jeta au feu un regard imprécis que Lionel aperçut.

—Vois-tu, mon fils, je me suis un jour mis à parler d'abondance pour éviter d'avoir à dire le plus important.

—Jehanne, dit Louis d'une voix rauque.

—Elle va bien. Mais elle est inquiète.

—Je sais.

Lionel savait qu'il était encore trop tôt pour lui demander ce qu'il comptait faire. Louis se passa sur les lèvres un bout de langue craintif et dit :

—Mais ce que je voulais dire, c'est...

Un léger tic fit tressauter son bras gauche. Lionel ne le quittait pas des yeux.

—C'est...

Le bras redevint immobile, et Louis regarda Lionel.

—Le mariage. Entre autres. C'est vous?

—Oui, c'est moi.

Louis exhala un soupir nerveux, tremblotant comme la flamme d'une chandelle posée devant une fenêtre ouverte.

—Au fil des ans, j'ai semé bien involontairement quelques indices, dit Lionel. Sur le coup, j'ai cru que tu ne les avais pas remarqués.

—Je les ai remarqués. Mais je ne les ai pas compris.

—La dot en était un.

—Quelle dot?

—En tant que régisseur, j'ai fait en sorte qu'une certaine somme mise sous ma garde soit versée au couvent advenant une prise d'habit et ce, malgré mes réticences. Sans cette dot, Jehanne n'aurait pas pu songer à entrer au couvent, si tel eût été son désir. Si tu avais été informé de cette démarche, c'eût été pour toi un indice supplémentaire.

—Cela aussi, l'abbé le savait?

—Il sait tout. C'est avec sa bénédiction que j'ai pu profiter d'une autonomie inaccoutumée. En plus de ma tâche d'aumônier, il m'a confié, au nom de mon abbaye, la gestion de la boulangerie. C'est ce qui l'a sauvée de la mainmise du roi à la mort de Firmin.

—La boulangerie...

—Le mépris de Firmin à ton endroit n'a plus du tout la même signification, maintenant, n'est-ce pas?

—Non.

—J'estimais que mon frère t'avait injustement spolié de ce qui eût dû te revenir de droit. C'était ma petite vengeance à moi. Je m'en suis occupé pendant des années, jusqu'à ce que je demande à

217

l'abbé de te restituer le testament. Je voulais savoir ce que tu allais faire. Tu n'as pas idée comme j'ai rendu grâce à Dieu pour ta générosité envers ta belle-famille. C'est cette force en toi qui m'a consolé de ma propre faiblesse, et je t'en remercie.

Le regard de Louis redevint précis.

— La boulangerie ne m'aurait servi à rien de toute façon, puisque je n'aurais jamais pu refaire de pain.

— Je sais.

Lionel se détourna pour verser à nouveau dans leurs deux bols un peu de vin chaud aux épices. Il se rassit et dit:

— Cela me ramène à l'une des raisons de mon pèlerinage à Compostelle. Il s'agit d'un motif qui ne m'est pas venu tout de suite et que j'ai laissé s'insinuer dans quelque repli de ma mémoire afin de te le cacher. Tu te souviens sans doute que j'ai dit m'être arrêté à Olite et à Estella, où se trouve le palais du roi de Navarre...

Louis cligna des yeux. Lionel expliqua:

— Je l'ai fait aussitôt que j'ai su où tu étais et ce qui était en train de se passer à Saint-Sauveur-le-Vicomte. Si Charles t'avait gardé avec lui à sa cour, je n'aurais eu qu'à retourner au monastère, et tu n'aurais sans doute plus jamais entendu parler de moi. Mais j'ai été informé de ta disgrâce et j'ai pris les mesures en conséquence. Je frémis encore lorsque je songe au nombre de fois où tout a failli échouer, où tu es passé bien près d'être perdu.

— C'est d'Aitken, que vous parlez?

— Entre autres. Bien sûr, il y a eu cette effrayante rivalité entre vous et les affrontements de plus en plus dangereux qui en ont découlé. Mais il y a eu bien d'autres choses. Les routiers de James de Pipe, pour ne citer que ceux-là.

— Vous vous êtes interposé entre eux et moi comme le héros d'une fable. Vous croyez-vous invincible, ou quoi?

— Non. La plupart des actes de courage sont irréfléchis. Celui-là en était un exemple patent. D'un autre côté, quelque chose m'avait déjà assuré que la partie était gagnée.

Lionel sourit. Louis demanda:

— Que leur avez-vous dit pour les arrêter?

— Je leur ai simplement révélé ta fonction.

— Sans blague.

— Si, si, je t'assure.

— Eh ben, ça, c'est le comble!

— Je ne te le fais pas dire. Bien... Contrairement à ce fâcheux incident, chaque détail de la longue démarche dont nous parlons a dû être soigneusement planifié. Une condition s'appliquait pour que la collaboration de l'abbaye me fût acquise : advenant votre trépas, à toi et à ton épouse, et en l'absence d'un héritier légitime, le domaine et le village devaient être remis à Silvestre de la Cervelle, alors propriétaire de l'abbaye de Vaudry. Un homme que mon abbé tient en haute estime.

— Silvestre de la Cervelle ? N'est-ce pas l'évêque de Coutances ?

— C'est lui-même.

— Mais il est du parti de France.

Lionel sourit.

— Je sais. Avant d'être nommé évêque, peu après l'avènement du roi de France, il fut son aumônier, alors qu'il était encore duc de Normandie.

— Diable.

— Il s'agissait en fait d'une sorte d'hommage visant à vous protéger en cas de coup dur de la part du Navarrais, ce qui n'a pas manqué de se produire depuis que tu as assisté au couronnement du roi de France. Le Navarrais a eu beau avoir signé traité par-dessus traité avec le roi et lui avoir prêté serment, il n'a pas hésité à se parjurer encore. Vu tes allégeances passées, d'aucuns auraient encore pu te considérer comme un traître et te faire arrêter.

— Est-ce à cause de toutes ces manigances que je n'ai plus jamais entendu parler de lui ?

— Cela y a certes contribué, oui. Quoi qu'il en soit, c'était la seule chose à faire. J'ai quand même été soulagé de vous voir assister au sacre du Valois.

— Qu'en sera-t-il de la condition de l'évêque, maintenant, si j'ai un héritier ?

Le sourire de Lionel s'accentua.

— Rien du tout. C'est le plus beau de l'affaire. Si tu as un héritier, le domaine lui reviendra à lui, un point, c'est tout.

— Et Jehanne ?

Le bénédictin reprit subitement son sérieux.

— Elle était notre rédemption. Sans le savoir, elle a agi au nom du Seigneur pour nous guérir tous les deux, d'abord par son enfance, ensuite par celle d'Adam qu'elle nous a apporté.

— Je ne comprends pas.

Une voix du passé ressurgit :

« Si vous êtes venu jusqu'ici pour empêcher mes fiançailles avec elle, vous perdez votre temps. Je m'y soumets de par la volonté du roi. Allez donc traiter avec lui », avait dit Louis. « Je n'en ai nul besoin », avait répondu le moine.

Le Louis du présent dit :

— Attendez. Oui, je comprends. Un peu. Vous aviez déjà traité avec le roi.

Le père Lionel but une gorgée de vin.

— Plus j'en bois, meilleur il devient. C'est vrai que ça fait du bien... Oui, j'avais tout arrangé. C'est lors d'une audience avec la reine à Estella que j'ai pu la convaincre d'écrire au roi afin de lui proposer cet arrangement pour vous deux, comme son droit de chambellage* l'y autorisait. Tu n'es pas sans savoir que l'un des gestes les plus admirables de charité chrétienne de la part d'un seigneur est de doter une fille pauvre pour qu'elle puisse se marier. Lorsqu'une telle suggestion émane d'un homme de Dieu venu d'une abbaye aussi prestigieuse que la mienne, il est plutôt mal perçu d'y rester insensible. Il en va de même de nombre d'autres démarches.

Louis tentait d'assimiler la portée qu'avait pu avoir ce complot. La tête lui tournait.

— Alors... pendant toutes ces années, vous vous êtes joué de nous? Je n'aurai donc été qu'un abruti de pion dans votre jeu?

— Ce n'était pas mon jeu, mais le tien, et c'est entre Dieu et toi que la partie se jouait. Si tu étais un pion, j'en étais un aussi. Je n'ai fait qu'exploiter sans remords aucun la convoitise de l'Église ainsi que la grande influence que j'ai acquise au cours des années par ce que l'on croyait à tort être du mysticisme. Puisqu'il s'agissait d'une perception erronée, j'étais aussi bien de me servir de son produit à bon escient. Car en procédant ainsi je n'ai certes pas accédé à la sainteté, mais j'ai fait en sorte d'empêcher quelqu'un de se damner, ce qui est beaucoup mieux, non?

— Et on vous a laissé faire?

— Mais bien sûr. Rien de tout cela n'a enlevé de valeur à ma vocation. Je voulais vraiment expier ma faute. Je n'ai rien fait pour m'attirer la piété des gens; au contraire. J'ai d'abord cherché à fuir cette notoriété qui a graduellement fait de moi un membre influent de la communauté. Il m'a été aisé, consécutivement à cela, d'exercer une certaine influence. Alors, des pions? Dis plutôt que nous étions deux excellents cavaliers. C'était d'autant mieux trouvé que le domaine des d'Augignac se trouvait à proximité de Caen.

— Tout se tient.

— C'est là l'œuvre de Dieu et non la mienne. Lui seul sait opérer de grands miracles avec ce genre de petites choses qu'on dénomme coïncidences. Alors, je te laisse imaginer ce qu'Il peut faire avec de grandes choses.

Le moine leva un regard ému sur la fenêtre dont les volets avaient été fermés afin de conserver la chaleur de la pièce.

— Il y a vingt ans de cela, elle t'a vu t'étendre dans la rue, devant la boulangerie. C'est là que tout a commencé.

— Quoi?

— Je n'ai pas pu empêcher cela. Nicolas Flamel ne s'occupe pas que de la transmutation des métaux. C'est lui qui m'a aidé à tout mettre en place, bien avant que je ne fusse en mesure d'y songer moi-même, mon implication personnelle m'ayant privé au départ de toute objectivité, de toute cohérence. Il est pour moi un grand ami, le genre d'ami que nous rêvons tous d'avoir, mais que nous sommes si peu à dénicher. Tout ce travail de l'âme, il l'a fait pour moi. Tu comprends maintenant pourquoi il a désiré avoir ton portrait chez lui pendant un certain temps. Encore tout dernièrement, l'abbé a eu recours à lui pour intercéder auprès de moi lors de mon dernier séjour au monastère. À la mort de Firmin, il s'était laissé conduire derrière moi au cimetière des Saints-Innocents, puis à la rue Gît-le-Cœur, par la petite main péremptoire de Jehanne, cette même petite main qui a ensuite ardemment désiré aller vers toi afin de te consoler.

— Est-ce qu'elle a vu...

— Non, non, mon fils, rassure-toi. Elle n'a pas vu le cœur de Firmin.

Louis exhala un soupir et ses yeux scintillèrent. Lionel continua:

— Ne me demande pas comment elle a su, mais c'est comme ça. D'instinct, sans que je lui en aie rien dit, elle avait compris comme seuls les enfants peuvent comprendre. Elle s'était mise à ta place et avait pleuré en même temps que toi.

Louis échappa son bol presque vide.

— Laisse, je m'en occupe, dit Lionel, qui se hâta d'éponger le reste de vin avec l'ourlet de sa coule.

Il lui en servit d'autre en expliquant:

— Elle t'a aimé dès le premier instant où elle a posé les yeux sur toi. C'est la Providence qui a fait que j'aie été là pour m'en apercevoir et pour mettre cela à profit.

— Ça explique tout.

— Je le pense. C'est pour cette raison que je n'ai rien fait pour empêcher ce mariage. J'ai même tout fait de ce qui était en mon pouvoir pour sauver cette alliance, en dépit d'une quantité de difficultés à surmonter. Ensuite, il y a eu Samuel. Comme nous le disions plus tôt, lui a bien failli tout faire rater. Pauvre garçon. Il ne pouvait pas savoir.

Louis serra imperceptiblement les mâchoires et dit:

— J'ai au moins tenu cette promesse-là. Celle que j'ai faite à l'Escot.

— Oui. Dieu te bénisse de l'avoir faite! Tu as été plus courageux que moi. C'est Garin de Beaumont qui t'a enseigné ce que doit être un vrai père.

— Comment avez-vous su?...

— C'est toi-même qui l'as dit. Du moins, j'ai été en mesure de lire entre les lignes quand tu m'as raconté qu'il t'avait appris à escrémir*. Te souviens-tu des leçons de tir à l'arc?

Louis grogna et ses yeux brillèrent. Cela fit rire Lionel, qui rajouta:

— Elles me faisaient penser à toi. Savais-tu que l'une de mes flèches est même allée se perdre dans le réfectoire sans que j'en aie rien su? Dieu! ce que j'ai pu être un archer médiocre. Mais je voulais tant apprendre. Pour toi. En dépit de ses airs bourrus, le frère Pierre s'est toujours montré d'une patience admirable avec moi, même lorsque j'ai tenu à poursuivre les leçons longtemps après ton départ. Maintenant, je m'en tire plutôt bien avec l'arc.

— La tiare... Celle qui est tombée au pied des murs à l'abbaye, lorsque j'étais captif des Pénitents... C'était aussi vous?

— Oui, c'était moi. Je me suis faufilé à la sacristie à l'insu de tous et je l'ai dérobée. Je ne pouvais supporter de te voir souffrir ainsi et j'ai cherché à amadouer tes ravisseurs avec cet appât d'une grande valeur, qui aura au moins temporairement détourné leur attention de toi. L'abbé a tout de suite deviné que j'étais responsable de ce vol, mais il a prétendu l'ignorer et a fait en sorte de mener l'enquête jusqu'aux oubliettes. Je n'ai jamais été puni. Mais ce n'est pas tout. Firmin a lui aussi deviné que c'était moi qui l'avais jetée par-dessus le mur.

Ce souvenir fit ressurgir entre eux un nouveau flot d'images qui les étourdit tous deux, et ils se turent un moment pour siroter leur vin.

Lionel revit le visage de son frère qui, vieilli avant terme, lui demandait: «Pourquoi t'es-tu laissé faire ça?» Par cette question, Firmin avouait son regret de lui avoir ravi sa femme, de même que son avenir. Lionel secoua la tête et dit:

— Je n'excuse aucunement le comportement de Firmin. Mais je crois que nous faisons erreur en l'accusant d'avoir été mauvais. Tout comme toi tu fais erreur de t'accuser toi-même. Cela ne peut que nous mener à une impasse. Ce fardeau n'était pas le sien. Cette nuit-là... sa dernière, j'ai dû l'appeler «mon fils», lui... J'étais alors loin de me douter que le Seigneur me réservait une autre épreuve, bien pire, celle-là.

— Moi.

Il acquiesça.

— Oui, toi. L'abbé savait déjà que tu étais derrière toute l'histoire. Il savait très bien ce qu'il faisait, et ce risque a dû lui peser

222

grandement. Lorsque tu as enlevé ta cagoule, que je t'ai vu, j'aurais pu essayer d'arrêter ta main et tout te dire, puisque ta mère n'a pas eu le temps de le faire. Or, j'ai choisi de garder le silence.

—Ça n'aurait rien changé.

—Sans doute que non. Il convenait que Dieu te laisse assumer Son rôle afin que mon frère et moi soyons tous deux frappés au cœur par celui que nous avions d'abord frappé, nous. Quant à moi, je l'ai accepté.

—À quoi bon parler de tout ça? demanda Louis sans conviction.

—Parce que tu en es venu à te croire responsable, toi, de tout ce qui est advenu.

—Je ne comprends pas.

—Tu es persuadé d'avoir mérité tout cela et que ta mère a été maltraitée par ta faute.

Le regard fuyant, Louis haussa les épaules.

—Je dirais même que tu es allé jusqu'à te persuader que c'est toi seul qui t'es fabriqué un sentiment de culpabilité, lequel est devenu, sans que tu le veuilles, un parfait substitut de Firmin. Par lui, l'influence de Firmin demeure agissante encore aujourd'hui. Est-ce que je me trompe?

Louis ne sut que répondre. Il avait la vague impression que tous ces aveux eussent dû le rasséréner, le libérer enfin, et que la venue d'un vrai père aimant dans sa vie d'homme mûr eût dû le troubler. Mais il ne se passait rien. Le brouillard, qui n'était plus visible, semblait s'être retiré à l'intérieur de lui.

—Qu'importe, puisque le mal est fait. Il est en moi et je ne sens plus rien, dit-il.

Il se rendit alors compte qu'il ne savait plus qui il était. Il n'y avait qu'un jeune garçon solitaire qui vivait en marge du monde, toujours avec cette envie de frapper, de broyer.

Il déclara:

—J'ai une de ces peurs, j'ai vraiment... peur d'être en train de devenir fou.

Le regard toujours fuyant, il retroussa sa manche afin d'exposer un petit tatouage rouge en forme de hache. Il y posa une main gauche crispée dont les ongles tracèrent par-dessus des griffures sinueuses. Lionel posa son bol précipitamment et se leva. Il emprisonna dans les siennes les deux mains de son fils.

—Non, arrête, dit-il.

La main gauche de Louis tressautait dans la sienne.

—Je sais très bien ce que tu essaies de faire.

Le géant se laissa immobiliser tristement. Il ne se débattit pas. Il leva sur le moine un regard semblable au sien alors que sur son avant-bras brillaient trois rangées de perles vermeilles.

Lionel reprit :

— Tu tentes d'empêcher l'intrusion de pensées qui ne sont pas les tiennes, mon fils.

Il était devenu essentiel d'empêcher le haut mal, cette extinction de la conscience, car la destruction qu'il représentait était encore à l'œuvre. Et, pour ce faire, Lionel fut obligé d'accepter qu'Adélie dût encore une fois céder sa place dans ses préoccupations.

Sans lâcher les mains de Louis, il dit :

— Ce sont celles de Firmin. Il s'est jadis implanté en toi de force. Comme je te l'ai déjà signalé, tu l'as laissé te suivre jusqu'ici. Maintenant, il faut que ça cesse. Il en a assez profité. Il est temps que tu ailles dormir. Tu sembles en avoir bien besoin.

Sans manifester l'intention d'obéir, Louis laissa errer à travers la pièce silencieuse un regard imprécis.

— Oui, dit-il.

Mais il ne bougea toujours pas.

— Va, et fais de beaux rêves.

Autoritaire, Lionel vint soudain se pencher au-dessus de lui et, sans égard pour sa blessure, il lui empoigna l'avant-bras droit afin de l'aider à se mettre debout. Les perles de sang barbouillèrent le tatouage en forme de hache, alors que Lionel ajoutait :

— Mets-le dehors. C'est ton père qui te l'ordonne. M'as-tu compris ?

— Oui, dit Louis en sursautant et en abaissant les yeux vers son bras sur lequel la signature des Ruest entremêlée au tatouage était encore perceptible.

*

L'odeur douceâtre du sang s'amalgamait avec celles, plus âcres, du fer chauffé et de la chair brûlée. La voûte de pierre brute maculée de salpêtre s'était imprégnée au fil des ans de toute la terreur dont avaient été frappés les innombrables patients qu'on avait mis à la question en ce lieu sinistre. Cet espace confiné avait été creusé sous le niveau des douves ; il sanglotait doucement sur le sort de ceux qu'il abritait.

Une sentence venait tout juste d'être exécutée en secret pour une raison ou une autre. La main de Louis serrait encore le manche d'une espèce de serpe dont il s'était servi pour éviscérer sa victime.

La plume d'un ecclésiastique, seul témoin présent, crissait sur son écritoire alors qu'il achevait de prendre des notes. C'était un inquisiteur dont le visage était caché par son capuce relevé. Lorsqu'il se décida enfin à lever les yeux sur le tortionnaire, ce dernier fut à même de se rendre compte que quelque chose n'allait pas: même dans l'ombre, il put distinguer le sourire malicieux, détonnant du scribe.

— Qu'avez-vous à rire comme ça? C'est inconvenant, fit remarquer Louis.

— Ah, vous croyez, mon fils?

On eût dit que l'individu ne prenait pas son rôle au sérieux et que tout ce qui venait de se passer n'avait en fait été qu'une mascarade fort réussie.

— Je suis un mage. Laissez-moi vous expliquer, dit encore l'ecclésiastique.

Il se leva pour aller ouvrir des volets que Louis n'avait jamais remarqués auparavant dans ce mur souterrain. «C'est impossible, ça, une fenêtre ici!» se dit-il vaguement. Un mince rayon de soleil s'infiltra dans la pièce sombre. Le greffier tint à bout de bras une cruche en verre transparent remplie de vin blanc et laissa le rayon y pénétrer. Il dit:

— En déviant*, nous ne faisons après tout qu'imiter ce phénomène de réfraction: la lumière dévie de sa trajectoire initiale lorsqu'elle entre en contact avec une réalité différente.

— Mais qu'est-ce que c'est que ce galimatias?

C'était pour Louis une absurdité. Il jeta un coup d'œil derrière lui. Sur le chevalet était encore étendu le corps torturé d'un homme. Avait-il donc tourmenté à mort ce malheureux relaps sous l'égide d'un vieil ivrogne sénile? Au moment où il avait enfin trouvé quelque réplique cinglante à lui servir, le clerc leva la main et l'empêcha de parler.

— Nenni, pas un mot, bourrel*. Vous rêvez.

Louis demeura interdit. Le greffier recula dans l'ombre et le laissa seul. Seul avec le défunt dont les entrailles luisaient à la lueur des torches. Il rêvait. Comment cela était-il possible? Il n'avait jamais fait qu'un rêve, toujours le même.

Ses yeux se posèrent sur le visage de sa victime. Toujours le même rêve. C'était inévitable. Le mort, c'était lui.

— NOOON!

Toujours le même. Flux et reflux de l'irréparable commis dans une sorte d'aveuglement. Panique, regrets, souffrance semblable à l'étouffement par le plomb fondu. Et son âme qui, à chaque fois, en périssait.

Le bourreau alla s'étendre au-dessus de son propre cadavre. Il fallait le réchauffer, lui insuffler à nouveau la vie qu'il lui avait arrachée. Mais il sentit des bras rigides l'étreindre. Il rêvait. Louis était mort.

Vaincu, il s'abandonna à des larmes intarissables, brûlantes comme des braises, et qui n'allaient cesser qu'une fois son âme éteinte.

Au moment où il se sentit glisser vers le néant, il entendit de nouveau *la voix du scribe:*

— Louis, qu'êtes-vous en train de faire?

Le bourreau se redressa, confus. L'ecclésiastique s'avançait vers le chevalet, le visage toujours dissimulé par l'ombre de son capuce.

— Êtes-vous bien sûr d'avoir tout compris?

— Quoi?

— Ce rêve, vous ne l'avez jamais vu jusqu'au bout. Levez-vous. Et tenez bon.

Sur ce, le greffier aida l'exécuteur à se remettre sur pied sans avoir à casser les bras du défunt et le fit reculer de plusieurs pas.

— Il... je... ne suis pas mort?

En effet, le Louis du chevalet se mit à remuer faiblement. Son ventre était intact. Il n'y avait plus de liens pour le retenir et il put s'asseoir. Alors seulement Louis se rendit compte qu'il s'agissait de Firmin.

— Ne pleure plus, mon petit roi. C'est terminé, dit une voix douce qu'il reconnut avec émotion.

Une voix dont la musique s'était affadie avec les années. Comment avait-il pu l'oublier? Il avait l'impression qu'une journée à peine s'était écoulée depuis qu'il l'avait entendue pour la dernière fois. Une courte journée de vingt-huit ans. C'était à la fois inconcevable et très simple. Adélie sortit de l'ombre et lui sourit.

— Mère, dit Louis.

Elle était jeune, belle et radieuse. Il voulut aller vers elle, mais quelque chose l'en empêcha. Il demeura donc cloué sur place aux côtés du scribe silencieux.

Firmin marcha dans leur direction, à travers la salle des tortures que le soleil continuait à éclairer, dérangeant un air vicié et le rendant presque tangible. L'homme était sobrement vêtu de drap non teint. Il ne portait plus aucune trace des blessures fatales qu'il avait reçues, mais ses traits étaient marqués par les stigmates indélébiles d'une grande souffrance. Il s'arrêta devant eux sans oser les regarder. Il ne bougea pas. Il ne parla pas. Ce fut le clerc qui prit la parole pour dire à Louis:

— Il attend après toi, mon fils.

Louis regarda Firmin. Celui qui avait voulu l'expédier castré à sa tombe n'était qu'un petit homme malheureux et faible qui avait cherché à gagner la faveur des grands de ce monde. Louis fut saisi d'un puissant émoi. Cela ressemblait à de la fureur, et pourtant quelque chose y était d'une autre nature. Il n'eut soudain plus envie de détruire Firmin alors qu'il se trouvait en sa présence. Sa colère répandit en lui une violence féconde, créatrice. À travers elle, il fut étrangement conscient de sa totale absence de surprise. C'était comme s'il avait attendu ce moment toute sa vie et qu'il se trouvait enfin prêt à dire ce qu'il fallait dire.

226

— Allez-vous-en.

Firmin, l'air repentant, obéit. Il s'en alla prendre la place d'Adélie dans le coin ombreux de la pièce comme si c'était la chose à faire. Après quoi, il disparut.

Le bourreau tourna la tête vers le clerc qui restait immobile à ses côtés. Sans dire un mot, la belle femme prit l'épée de Louis. «Comment ai-je pu laisser traîner cela?» se dit l'exécuteur qui, encore un peu étourdi, n'eut guère le loisir de s'attarder à cette imprudence. Le greffier alla s'agenouiller devant Adélie. Il baissa la tête. Elle posa le plat de l'arme d'abord sur les épaules du clerc, à trois reprises, puis lui frappa la nuque de son poing fermé. Louis reconnut la colée, ce court rituel qui faisait d'un homme un chevalier lorsque c'était un seigneur qui l'accomplissait. Pourtant, pas un instant il ne douta de la validité de cet adoubement-ci. Souriante, Adélie abaissa l'arme et la tint devant elle.

Louis fut pris d'une sorte de vertige: quelque chose comme un lourd fardeau, soudain, cessa de l'oppresser. Il s'avança vers eux et dit à Adélie:

— Mère, je croyais que vous étiez morte.

— J'ai passé*. Mais c'est mal compris.

L'ecclésiastique se remit debout, étendit la main et prononça une sorte de formule magique d'une voix solennelle:

— Mors non exstinguet[58].

Louis se tourna vers le scribe, qui abaissa son capuce. C'était Lionel.

La chambre sous les combles était silencieuse. Louis cligna des paupières et se redressa sur sa couche. Il ne s'était pas réveillé en sursaut, il n'était pas effrayé. Au contraire, il se sentait investi d'un bien-être inexplicable qu'il mit d'abord sur le compte de ses vêtements secs et d'un sommeil réparateur. Puis il se souvint du rêve. «Mais oui. C'est ça, c'est à cause de ce rêve. Il n'était pas comme d'habitude», se dit-il. Il se leva pour s'habiller, traînant avec lui certains détails de son rêve comme de luxueux lambeaux de samit*. Il se sentait disposé à faire pivoter un regard enfin lucide sur sa situation, et sa décision fut prise avant qu'il n'ouvre la trappe sur le plancher pour redescendre au rez-de-chaussée.

Margot et Blandine étaient à pied d'œuvre pour le goûter. Les hommes étaient partis au champ comme si de rien n'était, mais l'air chargé de nervosité laissait deviner qu'ils avaient tous été mis au courant de son retour.

— Bonjour, maître, dit Margot en souriant.

Blandine, quant à elle, se contenta de triturer le torchon qui lui

58. «La mort ne nous anéantit pas.»

servait à épousseter des meubles déjà impeccables. Le père Lionel était déjà assis à table. Il leva lentement les yeux d'un livre qu'il ne devait avoir ouvert devant lui que pour se donner une contenance. Louis salua tout le monde d'un signe de tête et demanda:

— Où est Jehanne?

— Dans la chambre avec le petit, maître, dit Blandine, embarrassée.

— Dans la chambre? À cette heure-ci?

Blandine jeta un regard en biais à Margot, qui n'eut pas le temps de répondre. Louis demanda encore:

— Est-elle souffrante?

— Euh... je...

— Non, ça va, laissez. J'ai compris.

Il allait de soi que Jehanne devait se morfondre en attendant une visite qu'il n'était désormais plus question de remettre à plus tard. Il leur tourna le dos et alla cogner doucement à la porte de la chambre conjugale. Lionel replongea le nez dans son livre et nul ne se rendit compte qu'il le tenait à l'envers.

— Entrez, dit une voix à peine audible.

Le bourreau entra et referma la porte derrière lui.

Par les volets entrouverts, les premières hirondelles trissaient. Jehanne était assise dans le grand lit, Adam dormant auprès d'elle. Le visage fatigué de sa femme se dévoila entre les pans de sa coiffe lorsqu'elle leva brièvement les yeux vers lui. Il n'y eut pas de «Où étiez-vous passé? J'étais très inquiète» comme on eût pu s'y attendre de la part de toute femme qui n'avait pas été, pour ainsi dire, condamnée à mort trois jours plus tôt. Alors que Jehanne cherchait désespérément quelles paroles prononcer pour accueillir son mari correctement, ce dernier vint se tenir à son chevet. Il regarda le nourrisson emmailloté et dit:

— J'ai du bon frêne blanc dans la grange. C'est solide et flexible pour un ber.

Jehanne cligna des yeux sans oser croire ce qu'elle venait d'entendre.

— Vous voulez dire que...

— Oui. Je l'adopte. Il portera mon nom.

Les yeux de la jeune mère se remplirent de grosses larmes de gratitude. L'une d'elles tomba sur la joue du bébé qui remua. Louis regarda ailleurs. Elle demanda, d'une voix rauque:

— Et moi?

— Je vous garde aussi.

Elle tendit la main. Il la prit. Jehanne emprisonna sa grosse patte dans ses deux mains tremblantes pour la porter à sa joue ruisselante.

— Merci, dit-elle.

— Pour Thierry, le moine, vous et moi, il est adopté et ce secret doit être gardé. Je m'occupe de leur en parler. Pour tous les autres, il est mon fils. Il a été malade, je suis parti chercher des remèdes et cela a retardé le baptême, vu?

— Bien sûr.

Jehanne était si soulagée par le tour pris par les choses que pas un instant elle ne s'arrêta pour songer à Sam.

— Adam Ruest. C'est que ça sonne plutôt bien, dit-elle en souriant à travers ses larmes.

Plus tard ce jour-là, la cloche de l'église du village sonna à toute volée, annonçant l'entrée solennelle de l'héritier des d'Augignac dans la chrétienté. Le père Lionel se balançait au bout de la corde comme un gamin ravi.

Chapitre VII
Le jardin d'Adélie

Hiscoutine, printemps 1372

Après le retour de Louis, les serviteurs s'étonnèrent d'entendre le père Lionel s'adresser à lui en le tutoyant et en l'appelant par son nom. Mais ils eurent la discrétion de ne faire semblant de rien. Les confidences de Louis à son père avaient été rares et fortuites. Depuis lors, Lionel se tenait constamment sur le qui-vive, prêt à recueillir le moindre petit fragment de biographie que le bourreau laissait parfois échapper, qu'il en fût conscient ou non. Cela permit au moine de commencer à se faire une ébauche des trop nombreux moments occultés de sa vie. Il se rendait compte qu'il ne connaissait de son fils que les grandes lignes de son cheminement, celles qui avaient un caractère officiel et que de nombreuses personnes avaient pu percevoir.

En premier lieu, Louis ne lui parla que de détails anodins au sujet de son apprentissage à la boulangerie, jusqu'à ce que le nom de Bonnefoy surgît, et par le fait même celui d'Églantine, en même temps que son bonheur à jamais juvénile d'avoir pu savourer avec elle l'exquise clandestinité des échanges charnels. S'il ne parla guère de sa belle-famille, Clémence, Hugues et la bande eurent droit à une mention. Il résuma son angoissante quarantaine lors de l'épidémie de peste en deux phrases hachées, sèches, en cela assez semblables à son parler normal, à cette exception près que des émotions pénibles en altéraient le ton. Pour la première fois, il avoua ouvertement que la peste ne lui avait pas seulement ravi sa femme, mais aussi son enfant encore à naître. Un enfant qui, lui aussi, était demeuré à tout jamais unique.

Lionel grimaça d'affliction. Il n'y avait plus lieu de s'interroger sur la réticence de Louis à divulguer ses souvenirs.

Le soleil couchant éclairait de biais les sillons frais creusés qu'il avait réchauffés tout au long de cette belle journée consacrée aux semailles. Des fauvettes s'étaient réunies dans la rangée de peupliers pour échanger leurs fabliaux qu'elles avaient passé plusieurs jours à mémoriser. L'air doux promettait splendeur sur splendeur pour l'été à venir, et il était si enivrant qu'on y croyait volontiers.

Louis demeura longtemps debout dans le champ, près du soc enfin mis au repos. Il se demanda pourquoi il n'avait pas envie de rentrer. Cela n'avait pourtant été qu'une journée de travail ordinaire. « C'est fou, je me sens comme si c'était le printemps pour la première fois », se dit-il.

Il s'en alla rejoindre Jehanne qui avait insisté pour semer à la volée le contenu d'une besace derrière le soc de la charrue tout au long du jour. Elle alla récupérer Adam emmailloté, encore profondément endormi au creux du sillon tiède qui lui avait servi de ber, et se tourna vers son mari dont la silhouette liliale se découpait dans les rayons obliques du soleil. Jehanne mit une main en visière pour mieux le regarder tandis que son autre bras soutenait le bébé.

— Il me semble que vous êtes de plus en plus séduisant, dit-elle.

— Hein?

— Quoi, cela vous étonne?

— À vrai dire, je ne me sens pas tout à fait moi-même. Mais je constate que je ne suis pas le seul à avoir pris trop de soleil aujourd'hui.

— Ah, parce que vous croyez que c'est le soleil!

Jehanne éclata de rire, et ils retournèrent ensemble vers la maison. La coiffe de la jeune femme s'était relâchée et laissait ondoyer* sa chevelure couleur de blé.

La vieille huque* de cariset* de Louis gisait, délaissée, au pied du lit dont les couvertures s'entremêlaient à leurs corps qui s'agrippaient l'un à l'autre et les faisaient onduler en simulant les vagues de la mer. Une tête échevelée en émergea. À l'autre extrémité, une jambe dénudée ressemblait au fragment en cire d'une statue sous la lueur falote du chaleil*. Ce merveilleux naufrage, tout en gémissements, les entraîna jusqu'à un rivage au sable tiède et rose. Et là, à bout de souffle, ils s'abandonnèrent à leur plénitude.

Les mains de Jehanne pouvaient enfin errer à leur guise sur le corps tant convoité de son mari qui se dressait au-dessus d'elle. Louis, frémissant de désir, abaissait sur elle un demi-regard étoilé, son œil droit étant jalousement dissimulé par sa mèche rebelle qui se rebellait davantage. Peau contre peau, lèvres contre lèvres, le moindre contact évoquait l'union absolue. Louis apposait contre la gorge palpitante de

Jehanne un baiser qui scellait un mot d'amour et, ensuite, il se jetait sur le dos afin qu'elle fît de même avec lui pendant que, au-dessus d'eux, la petite flamme du chaleil* crépitait pour leur signaler son contentement.

Les deux hommes étaient tous les deux installés, en compagnie de Jehanne et d'Adam, dans le jardin où s'attardait le couchant doré qui clôturait l'une des premières journées véritablement printanières. Se préparant dans le secret des sous-bois somnolents, diverses variétés de fleurs précoces attendaient déjà l'aube et un signal connu d'elles seules pour éclore en groupuscules serrés. La table avait été mise sous les chenilles pelucheuses d'un grand saule qui allaient bientôt céder leur place aux feuilles fuselées, et ils s'y attardaient pour leur seul plaisir puisqu'ils avaient fini de souper. Seul le cruchon de vin continuait à fidèlement remplir le gobelet de Louis. La brise souleva sur le front de Lionel la même courte mèche que Louis avait eue dans son enfance. Elle se dressait ce soir-là, entourée par la sagesse de la tonsure.

On parlait du trépas d'Églantine lorsqu'on dériva sans crier gare vers celui d'Adélie et de ses nombreux bébés mort-nés. Lionel ne donna pas à son fils l'occasion de changer de sujet et dit:

—Toi, tu t'es infiltré à l'improviste dans nos vies comme une gouttelette d'or entre les pierrailles obscures. Tu as été conçu alors que ta mère croyait encore à la romance. Cela a dû lui être d'un grand réconfort pendant toutes ces années. En tout cas, cela a été le mien. Tu es le symbole vivant de notre amour qui ne s'est jamais démenti. Je me demande si Firmin eût été capable du même amour envers ses enfants, s'il s'était permis d'en avoir.

Louis ne dit rien. Il se contenta de jeter un coup d'œil furtif à Jehanne, qui avait déjà appris la vérité sur l'identité du vrai père de son mari. Il avait été convenu entre eux que cette question n'allait pas être abordée en présence des autres.

Lionel demanda:

—Mon fils, pardonne-moi de te demander cela, mais ses enfants... combien... étaient-ils?

—Six, répondit Louis abruptement.

—Seigneur.

Lionel secoua lentement la tête et soupira.

—Je me souviendrai toujours de la dernière fois... de cette hostie que tu as dérobée. Quelle première communion tu as faite!

—Vous m'avez vu faire?

—Je t'ai vu dès que tu t'es présenté à la grille de l'abbaye. Non

233

seulement je t'ai vu, mais je suis passé bien près de te suivre au-delà de la cathédrale. Même si je n'aurais rien pu faire pour les sauver. J'aurais pu au moins soulager ta mère dans l'amertume de ses ultimes moments. Dieu! les folles idées que j'ai pu avoir en tête! J'étais même prêt à t'enlever et à prendre la fuite avec toi. N'importe où, pourvu que cela eût été loin de mon frère.

— Vous auriez dû, dit Louis.

— Je sais. Adélie avait comme toi l'esprit d'aventure. Ce courage-là, je ne l'ai pas, moi. C'est mon plus grand regret. Mais au moins, tu m'as permis de me racheter. Je t'en remercie.

Jehanne buvait leurs paroles en caressant distraitement le front velouté d'Adam qui somnolait dans ses bras. Louis jouait distraitement avec son gobelet à demi rempli en le faisant tourner dans sa grande main. Il dit, après réflexion :

— Ce n'est pas plus mal. À partir de là il m'a laissé la paix. J'ai pu manger à ma faim et aller au bain tous les jours. J'ai commencé mes préparatifs pour entrer dans la corporation sans qu'il trouve à redire.

Réalisait-il à présent que la raison de ce changement subit avait été que, en l'absence de la douceur maternelle pour tempérer ses violences, Louis avait fini par devenir quelqu'un d'effrayant et même de dangereux si on lui cherchait noise? Lionel n'eût pu le dire.

Le géant porta le gobelet à ses lèvres et but une gorgée nerveuse. Un oiseau égaré appela ses confrères, qui lui répondirent depuis un arbre dont la ramure encore duveteuse prodiguait en été un brin d'ombre au bout opposé du champ.

— On bavarde trop. J'aurais un tas de trucs à faire, dit enfin Louis.

Mais il ne bougea pas de sa place. Jehanne et Lionel échangèrent un sourire de connivence. Tous deux avaient noté l'usage du conditionnel. Le moine dit :

— Je conçois ton inconfort. Nous venons d'un milieu où l'on ne parlait pas de ces choses-là.

Adam choisit ce moment pour se réveiller. Il se mit à geindre sans conviction. Jehanne se leva.

— Il a un peu dépassé son heure. Excusez-moi, dit-elle.

La jeune mère emporta le bébé à la maison afin de lui donner son boire. Elle avait catégoriquement refusé de confier son alimentation à une nourrice, comme c'était habituellement la coutume chez les nobles, en dépit du fait qu'il y avait au village au moins deux femmes disposées à l'allaiter. Elle avait ensuite dû poliment apaiser un certain nombre d'âmes charitables qui avaient souci de la voir, ce faisant, empêcher la famille, car l'allaitement était un moyen relativement efficace pour éviter de retomber enceinte. C'était Louis qui avait clos la discussion une fois pour toutes en invitant ces gens à aller s'occuper de leur famille, et de laisser la sienne tranquille.

L'homme en noir suivit son épouse des yeux jusqu'à ce que la porte de l'aile se fût refermée sur la silhouette familière, déjà redevenue gracile.

Lionel dit doucement :

— La bonne fille ! Elle a compris que j'avais à aborder avec toi un sujet qui doit rester entre nous.

Louis tourna à peine la tête et ne dit rien. Lionel reprit donc, courageusement :

— Cette femme, Desdémone..., qui était-elle, exactement ?

Louis but son reste de vin et posa son gobelet sur la table pour le remplir sans regarder son père.

— Rien. Une traînée, dit-il.

— Je n'en disconviens pas. Mais j'ai appris qu'elle a vécu chez toi... enfin, à la boulangerie, pendant un certain nombre d'années...

— Clémence l'a prise sous son aile lorsqu'elles ont réussi à échapper aux Pénitents ensemble. Je n'y suis pour rien.

— Ce n'est pas ce que Desdémone disait...

— Non ? Et ça vous surprend qu'elle ait menti ?

Lionel ajouta, comme s'il n'avait pas été interrompu :

— Elle disait que c'était toi qui les avais sauvés, tous, en dépit du mal qu'elle t'avait fait.

Louis se redressa et regarda ailleurs. Sans le quitter des yeux, Lionel demanda :

— Que t'a-t-elle fait, Louis ?

— Au diable cette folle. J'ai trop bu et ça me fait dire des trucs que je préfère garder pour moi.

Le moine lui arracha son gobelet des mains et le remplit avant de le lui rendre. Louis le regarda faire, incrédule, et dit :

— Espèce d'hypocrite.

— Je ne suis pas hypocrite. Je t'oblige à parler tout à fait ouvertement et d'une façon tout à fait honnête, sans rien te cacher de mes intentions. N'est-ce pas là l'une de tes tactiques d'interrogation ?

— Ouais. Bon, puisque vous voulez tout savoir... j'étais en train de me laisser mourir quand ils m'ont trouvé. J'avais tout essayé sans succès. Elle était parmi eux. Ils m'ont sauvé, dans un sens. Parce que, du coup, j'ai voulu survivre. La mort venant d'eux m'apparaissait comme une chose infamante. Ils étaient obscènes.

Lionel lui arracha encore son gobelet des mains. Mais cette fois ce fut pour y boire lui-même. Ce qu'il découvrait de la vie de son fils ressemblait trop à une exécution: tout atroce qu'elle pouvait être à évoquer, elle exerçait sur son auditoire une fascination paradoxale.

Louis regarda son père et dit:

—Vous allez me dire qu'elle s'est repentie. Elle m'a même filé de quoi manger à l'insu des gardiens. Mais moi, je m'en fichais. Tout ce que je voulais, c'était me sortir de là. J'ai regretté de ne pas avoir pu l'abattre avant de m'enfuir.

—Mais elle t'aimait, dit Lionel faiblement.

—Elle m'aimait? Elle m'a pris de force.

—Quoi?

—Elle m'a violé.

Lionel, horrifié, eut un mouvement de recul. Louis fit son espèce de sourire en coin qui lui donnait un air si mauvais.

—Voilà qui change les choses, n'est-ce pas? Cela dit, j'admets qu'elle ait pu m'aimer à sa manière. Mais, ce qu'elle m'avait fait, c'était abject. J'étais incapable de le lui pardonner. Parce que ce n'est pas tout.

À la vue du visage blême de son père, Louis poussa son gobelet dans sa direction. Lionel but le vin sans y prêter attention pendant qu'il reprenait:

—C'est aussi à elle que je dois d'avoir été chassé de Saint-Sauveur-le-Vicomte comme un chien malpropre. Elle s'est faite complice des nobles qui tenaient à se débarrasser de moi en me droguant lors d'un souper informel avec l'amante du roi. Tenez, vous en savez assez. Repensez-y à deux fois avant de me faire raconter n'importe quoi. Ça va vous rendre malade.

Lionel soupira.

—Comment t'en vouloir d'avoir agi ainsi, mon fils? Voici que je me sens de nouveau à l'étroit sous la gaine restrictive de ma stricte éducation judéo-chrétienne, qui me dicte de juger cela comme étant inacceptable. Toutefois, moi, en tant qu'homme faillible, je me trouve confronté à l'impossibilité de condamner ton geste haineux.

—Tiens donc!

—Oui. Parce qu'ici intervient véritablement l'enseignement du Christ, ce pardon dont il est si facile d'oublier la portée.

Louis l'arrêta d'un signe de la main.

—N'en attendez pas trop de ma part...

—Non, juste une minute, j'y viens.

—Vous y mettez du temps.

—Comme toujours... Fais bien attention à ce que je vais dire, car j'y ai longtemps pensé: pour que tu sois capable de pardonner, et cela seulement si tu en manifestes le désir en ton for intérieur, il faut d'abord qu'on soit en mesure de te pardonner, à toi, d'être un bourrel*.

Louis cligna des yeux.

— Hein?

Le père Lionel sourit, content de l'effet produit. Il s'expliqua :

— Hormis pour les cas de Firmin et de Desdémone, tu n'as rien fait d'autre qu'occuper la place d'individus qui se sentent la conscience pure alors qu'en fait, ils ont fermé les yeux en te laissant faire la sale besogne.

— Dit de cette façon, ça sonne presque comme si j'avais rempli mon office par grandeur d'âme, dit Louis d'un ton moqueur.

Jehanne s'en revenait vers eux. Au lieu d'Adam, elle tenait une lanterne, car le soleil s'était couché depuis un bon moment déjà. Elle la posa au centre de la table et reprit sa place aux côtés de Louis dont elle prit affectueusement le bras.

— Te voici de retour à temps, ma fille, dit Lionel. J'allais justement demander à ton mari son avis sur une question qui me préoccupe et qui risque de t'intéresser.

— Je vous écoute, répondit la jeune femme en s'appuyant contre l'épaule de Louis.

Lionel regarda son fils et lui demanda :

— Pourquoi est-ce que, en dépit du caractère sacré entourant leur profession, méprise-t-on les bourreaux?

— Holà! Vous auriez dû apporter du cidre, dit Louis à Jehanne.

Lionel éclata de rire et se leva.

— Ce n'est pas de refus. Laissez, restez ensemble, mes tourtereaux. Je m'en occupe, puisque je suis l'instigateur de cette belle soirée de faux farniente.

Alléché d'avance par la perspective d'une discussion philosophique avec son fils, le moine trotta jusqu'à la maison d'un pas sautillant. Jehanne le regarda aller avec tendresse et dit à Louis :

— On dirait qu'il a rajeuni de vingt ans. Que lui avez-vous donc dit?

— Pas grand-chose. Ou plutôt si : trop de choses. Je l'ai secoué comme un vieux pommier et il en redemande. C'est comme si je l'allégeais en faisant tomber son trop-plein de fruits.

Jehanne, souriant avec incrédulité, s'éloigna un peu de lui pour mieux le regarder.

— Il aimerait ce que vous venez de dire. Mais, Seigneur Jésus, que se passe-t-il ici?

— Rien qui mérite l'absolution. On a trop bu, c'est tout, répondit Louis en haussant les épaules.

—À d'autres.

—Je crains que dans ma hâte j'en aie renversé un peu. Mille excuses.

Lionel était déjà de retour. Le devant de sa coule était détrempé.

—Même si mon esprit avait été parfaitement domestiqué et contraint au calme, mes jambes m'auraient ramené ici toutes seules. Ce soir, elles ont abandonné leur lassitude et sont redevenues «ménestrelles».

—Nous en parlions justement, dit Jehanne.

—Quoi, de mes jambes?

Le moine éclata de rire et dit:

—Mes chers enfants, le monde nous attend. Mettons-nous en route. Je m'imagine déjà en quelque contrée lointaine, où de vénérables forteresses abaisseront les yeux avec dédain sur la pauvre créature périssable que je suis. T'aurais-je égarée dans quelque alpage, ma fille? Où es-tu passée?

Il venait de se rendre compte que Jehanne avait subitement disparu.

—Juste ici, sous la table. Le hochet d'Adam est tombé tout à l'heure et j'étais en train de l'oublier à cause de vous.

Le moine posa un cruchon et des écuelles sur la table avant de se rasseoir. Il se pencha pour retirer ses sandales et les rejeta négligemment sous la table, où elles allaient demeurer, oubliées à leur tour, jusqu'au lendemain. Tout en faisant circuler le cidre frais, il s'empressa de reprendre la discussion où ils l'avaient laissée:

—Louis, c'est dans l'obscurité sécurisante du cellier que j'ai reçu l'illumination.

—Voilà qui m'étonne.

Lionel rit avec Jehanne.

—Ah! toi, tu es bien mon fils.

Le bourreau abaissa les yeux sur la table. Maintenant que tous savaient que Louis était le fils du moine, on s'étonnait de remarquer que certains de ses traits ou manières étaient comparables à ceux du bénédictin. Ces ressemblances subtiles étaient jusque-là passées inaperçues, alors qu'à présent elles faisaient de Lionel une sorte d'alter ego vieilli de vingt ans.

—J'ai encore un peu de mal à me faire à cette idée, dit Louis.

Lionel reprit tout à coup son sérieux:

—Pendant des années, j'ai porté sur moi le crime insigne d'où découlent tous les autres crimes. La lettre.

—Quelle lettre? demanda Jehanne.

Mais au lieu de répondre, Lionel expliqua:

—Abraham a accepté de tuer son fils par obéissance. Nous avons fait de même. Tous les deux.

Louis inclina la tête et réfléchit un instant avant de dire:

—Ça se tient.

Il s'installa plus confortablement et poussa du bout de son pied une des sandales errantes de son père.

—Je savais le mal que je faisais et cela ne m'arrêtait pas, dit Louis, car je ne pouvais rien faire d'autre, pas même fuir. J'avais une bonne raison. Mais ça me mettait hors de moi d'avoir à le faire. Lorsque ça me tourmentait trop, je me disais que c'était le prisonnier qui me contraignait à le faire souffrir, parce qu'il refusait d'avouer ou parce qu'il avait commis un crime.

Louis fit pensivement tourner son écuelle de cidre entre ses mains.

—Ils avaient beau m'ordonner de m'endurcir et me répéter que ceux que j'allais mettre à mort étaient des criminels qui avaient mérité leur supplice, je le faisais en attendant de pouvoir me venger de... de mon oncle...

Il s'interrompit pour jeter à Lionel un bref coup d'œil, avant de poursuivre:

—... mais ça ne m'a pas fait une armure pour me protéger le cœur. Ils ne m'avaient rien fait, à moi, ces gens-là. Les premières années, surtout, ça me désemparait. Ce n'est pas sans raison que mes compères prennent une cuite avant ou après leur prestation. Ou les deux. Moi, je ne faisais pas ça. J'avais trop peur de perdre la maîtrise de moi-même. Mais je les comprends.

—Moi aussi, dit Jehanne. Quel tourment cela doit être pour vous. C'est par la faiblesse des hommes que le bourrel* est devenu nécessaire.

—C'est vrai, renchérit Lionel. Et aucune humiliation n'est épargnée au bourrel*. Pourtant, je crois que c'est un être béni entre tous, car c'est le plus éprouvé. La loi lui ordonne de commettre en son nom et au nôtre un acte brutal, irréversible, celui de prendre une vie humaine. Elle exige de lui qu'il renonce à sa plus tendre éducation, à sa conscience même, à ce qui fait de lui un être humain. Elle remet entre ses mains le pouvoir de tuer son prochain, les individus par elle désignés, et elle lui dit: «Obéis-moi, va faire ton travail et je te récompenserai, car tu acceptes d'endosser ce rôle aberrant au nom de tes frères.»

—En un mot, c'est ça, dit Louis.

Jehanne donna à son mari une petite tape sur le bras.

—Tu te moques de moi, dit Lionel.

— Un peu. Mais c'est bien, ce que vous avez dit.

Venant de lui, il s'agissait d'un véritable hommage. Ravi, Lionel but à sa santé. Cette nouvelle réceptivité de la part de son fils lui montait davantage à la tête que le vin d'une futaille centenaire. De son côté, Louis commençait à connaître et à apprécier un peu plus son nouveau père, cet intellectuel pétri d'idéalisme, par le simple fait qu'Adélie l'avait aimé. Louis ajouta:

— Tout le monde me disait tout le temps que je n'étais pas un homme. Peut-être qu'à force d'entendre ça, j'ai fini par y croire.

— Oh, Louis!

Jehanne s'accrocha à lui et enfouit son visage contre son épaule. Lionel dit:

— Tu es à la fois bourrel* et homme. Et le bourrel* commande de désobéir à l'homme.

— Ouais. Mon assignation à Caen a été une sorte de rite d'initiation. Je me suis retrouvé isolé, loin de ceux qui m'étaient chers. Les seuls liens que j'ai pu avoir, ça a été avec les gens de la prison. Avec eux, j'ai pu me persuader que, ce que je faisais, c'était pour une bonne cause. C'est là que tout est devenu plus facile pour moi. Je me suis mis à déshumaniser ceux que je devais interroger ou faire mourir. Ils étaient mes «patients», comme on dit dans le métier. La question, c'était devenu «passer à table». C'était mon boulot et puis c'est tout.

— Je vois. Ce genre d'euphémismes aide beaucoup à se désensibiliser, à sceller son âme. Et je ne parle pas de tout ce que tu as enduré avant. Cela fait aussi en quelque sorte figure d'entraînement, fit remarquer Lionel.

— On peut dire ça. Alors, quand vous m'êtes arrivé avec vos points de vue externes et vos grandes idées, ça interférait avec tout ce que j'avais appris. Ça me dérangeait parce que vous m'obligiez à trop penser.

— C'était mon objectif, dit le moine avec un air ingénu qui fit rire Jehanne.

— Ça, je m'en doute bien. Mais le pire, c'est qu'on croit à tort que tourmenter ou attaquer physiquement quelqu'un requiert de la colère ou de la cruauté. En plus de vingt ans dans le métier, je n'ai agi sous l'emprise de la colère qu'à deux occasions. Deux parmi plus de cas que je n'en saurais compter.

Jehanne frémit. D'une façon automatique, instinctive, le bras de Louis lui entoura les épaules. Il ajouta:

— J'admets qu'il m'arrive d'être belliqueux et cruel. Mais ça vient de moi, pas du métier.

Lionel n'ignorait pas que Louis avait dû faire preuve d'un

minimum de bonne conduite en société pour arriver à se tailler une place parmi les puissants. Il devait avoir appris à remplacer ses penchants cruels par autre chose qui, au départ fragmentaire, avait dû passer pour de la bienveillance. Mais c'eût été une erreur de croire que son apparente bonté était factice, qu'elle ne visait qu'à berner ou qu'elle n'était le produit d'aucun sentiment sincère. Louis avait beau manifester certains comportements affligeants, il n'était pas dénué d'intelligence ni de sensibilité; il devait tenir à afficher une image favorable de lui-même, une image qui, autant que possible, en faisait un homme aux yeux des autres. Lui, isolé du reste de l'humanité, était passé bien près de devenir inhumain pour avoir failli perdre tout sentiment d'appartenir à la race humaine.

Louis arracha brusquement le bénédictin à ses réflexions:

— On peut apprendre à devenir un bourrel* comme on apprend n'importe quoi d'autre. C'est justement ça que je trouve le plus ignoble: c'est devenu une fonction. Les cris et le sang font partie du travail. Ils sont l'inconvénient d'une procédure normale.

Jehanne dit:

— La différence tient au fait que vous, vous avez fait votre travail en toute conscience. Vous saviez ce que vous faisiez.

— Justement. En un sens, mes tortures m'ont rendu plus efficace. C'est horrible d'admettre pareille chose, mais c'est comme ça.

— Autrement dit, tu as développé une curiosité purement intellectuelle pour les processus auxquels tu fus toi-même soumis, précisa Lionel.

— Oui.

— De façon concomitante, tu as acquis une grande maîtrise des agissements de tes tourmenteurs. Parallèlement à cela, tu es en mesure d'appréhender les diverses étapes des souffrances chez tes victimes.

— Ça n'a pas été aussi facile. En tout cas, pas au début. D'abord, j'ai voulu crever. Pour en finir, pour ne plus avoir à les entendre crier. J'avais la trouille de descendre à la salle des tortures avec ses murs qui me serraient de trop près. J'y étouffais. Et puis, je me mettais à penser à tout ce qu'ils m'avaient fait, à moi. Je pouvais même entendre leurs voix distinctement, là, dans le donjon, et alors la panique me prenait. Je me rendais pourtant compte que quelque chose n'allait pas. Ils ne pouvaient pas être là. C'était comme si le passé et le présent se télescopaient. Je savais très bien que j'avais un travail à faire, qu'il me fallait reprendre mes esprits et que c'était désormais moi le tortionnaire, que j'étais en sécurité. Je les sentais pourtant à mes trousses et je dégringolais l'escalier maudit au plus vite. Ne pas croire qu'ils sont là, mais les entendre quand même, il y a de quoi rendre fou n'importe qui.

Louis se tut abruptement. Il réalisait soudain à quel point il avait parlé d'abondance et ce, sans effort, comme c'était habituellement le cas pour la moindre confidence. Pourtant, il ne s'attarda pas à cette prise de conscience qui en temps normal l'eût inquiété. Il repartit en pensée vers ce passé dont il avait parlé, et Lionel le laissa y aller. « Car il n'y va plus seul, désormais. Je suis là, avec lui », se dit-il en souriant à Jehanne qui tenait toujours son mari par le bras.

Le silence se prolongea et devint lourd de rage contenue. Lionel dit :

— Tel est le pouvoir que détient celui qui ne fait que son devoir, celui qui doit torturer une victime dont, le plus souvent, il ne connaît même pas le nom. Ces actes peuvent avoir été commis en un instant, comme on sème secrètement en terre une noix ravageuse qui germera et continuera à croître d'elle-même, longtemps après le trépas des protagonistes. Le semeur, qui n'éprouve aucune animosité, qui se conforte dans la certitude qu'il n'est pas plus mauvais qu'un autre semeur et qui est persuadé de ne pas avoir trop fait de dégâts puisqu'il n'a pas tué, celui-là n'est jamais conscient des répercussions qu'aura son geste. Il ne peut concevoir que, lorsque l'arbre issu de sa noix se mettra à pousser, il étendra son ombre maléfique au-dessus de la tête d'enfants non encore nés.

Le bourreau qu'ils avaient devant eux s'était mis à remuer comme s'il se débattait faiblement contre quelque chose d'intangible. Jehanne le lâcha.

— Louis? dit-elle.

Il parut se ressaisir, et ses muscles se relâchèrent avec lassitude. Ses prunelles scintillaient méchamment. Sans le savoir, Jehanne désamorça les desseins du monstre en demandant :

— Au fait, pourquoi n'écririez-vous pas ensemble un livre là-dessus?

— Dieu m'en garde, dit Lionel en riant.

— N'empêche que cela pourrait être utile. Un tel livre permettrait peut-être de mieux comprendre, pour mieux prévenir...

Louis, qui était parvenu à se calmer, dit :

— J'en doute. Qui lirait ce livre, sinon des gens éduqués qui seraient déjà de votre avis? Il ne dissuaderait personne de commettre un délit, car la faim l'emporte sur les grands principes. C'est moi qui me tiens là devant eux jusqu'en tout dernier. J'ai vu des gens de toutes conditions, hardis ou non, et presque tous étaient sûrs de n'avoir rien fait de mal. C'était d'ailleurs le cas parfois. Par contre, certains n'auraient jamais dû me faire face : je devais leur enlever la vie pour de petits délits ou un blasphème. J'ai aussi exécuté des gens de bien.

Jehanne et Lionel baissèrent la tête. Louis poursuivit :

— À moi ils ne mentaient pas. Mais j'ai souvent dû assumer la place d'un prêtre pour recueillir leurs derniers secrets qui n'avaient rien à voir avec leurs crimes. C'étaient juste de beaux secrets d'amour. On aurait dit qu'ils tenaient à me les laisser comme preuve de leur existence.

Ce fut au tour de Louis de baisser la tête et de s'éclaircir la gorge. Mais qu'avait-il tout à coup ? Non seulement il s'était mis à raconter n'importe quoi, mais en plus cela le touchait. Trop, beaucoup trop. Il vida son gobelet de cidre et se leva.

— Je ne suis qu'un homme qui consent à réapprendre à vivre. Sur ce, faites excuse, mais j'ai besoin de sommeil. Ça m'inquiète un peu moins maintenant de dormir, et le repos m'a tellement fait défaut pendant toutes ces années que je crains de finir paresseux.

— Dans ce cas, dors bien, mon fils. Moi, je veillerai à ta place. J'ai depuis trop longtemps l'habitude des nuits blanches.

Jehanne leva brièvement les yeux sur les deux hommes et comprit. Ils étaient devenus deux alliés, l'un dont la plus ardente faim était de guérir l'autre, et cet autre qui n'exigeait que cette guérison. Sans être conscient de l'existence du rêve guérisseur qu'il avait lui-même provoqué chez son fils, Lionel avait enfoncé sa forteresse de défense, il l'avait expulsé de sa passivité et l'avait contraint à enclencher lui-même des procédés de lutte. Une partie de ce mode offensif consistait à accepter de s'exprimer, tout simplement. Louis paraissait s'en rendre compte. Et il l'acceptait.

Il se pencha pour déposer un petit baiser sur le front de Jehanne et rentra.

*

*H*iscoutine, mai 1373

Une année avait passé. Si Jehanne avait espéré que la sollicitude de son mari allait devenir permanente, elle fut déçue. Il avait recommencé à s'absenter à tout propos. Il fallait se rendre à l'évidence, la raison ne pouvait en être qu'Adam : il avait changé. Avec ses yeux gris et son duvet d'or vaguement cuivré, l'enfant tenait trop de sa mère et pas suffisamment de son père. Qu'on le voulût ou non, son aspect faisait couver au village des soupçons fort déplaisants, et le comportement du maître n'aidait en rien les choses.

243

On ne pouvait certes dire de Louis qu'il négligeait ses respon-
sabilités de père, car il veillait à ce que ni Adam ni personne
d'autre ne manquât de rien. Il avait même renoncé à se faire
confectionner les heuses* dont il avait besoin afin d'avoir de quoi
acquérir l'étoffe nécessaire à la fabrication de nouveaux habits de
bébé. Il n'en restait pas moins que Louis semblait s'arranger pour
éviter d'être mis en présence du petit le plus possible. Il ne le
touchait jamais, il ne s'en approchait même pas. La plupart du
temps, il se comportait comme si Adam n'était simplement pas là.
Se doutait-il seulement que l'enfant le réclamait fréquemment et
qu'un jour le garçonnet s'était traîné jusque dans l'écurie, où il
avait crié un retentissant «Où Pa?» aux bêtes qui y logeaient?

En une belle fin d'après-midi de mai, Louis, qui revenait de
Caen, trouva le père Lionel profondément endormi dans la cour
parmi un assortiment de jouets – hochets, toupies et sifflets ayant
pour la plupart été fabriqués par Louis –, au pied du grand saule
dont le jeune feuillage frémissait avec bienveillance. Les autres
habitants de la maison devaient être partis au champ.

Après avoir conduit Tonnerre au pré, Louis prit la direction du
manoir. La pièce à vivre était fraîche et paisible. Tout y était en
ordre, exception faite d'un tas de couvertures qui traînait près du
foyer. Louis s'interrogea évasivement sur la raison de sa présence,
puisque c'était jour de lessive. Un peu plus tôt, Margot avait lavé le
linge à grands coups de battoir et l'avait ensuite mis à chauffer
dans la même cuve de cuivre dont elle se servait pour baigner le
bébé. Tout le linge séchait maintenant, étendu sur la longue corde
qui s'étirait dans la cour.

Après s'être lavé le visage, les mains et les bras au seau qui était
posé près de l'entrée, Louis alla à la cuisine pour se désaltérer.
Lorsqu'il fut de retour dans la grande pièce dans l'intention de
ressortir pour aller rejoindre les autres au champ, il fut intercepté.

Au même moment, Jehanne s'en revenait plus tôt à la maison
pour cueillir dans le potager de jeunes verdures destinées à être
mélangées avec des feuilles tendres de dents-de-lion*, de l'huile, du
vinaigre et un peu de jus de citron. Alors que la jeune dame s'en
revenait au manoir, son panier sous le bras, elle vit Tonnerre qui
paissait dans le pré et ne put retenir son sourire ni ses pieds
chaussés de sabots soigneusement poncés. Elle courut jusqu'à la
porte qu'elle entrouvrit doucement et demeura clouée sur place.

Louis était assis par terre, à même le sol. Il était immobile,
gardait la tête un peu inclinée sur un côté et souriait vaguement.
Son épouse le crut d'abord victime d'un malaise. Son regard

anxieux se porta de façon automatique sur la main gauche de Louis, qui restait calme: aucun spasme ne l'agitait. À l'instant même où Jehanne s'apprêtait à ouvrir complètement la porte afin de manifester sa présence, une petite main surgie de nulle part s'éleva vers Louis. Les doigts roses s'assurèrent une bonne prise dans les mèches raides et presque noires se trouvant à sa portée. Elle se mit à tirer dessus avec maladresse.

— Mon Dieu, Adam, souffla Jehanne en portant une main à sa bouche, sans plus oser ouvrir la porte.

Le bébé avait échappé au gardiennage inconstant du père Lionel et quitté le refuge de couvertures qu'il s'était fabriqué pour sa sieste. Il se tenait à présent debout à côté de Louis qu'il gratifiait de son joyeux babillage. De cajolerie en cajolerie, il se lança en avant pour l'empoigner par sa tunique, ce qui constituait déjà en soi un exploit. Adam gazouilla joyeusement de plus belle et attira Louis à lui en le tirant par les cheveux. L'homme se laissa secouer docilement, la tête inclinée et les mains sur les cuisses.

— Pa, pa, paaaaa! dit l'enfant ravi qui manqua perdre l'équilibre. Il se rattrapa de justesse avec son autre menotte. Un petit ongle coupant comme une lame traça une égratignure sur la lèvre inférieure et le menton de Louis. Il trottina vers l'avant et plaqua ses deux mains sur la poitrine du géant. Il rejeta la tête en arrière, et un rire de cascatelle s'éleva de sa bouche grande ouverte. Il contourna l'homme en noir sans aide et entreprit de lui triturer la joue droite. Toujours sans réagir, Louis se laissa piétiner une main par un petit chausson égaré. Il dut lever la tête pour éviter l'intrusion d'un doigt dans sa narine, mais il semblait s'être soumis de son plein gré à une quantité d'autres adorables tortures. Finalement, Adam trébucha et se laissa tomber à genoux. Il se redressa pour se nicher sous le bras de Louis. L'enfant l'étreignit en frottant gauchement son nez retroussé contre le drap noir. Jehanne put entendre plusieurs « pa-pa-pa » assourdis.

Elle en fut si bouleversée qu'elle remarqua à peine l'arrivée du moine derrière elle. Il venait tout juste de se réveiller en sursaut et, l'air contrit, il l'avait rejointe. Son visage se dessina donc aux côtés de celui de la jeune mère dans l'entrebâillement de la porte.

S'il conservait une attitude très passive sous les manipulations d'Adam, Louis n'en avait pas moins les yeux humides. Il renifla à plusieurs reprises. La dernière chose à laquelle il s'était attendu ce jour-là, c'était certes de se voir accueilli par un poupon joufflu, vacillant sur ses petites jambes, qui s'était spontanément avancé vers lui en tendant les bras.

Jehanne et Lionel reculèrent tous deux en silence et refermèrent la porte avec précaution. Lorsqu'ils se furent suffisamment éloignés, elle se jeta dans les bras de l'aumônier.

— Ses premiers pas... il les a faits pour lui, dit-elle.

— Béni soit cet enfant.

Lionel leva les yeux au ciel et ajouta, d'une voix émue :

— Bonne, bonne Jehanne ! Mon fils a bien de la chance.

Les prunelles de la jeune mère étincelaient, transparentes comme une eau ensoleillée. Elle demanda :

— C'est trop. Qu'ai-je bien pu faire pour mériter tout cela ?

Lionel caressa les longs cheveux de sa protégée et souffla :

— Je me pose la même question à propos de moi.

*

Louis avait fini de bouchonner Tonnerre et avait vérifié ses paturons. Il rangea la brosse et l'étrille et posa la paume de sa main sur les naseaux reconnaissants pour souhaiter la bonne nuit à son cheval.

Dans le pré qui s'étendait derrière l'écurie, leur unique chèvre blanche broutait. Quelques roses en boutons s'étaient égarées parmi un groupe festif de jacinthes bleues et mauves, en compagnie desquelles il y avait tout juste assez d'individus blancs pour que l'ensemble plût à l'œil. Dans un coin un peu plus ombreux, les innocentes petites faces bleues des myosotis, ternies par le soleil, refusaient avec obstination de regarder à terre. Même flétrie, cette « herbe d'amour » demeurait belle jusqu'au matin, alors qu'on se rendait subitement compte en passant à côté qu'elle n'était plus là. Louis se hasarda dans le verger où une volée de passereaux fila jusqu'au pommier noueux afin d'y attendre un oiseau retardataire qui n'avait qu'une patte. L'infirme vint voleter au-dessus de l'homme avant de disparaître à son tour dans le tulle parfumé de l'arbre. La brise du crépuscule, s'amusant avec les fleurs de pommier en déclin, simulait la neige. L'allée semée de leurs pétales était en liesse.

— Ah, vous voilà, dit derrière lui Jehanne.

Un brin de myosotis était accroché dans ses cheveux, et sa main serrait par ses rubans l'une de ses vieilles capelines.

— On croirait presque voir une fée de jadis, dit Louis.

— J'en suis une, dit Jehanne en lui souriant.

Elle vint le rejoindre pour l'enlacer. Elle lui caressa doucement le dos. Le drap grossier de sa tunique chuchota dans le silence, et quelques pétales blancs en tombèrent.

Lorsque Louis la raccompagna à la maison en la tenant par le bras, leurs vêtements et leurs cheveux étaient décorés de pétales froissés et d'herbe neuve.

La brise rafraîchie faisait frémir la crête mousseuse des arbres dont le jeune feuillage abritait une nuée d'oiseaux au ventre roux. Le crépuscule de mai bruissait de leurs chants. Un autre son joyeux s'y immisçait parfois, évoquant lui aussi un bonheur tout neuf. Dans un champ tiède, le petit Adam, assis entre deux sillons, éclatait de rire à tout instant. Accroupi près de lui, le père Lionel s'amusait à cacher son visage rose de plaisir à la vue du bébé.

— Bouh! s'exclama-t-il en se redressant devant le poupon ravi dont l'hilarité le fit presque tomber à la renverse.

— Gapou! cria-t-il en échappant une sucette en cuir trempée de salive.

Il tendit l'une de ses menottes en direction du menton du religieux, dont les traits ascétiques avaient acquis depuis un an quelque chose d'enfantin.

— Oh, Adam, Adam, mon petit homme, dit-il en roucoulant sous les griffures des ongles coupants du bébé.

— A-ha, dit Adam, tout heureux.

Il ramassa sa sucette constellée de terre et l'offrit au moine. Lionel la prit pour l'essuyer sur sa coule et la lui remit.

— Tiens, reprends-la, mon trésor. Nous allons rentrer, maintenant. Tu le veux bien, petit homme? Oh, bonjour, Louis. As-tu passé une bonne journée?

— Oui, dit Louis en jetant un bref coup d'œil au petit.

— Je m'en reviens d'une promenade avec Adam. Quel amour! C'est un régal pour moi que de dorloter cet enfant.

— Rentrons, dit Louis.

Lionel se pencha pour prendre le bébé, qui laissa à nouveau tomber sa sucette dans le sillon. Le moine la ramassa patiemment et en retira un jeune brin d'herbe qui y avait adhéré.

— Gapou, Gapouuu!

Adam se frotta affectueusement le nez contre la poitrine étroite du moine qui dit:

— Un seul petit Adam. Rien qu'un, et voici retrouvé le jardin perdu.

Louis regarda le bébé plus longuement. Le souper était prêt à servir. Louis passa au seau d'eau fraîche, après quoi il se fit remettre Adam afin que Lionel pût se rafraîchir à son tour.

— Les vendanges s'annoncent enfin bonnes, cette année, fit remarquer Louis qui s'occupait à défaire gentiment l'étreinte d'Adam afin de le remettre à sa mère.

— Non! Non, veux Pa!

Pendant ce temps, Margot préparait un siège surélevé destiné à recevoir le bébé et ses inévitables projectiles de purée. Chacun s'attabla avec à l'esprit la perspective des longues journées estivales qui s'étiraient langoureusement comme des chats voluptueux étendus au soleil pour leur seul plaisir. L'heureux présage d'un travail lucratif au vignoble à la fin de l'été ne faisait qu'ajouter à leur satisfaction. Les vendanges étaient un dur labeur dont les diverses étapes s'échelonnaient sur des semaines, voire des mois: elles commençaient bien entendu avec la récolte à la serpette[59], suivie de l'écrasement des grappes. Pendant des années, tout le hameau et la famille, y compris Lionel et Jehanne, avaient été réquisitionnés pour assumer à tour de rôle la cueillette et la fastidieuse corvée du foulage*. Or, cette année-là, Louis avait résolu de mettre un terme à ce second labeur en faisant l'acquisition d'un pressoir. Le pressage allait non seulement permettre de libérer les paysans pour quelque autre travail urgent de la moisson, mais en plus il allait accélérer le procédé. Les grappes entières, déversées dans une cuve et écrasées par pression, allaient produire un jus mélangé aux parties solides. Une fois filtré, ce jus devenait du moût qui était prêt à subir, selon l'usage qu'on désirait en faire, diverses étapes de fermentation, de dessiccation ou de cuisson. Venait ensuite le stockage des vins blancs ou rouges, des boissons variées, du vinaigre et des sucres grossiers. Quant aux résidus qu'étaient les baies dilacérées, les rafles et les pépins, ils n'étaient pas gaspillés: on en mettait une partie de côté pour la macération, et le reste servait de fourrage, d'engrais ou de matériau destiné à assurer l'étanchéité.

— Mamamaaa! tonna Adam, contrarié d'avoir été ainsi délaissé dans son siège haut perché sans aucune matière salissante à étudier.

— Les arbres fruitiers croulent sous les fleurs. Si l'on n'essuie pas d'orage violent, ça promet de ce côté-là aussi. Décidément, le monde est bien fait, parce que, comme on dit: «Après la poire, le vin ou le prêtre[60]», cita Hubert. Le vieil homme trancha un peu du saucisson qui avait été mis à la disposition de quiconque en réclamait. Adam était de ceux-là: sa petite main péremptoire tapotait la table et il criait à tue-tête:

— Mioumioum!

Thierry se servit et entreprit d'agacer la menotte insistante de l'enfant dont les protestations passèrent rapidement au jeu. Lionel sourit à Louis qui mangeait en silence et annonça:

— Je suis enfin parvenu à conclure un marché avantageux pour notre écorce, Louis[61]. Un marchand de Paris nous l'achètera, moyennant quoi il s'engage à me fournir des plantes tinctoriales de bonne qualité.

— Quel genre de plantes?

— Eh bien, d'abord, il m'a assuré être en mesure de se procurer de la guède dans le Midi. C'est beaucoup plus accessible que le pastel pour le bleu, bien que nous soyons aussi capables d'avoir du vrai pastel. C'est curieux, mais il y a cinquante ans à peine il n'y avait presque aucun moyen de mettre la main là-dessus. Enfin. Nous aurons également de la garance pour le rouge et de la gaude pour le jaune.

— L'accalmie de la guerre doit être pour quelque chose dans cette amélioration des échanges commerciaux, fit remarquer Jehanne.

— Si on peut dire qu'il y en a une, dit Thierry.

— Si je ne me méprends pas, le roi Édouard a commis une grave erreur lorsqu'il a refusé de morceler sa précieuse Aquitaine par traité au profit de Charles le Mauvais, n'est-ce pas? demanda Hubert.

Jehanne répondit:

— Tout juste. Ce faisant, il a perdu son plus précieux allié sur le Continent et c'est aussi bien: la Navarre et la France font de nouveau cause commune, et on voit le résultat. Une ère de prospérité s'annonce enfin pour la Normandie si durement éprouvée.

Lionel demanda à Louis:

— Est-ce que tu sais quel impact cela peut avoir sur la prévôté de Caen?

La question était habilement tournée de façon à ce qu'elle ne mentionne pas nommément la fonction de Louis. L'habitude leur en était restée.

Mais personne ne connut l'opinion de Louis en la matière: alors que celui-ci quittait la table, le temps d'allumer une première chandelle, Adam décida que cette conversation ennuyeuse méritait d'être interrompue par le lancer spectaculaire d'une pleine écuelle dont le contenu, une purée de navets, s'étoila au pied de son trône improvisé.

— Miséricorde. Il doit être fatigué pour être acariâtre comme cela, dit Margot en se levant pour ramasser la bouillie dont seul le cochon allait se régaler.

Adam, le visage chiffonné, leva les yeux vers son père qui passait près de lui et le contournait sans s'en occuper, sans même lui jeter un coup d'œil. C'était sa façon à lui de montrer que ce pleurnichement l'agaçait et qu'il désapprouvait ce genre d'inconduite.

Chapitre VIII

L'enfant qui fait naître

Hiscoutine, février 1376

Pour Adam, l'année précédente avait été consacrée à l'abandon graduel des derniers vestiges d'une identité embryonnaire qui en avait fait jusque-là un être incomplet dont les choix n'avaient pas été les siens propres. L'ébauche était maintenant complétée, et le moment était venu de se mettre au travail. Il commença à se rendre compte de qui il était et de ce qu'il voulait, lui. Ce n'était pas toujours ce que les autres voulaient. En même temps que ce dévoilement de sa volonté vint celui de sa conscience. Et là où il n'y avait toujours eu que de vagues échos, le soleil se leva sur la plage d'une mémoire encore intacte. L'astre y pénétra, soulevant les brumes de sa vie de bébé. Les yeux de l'enfant s'ouvrirent pour de bon. Il était soudain prêt à reconnaître les splendeurs du monde et à s'en faire des parures. Adam se mit à écumer sa plage pour y récolter ses premiers vrais souvenirs comme autant de coquillages et de cailloux, disparates mais fascinants. Ils consistaient en toutes sortes de précieux petits riens dont Adam fit son premier bagage, de la même façon que tout être compose le sien. Chacun ramasse sa poignée d'objets colorés par les nombreux émerveillements de la prime enfance alors qu'il se tient à un bout de sa vie, et il la conserve dans ses poches jusqu'à ce qu'il soit parvenu à l'autre bout.

Les premières trouvailles dont Adam s'emplit précieusement les poches composaient un mélange inusité. Car parmi la surabondance de jolis cailloux tachetés et de mystérieux colimaçons rosâtres abandonnés par leurs propriétaires, l'enfant découvrit quelques agates noires à propos desquelles il n'arrivait pas à se faire une opinion quant à savoir si elles étaient belles ou non.

Lorsque Père quittait enfin la grange aménagée en atelier temporaire, ce bâtiment se transformait en un lieu magique où tout devenait possible. Chaque jour, Adam s'y glissait à l'insu de tous afin d'y dénicher les mystérieux objets qui s'étaient auparavant terrés, invisibles, dans quelque recoin obscur. Le tombereau et toutes sortes d'outils avaient été repoussés le long d'un des murs. Près d'une fenêtre en parchemin huilé, Père avait installé une large planche sur deux tréteaux. Dessus était posée une structure de bois étrange qui ne ressemblait encore à rien. Elle parlait une langue inconnue dont le garçonnet appréciait le mystère. Il en caressait inlassablement les courbures lisses et les chevilles dont les extrémités dépassaient encore un peu. Mais il se gardait bien de toucher aux outils et n'avait aperçu qu'une fois, par accident, un de ces instruments dangereux dont l'usage était voué à un culte secret que Père appelait le «travail». Mais tout cela importait peu puisque la chose qu'Adam préférait entre toutes était un petit escabeau dont il s'était fait un cheval. Invariablement, le galop de ce fougueux coursier rendait son enthousiasme trop bruyant et finissait par attirer dans la grange le géant taciturne, qui revenait toujours le chercher trop vite pour le ramener à la maison. Adam quittait donc à regret sa monture pour suivre docilement son père qui l'attendait à la porte.

Louis laissait volontiers aux femmes le soin de ramener le petit à l'ordre, de le cajoler pour mieux le persuader, d'amender certaines de leurs exigences lorsque plus rien n'y faisait. Si Mère était le centre de l'univers, autour d'elle gravitaient d'indispensables planètes. D'abord, il y avait le père Lionel, qui s'était donné pour mandat d'inoculer à Adam les premiers ferments d'une scolarité encore à venir, ainsi que de solides principes moraux parmi lesquels figurait, comme si cela allait de soi, quelque distrayante partie de marelle ou de billes.

— Quel est le prénom de Mère? lui avait un jour demandé le moine.

— Jehanne, avait répondu Adam.

— Très bien. Et quel est celui de Père?

Le garçonnet avait hésité. «Mais bien sûr, il doit avoir un prénom. Tout le monde a un prénom», avait-il pensé en regardant «Perlionel» et en y réfléchissant très fort. Soudain, il avait trouvé une solution de dépannage:

— «Maître».

Il avait été soulagé de les entendre rire, et le nom de «Louis», qui lui fut révélé, devint un précieux petit coquillage à enfouir dans sa poche.

252

Toinot et Thierry étaient de grands frères taquins qui, à chaque jour, se réservaient un moment pour jouer avec lui. Ils dégageaient une odeur de sauvagine qui l'attirait, mais aussi l'intriguait bien un peu, sans doute parce que Père sentait toujours bon le savon. Hubert, quant à lui, faisait office de grand-père. Il était un peu sourd et c'était sur ses genoux qu'il allait se pelotonner le soir au coin du feu, juste avant le coucher, pour se faire raconter une fable, jamais la même. Le répertoire d'Hubert était inépuisable. Blandine et Margot, elles, n'allaient pas l'une sans l'autre. Elles étaient les satellites maternels qui prodiguaient, selon le besoin, gâteries ou câlins et, chose fort utile, elles savaient se faire les défenderesses de la bonne cause, la sienne assurément, lorsqu'il commettait une bêtise. Comment pouvait-on en vouloir longtemps à cet enfant aux allures d'angelot, avec ses abondantes boucles d'or vieilli légèrement cuivré et ses yeux couleur de pluie pailletés de minuscules fragments d'arc-en-ciel?

Il était facile pour Adam de comprendre tout son petit monde. Sauf Père. Lui, il était un cas à part, une espèce de déité qu'il aimait et craignait tout à la fois. Sans avoir jamais fait l'objet d'une punition ou même de remontrances de sa part, Adam se sentait incapable de désobéir à Père. Les rares paroles que Louis lui adressait étaient trop précieuses pour êtres gâchées. Adam souffrait en secret d'un manque inexplicable. Il eût voulu que, de temps en temps, Père s'arrêtât pour le prendre dans ses bras et que, sans raison, il lui ébouriffât les cheveux de sa grande main. Ces simples marques d'affection, il les recevait pourtant en abondance. Mais ce qui en rendait le manque inexplicable, c'était le fait qu'Adam ne se souvenait pas d'en avoir déjà reçu de Louis.

Père était en général tel qu'il le connaissait: doux, tolérant et peu démonstratif. Mais, à l'occasion, sans qu'Adam comprît pourquoi, Père devenait subitement trop grand, trop noir, et ses yeux lançaient des éclairs. Alors, il lui faisait peur. Lorsque cela arrivait, Adam s'en allait se cacher avec les chats de la vieille tour. Père ne le pourchassait jamais.

Mais dès que Louis lui disait quelques mots ou lui donnait à goûter une des délicieuses pâtisseries qu'il confectionnait à l'occasion, une sorte de magie opérait et l'enfant ne demandait pas mieux que d'abandonner ses craintes comme un serpent abandonne sa vieille peau. Père n'était pas méchant, après tout; il lui arrivait juste d'être un peu effrayant. Il ne fallait pas lui en vouloir puisqu'il était fait comme cela.

*

En dépit de sa forte grippe, Jehanne se sentait l'âme légère depuis que tout prenait enfin sa place dans l'existence de chacun. Pas tout à fait tout, cependant. Il restait un fragment de sa vie qui demeurait incomplet et qu'elle n'arrivait à placer nulle part. Cela la mettait parfois mal à l'aise. Ce fragment se nommait Sam. Il lui arrivait souvent de penser à lui, mais force lui était d'admettre que cela se produisait de moins en moins. Et elle s'en voulait de s'en sentir allégée.

Elle se leva de bon matin et descendit dans la cour. Elle se pencha pour prendre une poignée de neige de la Chandeleur. Au toucher, elle paraissait moins froide que d'habitude et ressemblait à du duvet sur sa paume nue. La jeune femme l'embrassa et la sentit fondre en pétillant sur ses lèvres. Elle retourna à l'intérieur et rit d'y retrouver seulement Miel, son chat jaune. Il était de très mauvaise humeur. Tout honteux, l'animal se promenait à travers la pièce, en quête de secours. Il avait été déguisé avec de petits habits appartenant à la marionnette d'Adam. Louis rentra à son tour. Il faillit mettre le pied sur un chariot miniature en bois rouge.

— Attention, dit Jehanne, juste à temps.

Son mari poussa l'objet malicieux d'un petit coup de pied. La jeune femme ajouta, alors qu'elle se penchait pour ramasser le chariot:

— Oui, mon minet, je m'occupe de toi. Quel chantier, ici. On voit tout de suite que mon petit ange cornu a été confiné à l'intérieur ce matin, hein? Il y a des jouets partout.

— Attendez, dit Louis en prenant le bras de Jehanne et en la contraignant à déposer le chariot par terre.

Il enleva son floternel* et se mit à chercher dans les autres pièces, Miel à ses trousses. Lorsqu'il trouva Adam qui jouait dans l'ancienne chambrette de Jehanne, il en maintint la porte ouverte. Miel décida de changer à nouveau de bon Samaritain et trotta de travers jusqu'à Jehanne pour se faire dépouiller de sa prison d'étoffe.

— Va ramasser tes affaires, ordonna Louis à Adam, d'une façon qui ôta à l'enfant toute envie de remettre cette corvée à plus tard. Boudeur, le garçonnet, suivi de son père, alla dans la pièce à vivre et rassembla ses jouets épars. Il retourna ensuite dans la chambrette, les bras chargés. Il laissa tout bruyamment tomber à ses pieds et claqua la porte.

— Non, Louis! dit Jehanne.

Cette fois, c'était elle qui retenait son mari par le bras. Il consentit à renoncer et se détendit quelque peu.

— Vous me trouvez trop sévère, dit-il.

— Je sais que cela devient plus difficile vers les deux ou trois ans

254

qu'avec un bébé tout innocent et dépourvu de la moindre malice. Il est turbulent, mais il n'a quand même que quatre ans.

— C'est l'âge de raison. Je l'ai laissé aller tant que j'ai pu.

— Vous dites vrai, bien sûr.

— Maintenant, il va falloir qu'il cesse ses babillages et qu'il apprenne à se maîtriser. Nous ne sommes pas à son service. Surtout pas vous, pas avec cette fièvre. Je vous jure que moi, à son âge, si j'avais laissé traîner le moindre truc...

Il secoua la tête et soupira.

— Bon, ça va, laissez tomber et retournez au lit.

Il se détourna, les épaules voûtées comme s'il allait s'effondrer sous un faix trop pesant. Il se sentait déshumanisé en face de cet Adam trop humain et il eût dû savoir qu'essayer d'entrer en contact avec lui allait être voué à l'échec. Toutes ses tentatives n'avaient été que des reproductions mal faites de la manipulation mentale qu'il avait lui-même subie. Son tourmenteur eût dû, tout comme lui, être humain. Firmin avait été un semblant de père. Mais Louis n'en avait pas connu d'autre. Il avait aimé Firmin. Et voilà que, lui aussi, il était un semblant de père. Cette fausse identité, cette similitude entre Firmin et lui le rendaient malade de dégoût. Mais il ne savait pas quoi faire. Il décida d'aller travailler dehors, pendant que Jehanne retournait se coucher.

Un peu plus tard, le père Lionel descendit après sa sieste. Il trouva le rez-de-chaussée désert et tranquille. Seul le chat jaune qui, une fois dépouillé de ses habits, avait retrouvé sa sérénité, et s'était lové près de l'âtre. Des casseroles tintaient dans la cuisine. Il s'étirait et ébouriffait sa chevelure courte mais inégale en se demandant à quelle tâche il allait se consacrer, lorsqu'il entendit une voix flûtée, furieuse, de l'autre côté d'une porte fermée. Intrigué, il résolut d'aller y jeter un coup d'œil discret. Avec d'infinies précautions, il entrouvrit à peine la porte. Adam jouait avec ses figurines en bois.

— Non, je t'aime pas. Va-t'en! cria l'enfant, qui avait le dos tourné.

Entre ses mains, l'un de ses personnages se cogna contre un autre qui, soudain abandonné, tomba raide mort sur le plancher devant lui. Lionel put s'éclipser sans se faire repérer. Il referma doucement la porte, le temps de reprendre ses esprits. L'aumônier inspira profondément pour se donner du courage avant de cogner à la porte de la chambrette. Pas de réponse.

— C'est moi, Adam. Puis-je entrer?

— Oui.

Lionel entra et alla s'asseoir par terre, en face du garçonnet. Il demanda, en désignant les figurines :

— C'est ton père qui les a fabriquées, n'est-ce pas?

Adam hésita imperceptiblement.

— Oui, mais c'est pas grave. Tenez.

Il lui remit la figurine articulée et peinte qui avait été abandonnée devant lui. Le religieux la prit et l'examina de plus près. Elle était de belle facture. Ses traits, bien qu'anonymes, étaient agréables à regarder.

— À quoi jouais-tu? demanda Lionel à l'enfant.

— À nous autres. Tenez, je vais vous montrer.

— Où est donc passée l'éternelle histoire du preux chevalier et de sa dame en détresse? demanda Lionel tout bas.

— Quelle dame en détresse?

— Non, rien. Je t'écoute.

— Celui-ci, c'est moi.

— En effet, il s'agit bien d'un garçon.

— Celui-là, c'est vous. Elle, celle qui est couchée dans le petit lit, c'est Mère. Elle est malade.

— Mais Mère n'a pas les cheveux blonds.

— Je sais. Mais on fait comme si.

— D'accord.

— Et ça, c'est Père, dit-il en lui montrant la figurine qu'il serrait fort par la taille.

— Mais c'est celui qui n'aime pas le petit garçon.

Adam acquiesça et expliqua :

— C'est ça. Mais lui, le petit garçon, il le sait pas qui c'est son père. Il le connaît pas. Il fait juste le voir.

— Vraiment? Et que se passe-t-il, ensuite?

— Je sais pas.

Adam se désintéressa soudain de son jeu et s'en alla à la cuisine pour y réclamer une galette avec un bol de lait tiède à la cannelle. Lionel demeura seul au milieu des personnages délaissés. Il était très malheureux.

*

— «Aime ton prochain», c'est bien beau, tout ça. Mais si vous vous attendez à ce que je me mette à aimer tout le monde que je vois, vous risquez d'être déçu, dit Louis à confesse.

— Qu'entends-tu par là? demanda Lionel.

Du pouce et de l'index, Louis montra un espace de très petites dimensions. Par ce geste enfantin, il avouait sa conception rudimentaire de l'amour selon laquelle ce dernier était quantifiable

comme autre chose. Lionel fut convaincu que son fils devait imaginer, avec une parfaite honnêteté, des parcelles d'amour soigneusement réparties en doses minimes, comme des remèdes. Louis dit
encore :

— Écoutez, l'enfant ne manque de rien. Ça donnerait quoi que
je l'aime en plus ?

— Ce que cela donnerait ? Mais, Louis, l'amour ne se mesure
pas. On n'en manque pas pour en avoir trop donné. Ce n'est pas
non plus une question de mérite ni de profit. C'est là un principe
qui s'est profondément implanté dans notre mode de pensée
patriarcal et il est mauvais. L'amour doit être comme celui de la
mère, il doit être total et inconditionnel.

Louis baissa la tête et regarda pensivement ses mains. La mèche
rebelle qui lui barrait le front se dessina dans la grille du confessionnal.

Le religieux dit :

— Tous, nous passons notre vie en quête de ce genre d'amour.
Toutes les œuvres, toutes les passions humaines, qu'elles soient
bonnes ou mauvaises, qu'elles soient visibles ou non, tendent vers
ce seul but. Civilisation, musique ou cathédrale, chacune de nos
créations est un moyen que nous avons trouvé pour donner un sens
à notre présence en ce monde et pour transcender ce qui ne serait
autrement qu'une existence banale, limitée au maintien de la vie.

— Autrement dit, je me suis trompé sur toute la ligne. Moi, j'ai
voulu survivre pour me venger. Mes passions étaient mauvaises...

— Je n'irais pas jusqu'à dire que tu t'es trompé, non. Tu as
cherché à combler le vide de la seule façon qui t'était accessible.

— Mais quand je suis arrivé à mes fins, je ne me suis pas senti
mieux.

— Non, sûrement pas. Mais tu y arriveras si tu deviens capable de
te convertir à une nouvelle façon de donner un sens à ta vie. Toutes
les conditions idéales sont réunies pour que tu y parviennes. Si tu
peux t'éveiller à cela, mon fils, alors tu te mettras à éprouver ce que
peut être réellement la vie dans ce qu'elle a de plus merveilleux. C'est
assez difficile à expliquer. Mais, tant que tu n'auras pas vécu cela une
fois, j'aurai beau t'en parler, tu ne comprendras pas.

Louis releva la tête.

— Je pense que je comprends. Un peu.

— Si tu parviens à domestiquer l'amour, tu en ressentiras la
force régénératrice tout autant, sinon plus, que tu as pu être galvanisé par ta haine.

— Ça me paraît assez logique.

— Je te l'ai dit, cette forme de passion là aussi, la cruauté, est une réponse au problème de l'existence. Même l'homme le plus cruel est d'abord humain. Il est aussi humain que le saint. C'est seulement un homme qui s'est trompé.

— Alors là, je vous suis.

— Mais, attention : comprendre n'est pas excuser. Par là je ne veux pas dire que la cruauté n'est pas un vice ; j'entends seulement que ce vice est humain. C'est un vice qui détruit la vie, le corps et l'esprit de celui qui en est atteint tout autant que ceux de ses victimes.

— Comme dans mon cauchemar, dit Louis sans y penser.

Lionel, qui avait déjà repris son souffle afin de poursuivre son discours, s'interrompit brusquement pour demander :

— Quel cauchemar ? Tu faisais donc des rêves ?

— Juste celui-là. Je ne le fais plus.

— Alors je m'abstiendrai de te demander de me le raconter. Dis-moi seulement s'il exprimait cette perversion, ce paradoxe de la vie se retournant contre elle-même dans son effort pour se donner un sens.

Complètement immobile derrière la grille, Louis marqua un temps de réflexion.

— Oui, c'était bien ça. Je pense à une chose. J'ai fait un autre rêve, à mon retour. Il a fait cesser le premier que je faisais tout le temps. C'était... comme si je n'avais jamais accepté de le continuer jusqu'au bout et qu'à cause de ça, je m'étais trompé. En réalité ce n'était pas un mauvais rêve du tout. C'était même très beau.

Soudain, Lionel se mit debout dans son cagibi et s'y cogna la tête. Il se rassit, la main sur le crâne, des cheveux se hérissant entre ses doigts. Il fit glisser le grillage avec impatience et empoigna Louis par la nuque.

— Hé ! Mais qu'est-ce que...

Louis se retrouva incliné vers la grille ouverte, front à front avec son père, qui dit, d'une voix émue :

— Dieu tout-puissant, quel bonheur. Louis, tu n'étais cruel que parce que l'amour de la vie, qui est une chose naturelle dont nous sommes tous nantis, était chez toi en sommeil. Or, ce qui est en sommeil n'est pas mort. Cet amour chez toi est en train de s'éveiller.

*

C'était un jour d'hiver doux, mais maussade. Tout le monde était occupé. Jehanne, toujours grippée, était alitée. Adam s'ennuyait. Par désœuvrement, il endossa son petit surcot de laine et sortit dans la cour. Un large billot était planté en face de l'auvent où l'on stockait le bois de chauffage. Il alla s'y asseoir. Juste devant lui était posé un second billot plus large. Debout dans l'aire spacieuse dont la neige piétinée avait été saupoudrée d'esquilles de bois, Père travaillait. Les lacets de son floternel* à demi détaché pendaient et suivaient le moindre de ses mouvements.

Une bûche se fendit en deux sous la hache de Louis et fit apparaître l'aubier doré comme du pain. Un rondin noueux remplaça les deux tronçons sur le billot, et Adam, hypnotisé, vit les bras puissants de Père s'élever de nouveau. Armés de cet outil dont ils ne paraissaient pas sentir le poids, ils s'abattirent en un éclair. À l'instant précis où la hache toucha sa cible, Louis ahana. Il fit le même mouvement des poignets, presque imperceptible, qui lui permettait d'accélérer une décapitation, et le bois tressé se sépara de façon nette, en produisant un bruit sec, violent, trop primitif pour appartenir à celui qui savait façonner les délicats gâteaux fourrés à la confiture dont il raffolait.

Louis se pencha pour éloigner les quartiers de bois qui commençaient à encombrer le pourtour du billot. Son nez produisait à un rythme régulier de petits nuages blancs qui disparaissaient toujours sans raison valable. Le visage dur de l'homme se tourna brièvement vers Adam.

Il lui revint à l'esprit les bribes d'une conversation qui avait eu lieu la veille entre son père et lui, alors qu'ils se prélassaient au coin du feu une fois que tout le monde fut allé se coucher. Lionel avait dit: «Un trop grand nombre d'enfants meurent en bas âge, je le sais, mais je n'ai jamais pu comprendre comment on pouvait s'empêcher de s'attacher à eux. Tu le sais, je suis de ceux qui sont convaincus qu'en dépit du sacrement du baptême, sans l'apport de l'amour, l'individu demeure incomplet. Si l'individu existe bel et bien, il ne peut être que "métal qui résonne", comme le dit si bien saint Paul[62]. À propos, je me suis toujours demandé quand exactement l'être humain commence à exister. Est-ce au moment de la conception ou quand l'enfant à naître a pris nettement forme humaine? Certains disent que c'est à la naissance, d'autres à la fin du sevrage; mais moi, je soutiens que la plupart des hommes ne naissent réellement qu'à leur dernier souffle.»

Louis fendit une nouvelle bûche, puis s'interrompit encore pour regarder l'enfant. Il ramassa un morceau de bois et le lui tendit d'une seule main. Adam quitta son siège et s'approcha. Il prit dans ses bras la bûche qui, soudain, lui sembla énorme et rude. Louis se prépara une brassée de bois qu'il emporta sous l'auvent, invitant en silence son fils à faire de même. Pendant qu'il empilait le bois de façon impeccable, Adam vint poser sa bûche aux pieds de Père, qui lui dit:

— Continue.

Adam retourna donc près du billot pour cueillir une seconde grosse bûche qu'il transporta vers son père, procédant de même avec une troisième et une quatrième, bien patiemment.

Peu après, Louis reprit sa hache jusqu'à ce qu'une autre accumulation de bûches fendues congestionnât de nouveau l'aire de travail. Le petit Adam, sans oser prononcer un mot, continuait à transporter des quartiers un par un. Louis fit une pause et le regarda faire un moment. Cela intimida le garçonnet, qui s'empressa de chercher à faire bonne figure en ramassant un morceau plus gros que les autres. Tout à coup, Adam échappa la bûche et s'enfouit le bout des doigts de sa main droite dans la bouche. Ses yeux se remplirent de larmes.

— Qu'est-ce que tu as? demanda Louis.

Adam refoula courageusement sa douleur tout comme ses larmes et chercha une issue. Il répondit:

— Rien. C'est juste que je veux plus faire ça.

— Je n'ai pas terminé.

— Moi, j'ai soif. Je veux rentrer.

— Pas tout de suite.

Il montra la bûche aux pieds d'Adam.

— Nous travaillons tous. Il est temps pour toi aussi de te rendre utile.

— Mais j'ai envie de faire pipi.

Louis s'approcha avec son regard qui le transperçait d'une façon si insoutenable qu'il lui donnait l'impression de mentir même s'il disait la vérité. Terrorisé, le petit recula d'un pas. Il se tortilla et finit réellement par uriner dans ses braies. Pour détourner l'attention de Père, il s'empressa de ramasser sa bûche de la main gauche.

— Lâche ça. Fais voir ta main, fit la voix sèche de Père juste derrière lui.

Adam faillit laisser tomber le quartier de bois sur le pied de Louis et dut se résigner à lui tendre la main.

— Pas celle-là. La dextre*, dit-il en la pointant.

Louis n'y toucha pas. C'était inutile: il avait localisé en un coup d'œil l'écharde qui s'était fichée dans la paume tendre du garçonnet.

— Ça fait mal, avoua l'enfant, maintenant que la chose n'était plus un secret.

— Je sais. Il faut que je te l'enlève.

— Non, je veux pas! cria-t-il en s'essuyant le nez avec sa manche sans tenir compte de la désapprobation que ce geste suscitait toujours chez son père. C'est Mère qui va le faire. Je veux Mère!

— Pas question. Elle est malade et je t'interdis d'aller la

260

déranger pour des bêtises. Attends-moi ici.

—Je veux voir Mère!

—Ça suffit.

—J'ai plus mal à la main. J'ai mal au cœur! Moi aussi, je suis malade.

—Tais-toi. Tout de suite!

Louis le dévisageait. Ainsi, Adam dut-il entreprendre le pénible apprentissage consistant à refouler un nouveau type de larmes, celui qui avait l'heur de laisser sur la langue un affreux goût amer.

Mais, peu après, coincé entre les jambes de son père qui s'était assis sur le billot, l'enfant cessa de chercher à retenir ses sanglots.

—Donne ta main, dit Louis.

Incapable de se débattre ni d'échapper à l'étau qui lui serrait le poignet, il sentit une aiguille passée à la flamme pénétrer sous sa peau tandis que son père, penché sur lui, procédait à l'extraction avec une certaine douceur.

—Moi, quand j'étais jeune, je ne pouvais me les enlever que le dimanche, dit-il en guise de consolation.

L'épreuve fut enfin terminée. Louis essuya les larmes du garçonnet avec ses gros pouces et lui offrit son mouchoir pour qu'il s'éponge le nez.

—Du calme, va. C'est fini, dit-il.

Ces mots de réconfort, pourtant si familiers, avaient quelque chose d'inusité et de gênant lorsqu'ils étaient prononcés par lui. Adam demanda:

—Pourquoi vous m'aimez pas, Père?

Il était de ces fois où les questions d'enfant n'avaient pas leur pareil pour produire l'effet de la foudre tombant sans prévenir d'un paisible ciel hivernal. Saisi, Louis chercha à tout prix un moyen de ne pas répondre. Il se donna un air de distraction factice et dit:

—Rentrons. Il faut que je te mette de l'eau-de-vie à la sauge.

Ils marchèrent jusqu'à la maison. Adam n'insista pas.

Margot se trouvait à la cuisine. Elle était en train de préparer un délicieux pot-au-feu de volaille qui embaumait la grande pièce. Adam en fut rasséréné à l'instant. Il se jeta dans les jambes de la vieille domestique.

—Hum, ça sent bon! Je peux en avoir tout de suite? Père m'a enlevé une écharde. Ça m'a fait très mal. Je me suis mouillé aussi. Est-ce que je peux avoir du lait?

Ce fut pourtant Louis qui se trouva le plus réconforté par l'arôme du pot-au-feu. Avec lassitude, il prit place à table en se frottant les yeux comme s'il avait été ébloui.

« Pourquoi vous ne m'aimez pas, se dit Louis en pensant à ce qu'Adam avait demandé. Cette question-là, je me la posais, moi aussi. Et je n'étais pas son fils. » Il se revit enfant, et il eut mal.

— Le processus de guérison tient dans la paume de ta main, mon petit Adam. Mais, dis-moi : qui donc vient d'enlever une écharde à qui ? demanda soudain la voix de Lionel.

Louis sursauta. Le moine et Adam s'étaient attablés devant lui sans qu'il s'en rende compte. Ils lui souriaient d'un air entendu.

*

Hiscoutine, quelques jours plus tard

Durant toute cette matinée-là, Adam, surexcité, passa d'un jouet à l'autre sans parvenir à fixer son attention. Peu avant le dîner, il mordit avec hargne le coin d'un bloc qui refusait avec obstination de compléter la maison qu'il était en train de construire. Un petit chariot fou alla buter contre la jambe de Louis qui somnolait près du foyer.

— Je les déteste, ces vieux jouets, cria Adam avec frustration.

Lionel, qui s'était installé à table pour lire, dit :

— Qu'est-ce qui ne va pas avec ces jouets ? À moi ils me semblent en parfait état. Allez, montre-moi ce machin, petit voyou.

— Je suis pas un voyou. Ils sont tout brisés, bon. J'ai faim. Je veux du blanc-manger. Non, du gâteau. Avec du lait sucré.

— Nous passons à table dans un instant, Adam. Un peu de patience.

— Non ! J'ai trop faim.

On n'osa pas réveiller Louis quand le moment fut venu de passer à table. L'enfant, qui avait tant insisté pour grignoter avant l'heure, ne fit pourtant que picorer dans l'écuelle des autres. Au bout de cinq minutes, il se mit à bougonner :

— Je m'ennuie. Je veux m'en aller jouer.

— Mais tu n'as rien mangé, fit remarquer Blandine.

— Oui, j'ai mangé. J'ai plus faim.

— Pardieu, petit, intenable comme tu l'es, nous allons sûrement avoir de la neige à profusion, grogna Hubert, dont la patience était pourtant reconnue comme exemplaire.

— Non ! cria Adam à l'imprudent qui avait eu le malheur de protester.

L'enfant se mit à bombarder Hubert avec des miettes de pain dont certaines étaient beurrées.

— Hé ! là !

— Qu'allons-nous bien pouvoir faire de cette tempête humaine, mes amis? demanda Lionel.

Encore un peu grippée, Jehanne ne pouvait leur être que d'un vague secours. En revanche, Louis remua, du coin où il s'était endormi. Il se leva et s'étira discrètement, puis se joignit à eux. Son arrivée donna un répit à tout le monde : Adam dut se contenter de bouder et de rester assis à sa place, les bras croisés, afin d'éviter une réprimande paternelle.

— Cette trêve est la bienvenue, dit Lionel.

— Quelle trêve? demanda Louis.

Ils regardèrent tous en direction d'Adam, qui lâcha un retentissant :

— J'ai rien fait!

Le maître servit lui-même au garçonnet une louchée de haricots et lui beurra un morceau de pain. Il dit :

— Plus un mot. Mange. Après, nous aviserons.

L'enfant avala le contenu de son plat sans dire un mot. Bien qu'il s'efforçât de ne pas quitter son humeur maussade, il dut se rendre à l'évidence que la nourriture était délicieuse, comme toujours lorsque c'était Père qui la lui offrait. Car c'était peut-être un signe qu'il l'aimait.

Louis ingurgita son repas un peu plus rapidement que d'habitude et ne participa aucunement aux conversations des autres, ce qui était coutumier chez lui. Il se leva et sortit sans donner d'explications pendant que Margot mettait de l'eau à chauffer pour une infusion.

— Il est fâché contre moi? demanda Adam d'une toute petite voix.

— Je ne crois pas, non, répondit Thierry.

— Depuis quelque temps, dit Toinot, il va travailler dans la forêt, du côté de la colline. Mais j'ignore ce qu'il y fait au juste. Je n'ai pas vu d'arbres à terre.

Dans l'écurie close, Tonnerre trouvait le temps long. Entre ses promenades quotidiennes avec Louis, il n'avait pour distraction que la compagnie d'un cochon, ainsi que d'une chèvre et d'une brebis qui bêlaient parmi la volaille répandue autour d'elles. Louis s'occupa un peu des bêtes avant d'aller dans la grange, puis il rentra à la maison en traînant derrière lui une luge toute neuve. Il en laissa tomber la corde et vint reprendre sa place à table comme si de rien n'était. Personne n'osa ouvrir la bouche. Adam se tortilla sur son banc pour regarder la mystérieuse structure qu'il avait admirée tant de fois dans la grange. Complétée, elle avait pris tout son sens. La courbure de ses deux patins était irréprochable et ses montants avaient été peints en rouge. Louis ne quitta pas l'enfant des yeux, ce qui fit demander à ce dernier avec hésitation:

—Pour moi? C'est la Noël?

Les domestiques éclatèrent de rire. Louis expliqua:

—Elle n'était pas finie à la Noël. J'ai eu besoin d'aide. Tu peux remercier Thierry.

Mais Adam quitta son banc et sauta au cou du maître, qui dut reculer un peu pour que l'enfant ne renverse pas son gobelet d'infusion. Il tapota le petit dos avec sa grande main sans voir les autres qui souriaient à la scène, heureux.

—Merci, Père!

—Sans façon.

Adam lui appliqua un baiser collant sur la joue et se retourna pour dire:

—Merci, Thierry!

—J'ai aussi monté deux peaux cirées sur des cadres ronds, dit Louis. Ça fait comme de grosses soucoupes. Qui veut en jouer?

—Moi! Et je suis prêt à provoquer en duel quiconque osera me contester ce privilège, clama Lionel en allant décrocher sa houppelande de l'une des chevilles du mur près de la porte.

—J'aimerais y aller aussi, dit Jehanne.

—Vous en êtes certaine? lui demanda son mari.

—Je me sens mieux et le grand air me fera du bien.

—Dans ce cas, allez voir dans mon coffre et prenez-y de mes chausses. C'est plus commode pour marcher dans la neige.

—Voyons, ce n'est pas convenable, protesta Margot.

À la vue du visage de Jehanne qui rosissait déjà de plaisir, la domestique n'eut pas le cœur de pousser plus avant ses réflexions sur le comportement correct d'une noble dame. Louis se tourna quand même vers la servante et dit:

—Je sais. Ce sont les habits d'un homme. Pire encore, ceux d'un bourrel*. Mais je ne fais que les prêter à celle qui partage déjà mon lit.

—Oh!

—Tu crois peut-être que les arbres vont en être scandalisés? Personne d'autre que nous ne va dans ce bois.

—Je... Bon, alors faites comme si je n'avais rien dit. Cependant, Jeannette, il faudra me laisser en faufiler les rebords; ils seront beaucoup trop longs.

—Bien entendu, ma bonne Margot. Merci, tu penses à tout.

Il avait neigé la veille. Les nuages commençaient à s'amincir et bientôt le disque à peine doré du soleil en perfora le tulle argenté afin de passer par une déchirure. La neige conférait aux objets assoupis une forme insolite. Le plus insignifiant des buissons avait en une seule nuit changé d'aspect : arrogant sous sa chape de fourrure blanche, il attirait tous les regards.

Le cortège s'ébranla depuis la cour vers un pré que bordait le bois. Tandis que le père Lionel allait en tête de file avec sa traîne, Adam, qui tenait lui aussi à être devant, s'arrêtait sur la moindre bosse afin d'essayer sa luge. Jehanne et Louis fermaient la marche. Le géant s'était chargé de la seconde traîne, et ils bavardaient tranquillement. Venus on ne savait d'où, des flocons excités se déposaient sur leur chevelure pour y jouer. Jehanne sourit et dit :

— Je collectionne des flocons dans mes cheveux et des idées dans ma tête.

Elle se retourna vers la maison au-dessus de laquelle montait, docile, la fumée de l'une des cheminées.

— Il y a du monde qui est sorti, remarqua Louis. Je dirais Thierry, Toinot et Blandine.

— Je suis certaine que c'est pour se joindre à nous.

Le petit groupe atteignait l'orée du bois. Les diamants palpitant dans la neige éblouissante s'éteignirent un à un, solennellement, comme les lampions d'une chapelle. Tout près d'eux, un chêne qui n'admettait pas l'existence de l'hiver refusait avec obstination de se départir de ses feuilles.

Une autre surprise attendait la petite famille dans la colline. Une longue piste avait été aménagée sur la pente au bas de laquelle sinuait un ruisseau en sommeil. Louis avait secrètement dégagé un espace du moindre obstacle et avait piétiné la neige avec soin, au fur et à mesure qu'il s'en était accumulé depuis décembre. Il y avait sans relâche trimballé des seaux d'eau qu'il y avait versés afin de solidifier la couche durcie des rebords, dans les tournants, au bas desquels chaque nouvelle neige avait bien adhéré. Enfin, il avait clôturé les passages dangereux avec des pieux ou des murets de pierres grossièrement maçonnés dont la base avait été elle aussi poncée de neige durcie. Une telle piste était conçue pour changer le moindre paillasson écorché en bolide enivrant.

— Dieu du ciel ! dit le moine avec admiration.

— Attendez-moi, père Lionel ! appela Adam.

Le moine fut le premier à se lancer à la conquête de la pente. Il l'avait déjà dévalée à moitié lorsque la seconde peau cirée, qui contenait Jehanne, tournoya à sa rencontre, la jeune femme s'étant empêtrée dans la corde qui servait à la tirer. Louis, qui s'était pris les pieds dedans et avait trébuché, suivit tout le monde en bas sans véhicule. Il fonça sur Adam à mi-course et, d'un même élan, dans un entrelacement de bras et de jambes, ils s'en allèrent à la rencontre d'une bordure.

Lionel gravit la pente, écharpe jaune au vent tel un étendard, et se lança n'importe comment dans une nouvelle descente.

— Oh non, pas à reculons! Les arbres n'attendent que ça!

Adam avait boulé, hilare, sur les cuisses d'un Louis éberlué.

— On y va ensemble, Père!

Ainsi, le garçonnet assis dans la luge eut-il le bonheur de se faire remonter en haut de la pente par Louis. L'homme prit place derrière et tint la corde, un bras de chaque côté de l'enfant. Adam aima le sentiment de sécurité que cela produisit. Pendant ce temps, les domestiques avaient convenu que le redoux était un moment tout désigné pour faire une promenade. Ils avaient abandonné Hubert et Margot à la quiétude de la maison et avaient rejoint la famille pour se repaître du spectacle et bavarder.

Lionel, essoufflé par une remontée faite en hâte, dit:

— Comme je t'envie ton corps d'athlète, Louis. Ouf... Mais qu'importe! Oublions soucis, rhumatismes et jours maigres. Nous voici tous redevenus gamins grâce à notre précieux Adam et à vos bouts de bois.

Plaf! Une balle de neige explosa au-dessus de la tête du bénédictin et fit partir son chaperon.

— Silence, moine! fit Louis, dont les yeux pétillèrent malicieusement.

Il prit son élan d'un seul pied pour détaler en bas de la pente, emportant avec lui le rire guttural d'Adam. Lionel se recoiffa en hâte et partit à leurs trousses.

— Ah, mes enfants, vous ne m'échapperez pas comme ça!

Le bénédictin fit voler une gerbe de neige en négociant un virage de trop près.

— Malédiction, je viens de perdre une heuse*.

Il leva la jambe afin de protéger son pied enveloppé de bandelettes.

— Ding! Dong! Ding! Dong! Alerte! Il y a un obstacle sur la route! cria-t-il avant d'être avalé par un nuage de neige.

Alors qu'il détaillait l'arbre qui l'avait arrêté, Lionel aperçut Blandine qui lui rapportait sa chaussure fugueuse en riant.

Au bas de la pente, Louis s'était rendu compte qu'il avait perdu Adam et sa luge en cours de route. L'enfant s'échappait avec son traîneau. Il avait déjà entrepris de remonter la pente, les joues en feu et trébuchant à chaque pas à cause de son fou rire. Pendant ce temps, une traîne tournoyait à toute vitesse droit vers lui.

— Allez, ouste! Ouste! criait Jehanne.

Louis eut tout juste le temps de rouler hors de la piste, de se

266

relever et de plonger tête première dans de la neige molle en perdant son chaperon. Jehanne s'arrêta un peu plus bas et courut jusqu'à lui avec sa traîne. Il était resté assis dans la neige et ressemblait à une grosse borne noire. Elle s'écroula de rire à côté de lui. Il dit, encore confus :

— C'est le moine qui va être content. Parce qu'avec une telle façon d'agir, à me faire foncer dedans comme ça et à risquer de me rompre le cou, je vais bien être obligé d'apprendre à prier.

Au crépuscule, le retour à la maison fut rempli de chants assez bien rendus par tous les adultes, y compris Louis qui traînait Adam sans rechigner. L'enfant s'était improvisé comme auditoire et applaudissait leurs prestations qu'il trouvait magistrales, même si elles ne l'étaient pas. Lionel interrompit le chant pour pousser un soupir de contentement :

— Ah, l'après-midi a filé aussi vite que nous, n'est-ce pas, cher Louis ? À l'égal de notre adorable bambin, rose et frétillant...

Lorsqu'il se rendit compte que son fils ne l'écoutait pas, le moine s'en approcha subrepticement et parvint à insérer un peu de neige dans son col étroit. Elle se mit à fondre le long de l'épine dorsale en laissant une traînée d'eau glacée. Louis se tortilla, lâcha la corde et s'élança à la poursuite du farceur qui finit par se retrouver étendu sur le dos, le visage lessivé sans ménagement par deux grandes moufles de cuir. Adam sauta au cou de son père qui avait le dos tourné et lui arracha son chaperon avant de prendre la fuite en direction du pré enneigé. Louis rugit et partit à sa poursuite. Il disparut avec lui dans un bosquet, où les rires et les cris suraigus d'Adam montèrent rejoindre les nuages perlés qui annonçaient la tempête pour la nuit suivante.

— Leur énergie est stupéfiante, fit remarquer Lionel, crachotant et le visage rougi, en reprenant sa marche en compagnie des autres vers la maison.

Dans le bosquet, la neige molle qui s'était accumulée permit au duo d'entreprendre un corps à corps qui se solda par une trêve. Le père et le fils, qui s'étaient l'un l'autre adoptés, s'étendirent côte à côte sur le dos au pied d'un grand pin. Un rayon cuivré du couchant fit scintiller une neige fine en suspension dans l'air telle une poussière d'étoiles. Ils la laissèrent leur chatouiller les yeux dans un bienheureux silence.

Pour la seconde fois de sa vie, Louis ressentit cette impression d'émerger, de vivre enfin. Il prenait subitement conscience d'une foule de petits détails qu'il n'avait jamais remarqués auparavant, de ces choses qui eussent dû s'accumuler sa vie durant pour composer d'heureux souvenirs. « C'est donc ça, vivre », songea-t-il. Ses années passées étaient un cloaque, elles se brouillaient sous ses yeux comme s'il les regardait à travers de l'eau croupie. « J'étais comme éteint », se dit-il.

À ses côtés, Adam dessina un ange en agitant les bras et les jambes.

*

Hiscoutine, été 1376

Les cueilleurs étaient éparpillés dans une grande clairière tout emperlée de pépiements d'oiseaux et dépouillaient joyeusement les fraisiers bas qui y rampaient au soleil. Les plants étaient si chargés de baies qu'il suffisait de glisser la main au hasard sous les feuilles pour atteindre presque à coup sûr une petite gemme rouge en forme de cœur.

— C'est la plus belle saison que j'aie vue depuis longtemps, dit Thierry.

— Je n'ai jamais passé autant de temps à faire des conserves depuis que nous avons quitté le Languedoc, renchérit Margot.

Blandine se passa la langue sur les lèvres.

— Songez à toutes les tartes, aux gâteaux...

— Aux beignets! dit Adam, les joues gonflées par les petits fruits, dont certains n'étaient pas équeutés.

Il les dévorait à pleines poignées. Louis fit remarquer :

— Ça, ce sera s'il en reste, hein. Penses-tu que tu pourras nous en laisser?

— Non, je vais manger tout mon seau. Regardez!

L'enfant culbuta presque dans son grand seau plein aux deux tiers qu'il transporta laborieusement jusqu'au maître pour le lui montrer.

— Il y a de la terre, là-dedans, petit homme. Veux-tu bien me dire ce que tu as fait? demanda Margot.

— Bien, j'en ai mangé.

— Qu'est-ce que tu as mangé?

— Ce n'est pas de la terre, c'est du pain d'épice!

— Miséricorde, quel bredi-breda*. Eh, ce nuage qui s'en vient me semble bien courroucé. Il a un ventre porteur d'orage.

— Nous ferions bien de rentrer, dit Louis. Allez, petit, donne-moi ton seau, que je trimballe tes cailloux, tes insectes et peut-être quelques fraises si nous avons de la chance.

268

—Je suis capable de l'emporter tout seul. Il n'y a pas d'insectes. Presque pas. Juste cette belle chenille. À la maison, je vais la mettre ailleurs.

—Ah oui? Et peut-on savoir où au juste, mon chenapan? demanda Margot.

Le gros nuage bleuté parut s'apercevoir de leurs intentions. Il en profita pour envahir le ciel jusqu'au-dessus des têtes couvertes de voiles ou de chapeaux de paille. Les premières gouttes glacées tombèrent en rendant un son mat. Immédiatement, un agréable parfum d'été monta à leurs narines pour se mêler au jus rouge des fraises. Les arbres exposèrent davantage le dessous argenté de leurs feuilles, et les graviers du sentier qu'ils empruntaient étincelèrent tout à coup comme des bijoux primitifs. Le petit garçon se détacha du groupe et se mit à danser. Il ressemblait à un pantin verni.

Louis rejoignit Adam afin de lui chuchoter quelque chose à l'oreille:

—Des vers pour la pêche.

—Oui!

Ils furent les seuls à rester derrière sous la pluie battante. Ils ne revinrent à la maison que le temps de prendre dans l'appentis leur fourniment de pêche.

Dès la fin de l'ondée, le soleil réapparut et dévoila d'innombrables diamants qui étaient accrochés aux feuilles lustrées tandis qu'ils marchaient en forêt. Louis commença à enseigner à Adam le nom de certaines plantes ainsi que leur usage. Il lui apprit à reconnaître les arbres par leur feuillage et leur écorce. Ils découvrirent ensemble quelques mystérieux terriers et des nids d'oiseaux dans lesquels, parfois, patientait un petit groupe d'œufs tachetés.

Lorsqu'ils atteignirent le ruisseau qui alimentait en vigueur une compagnie d'arbrisseaux, ils le longèrent jusqu'à un lieu où il s'élargissait et devenait presque aussi creux qu'une petite rivière. La berge rocheuse avait pratiqué une large brèche dans l'antique forêt. Un soleil paresseux s'y attardait, les invitant à faire de même. Alors, sous prétexte qu'il leur fallait se sécher avant de rentrer, Louis choisit un secteur précis et déposa ses seaux pour débusquer une vieille barque sous les exclamations ravies du petit garçon. Ils s'y installèrent afin d'y passer le reste de l'après-midi.

À un moment, Louis posa sa canne au fond de la chaloupe et se leva. Il mit une main en visière pour regarder en direction de la berge.

—Tu as vu ça?

—Quoi? demanda Adam.

Il imita son père et se mit lui aussi debout, une main en visière.

— Une biche avec son petit. Là, dans ces buissons. Ils s'en venaient boire.

— Je ne vois que des bouhaureaux*.

— Ils n'y sont plus.

Sans prévenir, Adam donna une secousse brutale à l'embarcation et manqua la faire chavirer. Louis perdit l'équilibre. Il tomba à l'eau à la renverse en faisant force éclaboussures, accompagné des vociférations des malards et du rire guttural de l'enfant qui restait seul, plié en deux, dans la barque. N'y tenant plus, il s'accroupit et se laissa lui aussi glisser dans l'eau claire afin d'y patauger jusqu'à son père, qui lui fit remarquer :

— On était presque secs.

— C'est pas grave, puisque vous savez nager aussi bien que moi. Vous avez appris où?

— En tombant dans la Marne, quand j'étais gamin.

Il grogna et donna une volée de tapes à la surface de l'eau. Adam disparut sous une grande gerbe et, parce qu'il riait toujours, but la tasse. Les canards se regroupèrent et les laissèrent s'arroser l'un l'autre sous le regard indulgent de vieux saules penchés au-dessus d'eux.

Ils ne revinrent à la maison avec leurs prises qu'au coucher du soleil. Margot, qui s'était assise dehors, s'occupait d'équeuter des fraises que Louis avait cueillies. Le seau d'Adam attendait son tour, et l'enfant alla le chercher dans le but, avoua-t-il, de le montrer au moine.

— Père Lionel! Vous avez vu toutes les fraises que j'ai ramassées!

— Oh! mais c'est fantastique, ça, mon petit homme. Dis-moi, les as-tu toutes ramassées à toi tout seul? Le champ doit être dévasté!

Adam gloussa de fierté, et Lionel murmura :

— Tout à fait entre nous, c'est ta chenille que je préfère.

Adam recueillit l'insecte qui, intrigué, s'enroula autour de son doigt.

— Elle est belle, hein? Je vais aller lui cueillir un peu de laitue dans mon coin de potager.

— Pas si vite, petite canaille, dit Blandine en saisissant par le collet l'enfant grelottant mais excité.

Une fois la chenille mise en lieu sûr, Adam fut promptement débarrassé de sa veste alourdie par la baignade et maculée de terre. Jehanne s'émerveilla devant les trouvailles minérales dont son fils s'était rempli les poches pendant que, dans la chambre conjugale, Louis aussi se changeait. À présent entièrement nu, la peau chauffée au feu de l'âtre, Adam traînait derrière lui une caisse cabossée dans laquelle il avait emprisonné un chat scandalisé.

— Puis-je avoir une galette?

Blandine accéda à cette requête d'une façon automatique. Le garçonnet, ravi, reçut une pâtisserie légèrement endommagée. Il l'engouffra en entier, et ses lèvres brillèrent de salive.

— Et aussi du blanc-manger?

Jehanne jeta un coup d'œil à la porte fermée de la chambre et, tandis que Margot et Blandine bavardaient avec Adam, confia au moine:

— Comme il est différent. Ce n'est plus le même homme.

— C'est celui qui appartient à la vie. Celui qu'il était destiné à être et qu'il serait devenu avant s'il avait eu droit à l'enfance.

*

Il existait de ces lieux qui semblaient conçus pour être décoratifs et rien d'autre. On ne pouvait pas vraiment habiter ce genre d'endroits feutrés, où les conversations se faisaient d'elles-mêmes à voix basse. Par contre, il y avait beaucoup de véritables repaires pour familles nombreuses où les enfants régnaient en maîtres. Tout au long de l'enfance de Jehanne et de Sam, Hiscoutine s'était situé à mi-chemin entre ces deux extrêmes. Il y avait eu la tour pleine de chats, les leçons et les coups pendables de Sam; des parties de colin-maillard ou de tables*; mais il y avait aussi eu la guerre qui les avait tous affectés à des degrés variables. Les nombreux émerveillements de l'enfance n'avaient pas vraiment eu la chance d'y prendre racine.

La nature d'Hiscoutine s'était radicalement modifiée avec l'arrivée d'Adam. Cela pouvait ne pas se voir de prime abord, et la seule présence de jouets n'expliquait pas tout. Mais, pour la première fois, on sentait que cette maison était faite pour accueillir des enfants. Adam les attirait et, contrairement à ce qui s'était passé à l'époque de Jehanne et de Sam, ils étaient portés à y rester plus longtemps. Sans qu'Adam n'eût rien à faire pour cela, le domaine devint peu à peu le refuge des tout-petits d'Aspremont. Il n'était pas rare qu'on vît des grands frères ou des grandes sœurs, ou encore des parents en train de remonter l'allée aux peupliers, en quête de l'un des marmots fugueurs. Le père Lionel se chargeait normalement de recevoir l'émissaire et de lui servir quelque rafraîchissement après sa longue montée.

Un beau jour de juillet, ce fut au tour d'un gros paysan de se présenter à la porte. C'était la quatrième fois en moins d'une semaine qu'il gravissait la colline et Lionel commençait à se demander si le bon vin de Louis n'expliquait pas son assiduité. Un gobelet fut néanmoins servi au visiteur.

—Sans vous mentir, mon père, c'est encore ma femme qui m'envoie. Une vraie géline*, celle-là. Elle m'aurait becqueté tant que j'aurais pas lâché ma bêche pour monter jusqu'ici.

—Vous pouvez d'ores et déjà rassurer votre brave épouse. Le petit Blaise est bien avec Adam et d'autres lutins. J'ai même eu la surprise de voir éclore parmi eux quelques fillettes. Bref, ils sont partis tous ensemble guerroyer de par le vaste monde... plus précisément du côté du champ de seigle.

—Eh bien, voilà! Je lui disais aussi, à ma grosse Joséphine, qu'elle s'en faisait pour rien. Ils sont toujours à traîner chez vous. J'espère qu'ils ne vous dérangent pas, au moins.

—Pas du tout. Je dirais même que c'est tout le contraire, puisque ce sont les étourneaux saccageurs de récoltes qu'ils dérangent. Cela fait le bonheur du maître.

—Ah, les mères sont bien toutes pareilles.

—Sans doute parce que les hommes ne leur donnent pas l'occasion d'être autrement.

—Ouais... Parlant de récoltes, c'est miracle qu'il n'y ait pas eu de dégâts avec l'orage de la nuit dernière, hein?

—Effectivement. Je rends grâce au Seigneur pour avoir daigné accepter notre procession des rogations. Ces nuages en seront quittes pour nous avoir fourni une abondante matière à entretenir les conversations mondaines durant plusieurs jours.

Le paysan rit.

—C'est pas possible de parler comme ça. On dirait que vous faites exprès pour en rajouter. Mais le pire, c'est que vous me faites aimer ça!

—Le compliment fait honneur à celui qui le prononce, dit Lionel, alors que Jehanne, Margot et Blandine rentraient avec chacune un plein panier de légumes.

Elles saluèrent tour à tour le paysan qui se leva en vitesse et enleva son chapeau de paille pour répondre à leur salut. Il dit:

—Bon, c'est pas tout, ça, mais moi, faut que j'y aille. Merci pour le vin, mon père.

—Ce n'est pas moi qu'il faut remercier, mais le maître Baillehache.

L'homme eut un petit rire embarrassé.

—Ouais. Je lui dirai ma gratitude si je le vois.

Il remit son chapeau et sortit. Lionel remarqua avec un sourire en coin qu'il prit soin d'éviter de passer du côté du champ d'avoine où il avait aperçu Louis à son arrivée. Il ne tenait pas tellement à remercier un homme qu'il craignait.

Alors qu'elles s'occupaient à parer leurs légumes, Margot et Blandine observaient la scène qui se déroulait dans la cour depuis la fenêtre ouverte de la cuisine.

En compagnie d'une petite fille très blonde, Adam sauta en bas de la charrette que Louis avait stationnée non loin du lieu de leur activité, dont il restait d'ailleurs des traces autour de la bouche des deux enfants: comment résister à la crème glacée, surtout lorsqu'elle était constellée de petits fragments de fruits gelés dont certains ressemblaient à des grains de verre teinté.

Tout d'abord, Adam commença par presque inonder un petit tabouret branlant avec de l'eau savonneuse concentrée. Sous le regard scrutateur de son amie, le garçon prépara un bout de roseau. Du savon dégouttait en moussant entre les interstices du tabouret. Adam forma dessus une grande demi-bulle en soufflant avec précaution dans son roseau.

—Bon, regarde bien. Fais attention de ne pas y toucher, recommanda-t-il à la fillette ravie.

Ils s'accroupirent pour étudier soigneusement la demi-sphère baignant dans son eau parfumée: de fascinants arcs-en-ciel y tournoyaient. La fillette demanda:

—C'est quoi, les couleurs dedans?

—J'en sais rien. Mais regarde. Il va se passer quelque chose. Ça non plus, je ne sais pas ce que c'est.

En effet, de minuscules taches noires ne tardèrent pas à apparaître sur la surface de la bulle, dont les couleurs se mirent à ternir peu à peu.

—Tu vois? Et ça s'agrandit, fit remarquer Adam.

Les couleurs s'agitèrent, désespérées. Les parois de la demi-sphère devinrent presque immatérielles. Sans avertissement, la bulle éclata avec un tout petit bruit. Les fragments en demeurèrent introuvables. La fillette essuya une larme savonneuse sur le bout de son nez. Adam dit:

—On dirait que ça vit et que ça meurt comme les gens, tu ne trouves pas?

—Je n'aime pas ça, répondit la petite.

—Viens. Le père Lionel saura.

Le duo s'en alla trouver le moine qui était en train de cueillir de jeunes laitues.

Dans la maison, Blandine rit avec attendrissement.

— Les voilà qui s'en vont quérir notre bon père.

— Il fallait s'y attendre, répondit Margot. Celui-là, il a le tour d'apprendre les choses aux enfants. Il nous tourne cela d'une façon si intéressante que j'ai presque envie d'y croire.

— C'est bien vrai. J'espère tout de même que notre conteur n'oubliera pas de m'apporter de quoi faire mes salades avant de se perdre dans les siennes.

— Ouais, car comme on dit : « Qui vin ne boit après la salade est en danger d'être malade ! »

Mais, une demi-heure plus tard, le vin attendait toujours. Margot dut donc se résoudre à aller ramasser elle-même les laitues que Lionel avait oubliées entre deux rangs d'oignons. Elle dit à sa fille, qu'elle vint rejoindre à la cuisine :

— Le cher nettoyeur d'idées. Encore heureux que le maître n'y soit pas pour entendre ses calembredaines.

— Moi, je trouve que ce qu'il raconte n'est pas dénué de sens.

Dehors, le bras de Lionel effectua une lente rotation. Une bulle, prisonnière dans son anneau de fer-blanc poli, se libéra et voleta vers le feuillage dense d'un arbre.

— Mes précieux enfants, dit-il, n'oubliez jamais ceci : les bulles de savon sont faites pour voler. En l'air, elles ne meurent pas.

— Il y en a qui pètent quand même, dans les airs, corrigea Adam avec un pragmatisme dubitatif dont son père adoptif eût été fier.

Le religieux répliqua :

— Bien entendu, mais elles ne meurent pas. Elles s'en vont autre part, dans un pays très lointain. Nos yeux déficients ne peuvent malheureusement pas les y suivre.

Quand Lionel revint dans le potager, il se mit en quête de laitues qui n'y étaient plus. Rieuse, Blandine cogna sur le rebord de la fenêtre et s'éventa avec un bouquet de feuilles. L'air contrit, le moine s'en alla trouver les deux femmes.

— Quelle marmotte perfide a osé me dévaliser ainsi ? C'est scandaleux !

Blandine froissa une des grandes feuilles emperlée par l'eau de rinçage et la fit pénétrer dans la bouche du conteur en disant :

— Vous n'aviez qu'à ne pas laisser traîner le fruit de votre labeur, monseigneur de La Distraction.

La laitue, lentement grignotée par son extrémité opposée, finit par disparaître entre les lèvres de Lionel, qui répondit :

— Décidément, on m'accuse de maux plutôt charmants. Ah, chères amies, j'ai beau oublier que je me fais vieux, comment pouvez-vous m'en tenir rigueur? Un devoir cent fois plus périlleux que la cueillette m'incombait: Adam et sa copine ont assisté à l'agonie d'une bulle de savon. Comme elle peut être cruelle parfois, cette soif d'apprentissage de l'enfance!

*

Hiscoutine, le lendemain soir

La fraîcheur apportée par la brunante allégeait bien un peu l'air, mais elle se trouvait incapable de soustraire un homme à sa lassitude. Louis referma la porte du moulin dont le ventre inactif attendait la moisson pour sa prochaine mouture.

Une pleine journée passée aux champs n'avait pas émoussé son désir de se retrouver auprès de sa femme. Il avait envie de l'étreindre et d'entendre sa voix. Il se prit à réfléchir au corps de Jehanne. C'était le seul dont il pouvait dire qu'il connaissait tout, depuis la moindre tache de rousseur jusqu'aux fins poils blonds, à peine visibles, de ses avant-bras. Il savait aussi comment éveiller en Jehanne une volupté irrésistible, aussi naïve qu'au premier jour. Soudain, tandis qu'il marchait en direction du manoir dont les fenêtres en parchemin diffusaient leur carré de lumière chaleureuse et que ces pensées fugaces lui voletaient autour de la tête, il se rendit compte qu'Adélie s'était mise à marcher en sa compagnie. Il ressentit l'envie subite de parler de sa mère avec Lionel, de l'entendre lui raconter ce qu'avait été sa vraie vie, celle d'avant Firmin, et d'apprendre cette foule de menus détails qui avaient échappé à ses perceptions d'enfant. Il y avait de la musique dans sa tête. « *L'amour de moi s'y est enclose dedans un joli jardinet* », murmuraient ses souvenirs.

Il fut brusquement tiré de sa rêverie par l'abondante lumière de la grande pièce et par le joyeux tapage de conversations entremêlées. La maison était pleine de visiteurs, pour la plupart des habitants du hameau avec qui le père Lionel argumentait avec enthousiasme:

—Nenni, mon fils. Ne me faites pas dire ce que je n'ai pas dit. Mais, au-delà des lourdeurs de la doctrine et de versets bibliques numérotés avec soin, il y a ce petit enfant de Judée, couché dans une mangeoire.

La voix de Blandine s'éleva depuis la cuisine pour annoncer:

—Tenez, le bonhomme sept heures[63] qui est en retard. On ne peut pas dire que c'est un mari fidèle, un homme pareil.

—Bonsoir, dit Louis, qui dut creuser parmi les manteaux accrochés au mur près de la porte pour trouver une cheville où suspendre son

275

floternel*.

Il chercha quelqu'un des yeux. Margot s'empressa de lui expliquer:

—Adam est à la tournelle. Il est avec le petit Blaise et sa sœur, vous savez, cette blondinette qui était ici hier. Une vraie beauté, cette enfant-là. Le gamin, lui, s'en va sur ses douze ans. C'est un bon petit gars, et bien responsable en plus. Il se charge de nous ramener notre lutin à la nuit tombée.

Louis fit un signe d'assentiment. Il fut rejoint par Jehanne, qui lui donna un baiser et l'étreignit d'un bras. De l'autre, elle tenait un bol de verre transparent qu'elle lui montra, rempli de fraises cuites dans du sirop au miel.

—On en mange à la cuiller. Regardez-moi ça! De vrais bijoux!

Ce lui était un étonnement de voir évoluer Jehanne et Lionel. Comment réussissaient-ils à ne pas éparpiller leur énergie et leur temps avec tout ce monde qui sans cesse gravitait autour d'eux?

Le souper fut à la semblance* de l'accueil que l'on avait réservé au maître de la maison. On ne se formalisa pas du fait qu'il ne participait guère aux conversations, car on s'y était depuis longtemps habitué. Calme et poli, il répondait aux rares questions qui lui étaient directement posées. Seuls quelques-uns remarquèrent qu'il jetait de fréquents coups d'œil à sa femme. Il avait tout du chat repu qui n'exigeait plus rien d'autre que des genoux sur lesquels se blottir.

Après un dernier gobelet d'hypocras*, il se leva. Plusieurs visiteurs firent hâtivement de même en interrompant leurs discussions, mais Louis les arrêta d'un geste de la main.

—Non, non. Vous pouvez rester. Mais vous m'excuserez si, moi, je me retire, même s'il est encore tôt. Je suis un peu tané*.

—Merci, maître. Alors, bonne nuit, dit l'un.

—Trop aimable, dormez bien, dit un autre.

Souhaits et remerciements se télescopèrent pendant plusieurs secondes au cours desquelles Louis garda la main levée et salua les villageois. Il remarqua que Jehanne prenait un bougeoir et se levait à son tour. Les souhaits de bonne nuit, émaillés de petits rires entendus, commencèrent à changer de cible. Lionel porta un toast aux hôtes et dit à Louis:

—Bonne nuit, mon fils.

—Merci, répondit Louis poliment.

—Tâchez de dormir au moins un peu.

—Mon père! s'indigna Jehanne.

—Quoi? Qu'ai-je dit? demanda le moine polisson.

Au plus noir de la nuit, Louis se réveilla en sursaut. Quelque chose l'avait dérangé dans son sommeil et il sut tout de suite que ce n'était pas un rêve. Il tourna la tête délicatement et prêta l'oreille. Jehanne dormait paisiblement à ses côtés. Une forte pluie tambourinait sur le toit. Mais ce ne pouvait être cela. Il se tourna sur le côté et entendit. C'était un tout petit bruit. Il repoussa sans rudesse les couvertures pour ne pas réveiller Jehanne et prit le bougeoir éteint avec l'intention de le rallumer aux braises qui devaient subsister dans l'âtre de la grande pièce. Ce qu'il fit prudemment, une fois la porte de la chambre refermée.

Une petite silhouette recroquevillée, vêtue d'une tunique froissée, remua dans son grand fauteuil qui avait été déplacé près d'une fenêtre dont les battants étaient ouverts. C'était Adam. Il sanglotait.

— Qu'est-ce qui ne va pas? demanda Louis en s'approchant et en posant son bougeoir sur le rebord humide d'une autre fenêtre.

Il mit une de ses grandes mains sur le bras du fauteuil. Adam ne bougea pas. La flamme de la chandelle fuma en grésillant. Le garçonnet dit:

— Demain, est-ce qu'on pourra faire une balade juste tous les deux sur Tonnerre, comme on avait fait une fois? Parce que je ne les aime plus, les autres enfants. Ils sont méchants.

— Comment cela?

— Ils n'arrêtent pas de me traiter de fils du diable.

Louis ne sut dire pourquoi cela lui fit mal. Son regard s'enfuit par la fenêtre ouverte et se mit à errer parmi les arbres qui pleuraient à grosses gouttes.

Quatrième partie
(1378-1391)

Chapitre IX

Une sommation royale

$\mathcal{A}$lors qu'en 1374 il n'était plus resté à l'Angleterre que Calais, Bayonne et Bordeaux en France, deux ans plus tard, la situation s'était encore détériorée. Après avoir fait leurs comptes, les Anglais avaient bien été obligés de constater que rien ne leur restait plus du trésor qu'ils étaient venus chercher : ni Espagne, ni France, ni ce qu'ils avaient pu obtenir de la rançon du défunt roi Jean.

Les aigreurs des nobles d'outre-Manche se retournèrent alors contre le vieux roi et son fils, Édouard de Woodstock, tous deux malades. La France pouvait enfin reprendre son souffle.

Le 21 juin 1377, Édouard III d'Angleterre s'éteignit. Ce puissant monarque, dont l'ambition avait été de posséder deux royaumes, fut dépouillé jusque sur son lit de mort par une femme de chambre qui lui arracha ses anneaux des doigts. Après ce règne glorieux, le sort s'acharna sur la Grande Île* : le prince de Galles rendit l'âme à son tour l'année suivante.

Tout cela obligea les Anglais à faire ce qu'ils eussent dû faire dès le départ, soit s'unir avec le roi de Navarre.

De son côté, Charles de Navarre n'avait guère changé. Dès la mort d'Édouard III, il chercha à regagner la confiance de Charles V pour y trouver son profit. Il proposa au roi de France de marier l'une de ses filles au dauphin. Mais, comme les conditions qui eussent mené à la conclusion de cette alliance ne lui convenaient pas, il fit volte-face et donna la main de la princesse au nouveau roi d'Angleterre, Richard II, dont les libéralités lui étaient plus favorables. Alors même qu'il effectuait ces tractations, Charles de Navarre joua de finesse et, en mars 1377, il commit sa plus grave erreur : il chercha à tromper le Valois en confiant son aîné à la cour de France. Par ce geste, il visait à prouver une fois pour toutes que sa fidélité lui était acquise. Le jeune prince, Charles III dit le Noble, allait avec le temps s'avérer beaucoup plus qu'un simple otage.

Charles V ordonna la saisie des biens du Mauvais. Commandement fut fait aux capitaines navarrais de remettre les places fortes placées sous leur dépendance aux gens du roi de France. Plusieurs châteaux furent rasés et des cités furent démantelées. Saint-Sauveur-le-Vicomte avait été repris aux Anglais en 1375, et une attention particulière fut portée aux possessions normandes qui étaient susceptibles de servir de base à un nouveau débarquement anglais. Charles de Navarre perdit donc tout dans le Nord, à l'exception de Cherbourg. Sans le secours de ses alliés, Charles le Mauvais eût même perdu la Navarre en plus de son fils aîné.

*

*H*iscoutine, *début de l'été 1378*

— Charles de Navarre est accusé de complot contre le roi de France, avait dit l'émissaire qui avait laissé tomber aux pieds de Louis une sommation frappée du sceau fleurdelisé. Tenez... Et pour ce qui est de votre requête faite au gouverneur, la réponse est non. Il est hors de question que vous preniez votre retraite; le bayle* a hélas trop besoin de vous.

Le pli décacheté reposait à présent sur la table devant Louis, qui le regardait pensivement sans le voir. Le sceau ressemblait à un galet cassé sur le vélin immaculé. Adam était assis sur ses genoux. Il avait logé ses petites mains au creux des siennes qui reposaient sur la table, les doigts entrecroisés formant chapelle.

— Ce sera long, cette fois, n'est-ce pas? demanda Jehanne.

Louis ne fit qu'acquiescer. Il dit à Adam:

— Va m'attendre dehors.

Une fois l'enfant sorti, Jehanne prit la lettre et la lut à haute voix:

Charles, par la grâce de Dieu roi de France au maître Baillehache, salut. À l'exécuteur de Caen demeurant présentement au lieu dit Hiscoutine, nous demandons de se présenter hâtivement au Louvre, en lieu et place de maître Gérard récemment trépassé, pour que soit dûment mis à la question le dénommé Jaquet de Rue, chambellan de S.M. le Roi de Navarre[64].

Nous envoyons par-devers l'exécuteur, à sa résidence de Caen, un cher et féal serviteur en guise d'escorte. L'exécuteur donnera pleine foi en celle dudit serviteur. Sommation donnée sous notre sceau privé à Paris, le mercredi 7 de juillet de l'an XIV de notre règne.

La jeune femme poussa un soupir tremblant.

— Que veulent-ils, au juste?

— Je n'en suis pas sûr. Il paraît que Guy et Mathurin, les deux assistants de Gérard, n'y sont plus: Guy est désormais invalide à cause d'une blessure, et Mathurin a filé sans laisser de traces pour ne pas se retrouver avec le travail sur les bras.

— Mais pourquoi est-ce vous qu'on vient quérir?

Louis s'accorda un temps de réflexion.

— J'ai idée que De Fricamp tient encore une fois à assurer le roi de sa loyauté, et de la nôtre par la même occasion. Or, il semble bien que d'avoir assisté ensemble à son couronnement pour confirmer notre allégeance ne suffit plus.

— Mais encore?

Louis regarda sa femme avec une telle intensité qu'elle prit peur. Il dit:

— Oui, il y a là-dedans quelque chose de louche. Soyons sur nos gardes, Jehanne. C'est tout ce que je saurais dire pour l'instant.

*

À défaut d'être un héros guerrier, Charles V était incontestablement perçu comme un parangon de patience et de ruse. En apparence économe, ce roi d'un peuple ruiné étonnait les étrangers par la multitude des aménagements qu'il commandait à Paris et aux alentours. Lui qui n'aimait pas la guerre apprêtait sa ville pour un siège: il y fit bâtir des murailles plus solides, des portes et la Bastille. L'hôtel Saint-Paul, où résidait le roi, fit l'objet non pas de grandes défenses, disait-on, mais de grandes dépenses[65]. La luxueuse hospitalité de cette demeure faisait illusion sur l'état réel du royaume. C'était une richesse toute faite d'emprunts consentis par les Juifs. Eux seuls, avec l'Église, avaient de l'argent. La richesse née de l'industrie et la circulation par le commerce n'étaient encore qu'embryonnaires; et, comme on ne pouvait dépouiller l'Église de ses richesses trop visibles sans mettre son âme en péril, Charles V s'en allait puiser à même le trésor des Juifs une fortune gonflée par l'usure.

Le «riche roi», comme l'appelait l'un de ses conseillers, aimait à s'entourer de gens d'art et de lettres, ainsi que de marchands qui s'empressaient de lui proposer leurs mille merveilles.

Samuel l'Escot était de ceux-là, avec ses peintures. Il était aussi de ceux qui, en hiver, approvisionnaient le roi en poésie, en fables et en musique. Il y avait fait la rencontre d'Eustache Deschamps[66]. Écouter des fables était un passe-temps fort prisé, un goût que le monarque avait en commun avec ses sujets. Après le souper, il se plaisait habituellement à discuter philosophie avec quelques érudits triés sur le volet. Sam ne pouvait s'empêcher de songer au père Lionel, qui se fût trouvé dans son élément en pareille compagnie.

Mais il y avait de ces fois, trop fréquentes hélas! où le monarque, consigné à ses devoirs d'homme d'État, devait abandonner beaux cadres dorés et débats philosophiques pour aller s'occuper de choses laides.

*

«Ça n'a pas changé», se disait-il, alors que sa monture, au cas où il était vu de loin, allait l'amble* entre les longues rangées de peupliers. C'étaient les mêmes peupliers, les mêmes champs dont les douces ondulations évoquaient la mer toute proche. La maison, elle aussi pareille à celle de son souvenir, était toujours tapie sur le faîte de son coteau. «Comment pourrait-il en être autrement? Il n'y a pas dix ans que j'en suis parti.»

Que de chemin parcouru durant cette période! Peu après sa dernière rencontre avec Louis, lui, l'étranger, l'humble garçon d'écurie, était enfin parvenu, à force de patience et de travail acharné, à se tailler une place dans la cour même du sage roi grâce à ses talents d'artiste, de conteur et de musicien. Il eût dû y avoir là amplement de quoi satisfaire l'ambition de tout jeune homme féru de rêves. Pourtant, Sam n'était pas heureux. Lui qui ne manquait de rien n'arrivait pas à se débarrasser d'une persistante impression de vide. À la cour, il ne faisait que servir des choses déjà toutes faites par d'autres, et ses auditeurs n'y voyaient que du feu. Il se sentait comme un conteur qui n'avait plus rien à dire, comme un musicien qui n'avait plus de voix; car il lui manquait l'essentiel, la source même de son inspiration, sa raison de vivre.

Lorsqu'il atteignit la cour du domaine, le cavalier eut la distincte impression d'avoir été le déclencheur d'un grand nombre de gestes furtifs, accomplis en hâte juste avant son arrivée, et dont il ne subsistait à présent plus rien. Hormis la volaille éparpillée, tout était trop calme, trop ordonné sous le ciel morne, mais sans pluie. Il eut le temps de descendre de sa monture et de mettre son cheval à l'attache avant que quelqu'un daignât venir se présenter à la porte pour l'accueillir. C'était Toinot.

— Tiens, si ce n'est pas l'Escot. Que nous vaut ce plaisir? demanda-t-il, les mains sur les hanches, comme déjà prêt à l'empêcher de franchir le seuil.

Sam s'avança, un maigre sourire aux lèvres.

— Mais qu'est-ce qui se passe ici? Où est tout le monde?

— Quoi, qu'est-ce qui se passe? Il ne se passe rien de spécial. Je me méprends ou c'est toi, l'envoyé du roi?

Sam gonfla fièrement la poitrine qu'il avait plus forte.

— Tu ne te trompes pas, l'ami.

— Par le sel de mon baptême, c'est qu'il est plus un gueux, notre garnement! Bien joué.

Toinot lui abattit sur l'épaule une main lourde comme un battoir, et toute trace de sourire s'effaça de son visage grossier.

— Mais, sans rire, c'est en ville qu'il t'attend, le maître. Comme c'était écrit.

— Je le sais, dit Sam en tentant de jeter un coup d'œil à l'intérieur de la maison par-dessus l'épaule de Toinot.

L'homme se planta sur le seuil de façon à lui boucher davantage la vue et dit:

— Y a que Margot, là-dedans. Les autres sont aux champs.

— Et Jehanne?

— Elle est sortie.

— Où ça?

— J'en sais rien.

— Et le petit?

Toinot ne répondit pas. Sam se détourna à demi et soupira en baissant la tête.

— Ouais. Je comprends.

— C'est mieux comme ça, mon vieux. Tu te fais du mal pour rien.

Le jeune homme releva la tête et parut sur le point de poser une question au domestique, mais il se ravisa. Ce fut Toinot qui dit:

— Va trouver le maître à Caen. C'est ce que tu aurais dû faire dès le départ.

— C'est vrai.

Sam acquiesça et retourna vers son cheval. Tout autour de lui encore, il sentit les ombres des habitants prendre la fuite. Il ne fut pas étonné de ne pas s'être vu offrir un rafraîchissement comme c'était la coutume et, de toute façon, sa soif ne lui était plus rien. Il reprit la route.

Plus il y pensait, plus il déduisait que Louis était le seul responsable de l'accueil glacial qu'il avait reçu à Hiscoutine. Le bourrel* avait dû leur ordonner d'agir ainsi s'il osait s'y montrer un jour. Il avait dû donner à Jehanne l'ordre d'aller se cacher à l'étage avec l'enfant. C'était aussi un ordre de sa part qui, une fois que Sam avait été aperçu au bas de la côte par l'un ou l'autre domestique ou par Jehanne elle-même, avait affecté tout le monde au ramassage de tout objet qui eût pu trahir la présence d'un enfant, son enfant, il en était sûr maintenant. À moins qu'il n'y eût en fait plus d'enfant. Cette idée lui était insupportable. Ce fut à cause d'elle que, pour la première fois de sa vie, il eut hâte de se trouver devant Baillehache.

Derrière sa grille fermée, la maisonnette rouge se pelotonnait dans une débauche de plantes et de fleurs qui n'était pas sans rappeler les jardins anglais. L'homme en noir qui œuvrait à cette splendeur avait l'air de se trouver là par mégarde, comme s'il n'y était pas à sa place. Le bruit que fit Sam en descendant de cheval le fit se retourner. Tout d'abord, le bourreau resta là sans bouger, une rose sauvage dans la main. Il ne dit rien. Sam non plus. Puis, sans lâcher sa rose, Louis vint vers lui pour lui ouvrir la grille. Sam guida son cheval avec précaution jusqu'à l'écurie, sur un petit trottoir fait d'anciens pavés qui disparaissait presque sous les buissons denses. Louis referma la grille et, toujours en silence, s'en alla attendre son visiteur dans la maison.

Une écuelle de soupe et un quignon de pain attendaient Sam à l'un des bouts de la table. Louis avait déjà pris place à l'autre extrémité. Un cruchon de vin était posé entre les deux. Louis l'invita d'un geste à s'asseoir, ce qu'il fit du bout des fesses. Ils mangèrent en silence. De plus en plus souvent, les yeux émeraude de Sam se posaient sur l'hôte qui ne manifestait aucune intention de parler. N'y tenant plus, il finit par briser ce silence qu'il trouvait ridicule :

— Vous ne me demandez pas ce que je suis venu faire ici ?

— Puisque c'est toi le messager, j'imagine que tu vas me le dire. J'attendais.

— Comment avez-vous su que c'était moi le messager ?

— Je n'en savais rien. Je l'ai deviné, c'est tout. Pour quelle autre raison serais-tu ici ?

Sam faillit répondre que c'était pour Jehanne et le petit. Le bourreau versa du vin dans leurs deux gobelets en terre cuite. Sam demanda :

— C'est vrai. Mais qu'en est-il de chez vous, au domaine ?

— Quoi, au domaine ?

— Ce n'est pas vous qui leur avez dit de ne pas me recevoir ?

— Je me doutais bien que tu allais avoir l'indécence de t'y rendre un jour ou l'autre. Mais non, je n'y suis pour rien, cette fois. C'est une décision prise par ma femme. Je dois cependant admettre que je suis d'accord avec elle.

Sam baissa les yeux sur sa soupe dont la vapeur humide montait jusqu'à son visage déjà rougi. Il eût préféré une autre réponse que celle-là. Après avoir goûté la soupe, qui était excellente, il expliqua, d'un ton qu'il voulait neutre :

— Le roi avait besoin de quelqu'un qui vous ait à l'œil.

— Tiens donc.

— Oui. Je me suis proposé aussitôt que je l'ai su. Ça n'a pas été bien difficile pour lui d'accepter, puisqu'il sait que je vous connais.

— Il a déjà reçu l'hommage. Qu'attend-il de plus?

— Vous le savez aussi bien que moi.

— Peut-être, mais je veux quand même te l'entendre dire.

Sam sourit malicieusement.

— Vos allégeances passées vous nuisent. Il tient à s'assurer que vous ne lui ferez pas d'entourloupette.

— Et c'est toi qu'on a choisi pour ça.

— Disons que j'ai fortement insisté auprès d'un conseiller pour être choisi. Ne vous méprenez pas sur mes réelles intentions, Baillehache. Il n'y avait aucune autre façon pour moi de vous rencontrer sans éveiller les soupçons.

— Je vois. Que me veux-tu?

— Seulement quelques réponses.

Louis se redressa et exhala doucement l'air de ses poumons. Sam interpréta cela comme un consentement et demanda :

— Comment est-elle?

— Elle va bien.

— Et l'enfant?

— Aussi.

Sam posa rudement son gobelet sur la table et le remplit sans en demander la permission. Louis ne fit pas de remarque et se contenta de le regarder faire. Il savait parfaitement que ce genre de réponse était loin de suffire. Sam s'y prit autrement :

— Est-elle heureuse?

— Elle m'en a tout l'air.

— Vous en êtes sûr?

— Autant qu'on peut l'être pour ce genre de choses.

— Est-ce qu'elle a... parlé de moi ou cherché à savoir ce qu'il était advenu de moi, après?

— Non.

Sam accusa le coup et déglutit péniblement. Il savait que Louis n'était pas un menteur. Il ferma les yeux, inspira profondément et but un peu de vin afin de se redonner du cœur au ventre pour la suite. Poli, Louis essuyait son écuelle de soupe avec un bout de pain sans manifester d'impatience. Sam ne sut comment il trouva la hardiesse d'aborder le sujet qui n'avait cessé de le tourmenter:

— Et le petit?

— Un garçon. Six ans.

— Je veux dire...

— Adam Ruest.

Ce nom fit à Sam l'effet de vents contraires se prenant dans la voile d'une nef amarrée.

— Adam?

— Oui. En l'honneur de ton grand-père.

— Alors, c'est moi...

— Je n'ai pas dit ça. J'ai dit que son nom est Adam Ruest.

La voix de Louis était posée, et son regard fixe, quoique froid, était dénué de toute malice. En désespoir de cause, Sam y alla de son dernier recours:

— Mais auquel de nous deux ressemble-t-il le plus?

— À aucun. Il lui ressemble, à elle.

Hormis pour la teinte vaguement rousse des cheveux, c'était la vérité.

Sam demanda, les larmes aux yeux:

— N'y a-t-il vraiment aucun moyen sûr de savoir...

Louis se leva et ramassa la vaisselle sale. Il dit:

— Tu sais tout ce qu'il y a à savoir, Aitken. Il me semble que j'ai été assez clair. Maintenant, va dormir. Il y a du foin frais et des couvertures pour toi sous les combles, mais inutile de chercher de la goudèle*. Nous partons à l'aube.

*

Le Louvre, été 1378

— Baillehache? appela une voix inconnue dans la pénombre.

— Messire.

— Où est l'Escot?

— Aux écuries. Il ne voulait pas être vu ici avec moi.

— Je le comprends. Veuillez me suivre.

Les mains invisibles de Thomas l'Allemant[67], qui avaient haussé la grille menant à la cour, la laissèrent retomber avec fracas. Ensemble, les deux hommes gravirent un escalier en colimaçon à peine éclairé. Louis, qui s'était attendu à un nid en dessous de l'échafaud ou, au mieux, à une paillasse dans le coin d'une cellule, reçut en pleine figure la lumière presque aveuglante d'une petite

288

chambre. Un bon lit de paille couvert d'une fourrure l'attendait, ainsi qu'un feu allumé dans l'âtre. On avait posé sur un coffre un pain de Gonesse*, du vin, du fromage et une écuelle de viande. C'était assez inattendu.

— Je suis reconnaissant, messire, dit Louis.

— Croyez-moi, je n'y suis pour rien, dit Thomas l'Allemant avant de sortir.

Louis nota que l'homme verrouillait sa porte de l'extérieur.

Cette matinée-là, le dernier messager avait tout juste quitté la salle d'audience. L'heure de la sieste avait été dépassée et pourtant, Charles V ne quittait pas son siège. En gentilhomme accompli, le sire de La Rivière, un membre de la cour, profita de l'accalmie pour lui confirmer la nouvelle qu'il semblait attendre :

— On m'informe que l'homme du gouverneur de Fricamp attend dans l'antichambre, Majesté.

— Pouvez-vous me dire s'il s'agit du même?

— Il a nom Baillehache, Majesté.

— Bien, bien. C'est lui. Le mari de la petite d'Augignac. Faites entrer, je vous prie.

Charles fit une moue de dédain qui n'échappa pas à son épouse, la reine de France, dont les genoux étaient couverts de luxueux taffetas. Le visage niais, hypocrite de Jeanne de Bourbon, sous son touret* élaboré qui semblait davantage destiné à distraire le regard qu'à parer, s'éclaira d'un sourire malveillant. Certaines de ses dents ressemblaient à de petits morceaux de bois humides. Elle chuchota au roi, tandis que l'huissier s'occupait d'introduire le visiteur :

— Vous avez toujours haï les représentants du peuple. Pourquoi tant d'égards pour recevoir celui-ci?

Ce mépris ne datait pas de la veille. Dauphin, le roi l'éprouvait déjà. Pendant les troubles de sa régence, le Navarrais, au pinacle de sa popularité, était parvenu à obtenir de lui la libération de soi-disant criminels détenus tant au Châtelet que dans les autres prisons de Paris, y compris celle de l'abbé de Saint-Germain-des-Prés.

Il dit à la reine :

— Ce n'est pas un représentant du peuple, mais un humble fonctionnaire de justice. Ceux-là sont plus enclins à servir.

— Mais il appartient tout de même à ce De Fricamp qui est un visage à deux faces. Vous n'oubliez pas, j'espère, qu'il fut jadis loyal à votre beau-frère.

— Justement, je n'oublie rien. Cela dit, je puis vous certifier que le gouverneur de Caen nous est désormais acquis. Et de cela, j'ai bien l'intention de me servir. Patientez et vous verrez, ma dame, comment je m'y prends pour combattre le feu par le feu.

— Maître Baillehache, annonça l'huissier d'une voix forte.

Après plusieurs minutes d'attente meublées seulement par l'incessant murmure des conseillers, Louis, muni de sa canne rouge à pommeau d'étain, fit son entrée dans la salle d'audience. Malgré le fait qu'il avait été mis en présence de personnes royales plus souvent que la normale pour un roturier, ce genre d'entrevue n'était pas devenu moins intimidant pour lui. Il s'avança à travers la vaste salle soudain silencieuse, s'arrêta à distance respectable des deux trônes et s'inclina brièvement avant de lever les yeux sur le couple royal.

Il ne fut pas étonné que la reine semblât parée, du moins à son avis à lui, de ses plus beaux atours. Il avait entendu dire que les rares vertus de la reine, si vertus elle avait, étaient depuis longtemps étouffées par ses appétits de luxe. L'habit du roi était, quant à lui, beaucoup plus sobre : par-dessus des braies en satanin*, il portait des hauts-de-chausses azur brodés de fleurs de lys or, des bas-de-chausses dont une jambe était du même azur brodé alors que l'autre était jaune d'or, un pourpoint doublé de soie – garni d'ailes de houce* avec des manches en barbes d'écrevisse – et de simples heuses* en daim dépourvues d'éperons, ce qui rappelait que Charles n'était pas un bon cavalier. Son costume se complétait d'un chaperon de velours azur dont les cornettes, nouées sur la nuque, permettaient à des cheveux longs d'en dépasser par touffes clairsemées. Il gardait précieusement posée sur son ventre sa main enflée dont on disait qu'elle était remplie de pus.

— Revoici donc ce fameux bourrel* dépourvu de cagoule et de sentiment, dit le Valois avec une certaine indifférence à l'intention de ses conseillers. De conscience aussi, ajouterais-je.

S'adressant à Louis, il poursuivit :

— Soyez le bienvenu, maître Baillehache. Je savais que le jour viendrait où j'allais pouvoir compter sur vous.

— Je suis à votre service, sire, dit Louis.

— Parfait. J'avais oublié combien vous étiez d'une taille démesurée. Dites-moi, comment se porte votre dame ?

— Bien.

— Ma prière contre les écrouelles a-t-elle fini par la soulager de quelque autre malaise dont elle ait pu souffrir depuis ?

— Euh...

— Comme vous le voyez, Baillehache, j'ai bonne mémoire.

— En effet, sire. Moi aussi.

— Que d'insolente audace, siffla la reine entre ses dents gâtées.

Si elle s'abstint autant qu'elle le put de poser les yeux sur cet individu peu recommandable, elle ne put s'empêcher de remarquer ses prunelles indécentes qui étudiaient minutieusement la main malade du roi.

— En voilà un qui n'a pas froid aux yeux. Pour l'amour du ciel, Charles, qui est-ce?

Au lieu de lui répondre, le roi continua de s'adresser à Louis comme si de rien n'était, ce qui eut au moins l'heur d'éviter de faire dévier vers elle son regard troublant:

— Je n'ai pas non plus oublié certaines choses que l'on racontait naguère à votre sujet. Or, il se trouve que mon beau-frère et vassal, Charles de Navarre, dont vous fûtes un ami personnel, m'a quelque peu mis dans l'embarras. Et puisque votre collègue, ce bon Gérard, n'est plus, j'ai cru bon faire appel à vous.

Pâle sous le velours bleu de ses habits, le visage de Charles ressemblait à un portrait inachevé. Mais soudain, son regard s'anima d'une lueur farouche, et il dit, d'un faux ton pensif:

— Je doute fort que mon beau-frère ait oublié l'homme à qui il avait promis un brillant avenir... peut-être même la fonction de chancelier, qui sait? Enfin. Il a toujours eu la fâcheuse habitude de promettre beaucoup et de très peu donner. Mais lui aussi a bonne mémoire, et le moment est venu pour lui de vous savoir à l'œuvre sous mes ordres. Toutefois, la sagacité dont vous êtes pourvu vous fera comprendre que je ne serai pas en mesure de vous faire de fausses promesses en échange de votre travail. Je ne vous en ferai qu'une seule, une vraie.

— Ça va. Mes gages suffiront.

— Soit, mais je crains que vous ne m'ayez pas tout à fait compris. Ou peut-être faites-vous exprès de ne pas entendre. Permettez donc que je m'explique: tout manquement de votre part sera considéré comme une trahison et se soldera par un hébergement plus ou moins prolongé à la tour du Temple[68], à l'issue duquel vous deviendrez victime en lieu et place de votre clientèle. Est-ce plus clair, à présent?

Louis, dont le visage était imperturbable, ne quittait toujours pas le roi des yeux. Pendant ce temps, un jeune homme richement vêtu se coula dans l'assistance. Louis l'aperçut du coin de l'œil et lui trouva une allure vaguement familière. Ce nouvel arrivant le scrutait avec un intérêt manifeste, tandis que ses voisins lui témoignaient d'infinies marques de politesse.

Louis se concentra à nouveau sur l'entretien et répondit au roi:

— Ça l'est, sire. Mais j'ai moi aussi une question.

—Dites toujours.

—J'ai déjà fait preuve de loyauté à votre égard. Alors, pourquoi ces menaces?

La reine Jeanne étouffa un cri indigné, et des murmures dérangèrent l'atmosphère feutrée de la salle. Charles éleva brièvement sa grosse main pour réclamer le silence avant de la laisser retomber mollement sur son abdomen.

—Je vous en prie, aimables conseillers. Cet homme est reconnu pour son franc-parler, ce qu'appréciait beaucoup le roi de Navarre. Néanmoins, il dit vrai.

S'adressant à nouveau à Louis, il poursuivit:

—Ne me tenez pas rigueur si, parmi les goupils, je me dois de penser comme un goupil. Mon père fut, souventes fois et pour notre malheur, odieusement trompé par des gens fourbes. Il est de mon devoir d'éviter ce genre de bévues. Le flamboyant courage des prud'hommes doit désormais céder sa place au réalisme cru de ce siècle fait de ruse, d'obstination... et de violence qui est, malheureusement, trop fréquemment indispensable.

Il regarda Louis un moment sans rien dire et reprit:

—On m'a bien fait l'éloge de votre rectitude, et je conçois que mon beau-frère, à qui cette vertu fait hélas défaut, ait pu l'admirer chez vous. Cela dit, je tiens quand même de source sûre certaines choses sur votre compte qui me portent à la prudence.

—Quelle source?

Après un nouvel accès de chahut et de protestations marmonnées dont Charles eut la patience d'attendre la fin, Louis reçut comme réponse:

—Que vous importe puisque, malgré le dégoût que pourrait susciter cette remarque, cela me paraît indiquer entre nous une certaine connivence. Nous démontrons tous deux une froideur implacable dans l'application de la loi. Vous êtes un roc. Et c'est d'hommes tels que vous dont j'ai le plus besoin pour régner, pour m'aider à rendre jugement avec une sagesse neutre. Car là où doit régner la loi pour le bien du royaume, le bien et le mal doivent nous être indifférents.

Louis prit pleinement conscience que ce roi égrotant pouvait se montrer aussi ferme d'esprit qu'il était faible de corps. Cependant, il lui était impossible de ne pas voir comment il pouvait être capable de se montrer aussi vicieux, retors et mesquin que son beau-frère. Il ne fallait pas oublier que cet homme, que l'on appelait le Sage, avait jadis comploté contre son propre père. Il était maintenant en train de faire main basse sur les domaines navarrais en Normandie d'une manière ignoble, en salissant la réputation de son adversaire. Mais Louis ne se trouvait pas dans la position d'argumenter là-dessus.

— Vous pouvez vous retirer dans vos quartiers, lui ordonna soudain le roi. Des instructions vous seront communiquées plus tard quant à ce qu'il conviendra de faire avec votre client.

Le bourreau mit quelques secondes avant de réagir et de s'incliner, après ce congé subit. Alors qu'il reculait poliment, une voix derrière clama:

— Je souhaite assister à l'interrogatoire du suspect en compagnie du Conseil.

Cette fois, il ne fut plus question de faire taire l'assemblée.

— Mais ce sera horrible à voir, dit l'homme à gauche de celui qui avait parlé.

— Moi, j'essaie toujours de m'arranger pour me soustraire à ce genre d'obligations. Mais il est des fois où j'y suis contraint, tout comme un certain nombre d'entre nous, d'ailleurs.

Louis se retourna et vit que celui qui avait réclamé le droit de descendre au donjon était le jeune homme richement vêtu. Une détermination farouche était lisible sur ses traits. Il ne quittait pas des yeux l'effrayant personnage qu'était le bourreau, celui qui n'avait encore infligé aucune souffrance et qui, déjà, inspirait l'horreur. Lui seul demeurait imperturbable. La voix du roi répondit dans le dos de Louis:

— Soit, faites comme bon vous semblera, monseigneur Charles.

Ce jeune homme n'était nul autre que l'otage du Valois, le fils aîné du roi de Navarre.

Louis eut de la difficulté à ne pas trop penser à ce qu'il devait faire. Il s'étonna de sa propre réticence; ce n'était pourtant pas la première fois qu'il s'apprêtait à interroger un homme. S'il fut pris d'une vague nausée en descendant au donjon, sa conscience professionnelle l'empêcha pourtant de le montrer.

— Hâtez-vous, messire, hâtez-vous, dit Louis à l'homme non entravé à qui il arracha sans ménagement son beau manteau une fois qu'il eut fait son entrée dans la salle des tortures encadré par les deux gardes qui l'escortaient.

Un magistrat, un greffier et le prince de Navarre étaient déjà installés au premier rang. Derrière eux s'élevaient des gradins aux trois quarts inoccupés. Tout le monde attendait dans un silence pénible encore alourdi par la fumée résineuse de nombreuses torches. Louis poussa Jaquet de Rue jusqu'à un tabouret appuyé près d'un mur d'où pendait un anneau de fer. Au pied de ce tabouret étaient posés une série de planchettes et de coins en chêne ainsi qu'un maillet cerclé d'acier. Le chambellan de Rue tâcha de cacher sa crainte derrière un masque bravache. Il paraissait bien fragile auprès de Louis qui, sans plus tarder, initia la procédure d'usage, en disant:

— La chaise allemande avec ses pointes, c'est beaucoup plus impressionnant qu'un tabouret pour les brodequins, n'est-ce pas? Surtout lorsqu'on a quelques gros cailloux à ajouter sur vos genoux. Mais il n'y en a pas. Ça ne fait rien. J'ai quand même ceci.

Il alla chercher un objet qu'il revint brandir devant les yeux de son captif. Cela ressemblait à un rouleau à pâte, à cette exception près que celui-ci était hérissé de pointes. Horrifié, Jaquet de Rue eut un mouvement de recul.

— J'étais boulanger dans le temps. Ça vous dirait de vérifier si j'ai perdu la main?

— Non.

— Bon. Alors je vous conseille de répondre à ses questions sans tarder, dit Louis en désignant le magistrat.

En montrant le tabouret, il ajouta:

— Prenez place.

De Rue obéit, non sans hésiter. Assis face aux fonctionnaires, il dut rester immobile tandis que le bourreau lui attachait les bras derrière le dos, puis à l'anneau fixé au mur derrière lui. Il dit tristement, en regardant le prince:

— Vous ici, monseigneur? Vous seriez-vous abaissé au point de fraterniser avec ce félon?

Il pointait Louis du menton.

— Tout autant que mon père, répondit Charles.

Le chambellan secoua la tête.

— Oh, malheur! Il fut un temps où mon roi avait ses amis auprès de lui. Ses ennemis étaient au-dehors. Tout a changé, et ceux qui furent ses amis sont désormais ses ennemis. Ils se sont alliés aux autres qui, eux aussi, sont restés ses ennemis.

— Ainsi, vous considérez que nous, gens du roi de France, sommes vos ennemis? demanda le magistrat.

— Comment dois-je interpréter autrement la traîtrise de ce supposé ami?

Il désigna encore Louis.

— Veuillez laisser le tourmenteur en dehors de ceci, messire. Il n'est ici que pour faire son travail. Dois-je vous rappeler que nous sommes réunis, non pas pour tirer au clair sa supposée félonie à lui, mais plutôt celle, infiniment plus grave, de votre roi?

—J'ignore quel méfait on lui reproche, dit Jaquet résolument.

—En êtes-vous tout à fait sûr?

—Je le suis.

—Fort bien. Maître Baillehache, procédez à la question ordinaire à quatre coins. Si cela s'avère insuffisant, vous passerez à la question extraordinaire à huit coins.

—Celle qui mutile de façon permanente, précisa le bourreau au chambellan en le regardant droit dans les yeux alors qu'il s'accroupissait à ses pieds.

Il lui serra solidement la cheville à l'instant où, sans trop s'en rendre compte, Jaquet de Rue s'apprêtait à l'éloigner d'un coup de pied. Louis lui ligota les deux genoux au tabouret. Il entreprit d'atteler deux par deux des planchettes percées de trous renforcés le long de ses jambes, les maintenant en place grâce à des lacets de cuir enfilés dans les œillets. L'assemblage ressemblait à des éclisses qui enfermaient chaque jambe de la cheville au genou[69].

Louis prit d'une main le maillet et, de l'autre, un premier coin, c'est-à-dire un objet en acier qui ressemblait à une espèce de prisme triangulaire dont on se servait pour fendre du bois. Il introduisit le coin entre les deux premières planchettes. Il recula un peu et l'enfonça de force, ce qui eut pour effet de comprimer la jambe contre les autres planchettes. Jaquet de Rue cria.

—Messire, épargnez-vous d'inutiles tourments. Dites-nous dès à présent ce que vous savez à propos des manigances du Mauvais, dit le magistrat.

—Ayez pitié de moi! Vous faites erreur. J'ignore tout de ce qu'a pu faire mon roi. Je ne fais que m'occuper de ses appartements. Il ne m'a fait aucune confidence, aucune!

Le bourreau ramassa un second coin qu'il fit pénétrer entre les planchettes, à coups de maillet, avec la même aisance. Après un hurlement, sa victime se mit à pleurer:

—Je vous en supplie... Je jure devant Dieu que je ne sais rien d'autre.

Le chambellan haletait. Jamais de sa vie il n'avait eu aussi mal. La douleur le dévorait tout entier. Depuis sa jambe ravagée, elle montait le long de la cuisse pour lui fouailler l'aine et lui tordre les entrailles. Louis lui posa une main sur l'épaule. Il lui expliqua presque gentiment:

—Messire, je vous préviens: le troisième coin, ça fait avouer même ce qu'on ne sait pas. Mais je risque de faire éclater votre tibia et votre péroné comme du bois mort. C'est ça que vous voulez?

—N-non...

Le chambellan regardait d'un air effaré le terrible géant qui se penchait au-dessus de lui.

— Messire, appela doucement le magistrat.

Louis se déplaça afin que les deux hommes pussent se voir. Avant que la question ne fût à nouveau posée à Jaquet de Rue, ce dernier dit, d'une voix tremblante :

— Seigneur tout-puissant, daignez accepter mes souffrances en rémission de mes péchés.

Il refusa d'en dire plus. Le troisième coin fut inséré plus bas, au niveau de la cheville. Un affreux hurlement monta de la gorge du chambellan.

— Je me trouve mal, dit quelqu'un dans la salle avant de se lever précipitamment et de disparaître entre les gradins. Pendant ce temps, le corps bien en chair du chambellan fut pris de spasmes. Il finit par s'affaisser à demi, retenu qu'il était par ses liens. Il était trempé de sueur. Louis le remit droit et lui administra quelques gifles, sans résultat.

— Devrait-on le délivrer et lui accorder quelque repos avant de poursuivre ? proposa le magistrat au bourreau. Vous pourrez le conduire au physicien* de la Sorbonne qui est ici pour qu'il lui prodigue des soins.

Sans répondre, Louis s'occupa de ranimer Jaquet avec de l'eau froide qu'il versa sur son visage et ses mains. Il porta à ses lèvres un gobelet en terre cuite rempli de cordial que le malheureux fut contraint de boire. Il faillit s'étouffer.

— Sois maudit, monstre, scélérat, souffla-t-il à Louis.

Le bourreau lui dit, toujours de sa même voix aimable :

— Vos os sont très résistants. De grâce, messire, soyez-le moins qu'eux. Ne m'obligez pas à commettre l'irréparable. Parce que je puis vous garantir qu'au prochain coin, à cause des fêlures, ils céderont comme ça.

Sans avertissement, il fracassa le gobelet aux pieds du chambellan, qui sursauta et se mit à pleurer en silence.

— Parlez pendant qu'il en est encore temps. Faites-le, et vous pourrez quitter cette salle sur vos deux jambes... avec un peu de soutien, bien sûr. Je suis capable de vous soigner, là, tout de suite. Mais après le quatrième coin, il sera trop tard. Je ne pourrai plus rien faire.

Jaquet leva vers le bourreau son visage ruisselant. Sa voix était enrouée :

— Si je dis tout ce que je sais, je mourrai et d'autres seront entraînés avec moi.

Louis se pencha une nouvelle fois au-dessus de lui. Il savait que c'était très intimidant.

— C'est en effet possible, dit-il. La question est de savoir quel temps nous mettrons avant d'en arriver là.

Le malheureux sanglota un moment, et Louis dit encore :

— Dois-je vous rappeler que vous avez une autre jambe ? Et des bras ? Vous sentez-vous capable d'endurer ça trois autres fois ?

Le chambellan refusa de parler. Louis se retourna vers le magistrat, qui lui fit un bref signe de tête en pinçant les lèvres. Tous les visages des assistants étaient blêmes, et le prince de Navarre ne possédait plus rien de la superbe à laquelle on pouvait s'attendre de la part d'un noble aussi illustre.

— Je regrette, dit le bourreau à sa victime.

Il glissa le quatrième coin entre les planchettes et l'enfonça brutalement. Les os de la jambe compressée implosèrent avec un bruit écœurant qui se perdit dans un hurlement inhumain. Jaquet s'évanouit de nouveau.

— C'est trop, dit la voix chevrotante d'un conseiller.

Louis mit plus de temps à ranimer le chambellan avec de petites claques, de l'eau et un peu de tonique. Lorsque Jaquet rouvrit les yeux, la première chose qu'il vit fut le visage sévère de l'ancien favori et son regard qui n'était pas de ce monde. Pétrifié par cette vision, il réalisa pourquoi Charles de Navarre avait voulu Louis auprès de lui. Nul ne pouvait résister à un tel homme.

— S-suffit.

La douleur lui donnait la nausée et ses oreilles sifflaient. Il marmonna quelque chose d'inintelligible. Louis se pencha hâtivement.

— Pardon ? Que demandez-vous ?

— De l'eau. Je vais parler.

Le magistrat se leva et dit :

— Bien. Maître Baillehache, soignez-le du mieux que vous le pouvez et qu'il se repose. Nous serons de retour dans une heure.

Les conseillers ne se firent pas prier pour vider les lieux. Seul le jeune Charles dit le Noble, le fils de Charles de Navarre, s'attarda derrière pour observer le travail du bourreau. Louis avait détaché le gros chambellan inerte et le transportait dans ses bras jusqu'à la couche qui avait été prévue pour lui. Il n'enleva pas les brodequins de sa jambe rompue. Jaquet de Rue gémissait et, aussitôt qu'il fut étendu, il se redressa pour vomir dans un bassin que Louis avait songé à garder à sa disposition. Tandis que le malheureux faisait de bruyants efforts pour expulser ce qui avait été un copieux repas, le géant tourna la tête et posa sur le prince ces mêmes yeux sombres qui avaient donné le frisson aux autres. Il le salua d'un signe de tête. Charles lui répondit d'un bref sourire et sortit à son tour.

L'heure passa trop vite au gré de Jaquet. Il se retrouva bientôt de nouveau assis devant les conseillers, sur le tabouret, sans toutefois être entravé. Les brodequins étaient toujours en place, les uns en guise de menace, les autres servant d'éclisses à une bouillie de muscles et d'os éclatés. Son pied violacé avait doublé de volume. Louis se tint à ses côtés.

— Bien, messire de Rue, nous vous écoutons, dit le magistrat.

Le greffier avait déjà planté sa plume dans un encrier et la tenait prête au-dessus d'un parchemin blanc. Hésitant, Jaquet commença par dire :

— Mon roi s'est engagé dans diverses négociations avec les Anglais...

— Cela, nous le savons déjà. Quoi d'autre?

— Il... a pour dessein de leur livrer Cherbourg.

Louis posa une main encourageante sur l'épaule du chambellan. Il n'y avait aucun moyen de savoir ce qu'il pensait de tout cela. Jaquet de Rue regarda la main de Louis et dit :

— La main... la main du roi...

Celle de Louis serra doucement, presque affectueusement. Non, il n'existait aucun moyen de résister à un tel homme. Il ferma les yeux.

— J'avais pour mandat d'empoisonner le roi de France.

Des murmures s'élevèrent, que Louis fit taire d'un seul regard. C'était lui qui régentait la maigre assistance, et non le magistrat. Celui-ci parut s'en apercevoir et s'éclaircit la gorge en songeant que tous les bourreaux eussent dû être obligés de porter la cagoule :

— Expliquez-vous, dit-il.

— Mon roi a déjà empoisonné le roi de France. À ce banquet de Rouen, il y a plus de vingt ans[70]. Vous ne vous êtes jamais demandé pourquoi il a cette main tout enflée depuis ses jeunes années? C'est à cause de lui. Charles de Navarre. Il était là. Il l'a enherbé*.

Les murmures n'en étaient plus. Les voix des conseillers s'entrechoquaient, et Charles le Noble, les joues rouges, protestait plus haut que tous les autres. Jaquet de Rue dit :

— Il faut comprendre, mon sire. Il est exaspéré par son long malheur. Il s'est efforcé de reprendre par le crime et la ruse ce qui lui a été arraché par la force.

Il jeta un coup d'œil craintif à Louis, avant de poursuivre :

— Ceux qui se disent ses amis sont les pires, je l'ai dit... Non, je ne parle pas de vous, bourrel*, mais de sa femme. Elle l'a trompé avec le captal de Buch[71].

Charles le Noble se rassit et tenta du mieux qu'il put de reprendre son calme. Le chambellan continua :

— Comme il ne saurait être question cette fois-ci de banquet, mon roi comptait empoisonner le vôtre par l'intermédiaire d'un jeune médecin venu de Chypre. Ce jeune homme eût pu d'autant plus aisément être introduit auprès du roi qu'en plus de sa science, qui lui eût plu fort, il possède une érudition peu commune.

La plume du greffier crissait sur le parchemin neuf sans s'arrêter alors que le chambellan avouait, d'un débit de plus en plus précipité :

— Il a aussi empoisonné les deux reines. La reine Jeanne de Bourbon... ses humeurs, vous savez... et sa propre femme aussi, qui est, je vous le rappelle, la sœur de votre sire le roi. Il a également cherché à se débarrasser de l'héritier du trône et de bien d'autres encore.

Le silence tomba. Louis et le prince se regardèrent. « N'en mettez pas trop, quand même », eut envie de murmurer le bourreau. Il l'eût probablement dit si ce genre d'échange clandestin avait été permis.

— C'est tout, dit De Rue, qui lui aussi avait capté le brusque changement d'ambiance et s'était mis à craindre d'avoir trop voulu bien faire.

Il leva les yeux sur Louis, comme en quête de son approbation. Il lui fit un signe d'assentiment. Jaquet n'en ajouta pas moins :

— Eh quoi, croyez-vous que j'exagère mes aveux ? Auriez-vous déjà oublié ce qui est arrivé à Seguin de Badefol[72] ? Rappelez-vous comme mon roi et le vôtre, encore dauphin, aimaient à festoyer ensemble. Les occasions n'ont pas manqué. Tenez, par exemple, cette visite de mon sire Charles au dauphin dans le Vaudreuil...

Le greffier se leva et apporta au chambellan le parchemin, l'encrier ainsi que la plume dont il s'était servi.

— Veuillez signer votre déposition, je vous prie, dit-il.

Une fois que le captif se fut acquitté de cette exigence d'une main tremblante, le magistrat se leva pour annoncer :

— Bien, messire de Rue, vous demeurerez sous bonne garde jusqu'à la fin des délibérations. Tout sera mis en œuvre pour assurer votre confort pendant la période de détention requise. Le verdict sera rendu consécutivement à l'interrogatoire de Pierre du Tertre, lieutenant du Navarrais et gouverneur du comté d'Évreux.

— Quoi ? dit le chambellan.

Son visage blêmit davantage à l'idée que ses aveux pouvaient être corroborés autant qu'invalidés par le lieutenant ; car s'ils étaient corroborés, la peine de mort était assurée ; s'ils étaient invalidés, cela signifiait que ses tortures allaient être reprises. Peu importait ce qui allait advenir désormais, il se savait perdu.

— Oui. Vous saviez sûrement que les places fortes tenues par les gens de votre roi sont en train d'être reprises une par une? Du Tertre a capitulé à Bernay et a été arrêté. Voilà toujours bien une place de plus. Allez, la séance est levée.

*

Le Louvre, quelques jours plus tard

Charles le Noble, le fils du Navarrais, ne tenait pas en place. Indigné, il trépignait et marchait de long en large à travers une petite salle privée au centre de laquelle était assis un Charles de Valois presque immobile sur un fauteuil, tel un pilier de soutènement central. Sa main enflée frémit à peine sur le bras sculpté de son siège.

— Il a donc tout avoué? demanda-t-il.

— Oh, bien plus que cela. Nous lui en avons soutiré suffisamment pour perdre le Mauvais lui-même. Sire, je ne ressens plus que honte et mépris à l'égard de mon père. J'ai son comportement, indigne de celui d'un roi, en pure aversion. Comment avez-vous pu croire un seul instant que j'avais besoin d'être réprimandé à son sujet?

— Je ne demande qu'à croire en votre bonne foi, monseigneur, vous qui fûtes jadis par lui confié à mes soins. J'estime que c'est là la seule vraie et bonne décision qu'a prise mon beau-frère au cours de ces dernières années, car vous étiez très influençable, alors, et d'être resté auprès de lui n'aurait fait que vous nuire. L'amertume éprouve grandement l'aptitude à régner du meilleur des monarques. Maintenant, vous avez demandé à me rencontrer en privé. Ce n'est pas, je l'espère, pour vous faire répéter des certitudes, ni pour me faire le reproche d'avoir voulu m'assurer de votre soutien?

Le jeune homme s'étaya des deux poings sur une petite table couverte de parchemins enroulés parmi lesquels se trouvait la déposition du chambellan. Il en répéta le contenu comme une incantation:

— Jaquet de Rue confirme ici les pernicieuses négociations de mon père avec l'ennemi et son intention de lui livrer Cherbourg. Il a également avoué son objectif de vous faire empoisonner, vous et la famille royale, par le biais d'un jeune médecin de Chypre.

— Je sais déjà tout cela.

— Votre mystérieux malaise, sire, cette fistule que vous avez au bras, serait aussi l'œuvre de mon père. Cela daterait d'un banquet d'il y a plus de vingt ans.

— J'ai aussi pris connaissance de cet aveu.

— Est-ce la vérité?

Le roi se leva et vint rejoindre le prince à la petite table. Il prit le parchemin de sa main valide et fit mine de le relire alors que lui aussi en savait le contenu par cœur. Il répondit, d'une voix douce :

— Tout ce que je peux vous certifier, monseigneur, c'est que je suis en effet tombé gravement malade peu après ce banquet.

Le prince baissa la tête et soupira fort. Le coin de l'un des parchemins se souleva. Le roi poursuivit :

— Cela n'est certes qu'une preuve circonstancielle, mais je compte bien m'en servir. De celle-là et du reste.

— Que voulez-vous dire? demanda Charles le Noble en relevant la tête.

Le roi alla reprendre sa place en tenant un second parchemin couvert d'écriture.

— C'est l'occasion toute désignée pour avilir à tout jamais ses prétentions au trône de France, sans pour autant le déshonorer davantage qu'il ne l'est déjà. Il existe de nombreuses manières d'empoisonner, cher ami. La cautèle a toujours été celle que votre père maîtrisait le plus admirablement.

Il brandit le second parchemin comme un pavillon blanc menteur.

— La déposition de Pierre du Tertre. Toutes les menées du Navarrais y sont consignées à l'exception des tentatives d'homicides. Cela, il a continué à le nier farouchement en dépit des tortures, auxquelles, si je ne m'abuse, vous n'avez pas assisté, cette fois.

Le prince réprima une grimace de dégoût.

— Non. Mais peu importe. Mon soutien vous est acquis pour la prise des places fortes que mon père tient encore en Normandie.

— Soyez-en grandement remercié. Au fait, pour votre gouverne, le chambellan et Du Tertre sont tous deux condamnés à mort.

*

Paris, le 28 juillet 1378

La galerie de la tour de Notre-Dame était à présent déserte, tout comme l'était la place de Grève qui s'apaisait dans la lumière déclinante, sous l'œil vigilant de l'hôtel de ville. « C'est fait », se dit Louis en prenant appui contre le garde-fou sur lequel, çà et là, frémissaient au gré du vent quelques détritus échappés plus tôt par les spectateurs qui s'y étaient installés pour assister à la double exécution. L'homme en noir admira la matité des écailles rouges ou noires des toits. Tout en bas, dans une rue où stagnait une fumée sale et où, en saison, un marchand de châtaignes grillées avait jadis installé son auvent, deux bœufs peinaient à tirer un fardier. Des pigeons d'un gris douteux, attirés par les immondices, vinrent voleter autour de l'homme sans trop oser s'en approcher.

Louis avait été surpris de ne ressentir aucun malaise lorsqu'il avait gravi l'interminable escalier en colimaçon de son enfance. « Eh, quoi, n'ai-je pas passé des années de ma vie dans des donjons ? Ça endurcit », se dit-il. Cela l'amena à songer à l'existence immuable d'un bourreau. « Quand les messagers d'un roi cessent de venir, d'autres viennent à leur place. Et nous, on continue à écarteler, brûler et écorcher vifs des gens dont les cris demeurent toujours les mêmes, quelle que soit leur appartenance. »

L'un des pigeons se posa et se dandina, le cou dressé, jusqu'à une demi-pomme pourrie qu'il entreprit de picorer prudemment.

« Mais comme il est étrange de se sentir vivre et d'aimer la vie ! C'est à la fois bien et pénible. En tout cas, ça rend le travail plus dur. C'est comme si, chaque fois, c'était la première, mais en pire. Je me demande où je trouve la force de faire comme avant. »

Louis leva les yeux vers le ciel où, presque au-dessus de lui, un seul petit nuage rose mêlé de lavande se pavanait fièrement. « À l'heure qu'il est, ils doivent eux aussi être assis dehors à regarder passer les nuages. » Il songea à la maison, au ciel de Normandie où s'éparpillaient, au lieu de pigeons trop gras, les mouettes blanches venues du large comme autant de pétales frais. Il eut un pincement au cœur des plus inattendus : les siens lui manquaient soudain d'une façon insupportable. « Je veux rentrer chez nous. » Mais il ne le pouvait pas. Sans qu'il en connût la raison, si toutefois il y en avait une, on l'avait retenu à Paris pour une période indéterminée. Défense lui était faite de sortir hors les murs sous peine d'être arrêté et accusé de désertion. Même s'il n'avait plus rien à y faire.

Il s'attarda à peine dans le narthex*. Du haut de son trône, le Christ au portail du Jugement dernier abaissa sur lui un regard qu'il se hâta d'esquiver. Il prit la direction du nouveau pont Saint-Michel qui reliait l'Île de la Cité à la rive gauche par le palais de justice d'un côté et la rue de la Harpe de l'autre. Ce pont avait été construit pendant l'occupation anglaise. Tout à coup, il sut exactement ce à quoi il allait pouvoir consacrer ces journées de désœuvrement forcé. Il intercepta un charpentier pour lui acheter un plein sac de petites retailles de bois et quelques autres menus objets dont il allait avoir besoin pour mettre son projet à exécution.

Hugues tendit à Louis sa main enfarinée, approcha de son ami pour une brève étreinte et lui administra quelques claques amicales dans le dos. Il se hâta de l'épousseter en s'excusant. Louis eut le temps d'apercevoir la marque des Ruest sur le bras nu de son vieil ami; le tatouage qui se composait de trois traits sinueux et parallèles lui avait été fait par la bergère Jacinta, il y avait près de trente ans.

— Diable, ça fait un bout! Bien content de te voir. Dis donc, tu ne vieillis pas, toi? Tu n'as pas changé un brin. Regarde-moi ces cheveux encore tout noirs.

— Ils s'obstinent comme moi. Pourtant, Dieu sait si j'ai souvent l'impression d'avoir vécu plus d'une vie. Notre chapelain n'arrête pas de me répéter que je ne fais pas mon âge, mais que je le porte comme un baluchon léger au bout d'un bâton.

Surpris par ce genre de paroles si peu caractéristiques du Louis dont il se souvenait, le boulanger se recula un peu afin de laisser à Clémence, grisonnante comme lui, la chance d'enlacer le grand visiteur. Ses nombreuses grossesses lui avaient épaissi la taille, et Hugues avait à une main un petit tremblement qui semblait ne jamais cesser, mais, cela mis à part, ils avaient tous deux l'air en forme.

— J'ai toujours tout fait autrement des autres. Il se peut bien que je vieillisse d'une autre manière aussi, dit-il au couple rayonnant qui exprima tout de suite son désir de le garder à souper.

Louis avait pris soin de choisir ce moment de la journée pour leur rendre visite non pas pour se faire inviter, mais plutôt parce que c'était celui où le travail de la boutique commençait à ralentir et leur laissait un peu de répit.

Un jeune couple prit place à table avec eux. Hugues resta debout pour faire les présentations:

— Renaud, mon aîné, et Alix, son épouse. Ce sont eux qui vont prendre la relève. Le reste de notre couvée s'est répandu un peu partout en ville avec de bons emplois. On a même un marchand qui voyage jusque chez les Sarrasins. Tous mariés, sauf deux filles qui se sont faites religieuses, et le petit dernier.

Il demanda:

— Tu reconnais ton oncle, Renaud?

— Oui.

Le jeune homme serra les lèvres et se concentra sur son plat. Sa femme, incommodée, ne savait où poser les yeux.

— Oh, merde, dit le boulanger.

— Renaud, commença Clémence.

Louis se leva et reposa le quignon de pain qu'il avait commencé à manger.

— Ça va. Je vais partir.

— Non, attends.

Elle s'adressa au couple :

— Vous l'avez vu en place de Grève ?

Alix fit un signe d'assentiment et jeta un coup d'œil effrayé au géant. Hugues soupira.

— Il faut essayer de comprendre...

— Ça ne vaut pas la peine, intervint Louis.

— Laisse-moi parler, dit Hugues.

Renaud dit, avec une hostilité tout juste voilée :

— Il a raison, ça ne vaut pas la peine. Vous n'avez rien à m'expliquer. Je sais déjà tout.

Il regarda Louis.

— Je sais aussi qui vous êtes.

Clémence triturait un torchon. Elle demanda :

— Depuis quand le sais-tu ?

— J'avais mes doutes depuis longtemps. Une petite enquête m'a suffi pour tout découvrir. L'enfant qui a habité ici avant nous, celui dont nous avons fait le héros de notre enfance, c'est vous. Il n'est pas mort de la peste. Mais il aurait dû.

Il se leva à son tour et fit face à Louis en crachant par terre.

— Mes parents tiennent à vous recevoir. C'est leur droit et je ne le leur contesterai pas. Mais je vous préviens que le jour où j'hériterai de la boutique, même si je dois continuer à vous faire verser vos redevances, ma porte vous sera en revanche définitivement fermée. Je ne veux pas d'un bourrel* chez moi. Et surtout pas d'un monstre, d'un hypocrite de votre espèce.

Ils s'affrontèrent en silence. Ce fut Louis qui se détourna en premier. Renaud demanda encore :

— On a même changé le nom de notre rue à cause de vous. Gît-le-Cœur, maintenant, qu'elle s'appelle. Vous le saviez ?

Louis s'arrêta et jeta un coup d'œil au couple vieillissant qui n'osait pas le regarder.

— Non, je ne le savais pas, répondit Louis.

Il marcha jusqu'au seuil, accompagné par Hugues et Clémence.

— Je suis désolée, Louis, dit Clémence, tout bas.

— Ne t'en fais pas. J'ai l'habitude.

— J'essaierai de leur expliquer.

« Comment leur raconter tout ce qu'on a vécu ? Comment leur faire connaître notre vie qui était si loin de la leur ? » se dit-il.

Sur le seuil, Louis donna deux claques amicales sur le bras d'Hugues et fit une brève étreinte à Clémence.

—À quoi bon? Ce n'est pas la peine. Je ne reviendrai plus.

—Nous irons te voir chez toi, dit hâtivement Hugues.

Le géant fit un vague signe d'assentiment. Il leur tourna le dos et s'éloigna un peu. Il s'arrêta et se retourna, le temps de lever la main pour les saluer.

Hugues dit:

—Je me trompais. Il a changé, mais je serais bien en peine d'expliquer en quoi.

Clémence se serra contre son mari et regarda Louis descendre la rue sans plus se retourner. Elle demanda:

—Tu ne parlais pas sérieusement, n'est-ce pas?

—Que veux-tu dire?

—Nous n'irons pas en Normandie.

—Mais si! Pourquoi me demandes-tu ça?

Clémence suivait toujours des yeux la grande silhouette qui s'éloignait d'un pas martial.

—Je ne sais pas. On dirait qu'il n'y croit guère. Et j'ai un mauvais pressentiment. Cette visite ressemble trop à un adieu.

*

La main parcheminée de l'abbé serra affectueusement le poignet du bourreau qui s'était agenouillé auprès de lui. Antoine était assis dans son grabat, le dos appuyé au mur contre des oreillers fermes.

—Ah, Louis, Louis, que de vigueur je perçois encore dans ton bras. Ma brebis sans cesse perdue qui s'en vient un peu réjouir le cœur de son vieux berger...

Surpris que l'abbé lui-même consente à braver la Règle par ce contact physique avide, Louis se laissa pétrir le poignet sans bouger.

—Lionel m'a écrit pour me dire qu'il t'avait informé du fait que c'était lui, ton vrai père, dit Antoine.

—Oui.

Le vieillard ferma les yeux et soupira.

—C'est bien. Très bien. Ainsi, tu sais tout. Il était temps, n'est-ce pas?

Louis acquiesça. L'abbé reprit:

—Il me faut t'avouer que ton père est passé bien près d'échouer à cause de ta petite ruse qui l'a conduit tout droit au pilori. Ces livres que tu as jetés au feu constituaient un danger bien réel et j'ai dû déployer toute ma force de persuasion pour que les autorités ecclésiastiques acceptent d'étouffer l'affaire.

305

Il secoua la tête.

—Mais ce que j'ai pu chercher un moyen de vous garder ensemble! Le père et le fils, tous les deux moines. C'était certes inhabituel, mais cela eût en quelque sorte corrigé la faute aux yeux de l'Église, tu comprends? Ah, cela n'avait pas lieu d'être.

C'était si simple, maintenant que les enjeux étaient clairs. Antoine offrit à Louis un sourire las.

—Tu sais, les moines de jadis pouvaient prendre femme s'ils en manifestaient le désir[73]. Aujourd'hui plus que jamais, la loi du célibat des clercs est assez mal respectée. Et j'ai comme l'impression qu'il en ira ainsi encore pendant longtemps. Enfin. C'est en toute liberté qu'un moine s'engage à suivre la Règle. Ton père ne se trouvait pas encore parmi nous lorsqu'il t'a engendré. Sa seule faute est donc qu'il ait fait l'acte en dehors des liens sacrés du mariage.

Il sourit avec une tendresse qui était incompatible avec la rigueur de ses paroles et reprit:

—Au cours de mes longues années, j'ai appris à me mettre au service de tous les tempéraments. Il m'a aussi fallu sans cesse me souvenir du titre que je portais, de sa signification profonde. «Abbé» signifie «père». Je ne pouvais que guider mes fils. Je ne pouvais leur commander. En cela, je me suis humblement efforcé d'imiter notre Père céleste.

Louis écoutait avec le même silence respectueux qu'Antoine lui avait toujours connu. Pourtant, cette fois, l'abbé eut le sentiment que ses paroles étaient non seulement entendues, mais comprises. Il caressa le poignet offert et continua, de sa voix chevrotante:

—En tant que représentant du Christ dans ce monastère, j'ai dû, comme mes prédécesseurs, permettre à tous mes fils d'apprendre à L'aimer concrètement au travers de ma personne. Ainsi, avec cet amour dédié au Christ vint aussi la croix dévolue au Christ. J'ai été transpercé par trois clous nommés silence. Le mien, que j'ai dû garder parce qu'autrement j'eusse dit les mots d'un autre. Celui de ton père, parce qu'il craignait ces mots. Le tien, parce que tu ne les connaissais pas.

Il saisit Louis par ses deux poignets qu'il immobilisa de ses vieilles mains qui trouvaient inexplicablement une force surhumaine pour se refermer comme les serres d'un aigle. L'abbé se servit de son empoignade pour se redresser. Il dit, avec un grand désarroi:

—Ma croix a été d'avoir dû supporter ce secret si longtemps. Mais, tout comme le Seigneur, je n'avais pas le choix. C'était Lionel qui l'avait. Lui et lui seul. Si tu savais à quel point cela a pu me peser!

—Il ne fallait pas vous faire tant de souci.

306

— Mais si. Maintenant, je comprends davantage la grandeur de l'amour que Dieu a pour nous. Lui qui a renoncé à la liberté de choix afin de nous la laisser, à nous qui la Lui avons jadis arrachée de force dans l'Éden, Il nous aime tant qu'Il a mal pour nous. Comme moi, j'ai eu mal pour vous deux. Comprends-tu?

Pour toute réponse, Louis leva les yeux sur son propre portrait qui le regardait sévèrement depuis le mur. L'abbé suivit son regard et se laissa retomber contre ses oreillers en poursuivant:

— Oui, cela aussi s'explique. Ce visage, c'est tout ce que j'ai pu trouver pour garder le lien avec ton père et toi. Je te revoyais jeune postulant, et il m'était plus aisé de prier pour vous deux. Car si la liturgie est importante dans la vie monastique, elle n'est pas tout. Bien que nos occupations personnelles doivent passer au second rang lorsque la cloche nous appelle, comme tu le sais, l'important n'est pas tant cela que le fait que, quoi qu'on fasse, on s'applique à la prière. Rien ne doit être préféré à l'œuvre de Dieu. J'ai donc passé plus d'heures en prière individuelle devant ce portrait que devant toute autre image pieuse.

— Quoi?

— Oui. Bon nombre de mes savants confrères en ont eux aussi été choqués. C'est parce qu'ils se sont mépris sur les réels motifs de mes prières. Ils ont pris leur objet pour de la contemplation mal placée.

Il rit tout bas et Louis ne put retenir un petit grognement à la pensée de l'image qu'avaient dû offrir tous ces doctes sires en robe longue, tout hérissés devant son portrait comme des coqs de basse-cour parce qu'on le croyait devenu l'objet d'un culte idolâtre!

— Ton père apprécierait, lui aussi, dit Antoine.

— Je le lui raconterai.

— Jehanne... il l'aime. Je savais qu'il allait trouver un moyen de s'arranger pour que vous finissiez par être ensemble. Pour cette seule raison, je trouve qu'il est bon que tu n'aies pas pris l'habit.

C'était vrai et il avait mis des années à s'en rendre compte.

— Hormis quelques humbles frères convers, nous autres moines sommes presque tous issus de familles nobles. Il n'était pas très bien vu que Lionel, le fils d'un artisan, aussi prospère fût ce dernier, ait fini par acquérir un tel ascendant sur son abbaye et sur moi. Mais je ne pouvais m'empêcher de sentir qu'il avait beau ne pas être né noble, cela n'a pas empêché son âme, elle, de l'être. Il était déposi-taire de cette mystique profonde, assoiffée de Dieu, qui nous faisait à tous défaut. J'ai toujours vu en lui une espèce de saint qui n'en est pas moins homme. Il m'a appris que les saints ne sont pas forcément comme ces héros de Plutarque qui surpassent leur humanité et par conséquent nous deviennent presque inaccessibles. Non, un vrai saint ne cherche pas à s'élever au-dessus de sa condition humaine; au contraire, il l'assume avec humilité.

Alors qu'il parlait, Antoine se demandait ce qui le poussait à le faire. Louis était là, il écoutait, il ne réagissait pas. Soudain, le bourreau dit, comme si de rien n'était:

—Eh bien, voilà. Je vous ai descendu de la croix. Maintenant, attendez trois jours.

Un rire assourdi s'éleva derrière la porte, et l'abbé sourit avec indulgence.

—Ah, cher enfant. Allez, va, va en paix, mon fils. Lambert et Pierre ont eu vent de ta visite et semblent bien t'avoir suivi jusqu'ici. Ils attendent avec impatience la fin de notre entretien à huis clos. Je crois même avoir aperçu nos deux anciens maîtres, les vénérables Guillaume et Bernard. Oui, ils sont toujours de ce monde, et l'ancien prévôt a toujours sa férule bien en main; sois prudent.

*

Dans sa chambre verrouillée du Louvre, plusieurs figurines en bois sculpté attendaient sur la table, auprès d'un bougeoir, d'une écuelle et d'un cruchon de vin. Un petit cheval avait l'air d'observer avec curiosité ce que son créateur faisait.

Louis était en sueur. À bout de souffle, plié en deux, il venait d'interrompre une danse étrange, frénétique, qu'il pratiquait sans répit depuis des heures, et qu'il avait entreprise par longs épisodes l'avant-veille. Il délaça ses chausses afin d'examiner sa jambe droite qui était devenue douloureuse: elle avait considérablement enflé. C'était l'effet recherché. Satisfait, il s'avança en direction de l'écuelle dans laquelle reposait une mixture à base d'extraits de plantes dont il enduisit sa jambe dénudée. Presque tout de suite, le contact brûlant de la substance sur sa peau fit apparaître des ampoules. Une rate de bœuf, emplie de sang et de lait et mélangée à de la farine, compléta le tableau.

Lorsqu'il demanda à sortir parce qu'il ne se sentait pas bien, il boitait en prenant appui sur sa canne.

—Sainte Mère de Dieu! Au cagou*! Au cagou*! hurla le garde en reculant, horrifié.

Louis fut libéré le jour même, avec ordre de se rendre à la léproserie la plus proche. On lui remit une crécelle qui s'en alla rejoindre ses figurines en bois dans son bissac.

Chapitre X
Le Duel

iscoutine août 1378

Mon aimée,

  Tu devais me croire mort. C'est ce que ton bourrel* a dû te dire parce que j'ai voulu mourir. Mais j'ai été soigné. Alors, je suis parti.

  Longtemps, j'ai voyagé sans jamais cesser de penser à toi. Si tu savais tous les lieux que j'ai visités, tu voudrais bien être avec moi, dans mes bras, et moi aussi, je voudrais t'embrasser, ma douce et jolie Jehanne.

  Je m'en suis enfin revenu par chez nous avec des hommes du roi Charles le Cinquième pour l'aider à reprendre son pays en les terres de Normandie. Nous avons atteint Lyons-la-Forêt[74] hier au soir, avec l'ordre d'y rester un certain temps.

  J'ai appris moult choses fort laides au sujet de Baillehache, ma mie, à savoir qu'il a mis en charpie son père à lui et a mangé sa chair. J'ai su comment ton faucheur a ourdi fort pour se faire connaître du roi de Navarre. Il était à Rouen, juste un pied poudreux qui a été condamné à la hart*. Il a menacé un abbé et dérobé des vivres à un monastère et aussi volé son cheval, celui que tu connais, pour fuir sur le champ de bataille de Maupertuis.

  Jehanne, le roi ne le laissera pas quitter Paris en autant que tu t'y opposeras, toi aussi. J'ai des relations à la cour, je peux m'arranger pour que sa sommation soit aussi un piège sans que le roi ait besoin d'être mêlé à tout cela. Comme tu le vois, les autorités ont de bonnes raisons pour enquêter sur lui plus avant que sur ses anciennes allégeances. J'ai reçu des renseignements par l'archevêché. Je leur ai dit que le bourrel* est pris du haut mal et de démence. Ton mariage peut être annulé et ton domaine, repris, si tu peux prouver que Baillehache ne t'a jamais honorée comme il se

309

doit. Si c'est ainsi, c'est que l'enfant n'est pas de lui, mais de moi, et alors on pourrait partir tous trois en les Hautes-Terres et là, je t'épouserais.

J'attends ta réponse; renvoie-moi le même coulon* et je viendrai tôt te quérir, ma douce, m'amour. Au moins, il ne peut pas arrêter les oiseaux de voler.

La lettre, je l'ai écrite avec un peu d'aide, parce que moi, il y a bien des mots que je ne sais pas.

Ton bien dévoué,
Somhairle Aitken

Jehanne regarda tristement cette lettre se consumer dans les flammes du foyer, sous la supervision du père Lionel qui, lui aussi, l'avait lue. C'était la seule chose à faire. Sam avait visiblement appris des détails sur le passé de Louis et avait fait exprès de les amplifier afin d'être prêt à les soumettre aux autorités aussitôt que Jehanne lui donnerait son accord. Le parchemin taché se recroquevilla et acheva de disparaître parmi les fagots qu'on y avait jetés pour allumer le feu du souper.

— C'est vrai. Je le savais à la cour, fit remarquer Jehanne. J'espérais qu'il y ait enfin trouvé le bonheur, au point que je n'aurais jamais cru qu'il allait un jour revenir dans nos vies.

— Sortons un peu, dit le père Lionel.

Ils marchèrent un long moment dans le silence de cette fin d'après-midi. Dans le pré qui s'étendait derrière la maison, les coquelicots agitaient, pour leur seul plaisir, la soie pourpre de leurs pétales. Ils étaient surveillés de près par leur grand gardien, un orme isolé dont la ramure, déjà, avait été touchée par la rouille. Quelque part parmi les herbes, un grillon solitaire répétait un petit air sur sa vièle.

Jehanne reprit, comme si le silence n'avait jamais eu lieu :

— Bien sûr, je suis heureuse d'apprendre qu'il se porte bien. Mais...

Elle s'arrêta afin de cueillir un brin de foin souple dont elle caressa l'aigrette soyeuse, tout en reprenant sa marche aux côtés du moine :

— Mais je ne suis plus certaine d'avoir envie de le revoir. Pas ainsi. Ce qu'il m'annonce dans cette lettre me paraît de trop.

— Ça l'est. Il a commis une grave erreur en exploitant les circonstances qui entourent cette sommation. Il n'a fait qu'agir avec la même fourberie qu'il reproche à ton mari.

— Et il ne s'est même pas donné la peine de me demander mon avis. Il attend une réponse, et il est persuadé que je vais dire oui. Je n'aime pas ce choix qu'il m'impose. Il ne lui vient pas à l'esprit que les circonstances aient pu changer.

Ce repli sur soi au détriment d'autrui lui déplaisait. Elle ajouta :
— C'est une intrusion, quelque chose qui n'a plus lieu d'être. Cela détonne.

Ils s'arrêtèrent au faîte d'un coteau. Jehanne regarda en contrebas la maison paisible dont la cheminée éparpillait sa fumée en lambrequins légers. Elle avait l'air plus déterminé que jamais.

— Il m'oblige à agir comme si je ne l'aimais plus. Ce mensonge qu'il m'oblige à faire, je le ferai par amour pour Adam et Louis. Nous sommes enfin parvenus à trouver le bonheur. Pourquoi faut-il encore qu'il vienne tout chambouler ?

— Le foutriquet ! Dis-moi, Jehanne, l'aimes-tu toujours ?

Elle marqua un temps avant de baisser les yeux, et la graminée s'agita dans sa main.

— Oui.

— Seigneur.

— Sam n'est pas un foutriquet. Malgré toutes ses bêtises, je suis incapable de ne pas l'aimer. Tout est si simple, avec lui. Il n'y a rien à comprendre. Comme moi, Sam a toujours vécu en plein soleil. Toutefois, il ne peut en saisir le manque comme j'ai appris à le faire, moi. Tout sentiment qui l'aiderait à se mettre à la place de l'autre le dépasse. Il n'y en a que pour sa petite personne. Tel qu'il est actuellement, il ne pourrait plus s'entendre avec moi.

Lionel écoutait dans un silence recueilli. Soudain, ardente, la jeune femme releva les yeux et fit face à Lionel.

— Mais je vais vous dire une chose. J'aime aussi Louis. Avec lui, c'est comme si j'assistais à la création d'un homme à partir de l'argile sans vie. Je peux sentir en lui la lumière qui s'étend et je ne l'en aime que davantage chaque jour.

Le moine sourit.

— Là est la preuve que, par la grâce de Dieu, nous avons réussi.

— Oui. Et comment arriverions-nous à faire comprendre cela à Sam ? Il ne le voudra pas. Il se complaît dans la certitude que Louis est mauvais, sans espoir de rémission.

— Je crois que la tâche de le lui faire comprendre un jour ne reviendra pas à nous, mais à Louis lui-même.

— Peut-être. Quoi qu'il en soit, Sam me porte sur les nerfs avec sa perception par trop simpliste des choses. Pour lui, nous sommes blancs et Louis est noir, un point, c'est tout. Faut-il être naïf pour ne pas voir que le monde se compose en fait d'une infinité de teintes intermédiaires.

— Ma fille, voilà que tu prêches aussi bien que moi, maintenant. Mieux, je dirais.

Ils rirent doucement. Ils allèrent s'asseoir sur un gros rocher autour duquel de l'herbe vert et or se laissait peigner par la brise. Lionel dit:

— Comme Louis a l'habitude de le dire parfois, du ton sec qui le caractérise si bien: «Il n'y a ni bien ni mal. Il n'y a que ce qui est.» À première vue, cela a aussi l'air très simpliste, et mon premier réflexe a été de vouloir contester cette remarque. Or, je ne l'ai pas fait. J'y ai beaucoup réfléchi et j'en suis arrivé à la conclusion que c'est beaucoup plus sage qu'il n'y paraît.

— De quelle manière?

— Eh bien, je crois qu'il entendait par là quelque chose de plus précis que les seules notions de bien et de mal, car chacun sait que, du bien et du mal, il y en a de par le monde, et à profusion. Louis sait cela mieux que quiconque.

— C'est vrai.

— Je crois qu'il voulait plutôt parler de nature humaine. Affirmer que la nature humaine est foncièrement mauvaise n'est en rien moins saugrenu que de dire qu'elle est foncièrement bonne.

— Vous croyez?

— Oui. Toutefois, il nous est si facile de défendre la première affirmation, n'est-ce pas, d'abord parce qu'elle est tellement facile à prouver, et ensuite parce que cela nous sert à excuser nos propres fautes.

— Cela se tient. Je crois Louis capable d'avoir ce genre de pensée radicale.

— Je crois aussi que ces paroles signifiaient davantage que ce que Louis était capable d'en comprendre. Elles veulent dire que la nature de l'homme, quelle qu'elle puisse être, n'est pas immuable. À l'heure du choix, nous pouvons faire le mal avec la même aisance que le bien. Ce qui est, ce que nous faisons réellement de ce choix, cela seul importe en bout de piste.

Très loin au-dessus de la cime des arbres, un gerfaut s'intéressait à une aire envahie par les chiendents. Il la survolait en cercles concentriques et commençait à descendre prudemment.

Lionel reprit:

— Regarde comme la vie nous a souri, Jehanne. Que se serait-il passé si nous avions accordé foi à des conseils trop pessimistes, tels que: «Laissez tomber, nul ne peut rien y faire», et, de l'autre, ceux des optimistes aveugles disant: «Ne vous en faites donc pas. Quoi qu'on fasse, tout ira pour le mieux.»

— Il ne se serait rien passé.

— Exactement. Sans que nous le sachions, la pensée radicale de Louis nous a aidés dans notre cheminement en nous faisant adopter une perception des choses qui ne penche ni trop vers l'optimisme ni trop vers le pessimisme. Nous avons été mus par une foi rationnelle dans la capacité de tout homme d'éviter l'ultime catastrophe. Tu vois, le choix entre le bien et le mal est de nouveau remis à l'homme. Cela l'oblige à se libérer des illusions de la fatalité et l'amène à envisager des changements fondamentaux qui sont devenus indispensables, non seulement pour la société, mais aussi à titre personnel, jusque dans ses valeurs mêmes.

L'oiseau de proie disparut derrière un boqueteau et ne reparut pas.

Lionel poursuivit :

— J'envie la foi simple des premiers chrétiens et je m'y réfère souvent lorsque je sens la mienne faillir. Chaque jour, ils attendaient le retour du Messie, pour de vrai, sans toutefois se décourager s'Il ne venait pas. Ils s'attendaient réellement à Le voir arriver à leur porte sans prévenir. Jour après jour, ils mangeaient ensemble, ils travaillaient et priaient en L'attendant. Leur espoir n'était ni passif ni patient, loin de là. Il les galvanisait et les poussait à l'action. C'était comme si Jésus se trouvait déjà parmi eux et sans doute y était-Il. Avoir la foi signifie oser, penser l'impensable.

— Comme nous-mêmes l'avons fait, dit Jehanne.

— Exactement. Comme nous-mêmes l'avons fait.

*

Paris, août 1378

La rue de l'Homme-Armé dépeuplée par l'heure du souper somnolait dans l'âcreté de ses nombreux feux de foyer invisibles. Sam y errait sans but. Il sentait que tout était en train de lui échapper, même le temps ; ses cheveux avaient depuis peu commencé à prendre une teinte de paille. Il eut l'envie irrésistible de mordre dans un bon *mazapane**, de s'en coller les dents jusqu'à se persuader qu'il n'était jamais reparti d'Espagne, d'où provenaient ces friandises. Après avoir tenté en vain de se meubler l'esprit avec de la cervoise, en la compagnie monnayable des dames de la rue Clatigny[75], il ressentait un besoin subit d'enfance.

Une main pâle surgie de nulle part se plaqua soudain sur son épaule.

— Est-ce moi que tu cherches ? demanda d'une voix très aimable un homme non encore visible.

Même s'il sentait ses genoux prêts à se dérober sous lui, Sam fit volte-face et affronta celui qui avait parlé. Il eut la surprise de découvrir un homme âgé élégamment vêtu et portant une longue barbe. L'imposant personnage, qui n'était pas sans évoquer un patriarche biblique, lui sourit.

— T'ai-je fait peur? Toutes mes excuses. Alors, me cherchais-tu?

— Je ne saurais le dire. Ça dépend de qui vous êtes.

— Voilà qui est fort prudent comme réponse. J'ai nom Nicolas Flamel.

— Très heureux. Mais non, vous n'êtes pas celui que je cherche.

— En es-tu bien sûr? Enfin, peu importe, puisque moi, je te cherchais.

— Je... comment? Vous me connaissez? bafouilla Sam, éberlué.

— Mais comme de raison, dit le personnage en désignant le tartan. Il se trouve que nous avons un ami commun qui t'a fort bien décrit dans une des correspondances que j'ai eu le bonheur d'avoir avec lui.

— Ah bon. Puis-je savoir qui?

— Si tu veux bien te donner la peine de me suivre jusque chez moi, je t'expliquerai tout cela. J'habite à l'angle des rues Marivaulx et des Écrivains. Étant donné que je parle d'abondance, nous y serons plus à l'aise.

— Il me semblait que votre nom m'était familier. Vos manières aussi, dit l'Écossais avec un sourire grimaçant. Vous êtes l'ami de notre aumônier.

Nicolas Flamel sourit en acquiesçant.

— Les gens me disent alchimiste. Ils pensent que je détiens le secret de la transmutation du plomb en or.

— Je l'ai ouï dire, en effet. Est-ce vrai?

Le mystérieux personnage caressa pensivement sa barbe et finit par hausser les épaules.

— En quelque sorte. Mon travail est très perturbateur. Les gens n'apprécient guère ce qui dérange leurs petites habitudes; ils ont donc une propension instinctive à en faire quelque chose d'occulte, d'incompréhensible, de façon à ce que cela ne vienne plus les importuner. Sans doute est-ce inconscient de leur part. Combien de fois suis-je passé près d'abandonner mes recherches devenues trop périlleuses et ce, jusqu'au jour où je me suis rendu compte que le Tout-Puissant voulait que les choses soient ainsi. Il n'est pas donné à tous de comprendre au même moment. Tu viens?

— Eh bien... bon, d'accord.

De mauvaise grâce, Sam suivit le bourgeois dont la démarche trahissait la vigueur. Sans ralentir, Flamel regarda le ciel et dit:

—Dès que je t'ai aperçu, j'ai su que tu comprendrais. Ça se voit au premier coup d'œil.

—Euh... je ne suis pas sûr de vous suivre dans vos propos. Qu'avez-vous vu, au juste? Je n'ai guère le temps d'écouter des histoires.

—Non, vraiment? On m'a pourtant dit que tu souhaitais te faire ménétrier*.

—Oui, mais...

—Comment se fait-il que tu n'aies pas le temps? Les histoires sont pourtant un bien précieux.

—Parce qu'un bien plus précieux qu'elles m'a été enlevé.

Le libraire s'approcha de Sam, qui détourna le regard.

—C'est-à-dire?

Le visiteur déglutit péniblement avant de consentir à répondre:

—Mon fils.

Et il précisa, d'une voix émue:

—Il s'appelle Adam, en mémoire de mon grand-père.

Flamel sourit.

—Je sais. Cet enfant représente fort bien le premier homme dont il porte le nom. Celui qui, à la création, reçut un fardeau nommé conscience. Mais ce que l'on ne dit pas, ou si peu, c'est qu'il a été donné aux descendants de ce premier homme de connaître quelque chose d'infiniment plus grand, quelque chose qui donne à l'existence la force motrice de l'émoi, ainsi qu'un but, un motif justifiable.

—Je ne comprends pas.

—Certains passent leur vie entière à s'étioler dans l'attente d'un de ces instants sublimes où tout se révèle à eux, après quoi l'âme exaltée s'embrase. Et tous, nous n'existons que pour cet embrasement. J'ai toujours été persuadé que c'est cela qui fait les beaux couchers de soleil. Je me demande à quoi ressemble celui de ce soir.

Ils s'attardèrent sur un seuil pour contempler, à l'ouest, une maison derrière laquelle le couchant s'apprêtait à sombrer en traînant avec lui sa débauche de bannières safranées. Un tout petit nuage palpitait doucement comme une gemme sous la lumière. Puis, très lentement, il cessa de résister et s'éteignit.

—Miséricorde, dit Flamel en jetant un regard anxieux en direction de son visiteur.

—Quoi? Qu'y a-t-il?

Le bourgeois, perturbé par l'interprétation qu'il avait faite du coucher de soleil, ne répondit pas. On eût dit que c'était Sam qui, par sa seule présence tourmentée, possiblement meurtrière, avait soufflé l'astre comme une chandelle. Nicolas déverrouilla sa porte pour livrer passage à son invité qui affichait de plus en plus de réticence à demeurer en sa compagnie.

— Non, rien. J'étais distrait. Entre. Le père Lionel m'a écrit et m'a dit que tu te trouvais ici, à Paris. Il y a longtemps que je désirais te rencontrer.

— Et alors? Où voulez-vous en venir?

— Je conçois ce qui te motive à aller de l'avant dans ton projet. Je le conçois, mais ne peux l'endosser.

— Qui vous a parlé d'un projet? Et d'abord, vous ai-je réclamé de l'aide?

— Non. Mais je souhaite t'aider.

— Bon, bon, d'accord, puisque vous insistez. C'est bien parce que vous êtes un ami de l'aumônier.

— Je te dirai tout. Sois patient, tel l'apprenti alchimiste, mon garçon. Mais entre donc.

À regret, Sam tourna le dos au crépuscule.

Le silence poussiéreux d'une librairie l'accueillit. Il avait été introduit dans une pièce fraîche et encombrée où régnait une obscurité presque totale. Cette plongée inattendue dans un recueillement feutré de chapelle lui fit une curieuse impression, après toute une journée passée dans l'incessante animation de la ville. Sans oser aller de l'avant, il laissa son hôte s'avancer à tâtons en direction de ce qui avait l'air d'être la porte close d'une arrière-boutique. Flamel fut bientôt de retour avec un bougeoir allumé à la main. Dans les longs doigts de son autre main trop blanche étaient enfilées les anses d'un cruchon de vin et d'une petite tasse en grès émaillé. Il dit, en souriant:

— Libre à toi de fureter si le cœur t'en dit.

Flamel posa chandelle et vin sur un amoncellement de livres dont on ne pouvait dire s'il dissimulait ou non un meuble quelconque. Le libraire se détourna pour ramasser une seconde chandelle qu'il inclina au-dessus de la première, qui arrivait à son terme, jusqu'à ce qu'une nouvelle flamme dorée y fût communiquée. Il planta solidement la chandelle dans le clou d'un bougeoir en fer forgé qu'il remit au visiteur et il entreprit de verser le vin dans sa jolie tasse.

L'endroit avait de quoi fasciner, c'était indéniable. Il y avait des livres partout; certains reposaient à plat sur des étagères garnissant les murs jusqu'au plafond; d'autres étaient ouverts sur quelques tables, pêle-mêle à travers des encriers et des parchemins enroulés sur eux-mêmes disposés sans ordre précis; le moindre lutrin bancal n'était pas laissé inoccupé; il y avait même des empilages de gros volumes en équilibre précaire sur plusieurs tabourets. Intrigué, le visiteur, muni de la chandelle, se mit à errer avec précaution dans d'étroits passages qui semblaient avoir été ménagés au hasard. Il s'arrêtait parfois pour feuilleter l'un ou l'autre recueil qui attirait plus particulièrement son attention, ou pour examiner de plus près quelques-uns des instruments étranges et complexes – le plus souvent inaccessibles, même à qui se fût risqué à étirer le bras par-dessus les piles de livres –, qui avaient tout l'air d'avoir été posés là exprès. Flamel prit place sur un tabouret et sembla se transformer lui-même en un nouvel élément magique de ce décor pour le moins insolite.

—Je ne m'attendais pas à ceci, fit Sam distraitement.

C'était à en oublier la raison encore mystérieuse qui avait motivé Flamel à l'inviter. Sur un lutrin sculpté, juste devant lui, reposait un précieux manuel dont la couverture de cuir ouvragé le fascina tant qu'il dut poser son bougeoir afin de mieux l'étudier. Il se demanda quel genre d'écrit pouvait protéger une reliure aussi somptueuse. Alors qu'il s'apprêtait à consulter l'ouvrage, le libraire dit:

—C'est un livre d'heures.

Flamel disparut de son coin auréolé par la lueur flageolante de l'autre chandelle pour réapparaître silencieusement juste à côté du visiteur. Sam sursauta. La main du libraire caressa le cuir doux du livre et il soupira.

—Il est splendide, n'est-ce pas? Même fermés, les livres demeurent les gardiens de tout le savoir qui y est consigné. Cela ne cesse de m'émerveiller. Ils sont à la ressemblance de leur créateur, l'esprit humain. Ne trouves-tu pas?

—Euh... sûrement, oui.

—Enfant, je demeurais longuement parmi eux, comme ceci, sans même les ouvrir. Ainsi chacun d'eux conservait-il encore tous ses mystères, et mon imagination se plaisait à y folâtrer impunément. J'ai toujours souhaité créer un livre.

Les pages enluminées de l'ouvrage se dévoilèrent à eux. La main d'artiste de Nicolas s'abaissa solennellement sur elles comme pour les bénir.

—Il y a tant d'odeurs, de musique et d'images. Il y a si peu de mots.

Le libraire se hâta de débarrasser un tabouret de son fardeau de grimoires.

—Viens là. Viens t'asseoir.

Il offrit à Sam la tasse lustrée qui avait patienté sur sa pile de livres.

—Voici au moins de quoi nous éclaircir les idées et nous humecter le gosier.

Flamel s'empressa de dégager un second tabouret pour s'asseoir à son tour. Il prit le récipient des mains de son invité et le porta à ses lèvres avant de le lui remettre. Le visiteur y trempa également les lèvres.

—Pas mauvais. Merci, dit Sam.

—Il n'y a pas de quoi.

—Je ne suis guère accoutumé au vin même si, chez moi, on en buvait. Je m'en tiens plutôt à l'eau-de-vie et à l'hydromel. À la cervoise, aussi.

—J'ai toujours eu un faible pour ce petit vin d'Argenteuil. Il se laisse boire volontiers.

Flamel se releva, le temps de rapporter un pain qui ressemblait à une grosse pépite d'or à la lueur de la flamme. Il dit:

— Je ne peux plus me passer de ce pain de bouche* qui manifeste de l'indulgence à la fois pour ma dentition fragile et pour ma propension à la gourmandise. Tiens, goûte, mon garçon. Tu m'en donneras des nouvelles.

L'invité, docile, en rompit distraitement un morceau et mordit dedans. Sa mastication se ralentit dès les premières secondes.

—C'est vrai qu'il est bon. Je ne sais pas, ça me rappelle chez moi.

—Je sais.

—Plaît-il? demanda Sam en haussant les sourcils.

—Quelle noble quête que celle de vouloir faire justice à ceux qu'on aime, réparer un tort que la Providence semble n'avoir pas remarqué? Heureusement que l'homme, lui, est là pour faire le travail à Sa place, n'est-ce pas?

—J'ignore de quoi vous voulez parler.

Le gobelet en terre cuite enduite de glaçure se mit à tourner sur lui-même entre les mains pensives de Sam.

—Au contraire, je crois que tu as tout compris.

L'Écossais cilla. Il se sentait pris d'un malaise diffus. Le gobelet tournait de plus en plus vite entre ses mains fébriles. Flamel tendit le bras pour prendre le cruchon, sourit avant de boire à même le goulot et reprit:

—Cette quête est pourtant celle sans laquelle l'homme ne saurait vivre.

—Qu'entendez-vous par là?

—J'entends que la quête de justice n'est pas tout. Il y en a une qui importe plus encore. Certains l'appellent l'amour, mais je trouve cela plutôt réducteur; l'amour n'est que l'une des multiples facettes de cette quête qui est celle de la vie, de la vie dans son intensité la plus absolue. Tous, nous voulons vivre et pas seulement exister. Tiens, par exemple : lorsqu'on assiste à quelque chose de très émouvant, quelque chose qui nous arrache des larmes, on demande à en conserver l'image pour pleurer encore. Cela fait partie de notre quête de l'embrasement.

Contrarié, Sam avala d'un trait le contenu de sa tasse dans le but de se lever et de prendre congé au plus vite. C'était trop de bavardage théorique pour, au bout du compte, n'arriver nulle part. Cela lui rappelait trop le père Lionel. Vif comme un chat, Flamel s'empressa de remplir le récipient et dit :

— Je t'avais prévenu que je parlais d'abondance. Mais je puis te garantir que ce n'est pas pour rien. Ne t'en va pas tout de suite. Regarde bien autour de toi.

— Comment ?

Pour toute réponse, une main fine d'artiste inclina une chandelle neuve au-dessus de celle qui achevait de s'éteindre en larmoyant sur son bougeoir. Une fois plantée dans le goulot du cruchon de vin vide, elle éclaira avec vivacité l'entourage immédiat de leur goûter improvisé. Soudain, depuis un coin qui avait été jusque-là occulté par la nuit, un visage apparut à une soixantaine de centimètres du sol, parmi les livres. Ce fut le visage lui-même, davantage que l'incongruité de sa présence, qui fit sursauter Sam. Muni de son bougeoir encombrant, l'Écossais s'en approcha avec précaution.

C'était le portrait de Louis qu'il avait peint des années plus tôt et qu'il lui avait jadis réclamé sans jamais pouvoir l'obtenir malgré l'accord de son supposé propriétaire. Après avoir séjourné un certain temps chez l'abbé, l'œuvre était de retour chez Nicolas Flamel depuis moins d'une semaine. Le portrait avait pris vie à la lueur de la chandelle et l'observait d'un air désapprobateur. Sam s'accroupit craintivement devant lui. Ce ne pouvait pas être vrai. C'était une aberration. Et pourtant, il savait que Nicolas Flamel s'était jadis porté acquéreur de cette œuvre dans le but d'en faire cadeau à l'abbé Antoine. Ce visage détesté que, quoi qu'il fît, Sam était incapable de s'enlever de la tête, voilà qu'il le retrouvait d'une façon inattendue.

Derrière lui, son hôte s'était levé. Il demanda doucement :

— Toi qui en es le créateur, dis-moi ce qu'il représente.

Sam baissa la tête et finit par faire un long signe de dénégation.

— Je ne le sais pas, dit-il.

— Si, tu le sais. Il est une histoire, une légende ; *legenda,* en latin, signifie : ce qui doit être lu. Peut-être t'aidera-t-il à comprendre, à accepter. Peut-être aussi que non.

— Mais il n'y a rien à y lire.

— Détrompe-toi. Son âpreté n'est pas la raison de son silence. Il représente la loi du talion : « Œil pour œil, dent pour dent. »

Les cils cuivrés qui ourlaient les paupières abaissées du visiteur se garnirent de perles. Sam sentait en lui se ranimer les braises de sa révolte.

— Mais, ce visage-là, ce n'est pas moi qui l'ai créé. Il s'est imposé à moi. Mon désir réel est de le détruire. Je veux occire Baillehache. Un pareil monstre ne mérite pas de vivre.

— Même si cela implique que, ce faisant, tu acceptes toi aussi de devenir un monstre ?

L'Écossais dut s'aider d'une gorgée de vin pour faire passer cette remarque. Flamel reprit :

— Toi qui connais si bien son visage, tu ne sais pourtant que fort peu de chose à son sujet.

— J'en sais suffisamment pour ne pas avoir envie d'en savoir davantage.

La moustache du libraire frémit au-dessus d'un faible sourire.

— La loi du talion est mauvaise, mon garçon. Elle nous porte à chercher vengeance plutôt que réparation.

— Un tel homme ne comprend guère d'autre loi que celle-là.

— Mais elle n'a rien réparé pour lui. En conséquence, il faut une autre loi.

— Celle du plus fort, peut-être ?

— Ne peux-tu entrevoir une autre possibilité que celle de ta rutilante victoire au terme d'un combat singulier ?

— Je ne sais pas. Non.

Les deux braises de la chandelle se communiquèrent aux yeux de l'hôte qui dit :

— En tant qu'êtres humains, nous n'avons rien de héros, mon garçon. Il est facile d'admirer les héros, car ils n'ont guère de choses en commun avec nous. Pourtant, cela ne rend pas certains de nos actes moins admirables. Nous sommes forts et faibles en alternance. Il y a, dans notre humanité faillible, bien plus de merveilles que dans les fables où le méchant est tué et où le héros incorruptible, avec sa princesse, s'en va vivre heureux jusqu'à la fin de ses jours.

— Pourquoi ? Pourquoi serait-ce mal de vouloir le bien ?

— Il n'y a aucun mal à vouloir le bien, allons, au contraire. Mais il faut que tu comprennes qu'en l'homme il ne peut y avoir seulement bien ou mal, noir ou blanc. Notre race humaine produit au contraire une infinité de nuances de gris. Et je ne parle pas des couleurs.

— Lui, il est aussi noir que la nuit, c'est sûr. Même que ça se voit.

— Bonaventure affirme que Dieu est un cercle dont le centre est partout et la circonférence nulle part. Tous, nous nous trouvons à l'intérieur de ce cercle. Il nous englobe, que l'on soit saint ou démon, bon ou mauvais, blanc ou noir. Au sujet de Baillehache, qu'en est-il réellement, mon bon ami ? Es-tu si certain que cet homme-là, tout noir qu'il puisse paraître à nos yeux, soit coupable au regard de l'Éternel ?

Au milieu de ce fouillis inextricable de livres et de paroles, Sam était consterné.

— Je ne sais pas, répéta-t-il, rejetant la tête en arrière pour avaler son reste de vin avec une rage qu'il refusait de voir s'atténuer. Il poursuivit d'une voix à peine audible :

— Elle était ma femme. Et je l'aimais.

— Je sais.

— Il ne l'aime pas, elle m'aime, il m'a contraint à partir et vous me demandez de ne rien faire ?

— C'est difficile, je l'admets. Mais il le faut.

— J'en ai assez de me faire rebattre les oreilles avec ça. Dites-moi pourquoi. Donnez-moi une bonne raison.

Flamel répondit, d'une voix émue :

— Précisément parce que tu l'aimes. Je ne t'oblige en rien, Samuel. Tu es libre. Mais si tu souhaites faire le bien, je te conseille de laisser aller. Regarde plus attentivement ce portrait que tu as peint.

Sam obéit et haussa les épaules.

— Il a besoin d'être retravaillé.

Flamel sourit.

— C'est vrai. Il n'est pas achevé. Celui qu'il représente est lui aussi en cours de création.

Sam dit encore :

— J'aurais dû le représenter tel qu'il est, laid et difforme. Car c'est un monstre au dedans.

— Un homme ne peut être monstrueux que s'il a quelque chose en trop ou en moins...

— Lui, il a le cœur en moins, ça, c'est sûr. Il l'a fait pleurer plus souvent qu'à son tour. Alors, à quoi bon ? À quoi bon se donner la peine de verser de l'eau sur une plante déjà sèche ?

— Écoute bien ce que j'ai à te dire, car j'y ai longtemps réfléchi. Tout tient en ces quelques mots : il n'existe pas de gens entièrement mauvais, pas plus qu'il n'existe de gens entièrement bons. S'il n'y avait que le bien absolu et le mal absolu, Dieu n'aurait jamais besoin d'être miséricordieux ni de pardonner ; car des êtres totalement mauvais ne se repentiraient pas, ils seraient donc irrémissibles ; quant aux êtres totalement bons, ils n'auraient simplement pas besoin de Son pardon.

Le jeune homme posa sur Flamel un regard inexpressif.

— Je ne crois pas être en état de comprendre ce genre d'abstractions là.

— D'accord. Ne t'en fais pas avec cela. Et, si je puis te rassurer, le vin n'a rien à y voir : ces mots sont de la science. Autrement dit, ils ont valeur de formule alchimique.

Immédiatement, l'intérêt du voyageur fut de nouveau émoustillé.

— C'est vrai? Répétez-les donc, pour voir, demanda-t-il.

Souriant, Flamel s'exécuta.

— Je ne comprends pas plus, dit le jeune homme. Mais comment avez-vous appris ça?

— Tu ne me croirais pas si je te le disais.

— Ah! J'y repenserai. C'est trop compliqué pour moi en ce moment. Il faudra que j'y repense.

Les yeux du libraire prirent la même teinte de feu que les flammes des chandelles qui grésillaient.

— Orgueil et vanité! Que de peines on peut causer pour prendre soin de ses petits malheurs! Il nous faut la vie entière pour enfin comprendre.

Il se pencha en avant et dit tout bas, en appuyant sur chaque mot:

— Maintenant, je comprends pourquoi le Seigneur semble nous punir durant notre séjour en ce monde. Ce n'est pas là autant Son fait à Lui que le nôtre. Car Lui nous destine à beaucoup plus sublime que nos pauvres misères. C'est beau, d'une beauté atroce.

L'Écossais but une gorgée de vin et, pour la première fois, il songea de lui-même à tendre le récipient au libraire qui l'oublia dès l'instant où il reposa entre ses mains.

— Si tu tiens tant à prouver ta valeur, sache qu'un être profondément humain se passe volontiers d'héroïsme; car souviens-toi bien de ceci...

D'une voix de prophète qui rappela à Flamel son vieil ami et qui de ce fait éveilla en lui une affection amusée, il récita:

— «Les derniers jours d'un homme révèlent ce que valaient ses actes. On ne connaît quelqu'un qu'au moment de sa fin[76].»

*

Août s'enveloppait de sa précieuse mante d'azur lisérée d'or. Dans les champs, autour du chemin qui le ramenait enfin à la maison, du chaume reposait comme une gigantesque couverture grossièrement filée et tissée. Des nuées d'étourneaux s'effilochaient très haut dans un ciel recueilli. Les oiseaux n'ayant plus autant de temps à consacrer à leur musique, des orchestres de criquets s'étaient formés en hâte un peu partout, au hasard des broussailles, et avaient pris la relève. Le pas paisible du cheval les faisait taire un instant et prêter l'oreille, puis ils reprenaient leur air sans difficulté là où ils l'avaient laissé.

La cour où s'attardaient les rayons cuivrés du couchant était jonchée de jouets: galets polis, balles, toupies, sabots, billes gagnées à un concours, figurines de chevaliers, marionnettes, osselets. Même le cerceau y était. Adam avait réussi à convaincre Père de le lui céder, puisque le tonneau d'où il provenait avait été endommagé, chose fort curieuse, par un arbre contre lequel il avait roulé. Le garçonnet avait allégué que c'était un jeu très populaire et que tous les enfants du village en possédaient un. Pourtant, ce n'était pas avec lui que le petit garçon était en train de jouer au moment où le cheval parvint au bout de l'allée. Contrairement à ce que l'aspect de la cour pouvait suggérer, il n'y avait pas d'autres enfants avec lui: le père Lionel et lui s'occupaient à une partie de jeu de paume* qui empêcha le moine de remarquer tout de suite l'arrivée du cheval. Adam, lui, n'en manqua rien: leur partie se termina là.

—Père! Il est là, il est arrivé! cria l'enfant, ravi, en courant rejoindre le cavalier les bras en l'air.

Tonnerre fit un léger écart au moment de s'arrêter, et Louis en descendit afin d'être saisi par le cou sous l'étreinte avide d'Adam. Ce joyeux tapage avait attiré les domestiques souriants sur le pas de la porte, et Jehanne s'avançait vers eux à grandes foulées. Elle les étreignit tous les deux sans attendre, prenant Adam en sandwich. Pendant ce temps, le père Lionel demeurait en retrait et attendait son tour avec autant de patience qu'il se sentait capable d'en démontrer. Louis lui jeta un coup d'œil lumineux par-dessus l'épaule de sa femme. Jehanne l'embrassa et dut multiplier les efforts pour dénouer les bras d'Adam d'autour de son cou. Le garçonnet étourdissait son tuteur en l'abreuvant de tous les petits riens qui composaient son bonheur à lui.

—Allez, viens, petite pie. Laisse un peu la chance aux autres de lui parler, essaya-t-elle de lui dire à travers ses protestations.

Elle eut finalement gain de cause, et le père Lionel s'approcha. L'un en face de l'autre, les deux hommes ne firent d'abord que se regarder.

—Bonsoir, Père, dit Louis.

Lionel eut un sourire ému.

—Bonsoir, mon fils.

Le moine ouvrit lentement les bras. Louis s'avança et se laissa empoigner avec une fougue ponctuée de grognements. Il sentit dans son dos la main pâle de Lionel qui frottait et tapait affectueusement, cependant qu'en compagnie des deux hommes accolés, le ruisseau rétréci par l'automne encore jeunet babillait gaiement.

Une fois Tonnerre nourri et étrillé, ils rentrèrent tous ensemble en traînant avec eux un fouillis de conversations enthousiastes.

—Ce soir, nous allons enfin pouvoir chanter la Marion*, dit Jehanne à son mari. J'étais très inquiète, vous savez. Jamais vous ne vous êtes absenté aussi longtemps.

—J'ignore le motif pour lequel Charles Quint[77] m'a retenu là-bas comme ça. J'ai d'abord cru que c'était parce qu'il se méfiait. Mais non. On m'a fait le reproche de mes allégeances passées, et le roi tenait à s'assurer concrètement de ma loyauté, sans plus. Il semblait redouter que, en tant qu'ancien sujet du roi de Navarre, je sois du genre à me parjurer, moi aussi. De mon côté, comme je me suis lassé d'attendre pour rien, j'ai un peu accéléré les choses en feignant d'être cagou*.

—Oh, Louis! dit Jehanne en riant.

—Oui, je sais. N'empêche que ça a marché. On a fini par laisser tomber les raisons de ma détention, quelles qu'elles aient pu être, et me permettre de partir sans plus d'explications.

Jehanne et le père Lionel échangèrent un regard de connivence discret. Mieux valait ne rien dire à propos du rôle que Sam avait joué dans toute l'affaire. Sa façon odieuse d'exploiter et d'aggraver quelques vérités extraites du passé de Louis leur faisait horreur. À Lionel encore plus, puisque cette tactique n'était pas sans lui rappeler celle à laquelle Louis lui-même avait jadis eu recours pour faire inculper Firmin.

Ils soupèrent dans une atmosphère qui eût ressemblé à celle de la Noël, n'eût été de la présence de moucherons tournoyant entre les poutres du plafond, au-dessus des chandelles qui crépitaient, et d'une chauve-souris qui se laissa conduire par le vol erratique de ses ailes blafardes jusque devant la fenêtre éclairée. Même les étrennes se mirent de la partie: Louis posa sur la table un paquet de cartes rigides sur lesquelles on avait peint des images. Il expliqua qu'il s'agissait d'un nouveau jeu d'hiver dont il existait de nombreuses variantes[78].

—Hé! Adam, donne donc ceci au chat, dit Toinot en brandissant une balle confectionnée avec une retaille de fourrure de lapin qu'il venait de retrouver sous son banc.

—Je ne peux pas, le chat est dans les manteaux.

—Le chat est où? demanda Blandine.

—Mère, vous avez vu ça? demanda le garçon en montrant l'une des cartes représentant un roi.

Pendant ce temps, le chat fut contre son gré extirpé par la servante d'un pourpoint accroché à l'une des chevilles du mur. De son côté, Jehanne laissait son regard butiner avec bonheur sur chaque scène de ce joyeux désordre.

—Moi aussi, j'ai un cadeau pour vous, dit-elle enfin à son mari après s'être levée pour aller quérir un gros paquet dans la chambre conjugale.

Louis déballa une paire de houseaux* à pli en daim tout neufs, teints en noir et de fort belle facture, dont la tige montait en haut du genou.

—Pour remplacer ces vieilles jambières en peau non tannée que vous devez sans cesse mettre par-dessus vos chaussures tout usées lorsque vous allez à cheval. J'aurais souhaité pouvoir les faire confectionner en cordouan, en basane ou, faute de mieux, en cuir de vache ou de veau, mais comme c'était un peu cher...

—Mais c'est très bien comme ça, dit Louis.

Il évalua la souplesse de la peau qui avait été traitée et graissée avec grand soin. Il en examina l'empeigne débordant des semelles étroites qui étaient à peine visibles, puisqu'elles ne dépassaient pas le côté du pied. Hormis des bottes en feutre, il n'avait jamais possédé que des heuses* rudimentaires, de celles constituées d'une seule pièce de cuir, aucune couture ne séparant le pied de la tige et dont seule la semelle étant indépendante. Or, ajusté comme il devait l'être, ce type de chaussures finissait par se déformer et s'user à force d'être enfilé et tiré. Avec les nouvelles heuses* à pli, ce problème était résolu.

—Et mon cadeau à moi, où il est, Père? demanda soudain le petit garçon.

—Adam! N'as-tu pas honte? dit Jehanne.

—Non, j'ai pas honte. Je suis content et je veux être encore plus content.

Les yeux de Louis scintillèrent. Il répondit:

—J'en aurais bien un. L'ennui, c'est que je l'ai prévu pour la Noël. La vraie.

—Mais on fait comme si! Je veux l'avoir tout de suite.

—Eh bien...

—Voyons, Louis! dit Jehanne.

—S'il vous plaît, interrompit Adam.

—Il n'est pas encore terminé. Faudra que tu patientes.

325

— Non!

— Adam, je t'en prie, ne gâche pas cette belle soirée de retrouvailles, dit Jehanne.

L'enfant se mit à pleurnicher et à donner des coups de pied sous la table. Louis se contenta de fixer l'enfant des yeux jusqu'à ce qu'il s'arrête de lui-même.

— Je m'en vais tout de suite montrer ce cadeau à ta mère, dit-il. Seulement à elle. Et après je le cacherai. Reste ici et finis de souper.

— J'ai fini. Je veux y aller avec vous.

— Reste ici, je te dis.

Louis se leva de table et fit signe à Jehanne. Il prit un falot et l'emmena dehors tandis que les domestiques redoublaient d'efforts pour apaiser l'humeur tempétueuse du petit. Louis dit à sa femme, tandis qu'ils se rendaient ensemble à la grange :

— C'est peut-être une idée que je me fais, mais je trouve qu'il devient de plus en plus roux.

Jehanne ne dit rien. Elle baissa les yeux.

— Ça ne fait rien, dit-il.

Ils entrèrent dans le bâtiment. Louis déposa sa lanterne sur un établi, près d'une caisse qui attendait. Sous le regard ravi de Jehanne, il en sortit un tout petit cheval de bois magnifiquement sculpté et peint. Suivirent un renard aux aguets, un lion, deux oiseaux qui avaient la taille d'un ongle et la femelle du renard roulée sur le flanc. Louis fit surgir de la boîte, une par une, une telle quantité de ces petites sculptures en bois que Jehanne cessa de les compter. Il n'y avait pas moins d'une trentaine de couples d'animaux, tous sculptés et peints avec une patience inouïe. Même les licornes et les manticores* y figuraient parmi quelques autres créatures légendaires. La jeune femme caressa les dos arrondis d'une paire de lapins serrés l'un contre l'autre et dont l'un avait les oreilles couchées le long de l'échine. Pour des raisons évidentes, Louis n'avait pu respecter l'échelle, mais il avait quand même pris soin de ne pas fabriquer les belettes aussi grosses que le bœuf.

— C'est bien ce que je pense, n'est-ce pas ? demanda Jehanne.

Au lieu de répondre, Louis lui montra un petit groupe de personnages humains. Il avait tenté de reproduire au meilleur de sa connaissance des habits sarrasins, et le résultat n'était pas dénué d'intérêt. L'un des personnages, un vieillard à la longue barbe, tenait précieusement un volatile blanc qui serrait une brindille verte dans son bec. Louis retira de la caisse le sac de toile qui avait contenu toutes les figurines et le mit de côté. Des deux mains, il souleva une véritable arche miniature surmontée de son cabanon où loger la famille de statuettes. Il désigna le flanc du navire, muni d'une porte ouvrant vers la quille aplatie. L'intérieur était assez spacieux pour contenir tous les animaux en vrac. Louis avait pratiqué de fines rainures tout le long de la coque afin d'imiter les planches jointes.

— J'ai fait ce jouet à Paris. Croyez-vous que cela va lui plaire?

— Si cela va lui plaire? Mais Louis, on ne peut pas appeler cela un jouet, c'est beaucoup trop beau! C'est une œuvre d'art!

Il haussa humblement les épaules et dit:

— C'était pendant que je me morfondais à attendre. J'avais hâte de revenir.

Jehanne prit son mari dans ses bras.

— Moi aussi. Vous m'avez tellement manqué!

Elle se reprit et s'essuya les yeux du revers de la main, avant d'ajouter:

— Cela va beaucoup lui plaire, vous pouvez en être certain. L'histoire de Noé, c'est très bien choisi pour Adam. On dirait que vous avez toujours eu des enfants. J'ai hâte que le père Lionel voie ce cadeau. J'imagine d'avance ce qu'il va en dire en adoptant un air recueilli: «Est-ce parce que certains récits de l'Ancien Testament ressemblent tant à des fables?» Et il va s'asseoir par terre pour jouer avec, lui aussi.

Louis émit l'un de ses petits rires secs.

— C'est bon.

L'arche autour de laquelle attendait toute une minuscule faune en bois put retourner dans son emballage afin d'y attendre le déluge.

Le couple s'en retourna main dans la main vers la maison d'où sortaient de joyeux éclats de voix. Ce fut Lionel qui les accueillit sur le seuil:

— Enfin, vous revoilà, mes enfants. Nous en étions à essayer ce jeu de cartes et cela fait déjà deux fois que je perds.

Le couple alla reprendre place à table pour y siroter un bolet d'hypocras* pendant que Lionel poursuivait sa tirade:

— C'est une véritable malédiction. Je crois que je vais essayer de persuader l'Église de condamner ces jeux de hasard. Non seulement Thierry a gagné une de mes meilleures plumes d'oie, mais en plus il ne sait même pas écrire.

— Je ne sais peut-être pas écrire, mais je saurai bien la marchander pour m'en avoir un bon prix.

— Honte à cet esprit mercantile.

— Eh quoi! Sans lui, les hommes de lettres crèveraient de faim.

— Moi aussi, j'aime les lettres, dit Adam. Pourquoi Mère en a reçu une et pas moi? C'est pas juste.

Louis eut un haussement de sourcils et regarda Jehanne, qui se hâta de préciser, avec une insouciance un peu trop forcée:

— Oh, ce n'était rien de bien important.

— Père, c'est pour moi, ça? C'est quoi? demanda Adam en brandissant un fruit sphérique qui lui était inconnu.

— Oui, c'est pour toi, dit-il en s'essuyant la bouche à la longière* que Margot avait sortie pour l'occasion. On appelle ça une orange. J'y ai goûté une fois ou deux. C'était bon.

Son visage, malgré sa sévérité, était beaucoup plus expressif que ses rares paroles. Il reposa son bol vide sur la table et ne s'attendit pas à être resservi. Adam grimpa sur ses genoux. Jehanne sourit en regardant son mari expliquer à son fils comment il fallait éplucher le fruit fragile sans l'endommager, de façon à ce que rien n'en fût perdu. Il lui montra comment l'intérieur se séparait en jolis petits quartiers qui ressemblaient à autant de bijoux givrés. Enfin, tandis que l'enfant tétait goulûment le coin de l'un de ses précieux quartiers d'orange, Louis leva les yeux sur Jehanne et demanda:

— Bien. Qu'avez-vous à me dire au sujet de cette fameuse lettre? Je vous écoute.

Tout le monde sut ce qu'il restait à faire. Margot se leva et dit:

— Allez, Blandine, ma fille, ramassons la vaisselle.

— Vous nous excuserez, hein? Nous, faut qu'on monte se coucher. On a du travail demain, dit Thierry en regardant en direction d'un Toinot qui se rembrunit et abaissa les yeux sur sa main.

— Ouais.

— Moi, je m'en vais dormir au moulin, annonça Hubert.

— Eh bien, je suppose qu'il me faut donc moi aussi avoir sommeil, dit Lionel.

— Pas moi! Je veux pas aller me coucher! protesta Adam.

Il n'en fut pas moins conduit à sa chambrette, celle-là même que Jehanne avait occupée durant son enfance, par sa mère qui lui expliqua avec douceur que son père et elle avaient à parler en privé.

Lorsqu'elle revint dans la grande pièce, Louis était seul. Il l'y attendait. Elle se rassit devant lui. Après quelques tentatives hésitantes et infructueuses que le regard scrutateur du bourreau faisait tomber comme des oiseaux morts en vol, Jehanne baissa les yeux et parvint enfin à aborder le sujet qui la préoccupait.

— Quand j'ai dit que ce n'était rien d'important, Louis, je le pensais vraiment.

— Possible. Vous le pensiez. Mais ne me prenez pas pour un niais. Je suis sûr que ça l'était, important, et j'estime que j'ai le droit de savoir.

La voix demeurait calme, bien timbrée, même si Louis comprenait de moins en moins. Au fur et à mesure qu'il découvrait des aspects de la vie qui jusque-là avaient été pour lui occultés, il se trouvait toujours quelque surprise qui l'attendait au détour pour lui faire perdre pied alors que le monde autour de lui eût dû se restructurer d'une façon logique et rationnelle. Mais il avait appris à garder son calme en toutes circonstances et le plus possible, même s'il lui en coûtait parfois. Montrer le moindre signe de vulnérabilité signifiait courir à sa perte. Il décida donc d'affronter cette nouvelle contrariété avec la même patience que lorsqu'il menait un interrogatoire où, une fois l'obstination du patient maîtrisée, aveux et mensonges s'entremêlaient.

— J'attends, Jehanne, dit-il encore.

La jeune femme, dont les joues avaient légèrement rougi, répondit :

— Vous ne me croirez probablement pas si je vous le dis.

— Ne vous préoccupez pas de cela.

Une main large se posa négligemment sur la table, près du bolet vide. Jehanne eut plutôt peur de cette main, comme si le geste anodin de Louis présageait une vague menace. Les prunelles sombres se rivèrent au visage de la petite femme.

Jehanne se mordait les lèvres et cherchait à biaiser. Trouver quelque chose à dire, vite. Elle ne voulait pas que la démarche irréfléchie de Sam aille mettre de nouveau la vie de son vieil ami en péril. Elle ne voulait pas voir chanceler l'équilibre déjà suffisamment précaire qui s'était instauré en Louis après des années d'angoisse. «Maudite soit l'impulsivité de Sam!» se dit-elle.

Dans un suprême effort de volonté, elle leva sur son mari des yeux de biche.

— Nicolas Flamel nous invitait tous chez lui. Vous n'avez rien reçu de lui, là-bas ?

— Non.

— Zut. Alors il devait ignorer que vous vous y trouviez.

— C'est ça. Et ensuite ?

— Ensuite ?

— Que lui avez-vous répondu ?

— Oh. Eh bien, je l'ai remercié pour cette aimable attention et je lui ai suggéré de vous écrire directement au Louvre pour voir ce que vous alliez décider de faire.

— Très bien.

Louis se leva et s'avança vers Jehanne. Il tendit la main.

— Donnez-la-moi.

— Quoi?

— La lettre. Donnez-la-moi.

Malgré son heureuse trouvaille de dernière minute, Jehanne se trouva piégée. Elle était devenue incapable de maîtriser sa nervosité.

— Je ne l'ai plus, dit-elle.

— Alors, qui l'a? Le père?

Elle acquiesça à contrecœur, en espérant que ce mensonge n'allait pas mettre dans le pétrin le moine souvent trop spontané et qu'il allait songer à montrer à Louis, qui ne savait pas lire, une quelconque correspondance qui pouvait aussi bien faire l'affaire.

— D'accord. Je lui en parlerai plus tard, dit-il.

La nuit était tombée depuis plusieurs heures lorsque Louis vint rejoindre sa femme dans la chambre conjugale. Après avoir écarté délicatement les courtines, il s'assit au bord du lit. Le visage détendu de Jehanne était tourné vers lui. Elle dormait paisiblement. Il posa sa chandelle sur la table de nuit, puis se tourna à nouveau vers Jehanne qui n'avait pas bougé. Il se pencha vers elle et entreprit de retirer doucement l'oreiller sur lequel sa tête reposait. Elle entrouvrit les yeux, remua légèrement et lui offrit un sourire ensommeillé. Sa main droite émergea des couvertures pour se poser sur l'avant-bras de Louis qu'elle caressa. Elle s'étira un peu en soupirant. Toujours avec la même douceur, il tassa l'une de ses chemises propres mise en boule sous la nuque de la jeune femme. Elle ouvrit les yeux.

— Qu'êtes-vous en train de faire là? demanda-t-elle d'une voix traînante sans cesser de lui sourire.

— Chut, répondit Louis.

De la main gauche, il lui caressa le dessus de la tête avant de s'assurer une prise discrète dans ses cheveux. Cela força Jehanne à garder la tête rejetée par en arrière.

— C'est très inconfortable, vous savez, dit-elle encore.

Il effleura la gorge offerte des phalanges pliées de son autre main. Jehanne fut déconcertée par cette caresse. C'était à la fois agréable et inquiétant. Louis acheva de la réveiller en lui rappelant, avec douceur:

— Jehanne. Votre fils a tantôt parlé d'une lettre que vous auriez reçue.

Elle cilla. Ce qu'elle avait appréhendé arrivait. Il n'y avait là aucun jeu innocent. C'était une menace, une invitation à coopérer, et Adam était «votre fils». Il n'était plus le sien.

— Le père Lionel n'avait pas la lettre? demanda-t-elle d'une voix mal assurée.

— Non. Il ignorait de quoi je voulais parler. L'un de vous deux m'a donc menti.

— Je ne mens pas.

— Alors, montrez-la-moi.

— Je ne peux pas.

Louis cessa les caresses. Il fit à Jehanne une chiquenaude, puis une autre, et une autre encore, toujours au même endroit sur sa gorge vulnérable, au niveau de la légère saillie du cartilage thyroïde. Jehanne fixa son mari d'un air d'abord interrogateur qui devint vite alarmé.

— Mais arrêtez! Cela fait très mal! ·

— Pas si fort. Montrez-moi la lettre et j'arrêterai.

— Je ne l'ai plus.

Il s'assura une meilleure prise, et les chiquenaudes reprirent à une cadence très rapprochée. Il ne quittait pas sa femme des yeux tandis que l'ongle de son majeur frappait de façon répétitive en rendant un petit bruit creux. La peau rougissait à peine. Jehanne plia les genoux sous les couvertures, elle gémit, serra le poignet de Louis et finit par essayer de se tourner sur le flanc.

— Cessez de gigoter, ordonna Louis. Et ne me touchez pas.

Impuissante, soumise à la volonté de son mari sans qu'aucun lien n'eût à la retenir captive, Jehanne n'osa plus faire un geste. Elle se contraignit à garder les bras le long de son corps. Elle tenta en vain de déglutir. Les chiquenaudes incessantes lui faisaient maintenant l'effet de décharges électriques, et sa gorge y demeurait exposée d'une façon insupportable. Elle se mit à pleurer.

— S'il vous plaît, arrêtez... Louis...

— Il n'en tient qu'à vous, ma femme. Dites-moi ce que vous avez fait de cette lettre.

Le bourreau interrompit les chiquenaudes, mais ce ne fut pas pour laisser un répit à Jehanne : il déplaça la main vers le côté de son cou, en repoussa doucement quelques mèches folles, puis il entreprit de lui masser la gorge avec son gros pouce. Jehanne se mit à crier.

La jeune femme avait oublié comment il pouvait se montrer vicieux pour torturer sans aucun instrument, sans aucun moyen pour entraver sa victime. La souffrance qu'elle ressentait laissait à peine une trace superficielle sur sa peau. Sans savoir pourquoi, elle gardait les yeux rivés sur sa gorge à lui, qui n'était pas même visible derrière l'abri de son haut col raide. Louis dit, d'une voix douce, berçante, persuasive :

— À moi, cela ne fait pas mal, Jehanne. Je puis continuer ceci aussi longtemps que je le désirerai. Avec mes ongles ou même une étrille. Ou encore en vous pinçant, comme ceci. Pendant aussi longtemps que cela sera nécessaire. J'ai tout mon temps. Mais dites-moi la vérité dès à présent et je promets de vous laisser tranquille. Lâchez-moi. Je viens de vous dire de ne pas me toucher. Dois-je vous punir en plus?

— Pardon. Louis...

— C'est bon. Je vous écoute.

— La lettre, je l'ai brûlée.

— Ce n'était donc pas une simple invitation.

Jehanne ne répondit pas. Le pouce de Louis appuya à divers endroits sur sa gorge et frotta avec vigueur. Étouffée par ses sanglots, elle regarda en direction de la porte close. Louis dit:

— Personne ne va venir, Jehanne. Ce qui se passe ici ne concerne que nous deux.

— Je ne voulais pas vous importuner avec cela. Nous avons cru que c'était la meilleure chose à faire...

— Nous?...

— Le père Lionel et moi. Ce n'était qu'une chose insensée.

— Qui l'a envoyée?

Jehanne hésitait encore, et la frayeur se lisait sur son visage. Il repoussa légèrement l'amigaut* fermant le col en dentelle de la chemise de nuit parfumée et recommença à lui donner des chiquenaudes. Elle hurla.

— Allons, ma femme, cessez de résister. Soyez raisonnable. Ne m'obligez pas à aller torturer le moine en plus.

Elle finit par poser une main tremblante sur le poignet de l'homme.

— Je vais vous le dire. Mais, s'il vous plaît, accordez-moi un instant de répit.

Il y consentit. Au bout d'une minute, Jehanne avoua:

— C'était Sam.

Il fronça les sourcils.

— Je m'en doutais. Encore lui. Toujours lui.

Jehanne lui divulgua en entier, d'une voix brisée, le contenu de la lettre. Elle lui fit part de l'intention qu'avait eue Sam d'exagérer la portée de certains événements spécifiques du passé de Louis, afin de s'en servir contre lui; elle lui expliqua également que l'Escot l'avait invitée à dénoncer les malaises dont il souffrait afin de faire annuler leur mariage. Enfin, elle lui révéla la façon dont la lettre lui était parvenue, sa propre réponse négative, de même que ce qui l'avait motivée à faire disparaître la lettre.

— Mais ce nouveau refus lui aura peut-être ouvert les yeux, avança-t-elle.

— Ah, vous croyez cela, vous? Moi, pas.

— Ce doit être à cause d'Adam.

— Je sais.

La main qui retenait la jeune femme par les cheveux glissa sous sa nuque afin d'en retirer la chemise moite. Il lui souleva la tête afin de glisser dessous l'oreiller frais. Il se leva et ramena un tampon humecté d'eau-de-vie parfumée et d'eau fraîche qu'il lui appliqua sur la gorge afin de l'apaiser.

— Ouvrez la bouche, dit-il, approchant la chandelle.

Elle n'osa pas désobéir. Il se pencha à nouveau sur elle et examina soigneusement la bouche de sa femme.

— Plus grand, dit-il.

Il lui fit tourner la tête d'un côté, puis de l'autre, et y glissa un doigt. Satisfait de ne pas y apercevoir de sang, il emporta la chandelle derrière le paravent, où il entreprit de retirer ses vêtements et de se rafraîchir. Après quoi il endossa sa chemise de nuit et revint vers le lit. Il éteignit la chandelle d'un souffle et s'étendit auprès de Jehanne. Elle était en larmes. Ce fut elle qui se pelotonna contre lui. Il l'accueillit dans ses bras comme s'il ne s'était rien passé. Elle se laissa consoler, vaincue. « Cette fois, c'en est fait de Sam », se dit-elle avec désespoir.

*

Hiscoutine, quelques jours plus tard

— Allons-nous à la pêche ce matin, Père?

Le petit Adam s'était levé de table sans en avoir attendu la permission et avait rejoint Louis à sa place, au grand dam de Jehanne qui s'évertuait à essayer d'inculquer de bonnes manières au garçonnet. L'homme ne lui prêta aucune attention. Il achevait de mâchonner un bout de pain doré. Il ébouriffa les cheveux de l'enfant et jeta un regard en coin à sa femme. Ce fut tout.

Le père Lionel avait l'air exténué. Il n'avait pas dû dormir de la nuit. Jehanne essaya discrètement d'attirer son attention, mais le moine fut distrait par Thierry qui rentrait et enlevait son vieux pourpoint raccommodé.

— Le feu est bien pris dans l'abri forestier du vieux Morel. Tout flambe, il n'y a plus rien à faire, annonça-t-il.

Le serviteur prit place aux côtés de Louis qui fixait la table droit devant lui. Le maître demanda, d'une voix blanche:

— Est-ce que le vieux s'en est sorti?

—De justesse. Mais ils l'ont emmené.

—Je suppose qu'il a clamé haut et fort son allégeance au «vrai Capet», Charles de Navarre, dit Toinot.

—Eh oui. Tu le connais, c'est un partisan indécrottable, même s'il ne sait pas de quoi il parle.

—Combien sont-ils? demanda Louis.

—D'après des témoins qui étaient aux champs, une douzaine seulement, mais ce ne sont pas des bidaus*. Ils sont très bien armés. Quatre d'entre eux sont à cheval. Des bêtes étiques, il faut dire.

Louis réfléchit en pianotant sur la table. Tous les regards, surtout celui de Jehanne, étaient braqués sur lui. Enfin il dit:

—Son refuge est assez loin d'ici. Il nous reste du temps.

Il leva les yeux sur les domestiques et ordonna:

—Mais nous n'en avons pas à perdre. Au travail, vous autres. Préparez vos affaires. N'emportez avec vous que le strict nécessaire. Vous allez vous rendre à ma maison de Caen et m'y attendre.

Tous acquiescèrent en silence et se dispersèrent pour se mettre à l'ouvrage. La pièce se vida. Seuls restèrent avec lui Lionel, Jehanne et Adam. L'enfant avait attrapé par la queue un chiot quémandeur. La petite bête avait passé le déjeuner à tourner autour de la table. Elle couina et se tortilla sous l'étreinte maladroite de l'enfant qui se laissa lécher le visage en riant. Jehanne remplaça Thierry auprès de Louis et demanda, avec inquiétude:

—Louis, est-ce... lui?

—Si cela est, nous ne tarderons pas à le savoir.

Le pays tout entier était parcouru par ces détachements armés difficiles à contrôler qui veillaient à démanteler les forteresses navarraises. Les abus comme ce qui était survenu chez le vieux Morel étaient, hélas, inévitables.

— Il se peut fort bien qu'Aitken ait profité de la situation pour convaincre un groupe que je ne suis pas fiable, dit Louis. Mais je n'attendrai pas leur arrivée pour prendre les précautions qui s'imposent.

—Je suis désolée, désolée...

—Vous n'avez pas à l'être, puisque vous lui avez clairement répondu que vous refusiez sa proposition d'annuler notre mariage et de partir avec lui. Je me doutais bien qu'il allait quand même tenter le coup et je m'y suis préparé. Maintenant, écoutez-moi bien: vous allez suivre les autres et emmener Adam. J'irai vous rejoindre dès que je le pourrai. Il faut que je reste avec les villageois.

—Bien sûr. Je comprends...

Elle se leva et le serra dans ses bras.

—... mais oh, Louis, soyez prudent!

Il lui donna quelques petites tapes rassurantes dans le dos, en marmonnant :

—Ne vous inquiétez pas. Ils ne peuvent rien faire contre nous puisque nous appartenons déjà au roi de France. Tout ira bien...

Après avoir obligé Jehanne à desserrer son étreinte, il se leva et mit de l'eau à bouillir. Lionel se retourna et le regarda faire.

—Jehanne, veuillez apporter de quoi écrire, dit Louis.

Elle se leva avec une certaine velléité de résistance. Il insista :

—Si, si, allez-y. J'ai moi aussi une réponse à lui envoyer. Père, avant que vous ne vous avisiez de me poser la question, laissez-moi vous préciser que j'ai bien réfléchi à tout ce que je m'apprête à faire. Plus exactement depuis mon long séjour à Paris. Bien. Quant à vous...

Il alla se poster derrière la chaise de Jehanne et dit :

—Écrivez. Dites-lui que l'enfant a un père. Dites-lui qu'il ne l'aura plus s'il ne renonce pas à ses projets.

—Quoi? dit Jehanne.

—Écrivez.

—Mais c'est jeter de l'huile sur le feu, intervint Lionel.

—J'en doute. Il sait déjà tout. J'ignore comment, mais il le sait. Sinon il n'insisterait pas ainsi.

Il se leva à son tour et contourna Adam qui riait encore pour aller à la chambre. Il en revint peu après avec une sorte de stylet grossier taillé dans un os, un petit récipient, de même qu'une minuscule fiole et un sachet d'herbes finement hachées qu'il mit à infuser dans un gobelet d'eau chaude. Lionel devint livide.

—À quoi pensez-vous au juste, Père, pour que je suscite chez vous une telle réaction?

Le religieux désigna le gobelet du menton et murmura entre ses lèvres à peine descellées :

—Est-ce... ce que je crois? Je veux dire... pour ce que je crois?

—Ça dépend de ce que vous croyez.

—Il ne s'agit pas d'un autre de ces toniques dont vous vous plaisez à gaver parfois le petit, n'est-ce pas?

—Pas tout à fait puisque vous y avez reconnu la mandragore. Quant à ceci, ajouta-t-il en élevant la fiole dans la lumière, c'est du jus d'opium. Nous y reviendrons. Veuillez nous laisser un moment. Vous avez, je crois, des choses à emporter au village.

—Oui, oui, c'est vrai, répondit le moine évasivement.

À contrecœur, Lionel monta à sa chambre pour préparer ses objets du culte et les quelques livres qu'il jugeait indispensables.

Une fois qu'ils furent seuls, Louis regarda Jehanne, se tapota l'épaule et la pointa du doigt. La jeune femme comprit et effleura la zone jadis tatouée par son mari. Les trois lignes sinueuses et parallèles qui y étaient dessinées étaient guéries depuis longtemps, mais elles étaient demeurées rougeâtres. Elles pointaient en direction de l'autre marque en forme de goutte que Jehanne avait reçue à sa naissance. Elle se mordit les lèvres, mais ne dit rien.

— Vous savez ce que je m'apprête à faire, n'est-ce pas? lui demanda-t-il.

Elle acquiesça.

— Et vous l'acceptez? demanda-t-il encore.

Elle abaissa son regard, n'osant pas voir confirmée sa crainte qu'il s'agissait là d'une façon vicieuse de s'approprier l'enfant aux yeux de Sam. Elle hésita:

— Je... oui, si vous y tenez, mais...

— Adam. Viens ici, dit Louis.

L'enfant se leva et s'avança vers le bourreau tout en arrangeant ses braies. Louis lui offrit le breuvage. Adam accepta le gobelet des deux mains. Il en but une gorgée, grimaça et le tendit au géant qui ne le reprit pas.

— Pouah, ça a mauvais goût. Je veux aller à la pêche.

— Bois-le. Allez.

L'enfant obéit de mauvaise grâce. Lorsque le gobelet fut vide, Louis donna quelques tapes amicales sur l'épaule du garçonnet.

Moins d'une demi-heure plus tard, il se dirigea vers l'enfant qui gisait inanimé, roulé en boule dans un coin de la pièce où le chiot était allé le rejoindre. Il prit Adam dans ses bras et l'emmena jusqu'à sa propre place à table. Il l'y étendit à plat ventre et lui dénuda le haut du dos.

— Il n'aura pas de mal. Je le soignerai ensuite et vous serez partis avec lui avant son réveil, dit-il à Jehanne, qui était assise devant son mari et le regardait faire.

Le stylet dans la main de Louis s'immobilisa. Il leva les yeux sur elle et expliqua:

— C'est en souvenir de moi.

La petite lueur dans les yeux couleur de pluie se mit à trembler.

— Oh... Mais... vous croyez donc que... c'est pour vous qu'on vient? Que Sam... si c'est lui, va chercher à vous faire prisonnier?

— Je n'ai pas dit ça. Écoutez. Pendant que je me morfondais là-bas, ma plus grande crainte ne venait ni du roi ni de ce benêt d'Aitken. Elle venait de ce petit. Je craignais que, si je restais absent trop longtemps, il m'oublie.

Elle répondit doucement :

— Oh! Louis, jamais il ne vous oubliera, voyons! Plus à son âge. Mais puisque votre motif me touche beaucoup, c'est d'accord. Oui, je l'accepte en son nom.

Louis acquiesça à son tour. Il se pencha au-dessus d'Adam endormi comme l'ange protecteur, et déconcertant qu'il était.

Le tocsin palpitait au même rythme que le cœur de Louis qui attendait sur le parvis. Il avait mis son cheval à l'abri dans l'église, au creux d'un coin tranquille du chœur. Lionel chantait un cantique en se balançant au bout de la corde qui agitait la cloche dans le campanile. Peu à peu, les villageois confus se réunirent sur la place. L'alerte leur faisait l'effet d'un coup de tonnerre en plein ciel bleu. La journée était radieuse, emplie des promesses d'une récolte abondante. Aucune fumée ne salissait plus l'azur. On eût dit que le feu chez Morel n'avait été qu'une rumeur. Louis leva les mains pour réclamer un silence qui se fit peu à peu.

— Attention. Je ne veux plus voir personne traîner dehors, c'est compris? Pères de famille, vérifiez si vous avez tout votre monde. Est-ce qu'il reste quelqu'un en forêt ou au champ, que j'aille le prévenir? Non? Donc, ça y est? Tout le monde est là? Bien, alors écoutez : nous allons tous entrer dans l'église et y rester jusqu'à nouvel ordre. Nous demandons asile. Il y a tout ce qu'il faut de nourriture, de médecines et de couvertures. Entrez et ne vous préoccupez pas du chapardage dans vos chaumières. Il en va de vos vies. Allez. Le père Lionel vous attend.

Lionel se chargea d'accueillir tout le monde dans le sanctuaire tandis que Louis, en forçant chacune des portes qu'il laissait béer derrière lui, allait s'assurer qu'il ne restait plus aucun retardataire. Lorsque cela fut fait, il reprit la direction de l'église. Un nuage de poussière s'élevait maintenant, loin à l'horizon, au sud. Il semblait s'étirer vers l'est plutôt que de se rapprocher. « Ils sont beaucoup plus que douze », se dit-il. Il eût été ridicule de dépêcher une force aussi considérable pour soumettre leur minuscule village qui était d'ailleurs déjà soumis. Un détachement de moindre importance avait dû être séparé du corps principal et être dirigé vers eux. Lui ne devait pas produire de nuage. Du moins, pour le moment. Mais il n'y avait aucun doute qu'il allait amplement suffire pour causer des dégâts.

Même les grillons s'étaient tus. Le nuage bas et tourmenté envahissait peu à peu le ciel. Louis resta seul dans le hameau désert jusqu'au dernier instant. Puis il s'enferma à son tour derrière les portes du sanctuaire.

Le maître circulait parmi ses gens qui s'étaient installés un peu partout, depuis le fond de la nef jusqu'au devant du chœur. Les transepts étaient, quant à eux, occupés par quelques bêtes. Cette proximité était un peu gênante, d'autant plus que le bourreau se faisait continuellement arrêter par des mains qui lui tiraient la manche et par des étreintes d'enfants.

— On est avec vous, maître. Dites-nous quoi faire et on le fera, dit un vieil homme.

— Vous allez rester avec nous, hein? Ces fripouilles ne nous feront pas mal, hein? demanda une minuscule fillette.

Certains de ceux qui étaient plus âgés évoquaient avec force détails leur long séjour dans l'abri souterrain, une quinzaine d'années plus tôt. Dans un coin, une mère qui allaitait son bébé lui sourit. Deux adolescentes commençaient à réunir des légumes pour la soupe communautaire. Tout le monde comptait sur lui. Or, il ne savait pas quoi faire. Le père Lionel non plus, apparemment. Il s'était installé dans les marches du chœur et, le dos tourné à l'autel ainsi qu'à son vieux retable*, il avait commencé un prêche. La plupart des villageois, assis à même le plancher de pierre, s'étaient rassemblés pour l'écouter. C'était une bonne idée: le bénédictin était dans son élément, et cela allait distraire les gens rendus nerveux par la racaille qui s'agitait dehors, sur la placette. Louis resta debout, un peu en retrait: des enfants somnolaient dans les deux luxueuses cathèdres sculptées.

Le géant avait presque oublié l'effet émollient que pouvaient avoir des prières et des lectures cent fois entendues. Malgré le chaos, cela répandit, comme une berceuse, le calme dans la lourdeur d'arcs romans trapus qui évoquaient davantage une caverne qu'une forêt. La voix de Lionel, toute douce qu'elle fût, s'élevait sous les voûtes noircies. Elle parvint à recouvrir le tumulte qui venait de l'extérieur.

— Le partage des vêtements du condamné parmi les bourreaux et ses assistants est une tradition qui se pratique encore de nos jours. On n'y prête plus guère attention. Mais moi, j'y perçois ceci: nous qui par nos fautes avons tous été les bourreaux du Christ, nous l'avons dévêtu de son âme qu'il avait belle et pure. Mais il a voulu que les choses se passent ainsi, afin que son âme puisse être partagée entre nous tous.

Il leva des yeux affligés sur le grand crucifix qu'il révérait. L'antique Jésus aux traits anonymes qui y souffrait depuis des centenaires, vêtu de son seul pagne, avait le visage de tous.

— On est trop porté à oublier ce que représente réellement la crucifixion. Nous l'associons à Jésus et c'est tout. Or, Jésus a rendu célèbre un châtiment abject que les Romains avaient coutume de réserver aux criminels. La traverse de la croix était posée sur un poteau et l'on clouait l'homme dessus. Cet assemblage était ensuite brutalement planté en terre. Les malheureux agonisaient pendant des heures par suffocation.

Certains dans l'auditoire baissaient la tête, tandis que Lionel disait :

— J'ai beau être moine, je n'avais qu'une vague idée de la façon dont cela se passait exactement. Quelqu'un me l'a raconté.

Il chercha son fils du regard. Lorsqu'il l'eût trouvé, un peu en retrait, debout et appuyé contre un pilier, il reprit :

— Tel est le sacrifice consenti par Jésus : une mort d'homme brisé et vulnérable, en réparation de nos fautes. De toutes nos fautes, sans exception. Mais où donc est passée notre compassion à son égard ? Comment ne voyons-nous pas, comme Bonaventure, que toutes les souffrances de cet homme si aimable sont la conséquence de nos propres errances ? Et nous, qui sommes la cause de toute cette honte, de toutes ces meurtrissures, comment pouvons-nous ne pas être ébranlés par un tel amour ?

L'antique magie opérait. Chacun était peu à peu en train d'oublier ses propres angoisses pour se concentrer, pénitent, sur la vision de la Passion du Christ qui révélait par le fait même chez eux un profond sentiment de culpabilité.

— On nous enseigne à n'aimer nul autre davantage que Dieu et, pourtant, songez combien il a fallu que Jésus aime les hommes pour consentir à se sacrifier ainsi pour eux.

Le prédicateur était si galvanisé par ses propres paroles qu'il ne paraissait plus avoir conscience de ce qui se passait alentour. Peu à peu, d'autres fidèles s'étaient rapprochés de lui et l'entouraient maintenant, assis par terre, cherchant d'instinct à se rapprocher de lui tout en s'éloignant de l'extérieur.

— Non, mes amis, l'amour de Jésus n'est pas une abstraction dont on se sert à sa convenance pour imposer un dogme. Son amour est quelque chose de profondément, tragiquement humain. L'amour, le vrai, c'est là l'œuvre ultime, l'embrasement de l'âme auquel on aspire la vie durant. Ce mot même de « Passion », dont on se sert sans plus songer à son sens originel, sort du même creuset que le mot « patience ». Jésus ne sait-il pas se montrer d'une patience infinie avec nous ?

Louis s'étonnait de l'effet produit par le prêche en un moment pareil. Lui-même ne s'inquiétait plus autant du sac du village ; tout d'abord, parce que les pilleurs n'allaient pas y trouver grand-chose, et ensuite parce que le plus gros des réserves avait été soigneusement caché. Quoi qu'il en fût, Lionel avait fort bien su mettre ses anciens talents de conteur et de ménestrel à profit.

La voix du bénédictin s'éleva avec une ferveur accrue:

— Qui eût cru qu'on pouvait donner la vie en renonçant à la sienne, comme il l'a fait, lui? C'est à la fois effrayant et sublime. Rappelons-nous ce que dit l'Évangile de Jean: «Il n'y a pas de plus grand amour que de donner sa vie pour ses amis [79].»

Les quintes de toux s'étaient taries. Même les enfants s'étaient tus. Soudain, dans le silence recueilli qui régnait sur la nef, un grondement, d'abord lointain, alla s'amplifiant. Le père Lionel abaissa lentement les bras. Louis jeta un coup d'œil dans sa direction avant de tourner la tête vers les portes.

La douzaine d'hommes déferla dans la rue boueuse sans rencontrer de résistance. Le postil* était demeuré grand ouvert. Avides, ces gens laissèrent les quatre cavaliers fervêtus* qui les accompagnaient prendre un peu de recul. L'un d'eux se détacha du groupe et gravit la colline menant au manoir. Quant aux trois autres cavaliers, s'ils restèrent sur place, ils se désintéressaient du bruyant pillage des chaumières abandonnées. Quelques cruchons de vin épais, une poignée de piécettes et une chèvre égarée constituèrent pour l'essentiel le fruit de leur peine. Les hommes à cheval gardèrent leurs distances et observèrent avec indifférence les premières flammes qui s'étaient mises à lécher les toits. Il était assez difficile d'éviter ce genre d'abus.

— Ils vont exiger des femmes, dit l'un des cavaliers à son voisin.

— Sûrement, oui. Mais le moment est plutôt mal choisi, tu ne trouves pas? Le morpoil*, il a pensé à tout. Allez, va m'éloigner ces crapules de l'église. Ceux du village y ont demandé asile et je tiens à respecter les usages. On ne doit pas s'en prendre à un sanctuaire. Dis à nos gens de se contenter du vin et de patienter jusqu'à notre retour à Caen. Alors, je leur paierai une nuitée chez les filles.

— Oui, chef.

Celui qui avait donné cet ordre retira son heaume à cimier multicolore et libéra sa chevelure rousse à la brise qui se chargeait de fumée. Sam fut satisfait de voir ses gens se disperser sur la place devant l'église pour y attendre ses instructions en assez bon ordre, compte tenu des circonstances.

— Tous les champs sont déserts. Ils se sont enfuis ou bien ils se sont réfugiés dans l'église, annonça l'émissaire qui fut de retour peu de temps après.

Sam dit :

— C'est bien ce que je pensais. Je n'en attendais pas moins du poltron qui les a à charge. Qu'importe. Ce ne sont pas les culs-terreux qui m'intéressent.

— Oui, je sais cela. Parce que, à l'exception du vieux forestier Morel, à ma connaissance, tous sont de loyaux sujets du roi de France. Nous n'avons aucune raison valable de nous en prendre à eux.

— C'est ça... Bon, trêve de bavardages. Gervais m'attend déjà à l'endroit convenu. Tu sais ce qu'il te reste à faire.

— Oui, chef. À vos ordres.

Sam regarda le cavalier faire demi-tour pour se rapprocher de l'église avec le reste des hommes. Il s'éloigna à son tour en direction de la colline.

— Baillehache! appela une voix masculine toute proche.

Louis se tourna vers les portes closes. À l'extérieur, les voix rudes des hommes d'armes se mélangeaient à la toux et aux chuchotements craintifs des occupants de l'église. Le père Lionel s'était tu. La voix rugit à nouveau :

— Baillehache! Je sais que tu es là-dedans. Montre-toi, lâche! Sors de là ou nous boutons le feu à l'église!

En guise de menace, l'un de ceux qui attendaient dehors s'avança et cassa un des petits vitraux se trouvant à sa portée à l'aide du bout de sa torche, qu'il enflamma ensuite à un madrier d'une maison voisine en flammes pour la brandir de manière à ce que tous à l'intérieur puissent la voir. Les acclamations des autres hommes et quelques fagots s'infiltrèrent par cette nouvelle ouverture. Tous les assaillants parurent s'activer, eux aussi, à enflammer des torches. Une fumée âcre remplaça les souvenirs d'encens parmi les rinceaux de pierre érodés, et de jeunes enfants commencèrent à pleurer.

— Du calme. Restez ici. Vous êtes à l'abri tant que vous ne mettez pas le pied dehors, compris? recommanda le métayer aux villageois.

— N'y va pas, Louis, dit Lionel.

Mais il était trop tard. Le bourreau marcha résolument en direction des portes, enleva la barre et sortit. La lumière éclatante du soleil automnal l'éblouit. Une fois sur le porche, il fut accueilli par les huées de la horde d'ivrognes. Des pennons et gonfanons colorés flottaient sous une brise agréable qui vint aussi taquiner sa mèche folâtre. Il referma les portes derrière son dos et attendit. Malgré son désavantage évident, il les tenait en respect de son seul regard. Les hommes, railleurs, feignaient de le menacer avec leurs cognées, leurs guisarmes* et leurs tranchelards*, tout en demeurant à distance respectable. Son regard passa de l'un à l'autre sans s'attarder sur aucun. Sam ne se trouvait pas parmi eux.

— C'est moi, Baillehache. Qui êtes-vous et que me voulez-vous?

Celui qui l'avait appelé descendit de cheval et s'avança jusqu'aux marches. Lui seul n'avait pas bu, cela se voyait tout de suite. Il dit:

— Tes gens et ceux de ce village n'ont rien à craindre. Nous ne leur voulons aucun mal.

— Non, vraiment? Alors c'est qu'on doit être bêtes d'avoir tout compris de travers.

Les bras croisés, il regarda en direction de quelques-unes des chaumières dévastées.

— Ça va, ce n'est pas le moment de faire de l'esprit. On m'avait prévenu que tu as de l'impertinence à revendre. Trop, beaucoup trop pour un bourrel*. Enfin. C'est essentiellement de toi que dépend le sort de ces villageois.

— Expliquez-vous. Qui vous envoie?

L'homme leva une main pompeusement péremptoire.

— Un instant. Nous y reviendrons. Tout d'abord, rouvre-moi ces portes. J'ai ordre de conduire ta femme et son fils en un lieu plus sûr.

— Inutile. C'est déjà chose faite. Vous ne les trouverez pas dans l'église.

Un vougier* s'approcha et pointa son arme en direction de la gorge du géant, qui ne cilla pas ni ne décroisa les bras.

— Où sont-ils? demanda l'émissaire.

Il était visiblement contrarié. Louis répondit, un demi-sourire défiant aux lèvres:

— Aitken ne les trouvera pas au domaine non plus. Ils sont loin.

— Je vois. Audacieux, insolent et aussi fin finaud qu'un goupil. Eh bien, puisque c'est comme ça...

Il jeta un coup d'œil à l'un des vougiers* et reprit, toujours avec le même air hautain:

— Tu as vu juste. Notre présence ici n'a rien à voir avec un quelconque enjeu politique. Cela n'a fait que nous servir de prétexte. Ménage donc ta salive et ne perds pas ton temps à essayer de me convaincre que tu es du bon côté. Des bourreaux, ça se contente de se ranger à côté d'un billot.

— Exact. Cette neutralité est indispensable si l'on tient à garder la tête froide.

Les hommes échappèrent quelques rires gras. L'émissaire sentait confusément qu'ils appréciaient le courage tranquille du colosse et se disposaient de plus en plus à se prendre de sympathie pour lui. C'était très mauvais. Mieux valait abréger les palabres.

— Suffit. Sache que le preux Samuel l'Escot conteste depuis toujours la légitimité de ton union avec la dame d'Augignac, ainsi que ta paternité. Cependant, il a daigné se montrer magnanime en acceptant de s'abaisser à ton niveau pour te provoquer, toi, en duel judiciaire.

— S'abaisser? Il était sous ma tutelle et c'était mon garçon d'écurie.

— C'est effectivement possible, mais il ne l'est plus. Il appartient désormais à la cour du roi. Accepte le combat à outrance et il épargnera les gens d'Aspremont de même que leurs récoltes. Il t'attend à Hiscoutine.

La porte de l'église s'entrouvrit dans le dos de Louis. Les hommes se tinrent prêts à intervenir, mais Louis leva les mains.

— Du calme. Ce n'est que le chapelain.

Le moine se coula discrètement à l'extérieur. Après avoir jeté autour de lui un regard anxieux, il s'avança bravement en direction du messager. Tête nue comme il l'était habituellement, les mains rentrées dans ses manches amples, il avait retiré ses sandales et s'était passé une corde au cou.

— Père, que faites-vous? demanda Louis.

L'aumônier présenta une grosse clef à l'envoyé et s'adressa à lui:

— Vous avez respecté l'usage, alors, nous faisons de même[80].

L'envoyé de Sam ricana. Il ne prit pas la clef et dit à Louis, comme s'il n'y avait pas eu d'interruption:

— Allez, bourrel*, va te battre. Profite donc de l'occasion qui t'est offerte de manier l'épée comme un homme et non pas comme le vil boucher que tu es. Voici les termes, tels que proposés par l'Escot: au vaincu, une mort honorable par le fil de l'épée; au vainqueur la femme et l'enfant.

— Hein? Quoi? balbutia Lionel.

— Laissez, Père, ce n'est pas le moment. Reculez, grommela Louis.

Aux hommes qui s'impatientaient, l'émissaire rugit:

— Vos gueules, vous autres!

Il fit signe au vougier* de s'éloigner et d'abaisser son arme. Ce dernier obéit, du moins de prime abord. S'il consentit à jeter son arme d'hast*, ce fut pour mieux s'emparer d'un perce-mailles* qu'il avait jusque-là tenu caché sous sa cotte. Louis ne parvint à esquiver le coup qu'en saisissant le poignet de l'homme à deux mains. Il le lui tordit et l'éloigna d'un coup de pied avant de dégainer sa propre dague. Les autres firent cercle autour d'eux, alléchés par la perspective de cet affrontement inattendu. Le chef s'abstint aussi d'intervenir. Il se contenta d'exprimer une simple remarque:

—Robert, c'est très déloyal, ce que tu viens de faire là.

L'homme répondit, sans quitter Louis des yeux:

—Va au diable. Cet ignoble brise-garrot a coupé les lèvres de mon frère en raison d'un vol anodin. Il y a deux ans que je veux sa peau.

—Si j'ai fait cela, c'est parce que c'est mon travail!

Les deux hommes s'affrontèrent à quatre pieds l'un de l'autre et s'évaluèrent. L'agresseur, sûr de lui, contournait Louis lentement. Un rictus dédaigneux enlaidissait ses traits barbouillés de barbe. Le géant, quant à lui, économisait ses gestes. Les bras le long du corps, il ne se déplaçait pas, hormis pour tourner sur lui-même afin de ne jamais présenter son dos à l'adversaire. Son regard ne cillait pas. Il attendait.

L'un des hommes d'armes prit place avec nonchalance sur un tonneau renversé. Graduellement, les portes de l'église se mirent à déverser des villageois désœuvrés qui se greffèrent discrètement au groupe. Le dernier à sortir referma les portes, peut-être dans une tentative inconsciente de défendre l'accès du sanctuaire aux assaillants.

—Vous allez vous admirer longtemps comme ça, tous les deux? demanda le chef en s'appuyant contre le mur en pierre du bâtiment.

—J'essaie de voir par où le prendre, dit Robert qui détaillait avec une attention exagérée la poitrine et les bras de l'homme immobile.

Soudain, sans avertissement, il s'élança vers le bourreau en pointant le perce-mailles* vers sa gorge non protégée. Louis ne bougea toujours pas. Au dernier instant, Robert plongea l'instrument en direction des jambes de l'homme. L'hypocrisie fut inefficace: Louis s'y était attendu et avait reculé pour abattre le plat de sa main derrière la nuque du barbu qui fut étendu raide.

—Vos gueules! cria Robert aux spectateurs hilares.

Son humiliation était amplifiée par la présence imprévue des habitants d'Aspremont. Il se releva en hâte et se pétrit le poing.

—Ça, tu vas me le payer cher, vieux bâtard!

Mais Louis était tout sauf vieux: souple comme un chat, il se déroba plusieurs fois de suite aux coups de poing de plus en plus désordonnés et infructueux du barbu. À la frustration grandissante de son adversaire, il opposait un calme méthodique. Cette tactique avait toujours été sa meilleure arme devant ce genre de situation. Il avait tout de suite détecté en Robert un mauvais emploi de sa force physique considérable, gaspillée par sa haine incontrôlée. Il tombait dans le panneau avec une naïveté de grosse brute. Pendant de longues minutes, Louis continua à se soustraire patiemment, sans aucune moquerie, à tout contact. Robert se fatiguait et les quolibets dont Louis l'épargnait lui étaient lancés par les spectateurs. Cela ne contribuait pas à l'encourager.

—Hé! Robert, il est pourtant assez gros, ce Louis Ruin*, et toi, tu le manques!

—Ne le ménagez pas, maître Baillehache! Allez-y, frappez-le, cria une femme qui avait mis ses mains en porte-voix devant sa bouche.

L'interpellé avança si doucement que Robert, distrait par les invectives, faillit se faire prendre. Il s'écorcha les jointures contre la dague que Louis tenait en diagonale devant lui. Alors qu'il baissait les yeux une seconde sur ses phalanges ensanglantées, le poing du colosse s'abattit contre sa mâchoire. Robert en fut déstabilisé, mais il fut capable de bondir en arrière sans trébucher.

—Ah, l'enfant de putain! grogna-t-il.

« Cette canaille est en train de me faire passer pour un amateur sans avoir rien fouti* », pensait-il avec humiliation. Un accès de rage déraisonnable s'empara de lui en même temps qu'il plongeait tête première dans le ventre du bourreau, n'hésitant pas à risquer le tout pour le tout afin de lui faire mordre la poussière. Privé de souffle, Louis chancela. Un croc-en-jambe bien placé acheva la besogne. Des exclamations enthousiastes semblèrent monter des vouges* et des guisarmes* qui s'agitaient en cliquetant au-dessus des têtes.

—Vas-y, Robert!

—Le couteau! Le couteau!

—Non, arrête, Robert. Laisse-le à l'Escot.

—Au diable l'Escot, dit Robert.

Il grogna de satisfaction à sa victoire anticipée et se laissa tomber sur son adversaire terrassé. Les poumons de Louis se vidèrent à nouveau sous le choc. Robert s'apprêta à lui entailler la gorge. Mais une main de fer lui saisit le poignet et se mit à serrer. La pointe du perce-mailles* trembla entre eux pendant plusieurs secondes ponctuées de halètements. L'autre main de Robert se plaqua contre le visage haï et ne se retira que pour frapper son adversaire à la tempe afin de l'assommer. Mais Louis ne lâchait pas.

—Tu vas saigner à mort, mon gars, ça, je te le garantis. J'emporterai ta dépouille encombrante à l'Escot. C'est ça qu'il veut, de toute façon.

Robert l'ignorait, mais c'était la chose à ne pas dire. Sam attendait au domaine. Tout était sur le point de s'arranger et voilà que cet imbécile s'amenait pour tout gâcher. Un accès de combativité nouvelle s'éveilla en Louis, et la puissance de sa musculature décupla le temps d'un coup de bassin qui projeta l'agresseur au sol. Le géant se libéra et se remit debout. D'un coup de pied bien placé, il envoya l'homme d'armes rouler dans une clôture. Puis, de nouveau avec cette posture sereine et silencieuse qui lui était typique, il fit face.

— On efface tout et on recommence, dit l'un des spectateurs.

— Bon Dieu de merde! jura Robert.

Personne ne remarqua le signe imperceptible que le messager de Sam fit à Robert. Les rares pas du bourreau furent détournés vers le tonneau maintenant inoccupé. Louis ne se méfia pas; il s'était mis à tourmenter Robert à coups calculés et incessants. Pourtant, dès que le guerrier eut subtilement dirigé Louis à la portée de l'émissaire, ce dernier leva les jambes entre celles du bourreau. Louis fut contraint de faire un écart et manqua trébucher.

— Hé, tu n'as pas le droit d'intervenir! Vaurien! protesta une villageoise.

— Tricheur! Face de potron*! cria une autre.

— La ferme! répondit le messager.

Pendant ce temps, Louis n'avait pu répliquer autrement qu'en saisissant une nouvelle fois le poignet de Robert.

— Ça y est, je l'ai, je l'ai presque, dit le barbu, dont le perce-mailles* tremblant effleurait l'adversaire sous le menton.

Mais le géant ne saignait pas. Son visage dur n'exprimait aucune douleur, plutôt de la contrariété à cause de cette manœuvre hypocrite qui venait d'être tentée contre lui. D'un geste brusque, il tordit le bras de Robert.

— AÏE! se lamenta l'homme tout de travers.

— À combat déloyal, riposte déloyale, dit Louis.

— Lâche-moi! Lâche-moi, espèce de salaud!

— Jette ton arme d'abord. Allez.

L'homme en noir donna une secousse douloureuse qui fit loucher Robert.

— À l'aide! appela-t-il.

Mais ses compagnons hésitèrent.

— Vite! Il est en train de me casser le bras!

— Tu n'as qu'à te rendre, dit une femme.

— Toi, va te faire enconner*! Au secours!

De mauvaise grâce, l'émissaire dégaina son passot*.

— Pas de ça! Laisse-les régler leur affaire entre eux, dit l'un des hommes.

— Frappe! Mais frappe, bon Dieu! cria l'orgueilleux Robert.

— Lâche-le, ordonna l'émissaire en pointant sa lame entre les omoplates de Louis.

Ce dernier laissa tomber sa dague et leva les mains.

— Tue-le! cria Robert qui, ayant battu en retraite, se pétrissait l'épaule en reprenant son souffle.

L'épée de l'envoyé s'éleva.

Nul ne comprit exactement ce qui se passa alors, ni comment le géant parvint à dégainer son damas et à reculer d'un pas. Les deux lames se rencontrèrent dans un jaillissement d'étincelles. La seconde d'après, Louis brandit son arme à deux mains et trancha net l'avant-bras du messager. Un hurlement inhumain domina les huées que lancèrent les compères de la victime. Le sang de l'émissaire gicla sur l'abdomen du bourreau. L'homme tomba à genoux et empoigna son moignon avec désespoir. Louis donna un coup de pied dans le passot* du vaincu. La main sectionnée de sa victime y était toujours agrippée. Cela ne parut pas le dégoûter. Certains reculèrent, pris de nausée. L'envoyé, le visage plâtreux, était en train de perdre conscience. L'homme en noir jeta un coup d'œil autour de lui.

— Qu'attendez-vous pour aller lui chercher de l'huile bouillante ou de la poix, vous autres? Il faut faire cesser le saignement. Faites vite.

À ces mots, plusieurs villageois se détachèrent du groupe. Louis avisa alors Robert, qui blêmit à son tour.

— Hé, l'ami... j'ai compris. On est quittes, d'accord? dit-il d'une voix chevrotante.

— Ah, tu crois cela, toi?

L'homme nota le tutoiement subit. Louis ajouta:

— J'avais pourtant cru t'entendre parler d'un duel à mort.

— Ah, mais... avec l'Escot, je voulais dire, avec l'Escot.

— Justement. C'était avec l'Escot que je devais me battre. Mais vous aviez déjà convenu de m'affaiblir avant de me remettre à lui, si par hasard je venais à sortir indemne de cet affrontement. Cela lui ressemble assez, ce genre de petite combine perfide.

Il se pencha pour récupérer sa dague que personne n'avait osé toucher et remit son épée au baudrier après un nettoyage sommaire. Les propos goguenards s'étaient taris. L'émissaire gisait en chien de fusil, inconscient, dans une mare de sang. Louis rejoignit calmement Robert qui tentait de filer en douce vers l'église et l'adossa aux portes.

— Vous auriez dû opter pour un affrontement courtois, au lieu d'un duel. Seulement, voilà, puisque c'est moi le vainqueur, je réclame mon dû.

Il posa le fil de sa dague sur la gorge de Robert et l'y fit glisser d'un geste presque caressant. Du sang gicla à leurs pieds. L'homme d'armes haleta. Il écarquilla les yeux alors que des bulles rouges lui affleuraient aux lèvres. Le géant le regarda froidement et essuya sa lame sur la cotte que sa victime avait endossée par-dessus un haubergeon* enfilé à l'envers à cause de trop nombreux anneaux qui y étaient çà et là démaillés. Robert émit une suite de gargouillis avant de s'effondrer. Indifférent, Louis se retourna et fit face aux gens de Sam.

— Je demande la permission de me confesser avant de vous donner ma réponse.

L'un des cavaliers s'avança, tandis que les villageois revenaient en transportant un chaudron fumant qui provenait de l'auberge. Pensif, l'homme frotta du doigt son orgelet qui ressemblait à un petit insecte accroché à sa paupière.

— C'est bon. Mais fais vite, dit-il enfin.

Louis se détourna et saisit le moine éberlué, à demi malade, par la corde qu'il avait au cou, afin de le pousser devant lui. Il rouvrit les portes et s'engouffra avec lui à l'intérieur. De se voir soustrait aux mauvaises luisances des armes sembla redonner au bénédictin un certain contrôle de la situation, et il prit Louis par le bras afin de le mener au confessionnal, sous les regards interrogateurs des fidèles qui étaient rentrés pour s'y recueillir en silence. Les deux grands hommes s'enfermèrent dans le cagibi et, lorsque Lionel fit glisser le panneau fermant la petite fenêtre grillagée, le visage de Louis n'avait rien de celui d'un pénitent.

— Il y a quelque chose que je souhaitais vous annoncer depuis un certain temps déjà. J'avais aussi l'intention d'en parler avec Jehanne. Mais j'ai trop tardé. Là, ça ne peut plus attendre.

— Mon fils, ne me dis pas que tu vas relever ce défi insensé? Pas après... ça?

Louis ne répondit pas. Il baissa la tête et marqua un temps, avant de répondre :

— J'y suis contraint. Pour eux.

Il désigna du menton la porte du confessionnal, et Lionel comprit qu'il voulait parler des villageois.

— Samuel les tient-il en otage?

Louis fit un signe d'assentiment.

— Ils n'ont rien dit de tel. Mais j'en suis certain.

Il soupira nerveusement avant de continuer :

— S'il n'en tenait qu'à moi, je baisserais les bras et j'entrerais avec vous au cloître. Pour de bon, cette fois.

— Songerais-tu à y demander l'asile?

— Non. C'est bien plus que ça. On serait ensemble à longueur de journée, en train de ratisser la terre pour récupérer les fragments de toutes ces années qu'on a perdues. Vous retourneriez à vos livres et moi, qui sait, je pourrais peut-être faire le pain pour les moines.

Les yeux sombres de Lionel s'ourlèrent de larmes, et Louis dit :

— Pensez-y un peu. C'est un juste retour à l'ordre initial, à ce qui devait être dès le départ, vous ne trouvez pas? Il y a déjà un bon moment que j'y songe. Sans moi, Jehanne sera de nouveau libre. Adam n'aura pas à vivre ce que j'ai vécu. Il est Adam Aitken et non pas le fils d'un proscrit...

— Attends, attends! Tu... tu veux dire que tu serais prêt à renoncer à Jehanne et à Adam... au profit de Samuel?

— Oui. Si tel est le désir de Jehanne.

— Oh... Louis, jamais je n'aurais cru... Béni sois-tu pour ton abnégation!

— Non! Non! Non! Pas si vite! Ne vous méprenez pas sur le sens de mes réels motifs. Ça n'a rien d'un renoncement mystique. Presque rien, en tout cas.

— Je ne comprends pas.

Louis précisa, se rappelant subitement d'un passage qu'on lui avait lu à l'abbaye :

— Hérodote ne dit-il pas : «Pour dire d'un homme qu'il fut heureux, attendez qu'il ait tourné sa dernière page»?

— Tiens, voilà que tu me cites les sages propos de l'Antiquité, maintenant? Toi?

— Je ne sais pas lire, mais j'ai bonne mémoire.

— Mais pourquoi ce passage, précisément? Louis, je n'aime pas cela.

— Écoutez. Je n'ai aucune envie de me séparer d'eux, maintenant que je commence enfin à comprendre certaines choses.

Après une pause, il ajouta :

— J'ai toujours travaillé comme un forcené, vous le savez. C'était pour m'empêcher de trop penser. Mais là...

Il releva la tête et soupira avant de conclure :

— ... je me rends compte que pour la première fois de ma vie j'aspire au repos. Je vais me faire moine. Pour de bon, cette fois.

Lionel porta la main à sa petite tonsure envahie de sauvagine sous laquelle se déchaînait une tempête, et son âme angoissée s'apaisa soudain.

— Mon Dieu. Je comprends tout.

— Oui.

Louis s'était rapidement rendu compte qu'une fois ses expériences traumatiques dépassées, son échelle de valeurs s'était modifiée du tout au tout. Il se sentait investi d'une acuité nouvelle, inégalée, qui le rendait apte à faire la distinction entre ce qui était futile et ce qui importait dans la vie. Les malheurs de son passé, qui l'avaient jusque-là aveuglé de désillusion et d'amertume, lui ouvraient maintenant les yeux sur des aspects cachés du monde, des choses que le commun des mortels ne remarquait peut-être pas. Cela l'amenait à envisager un changement radical dans sa vie.

— Et Samuel qui veut se battre pour une cause qu'il ignore avoir déjà gagnée, dit Lionel.

Louis se leva et dit, alors que Lionel se levait à son tour:

— C'est la raison pour laquelle je désirais m'entretenir avec vous. Si j'accepte d'aller à sa rencontre, ce n'est pas pour cet affrontement inutile, c'est pour lui annoncer tout ce que vous venez d'entendre. Je n'aurai pas à me battre.

— Es-tu bien sûr de ta décision?

— Tout à fait sûr. Il y a longtemps que j'aurais dû la prendre.

Ils sortirent du confessionnal et s'étreignirent. Lionel dit, d'une voix assourdie:

— Dans le fond, j'ai toujours su que nous étions destinés à finir nos jours ensemble.

Leur étreinte se prolongea jusqu'au parvis qu'ils avaient regagné sans s'en apercevoir.

Il y eut un petit bruit métallique qui sépara soudain les deux hommes. Louis recula d'un pas et baissa les yeux. Un gantelet à gadelinges* gisait à ses pieds comme une main morte. Le remplaçant de l'émissaire, qui s'était avancé à leur insu pour le jeter là, le regardait et attendait en silence. Les hommes d'armes s'étaient tus, eux aussi.

Avec lenteur, Louis se pencha et ramassa le gantelet. C'était signe qu'il acceptait de relever le défi. Il n'y avait pas d'autre solution pour qu'on lui permît de rejoindre Sam indemne. De toute façon, jamais ils ne le laisseraient partir. Les hommes d'armes l'acclamèrent et brandirent bien haut leurs vouges*, leurs guisarmes*, leurs piques et leurs alénas*. Le visage du suppléant se fendit d'un sourire narquois.

— Il t'attend dans un champ du domaine, puisqu'il te faut y aller pour revêtir ton harnois*. Vas-y à cheval si tu veux, mais seul. Nous, on a ordre de rester pour attendre le vainqueur.

Louis acquiesça, descendit les quelques marches et soupesa le gantelet avant de le remettre à son propriétaire, qui le reprit. Il attendit que le géant eût le dos tourné et qu'il se fût approché de Tonnerre pour lui lancer, toujours avec son même sourire:

— Tu ne le vaincras pas.

Le bourreau enfourcha sa monture et se retourna, pour répondre:

— Je le sais et, le plus drôle, c'est que j'en suis plutôt content.

Perplexe, l'homme fut planté là par le bourreau qui se mit en route.

Louis se pencha sur sa selle pour éviter une branche basse. Il y avait quelque chose d'angoissant dans le calme de la forêt fraîche. Cela contrastait avec la fiévreuse activité du hameau. De la fumée qui dérivait mollement entre les fûts des chênes avait fait taire les petits animaux qui peuplaient leur feuillage. Le trot de Tonnerre sur le sentier durci semblait être absorbé par cc silence pétrifié. Se sentant observé, le cavalier dégaina prudemment son damas et le plaça le long du flanc lustré du cheval, la poignée inclinée vers son talon et l'estoc* pointant le ciel, en signe de paix[81].

Derrière lui, une branche craqua. Il se retourna. Un homme venait de quitter le couvert de la forêt et s'était mis à courir vers lui en brandissant une longue perche. Louis lança Tonnerre au galop et quitta le sentier, débusquant un second homme qu'il manqua piétiner. Tous deux se mirent à sa poursuite et en appelèrent d'autres à la rescousse. Plusieurs fois de suite, Louis dut bifurquer pour couper court à leurs manœuvres d'encerclement. L'un des hommes tendit sa perche en avant : Tonnerre sauta par-dessus.

— Tu l'as mise trop tôt, espèce d'abruti! dit l'un de ses comparses.
— Ouais, facile à dire, ça! On voit bien que c'est pas toi qui t'y colles. Si j'avais trop attendu, il n'aurait pas trébuché sur ses postérieurs.

Pour que sa manœuvre fût réussie, il eût fallu que l'homme glisse sa perche, juste au bon moment, entre les antérieurs, et qu'il en plante un bout au sol afin que la monture ne pût s'en débarrasser d'un coup de pied.

Quoi qu'il en fût, Louis avait eu le temps de s'élancer parmi des taillis où il allait être ardu de le suivre sans s'empêtrer.

Un nouvel homme était subitement apparu à sa gauche. Il le reconnut tout de suite : c'était Iain, l'ami de Sam, qui était venu en visite au domaine avec lui sept ans plus tôt. Il venait vers eux en hurlant comme un loup, les bras en l'air, son kilt en laine usée lui battant les jambes. Tonnerre fit un écart, et Louis manqua perdre son assiette. Tous deux aperçurent un instant trop tard les trous soigneusement camouflés et la chaîne qui se tendit brusquement juste devant eux. Monture et cavalier furent projetés au sol par leur propre élan. Tout ne fut plus qu'une confusion de petites plantes arrachées, d'humus, de membres et de crinière. Louis heurta violemment le sol. Il roula sur lui-même. Entre les mèches de ses cheveux emmêlés, il put distinguer les jambes d'un groupe d'hommes qui déjà l'encerclaient en poussant force cris de joie. Tonnerre hennit. Louis le chercha des yeux et ne le trouva pas à cause des hommes qui le serraient de trop près. Il se mit à genoux. Quelques-uns entreprirent de le bousculer à l'aide du bout ferré de leurs armes d'hast*. Hébété, Louis ne réagit pas. Il sentit à peine l'un de leurs picots pénétrer dans son bras. Tonnerre, invisible, l'appela d'un hennissement angoissé.

— Il a le cuir aussi coriace que l'esprit lent, çui-là, dit l'un.

— Hé, père pendard, vise un peu par ici! Merci pour ton Excalibur*, disait un jeunot excité qui se haussait sur la pointe des pieds derrière le groupe en brandissant fièrement à deux mains ce qu'il considérait déjà comme son trophée.

— Elle est beaucoup trop grande pour toi, cette épée, fiston, dit Iain avec insouciance.

Son accent rocailleux évoquait douloureusement celui du vieil Aedan.

— Mais que diable s'est-il passé ici? gronda une autre voix, elle aussi connue.

Les guisarmes* interrompirent leurs tourments sans toutefois s'abaisser. Louis put voir que Sam s'en venait vers eux en tenant par la bride un splendide coursier dont la robe de perle était à demi cachée par une flancherie* usée. La bête semblait nerveuse et ne cessait d'armer* en dépit de la poigne ferme de son propriétaire. Ce dernier n'avait pas l'air content.

— Par le saint sang du Christ, les gars, je vous avais dit de vous y prendre autrement.

— Qu'importe, puisque la diversion d'Iain a pris, fit remarquer l'un des hommes. On le tient.

Le groupe s'écarta afin que l'Escot pût voir Louis, toujours à genoux.

— Ça va, mais quel dommage, quand même... une bête pareille. J'ai toujours aimé ce cheval.

Le jeunot à l'épée haussa les épaules et dit:

— Bah, il avait fait son temps, de toute façon. Quel âge il a au juste, ce canasson? Au moins cinquante ans? Hein, bourrel*? Non, mais, oh! voyez-le, mais voyez-le donc pleurnicher, ce pauvre minable!

Railleur, le garçon s'apprêta à agacer Louis avec le damas sans s'apercevoir qu'autour de lui régnait un silence embarrassé.

— Damnation, tu vas la fermer, ordonna Sam. Ferme-la, ta sale gueule, petit vaurien! Et laisse-le tranquille. Éloignez-vous de lui, vous autres.

Les hommes obéirent avec une déférence qu'ils n'eussent probablement pas manifestée en tout autre circonstance, car le lien qui unissait un homme et son cheval était une chose sacrée.

Louis ne parut pas se rendre compte que les hommes lui avaient ménagé un passage et que certains, par respect peut-être, enlevaient leur barbute*. Il ne remarquait ni ses larmes qui, abondantes, lui inondaient les joues, ni ses vêtements déchirés, ni ses contusions dont certaines saignaient. Rongé par le remords, Sam songea que le bourreau ne se fût sans doute pas même soucié d'une fracture s'il en avait eu une. Parce que Tonnerre, lui, en avait. Couché sur le flanc, ses deux pattes de devant disloquées, il roulait des yeux effarés, soufflait et appelait tristement son maître. Les lèvres du grand cheval terrassé se retroussaient en une espèce de sourire prouvant qu'il était gravement atteint.

Le colosse se traîna en hâte jusqu'à lui sans se donner la peine de se lever. Il laissa sa grande main errer le long de l'encolure encore vigoureuse. Penché au-dessus du cheval qui essayait de lever la tête, il gémit. Ses larmes tombaient sans retenue sur le pelage soyeux comme les premières gouttes dispersées d'une pluie de juillet.

«Va. Vas-y.» Tel avait été le premier ordre qu'il avait donné au cheval dans le vacarme du champ de bataille. Et Tonnerre l'avait sauvé, lui, le voleur, le mauvais cavalier. Il l'avait emmené loin du carnage et était demeuré à ses côtés lorsqu'il s'était affalé dans l'herbe drue. À présent, c'était Louis qui restait auprès de Tonnerre et c'était Tonnerre qui lui disait: «Va. Vas-y» de ses grands yeux bruns et tendres, compréhensifs à l'extrême.

—Je ne veux pas, lui dit-il à voix haute.

Il renifla avant de s'essuyer les yeux du revers de sa manche et de dégainer sa dague. Tonnerre s'ébroua. D'instinct, la main de son maître se posa sur la crinière. Elle suivit l'arête veloutée du chanfrein et s'arrêta sur les naseaux frémissants que Louis caressa de son gros pouce. Tonnerre avait toujours aimé cette petite caresse. Elle le rassurait. Le cheval s'abandonna à la main qui caressait, ainsi qu'à celle qui tenait la dague. Il s'ébroua une seconde fois, une estafilade lui traversant la gorge de part en part. Pendant une seconde, homme et bête se regardèrent l'un l'autre, yeux écarquillés devant le sang qui giclait et bouillonnait.

Louis recula, haletant. Une douleur fulgurante au poignet lui fit ouvrir la main. Sa dague s'en échappa et disparut. Il sentit sa tête exploser. Il s'écroula sur le cadavre de son cheval, inerte et à demi conscient. Les hommes de Sam l'encerclèrent. Il dut se rouler en boule contre les coups de bâton qui pleuvaient de tous côtés, interminablement. Sam, les bras croisés et un vague sourire aux lèvres, était demeuré en retrait. Louis eut le temps de l'apercevoir juste avant que l'un des bâtons ne s'abattît sur sa tête.

Et tout s'effaça de la surface du monde pour sombrer dans le néant.

Quelqu'un chassa du revers de la main un chat qui s'était lové sur lui. Ce ne devait pas être la première fois, car l'animal fut pourchassé jusqu'à l'extérieur, accompagné du tintement vantard de molettes en bronze doré qui avaient sûrement été dérobées à quelque noble de haut rang[82]. Le chat fut ensuite accueilli par des rires avinés.

Louis entrouvrit un œil. L'autre demeura scellé à cause d'un épanchement de sang qui avait collé une mèche de cheveux à son front et le long de sa joue. En dépit de cela, il eut le temps d'apercevoir les frisottis grimpants d'un chèvrefeuille entourant un linteau de porte, le sol en terre battue recouvert de vieux foin ainsi qu'un mur en pierre grossier légèrement incurvé. Ce fut ainsi qu'il put savoir qu'il se trouvait dans la vieille tour du domaine. Un de ses bras était maintenu en l'air par son propre bracelet de fer qu'on avait attaché avec un bout de chaîne à un anneau fixé au mur.

— Hé, Taillefer[83], ça y est, il se réveille. Qu'est-ce qu'on fait? demanda une voix rude qui, toute proche, le fit sursauter.

— Cet homme est un bourrel*. Traitons-le comme tel, déclama avec emphase une autre voix.

Louis tourna la tête, mais ne parvint à voir ni la personne à qui avait été destiné le surnom flatteur ni l'auteur de la petite rime. Une gifle venue de nulle part lui fit se cogner la tête contre le mur. Un peu sonné, il chercha des yeux celui qui l'avait frappé.

— Je suis là, Baillehache, juste devant toi, dit une voix aimable qu'il reconnut à peine. Il entrevit un haubergeon* dont la forme des anneaux évoquait des grains d'orge. L'homme qui portait ce harnois* se tenait si près au-dessus de lui qu'il put apercevoir le rivetage des grosses mailles. Il leva la tête. C'était Sam. L'Écossais s'accroupit et lui offrit un sourire radieux. Son haleine était alourdie par le vin domestique pris au cellier du manoir, où l'on avait mis un vauplate* en perce.

— Mon cheval, balbutia Louis.

— T'en fais donc pas pour lui, il est mort, mon vieux.

Sam lui donna quelques tapes sur l'épaule et but une rasade de vin à même le cruchon que vint lui remettre un homme dont la vaste poitrine était protégée par un jaseran* de mailles mal entretenu.

L'Escot s'essuya la bouche du revers de la main.

— Mais toi, par contre, bourrel*, tu es bien vivant, si tu vois ce que je veux dire.

— Non, je ne vois pas.

— Allons, allons, tu ne vas quand même pas me faire ce coup-là, pas toi. Tu sais très bien de quoi je veux parler.

Louis se redressa et parvint à ouvrir à demi son autre œil.

354

— Ce n'est pas comme ça qu'on doit questionner un homme.

Un petit rire sec s'échappa d'entre les lèvres de Sam. Il baissa la tête et écouta ses compères ricaner avec lui.

— Ah, je vois, je crois que je comprends.

Il prit son élan et lui enfonça son poing dans le ventre. Privé de souffle, Louis glissa contre le mur sans être en mesure de se mettre en position fœtale à cause de son bras menotté.

— Est-ce comme ça? demanda Sam.

De nouveaux rires venus de l'entrée crépitèrent. Péniblement, Louis se redressa et répondit :

— Non plus. Tu comprends vraiment tout de travers, toi...

— C'est vrai?

Le poing de Sam s'abattit encore et lui fendit une pommette. La viscosité du sang frais se mit à luire à travers la mèche de cheveux emprisonnée sans toutefois la libérer. À demi assommé une nouvelle fois et pris de nausée, Louis tâchait de reprendre haleine.

— C'est loin d'être agréable, n'est-ce pas? dit Sam en pétrissant une rangée de phalanges meurtries. Maintenant que je suis enfin parvenu à te mettre le grappin dessus, songe à tout ce que tu as fait subir aux autres. Songes-y.

— Il y a longtemps que c'est fait. Tu n'étais même pas au monde que j'y songeais.

— Et alors? Ça ne t'a pas empêché de le faire?

— Pas plus que ça ne t'empêche, toi, de faire pareil.

Les hommes lâchèrent des « oh » à la fois admiratifs et inquiets. Sam serra les mâchoires.

— Il en a du cran, ce *Lewis Rewett*, dit quelque part la voix d'Iain.

Louis ferma les yeux. *Lewis Rewett*. Il concentra toute son attention sur cette broutille et sur le fait que d'entendre prononcer son nom correctement allait désormais être un compliment pour lui.

— Cran ou pas, regarde-moi bien lui faire la nique.

Sam empoigna les cheveux du bourreau et le força à rouvrir les yeux en lui rejetant la tête en arrière. Il dit :

— Trêve de bavardages. Où sont-ils?

— Où sont qui?

Sam grogna et le secoua si rudement qu'une poignée de cheveux lui resta dans les mains.

— Tu n'arriveras jamais à rien avec tes questions imprécises, dit Louis, dont les deux prunelles sombres étaient maintenant visibles. Va dessaouler et reviens plus tard.

Ce congédiement nonchalant ne fit qu'attiser la colère de Sam, qui se pencha davantage au-dessus de son captif et demanda, avec un calme qui sonnait faux :

— Où sont Jehanne et mon fils ?

— Ils ne sont pas ici.

Les acclamations des hommes ne firent qu'attiser la hargne de Sam, qui se mit à larder Louis de coups de poing et de pied. Il ne s'arrêta que lorsqu'il fut à bout de souffle, suant sous son heaume et son colletin* d'armure dont l'aspect dénonçait lui aussi le pillage. Sam grogna, tout en continuant de frapper des pieds et d'un gourdin qu'il venait de ramasser :

— Tu es un coriace, bourrel*. Quelle admirable impassibilité. On serait presque porté à prendre cela pour du courage. J'aurais dû m'en douter. Tu n'as pas plus de cœur pour toi-même que pour les autres. Or çà ! Dis-moi donc à quoi cette impassibilité peut-elle bien te servir maintenant, hein ?

Louis suffoquait. Tassé contre lui-même, il encaissait tout presque sans une plainte et affichait une froideur inattaquable. Lorsque Sam dut à nouveau s'accorder un répit, le bourreau remua avec précaution et dit :

— Désolé de te décevoir... mais je ne suis pas impassible. La douleur, je la ressens... comme tout le monde. La différence c'est que... j'ai appris à la tolérer.

Tout était contre lui et pourtant il triomphait. C'était là chose enrageante, humiliante pour son tourmenteur. Louis savait cela et l'exploitait habilement. Sam était trahi par sa consommation abusive d'alcool : il était devenu encore plus impulsif et colérique que d'habitude. Or, Louis avait depuis longtemps appris qu'un bourreau calme est beaucoup plus efficace. Il devait donc en aller de même pour la victime, même si c'était plus difficile. La colère pouvait très facilement être détournée vers celui de qui elle émanait. C'était la seule défense dont il disposait et il n'hésitait pas à y avoir recours.

Sam arracha ses pièces d'armure et les jeta à ses pieds, exposant sa cotardie* et une crinière de lion.

— Où sont-ils ? Ne t'avise pas de me répondre qu'ils sont dans l'abri, parce qu'on y est déjà allés.

Louis se rassit avec peine en s'aidant de sa main libre.

— Décidément, tu ne vaux rien comme questionneur. J'ai des côtes fêlées.

— C'est pas moi, c'est parce que tu es tombé de cheval comme un sombre abruti.

— Mon cheval ne m'a pas piétiné comme tu l'as fait, toi. Tu n'as aucun besoin d'aller aussi loin pour faire parler un homme. Non, écoute. Ce que j'essaie de te dire... c'est ce qui ne va pas avec toi. Arrête-toi donc de cogner comme un sauvage si tu tiens à ce que je parle. Ménage-moi un peu, d'accord?

— Vos gueules. Apportez-moi de quoi me remplir la panse et potailler*! hurla Sam à ses compères qui riaient.

Il se donna une contenance en tirant un tabouret à lui et s'assit.

— Ton chapardage ne te rapportera pas grand-chose. Je n'ai que du pain ballé et il doit être rassis à l'heure qu'il est, dit Louis.

— On s'en fout. Voilà. Je suis calme et je t'écoute. Parle.

Les lèvres fendues du bourreau se mirent à dégoutter le long de son menton à cause du demi-sourire qu'il ne put s'empêcher de faire à la vue du pain dur comme du roc qui avait été apporté à Sam. Le jeune homme dut le tremper dans le vin pour le ramollir.

— Ça ne t'aidera pas à t'éclaircir les idées, ce truc.

— T'occupe pas. Alors?

— Aitken! Tant de bredi-breda* pour rien. Tu te serais épargné beaucoup d'ennuis, et mon cheval serait encore en vie si tu t'étais donné la peine de ne pas lâcher tes veautres* enragés contre moi. Ils ne se sont même pas souciés de mon signe de paix.

— J'ai vu. C'est la faute à Iain. Je ne voulais pas que cela se passe ainsi.

— Avant de te parler, ce que j'avais l'intention de faire dès le départ, je veux que tu me fasses une promesse.

— Dis toujours.

— Ensevelis mon cheval, d'accord? Élève-lui une mont-joie* là où il est tombé.

Sam fit silence. Davantage touché qu'il ne voulait l'admettre, il s'étonnait de cette requête de sa part à lui, qui était plutôt du genre à songer aux repas qu'aurait pu fournir le pauvre Tonnerre.

— J'y réfléchirai. Ma bonne volonté sera à la mesure de ta reddition, répondit-il.

— Que voilà un propos habile. Bien. Comme je le disais, mes intentions étaient pacifiques. Il fallait que tu saches en me voyant que ta provocation en duel n'était ni acceptée ni refusée.

Il devait s'accorder de petites pauses fréquentes, car il était obligé de reprendre son souffle délicatement à cause de ses côtes froissées.

— J'avais un truc à te proposer. Quelque chose dont j'ai envie de m'abstenir maintenant, parce que tu me déçois. J'avais pourtant constaté une amélioration chez toi au cours de ces dernières années. Mais là, tu viens de tout gâcher. Tu te comportes comme un fornicateur irresponsable. J'espérais mieux. Quel nigaud tu fais, Aitken!

— Prends garde à ce que tu me dis, misérable sicaire*. Ton

arrogance m'a toujours déplu. Elle cause ta perte.

— Daigne laisser Jehanne en juger. Laisse-moi lui en parler d'abord. Tu feras de moi ce qui te plaira ensuite.

Sa voix était neutre, comme s'il n'était nullement concerné par cette affaire. Comme s'il ne cherchait pas vraiment à se défendre, mais plutôt à rétablir les faits.

— Je voulais lui parler de mon truc à elle d'abord, et c'est ce que je vais faire. À elle avant toi. Il va falloir que tu attendes ton tour.

Sam s'arma d'une trique et bondit, de nouveau prêt à frapper. Louis le prit de vitesse et trouva la force de clamer bien fort:

— Aie au moins le respect de cette demande. Fais-le pour elle, pas pour moi. Elle est ma femme. C'est à elle que revient le droit d'apprendre en premier ce que j'ai à dire.

Sam hésita. Louis poursuivit, plus bas cette fois:

— Va à Caen. Tu les trouveras chez moi. Il me semble que tu aurais dû y penser toi-même.

Sam avait dans le regard une lueur démente. Ses poings se serrèrent à nouveau:

— J'y ai déjà pensé, figure-toi. On est allés là-bas. Il n'y a personne.

— Comment, vous y êtes allés? Il faut au moins deux heures pour se rendre là-bas et autant pour en revenir.

— Et alors? Combien de temps crois-tu qu'on a perdu à attendre que tu te réveilles enfin?

Surpris, Louis cligna des yeux. Il avait l'impression de ne s'être évanoui que quelques minutes à peine. Il regarda dehors, mais fut incapable de deviner l'heure qu'il pouvait être par le seul petit bout de pré qu'il pouvait distinguer par l'ouverture.

— Je l'ignore, admit-il.

— Eh bien, je vais te le dire: on est au matin. On a poireauté ici toute la nuit.

— J'ai été inconscient tout ce temps-là?

— C'est ça, ouais. Faut dire qu'on t'a peut-être un peu secoué en cours de route. On a dû te traîner jusqu'ici. C'est que tu es bougrement lourd, tu sais. Ça n'a peut-être pas aidé.

Sam eut un mauvais sourire. Louis comprit alors pourquoi ses vêtements étaient en lambeaux et la raison pour laquelle ses meurtrissures s'étaient mystérieusement multipliées. Mais là n'était pas sa préoccupation immédiate. Il demanda:

— Et ils ne sont pas là-bas? Tu en es sûr?

Il n'y avait pas à s'y tromper: Sam détecta une inquiétude authentique dans la voix du géant. Ce fut probablement ce qui l'empêcha de se remettre à battre son prisonnier sans discernement.

— Oui, j'en suis sûr, dit Sam.

— Ils devaient m'y attendre. Je leur ai pourtant dit de m'attendre là-bas.

Une migraine, jusque-là en veilleuse, se mit à lui envoyer des décharges qui semèrent la confusion dans son esprit et brouillèrent ses pensées. Il était impossible que Jehanne et son escorte eussent été arrêtés. Il n'y avait aucune raison à cela : les sauf-conduits étaient valides. Avaient-ils été victimes d'un accident ou d'une embuscade ?

— Puisque je te dis qu'ils n'y sont pas. Allez, cesse-moi cette comédie et dis-moi où ils sont allés.

Louis regrettait d'avoir contraint Jehanne à partir avec Adam, car leur présence eût pu témoigner de sa bonne foi. D'un autre côté, il se disait qu'il eût dû les envoyer à Saint-Germain-des-Prés, le plus loin possible de ce Sam qui n'attendait que le prétexte de son inutilité pour couper court à toute forme de négociation.

Le jeunot à l'épée se présenta à l'entrée. Désœuvré, il poussait un peu de foin devant lui à l'aide du damas. Il en lança un peu sur les jambes de Louis et remarqua :

— Il y a des heures qu'on est ici, l'Escot, et on en est encore au même point. Tout ce bavardage pour rien !

— Mais non, petit gars. Ne te fie pas aux apparences : je la tiens, ma revanche.

Les yeux transparents de Sam se posèrent brièvement sur ceux de sa victime, qui y reconnaissait trop bien un certain type de cruauté calculatrice qui prenait pour excuse à ses actes quelque idéal inaccessible. Un coup de pied dans les côtes confirma ses appréhensions.

— Sale corbeau. Tu les as fait partir exprès pour ne pas que je les voie, c'est ça, hein ? Mais, baste ! Ils me reviendront quand même au bout du compte. Sais-tu pourquoi ? Parce que je te tiens, toi, et que je vais enfin te détruire.

Le visage ensanglanté de Louis avait disparu derrière un rideau de mèches poisseuses. Il haletait, à demi affaissé. «Nous y voilà», se dit-il avec résignation. Puisqu'il n'y avait plus rien à dire pour faire dévier les choses, il plia un genou pour se redresser faiblement et dit, d'une voix rauque :

— À d'autres. Tu n'en auras jamais le courage.

— Ah, tu crois ça ? Tu crois vraiment que j'aurai besoin de courage pour te réduire en charpie ? Non. Je t'abhorre et ça me suffit. Tu ne peux pas t'imaginer à quel point j'ai attendu ce moment. Pendant des années, j'ai fourbi mes armes et maintenant, Burgibus*, il est temps pour toi de rendre des comptes. Parce que c'est là que tu t'en vas : aux portes de l'enfer.

— Tiens, te prendrais-tu pour saint Pierre, maintenant?

— Ferme-la. Je suis ton pire créancier. Tu vas me payer ça très cher, je te le garantis. Tu vas aussi me payer dix fois chacun des coups que tu m'as donnés. Tout le mal que tu m'as fait... tout ce que tu m'as enlevé... je m'apprête à te le faire perdre.

Il se déplaça à côté du bourreau. Il leva le pied au-dessus de lui et dit en souriant :

— *In cauda venenum*[84].

Deux fois, il le frappa à l'aine à coups de talon. Louis hurla et se coucha en chien de fusil, une seule main entre les jambes, son autre bras étant maintenu en l'air par le bracelet. La lumière du jour qui pénétrait par l'ouverture de la tour s'éteignit brusquement et Sam tourna la tête.

— Malepeste, qu'est-ce que c'était que ce cri de mort? demanda l'un des hommes. Tu lui as tordu les génitoires*, ou quoi?

— Attendez, vous n'avez encore rien vu, répondit Sam, ravi de l'effet produit.

Louis se berçait en geignant tout bas, dans un cliquetis de chaîne. L'évanouissement, l'absence. C'était la seule manière de se soustraire à ces cuisantes palpitations, à cette agonie, à ce feu qui le consumait encore. D'un coup de bassin, il se tourna sur le dos et demeura arqué. Il lâcha un hurlement terrifié avant de s'affaisser, pris de convulsions.

Les hommes prirent peur. Horrifié, le jeunot à l'épée recula vers l'ouverture de la tour avec une extrême lenteur. Il se retourna enfin et détala, abandonnant là le damas de Louis et bousculant les hommes qui obstruaient l'entrée. Sam lui-même prit ses distances. Tout à coup, son idée ne lui paraissait plus aussi bonne. Mais il se ressaisit et commenta, l'air bravache :

— Ce n'est pas très beau à voir, hein?

— Par les os de saint Denis, mais qu'est-ce que c'est?

— Ne te fais pas de bile, l'ami. Ce n'est que de l'épilence*.

Et il sourit à Louis qui serrait les mâchoires au point que sa bouche n'était plus qu'une mince fente par les coins de laquelle s'échappait de l'écume blanche. Des grognements sinistres lui sourdaient de la gorge. Ses paupières entrouvertes laissaient apparaître le blanc des yeux révulsés. De l'écume s'accrochait à sa barbe naissante.

Une fois que le corps du géant eut cessé d'être agité de soubresauts, Sam s'accroupit à ses côtés et se servit de sa dague pour achever de couper et d'arracher par grandes secousses ses vêtements en lambeaux,

---

84. «Dans la queue le venin.»

360

sans tenir compte des entailles superficielles qu'il lui infligeait un peu partout. Louis ne broncha pas sous ce traitement. Toujours inconscient, les yeux un peu ouverts, il soufflait bruyamment.

— Non, mais regardez-le, ce sabouleux*. Il ne sait même pas dormir comme tout le monde.

Par dérision, Sam tourna brièvement Louis sur le côté pour décoincer un lambeau de tunique. Il leur dévoila son corps couturé sur lequel s'étoilaient de nouvelles ecchymoses bleutées comme des taches de mauvaise encre sur un parchemin palimpseste* gratté trop de fois.

— Oh! merdaille, dit l'un des hommes.

— Il est aussi rapiécé que ses vieilles hardes, dit un autre.

— Il nous faudrait un prêtre. On ne sait jamais.

— Mais non. Inutile, puisqu'il n'a pas d'âme, dit Sam, qui ne prêtait qu'une oreille distraite à leurs propos teintés d'inquiétude.

Il grinçait des dents, alors que se confondaient en lui les effets de l'alcool et le dégoût qu'il éprouvait envers Louis, mais surtout envers lui-même. Il rejetait sa conscience dans son incapacité à lâcher prise, et sa haine, qui n'avait cessé de s'amplifier malgré les trêves passées, l'empêchait de voir le vague sentiment de culpabilité dont il refusait d'admettre l'existence. Il ne voulait pas éprouver de sympathie pour lui.

— Bigre! s'exclama-t-il. Voici qui explique bien des choses. Je détiens enfin la preuve que je cherchais. Parce que, même ainsi armé d'une fort jolie boudine, à demi châtré comme il l'est, elle ne lui sert à rien.

Il attendit que Louis présente les premiers signes d'un réveil pour lui empoigner les bourses et les lui tordre, déclenchant une nouvelle crise.

— Arrête, l'Escot, ce n'est pas drôle, dit quelqu'un.

Sam se tourna vers l'homme et lui dit:

— Libre à toi de regarder ailleurs, si ça t'indispose. Je n'ai aucune envie de compatir pour lui après tout le mal qu'il a fait. Apporte-moi encore de quoi boire un coup.

Il se leva et rejoignit ses hommes à la porte, le temps de prendre une rasade en attendant que le bourreau reprît conscience.

Une demi-heure plus tard, lorsqu'il se retourna vers Louis, dont les prunelles trop étincelantes étaient de nouveau braquées sur lui, il rentra et lui sourit.

— Pourquoi tu me regardes comme ça, avec cet air débile?

— De l'eau.

— Bois ton sang, Baillehache, la soif te passera[85].

— Est-ce que je te connais?

— Te moquerais-tu de moi, pauvre type?

— Mais non.

— Sapristi! On ne fait pas mieux comme corbeau à courte vue*! Tiens, voici toujours bien de quoi te rafraîchir la mémoire.

Il lui piétina encore une fois les organes génitaux avant de ressortir, comme si de rien n'était, son gobelet à la main.

— Avec ça, le vilain ne sera plus en état de dire quoi que ce soit, remarqua Iain.

— C'est inutile, désormais.

— À quoi bon te donner toute cette peine? Tue-le et fichons le camp d'ici.

— Tu n'as pas encore compris, toi, hein? C'est exactement ce que j'ai l'intention de faire. L'occire. Mais lentement, très lentement, comme il le mérite.

Les hommes s'installèrent par deux ou trois pour boire, bavarder et jouer aux dés. Sam passait de l'un à l'autre pour entretenir leur moral en attendant l'ordre du départ. Une bonne partie de la journée se déroula ainsi, en jeux de hasard ponctués de pauses qui allèrent graduellement en se raréfiant, car Louis mettait de plus en plus de temps à reprendre conscience entre deux épisodes de crise, chacun provoqué par les assauts répétés de Sam.

— Sans rire, qu'est-il, au juste, cet homme-là? dit le jeunot désœuvré qui n'avait pas encore osé récupérer la grande épée dans la tour. Un manant ou un loudier*? En tout cas, il n'a rien d'un nobliau.

— Ni l'un ni l'autre. Ce n'est qu'un larron, répondit Sam. Il s'en alla jeter un coup d'œil à la tour et en revint, un sourire aux lèvres.

— Il est la Mort faite mortelle. Ça fait plaisir à voir, dit-il à ses compagnons, sans remarquer qu'ils détournaient de lui leur regard vaguement écœuré.

— Tu dois y tenir fort, l'Escot, à cette femme que tu veux lui prendre.

— Oui, beaucoup.

— Pourtant, on connaît le proverbe: «Les hommes aiment un peu mais souvent, les femmes aiment rarement mais beaucoup.» Visiblement, il ne s'applique pas à ton cas.

— Au sien non plus. À Baillehache, je veux dire. Lui, il n'aime pas du tout. Je n'éprouve donc aucun remords à la lui ravir.

Tout le monde était plus ou moins pris de stupeur éthylique. Sam lui-même était assez ivre. Il passa une bonne minute à chercher le dé tombé entre ses pieds et ajouta:

— Vous savez, ce type-là, il ne vivait pas vraiment, de toute façon.

— À propos, on n'entend plus rien là-dedans depuis un bon

moment, dit le jeunot en pointant derrière son dos, par-dessus son épaule, en direction de la tour près de laquelle personne sauf Sam n'allait plus traîner.

— Attendez que j'aille y jeter un coup d'œil, dit Sam.

Il se leva en titubant. Louis n'avait pas repris conscience. Les tremblements musculaires dus à l'épuisement avaient à peu près cessé de l'agiter. Sa respiration s'était modifiée un peu plus tôt pour devenir saccadée, presque inaudible. Ses cheveux sales lui couvraient le visage et le rendaient anonyme. Il n'était plus qu'un homme ordinaire.

Sam lui souleva le menton à l'aide d'une cravache. Il ne voulait plus y toucher de ses mains. «Qu'ai-je fait?» se demanda-t-il en frissonnant. Cela attisa sa haine et il dit:

— Combien de temps encore vas-tu durer? Que faut-il donc pour que ce qui te tient lieu de cœur finisse enfin par lâcher?

À plusieurs reprises, il frappa l'homme inconscient de sa cravache. Louis n'eut aucune réaction.

— Tue-le donc, qu'on en finisse, dit la voix d'Iain depuis l'entrée où il se tenait.

Il était venu les rejoindre en chancelant et dut s'appuyer au mur. Il se pinça les lèvres au souvenir des bonnes veillées d'hiver que Louis leur avait offertes quelques années plus tôt. Découragé, vaguement humilié, Sam soupira.

— J'en ai marre. Qu'il étouffe, qu'il crève au plus vite.

Il se baissa et, avec dégoût, s'obligea à poser le bout des doigts sur la gorge de Louis afin de tâter son pouls. Il fit semblant de ne pas entrevoir les luisances de ses prunelles fixes à travers les paupières mi-closes et les longues mèches souillées. Il lui était pénible d'avoir à convenir que, par l'effet de son amour chaste, les battements de cœur de cet individu égalaient ceux d'un homme de haut rang. Ils les surpassaient même. Sam leva la tête et fronça les sourcils.

— Qu'est-ce que c'est que ça? Tu entends ce bruit?

Iain tourna la tête vers l'entrée. Ce n'étaient pas les battements faibles du cœur de Louis, que Sam percevait. Le sol s'était mis à trembler. Un grondement sinistre approchait à toute vitesse, bientôt ponctué de cris d'alerte avinés. Iain disparut.

— Ah, merde!

Sam trébucha dans le corps de Louis et tomba à genoux avant de s'élancer vers la sortie. On avait lancé quelques feux grégeois* depuis les bosquets pour faire diversion ou impressionner. Des cavaliers en grand nombre déboulaient dans la cour et la cernaient de toutes parts, tandis que d'autres descendaient de cheval pour

363

pénétrer dans le manoir. Les bruits d'un bref affrontement et quelques cris d'agonie se firent entendre au moment où l'un des cavaliers aperçut l'Écossais.

Au même instant, un homme d'armes à cheval, dont l'armure de plates était protégée par un surcot de velours bleu aux armes du roi de France, vit la silhouette d'Iain qui filait entre des bosquets. Il cria:

— Lui là-bas! Le grand maigre! C'est un Escot. C'est lui, leur chef, j'en suis sûr! Rattrapez-le!

Sam ne se rendit pas tout de suite compte qu'il s'était mis à courir dans la direction opposée. Il sut sans le voir que le cavalier coupait la retraite à Iain en le devançant à l'orée de la futaie, où il parvint à l'assommer d'un coup de cravache. Ce fut grâce à lui que Sam parvint à s'échapper.

Aux lueurs des flammes isolées dans le jour déclinant, les ombres des sauveteurs s'agitaient devant Louis qui, inerte, n'en voyait rien. Certains des hommes de Sam, encore ivres, se rendirent sans avoir livré bataille. Ceux qui tentèrent de se disperser furent sans effort abattus ou arrêtés.

L'homme d'armes au surcot descendit de cheval et s'introduisit seul dans la tour, où il s'approcha du bourreau. Un valet l'y suivit.

Louis ressemblait à un pantin brisé, abandonné dans son coin par un garçon trop turbulent. Du sang maculait son poignet menotté et gouttait le long de son bras, car les secousses des convulsions l'avait profondément écorché. L'écume qui lui souillait le menton donnait l'impression qu'il s'était gavé de crème.

— Le pauvre bougre! dit l'homme d'armes en s'accroupissant près de lui.

Il posa son oreille contre la poitrine de Louis.

— Il paraît mort, dit le valet, tandis que d'autres gens d'armes curieux s'approchaient discrètement.

Leur chef se redressa et annonça:

— Non, il vit encore, du moins pour l'instant. On peut dire qu'il s'en est fallu de peu. Mais il n'y a pas une minute à perdre. Ce qu'il lui faut à présent de toute urgence, c'est un physicien* et un prêtre.

— Il y a ce chapelain qui s'est enfermé dans l'église avec les habitants du village au bas du coteau.

— Parfait. Il fera l'affaire. Va le quérir.

L'homme acquiesça et se détourna. Un autre s'avança et dit:

— Pour le physicien*, ça va être plus compliqué. C'est à au moins quatre heures de route. Aura-t-on le temps?

L'homme qui avait posé cette question tenait encore son cheval par la bride. Le chef répondit:

364

—J'en compterais plutôt cinq si ce n'est six, car nous devons en plus nous charger de conduire les prisonniers à Caen. De toute façon, on n'a pas le choix. Un chevaucheur* doit prendre les devants.

Le chef se retourna vers ses autres hommes.

— Il faut que trois d'entre vous restent ici avec lui en attendant les secours. Transportez-le au manoir et soignez-le du mieux que vous le pouvez. Je suppose que c'est à moi que revient le devoir d'aller quérir l'aide et prévenir la famille.

Il jeta à Louis un coup d'œil navré avant de sortir dans la cour où les prisonniers, inconscients ou non, avaient été rassemblés et enchaînés.

En forêt, loin de cette agitation, Sam s'était assis à même la terre piétinée d'un ancien sentier, parmi les racines noueuses de deux grands arbres. La tête entre les mains, il pleurait sans retenue.

*

Hiscoutine, le lendemain

Les domestiques s'étaient retirés dans leur aile avec Adam qui était intenable. Le malade était couché sur un brancard dont s'étaient servis les hommes qui l'avaient transporté jusqu'à la maison. Ils avaient couvert Louis et avaient allumé un bon feu à l'âtre. Comme ils ne savaient que faire d'autre, ils avaient attendu.

L'évaluation du médecin dura une heure. Après avoir promené son bougeoir horizontalement, puis verticalement à quelques pouces du regard fixe de Louis, il le déposa sur la table. Il se tourna vers les gens du bourreau qu'il invita à rentrer en secouant tristement la tête. Jehanne se mit à sangloter.

— Autant vous dire, le cœur ne tient plus. Les prochaines heures seront décisives. S'il les franchit, les chances d'amélioration de son état s'accroîtront. Il aura donc grand besoin de vos prières.

— Nous sommes déjà en train de prier, dit le père Lionel en faisant semblant de ne pas remarquer que le médecin faisait allusion au sacrement de l'extrême-onction.

— Je le sais bien. Cela dit, je me dois d'admettre que l'exécuteur possède une constitution de fer comme il ne m'a pas souvent été donné d'en voir. Peu d'hommes éprouvés comme lui dépassent la trentaine, et la plupart de ceux qui atteignent quarante ans souffrent habituellement de rhumatismes. Lui, il est encore vigoureux malgré les nombreux sévices subis au cours de sa jeunesse. Non, sans mentir, cet homme était fait pour vivre cent ans. Qui sait donc ce qui peut arriver? Mais, quoi qu'il advienne à partir de maintenant, mon conseil est qu'il fasse en sorte de s'abstenir dorénavant de tout effort physique. Voyez comme son souffle est court, même au repos.

— Est-il conscient? demanda Jehanne.

Le médecin hésita imperceptiblement.

— Cela non plus, je ne saurais vous le dire avec certitude. C'est l'autre chose dont je souhaite vous entretenir. Son cerveau est atteint. Sans être en mesure de vous garantir la chose à l'heure actuelle, je le crois victime d'une grave attaque d'apoplexie.

Voyant l'incompréhension de ses interlocuteurs, il expliqua:

— Il s'agit de lésions ou d'épanchements de sang, dans ce cas-ci provoqués par la sévérité de ses malaises. Si tel est le cas, c'est hélas irrémédiable. Il aura perdu toute forme de sentiment et sera incapable de bouger. À cela aussi il peut survivre un mois ou un an, peut-être deux. Mais il peut aussi mourir cette nuit. Soyez forte pour lui, dame. Il en aura grandement besoin.

Le médecin sortit de sa besace plusieurs fioles et sachets, ainsi qu'un feuillet d'instructions qu'il posa sur la table près de la chandelle.

— Mettez-le au lit et faites-lui boire des bouillons gras le plus souvent possible. C'est la seule nourriture qu'il pourra assimiler pendant un temps. Je suis désolé.

— J'aimerais être seule avec lui, dit Jehanne au moine.

Une fois le médecin sorti en compagnie de Lionel, la jeune femme s'approcha enfin du brancard et s'accroupit aux côtés de son mari pour lui caresser le front. Elle décolla plusieurs mèches de cheveux sales qui pointaient en direction de sa bouche. Il était toujours nu sous le drap dont on l'avait couvert en hâte.

— Louis, c'est moi. C'est Jehanne. Je suis là.

La sévérité des traits de Louis était aggravée par sa paralysie. Quelque chose dans ses yeux avait changé. Une sorte de lueur translucide comme celle d'une gemme semblait donner de la profondeur à son regard. Cela n'était peut-être qu'un effet produit par sa maladie, et pourtant il avait toujours l'air aussi vif, intelligent, malgré une certaine imprécision de ses rares mouvements oculaires. Les yeux sombres cherchèrent un instant l'origine de la voix avant de se poser sur elle.

— Je regrette d'être arrivée trop tard. Je n'aurais jamais dû partir, dit Jehanne.

Alors qu'elle se mettait de nouveau à pleurer, il ferma les yeux et les rouvrit. Elle s'en aperçut. Elle lui posa une main sur l'épaule.

— Louis, pouvez-vous m'entendre?

Il ne pouvait pas ne pas être lucide. Pas lui. Pas avec ces yeux-là. Mais ses paupières ne cillèrent plus. Son regard resta fixe.

—Nous allons devoir vous changer d'endroit tout à l'heure. C'est trop froid et dur, par terre. Vous serez beaucoup mieux au lit. Mais auparavant je vais vous laver. D'accord?

Elle espérait qu'il allait émerger, ne fût-ce que pour lui accorder sa permission. Mais il ne fit rien.

Cela allait être difficile, elle le savait. Mais elle savait aussi qu'il préférait la fatigue à la crasse. Il avait toujours été tellement propre de sa personne. De l'eau chaude était déjà préparée. Jehanne apporta un bassin, le nécessaire à raser de son mari, ainsi que tout ce qu'il lui fallait. Et là, dans l'intimité silencieuse de la maison aux volets clos, elle prit place derrière lui, le souleva dans une position à demi assise et entreprit de lui savonner les cheveux. Sa tête pesait lourd sur son bras, mais elle la soutint sans faillir, tandis que ses doigts frottaient le cuir chevelu et la masse de cheveux sombres où, par l'effet de quelque mauvaise plaisanterie de la Providence, aucun fil argenté ne s'était encore manifesté. Les yeux de Louis s'étaient animés et posés sur son visage dès le début de cette toilette. Jehanne se mit à murmurer une foule de petits riens apaisants qu'elle avait naguère réservés à Adam.

Il cligna à nouveau lentement des yeux. Jehanne fit une pause.

—Louis, vous êtes conscient? Si vous m'entendez, faites-moi un signe. N'importe quel signe.

La bouche de Louis s'entrouvrit. Jehanne attendit. Il ne se passa plus rien. Elle reprit sa tâche en s'efforçant de ne plus songer à la possibilité que celui dont elle prenait soin ne soit plus qu'une effigie creuse du vrai Louis qui, lui, n'était plus. Le père Lionel cogna discrètement à la porte.

—Encore un moment, s'il vous plaît, répondit Jehanne à voix haute.

—Oui, dit Louis d'une voix faible.

Il avait à peine remué les lèvres. Jehanne faillit laisser glisser sa tête. Elle le regarda à nouveau. Son visage demeurait inexpressif.

—Dieu soit loué! dit-elle, dans un souffle.

Elle se pencha au-dessus de lui et embrassa son front humide. Elle prit ensuite un broc rempli d'eau tiède qu'elle versa sur ses cheveux afin de les rincer. L'eau emporta avec elle la faible mousse sale et coula dans le bassin qu'elle avait posé entre ses jambes.

—Louis, ces malfaiteurs ont été arrêtés par des gardes du bayle*. Comprenez-vous? Ils les ont emmenés.

Elle s'en voulait de le pousser ainsi, mais Dieu seul savait combien de temps il allait demeurer lucide, si toutefois il l'était vraiment. Il n'y avait aucun moyen de s'en assurer. Elle lui épongea la tête avec une serviette et le poussa un peu pour qu'il pût poser la tête sur l'oreiller frais qu'elle glissa dessous. Après quoi elle prépara le savon du rasage.

— O-oui, murmura Louis.

Il sembla renoncer à essayer de parler. Il ferma les yeux et les rouvrit.

— Ça ne fait rien, dit Jehanne en lui caressant la joue. Ne vous fatiguez pas, mon bien-aimé. J'ai compris.

Elle ne l'avait jamais rasé auparavant. Il avait toujours procédé à sa toilette lui-même. Il demeurait intimidant, immobile comme il l'était, surtout avec ses yeux qui demeuraient braqués sur elle comme ceux d'une statue humaine. Elle cacha le visage dur sous un linge humide. Pendant un moment, elle put voir cette espèce de linceul palpiter sous le nez de son mari, rendant visible sa respiration accélérée, angoissante. C'était insupportable. Sa main crispée arracha le linge après le délai nécessaire. Une mèche de cheveux vola devant les yeux de Louis qui se fermèrent brièvement. Son visage demeurait impassible.

— Pardon, dit-elle.

Jehanne repoussa la mèche avec douceur et se concentra sur le rasage sans dire un mot. Sa main ne tremblait pas. Sans cesser de la fixer des yeux, il se laissa tourner la tête à droite, puis à gauche, et soulever le menton. De temps à autre, une lueur d'angoisse animait son regard.

Elle le baigna ensuite avec une dévotion tendre et soigna ses meurtrissures dont certaines commençaient déjà à s'envenimer. En pénétrant les plaies, l'eau teintée de camomille éveillait un fourmillement familier. Jehanne se pencha pour poser les lèvres sur le tatouage rougeâtre, en forme de hache, qu'il avait au bras. Il se laissa envelopper de son odeur d'herbe coupée et de pétales.

«Je sens les choses, se dit Louis. Si le physicien* se trompe, qu'est-ce que j'ai, alors?»

Comme il était étrange à Jehanne de soulever un bras ou une jambe encore musclés, pleins de vigueur, et d'en sentir les légers tressaillements alors que Louis lui-même essayait de l'aider. Il y parvenait bien un peu, mais au prix d'efforts considérables. Ses membres lui étaient devenus lourds comme du plomb. Lorsque Jehanne le fit se rasseoir, complètement cette fois, il pencha en avant et ne put s'empêcher d'avoir le dos voûté. Son regard redevint inexpressif. Après lui avoir lavé le dos et l'avoir revêtu d'une chemise de nuit propre, elle l'aida à s'allonger de nouveau et appela Thierry et Toinot, tandis qu'elle enduisait d'onguent son poignet écorché qu'elle banda avec soin.

Le brancard fut transporté jusqu'au lit changé de frais. Toinot et Thierry soulevèrent le bourreau haletant et l'y installèrent, les reins calés contre une pile d'oreillers. Jehanne se chargea de le border amoureusement. Il respirait la bouche ouverte et de la transpiration perlait à son front. Sa femme lui éponga le visage avec un linge humide parfumé. Après de longues minutes pendant lesquelles le silence ne fut meublé que par ce souffle court, épuisant à entendre, Lionel entra dans la chambre. Les autres reculèrent.

Louis était redevenu un homme. Il reposait sans une plainte, grand, imposant et, même s'il y avait dans son regard cet air traqué des grands malades, quelque chose de digne et de tragique émanait de sa personne.

— Mon fils, appela Lionel doucement.

Les yeux de Louis cillèrent. Par un suprême effort de volonté, ils errèrent un peu avant de se poser sur le moine avec cet étrange scintillement semblable à celui d'une étoile lointaine. Lionel s'assit sur le bord du lit et posa la main sur celle, glacée, du malade. Des veines plus foncées qu'auparavant y sinuaient, des phalanges aux poignets. De la rosée perlait aux cils du religieux. Lui qui avait jadis conduit son frère à la mort devait maintenant y accompagner son fils, celui-là même qui avait œuvré au trépas du premier. Comment pouvait-on s'empêcher de voir là une preuve de la justice divine immanente? Mais comment aussi empêcher le père d'appeler, de crier à la miséricorde, elle aussi divine, au nom de ce fils qui ne le pouvait plus?

— Louis, veux-tu prier avec moi pour le salut de ton âme?

Ces mots, pourtant cent fois prononcés, comme ils faisaient mal maintenant.

Le bourreau ferma et rouvrit les yeux.

— Oui.

Ils prièrent. Lionel oignit son fils sur les mains, la poitrine et le front. Le géant observait la cérémonie de la même façon qu'il avait observé Jehanne pendant qu'elle lui faisait sa toilette. Cela procurait à Lionel une impression étrange. Louis, ce colosse, cette force de la nature qui, quelques heures plus tôt, était en pleine possession de ses moyens, n'eût pas dû subitement se trouver là, alité et invalide. Il s'agissait d'une erreur, à coup sûr, et Dieu n'allait pas tarder à la corriger. Lionel avait tout à fait conscience que c'était dans cet état d'esprit inapproprié qu'il administrait les derniers sacrements.

— *Agnus Dei, qui tollis peccata mundi, exaudi nos, Domine*[86], récitait-

86. «Agneau de Dieu qui effacez les péchés du monde, exaucez-nous, Seigneur.»

il avec, en sourdine, la voix des autres qui s'étaient agenouillés.

Louis, lui, n'entendait plus que la voix de son père et les palpitations ténues de son cœur. Il se sentait mourir. C'était une sensation curieuse, pas si terrible, après tout. Il l'avait déjà éprouvée une fois et il la reconnaissait. Son terrible savoir faisait aussi en sorte qu'il discernait les premiers signes de l'agonie. Les yeux rivés sur son père, il écoutait son cœur qui ralentissait de plus en plus. On allait bientôt avoir presque le temps de réciter un *Pater noster* en entier entre chaque battement. Sa respiration aussi allait s'amenuiser. Plus d'une minute et demie allait s'écouler avant que sa poitrine ne se soulève de nouveau. Son malaise s'éloignait, perdait de son acuité. Alors il sut que la fin arrivait. Sa conscience s'apprêtait à se mettre en berne. Bientôt, son esprit allait s'anéantir dans un état végétatif. Les mécanismes complexes qui composaient son être de chair allaient tomber en panne un par un. Les choses se passaient toujours ainsi chez les prisonniers atteints d'un mal fatal. La circulation sanguine aux mains et aux pieds allait s'interrompre. Pendant un instant, dans une dernière et opiniâtre tentative de survie du corps, le sang allait refluer au cerveau, au cœur défaillant et aux poumons. Mais cela aussi allait échouer, et alors tout allait s'arrêter. Comme l'horloge de la bibliothèque de l'abbaye lorsqu'il n'y avait plus personne pour en remonter le mécanisme.

« Non, je ne veux pas. Pas maintenant. Il faut qu'elle sache », dit-il à son cœur. Avec la dernière parcelle d'énergie qui lui restait, il appela :

— A-dam.

Et il sombra dans l'inconscience.

Chapitre XI

Mors non exstinguet

(La mort ne nous anéantit pas)

— Allez, debout, mon petit roi. C'est l'heure d'aller livrer le pain.

Louis sursauta. La voix d'Adélie fut remplacée par une autre, elle aussi aimée :

— La sauge est un bon désinfectant. Elle apaise aussi les gencives saignantes. La violette, c'est pour aider à faire caca, récita une petite voix avec grand sérieux.

— C'est exact, mais, pour les convenances, on doit plutôt dire que c'est un bon laxatif, corrigea une douce voix d'homme.

La voix d'enfant continua :

— Les feuilles de mandragore sont utilisées pour calmer les plaies.

— Très bien. Mais qui donc t'a enseigné tout cela ?

— C'est Père. Lui en avez-vous mis, des feuilles de mandragore ?

— Bien sûr. De plus, ta mère et Margot ont renouvelé ses pansements encore ce matin.

— Elles ne lui ont pas donné de tisane à la digitale*, ça c'est sûr. Regardez, moi, j'en ai. C'est moi qui l'ai faite tout seul. Je veux la lui porter.

— Mais, Adam...

— Et puis, il me manque. Pourquoi vous pouvez tous aller le voir et pas moi ?

Le ton exaspéré démontrait que l'enfant n'en était pas à sa première tentative. Il s'était affairé une partie de l'avant-midi dans le potager et maintenant il n'y avait plus aucun moyen de l'y faire retourner. Il avait le don de venir se fourrer dans les jambes de tout le monde au moment précis où on le croyait enfin occupé ailleurs pour de bon.

« Voyons, pourquoi tant de complications ? Il a raison. Ne l'ai-je

371

pas réclamé à l'instant?» songea Louis, qui se souvint qu'il n'était plus un petit garçon, mais qu'un autre était là et avait besoin de lui. Sa vue embrouillée lui révéla la porte close derrière laquelle l'entretien avait lieu. Il reconnut la même chambre; il se trouvait allongé dans le même lit, et le même soleil pénétrait par la fenêtre aux volets ouverts.

À son réveil, pendant un très court instant, Louis se crut mort. Il resta étendu à regarder fixement le plafond, sans oser remuer, et fut attentif au moindre son. Une fois qu'il eut constaté l'absence de tout changement, il se demanda si, par erreur, il était encore en vie ou bien si, par une autre erreur, l'au-delà était une copie à l'identique de l'ici-bas.

Louis écouta les battements désordonnés de son cœur. Ils étaient trop rapides, mais leur présence lui fit prendre conscience que les prières du père Lionel avaient produit leur effet: sa lassitude n'était pas le fruit de son imagination, et les morts ne haletaient pas. Ils n'avaient pas soif non plus.

— Hé! Ho! appela-t-il, étonné de découvrir qu'il pouvait tourner la tête avec une certaine aisance.

Sans délai, la porte s'ouvrit sur une Jehanne plus qu'empressée. La jeune femme manifestait tous les signes d'un enthousiasme hystérique.

— Louis? Vous avez appelé... remué! Pou... pouvez-vous parler?

Elle prit son visage entre ses mains en coupe.

— Un peu, articula Louis avec difficulté, comme s'il était très ivre.

Il essaya de se redresser contre ses oreillers, mais n'y parvint pas. Cependant sa tentative lui fit quand même plier le genou. Les yeux de Jehanne se remplirent de larmes d'une tout autre qualité que celles qu'elle avait répandues jusque-là.

— Mon Dieu, c'est miracle!

— J'ai juste un peu dormi. Ça doit m'avoir fait du bien.

Mieux valait passer sous silence qu'il s'était senti mourir. Il avait l'impression qu'un étranger parlait à sa place. Si la voix qu'il entendait était bien la sienne, son débit était très lent et il devait chercher chacun de ses mots comme s'il ne les avait pas utilisés depuis des années.

Jehanne dit:

— Juste un peu? Mais, Louis, pendant près d'une semaine vous nous avez paru mort.

— Quoi? Une semaine?

— Oui. La plus longue de ma vie. Heure après heure, je suis venue vous rendre visite avec le petit miroir, terrorisée à l'idée que votre souffle allait cesser de l'embuer. Je vous ai fait boire un peu chaque jour avec un... avec un tube de gavage. Sans cesse je vous ai supplié de me revenir.

Songeur, il se demanda combien d'autres fragments de sa vie allaient se mettre à lui échapper de cette façon.

Doucement, elle l'aida à s'asseoir, fit de même et l'enlaça. L'une des mains du bourreau se souleva sous les couvertures et produisit une petite bosse qui se mit à errer au hasard.

— Mère! appela une voix enfantine, péremptoire et ponctuée de coups de pied dans la porte.

Jehanne se redressa et dit tout bas, en replaçant une mèche qui s'était échappée de sa coiffe:

— Le pauvre, il n'en peut plus d'être tenu à l'écart. Cela vous ennuie si je le laisse entrer?

— Mais non.

«C'est bien tout le contraire», se dit-il. Jehanne expliqua, en faisant un clin d'œil:

— Ce cher garçon tient à vous fournir sa part de soins. Laissez-le faire, d'accord? Il n'est nullement nécessaire de lui dire que le physicien* vous a déjà laissé de la digitale*.

Louis acquiesça, et son visage s'éclaira d'un sourire complice qui n'alla pas jusqu'à ses lèvres.

Adam fut introduit dans la chambre. Il s'avança prudemment, le bol fumant qu'il tenait à deux mains lui servant de prétexte pour ne pas poser trop vite les yeux sur son père. Cet instant tant attendu, voilà qu'il le redoutait soudain. Il réalisait que de le regarder enfin allait lui coûter: après l'avoir vu alité et affaibli, il n'allait plus être question de reculer, de tout nier en bloc et de continuer à se persuader que rien n'avait changé. Mais Père malade, c'était une aberration. Les autres tombaient malades, pas lui. Lui, c'était un chêne. Il était fait pour vivre éternellement. Avec tout cela en tête et cette terrifiante détermination qu'ont les enfants à vouloir apprendre, le garçonnet leva sur le lit ses grands yeux gris emplis de compassion. Il continua de s'approcher bravement.

— Tenez, Père. Je vous ai préparé une infusion.

Les mains de Louis se mirent à chercher une issue sous l'édredon. Son avant-bras droit émergea, et sa main effleura le bol avant de retomber mollement. Louis regarda ailleurs comme s'il en était humilié.

— Ça ne fait rien, Père. Je vais vous aider, dit Adam.

C'était une évidence et il n'y avait plus lieu de s'inquiéter. Les yeux de Louis se posèrent à nouveau sur le visage tout barbouillé de terre, luisant telles deux billes d'hématite.

Adam souleva le bol jusqu'aux lèvres minces de Père comme une offrande, et Louis, docile, en but tout le contenu avec lenteur. Il avait mal à la gorge. L'enfant lui accordait consciencieusement de fréquentes pauses et ne manquait pas de lui essuyer le menton dès que la moindre gouttelette d'infusion tentait de s'échapper. Il dit:

— J'ai mis des fleurs tout en haut sur la tombe de Tonnerre. Parce que c'est un ange qui l'a enterré, vous le saviez? Il lui a fait comme une butte qui ressemble à une petite colline.

— Non, je ne le savais pas.

Sam s'était terré dans sa cachette longtemps après le départ des hommes qui avaient démantelé son groupe. Au lever du jour suivant, il était revenu et avait pris le risque d'accéder à la demande de Louis avant de prendre la fuite.

Louis regarda Jehanne par-dessus la tête bouclée du garçon. «J'étais pourtant capable de parler, tout à l'heure. Pourquoi, là, ça ne veut plus?» songea-t-il en reniflant. Il essuya une larme du revers d'une main maladroite.

L'enfant vit cela et grimpa sur le lit. Il serra Père dans ses bras.

— Moi aussi, j'ai eu beaucoup de chagrin. Mais il est monté au ciel, Tonnerre, c'est sûr, parce que c'était un bon cheval, et les anges aussi ils ont besoin d'un bon cheval.

L'oreille appuyée contre la vaste poitrine de Père, l'enfant perçut les battements irréguliers du cœur. Il garda un silence horrifié, mouillé de pleurs.

— Jehanne, appela Louis. Mais avant que la jeune mère eût pu récupérer l'enfant, ce dernier se cramponna à lui.

— Ne me laissez pas, Père!

De voir le visage sévère de Louis ruisseler de larmes eût suffi à faire sangloter n'importe qui. Il pleurait sans bruit, reniflant à peine, la bouche entrouverte, pendant que le garçon lui caressait tendrement la poitrine au niveau du cœur. La main droite du bourreau frémit sur son drap et se souleva. Louis étreignit Adam avec maladresse et dit:

— Je suis là.

Jehanne sourit à travers des larmes qui se communiquaient à tout le monde. Elle prit place au bord du lit. L'homme et la femme se regardèrent au-dessus des boucles rousses d'Adam. L'autre main de Louis se tendit vers elle. Il les réunit tous les deux dans ses bras et ferma les yeux très fort.

— Merci de m'avoir envoyé de l'aide.

Jehanne recula un peu afin de le regarder.

— Comment avez-vous su?

— Les hommes d'Aitken vous ont cherchée à Caen. Vous n'étiez pas là-bas.

Jehanne lui posa une main sur la poitrine. Il avait tout compris. Il demanda :

— Comment étiez-vous si certaine que c'était lui ?

— Je n'en ai pas douté un seul instant. Je suis allée m'en remettre au bayle* dès mon arrivée en ville. Où que Sam soit maintenant, je ne donne pas cher de sa peau. J'espère qu'il regrette ce qu'il a fait.

— Jehanne...

— Oui, Louis ?

— Il faut que je vous dise...

Mais il s'aperçut qu'il lui était désormais plus pénible de prononcer les quelques paroles qu'il avait longuement préparées à leur intention, à Sam et à elle, que de bouger. Il n'était plus tout à fait sûr d'avoir le courage de s'en tenir à sa décision.

— J'ai... j'ai... Rien à faire, j'y arrive pas.

Jehanne prit sa main qui vagabondait et ne savait où se poser. Dès lors, cette main s'abandonna, apaisée, dure de cals, entre les deux paumes roses de sa femme.

— Commencez par vous rétablir. Le reste peut attendre.

Le médecin les avait assurés que toute autre personne que Louis ne s'en serait pas tirée à si bon compte. Il était d'une ténacité à toute épreuve. Mais si le début de sa convalescence augurait bien, on ne pouvait hélas exclure la possibilité d'une rechute qui, elle, serait fatale. Un homme, aussi fort fût-il, ne pouvait subir ce genre d'attaque une seconde fois et y survivre, surtout que Louis avait lui-même admis avoir été victime d'épisodes répétés de haut mal à l'âge de quinze ans. Il lui fut donc prescrit davantage de repos qu'il n'en souhaitait, alors que septembre défilait devant sa fenêtre.

Louis s'en impatientait. Il en avait assez de dépendre des autres pour le moindre besoin. Ses mouvements et sa parole demeuraient ralentis comme s'il évoluait sous l'eau. Lui qui avait toujours été habitué à un corps qui lui obéissait au doigt et à l'œil, qui accomplissait sans effort tout ce que sa volonté lui dictait, il dut avoir la patience de reconquérir un par un quelques petits fragments d'autonomie. Sa canne était appuyée contre sa table de chevet, et un jour il n'avait pas hésité à en frapper le médecin affolé qui lui avait seulement recommandé une fois de trop de ménager ses forces, alléguant que ses efforts étaient, selon lui, exagérés. Quoi qu'il en fût, Louis pouvait maintenant faire sa toilette lui-même si on lui apportait une bassine et tout ce qu'il fallait. Il avait relégué le pot de chambre à son usage nocturne et exigeait d'être accompagné au petit coin chaque fois qu'il avait besoin de se soulager. C'était une tâche éreintante pour lui, car il sentait à peine ses jambes. Il devait sans cesse baisser les yeux sur elles pour observer la position qu'il faisait prendre à ses pieds. Il était par conséquent incapable de marcher sans le soutien de deux personnes. Ces exercices, qu'il prolongeait parfois beaucoup trop, le laissaient toujours pâle et sans force dans son grand lit.

—Je suis trop occupé pour mourir, avait-il dit une fois au père Lionel qui s'inquiétait.

Lorsqu'il se réveilla d'une sieste, un après-midi, il sentit qu'il avait repris suffisamment de forces pour mettre l'un de ses projets à exécution. Il appela:

—Père? Il y a quelqu'un? Père?

Mais il n'y avait aucun bruit dans la maison. La porte de sa chambre était ouverte. Peut-être étaient-ils tous aux champs. C'était très inhabituel, car on ne le laissait jamais seul un instant, même s'il dormait. Peut-être était-ce précisément cela qui l'avait réveillé. Plus que jamais, il se sentait diminué, inutile. «Ça commence à bien faire», se dit-il.

Il s'assit et laissa pendre ses jambes au bord du lit. Il agrippa sa canne et se mit péniblement debout, en prenant appui de l'autre main. Il essaya de faire un pas: c'était comme s'il était empêtré dans deux gros coussins. Il s'écroula en emportant dans sa chute les quelques fioles et le gobelet qui avaient été posés sur sa table de nuit. Deux des fioles se brisèrent.

Louis demeura étendu à même le sol et se tourna sur le côté, un peu étourdi. Il se redressa en s'aidant de l'édredon. Une fois debout, bien appuyé des deux mains sur le lit, il en fit lentement le tour pour rejoindre les courtines ouvertes. L'effort était considérable; il le faisait transpirer. Quelque chose le brûlait au front. Cette douleur le réconforta, car elle était garante du retour d'une sensibilité partielle.

Il quitta l'appui rassurant du lit pour rejoindre le fauteuil qui avait été déplacé à sa portée dans la grande pièce. Il s'y laissa choir lourdement et se reposa un peu. Après quoi il se remit au travail.

Le père Lionel fut le premier à rentrer moins d'une heure après. Tant mieux. C'était exactement ce que Louis avait espéré. Pétrifié sur le seuil, le moine n'en crut pas ses yeux: le colosse s'était vêtu sans aide aucune de l'un de ses habits noirs, et ses cheveux humides étaient soigneusement peignés. Sa main droite serrait sa canne rouge dont le bout ferré luisait près de ses pieds chaussés de ses houseaux* à pli neufs. Inexplicablement, il lui fit peur comme si c'était la première fois qu'il le voyait.

— Tu t'es blessé, dit l'aumônier en s'avançant.

La main gauche de Louis se leva, hésita comme si elle cherchait l'endroit, et il se toucha le côté du front, juste sous la ligne des cheveux. Il regarda ses doigts sans manifester d'étonnement et expliqua, toujours avec la même étrange lenteur :

— C'est du verre cassé. J'en ai dans le bras aussi.

— Miséricorde. C'est donc que tu es tombé.

Louis refusa de répondre.

— Dieu! ce que tu peux être têtu!

Oubliant toute réserve, Lionel s'avança vers lui et, en repoussant les cheveux de Louis, il ne put que constater à quel point ils étaient encore abondants et sains. Le bourreau avait bien un peu maigri : ses vêtements faisaient des plis là où il n'y en avait pas auparavant. Ses joues s'étaient creusées, et une ombre s'était dessinée autour de ses yeux, accentuant la sévérité de ses traits. À combattre silencieusement son état grabataire, il affichait cette même détermination farouche que Lionel lui avait jadis connue.

— Ça va, ça va, lâchez-moi! dit Louis en menaçant le moine de sa canne pour montrer qu'il n'était pas d'humeur à se faire cajoler. Lionel recula à temps avant d'en recevoir un coup, et son fils lui dit :

— On verra ça plus tard. Fermez la porte, j'ai à vous parler.

Ce soir-là, Louis soupa à table avec sa famille qui lui fit la fête. Il put même absorber un peu de nourriture solide. Blandine n'avait pas ménagé sa peine et leur avait préparé des chapons rôtis. Dans un petit plat de porcelaine verte trônait un peu de précieux fromage de ferme aussi blanc que neige.

Une fois le dernier vestige du repas avalé, pourtant, nul ne semblait disposé à quitter sa place. Le papotage s'éternisait et produisait un bruit de fond qui induisait Louis au sommeil, jusqu'à ce qu'Adam, lassé, se mît à sautiller d'excitation autour de sa chaise. Louis essaya de le suivre des yeux, une esquisse de sourire sur les lèvres. Il étendait le bras pour l'attraper. Adam riait aux éclats en se dérobant, mais à quelques reprises il demeura immobile suffisamment longtemps pour permettre aux gros doigts de Père d'agripper gauchement sa tunique. Louis se prêtait volontiers à ce petit jeu, ayant parfaitement conscience qu'il s'agissait d'un excellent exercice.

— J'aurais besoin de vous parler seul à seule un instant, dit-il finalement à Jehanne, après avoir fait signe à Adam de retourner s'asseoir.

À ces mots, on fit immédiatement place nette en emportant les protestations d'Adam qui avait manifesté l'envie de jouer au jeu de moulin* avec Père. Une fois que le couple fut seul dans la grande pièce, avec le feu qui crépitait dans l'âtre, Louis dit :

—Jehanne, il me faut vous faire part d'une décision importante.

—Je ne suis pas certaine d'aimer ce ton solennel. De quoi s'agit-il?

—Demain matin, j'ai l'intention de partir avec Père pour Saint-Germain-des-Prés.

— Qu... quoi?

Jehanne blêmit. Elle demanda :

—Est-ce... pour prendre l'habit?

—Je ne le sais pas encore. C'est ce à quoi il me faut réfléchir là-bas, et ma convalescence m'en donne l'occasion. Mais ce n'est pas la seule raison de ce départ. Mon absence allégera votre tâche. Vous êtes épuisée et nous n'avons pas besoin de deux malades, surtout par les temps qui courent, vous êtes d'accord?

—Oui, bien sûr, puisque c'est ce que vous voulez. Mais n'est-il pas beaucoup trop tôt pour entreprendre un tel voyage? Vous êtes à peine remis.

—Père attellera la nouvelle pouliche d'Hubert. Nous mettrons une bâche à la charrette et tout ce qu'il faut dedans. Je pourrai m'y allonger confortablement.

Jehanne frissonna à cette idée; elle songea que ce véhicule avait souvent servi au transport de condamnés et de leurs dépouilles. Pourtant ce n'était pas là sa préoccupation immédiate :

—Louis, si vous décidiez de prononcer vos vœux...

— ... vous seriez libre.

—Oui, je sais. Mais ce n'est pas ce que je voulais dire. Je vous aime.

—Moi aussi. Là n'est pas la question.

—C'est à Sam que vous pensez, n'est-ce pas? À quoi bon y penser puisqu'il est parti.

—Il reviendra. Il est toujours revenu.

À l'aide de sa canne, Louis se leva en prenant appui de son autre main sur le plateau de la table. Jehanne s'approcha doucement et s'appuya contre lui. Ne pouvant lâcher ni la table ni sa canne, il baissa la tête pour lui poser un baiser sur le dessus de la tête. Elle caressa la joue du géant et dit :

—Quand je pense que pendant tout ce temps il n'a eu aucune raison de s'en faire, mais qu'il s'en faisait quand même.

—Eh oui, il avait tort. Ce n'est pas la première fois que ça lui arrive. Cependant, il avait raison sur un point : je ne suis pas un très bon mari.

—Louis!

—Quoi, c'est la vérité. Mais qu'importe. Il a un fils et il ne le sait pas. Pour cette raison et s'il ouvre enfin les yeux sur ce qu'il a fait, il pourrait être un mari dévoué. Moi, j'ai trouvé le père qui m'a manqué toute ma vie. Si j'entre dans les ordres, j'apprendrai à lire. On s'écrira. Ainsi, nous serons tous heureux, je vous l'assure, chacun à notre manière... Vous savez, je pourrai être heureux là-bas autant qu'ici. Adam et vous-même le serez davantage avec Aitken, même si c'est un fat. Vous ne serez plus femme et fils de bourrel*. Pensez-y un peu. Pensez à tout ce que cela représente.

Jehanne fit un lent signe de dénégation.

—Mais le Sam qui vous a fait cela n'est pas celui que j'ai aimé. Je ne suis plus sûre de vouloir le voir.

—Assez curieusement, il m'est devenu plus facile à comprendre qu'avant. Je comprends ce malaise qu'il éprouve. Et, ce qui l'en sauvera, c'est peut-être la même chose qui m'a sauvé, moi.

Il appuya son avant-bras contre la hanche de sa Jehanne en une étreinte tout juste ébauchée. Elle eut dans la voix un sanglot fâché.

—On voit bien que vous avez parlé au père Lionel, vous! Qu'entendez-vous au juste par là?

Il expliqua:

—La plus grande partie de ma vie, je l'ai passée à haïr. Je n'arrive plus à me souvenir d'un seul jour de ma jeunesse qui n'ait pas été gâché par la haine. J'étais seul et affolé. Mais à présent, avec tout ce qui nous est arrivé, ce n'est plus pareil. Rien n'est plus comme avant. C'est ça qui me fait mal.

—Je ne comprends pas.

—J'ai mal parce que pour la première fois je crains de mourir et de vous perdre, vous et Adam. Vous me donnez enfin une raison de m'accrocher à la vie, d'y tenir non plus par esprit de vengeance, mais juste parce que c'est bon d'être là. Tout ça, c'est du nouveau pour moi.

Jehanne se taisait. Entendre son mari parler de la sorte la mettait dans un état d'euphorie totalement incompatible avec la tristesse qui l'assaillait à la perspective d'une séparation éventuelle. Elle qui, l'instant d'avant, avait été prête à s'élever contre cette décision, et qui l'était sans doute encore, s'en abstint pourtant, par respect pour Louis qui poursuivit:

—Mais en dépit de mes craintes et de la rancœur que j'éprouve encore envers Aitken pour ne pas m'avoir accordé le peu de temps qu'il m'aurait fallu pour lui dire tout ça, et pour m'avoir réduit à cet état d'infirme, je m'aperçois que j'ai cessé de le haïr. Parce que

379

je le comprends. Et je comprends que faire mal n'est pas une solution. Que le mal n'explique pas le monde.

*

Près d'Arcueil, début octobre 1378

Leur départ de Paris se déroula sans anicroche peu après le lever du soleil. L'étrave de l'esquif glissa avec un léger clapotis en direction d'un taillis d'aulnes. Un loup-cervier se coula sans bruit parmi les troncs malingres afin d'éviter d'être mis en présence de l'intrus. Des linottes et des chardonnerets, du haut des cimes vert or, se montrèrent beaucoup moins discrets: ils fuirent avec force pépiements et battements d'ailes.

Alors qu'il accostait sur une rive envahie de roseaux, Sam leva les yeux. Il songea avec nostalgie aux anémones de son enfance, à l'écume des aigremoines entremêlées de sermontaises* et aux lys gracieux, dont le seul aspect évoquait l'idée de péché et qui conservaient avec une pruderie dévote sous les plis de leurs grands jupons la lance de leur chevalier. Il ressentit son éloignement avec plus d'acuité encore.

« Maudit soit Baillehache! » jura-t-il intérieurement pour la millième fois. Fallait-il que cet homme, pourtant indigne, fût aimé des dieux pour avoir eu une veine pareille. Il avait échappé à la mort. De cela il était persuadé, car, pendant les jours qui avaient suivi sa fuite, il ne lui avait été rapporté aucun signe d'une veillée funèbre. Mais Sam refusait d'admettre qu'il en était plutôt soulagé. Il persistait à feindre l'indifférence au souvenir de son ancien tuteur terrassé, mourant, à ses pieds. Non, les regrets n'avaient pas lieu d'être. « Il ne regrette rien, lui, se disait-il, pourquoi moi, je regretterais? »

— Hardi, Taillefer.

Un rustaud qui attendait Sam embusqué parmi les petits aulnes se redressa et le salua de la main. L'Écossais lui rendit son salut et demanda, tandis qu'il tirait sa barque sur la berge et l'amarrait avant de la camoufler sous les roseaux:

— Toujours rien à signaler?

— Pas l'ombre d'une crotte de chien. Tu oublies qu'on n'a rien à se reprocher, nous, l'ami. On n'a fait que te recueillir et accomplir une partie de notre voyage avec toi, c'est tout.

— C'est vrai, mais on n'est jamais trop prudent.

D'une main, il ajusta son bissac en bandoulière, tandis que de l'autre il serrait une perche au bout de laquelle étaient enfilées quelques lamproies dont l'une frétillait encore.

—Hum, à ce que je vois, nous allons faire ripaille, dit le compagnon de Sam.

—La pêche est le mode de survie des adeptes de l'oisiveté, dont je suis.

—Ne va surtout pas dire ça aux vrais marins.

Le fantôme trapu d'un pavillon apparut dans une clairière ceinte de houx en friche que le brouillard délaissait. Il donnait l'impression de dériver entre les troncs misérables. D'autres tentes se dévoilèrent un peu plus loin. Devant certaines, des femmes dépenaillées s'activaient à allumer un feu poussif sous leur chaudron.

—On dirait des rosconnes*, fit remarquer Sam.

—C'en est. Presque tout le monde ici vient de Bretagne.

—Bon Dieu. C'est à se demander s'il reste des Français en France.

—Eh! Puisque le viol est à la guerre ce que la bière est à la table, on sera bientôt tous de sang mêlé.

Le boisé entourait une faible élévation que surmontait encore un portereau* ébréché par le temps et les vandales. L'écrille* défoncée avait depuis longtemps provoqué l'assèchement du vivier.

Au brouillard se substitua bientôt l'épaisse fumée des feux de branchages. Sam prit place avec son compagnon près de l'un d'eux, contre le vent, et il dit :

—C'est ici que je dois vous quitter.

—Comment, déjà? Tu ne nous accompagnes donc plus en Languedoc?

—Non. Je savais dès le départ que je n'irais pas jusque là-bas. Mais ne me pose pas de questions. J'ai mes raisons d'agir comme ça, d'accord? Maintenant, je n'ai plus rien à faire ici. Je vais m'embarquer pour les Hautes-Terres.

—Es-tu bien sûr de ce que tu me dis là, toi? Tu m'annonces ça comme un pénitent qui part en pèlerinage.

Sam leva sur le rustaud des yeux couleur d'outremer.

—Disons que c'est un peu ça, oui. Il faut que je m'en aille au plus vite, pendant que la fuite m'oblige à en trouver la force.

Les broignes* grossièrement simulées des fusains bruirent tout bas. L'ami demanda :

—Tu partiras donc sans elle?

—Qui ça, elle?

La voix du jeune homme était pleine de dépit. Il ajouta :

—Je n'ai parlé à personne ici d'une « elle ».

—Et alors? Ne fais pas l'innocent, l'Escot. Je veux bien croire que tu n'as rien dit, mais faut quand même pas me prendre pour le dernier des idiots. Je veux bien me faire sodomite s'il n'y a pas une femme là-dessous.

— Laisse tomber. Oh, et puis zut. Puisque tu tiens tant à le savoir, oui, je pars seul. Non pas sans elle, mais sans eux.

— Oh, merde, la poisse.

— Comme tu dis.

— Navré de t'avoir posé la question.

Sans prévenir, les écailles ternies d'une cotte surgirent entre les fusains au moment précis où retentissait un cri:

— À l'arme! À l'arme!

Mais il était déjà trop tard. Des hommes armés s'approchaient de toutes parts, vouges* brandis, épées au clair et dagues déjà bien en main. Toute résistance était inutile: le camp était pris en tenailles.

Chapitre XII

Le cœur du ménestrel

Saint-Germain-des-Prés, début octobre 1378

L'*Opus Dei*, l'œuvre de Dieu, était l'office. Cet hommage incessant était une œuvre désintéressée faite pour Dieu seul, car, le plus souvent, il n'avait lieu qu'en présence de la seule communauté. À chaque heure canoniale, les chants d'une simplicité millénaire s'élevaient comme de beaux oiseaux à l'intérieur de l'immense coquille creuse de la nef dont on ne remarquait plus le faste à force de le côtoyer.

Seul Lionel se délecta, en secret, de pouvoir joindre sa voix à celle de son fils. «Je n'arrive pas à me persuader que certains ordres aient volontairement renoncé à la belle apparence de lieux saints, pensait-il. Qu'on le veuille ou non, les belles choses réjouissent l'âme. C'est par elles que le message liturgique peut se manifester aux yeux du monde. Sans elles, tous les moines seraient aussi bien d'être muets comme je l'ai été, moi.»

L'abbé Antoine, encore plus sec qu'avant, n'avait rien perdu de sa lucidité. À chacun des offices et aux réunions du chapitre, deux moines se chargeaient de le conduire à travers la nef dans un siège à brancards. Il lui restait tout juste suffisamment de forces dans les jambes pour présider aux offices. En dépit des taies blanchâtres qui givraient son regard, il continuait à puiser des paroles séculaires dans le livre ouvert devant lui sur un lutrin, grâce aux verres grossissants qu'il tenait devant son visage. Peut-être en récitait-il de grands passages par cœur, car un dimanche il avait omis un paragraphe et égaré le manuterge.

Depuis le retour de Louis et de Lionel, il se plaisait encore plus qu'avant à s'extraire de sa réclusion pour se prélasser en leur compagnie dans le jardin, où la végétation mûrissante répandait un parfum légèrement sucré de céréales.

Ce jour-là, Lionel s'était assis entre l'abbé et son fils, installés dans leur litière en position demi-assise. Une légère couverture de laine reposait sur leurs genoux. Le soleil y laissait une tiédeur bienfaisante.

L'abbé dit à Louis :

— Moi qui ne suis après tout qu'un faible vieillard, un être de chair, je ne puis m'empêcher d'être attristé à la vue de ta vigoureuse jeunesse, désormais à ma semblance* confinée au grabat.

— J'ai quarante-cinq ans. Ce n'est pas si jeune, dit Louis.

— Ça l'est pour quiconque s'affaisse sous le joug du grand âge, mon fils.

— C'est inconcevable. L'homme en moi s'insurge, dit Lionel.

L'abbé rit tout bas avec indulgence et dit :

— Voilà qui est tout à fait typique des Ruest. J'ai depuis longtemps renoncé à combattre un tel orgueil. Peu importent les obstacles qu'il trouve devant lui, le ru va son chemin. Il creusera le roc durant des millénaires s'il le faut, mais il finira par passer là où il le veut. Que d'admirable entêtement il peut y avoir dans la puissance de l'eau ! Et vous portez tous deux son nom[87].

Se tournant vers Louis, il poursuivit :

— J'ai la certitude que ce second grabat ne sera pas vu bien longtemps à l'intérieur de cette enceinte. Le moniage* n'a rien à voir avec ta démarche présente. Est-ce que je me trompe ?

— Non. Je me repose en attendant.

— Qu'est-ce que je disais.

— Jésus a dit : « Lève-toi et marche. » C'est bien ce que j'ai l'intention de faire.

— Il a dit bien d'autres choses aussi. As-tu l'intention de les accomplir toutes ?

Devant l'absence de réaction de son fils, il s'empressa de corriger :

— Je plaisantais.

Le silence retomba. Pendant plusieurs minutes, il ne fut meublé que par le bruissement de feuillages cuivrés ou dorés. La voix chevrotante de l'abbé s'éleva à nouveau :

— Comme il est étrange que, par votre orgueil implacable et par votre comportement si profondément humain, vous ne cessiez tous deux d'évoquer pour moi d'antiques défaillances qui minent notre ordre et bien d'autres aussi.

— Qu'entendez-vous par là ? demanda le père Lionel qui, tout contrit qu'il fût, ne pouvait s'empêcher d'être alléché d'avance par la perspective d'une matière à réflexion.

384

—Il fut un temps lointain où nous autres moines, dits «noirs», dépendions d'autrui pour assurer notre subsistance. Nos frères de Cluny, qui est, comme vous le savez, l'abbaye mère de l'ordre des Bénédictins, étaient entièrement consacrés à l'*Opus Dei*; ils chantaient les louanges du Seigneur avec les huit offices quotidiens au nom de ceux qui ne détenaient pas le savoir nécessaire et ce, en échange des quelques biens terrestres indispensables à leur survie. Toi, Louis, avec ton pragmatisme et la simplicité de ta foi, tu rappelles à mon esprit notre vocation première qui est, hélas, aujourd'hui disparue.

—Ah bon.

—Les moines de jadis avaient beau vivre de charité, ils n'en devaient pas moins travailler de leurs mains. Ils devaient mener une vie très simple, dépouillée, comme vous le faites, toi et ton père. Mais, par l'effet même de la générosité des gens, nous sommes devenus de riches propriétaires autosuffisants, ce qui est très loin de la pauvreté évangélique des anciens. Nous nous sommes embourgeoisés. Et cela n'est pas exclusif aux Bénédictins. Tous y passent, même les ordres mendiants. Cela finit par produire d'inévitables dissensions au sein de l'ordre concerné, qui se scinde pour donner naissance à des boutures à nouveau emplies de la sève évangélique des débuts. Le Cîteaux du vénéré Bernard de Clairvaux est un exemple manifeste de ce fait. Cela dit, nous n'avons nullement besoin de quitter notre enceinte rébarbative pour trouver des écarts entre les membres de notre seule communauté. Moi-même, en tant qu'abbé, je suis issu d'une noble famille et je n'ai jamais renoncé aux devoirs afférents à mon lignage pour la seule raison que je suis cloîtré. Et voilà que je me retrouve ici, allongé devant vous, des années plus tard, à dénoncer l'orgueil d'un postulant qui est sans doute moindre que ne le fut le mien. Car, après tout, le but de ce postulant n'est autre que de se lever et marcher afin de pouvoir de nouveau s'astreindre lui aussi à l'*Opus Dei*. N'ai-je pas raison, Louis?

—Hein? Oui. Oui, je le suppose.

—Très bien... Nous allons devoir rentrer, maintenant, car j'ai quelque chose à vous montrer à tous les deux.

L'abbé agita une clochette. Presque immédiatement, un trio de moines se présenta pour aider Lionel à transporter les deux hommes en brancard à l'intérieur. Lambert et Pierre se portaient toujours volontaires pour se charger de Louis, qui exprima le désir de marcher avec leur soutien. Les deux moines grisonnaient, à présent, et Pierre avait pris du poids.

—Dans le temps, dit ce dernier, si j'avais su ce que tu avais l'intention de faire avec mes leçons de tir à l'arc, l'ami, je t'aurais plutôt enseigné la broderie.

Lambert éclata de rire. Il s'était remis avec plaisir à quelques activités de jardinage avec le convalescent.

Une fois seuls dans l'étude de l'abbé, Antoine désigna à Lionel un grand objet recouvert d'une toile poussiéreuse et expliqua:

— Il y a déjà quelques années que j'ai ce tableau en ma possession. Allez-y, mon père, je vous prie.

La toile retirée révéla une scène de crucifixion que l'on avait produite dans les règles de l'art, à cette exception près que deux visages parfaitement reconnaissables y figuraient: d'abord, celui de Lionel, en spectateur dont l'expression trahissait la même souffrance que celle du Christ, puis celui de Louis, humble et compatissant, mais ne pouvant s'empêcher de lever un regard intrigué sur l'homme qui était cloué au-dessus de lui sur la croix du centre; il se tenait en retrait de l'échelle encore dressée, avec dans les mains un marteau et de gros clous.

— C'est... très troublant, dit Lionel en jetant un regard vaguement effrayé vers son fils.

Louis fronçait les sourcils d'un air désapprobateur. Lionel dit, à sa place:

— Mais Louis n'aime pas.

— Je le sais, et là est justement le but. Car, vois-tu, il s'agit d'une forme de pénitence que je t'ai infligée, Louis, autant à toi qu'au peintre.

— Je ne comprends pas, dit Lionel.

— Voyons, réfléchissez un peu.

— Vous voulez dire que...

— Oui. C'est moi qui ai commandé cet ouvrage à un peintre de notre connaissance.

— Samuel?

L'abbé acquiesça de nouveau et dit:

— C'est lui, davantage que les besoins de notre abbaye, qui m'a incité à commander ce travail. Comme tu le sais, Louis, j'ai eu en ma possession pendant un certain temps une autre œuvre qui te représentait. Sachant depuis longtemps que je devrais un jour la remettre à notre ami commun Nicolas Flamel, j'avais commandé ce tableau-ci pour la remplacer. Je le trouvais plus approprié pour nous. C'est une pénitence pour toi, d'abord parce que tu n'aimes pas être vu sur une image, et encore moins en tant que bourrel*; mais c'en est surtout une parce que tu détestes celui qui a peint ton visage. Ce fut une pénitence pour Samuel pour la même raison: il a été obligé de te dessiner, toi, l'objet de sa haine, avec une

386

expression touchante. Cependant, jamais je n'eusse cru que les choses étaient pour aller aussi loin. Lorsque Samuel m'a montré la première ébauche de cette œuvre, le bourreau était représenté comme une caricature sans identité précise; il grimaçait comme une brute sanguinaire, il détonnait. Je lui ai alors signalé que ça ne convenait pas à une œuvre vouée à la contemplation, que cela dérangeait. Je lui ai donc demandé de retravailler son tableau. Il m'a répondu qu'il allait y réfléchir et revenir plus tard pour y apporter ladite modification sur place. Or, je n'ai plus revu Samuel. Le tableau a donc été relégué au fond d'un placard et j'ai bien cru qu'il allait y rester à jamais, du moins jusqu'à il y a environ deux semaines.

— Deux semaines? Vous voulez dire que Samuel est revenu ici?

— Quelques jours avant votre arrivée, oui. Seulement, à ce moment-là, j'ignorais encore qu'il était recherché. Je crois qu'il était réticent à nous demander asile. Il a passé une seule nuit à l'hôtellerie et a consacré toute la journée suivante au portrait de Louis qu'il a terminé à la vêprée*. Et il est reparti en douce.

Lionel s'approcha davantage du portrait et se pencha pour mieux admirer le visage de son fils.

— Il t'a bien rendu, Louis. Je te vois souvent cet air-là, dit-il avec émotion.

— Ouais.

L'abbé Antoine leur sourit depuis son grabat.

— Vous comprenez, comme de raison, ce qui a motivé la création de cette œuvre?

— Je crois que oui, dit Lionel.

Louis, quant à lui, ne répondit pas.

— J'avais la certitude que vous comprendriez, Lionel. J'ai commandé cette scène de crucifixion pour l'abbaye; vous connaissez comme moi l'importance que revêt le sacrifice de notre Sauveur. Pourtant, cette œuvre-ci est davantage qu'une simple représentation de l'événement; elle symbolise ce à quoi nous aspirons en tant que moines, soit la rencontre avec le Christ; elle exprime nos questionnements humains, mais en vous faisant intervenir, vous deux, en tant que protagonistes, en plus d'une troisième personne qui est, hélas, invisible. Je parle bien sûr du créateur de cette peinture. J'ai ouï dire que bon nombre de bienfaiteurs posent pour les peintures qu'ils achètent ensuite. Chez les Franciscains, le saint fondateur est souvent représenté parmi les témoins de la crucifixion. On l'y voit en bure, parmi les notables juifs et la populace bergère, pour nous rappeler qu'il y a sans doute vraiment assisté par l'effet de sa contemplation.

C'est une belle idée. J'ai toujours trouvé chez vous, vous le savez, une tournure d'esprit très franciscaine.

— Hugues de Saint-Victor a écrit en 1141 que la contemplation est un moyen simple et clair pour l'âme de pénétrer à l'intérieur de ce qui est regardé. Le but recherché est l'exultation de l'âme dans l'objet de son amour, qui est représenté dans ce qu'on contemple. Cette exultation dépend de la capacité que possède l'âme de se transformer, par un effet de compréhension intuitive d'autrui, dans cet objet.

— Tout à fait exact. Voilà une des raisons qui justifient l'existence de cet objet-ci.

— Moi, je saurai le contempler. Mais je ne suis pas certain que Louis en fera autant.

— Voilà une autre raison, dit Antoine, les yeux rieurs.

— Vous ne croyez tout de même pas que j'en aurai envie, hein? J'ai fait ce sale travail toute ma vie. Contempler ce truc-là, moi, ça ne me dit rien. Et en plus c'est mal fichu : les clous, faut les planter dans les poignets, pas dans les mains.

Lionel baissa la tête, frissonnant. Avant que Louis eût eu le temps de se rendre compte de ce qu'il venait de dire, Antoine répondit :

— Qu'importe, puisque toi aussi tu as des clous dans les mains, mon fils.

— Quoi?

— Tu es mieux placé que quiconque pour capter son message.

— Je suis peut-être le dernier des salauds, mais ce n'est pas moi qui ai crucifié Jésus.

— Tu n'as pas bien saisi le message véhiculé par ce tableau. Regarde-le de plus près, mon fils. C'est tout ce que je puis te dire.

Boudeur, Louis obéit. Lionel fit de même et étudia avec attention le visage du géant levé vers le Christ supplicié. Et soudain, le moine recula, venant tout juste de remarquer que Jésus, tête inclinée, regardait lui aussi Louis. Un grand amour filial réussissait à transparaître sur ses traits tendus par la souffrance. Mais la présence de sang qui dégouttait le long de ses joues, à cause de la couronne d'épines, faisait en sorte qu'on n'apercevait pas tout de suite ce détail.

— Ô Seigneur! Samuel aurait-il enfin compris cela aussi? dit Lionel, profondément ému.

— Parfait. Vous l'avez remarqué.

— Quoi, qu'avez-vous remarqué? demanda Louis.

— Samuel a compris qu'il t'accordait son pardon par sa représentation de la scène, répondit Lionel.

L'abbé dit :

—Je dois vous rappeler qu'au départ c'était une espèce de monstre grimaçant que Jésus regardait. Par sa retouche au visage d'un personnage secondaire – l'es-tu vraiment, secondaire, Louis? – Samuel a fait de lui et de Jésus le point central de cette peinture. C'est ce qui fait son unicité. Cet échange muet entre le bourrel* et sa victime dépasse de loin le traditionnel pardon accordé au bon larron. Il répond à toutes les questions que se pose l'homme depuis toujours. Il s'appuie d'abord sur le constat navrant que la nature humaine est foncièrement mauvaise pour ensuite transcender cet état avec un ultime geste d'amour que chacun passe sa vie à essayer de comprendre. Maintenant, pour répondre à votre question, je ne crois pas que Samuel, lui, ait capté cela. Il travaillait rapidement, sans réfléchir, si bien que, comme cela survient parfois, l'œuvre va au-delà de ce que souhaitait exprimer son créateur au départ. J'ai atteint mon but avec cette commande.

Le père Lionel s'avança à son tour pour dire:

—Il est bon que tu figures sur cette œuvre, Louis. Car, vois-tu, alors que Samuel est encore incapable de t'accorder son pardon, il a su illustrer que Dieu, Lui, t'a déjà accordé le sien. Dieu s'adresse personnellement à ton âme, sur cette image. Et, à travers ce que Dieu t'y enseigne, Il nous enseigne à tous.

Le père et le fils eurent amplement de quoi réfléchir pour le reste de la journée. Après avoir pris congé de l'abbé, ils eurent un peu le temps de se retirer au parloir. Alors que Louis abandonnait son brancard laissé là par ses amis pour prendre place dans un fauteuil, Lionel dit:

—De nombreuses choses sont sous-entendues dans cette peinture, Louis. Il faut d'abord que tu les comprennes. Savais-tu que les fondements de notre foi s'appuient sur une tradition juive très ancienne qui avait cours alors que le temple de Jérusalem était encore debout?

—Vraiment? Pourquoi on persécute les Juifs, alors?

—Je n'en sais rien. Il n'y a parfois aucune logique dans certains comportements humains. Toujours est-il que cette tradition, appelée Yom Kippur, exigeait que la culpabilité collective fût transférée vers un animal que l'on sacrifiait ensuite. Il s'agissait souvent d'un bouc...

—Un bouc émissaire.

—Exactement.

Le père Lionel apporta un tabouret qu'il posa en face de son fils avant de s'y asseoir. Il reprit:

—À l'époque, le bouc émissaire était réellement un bouc. Il avait pour mission de symboliser tous les péchés commis par le

389

peuple d'Israël au cours de l'année et d'emporter avec lui toutes ces fautes hors de la communauté. L'apogée de cette tradition fut sans contredit l'avènement du Christ. Il est le bouc émissaire le plus illustre et le plus parfait, lui qui est mort pour le salut de tous et, non pas pour une seule année, mais pour toujours. Lui, l'homme bon, sans défaut, acceptant de se donner en sacrifice pour le ramassis de misérables que nous sommes, tel est le principe élevé de l'idéologie chrétienne.

— Et il s'attendait à ce qu'on soit combien à l'imiter, d'après vous? Parce que j'ai beau être chrétien, ce principe-là est trop exigeant pour moi.

— Il l'est pour la plupart d'entre nous, rassure-toi. Je ne crois pas que Jésus s'attendait à ce que nous soyons nombreux à accepter l'immolation pour le bien d'une humanité qui est, de toute façon, beaucoup trop ingrate pour le mériter et pour en éprouver de la reconnaissance. Non. Revenons plutôt à la peinture. Je suis convaincu que certains, comme Samuel, souffriront de la voir, car elle entretiendra chez eux la même culpabilité qui fut celle des témoins réels du sacrifice; alors que d'autres se verront paralysés par leur incapacité à endosser la responsabilité morale de leur propre conduite. Je me range dans la première catégorie. Samuel se trouve encore, je crois, dans la seconde.

— Et moi?

— C'est justement là que ta présence intervient. Je crois que nous avons mal compris le message de Jésus. C'est l'histoire qui a fait que l'idée que nous en percevons est incomplète. De persécutés qu'ils furent au cours des derniers siècles de l'ère romaine, les chrétiens se sont faits persécuteurs: Juifs, sorciers, hérétiques, païens ont été mis à mal... Je n'arrive pas à me persuader que le Seigneur, qui fut un homme si doux et si compréhensif, ait voulu cela. Il appréhendait sans doute de laisser, en même temps que son message d'amour, des prétextes à des persécutions qui se sont effectivement produites par le fait de notre aveuglement. Et voilà que toi, le bourrel*, l'homme des ténèbres, l'homme dur, qui te tiens à l'opposé de ce qu'il est, lui, voilà que tu te trouves là pour l'aider à transmettre son message.

— Ouais, c'est ça, et c'est en l'exécutant que je le fais. Expliquez-vous.

— Jésus était un homme d'une intelligence supérieure. Très jeune, il a vu venir le coup et il a tout prévu. Il savait que son peuple attendait un messie. Mais il savait aussi que le devoir allait lui incomber d'incarner l'agneau sacrificiel, parce que, vois-tu, les fils d'Israël étaient sans cesse tourmentés par leurs conquérants. Il était donc normal qu'ils éprouvent quelque difficulté à se défaire de la mentalité archaïque du bouc émissaire. Ce que Jésus a essayé de faire, c'est de désamorcer la dynamique du sacrifice en se servant de sa force pour la vaincre. Grâce à cette seule expulsion de la violence par la violence, Jésus a rendu le mécanisme obsolète.

— Bien. Je comprends mieux, maintenant. Mais ça n'explique pas tout.

— Non, c'est vrai. La plus belle théorie n'arrivera jamais à expliquer de façon rationnelle cet amour qui éclaire son visage. Cet amour que Samuel a si bien su lui faire exprimer, mais qu'il n'arrive pas encore à comprendre lui-même.

À quelques jours de là, alors que Lambert et Louis œuvraient ensemble au potager et que le géant venait de croquer un petit navet cru tout frais sorti de terre, un frère tourier se présenta au portail dont on venait de sonner la cloche. Les deux jardiniers accroupis, qui se faisaient face, levèrent vaguement les yeux, le temps de se rendre compte qu'on ouvrait au visiteur. Tous deux le regardèrent traverser rapidement la cour en compagnie du tourier pour disparaître entre deux bâtiments.

— C'est un émissaire du prévôt, fit remarquer Louis.

— Ah bon? Il ne me semble pas en avoir déjà vu ici. Que nous veut-il, à ton avis?

— Je n'en sais rien.

Ses jambes se fatiguant, Louis changea de position pour se mettre à genoux à même la terre meuble. De jour en jour, il se sentait mieux. Il se sentait même suffisamment rétabli pour apporter aux cuisines son aide professionnelle qui était toujours fort bien accueillie par un moine rubicond aussi large que haut.

— Ainsi donc, comme tu le disais, il pousse des églantines dans ton jardinet de Caen, dit Lambert.

— Ouais, répondit Louis en essuyant son navet sur sa poitrine à cause d'un peu de terre qui lui crissait entre les dents.

— J'aime bien les églantines. Par contre, moi, j'ai toujours préféré les acacias et les fleurs de genêt.

— Et les roses, tu n'aimes pas?

— Si, bien sûr. Qui n'aime pas les roses?

— Veuillez m'excuser, frères.

Un moine très âgé et tout desséché vint se présenter à eux après avoir docilement suivi l'allée. Il s'agissait du père Bernard, le maître des postulants. Louis ramassa sa canne et s'en servit pour se remettre debout. Le vieillard lui dit:

—L'abbé désire te voir séance tenante, mon fils. Il m'a chargé de t'annoncer l'arrestation, près d'Arcueil, hier à la vêprée*, d'un certain Samuel «Attequesne» qui a été conduit ici même à Paris.

C'était entre laudes et prime*, à l'heure où le petit jour commençait tout juste à poindre. L'heure où le père Lionel ne dormait presque jamais.

Dans l'âtre gigantesque des cuisines, un agneau oublié rôtissait par-dessus les braises. Doré et tiédi sur un flanc, il était charbonneux de l'autre. La pièce était envahie d'une fumée grasse qui prenait au nez.

Comme une ombre errante, le moine sortit dans la cour. Elle était déserte. Un vague brouillard y remplaçait la fumée. Mais, de là où il se tenait, il put quand même voir la muraille, à l'endroit même que Louis avait dû escalader avec peine pour s'enfuir, à l'aide d'une corde tirée à l'autre bout par quelque complice inconnu, qui était en fait un garde de la prévôté qu'il avait intercepté à la grille du monastère et avec qui il s'était brièvement entretenu l'après-midi même. Lionel regarda longuement les lierres violentés et fut incapable d'appeler Dieu à son secours.

—Je l'ai vu partir, peu après matines, dit une vieille voix juste derrière lui.

Il se retourna. C'était l'abbé. Lui avait entendu son appel. Il claudiquait avec difficulté, sans aide, avec pour seul soutien deux béquilles tordues. Il ajouta :

—Cette fois, mon fils, son choix est définitif. Il ne reviendra plus. Aussi bien t'y faire. Tu sais cela, n'est-ce pas?

Le père Lionel opina et baissa la tête, vaincu. Tout avait été dit, tout. Et il avait échoué puisque, en dépit de tout, Louis avait quand même choisi de partir, de renoncer à un bonheur encore tout neuf pour assouvir son inextinguible appétit de vengeance.

De grosses larmes se mirent à rouler le long des joues du grand moine.

Il était redevenu muet.

*

Caen, mi-octobre 1378

Ce jour de marché battait son plein, et les commerçants se hâtaient de regarnir leurs étals, tandis que des badauds s'attardaient plus longtemps que d'habitude, sûrement à cause du soleil doré de

392

l'après-midi. Sous un auvent grisâtre que protégeait un encorbellement, un foulon* semblait s'être endormi. Une cage en roseau était suspendue au-dessus de sa tête. Elle contenait un couple d'oiseaux, véritables joyaux ailés probablement importés d'Orient qui, oublieux du monde, bavardaient mélodieusement en se becquetant l'un l'autre. La beauté de leur chant et de leur plumage exotique offrait un violent contraste avec les relents fétides des caniveaux que les passants enjambaient avec précaution. Le bout de la rue était congestionné par un veau qui meuglait plaintivement, réclamant sa mère, alors que le propriétaire de la bête maugréait en la tirant par sa longe. Un petit groupe protestait mollement près de là, tandis que, à l'aide de sa perche, un falotier* accrochait une lanterne colorée au faîte d'un poteau.

L'un des badauds ne voyait rien de tout cela. Il marchait lentement en regardant droit devant lui. Des gens s'écartaient sur son passage. Il ne les remarquait pas non plus. Certains s'arrêtaient pour le saluer avec effusion, en faisant semblant de ne pas voir qu'il prenait appui sur sa canne rouge à pommeau sphérique. D'autres allèrent même jusqu'à lui donner de petites tapes amicales sur le bras et à lui certifier qu'ils étaient bien contents du tour qu'avaient pris les choses. Chaque fois, il les remerciait d'un signe de tête et passait son chemin.

Une voix fruitée finit par atteindre son esprit troublé. Sans cesser de marcher parmi la foule qui se démembrait devant lui, il balaya la rue encombrée du regard. Ne trouvant pas ce qu'il cherchait, il reprit le cours de ses pensées. Il trouvait indécente l'agitation de ce marché; elle n'eût pas dû avoir le droit d'exister, pas avec ce qui était sur le point de se produire.

Louis s'arrêta devant le palais de justice dont le rez-de-chaussée, étage noble dévolu à l'application abstraite de la loi, arrivait à occulter l'ambiance carcérale trop concrète du sous-sol. Il serra davantage le pommeau de sa canne et s'avança résolument. Il haletait, galvanisé par cette fierté féroce qui, peut-être, faisait de cet homme un guerrier peu ordinaire. «Aitken me verra debout», songea-t-il.

Le court procès devait être sur le point de se conclure.

Les portes s'étaient ouvertes sur un raclement de chaînes, et les larmes étaient montées aux yeux de Jehanne. L'homme qui avait été introduit dans la salle d'audience bondée était méconnaissable. Seuls ses cheveux roux étaient garants de son identité, même s'ils avaient terni. Le jeune homme avait tout perdu de sa superbe d'autrefois. Il s'était rendu, l'air contrit, jusque devant le magistrat et les fonctionnaires assemblés au bout de la salle.

— Samuel Aitken dit l'Escot, serviteur du dénommé maître Louis Baillehache, exécuteur de la cité de Caen...

— Permettez-moi de corriger, l'interrompit Sam sans en avoir obtenu la permission. Je ne suis le serviteur de personne. Les Écossais sont libres.

Le magistrat s'éclaircit la gorge et haussa le ton afin de se faire entendre au-dessus des protestations :

— Ce n'est pas ce qui est établi dans l'acte d'accusation. Jusqu'à preuve du contraire, tu es un sujet de Sa Majesté le roi de France. Par conséquent, tu es soumis aux lois qui régissent lesdits sujets. De plus, il est clairement mentionné dans le document que tu fus jadis sous la tutelle directe de ta victime, chez qui tu faisais office de garçon d'écurie. Dans le code de justice établi par le vénéré saint Louis, en 1270, il est écrit ce qui suit : « Honte à celui qui vole son maître, de qui il obtient pain et vin; il peut être pendu, car c'est là une manière de trahison. »

Avant que Sam eût pu trouver quoi que ce fût à répliquer, les portes à battants s'ouvrirent avec fracas et un huissier introduisit quelqu'un dans la salle. Le juge, éberlué, leva les yeux sur cette nouvelle interruption qui allait tout à fait à l'encontre du protocole. L'équilibre précaire de quelques huves* s'en trouva perturbé, et des affiquets cliquetèrent, alors que des gens dans l'assistance se retournaient pour essayer de voir qui était entré. Alors que des murmures commençaient à voleter au-dessus des têtes tels des papillons agités, on comprit rapidement la raison de cette faveur inhabituelle. Jehanne crut défaillir : c'était la haute silhouette de Louis qui se faufilait discrètement tout au fond de la salle, derrière une rangée d'assistants qui devaient rester debout, faute de bancs pour s'asseoir. Il gardait farouchement la bouche scellée pour tâcher de camoufler son essoufflement.

Le magistrat, qui connaissait bien Louis, reprit :

— Comme je le disais, tu risques d'encourir l'échafaud s'il est dûment prouvé que tu as commis le moindre larcin au détriment dudit maître Baillehache. Maître, souhaitez-vous apporter votre témoignage?

Nul ne contesta cette nouvelle faveur consentie au bourreau qui, en dépit de ce qu'il représentait, attirait la sympathie. Ils avaient beau être nombreux à être attristés par le sort de Sam, que beaucoup surnommaient encore Taillefer, et de Jehanne, pour leur amour impossible qui faisait peine à voir, ils étaient encore plus nombreux à trouver que Louis, dont ils appréciaient la droiture, n'avait pas mérité ce qui lui était arrivé. Le juge lui-même semblait croire qu'il eût dû siéger à sa place [88].

— Non, répondit-il après un moment de réflexion.

394

—En êtes-vous bien sûr, maître?

—Je ne veux pas témoigner.

Les gens présents ne l'apprécièrent que plus encore pour ce qui était peut-être du ressort moral. Il posa les yeux sur sa femme, dont les jupes et le corsage étaient de cette couleur mordorée qui lui seyait à merveille. Les beaux yeux gris de Jehanne s'éclairèrent d'une lueur reconnaissante qu'elle lui destina.

Le juge reprit:

—À votre convenance. Cela dit, l'Escot, ne va pas te croire tiré d'affaire pour autant. Il y a de bonnes raisons pour qu'on se soit donné la peine de te ramener jusqu'ici, sous la juridiction de cette cité.

Suivit la pénible énumération des crimes qui étaient reprochés à l'inculpé. Cela allait du petit larcin, en passant par l'utilisation d'un détachement d'hommes affectés au service du roi pour son seul profit, jusqu'à la tentative d'homicide.

—Voilà qui est amplement suffisant pour t'envoyer, au mieux, balancer au bout d'une chevestre* et même pire encore. Qu'as-tu à dire pour ta défense?

La seule présence de celle qu'il aimait et, pire encore, celle de sa victime qui avait refusé de témoigner contre lui alors que la chance inespérée lui en avait été offerte contribuait à rendre le poids des méfaits commis plus odieux encore. Sam leva sur l'assistance son regard vert qui, éteint par la honte, s'accrocha à la robe mordorée, au visage aimé serti d'une bisette* délicate. Soudain, le public et les fonctionnaires cessèrent d'exister. Mais le juge, lui, le vrai, celui qui était sa victime, ne disparut pas. La silhouette de Louis persista à travers ses larmes telle une grosse tache d'encre qui s'étalait au bas du parchemin sur lequel sa sentence n'allait pas tarder à être inscrite. Et signée. Il sut tout à coup qu'il n'avait plus envie de combattre cet homme. Plus maintenant.

—Je n'ai rien à dire. Tout cela est la vérité. Et puis, de toute façon, vous tenez déjà votre verdict.

Le magistrat jeta un coup d'œil vaguement inquiet à Louis, qui fit un faible signe de dénégation en regardant Jehanne, puis il dit:

—Les preuves t'accablent en effet, mais je suis malgré cela tout disposé à t'écouter. La justice royale sait, à l'occasion, faire preuve de mansuétude, surtout à l'égard d'un individu dont les talents, à ce qu'on m'a dit, sont fort appréciés à la cour du roi. Il est possible qu'on puisse intercéder en ta faveur et faire en sorte d'amoindrir ta peine. Ne te condamne donc pas toi-même. Au nom de ceux qui te sont chers, je t'en conjure, donne-moi une raison, une seule, de te laisser la vie sauve.

Sam baissa à nouveau la tête, mais il serra les poings. Il regarda Jehanne. « Elle ne veut plus de moi, se dit-il. Ce n'est plus de l'amour que je vois dans ses yeux, mais de la pitié. Je ne veux pas de ça ! » À voix haute, il proclama :

— Plutôt mourir comme un traître que d'être épargné par lâcheté et devoir renoncer à ce pour quoi je me suis battu toute ma vie.

En désespoir de cause, le magistrat s'appuya contre le haut dossier de son fauteuil. Il s'humecta les lèvres et regarda en direction de Louis avant de se redresser, pour annoncer solennellement :

— Soit. Puisqu'il en est ainsi... Samuel Aitken dit l'Escot, je te déclare formellement coupable d'adultère, de médisance et du crime très méchant, très abominable et très détestable de haute trahison à l'encontre de Sa Majesté pour avoir attenté aux jours d'un fonctionnaire de la justice royale en la personne de l'exécuteur de Caen, le dénommé maître Baillehache ici présent ; tu t'es en outre octroyé le droit de causer bris et dommages aux habitations du village d'Aspremont qui est sous la garde du même maître Baillehache, en plus d'en saccager les terres environnantes et ce, sous un faux mandat et avec l'aide de certaines gens d'armes royales par toi soudoyées ; et en conséquence, pour réparation, la Cour te condamne à faire amende honorable devant l'église Saint-Sauveur dès demain à tierce*...

Mais Sam n'écoutait plus. Seuls les sanglots de Jehanne parvenaient à ses oreilles, terribles, lancinants. Pétrifié, il les écouta. « Je suis Orphée et elle, Eurydice[89], se dit-il, il ne faut pas que je la regarde. » Il n'y avait pas à se demander qui, dans son esprit fiévreux, était le serpent qui avait happé Eurydice. Il trouva étrange que le tout petit bruit des sanglots de Jehanne parvînt à lui seul à couvrir la rumeur grandissante de la salle ainsi que la voix imperturbable du juge qui achevait la lecture de son jugement :

— ... sois ensuite sur cette claie conduit au lieu d'exécution sis en place Saint-Sauveur et, sur un échafaud dressé dans ce but, que ton cœur indigne de battre te soit arraché de la poitrine et que tu sois laissé, mort, à la vue de la bonne gent de Caen qui en tirera leçon ; qu'enfin, à ton trépas, ta tête soit par la hache séparée de ton corps pour que le Roi en dispose à sa guise. Et que le Seigneur, dans son infinie miséricorde, ait pitié de ton âme.

Les sanglots de Jehanne furent brusquement remplacés par un bruit de chute. Tremblant, Sam vit que la jeune femme s'était écroulée entre deux rangées de bancs qu'elle avait bousculés. Des gens s'accroupirent afin de lui venir en aide, et Louis s'avança dans leur direction en claudiquant plus qu'à son arrivée.

Le magistrat repoussa avec impatience son pourpoint d'apparat et rejoignit Louis qu'il prit à part, tandis que d'autres s'occupaient de sa femme. Il lui demanda avec inquiétude :

— Ça ira ?

— Ouais. Je prendrai un assistant pour la hache. Le reste ne sera pas trop exigeant pour moi.

Le juge opina en serrant les lèvres. Il était bien placé pour savoir que le bourreau était déjà parvenu à tenir un client vivant et conscient un long moment après l'avoir éviscéré.

Louis ajouta :

— Je puis vous assurer qu'il vivra pour expier jusqu'à ce qu'il ait le cœur en moins.

Il se retourna. Le juge ne put voir son visage changer. « Il ne faut pas que j'y pense », se dit-il, s'obligeant à chasser de sa mémoire l'image du cœur de Firmin. Les chuchotements furtifs cessèrent brusquement et les nombreux regards en coin qu'il sentait dans son dos se hâtèrent de changer de cible. Un seul homme fut assez brave pour venir lui dire en face ce que la plupart semblaient penser tout bas :

— Espèce de sicaire*. Vous la tenez bien, votre vengeance, hein ? Non, mais comment peut-on avoir l'âme assez noire pour ne pas, au minimum, déléguer à un autre pareille horreur ?

— Quelle bonne idée. Nommez-moi donc quelqu'un qui veuille s'en charger, ou même seulement le débiter en morceaux une fois qu'il sera mort. Parlez, je suis tout ouïe.

Cela coupa court à la discussion. Pendant ce temps, on raccompagnait Sam à la porte pour le mener à un autre lieu de détention sis rue de Geôle. Le garde qui marchait derrière lui tenait à la main une lourde hache dont le fer était dirigé vers le condamné, afin de le montrer brièvement au public qui s'était assemblé à l'extérieur et qui n'avait pu assister au procès hâtif ; ce geste leur permit de savoir quel verdict venait d'être rendu.

Louis prit appui sur les épaules de la première personne qui se trouva à sa portée avant de tendre la main pour arrêter les gardes. Il regarda fixement l'Écossais, comme s'il cherchait à lui dire quelque chose. Il ne trouva rien. Sam prit les devants :

— Bien manœuvré, Baillehache. Après m'avoir arraché à celle que j'aimais, tu m'as pris mon fils. Il ne me restait plus que la vie. Voilà que ça aussi tu t'apprêtes à me l'enlever. Oui, c'est une bien belle revanche. Mais laisse-moi te dire une chose : ce que tu vas m'arracher du corps dans quelques heures, ce n'est pas à moi que ça appartient.

397

— Allez, marche, insolent, dit l'un des gardes.

Ils entraînèrent Sam avec eux dans un humiliant cliquetis de chaînes. Louis ne se détourna d'eux qu'une fois qu'ils furent dehors et qu'ils eurent pris la direction des cachots.

À la maisonnette rouge, la porte défendue de la grange se referma et Louis poussa doucement Adam devant lui.

— Je ne veux plus te voir là-dedans. Un accident est trop vite arrivé, lui dit-il, soulagé que l'enfant n'ait pas été en mesure de comprendre l'usage de la plupart des instruments qui s'y trouvaient.

Le petit, heureux de voir son père, ne cessait de se retourner vers lui pour le regarder tandis qu'ils traversaient tous deux le jardinet flétri pour se rendre à la maison.

— Mais je suis prudent, vous savez. Parce que, si on se fait casser la colonne vespérale, on est mort pour toute la vie.

— La quoi? Bon Dieu, il va falloir que tu apprennes à me prononcer ça comme il faut, toi. En attendant, ouste, rentre. Je te rejoins.

Tandis que le garçonnet trottinait vers la maison dans l'espoir de recevoir un gobelet de cidre à la cannelle et un biscuit des mains laiteuses de sa mère, Louis s'attarda auprès des vestiges entremêlés de ses rosiers, parmi lesquels subsistait encore, çà et là, une rose tardive aux pétales de velours.

«La colonne vespérale, se dit-il, une ébauche de sourire aux lèvres. On oblige les enfants à grandir trop vite.»

Jehanne l'attendait, lui aussi, avec un gobelet d'hypocras* sucré au miel et aromatisé avec une épice inconnue. Il s'agissait en fait du clou de girofle moulu que Jehanne avait ajouté au mélange traditionnel de gingembre, de cannelle et de cardamome, mais il se plut à croire qu'il s'agissait plutôt de quelque mixture secrète concoctée par sa femme. Il accepta le breuvage. Il prit place à table et elle fit de même, en face de lui, tandis qu'Adam s'occupait à assembler un bruyant jeu de cubes. Elle posa une main tiède sur le poing de son mari et trouva la force de lui demander:

— Ce sera vous, n'est-ce pas?

Il sirota un peu d'hypocras*, se pourlécha pensivement et consentit enfin à faire un petit signe d'assentiment. Il dit, tout bas:

— C'est là son œuvre à lui. Pas la mienne.

— Je sais. Oh! Louis, tout est ma faute. Je n'aurais jamais dû raconter à Sam...

— Ne dites pas ça. Vous n'y êtes pour rien.

— Je vous assure que si. Il faut que je vous avoue quelque chose, Louis. Vous avez adopté son bâtard et lui avez ouvert la porte de votre

398

âme. Tout cela en échange de quoi? Cette nuit-là où je vous ai mal réveillé... il a fait de votre mal l'arme de son crime. Comprenez-vous?

Louis cligna des yeux. Son poing veineux sous la main de Jehanne demeurait fermé, froid comme celui d'un mort.

— Je sais, dit-il doucement.

— Louis, je vous en conjure, pardonnez-moi.

Haletant, il s'adossa au mur contre lequel la table était accolée, les paupières closes au-dessus de prunelles trop brillantes, son poing toujours emprisonné entre les mains tremblantes de sa femme. Toutes ces réminiscences étaient pénibles à supporter. Enfin, il soupira pour dire, avec une grande lassitude:

— Ça ne fait rien. Rien du tout. Non, ça n'a aucune importance.

L'autre main de Louis tira brusquement Jehanne à lui en se posant sans précision par-dessus sa propre main qui reposait, oubliée, sur son poing.

— Je vous promets d'abréger. C'est tout ce que je peux faire.

Jehanne baissa la tête et, en un instant, leurs mains perdirent leurs contours précis. Des larmes s'étoilèrent sur le bois ciré de la table.

— C'est pour ça que je suis revenu. Il faut que ce soit moi. Un autre n'abrégerait probablement pas. Vous comprenez?

Jehanne acquiesça péniblement en serrant les lèvres. Était-il réellement revenu pour éviter à Sam d'être remis à un autre bourreau qui, lui, n'allait pas hésiter à appliquer la sentence telle qu'elle avait été prescrite, ou cette démarche n'était-elle qu'une façon astucieuse de déguiser l'accomplissement d'une nouvelle vengeance?

Il étira son autre bras par-dessus la table vers le visage de Jehanne et chercha à essuyer ses larmes avec la phalange de son index plié.

— Pourrai-je y être? demanda-t-elle.

Le regard du bourreau devint vague pendant quelques secondes.

— Hein? Oh, bien sûr. Mais vous veillerez à éloigner Adam.

— Blandine le gardera... Louis?

— Oui.

— Me croirez-vous désormais lorsque je vous dirai que je vous aime?

Il la regarda longtemps sans rien dire. Si longtemps qu'elle se demanda s'il avait compris, car ses yeux étaient à nouveau fixes, éclairés de l'intérieur.

— Louis? Est-ce que ça va?

— Hein? Mais oui. Écoutez, Jehanne, je viens de penser à quelque chose...

— Oui, Louis?

Elle s'efforçait de communiquer à sa voix une chaleur apaisante. Il poursuivit:

— Il est plutôt apprécié, ce type-là. Si ça se trouve, quelqu'un se présentera peut-être au dernier moment pour le demander en mariage... vous savez, je veux dire, juste avant... ça le sauverait, même si cette coutume-là vient de Calais et ne s'applique qu'aux voleurs... Les juges s'y plieraient sûrement puisque, depuis la peste, on manque de monde partout...

Jehanne frotta affectueusement le poing qui se détendit enfin.

— C'est vrai, vous avez raison, je n'avais pas pensé à cela. Louis, ai-je votre permission d'aller lui rendre une dernière visite?

— Ma permission pour quoi? Oh, oui. Bonne idée, c'est ça, allez-y. Moi, de mon côté, je crois bien que je vais m'en aller faire un petit somme. Je me sens un peu fatigué.

Il se leva sans songer à prendre sa canne et se mit à la chercher des yeux alors même qu'il n'en avait pas besoin.

— Louis, êtes-vous sûr que ça va?

— Oui... Si j'ai à m'absenter, même un instant, et qu'il demande à voir Adam, ne le faites pas descendre dans les remugles des cachots, d'accord? C'est malsain et surtout ce n'est pas un endroit pour lui. Qu'il soit plutôt conduit dans la cour. Son père le verra par le soupirail. À tout à l'heure.

La main de Jehanne picorait distraitement dans les boucles cuivrées de son fils. Quelques badauds passèrent et sourirent à Louis qui était resté en retrait, à la porte de la maison rouge. Ils venaient tous deux d'apprendre que les autres prisonniers, complices de Sam, avaient été graciés. Au lieu de se hâter de vider les lieux, ces vougiers*, archers et arbalétriers traînaient place Saint-Sauveur, désœuvrés et désabusés.

Rue de Geôle, la dame et son fils furent introduits par un portillon dans une aile de l'édifice imposant de la prison qui conservait les fraîcheurs nocturnes tout le jour durant, en dépit de la cheminée où flambaient des fagots; sans doute était-ce à cause de l'épaisseur des murs. Cette aile était destinée à l'habitation. L'épouse du geôlier, une femme replète aux joues rosies en permanence, se chargea volontiers d'Adam, de même que des instructions au sujet de ce qui ne devait paraître que comme une visite pour le condamné, tandis qu'on conduisait Jehanne à la porte menant aux cachots. Pleinement conscient de l'importance du moment, le petit garçon jeta les hauts cris, et l'hôtesse dut redoubler d'ardeur afin de le distraire de l'horrible cavité noire percée dans le mur, qu'il n'avait aperçue qu'un instant.

L'endroit était sordide, primitif. Le couloir était tout juste suffisant pour livrer passage à une personne. La jeune femme et le gardien qui l'accompagnait furent enserrés par des murs de pierres brutes et des portes noircies par la fumée de torches en roseau. De grosses blattes craignant la lumière détalaient devant eux jusqu'au fond du corridor étroit où une grande porte de fer verrouillée donnait accès à une cellule qui tenait davantage d'une grotte que d'une construction humaine. Les murs suintaient abondamment, et du salpêtre en barbouillait les parois. Le gardien déverrouilla la porte et lui livra passage en lui remettant un bougeoir. Jehanne s'avança dans une aire semée de paille où se dessinait la forme recroquevillée et immobile du captif. Peut-être Sam était-il parvenu à s'assoupir en dépit de ses bras maintenus en l'air par des chaînes. « Grand bien lui fasse », se dit Jehanne. Mais, à l'instant où la porte se referma, un raclement de chaînes dénonça un mouvement : l'occupant du cachot se retourna et fut capable de se lever pour l'accueillir. Les chaînes l'empêchèrent toutefois de trop s'approcher, et Jehanne s'arrêta juste hors de sa portée. Ils se regardèrent longuement.

Les boucles rousses et la barbe courte de Sam flamboyaient sous les lueurs de la seule chandelle prévue pour la nuitée qui, en ce lieu, était commencée depuis longtemps. Ses yeux émeraude étaient ensorcelants, encore empreints d'une furieuse passion de vivre. Que Sam en fût conscient ou non, en cela seul il défiait la mort malgré l'aigreur de son visage.

Le détenu dit, d'une voix rauque :

— C'est pour vous deux que je suis revenu et, au lieu de ça, je me retrouve avec des cafards.

— Je sais.

Une petite souris piétinait frénétiquement le foin tassé au coin du mur. Elle se pelotonna dans le creux aménagé et Jehanne ne vit plus que son œil scintillant, attentif. Peut-être s'apprêtait-elle à mettre bas.

— Alors... pourquoi ? demanda Sam.

— Tu le sais.

— Non, je ne le sais pas. Dis-moi.

— Si, tu le sais.

Il ne répondit pas.

— Il avait enfin baissé les armes, Sam. Et c'est à ce moment-là que tu l'as frappé. Voilà ce que tu sais. Cela m'a dégoûtée.

— Mais...

— Tu aurais dû prendre le temps de t'arrêter pour voir si c'était encore la chose à faire. Or, tu as passé outre, parce que tu ne pensais qu'à toi. Il avait quelque chose à te dire, Sam, quelque chose de très important. Mais toi, tu ne l'as pas écouté. Tu n'as pas cessé de le dénigrer.

— Que voulait-il donc me dire? demanda le condamné d'une voix lasse.

Des larmes brillèrent sur les joues de la jeune femme comme de l'or fondu. Sam prit alors conscience de sa propre naïveté, de sa propension à croire que la vie se déroulait comme dans les contes, que le temps pouvait suspendre son vol, et les personnages, leurs actions jusqu'au grand retour du héros.

Jehanne inspira profondément à plusieurs reprises pour tâcher de chasser le sentiment d'oppression qui l'envahissait.

— Tu as toujours été meilleur ménestrel que guerrier.

— Et, tel que tu me vois, je n'aurai été ni l'un ni l'autre. J'ai servi un idéal tronqué qui m'a conduit tout droit à cette sentence. Je devrais mourir de mon amour pour n'avoir pu en vivre, mais au lieu de cela j'ai tout raté et je mourrai pour rien.

— Ne dis pas ça.

— Que puis-je dire d'autre? Je ne suis même plus capable de rêver, Jehanne! Moi, l'idéaliste valeureux, je devrais me voir jeter à bas l'échafaud à coups de taille et d'estoc* au moment d'y monter et arriver miraculeusement à m'en sortir, comme un héros digne des fables. Mais à quoi bon toutes ces chimères. J'en ai plus qu'assez de l'ironie du monde.

Les yeux émeraude de Sam se parsemèrent de grains d'ambre sous la lueur de la chandelle. Jehanne put se rendre compte que, malgré les revers subis, ces yeux-là étaient demeurés beaux. Quelque part dans la prison, quelqu'un se mit à psalmodier. Cela fit sourire Jehanne, qui dit:

— J'ai appris beaucoup de choses, Sam. J'aimerais avoir le temps de t'en faire part.

— Il t'en coûte si peu d'essayer. Qui sait ce qui m'en reviendra. Après tout, il ne reste plus guère autre chose à faire, et les cancrelats me font un bien piètre auditoire.

Elle s'approcha de lui et le prit par les épaules avant de déposer sur ses lèvres gercées un baiser parfumé. Il demanda:

— Tu m'en veux, n'est-ce pas?

— Non. Plus maintenant.

Le gazouillis d'une voix d'enfant venue du soupirail au-dessus de leurs têtes les fit assécher leurs larmes en hâte. Jehanne se haussa sur la pointe des pieds afin de jeter un coup d'œil à l'extérieur. Sam tendit le cou et demanda:

— C'est mon fils? C'est Adam?

La jeune femme ne répondit pas tout de suite. Elle continuait de regarder en direction de la cour envahie d'adultes en grande conversation, lorsque soudain elle l'aperçut. Adam n'était pas accompagné de la femme du geôlier. Le garçonnet s'insinua à travers le groupe dense jusqu'à Louis dont il prit la main. Rendu curieux par le haubert* d'un garde qui se tenait là, il introduisit son auriculaire dans un entrecroisement d'anneaux. Il leva les yeux et tira le géant par la manche.

— Père, pourquoi ce n'est pas vous qui avez un habit comme un chevalier?

— Jehanne, est-ce lui? Parce que si c'est lui, je ne veux pas qu'il me voie ici, dit Sam en reculant aussi loin du soupirail que ses chaînes le lui permettaient.

Jehanne se retourna et l'invita d'un geste à se rapprocher pendant qu'Adam disait:

— Père. Père, écoutez, je vais vous raconter une histoire. « Il était une fois un héros qui s'appelle Louis, et qui est si grand que sa tête touche le ciel... »

— C'est bien mon fils, dit Sam depuis son coin obscur.

— Allez, viens, dit Jehanne. Il ne te verra pas. C'est plein de monde, là-haut, et... oh, viens vite. Il est maintenant occupé à poursuivre une balle. Je vois que Louis a pensé à tout pour le distraire. Il s'est bien douté que tu souhaitais voir Adam sans être vu de lui.

Longuement, Sam contempla la course erratique de l'enfant que Louis ne cessait d'appâter avec la balle. Les prunelles lumineuses de Jehanne avaient été artistiquement reproduites et enchâssées dans un visage d'angelot que le jeu rosissait. À plusieurs reprises, les deux hommes s'entre-regardèrent sans que rien n'y parût.

— Quel beau garçon. C'est tout toi, dit enfin Sam.

Il remercia Louis d'un geste et se rassit avec lassitude sur la paille.

— Oh, n'en sois pas si sûr. Je veux bien croire que, côté apparence, il me ressemble, mais côté tempérament, très cher Sam, c'est ton portrait tout craché. Il me rappelle sans cesse le bon vieux temps. Sais-tu qu'il a baptisé tous les chats du domaine, qu'il les reconnaît tous et qu'il a élu domicile dans la tournelle afin d'y attendre son adoubement? Vraiment, ça ne te rappelle personne?

Sam sourit. Jehanne dit:

— Mais, bien plus encore, il aime la vie, tout comme toi... Oh! Je n'aurais pas dû dire cela.

— Mais si, voyons, ne t'en fais donc pas, puisque c'est la vérité. Jusqu'à l'arrêt de mort, j'étais là, parmi les autres hommes qui, eux, peuvent continuer à vivre avec insouciance. Mais là, je ne sais plus; mon corps n'est pas encore détruit, il est toujours fait pour vivre, et pourtant me voici déjà séparé du monde des vivants. Plus rien n'a le même aspect. Je sens mon âme qui s'éteint peu à peu. Dis-moi, est-ce qu'il sait... Adam... que c'est moi...

Il fut incapable de compléter sa phrase. Jehanne en devina la teneur et répondit:

— Non, pas encore. Nous le lui dirons un jour, plus tard, lorsqu'il sera en âge de le comprendre. En attendant, Louis l'élève comme s'il était sien.

— J'ai vu. Ils s'aiment, ces deux-là, n'est-ce pas?

— Oui, beaucoup. La venue d'Adam a changé sa vie.

Sam soupira.

— Dans le temps, c'était lui, Baillehache, qui était l'intrus pour moi. Après, mon fils l'a été pour lui. Mais lui, au moins, il s'est montré capable de l'accepter. Oh, et puis, c'est aussi bien comme ça. Qu'est-ce que je lui laisserais, moi, de toute façon? Le kilt que j'ai sur le dos? Tel qu'il est, il sera heureux et à l'abri du besoin, et toi aussi, avec ton douaire*, le domaine et tout. Comment est-il?

— Qui, Louis?

Sam opina. Jehanne dit:

— La force de sa volonté fait en sorte qu'il semble se rétablir. Les physiciens* ne cessent de lui chanter sur tous les tons de se ménager sous peine de subir une nouvelle attaque, mais il refuse de se résoudre à cette éventualité.

Sam baissa les yeux.

— Jehanne, je suis désolé. Même sans ma condamnation, je crois bien que j'en crèverais de honte. En plus, il m'a déjà sauvé la vie une fois, dans le temps qu'on habitait dans le souterrain. Un routier qui s'en venait me tuer et qu'il a abattu. Et ça, c'est sans compter toutes les fois où je l'ai provoqué. Je lui dois une fière chandelle.

Le jeune homme déplora de ne pouvoir emporter avec lui un secret précieux qu'il regrettait de ne pas avoir gardé:

— Tu m'avais pourtant bien prévenu qu'il avait déjà été victime d'abus. Mais... j'ignore ce qui m'a pris. J'ai continué à cogner dessus, comme une brute. Il a tout encaissé sans broncher, avec un tel courage... Ça n'a fait qu'augmenter ma rage contre lui, tu comprends?

— Pourquoi ne lui avoir rien dit de tout cela lorsqu'il a paru vouloir te parler tout à l'heure, au lieu de t'en prendre encore à lui comme tu l'as fait?

— J'en sais rien. Ou plutôt si. Mais que crois-tu donc que je pouvais dire à un homme qui, demain, va m'étriper comme un gibier sanglant et hurlant? J'ai peur de lui, de ce qui m'attend, de cette horrible violation de mon corps.

—Non, arrête!

Jehanne baissa la tête et Sam se rassit. Elle dit, tout bas:

—Je sais.

—Jehanne, peux-tu me promettre une chose?

—Je veux bien essayer.

Elle s'assit à son tour dans le foin malpropre sans se soucier de sa belle robe et lui prit les mains.

— Dès que j'aurai fini de gravir les marches de l'échafaud, va-t'en. Promets-moi de t'en aller au plus vite. Souviens-toi de moi tel que je suis maintenant. Je ne veux pas finir sous tes yeux comme ça, comme... une tripaille de boucherie.

Sa voix se cassa. En pleurs, Jehanne, qui s'était mise sans s'en rendre compte à se bercer, se jeta dans ses bras. Sam ne put qu'esquisser un enlacement, car ses chaînes le retinrent. Il fut agité de sanglots nerveux.

— Ce n'est pas tant la mort qui me terrifie que l'agonie! J'ai peur de souffrir. Crois-tu qu'il acceptera de me donner... quelque chose avant...

— Oh, oui. J'en suis sûre. Il n'y a qu'à le lui demander.

—Non, c'est pas la peine. Il va refuser. S'il me drogue, ça se verra. Non, tous ces gens-là qui attendent dehors et dont aucun ne me hait réclament un spectacle. Ils veulent voir ma vie tailladée comme une longueur de soie dorée qui était destinée à habiller la belle femme que j'aime. Je ne serai donc qu'une guenille tout juste bonne à éponger mon propre sang. Ton mari est obligé de faire de moi une chose immonde. Il faut que, devant eux, je cesse d'être un homme.

—Arrête, Sam! Tais-toi, je t'en prie. C'est déjà bien assez de... de...

Elle lui donnait de petites claques sur la poitrine. Subitement elle prit conscience de ce qu'elle était en train de faire. Elle pressa ses lèvres contre les siennes et ils se parlèrent tout bas.

—Excuse-moi.

—Ça ne fait rien.

—On ne remarque jamais vraiment combien le cœur peut être quelque chose d'aussi central au moindre geste qu'on peut faire.

—C'est bien normal.

—Il y a une chose que les gens de la prison m'ont chargé de vérifier avec toi. Quand tu m'as demandé de ne pas assister à l'exécution, s'agit-il de ta... dernière volonté?

—Non. Ma dernière volonté, c'est que tu passes la nuit avec moi et que nous fassions l'amour. Je veux que mon cœur batte à se rompre, qu'il éclate pour toi une dernière fois.

À ces mots, le cœur de Jehanne se mit au diapason du sien. Elle dit :

— J'accourrai, qu'ils soient d'accord ou non. Mais avant, il faut que je te dise... Louis a demandé à te voir.

— Ça va. « Dis, que faire ? Comment vivre ? C'est lui que je veux. Par lui je mourrai[90]. »

Ils se séparèrent. Jehanne se leva et épousseta ses jupes.

— Il faut que je monte m'occuper d'Adam pendant qu'il sera ici avec toi. Sois certain que je ne sortirai pas de la prison, d'accord ?

— Oui. Je me demande ce qu'il me veut, dit Sam sombrement.

Une fois dans la cour, Jehanne fut accueillie par un Adam échevelé qui se jeta dans ses jupes en criant un « Mère ! » ravi et par un Louis paisible, prenant à peine appui sur sa canne, qui lui serra la nuque à sa façon coutumière. Elle sentit quelque chose s'accrocher au bas de son chignon, là où des cheveux dépassaient légèrement de sa coiffe, et s'éloigna un peu de son mari pour y porter la main.

— Un gafirot* ?

Les lèvres de Louis se retroussèrent et il fit mine de prendre la fuite sous l'hilarité d'Adam. Jehanne le regarda faire, le gafirot* dans la main, encore étourdie par l'ultime requête de Sam. Louis ignorait la souffrance que pouvait lui causer sa petite gaminerie, lui qui ne cherchait sans doute, bien gauchement, qu'à alléger l'atmosphère pour l'enfant. Elle souffrait de voir les tristes efforts que Louis déployait pour détourner son attention de l'instant fatidique qui, inexorablement, approchait de minute en minute. Jehanne trouva le courage de sourire. Sans oser aller jusqu'à accrocher le fruit dans les cheveux du plaisantin, elle se pressa doucement contre lui. La main libre de Louis lui enlaça la taille. Les gens qui se trouvaient dans la cour leur accordèrent une certaine intimité en feignant de ne rien remarquer. Ils demeurèrent un long moment ainsi, à se bercer l'un l'autre, tandis qu'Adam continuait à jouer tout seul en leur tournant autour.

Le procès revenait à l'esprit de Jehanne par bribes qui ressemblaient déjà à un ancien cauchemar. Elle n'arrivait pas à croire qu'il s'était déroulé seulement quelques heures plus tôt. On eût dit qu'une vie entière la séparait maintenant de l'après-midi dont elle reniflait pourtant encore la brise. Les mêmes soupes mijotaient aux feux et, à la maison, les platanes n'avaient pas dû perdre toutes leurs feuilles d'un coup. Un peu plus tôt, Blandine avait déposé des poignées de cresson de fontaine sur la table de la maison rouge. Elles devaient s'y trouver à l'heure actuelle, encore fraîches, apprêtées en salade, dans un grand bol en bois. C'était bien le même jour, il n'avait vieilli que de quelques heures à peine. Or, les petites choses du quotidien n'importaient plus. Un jour ou dix ans, plus rien n'avait d'importance, sinon la fin d'une longue histoire d'amour, la fin d'une vie faite pour continuer. Le lendemain matin, le ménestrel allait partir pour de bon. Et cette fois pour un voyage dont il n'allait jamais revenir. Sa voix aimée et son rire de farfadet n'allaient plus jamais être entendus. Sam allait quitter ce monde. Il allait la quitter, elle. Mais, pour l'instant, il était encore là. Tout cela pouvait encore être évité. Même s'il fallait un miracle.

Jehanne s'inquiétait d'avance de la promesse qu'elle avait faite à Sam. Elle n'avait aucun désir d'être témoin de sa mort, mais en même temps elle craignait que, si elle ne restait pas afin de la voir survenir, elle n'y croirait jamais. Elle avait à la fois peur et envie de passer le reste de ses jours à se persuader que, peut-être, une femme s'était avancée pour le demander en mariage. Que, peut-être, le supplice avait été empêché par quelque intervention divine. Mais elle savait aussi qu'il valait mieux renoncer à ce bonheur illusoire et aller de l'avant dans l'espoir d'accéder à un bonheur plus concret. Un bonheur sans Sam. Cela pouvait-il seulement exister? Elle se demanda s'il ne valait pas mieux passer outre sa promesse et accepter de voir de ses yeux vu son corps accroché au gibet.

Sans prévenir, cette terrifiante perspective l'accabla, comme elle le faisait par moments depuis que ce jour interminable s'était scindé en deux. Mais ce brusque émoi s'égarait sans cesse dans de longues périodes d'engourdissement au cours desquelles, même si on ne parlait de rien d'autre, il était difficile de se persuader que Sam n'était pas encore mort, qu'il était sur le point d'être exécuté, qu'il était encore là. Jehanne se rendit compte qu'elle avait dépassé le stade où l'on met tout en œuvre pour tenter d'éviter cette issue. Elle en éprouva de la honte.

— Tout va bien? demanda soudain la voix de Louis, la faisant émerger de sa torpeur.

— Oui, enfin je... j'imagine.

— Je ne vois plus l'homme-bulle-de-savon, dit Adam qui réclamait le gafirot* des mains de sa mère.

Louis et Jehanne le regardèrent sans comprendre, mais puisque l'attention d'Adam s'était déjà détournée, Jehanne reprit le fil de ses idées. Elle ne pouvait pas savoir que, dans l'esprit d'Adam, l'homme blafard qu'il avait aperçu à travers le soupirail ressemblait à ses expériences passées avec les bulles de savon.

Jehanne cita la dernière volonté de Sam.

—Quoi? dit Louis en serrant les poings.

Sam, même captif de sa geôle, semblait le défier encore. Jehanne, quant à elle, ne savait plus où poser les yeux. Louis parut s'en rendre compte et s'efforça au mieux de maîtriser sa contrariété.

—Quel est votre désir?

Prise de court, Jehanne sursauta.

—Je... je ne sais plus. Mais je suppose que c'est son désir à lui qui importe le plus en ce moment.

Ce fut au tour de Louis de regarder ailleurs. Il mit un temps de réflexion et finit par concéder, de mauvaise grâce, d'une voix rude:

—Bon. Ça va, puisque c'est ça qu'il veut. Quoi d'autre?

—Il est prêt à vous recevoir.

—Bien. Alors j'y vais, dit-il en libérant Jehanne.

Il ne laissa pas non plus savoir à sa femme si elle allait être en mesure ou non d'accéder à la demande du condamné. Après un bref arrêt à la cuisine, il descendit aux cachots avec le geôlier en laissant derrière lui la voix inquiète d'Adam qui demandait de l'attendre.

—Tiens, je t'ai trouvé ceci.

Ce fut la première chose que Louis dit à Sam alors qu'il lui faisait remettre par le geôlier qui, ensuite, les laissa seuls, un tranchoir* accompagné d'un reste de soupe.

—Non, ça ira. Je n'ai pas faim.

—Allez, mange. Tu auras besoin de toutes tes forces pour passer la nuit.

—Vous voulez dire que...

Le voussoiement était revenu de lui-même, et tous deux s'en rendirent compte. Louis dit, avec dans la voix un ferment d'impatience:

—Mais oui. Quelle importance cela peut-il bien avoir, maintenant, hein?

—C'est vrai. Merci.

Et, pour faire plaisir à son bourreau, Sam mangea. Louis le regarda faire en silence. Après plusieurs minutes, il dit:

—Au fait, je voulais te demander une chose.

—Dites toujours.

—J'ai vu que l'on avait mis mon cheval en terre. Est-ce toi?

Sam leva la tête et posa sur le bourreau un regard affligé.

—Oui, c'est moi. J'aurai au moins fait ça de bien, malgré le risque que je courais. Sa mort s'ajoute à mes regrets déjà nombreux. J'ai toujours aimé ce cheval, vous le savez.

— Oui, je le sais. Merci de l'avoir enseveli. Puis-je faire autre chose pour toi? Voulais-tu me parler?

Sam leva sur le géant un regard éberlué. Il était pourtant au courant qu'il s'agissait là d'une procédure normale. Il répondit :

— Qu'aurais-je donc d'autre à dire, moi qui suis à présent décompté?

Louis ne dit rien. Il attendit. Peut-être souhaitait-il que Sam lui fît la demande d'une drogue. Mais s'il vint bien près de formuler une telle requête, il se fit un point d'honneur de ne pas succomber à sa faiblesse. Il dit :

— Déchéance pour déchéance, il eût mieux valu pour moi rester au fond des bois à me balancer au bout de ma chevestre* comme un pantin grotesque, hein?

— Peut-être bien. Par contre, ça prend plus de temps.

— Ouais.

— À propos, cette chose que je tenais à te dire... je l'ai dite à Jehanne. Tout ceci aurait pu être évité. Maintenant, c'est trop tard, nous n'en aurons plus le temps.

— Il me reste encore l'espoir d'être demandé en mariage au dernier instant.

— Tu connais quelqu'un qui le ferait?

— Non. Mes humbles talents de conteur sont utiles à tout le monde, sauf à moi. Les femmes que je connais... Non, laissez tomber. À titre de curiosité, quelle était donc cette chose que vous souhaitiez me dire?

— Rappelle-toi ce que tu as écrit dans ta lettre : que mon union avec Jehanne aurait pu être annulée par des autorités ecclésiastiques supérieures.

— Je m'en souviens.

— Tout aurait été plus rapide si notre aumônier avait détenu ce pouvoir, n'est-ce pas?

— En effet.

— Il ne le détient pas, mais presque. Écoute. Jehanne et moi n'aurions même pas eu besoin de faire annuler notre mariage. J'étais disposé à prendre l'habit et à te laisser l'épouser.

La fausse humeur badine de Sam se volatilisa aussi brusquement qu'elle était apparue. Il s'effondra. Louis appuya sa canne contre le mur et s'agenouilla près de lui. Il lui donna de petites tapes sur l'épaule.

— Allez, allez, mon vieux, courage. J'aurais dû me taire.

— Non, vous n'y êtes pour rien. Tout est de ma faute.

— Maintenant que tu es condamné, même si je pars, quelqu'un d'autre devra t'exécuter à ma place.

— Alors, à moi, le chevalier sauveteur de dames en détresse, il ne me reste plus qu'à être sauvé de ma détresse par une dame.

— C'est cela.

— J'ai les tripes qui se tordent comme un vulgaire torchon qu'on essore.

— Je t'envoie Jehanne. Ça va ?

Au moment où il s'apprêtait à se relever, Sam le retint par le bras.

— Mon fils. Je ne veux pas que...

— Rassure-toi, il n'en saura rien.

— C'est bon.

Sam ferma les yeux et s'adossa au mur. Il dit :

— À demain. Je vous reverrai pour mourir.

Louis reprit sa canne et sortit.

Dès la fin du court procès, la sentence avait été criée aux quatre coins de la ville. Aussitôt que le soleil commença à descendre vers l'horizon, la place du marché se vida de ses badauds à une vitesse inaccoutumée. Ils s'en allaient refluer place Saint-Sauveur ou devant la prison, désœuvrés, gueulards, inutiles. À l'occasion, quelques rares individus, le bayle* ou l'un de ses gardes, se détachaient de la masse anonyme des curieux pour se faufiler par le portillon entreclos, endeuillé d'avance. Même s'il ne restait plus aux auberges la moindre chambre vacante, même si on avait commencé à monter gargotes et estrades autour de l'échafaud et que, déjà, le moindre balcon avait été loué une fortune, on rechignait à laisser libre cours à la liesse qui, habituellement, précédait une exécution publique, car nombreux étaient ceux qui avaient eu vent de l'histoire de Sam et de ce qui l'avait mené à cette triste conclusion. On se prit de sympathie indifféremment pour le couple illégitime ainsi que pour l'enfant invisible, et pour l'exécuteur dont on avait appris au fil des ans à estimer l'imposante dignité.

Pour une fois, le promeneur solitaire fut reconnaissant à la populace de sa curiosité morbide qui avait laissé les rues à peu près désertes. Et il n'était pas le seul. Apparemment, Louis aussi appréciait de se retrouver relativement solitaire ; le promeneur l'aperçut, assez loin devant lui, qui suivait une rue tortueuse d'une démarche résolue ne ressemblant en rien à celle d'une balade. L'homme se demanda ce qui pouvait bien avoir motivé le bourreau

410

à quitter la prison à une heure aussi tardive et il décida de le suivre discrètement, sans se faire voir.

Louis se retira assez loin de la place, dans la pénombre d'une venelle où il entra sans tarder en grande conversation avec l'un des archers qu'on avait graciés et qui semblait l'avoir attendu là. Cette discussion aux allures de complot attisa la curiosité du promeneur. Avant qu'on ne s'aperçût de sa présence, il se dissimula entre deux maisons et prêta l'oreille.

— Tu comprends, c'est une promesse que j'ai faite à ma femme. Alors, c'est entendu? demanda Louis.

L'archer opina gravement en se pinçant les lèvres. Il ajusta derrière son dos une arme de dimensions moyennes, soit à peu près de sa taille. Une bourse changea discrètement de mains. L'archer la soupesa distraitement avant de l'empocher. Il déglutit avec peine et dit:

— N'empêche que je serai un peu trop loin. C'est plutôt risqué comme besogne.

Louis possédait suffisamment d'expérience en matière d'archerie pour connaître la raison, très justifiée, de ces réticences: au sortir de l'arc, la flèche ne volait jamais tout à fait droit. Ce phénomène s'appelait le paradoxe de l'archer.

— Et vous êtes bien sûr que j'aurai le temps de filer après? demanda l'archer. Parce que rien n'est plus dangereux que le bas peuple privé de son spectacle. On va vouloir ma peau.

— Sois sans inquiétude. Tu seras assez près. De plus, j'ai déjà pris un arrangement pour faire diversion afin de te permettre de vider les lieux sans être vu. Il y a une chevestre* dissimulée sur le toit de l'église, du côté du transept qui donne sur la porte Saint-Martin. C'est tout près. Nous avons déjà parlé de tout ça.

Le promeneur écoutait, bouche bée. L'archer dit:

— Oui, je sais. Mais...

— Quoi, tu te dégonfles?

— Non, non, je ne me dégonfle pas. Seulement, ce n'est pas un truc facile. Vous qui étiez à Maupertuis, vous savez combien on n'a que mépris pour des gars comme moi. On dit même que le premier archer n'était qu'un lâche qui n'osait pas s'approcher de son ennemi[91].

Le promeneur aussi savait cela. Pour ceux qui disaient être de vrais guerriers, la seule forme de combat valable devait être personnelle et au corps à corps. C'était la raison pour laquelle les archers, avec leurs projectiles qui permettaient l'engagement à distance, étaient si mal perçus des chevaliers.

Louis reprit:

— Je n'ai jamais dit que c'était facile. Mais, bon! ma décision est prise et nous n'allons pas revenir là-dessus.

— J'ai quand même la trouille. Pas à cause de la populace, mais du reste.

— N'y pense plus. Tu vises, tu tires et ça y est. C'est ton métier, non? Si tu ne t'en sens pas la force, redonne-moi l'argent et je trouverai quelqu'un d'autre.

« Ce sera moi, se dit le promeneur en portant la main à sa ceinture. Et je ne veux pas de gages. »

L'archer gardait les yeux baissés sur la bourse en cuir qu'il pétrissait nerveusement.

— Écoute, je te l'ai déjà dit: il faut que ça se fasse, dit Louis.

Terrible vérité que celle-là. « Puisque de toute façon Samuel doit mourir, il est bon que cela puisse se faire sans l'intermédiaire de l'affreux supplice », songea le promeneur. L'archer sembla suivre un raisonnement similaire et en tirer courage. Il releva la tête.

— Vous avez raison. Je le ferai, maître.

— Tu es bien sûr de ton engagement, cette fois?

— Oui.

Louis pointa l'index en direction de sa propre poitrine.

— J'ai ta confiance. Ne me trahis pas. Parce que, si tu manques ton coup, je saurai te retrouver et c'est moi qui voudrai ta peau. Je puis te garantir que je mettrai beaucoup plus de temps à l'avoir que la foule.

L'archer ne put réprimer un frisson.

— Je ne flancherai pas, c'est juré. Nous devrions peut-être convenir d'un signal...

— N'attends rien avant que j'aie découpé sa tunique. Contente-toi d'être prêt. Je me tiendrai à côté de lui et, lorsque je me retournerai pour vous faire face, à la foule et à toi, tchac! Compris?

L'homme fit un signe d'assentiment.

— Parfait. Va boire un coup à ma santé si tu veux, mais arrange-toi pour avoir la vue claire demain.

Louis se détourna pour s'estomper dans l'ombre de la venelle, tandis que l'archer, tête basse, reprenait la direction de la place Saint-Sauveur. Il aperçut trop tard un bras qui surgit de nulle part pour l'empoigner solidement. Sans avoir eu le temps de pousser un cri, il disparut entre deux maisons.

— Tu me parais bien soucieux, l'ami. Il ne faudrait pas que tu manques à ton devoir, car celui à qui tu dois épargner des souffrances m'est très cher. Si tu venais en causer un peu avec moi

412

à confesse? demanda le promeneur dont les prunelles étincelantes, ainsi que le grand couteau[92] qu'il tenait à la gorge de l'archer, n'admettaient aucune discussion.

Non loin de la place du marché, un moine échevelé dont la coule était froissée et couverte de poussière s'assit au pied d'un gros arbre. Pour la douzième fois ce jour-là, il ouvrit son livre d'heures abîmé. Et pour la douzième fois, il ne parvint pas à lire, car il fut distrait par un corbeau qui prolongeait le cri fêlé d'une mouette. Le livre lui glissa des mains et se referma tout seul. Le moine s'appuya contre le fût constellé de soleil et ferma les yeux. Il se sentait incapable de se préparer à la tâche qui l'attendait : pour la seconde fois de sa vie, il s'apprêtait à accompagner un condamné à mort, un être aimé qui allait être exécuté par son propre fils. «C'est trop me demander, que de mourir deux fois», se dit-il en grelottant.

À regret, il se leva et se dirigea vers la place Saint-Sauveur en laissant ses pensées errer loin devant. Soudain, il aperçut Louis et Jehanne qui marchaient ensemble.

Il se prit à songer à la bibliothèque de l'abbaye qui, subitement, lui manquait comme le refuge familier qu'elle était. «Tous ces précieux manuels que je n'ai pas eu le temps de lire et que je ne lirai probablement jamais», se dit-il en regardant tristement la silhouette de son fils qui s'éloignait.

Les rayons obliques du soleil couchant étaient portés par le vent qui, toute la nuit, allait chantonner devant les volets. De gros nuages répandaient leurs somptueuses soies des Indes safran et mauve par-dessus le vitrail turquoise de l'horizon qui s'ourlait de vert pomme. Cette débauche de couleurs donnait au ciel une perspective dont on était porté trop souvent à oublier l'existence.

Louis n'avait aucune envie de rentrer. Malgré les protestations de son cœur et de ses jambes, il restait planté là, debout, au bord d'un petit champ d'avoine qui en été devait être d'un beau gris-vert velouté que le vent transformait en chose vivante, ondulante comme une de ces étoffes échappées par le ciel. Le vent omniprésent lui caressait les cheveux et asséchait sa sueur. Que pouvait bien représenter un tel crépuscule lorsque, pour un homme, c'était le dernier ? Un adieu ? Une promesse ? La peur de la nuit trop noire et de l'arrivée d'un jour qui allait durer plus que soi ? Il ne s'était jusque-là jamais réellement posé la question.

Une main serra son bras doucement. Il tourna la tête. C'était

Jehanne. Ses traits étaient tirés et elle avait les yeux rouges, mais elle lui sourit.

— Vous pensez à la même chose que moi ? interrogea-t-elle.

— Je crois que oui... C'est le plus beau coucher de soleil que j'aie jamais vu.

— Mais il ne peut pas le voir de sa cellule, dit-elle.

— C'est aussi bien. Que ferait-il de ce ciel-là ?

— Je l'ignore. Un dernier fabliau, peut-être.

Les nuages safran prirent graduellement une vibrante teinte presque écarlate. Certains se brodèrent d'or. L'air lui-même s'était coloré sous l'effet de quelque bénédiction. Un chien aboya quelque part. Des enfants criaient, occupés à terminer une partie de ballon qui ne pouvait être remise au lendemain.

— Vous êtes debout depuis longtemps, Louis.

— Je sais.

— Et vous n'êtes pas fatigué ?

— Pas trop.

Il s'en étonnait, d'ailleurs. Ce regain d'énergie ne pouvait être dû qu'à sa petite conversation avec l'archer. Il en avait éprouvé beaucoup de soulagement. Malgré ses jambes qui tremblaient un peu, il se sentait léger, presque insouciant, comme pris d'une légère ivresse.

Le soleil finit par aller s'éteindre derrière l'horizon. Livrés à eux-mêmes, les nuages incandescents commencèrent à ternir. Jehanne se résolut enfin à demander :

— N'y a-t-il vraiment rien que l'on puisse faire pour alléger ses tourments ?

Louis tourna la tête vers elle. Il devina à quoi elle faisait allusion.

— Je m'en occupe, dit-il.

La dame n'aima soudain plus les nuages qui étaient en train de devenir trop noirs. Elle tira légèrement son mari par le bras.

— Rentrons. Il commence à faire frais.

Sur la place, les quelques traînards qui n'avaient pas été évacués par l'heure du souper saluèrent le couple avec retenue.

Une fois de retour à l'aile de la prison qui était affectée au logis du geôlier et de sa famille, Louis et Jehanne eurent la surprise de se voir attendus par nul autre que le père Lionel. Il les accueillit avec effusion et n'arriva à se calmer qu'une fois attablé avec eux, en compagnie du geôlier et de sa famille. Adam, à qui on avait fait nombre de recommandations, avait pris place parmi les enfants de son hôte et écoutait poliment. Le fait qu'il était intimidé devait probablement l'aider à respecter les convenances.

—Je me suis mis en route à ta suite dès que j'ai appris la nouvelle, mon fils, expliqua-t-il à Louis.

Il s'adressa au geôlier:

—Vous comprenez, Samuel est presque un parent. Nous l'avons vu grandir. Merci de nous recevoir.

—Oui, merci, renchérit Louis.

—C'est bien la moindre des choses, depuis toutes ces années qu'on travaille ensemble, maître Baillehache et moi.

—Cette nuit sera longue pour nous tous. Moi, je la passerai à veiller et à prier pour lui. Vous joindrez-vous à moi, mes amis?

—Mais bien sûr, répondit l'épouse du geôlier.

Le mari se gratta pensivement une joue semée de barbe grisâtre.

—Louis? demanda Lionel.

—Commencez sans moi. J'ai d'abord besoin de dormir un peu.

Lionel sourit moqueusement et répliqua:

—Tut-tut, mon fils. N'est-ce pas là un prétexte pour te soustraire à tes devoirs de chrétien? Dieu sait qu'un prêche te serait des plus salutaires en ce moment.

—Vous parlez toujours trop, je vous l'ai déjà dit. Quinze mots, pas plus.

Le religieux rit doucement et expliqua, à ses hôtes:

—C'est notre petite plaisanterie à nous. J'ai toujours trouvé à Louis une tournure d'esprit qui s'apparente davantage à celle de saint Pierre plutôt qu'au doux lyrisme de son saint patron. M'en voudrez-vous si je commence par citer cette sempiternelle maxime: «Les voies de Dieu sont impénétrables»?

Jehanne répondit:

—Personnellement, je ne vous en voudrai pas, mais je suis portée à être d'accord avec Louis. Il est des fois où la parole, aussi bonne soit-elle, ne nous est d'aucun réconfort.

—Il a bien raison. C'est pourquoi ma prière, cette nuit, sera muette. Quant aux tiennes, mon fils, j'ai la certitude que le Seigneur les a déjà entendues. Quoi qu'il en coûte, elles seront exaucées.

Le regard de Lionel plongea dans celui de Louis et s'y accrocha avec une insistance faite d'un mélange d'affection et d'anxiété.

—Souhaiterais-tu te confesser avant d'aller dormir?

—Plus tard, puisqu'Il m'a déjà entendu.

—À ta guise.

—Moi, mon père, je pourrai prier avec vous, dit soudain Adam. C'est vrai qu'on est à la prison ici? On dirait pas. Et Samuel, c'est l'homme-bulle-de-savon?

—Qui c'est ça, l'homme-bulle-de-savon? demanda une fillette.

Jehanne s'étrangla et dut précipitamment se lever de table.

— Excusez-nous, dit Louis en suivant sa femme hors de la pièce.

Les yeux exorbités, Adam regarda ses parents battre en retraite. Il repiqua du nez dans son plat et ne posa plus une question de la soirée. Il se retira dans une chambre d'invités avec sa mère dès qu'il en eut la chance, trop heureux d'être enfin soustrait aux regards trop scrutateurs des autres enfants. Il avait honte d'avoir proféré une bêtise. Le père Lionel, quant à lui, s'en alla voir Sam qui se morfondait tout seul au fond de sa cellule.

— Ah, il ne lui manquait plus qu'un petit prêtre, à notre Escot, dit le gardien qui avait entendu des pas dans l'escalier abrupt.

— Bonsoir, mon fils. Le geôlier m'a ouvert. Veuillez excuser mon retard.

— Aucune importance. Il a sommeil, dit l'homme en déverrouillant la porte.

— Non, je n'ai pas sommeil, dit Sam de son coin.

— Cela va de soi, répliqua le moine.

Il poursuivit à l'intention du gardien :

— J'aimerais m'entretenir seul à seul avec lui. Vous me le permettez ?

— Bien entendu. Je serai là-haut si vous avez besoin de moi.

Les tintements d'un trousseau de clefs suivirent le gardien qui s'éloigna de la porte à nouveau fermée, et le silence flotta un moment au-dessus d'eux avec hésitation, comme un oiseau cherchant un endroit où se poser. Sam dit :

— Ah, mon père, que de gens attentifs gravitent autour de moi ce soir, en attendant l'arrivée du bourrel*. Sa visite s'annonce comme celle du roi dans son palais muni de barreaux. Lui aussi a des serviteurs qui vont au-devant du moindre de ses désirs, et des gardes se tiennent à sa porte. Ils sont tous deux uniques dans le peuple, à cette différence près que le roi est aussi sublime que le bourrel* est vil.

— Mon fils, je t'en conjure, n'en veuille pas à Louis. Il n'est là que pour faire son devoir. Sache te montrer enclin à la patience devant la grande souffrance qui t'attend, car elle est libératrice. Abandonne-toi volontiers à elle et sois assuré qu'une place t'attendra au paradis le jour du Jugement dernier. Rappelle-toi que, puisque tu devras expier dès ici-bas, le Seigneur t'épargnera les flammes du purgatoire[93]...

La voix de Lionel se brisa. Sam parut ne rien remarquer ; il écoutait avec une apparente dévotion, la tête inclinée. Il était loin de se douter qu'en ce moment précis, c'était davantage à lui-même que Lionel destinait ces mots.

—... et tu te nicheras contre la poitrine paternelle d'Abraham...

Il se souvint de la lettre de l'abbé Antoine, qu'il avait gardée sur lui pendant des années telle une relique. Là aussi il était question d'Abraham. «C'est moi qui me confesse à toi et non l'inverse, se dit Lionel. Prendras-tu mon joug, Samuel, afin de le remettre pour moi au Seigneur? Voilà qui donnerait un but à ton exécution. Voilà qui redresserait ton dos courbé. Tu aurais enfin une cause pour laquelle marcher à ta mort la tête haute.»

N'osant pas verbaliser tout cela, Lionel se disposa à partir. Il annonça qu'il allait être de retour le lendemain avant tierce*, pour entendre sa confession.

—Je n'aurai pas besoin d'aide pour mourir, vous savez, dit Sam. Ça se fera tout seul ou presque.

Il regarda la torche qui venait de lancer une pincée de petites étoiles d'or en direction du plafond noirci. Le moine dit:

—Samuel.

—Je suis là.

Et ils rirent doucement tous les deux.

—Ça me plaît de dire cela depuis que vous nous avez parlé de ce Samuel de la Bible, dit le condamné.

—Eh bien, voilà toujours bien un prêche qui n'aura pas servi à rien.

Le sourire crispé s'effaça sur le visage de Sam aussi rapidement qu'il y était apparu. Il baissa la tête.

—Tu es là, dit encore le moine en se levant.

Il fit mine d'ignorer que Jehanne allait venir passer le reste de la nuit avec lui, à célébrer la vie dans le cachot d'un mort.

Chapitre XIII

Les Hautes-Terres

Sous la lueur de la chandelle, la paille du cachot de Sam produisait une poussière d'or qui refusait de se poser au sol, malgré l'air chargé. On eût dit qu'elle se trouvait là pour enluminer cette dernière nuit d'amour où ils boulaient ensemble sans se faire mal contre le sol rugueux de la geôle. Leurs vêtements épars avaient sonné la retraite des cancrelats.

Sam roula dans la paille et des brins d'or adhérèrent à sa peau nue, l'éveillant à une vie pour laquelle il n'était déjà plus fait. La main de Jehanne lui protégea instinctivement le cœur tandis qu'une chaîne de baisers se prolongeait pour rejoindre son membre érigé.

Leurs cris firent vivre la prison, ils parvinrent jusqu'à la salle des tortures inoccupée qui, attentive au moindre son, en demeura subjuguée.

Leurs cœurs palpitaient à l'unisson. Ils accéléraient, battaient la chamade, un peu comme celui de Louis, mais sans son irrégularité.

— Pourquoi nos cœurs ne s'arrêtent-ils pas d'un commun accord, là, tout de suite, tandis que nous sommes au faîte de notre ultime bonheur? dit Sam.

— Demander à mourir ainsi ne peut être que le fait d'une existence pleinement vécue, dit Jehanne qui, penchée au-dessus de lui, permettait à sa chevelure libérée de se fondre à l'or de la paille qui n'allait être piétinée que par leurs jeux, leur ultime défi à la mort qui veillait.

Était-il possible de se donner l'un à l'autre avec les larmes aux yeux?

*

Coiffé, lavé et rasé de frais, Sam était vêtu de sa chemise de lin du dimanche. Il avait le visage de la même teinte, d'une extrême pâleur. Après avoir entendu la confession du condamné qui s'était clôturée par l'absolution, Lionel se remit debout. Des brins de foin s'accrochaient à sa coule. Il n'en eut nul souci. Un peu plus tôt, le bourreau avait dû trouver les mêmes dans la robe et les cheveux de Jehanne.

— Mourir à trente ans! dit Sam. Il m'est ardu de devoir accepter ce sort qui est le mien avant même d'avoir vraiment eu le temps d'apprendre à vivre. Pourtant, malgré tout, j'ai maintenant la conscience en paix, mon père. C'est seulement mon corps qui ne se résout guère à être serein.

Des bruits de pas dans l'escalier, puis dans le couloir les contraignirent malgré eux à baisser le ton. L'un de ceux qui s'approchaient boitait. Les clefs du geôlier se bousculèrent sur leur anneau alors que la porte, bruyamment déverrouillée, faisait prendre conscience aux deux occupants de la cellule de l'immobilité attentive dans laquelle la nuit les avait laissés. Le geôlier se poussa de côté afin de livrer passage à un garde, ainsi qu'au bourreau qui marchait en s'appuyant d'une main sur sa canne. Le bailli, quant à lui, se tenait sur le pas de la porte et achevait de rouler la levée d'écrou fraîchement signée par Louis. Par cette signature, il devenait responsable du prisonnier ainsi que de la marche à suivre jusqu'à l'exécution. Le garde aussi demeura légèrement en retrait. Seul Louis s'avança. Il posa d'abord les yeux sur son père, qui lui retourna un regard presque suppliant avant de reculer avec lenteur.

— Je serai là. Je t'aiderai, dit le moine.

Il songea à l'arc et au carquois qui attendaient, bien cachés dans le clocher de l'église Saint-Sauveur. «Sans Dieu, je ne pourrai pas le faire. Sans moi, Dieu ne le fera[94]», se dit-il. L'archer engagé par Louis avait été en secret remplacé par un autre qui, lui, avait à cœur de tout mettre en œuvre pour éviter à Sam une horrible agonie.

— Le Seigneur a dit: «*In manus tuas Domine commendo spiritum meum*[95].»

Il baissa tristement la tête et croisa les mains devant lui. Louis regarda Sam, dont la conduite à peine défiante s'efforçait de manifester l'aplomb glacial d'un aristocrate. L'exécuteur devina confusément que Sam ne se comportait pas de cette façon pour laisser à la postérité une image de lui qui allait être citée en exemple. Non, il n'était qu'un roturier et les roturiers, eux, avaient le droit de hurler, de se débattre et de se vider. Or, Sam s'avança

_____

95. «Entre tes mains, Seigneur, je remets mon âme.»

de lui-même vers Louis sans afficher le moindre signe d'angoisse.
Louis dit, en jetant un nouveau coup d'œil au moine qui grelottait :

— Bon Dieu! c'est à se demander lequel de vous deux je m'apprête à mener au supplice.

Lionel leva sur lui un regard étincelant.

— Ne jure pas, espèce de mécréant!

Le garde crut bon d'intervenir :

— Allez, venez, mon père.

Avec révérence, il raccompagna Lionel à la porte. Le moine releva son capuce et, suivi des autres, il se laissa emmener, tandis que Louis demeurait seul un instant avec Sam.

— J'essaierai du mieux que je le pourrai de montrer un courage égal au vôtre, dit-il à Louis, qui s'occupait à libérer le condamné de ses chaînes.

Le bourreau répondit :

— Le courage n'a rien à y voir.

— Non. Sans doute que non. Ce doit plutôt être une question d'amour, pas vrai?

Les chaînes tombèrent aux pieds de Sam. Louis abaissa les yeux sur le visage de poète si connu, serti de ses deux émeraudes humides.

— C'est ça, dit-il.

Sam fut davantage surpris par cette réponse que par le fait que le bourreau ne remplaça pas immédiatement les chaînes par d'autres liens.

— On y va, dit-il.

Il le prit par le bras, un peu au-dessus du coude. Ce fut tout. Sam se laissa conduire docilement hors du cachot, puis le long du couloir étroit où un garde les attendait. Ils gravirent les marches de pierre pour émerger rue de Geôle. L'itinéraire ne prévoyait pas l'arrêt habituel sur la place Belle-Croix[96] pour permettre au condamné de se recueillir, ni le retour par la rue aux Fromages que l'on surnommait, pour cette raison, rue Monte-à-Regret. À la demande expresse de Louis, on allait éviter tout prolongement inutile, et l'exécution allait se passer sur la place du Pilori ou Saint-Sauveur.

Des gens d'armes étaient alignés, lances tendues devant les poitrines de spectateurs aux pieds desquels attendait une claie attelée à un mulet. Encadré de ses deux seuls gardes, Louis l'ayant lâché pour reculer parmi les officiants, Sam parcourut la rue Saint-Pierre et marcha en direction du parvis de l'église Saint-Sauveur sans regarder l'objet une seule fois. Il leva la tête vers l'azur d'octobre à nul autre pareil. Il huma la brise encore fraîche où folâtraient déjà les premières odeurs de cuisine issues des fenêtres basses qui se trouvaient à proximité, annonçant un dîner qui allait se prendre sans lui. Pris d'un violent désir de vivre, Sam haleta.

Une fois devant le porche de l'église, un cierge à la main, le ménestrel fut incapable de faire autre chose que d'ânonner mot pour mot les paroles toutes faites généreusement fournies tout bas par le moine encapuchonné qui se tenait à ses côtés. Personne ne s'était rendu compte que ce moine n'était pas Lionel. Celui-ci avait dû être remplacé pour une raison ou une autre, tandis que l'assistance s'était groupée sur la place. Les rares invectives d'inconnus allèrent se perdre parmi un flot d'appels à la clémence. Dans le grouillant magma de curieux assemblé devant lui, le condamné remarqua Louis qui tentait de s'approcher. Pour la première fois depuis près de vingt-cinq ans, quelques têtes brûlées décidèrent de s'en prendre directement à lui : des détritus explosèrent sur ses épaules et dans son dos.

— Eh, l'Escot ! cria une femme. Vois un peu le bourrel* qui s'amène ! On dirait qu'il veut prier avec toi, le maudit !

Cela semblait être réellement le cas ; Louis tenait lui aussi un cierge de sa main libre. Sam frémit de cette ultime attention. Alors que le géant échappait son cierge afin de se protéger le visage contre les projectiles, quelqu'un lui fit un croche-patte. Louis disparut parmi un fouillis de jambes qui reculèrent avec dégoût, ce qui n'empêcha pas sa canne d'être fièrement brandie au-dessus des têtes par une main anonyme. Des gardes furent obligés de fendre la foule en hâte pour faire cercle autour du bourreau. Louis put enfin se relever. Il ne réclama pas sa canne.

— Vous auriez dû demeurer avec nous, maître, lui dit un des gardes.

— Ne vous occupez pas de ça. Retournons.

— Lui, la canne, moi, le cœur, souffla Sam, pour s'empêcher d'être trop touché par le geste que Louis avait tenté[97].

Avec impatience, l'exécuteur se détourna et éloigna d'un coup de poing en pleine figure un gros bourgeois qui se tenait trop près. S'il ne fit qu'attiser l'ire de la populace à son endroit, le geste produisit au moins l'effet de rappeler les citoyens à leur réserve craintive d'antan. On continua à l'injurier, mais on lui lança moins d'ordures et les coups lui furent épargnés.

Sam fut escorté jusqu'à la claie.

— Il n'a pas à se faire pousser, remarqua une femme vieillissante qui se tenait à côté des hommes d'armes et essayait de saper leur sens du devoir à force d'attouchements tentateurs.

Encouragé par ce terrible éloge, Sam fit à la femme un clin d'œil fripon. Il avait reconnu la vieille Bertine Torsemanche.

Des mains l'empoignèrent rudement. Louis se chargea de le coucher et de le ligoter sur la claie. Après quoi, il prit les devants pour conduire le mulet. Il n'était pour l'heure accompagné d'aucun assistant. Seul le moine au visage toujours dissimulé sous l'ombre de son capuce était avec eux, ouvrant un livre usé entre ses mains osseuses. Louis lui fit une dernière recommandation:

— Prenez garde aux pavés.

Le moine acquiesça. Malgré tout, l'exécuteur faisait de son mieux pour adoucir cette pratique humiliante par quelques petits égards.

La procession s'ébranla.

— Chapeaux! Chapeaux! criaient des voix dans la foule cruelle qui se dissolvait pour mieux se recomposer plus loin, au gré de l'évolution de la claie sur le chemin menant au supplice, tel un caillot d'humanité maléfique. La voix tremblante, Sam murmura:

— Oui, c'est ça, bande de chacals, bas le chapeau pour mieux me voir, comme au passage de votre roi.

Le moine se pencha afin de soutenir la tête de Sam, car un pavé pointu lui labourait le dos. Le condamné cligna des yeux sans arriver à discerner le visage du père Lionel.

— Il faut que je réfléchisse à ce que je vais bien pouvoir raconter tout à l'heure, hein, ajouta-t-il narquois, une fois que je serai là-haut et que les anges me verront arriver avec le cœur sur la main.

Le moine se redressa et prit du recul, ce qui fit ralentir le reste de la procession. Sam songea que Louis, au moins, eût apprécié sa plaisanterie.

Non loin de là, une mégère faisait la criée:

— Une seule place au balcon de l'auberge, pas cher, une seule, bonnes gens! Et deux sur le toit! Les meilleures en ville pour ne rien manquer! Qui veut des places?

— Moi non plus, je ne manquerai rien, mais je céderais volontiers ma place! cria Sam. Quelques spectateurs s'esclaffèrent et l'applaudirent.

La distance que la claie devait parcourir avait beau être courte, elle exigea tout de même beaucoup de temps. Des gardes encerclaient l'échafaud que les curieux serraient de près. Sam ne sut qu'ils y étaient parvenus qu'au moment de l'arrêt du mulet. Louis remit les guides à l'un des gardes qui s'était avancé. Il délia Sam et l'aida à se remettre debout.

— Laissez, Baillehache, laissez. Vous avez déjà suffisamment de mal à ne pas vaciller vous-même, fit l'Écossais.

Au lieu de répondre, Louis serra farouchement les mâchoires et escorta sans aide le condamné, suivi du moine, jusqu'à la structure de chêne assombrie par les ans au pied de laquelle Sam dut s'arrêter pour uriner. Après quoi, Louis gravit l'échelle sans compter sur l'appui de Sam qui faisait mine de se laisser tirer par lui.

À l'ombre de l'échafaud, les habitants du domaine faisaient silence. Ils n'avaient apparemment pas la tête à faire cas de l'inhabituel calme du père Lionel. Louis nota l'absence de Blandine, qui avait dû être désignée pour garder Adam à la maison rouge.

Tandis que le héraut lisait en détail la sentence de Sam, dont il avait crié l'annonce tout au long de la procession à la place de Louis qui n'en avait pas la force, le condamné sentit derrière sa nuque la respiration accélérée du bourreau qui se déplaça. Son expression était hermétique, telle que Sam l'avait toujours connue. Il entreprit de lier sa victime sur une croix de Saint-André. Ensuite, il marcha jusqu'à un tabouret qu'on avait recouvert d'une nappe. Sous l'étoffe grossière était posé un affreux couteau à dépecer. Le bourreau prit l'arme et revint vers sa victime. Le moine abaissa son capuce. Personne ne se rendit compte qu'il s'agissait d'un inconnu aux cheveux châtains.

— Souhaites-tu dire quelque chose? demanda Louis à Sam.

Le condamné chercha parmi les premiers spectateurs le visage bien-aimé de Jehanne. Une fois qu'il l'eut trouvé, semblable à une œuvre en porcelaine bise sous les rayons du soleil qui gagnaient en force, il dit :

— Non. Ce qu'il reste à dire reviendra un jour à mon fils. Allez, allez-y avant que le courage me manque. Je n'en peux plus.

Louis acquiesça.

— Je promets de faire vite, dit-il.

Après avoir détaché la chemise de Sam, il dut la découper afin de la lui enlever complètement, à cause des liens. La foule, cette meute odieuse qui pourtant avait montré de l'affection pour Sam, acclama ce geste et attendit la suite avec convoitise. Sam ferma les yeux. Tout de suite après, il sentit sous son sternum le contact froid de la lame. Il sursauta, mais serra davantage les paupières et les mâchoires, s'armant pour l'effrayante douleur. D'un instant à l'autre, Louis allait pratiquer une incision sous les côtes, vers la gauche, et il allait y plonger la main. Allaient le terrasser quelques atroces secondes de hurlements d'agonie au cours desquelles le bourreau allait extraire d'une cavité sanglante son organe encore palpitant et en sectionner les connexions. Puis tout serait fini. Enfin.

Mais il ne se passait rien. Le couteau restait appuyé contre sa peau. Il était immobile. Soudain, le soleil pénétra sous ses paupières closes et contraignit le condamné à rouvrir les yeux. Louis, qui avait jusque-là projeté sur lui sa grande ombre, s'était légèrement déplacé sur un côté afin, crut Sam, d'offrir une meilleure vue aux spectateurs. Il leur faisait face.

Puis il l'aperçut. Loin au-dessus de la masse crasseuse, dans le clocher de l'église qui dominait la place, un archer le mettait discrètement en joue. Cet archer, il le reconnut par ses vêtements.

— Merci, eut-il tout juste le temps de souffler à Louis qui se tenait à ses côtés.

Mais Louis ne parut pas l'entendre. Quelque chose le préoccupait. «Il y met du temps à bornoyer», se dit-il. Enfin, il céda à la tentation et leva à nouveau brièvement les yeux en direction du clocher, au risque de faire repérer l'archer en dépit du tumulte.

Lui aussi reconnut l'homme qui visait. Il jeta un coup d'œil en direction du moine châtain, puis à nouveau vers le clocher. L'archer n'était pas celui qu'il avait engagé en secret la veille. C'était quelqu'un qui, au-delà d'un travail rémunéré à accomplir sous le poids de la menace, allait s'avérer un meilleur archer que celui qui n'avait aucun ami à perdre. Louis n'en croyait pas ses yeux. Comment Lionel avait-il pu faire pour se substituer à l'autre?

Tout était prêt pour la retraite rapide de l'archer. Lionel avait pu savoir qu'une longue corde était dissimulée à la jonction d'un des transepts et il avait bien l'intention de s'en servir. Mais, une fois sa flèche lancée, Lionel jugea qu'il allait tout juste avoir le temps de dérouler cette corde, de s'en servir pour redescendre et de demander asile en se réfugiant dans l'église. Cela lui semblait plus sûr que le plan de fuite initial prévu pour l'autre archer qui, lui, eût dû prendre le risque de traverser une partie de la place grouillante de monde avant d'espérer atteindre la porte Saint-Martin.

Le père et le fils se regardèrent. «Ma tête est vide, se disait Lionel. Je suis totalement concentré sur Samuel, tendu comme cet arc que je tiens, attentif au moindre bruissement d'ailes des anges qui l'attendent. Comme ma flèche, je m'apprête à jaillir, à m'enfuir avec son cœur intact.»

Lionel décocha son trait. Alors seulement il comprit ce qui était sur le point de se produire. Mais il était trop tard.

— Non!

Sa voix se perdit dans le vacarme de la foule, qui ne remarquait rien encore.

Sam vit les rayons encore dorés du soleil entre lesquels le trait à peine visible fendait l'air avec un vrombissement implacable. Il ferma les yeux. Il n'existait plus que pour cette flèche qui s'apprêtait à le délivrer, sans se rendre compte que Louis avait de nouveau éteint le soleil devant lui.

Le projectile frappa avec un bruit mat. Sam ne sentit rien. Il perçut un halètement. Ce n'était pas le sien. Il rouvrit les yeux. Louis tituba à sa hauteur, bouche bée, la flèche fichée en pleine poitrine. La main du géant s'ouvrit pour laisser échapper le couteau. Il abaissa un regard entendu sur l'empenne encore frémissante. Au loin, il put distinguer le visage défait derrière l'arc qui s'abaissait.

— Pardon, Père, dit Louis d'une voix tremblante.

On mit quelques secondes à réaliser ce qui venait de se passer. Lorsque l'information arriva à s'introduire dans le rudimentaire cerveau collectif de la foule, elle se déchaîna. Nul mieux qu'elle ne savait comment s'improviser bourreau. C'était un coup monté. Quelqu'un avait sciemment nui à la justice et le spectacle était compromis. Il fallait que quelqu'un expie.

Après avoir pratiqué une brèche dans la haie de gardes qui protégeait l'échafaud, la cohue recracha Jehanne au bas de l'échelle et reflua en direction du clocher. La jeune femme avait perdu sa coiffe. Hurlant à la place de celui qui était touché, elle gravit les échelons menant à la plateforme en s'empêtrant dans l'ourlet de ses jupes.

Pendant ce temps, Lionel regarda la populace approcher et encercler l'édifice au faîte duquel il était perché.

— Louis! Pourquoi as-tu fait ça? Ne me laisse pas!

Des projectiles venus de toutes parts se mirent à lui pleuvoir dessus. Quelques spectateurs frustrés entreprirent de se hisser au-dessus de la mêlée en se faisant la courte échelle. Lionel ne s'en soucia pas. «Toute fuite est inutile, maintenant», se dit-il. Il demeura immobile et n'esquissa pas le moindre geste de défense.

— J'avais encore tant à te dire...

Sans quitter des yeux le grand homme, qui lui aussi regardait dans sa direction, il laissa tomber son arc.

— Non, tout est dit. Mon fils, je te suis. *Ite, missa est*[98].

L'élève venait de dépasser le maître et, pour lui, il ne pouvait y avoir d'autre issue que de laisser aller. Il sourit en songeant à la barrière du jardin où les attendait Adélie depuis si longtemps. Il récita, à voix basse:

— «Maintenant, ô maître souverain, tu peux laisser ton serviteur s'en aller en paix, selon ta parole[99].»

---

98. «Allez, la messe est dite.»

L'archer fut empoigné par une cheville et tiré en bas où il disparut parmi le déferlement humain. Il ne reparut pas.

L'échafaud dont s'était désintéressée la foule avait les allures d'une nef échouée.

— Baillehache. Vous ne nous faites pas ce coup-là. Vous ne nous faites pas ce coup-là! rugit Sam avec véhémence.

— Mon nom est Louis Ruest, répondit le bourreau.

Il titubait. Quelques bulles de salive rougeâtre s'échappèrent d'entre ses lèvres et lui coulèrent le long du menton. Il demanda, d'une voix presque enfantine:

— Mais pourquoi est-ce que je tiens bon, là?

— Louis, oh, Louis! supplia Jehanne en s'approchant de lui, les doigts d'une main cramponnés à ses lèvres. Il la regarda, un peu étonné de la trouver là.

— Ça va, Jehanne, dit-il.

Il toussa. Un goût métallique lui vint à la bouche. D'une main tremblante, il empoigna la flèche et la cassa. Il n'en resta plus qu'un petit moignon long de trois pouces fiché dans sa poitrine. Jehanne hurla. Elle dut prendre appui à la croix de Sam, qui pleurait.

Dans le remuement poussiéreux de la foule, quelqu'un brandissait la tête de Lionel au bout d'une pique, près d'un homme à longue barbe qui salua son passage avec respect.

Louis ne vit rien de cela. Il effleura le fer planté dans sa poitrine. Au creux de cette petite plaie d'allure minime et qui déterminait une effusion de sang presque insignifiante à cause de la présence du fer, il perçut la formation de grappes de bulles. «C'est le poumon qui est touché. Ça ne m'a pas atteint assez haut», songea-t-il.

— Louis? appela Jehanne en s'avançant timidement.

Elle ne put empêcher une faible touche d'espoir d'éclairer sa voix. Il se tenait là, à étudier sa blessure comme s'il s'agissait d'une simple curiosité. Peut-être... peut-être...

Elle appela à nouveau:

— Louis? Est-ce grave?

— Mais non. C'est ce que je ne comprends pas. J'ai à peine mal. À peine. Où est Père?

L'image de la hampe dans sa main se brouilla et il chancela. Il ne lui fut plus possible de tenir sur ses jambes. Tout à coup, il ne pesa plus rien et le bruit de sa propre chute lui emplit les oreilles. Cela le surprit.

Jehanne le vit s'effondrer pesamment sur le côté droit, en position fœtale. Ses hurlements couvrirent ceux de la foule.

427

— Mon Dieu, Louis! Au secours! À moi! Aidez-nous, je vous en prie!

Triste supplique, sans cesse répétée.

— Inutile... personne ne va venir, dit Louis faiblement.

Jehanne s'agenouilla près de son mari. Elle le tourna délicatement sur le dos et lui posa la tête sur son giron. Il sursauta et se mit à souffler davantage, la bouche grande ouverte. Il tourna les yeux vers Sam, qui haletait comme lui. Cette vision terrible lui rappelait Aedan. Le géant terrassé toussa faiblement. Un filet de sang s'échappa d'entre ses lèvres. La main tremblante de Jehanne lui caressait les cheveux, et ses larmes pleuvaient sur son visage. Son attention se porta à nouveau sur sa femme dont il serra la nuque de sa main calleuse. Elle se pencha vers lui.

— La vie continue, allez, dit-il.

— Sans vous... je ne peux pas.

— Mais si. Vous comprenez, personne ne venait le demander; alors, j'ai... un peu forcé la main... à la coutume.

Sa respiration se congestionnait et il commençait à lutter contre l'inconscience.

— Non, je ne comprends pas, dit Jehanne.

— Personne ne venait le demander en mariage. Vous allez être veuve... Prenez-le... Partez avec lui et Adam... pour les Hautes-Terres.

Une larme tomba des yeux gris sur le nez de Louis et s'insinua jusqu'à sa bouche. Jehanne demanda:

— Vous voulez dire que... je n'aurai qu'à le demander à voix haute et il sera gracié? Mais ils ne voudront jamais. C'est trop rapide.

— Faites ce que je vous dis, souffla Louis d'une voix à peine perceptible.

Le spectateur à longue barbe s'approcha en hésitant de la haie de gardes sans cesse bousculée. Louis tourna la tête dans sa direction et reconnut Nicolas Flamel, qui acquiesçait gravement en se mordant les lèvres et qui dit:

— Le plomb s'est enfin transmuté en or, mais à quel prix? Je suis navré.

— Pas moi, dit le bourreau, dont la main retomba.

Jehanne demanda:

— Louis... qu'avez-vous fait? Ne me dites pas que ce... c'était... voulu?

— Mais oui. À cause de cette peinture, vous savez. Et du moine. Il parle trop celui-là, je l'ai toujours dit. Il m'a bien eu.

Il essaya de rire, s'étouffa et déglutit. Un nouveau ruban écarlate lui coula depuis la commissure des lèvres et il murmura:

—Je crois... c'est que je suis très amoureux de vous.

Il attendit d'elle une permission, le plus petit signe indiquant qu'elle acceptait son offrande. Sans savoir ce qu'elle faisait ni pourquoi elle le faisait, Jehanne pressa son front contre le sien. Après quoi, elle reposa la tête de Louis sur ses genoux.

—Merci, dit Louis d'une voix à peine audible.

Les yeux sombres, tavelés de lueurs vivantes, la saluèrent. La main du bourreau erra et empoigna le moignon de hampe. Il lui donna une violente secousse vers le haut. Jehanne haleta en même temps que lui. La pointe de la flèche s'enfonça plus avant et toucha le cœur. Les scintillements dans son regard, un instant soucieux, s'enflammèrent. Ils s'égarèrent avant de retrouver le visage de Jehanne penché au-dessus du sien. Étonnés, ils vacillèrent.

—Au revoir, maître. Au revoir, Louis, dit Jehanne doucement.

Elle sentit un souffle ténu lui caresser le visage. La main qui serrait le moignon de la hampe retomba doucement. Le visage de Louis s'éclairait. Il en était comme anobli. Jehanne ne voulut pas fermer les yeux qui avaient toujours refusé de se clore.

La haie de gardes consentit enfin à s'ouvrir pour livrer passage à l'alchimiste. Il grimpa les marches de l'échafaud et rejoignit Jehanne, qui se releva. Des spectateurs qui s'agitaient tout près les remarquèrent. Ils pointèrent l'échafaud du doigt et se retournèrent vers lui, délaissant le clocher. Ils firent silence. Leur accalmie se répandit miraculeusement par toute la place et, bientôt, il ne flotta plus au-dessus des têtes qu'une rumeur légère semblable à une brise.

Nicolas Flamel sourit. Jehanne et lui s'avancèrent vers la croix. La nouvelle veuve posa la main sur celle de Sam et clama bien fort, avec un sentiment d'urgence:

—Je désire le prendre pour mari!

Aucune protestation ne s'éleva de la foule. Seule la brise répondit en soulevant avec douceur une mèche de cheveux qui cherchait constamment à se poser sur le regard émerveillé de Louis.

Chapitre XIV

Le premier homme

Hiscoutine, juin 1391

Un jeune homme en kilt s'arrêta dans le sentier qui menait à la colline. Bordé de ses peupliers frémissants et émaillé de ses premières feuilles touchées d'or vieilli, ce sentier annonçait la fin d'une longue quête. L'homme rajusta les courroies maintenant contre son dos un grand objet plat de forme rectangulaire qui, soigneusement emballé dans une toile cirée et muni de sangles pour le transport, lui battait les reins depuis son départ de Paris. «Allez, vas-y, hâte-toi, on y est presque», semblait lui répéter l'objet léger qui n'avait cessé d'effleurer dans son dos une zone précise où se nichait une marque étrange faite de trois traits sinueux parallèles.

De là où il se tenait, Adam Aitken put presque se persuader que rien n'avait changé à Hiscoutine, qu'il allait retrouver le domaine tel qu'il l'avait laissé cinq ans plus tôt.

On eût dit que le sentier lui-même venait de lire dans ses pensées et exprimait son désaccord avec elles en lui envoyant trois jeunes enfants qui ne lui étaient pas familiers. Ils le rejoignirent à mi-pente et se mirent à lui tourner autour, intrigués par son kilt. Il leur sourit et leva les yeux vers le haut de la pente: aucun signe de ses parents ni de ses deux petites sœurs.

Adam avait à peine connu la plus jeune; c'était une enfant lorsqu'il avait quitté la maison. S'il avait bien participé aux jeux de son autre sœur, l'adolescence d'Adam avait tôt fait d'élever entre eux une barrière infranchissable. Les deux premiers rejetons de Toinot et Blandine s'étaient eux aussi manifestés dans son existence au moment le plus inopportun, alors qu'il s'y était senti déjà trop à l'étroit; ces visages nouveaux, pour lui sans histoire, l'avaient incommodé au plus haut point. Ils avaient succédé sans égard à d'autres visages aimés, trop vite disparus avec son enfance.

Margot et Hubert avaient quitté ce monde l'hiver de ses quatorze ans, d'un commun accord, à ce qu'il lui avait semblé, tous deux emportés par la même pneumonie. Le doux Thierry s'était fait charger par un sanglier blessé l'été suivant. Tel un guerrier silencieux, il avait combattu la mort depuis son lit où il avait été transporté, tant qu'il ne se fut pas assuré que la bête avait été apprêtée et mise à cuire au four pour les siens. Hormis ses parents, il n'était donc plus resté à Adam que Toinot et Blandine, qui s'étaient enfin mariés. Les trois enfants qui dansaient à présent autour de lui étaient les leurs. Adam ne connaissait pas le plus jeune d'entre eux, un garçonnet qui devait n'avoir que trois ou quatre ans, mais qui gambadait en riant comme les autres et s'amusait beaucoup.

Adam avait déjà atteint l'âge d'homme lorsqu'il avait dû traverser les deuils successifs de ces domestiques qui avaient fait partie de sa famille; il avait pu les voir tristement venir, avec leur cortège de maladies ou de blessures. Même le trépas du père Lionel n'avait pas trop surpris l'enfant qu'il était alors. Le moine, qui avait été pour lui un saint en pèlerinage sur terre, était vite devenu une sorte d'ange gardien inaccessible qu'on apprenait à aimer sans jamais le voir, comme on le faisait pour Jésus; il avait été enseveli dans la crypte du monastère de Saint-Germain-des-Prés. Mais il en avait été tout autrement pour celui qu'Adam appelait encore «Père». Le garçon n'avait pas été préparé au silence définitif du géant déjà taciturne, ni à son absence subite, inexplicable. La rupture avait été trop brutale. Il avait partagé avec ce mentor singulier tant de jeux et de moments inoubliables en forêt, à apprendre quantité de choses aussi fascinantes les unes que les autres. Adam avait passé des heures dans l'espèce de clairière où sommeillait le cimetière du domaine, sous la garde de ses grands chênes. Et, devant un tertre muet qui avait l'air trop petit, dérisoire, il s'était souvenu de la vaste poitrine et des battements irréguliers du cœur contre son oreille. «Ce ne peut pas être ce malaise qui l'a tué. Il était guéri», n'avait-il cessé de se répéter. Il s'était aussi souvenu de la grande main qui s'était posée sur lui pour le protéger. «Je suis là», lui avait dit Père.

Mais Père était parti sans prévenir. Il n'avait même pas pu lui dire adieu.

Adam n'avait pas été préparé non plus à avoir un nouveau père, ni un nouveau nom, Aitken. Si l'enfant s'était sans difficulté épris de l'exubérant Sam, il s'était souvent demandé, en grandissant, ce qui pouvait bien se cacher derrière la mélancolie qui assombrissait parfois le regard de ses parents, ce couple exemplaire qui eût dû vieillir dans la plénitude. Il les avait souvent vus marcher ensemble, tête basse, le long du sentier menant à l'orée de la forêt. Il avait alors la certitude qu'il n'était pas le seul à visiter régulièrement la clairière où sommeillait le tertre.

Cela avait commencé avec un livre mince, assez grossièrement assemblé, qui semblait avoir été trimballé ici et là pendant de nombreuses années avant d'atterrir dans leur havre. *Mam** était allée le prendre dans un coffre et était revenue en le tenant précieusement serré contre sa poitrine. Elle l'avait posé sur la table. *Da** s'était approché de son épouse dont la main avait caressé tristement la couverture très usée du codex, dépourvue de motifs. Il avait dit :
— Si tu tiens à savoir comment il est mort, il vaut mieux que tu saches comment il a vécu.
*Da** avait regardé *Mam**, qui avait opiné gravement.
— C'est en goûtant le fruit de la connaissance du bien et du mal que celui dont tu portes le nom a perdu l'Éden. Es-tu bien sûr de vouloir posséder cette connaissance, fils ?
— Tout à fait sûr. Même si elle est terrible, la vérité reste la vérité. Je préfère cela à un silence menteur, avait répondu Adam avec l'idéalisme intransigeant et audacieux de sa jeunesse.
— Fort bien. Sache donc que Louis Ruest, ton père adoptif, était aussi connu sous le nom de Baillehache.
— Baillehache ? Vous voulez dire... Baillehache le bourrel ?
Comme tout le monde, Adam avait entendu raconter à propos de ce personnage des fables toutes aussi horrifiantes les unes que les autres. Ce nom de Baillehache était ni plus ni moins qu'un synonyme de déchéance.
— Celui-là même ! avait répondu *Da**.
Adam avait accusé le coup en silence avant de se tourner vers *Mam**, qui s'était mordu les lèvres.
— Je ne suis pas un antidote contre ce fruit de la connaissance que tu as tant souhaité cueillir.
— C'est faux, je n'y crois pas ! Ce sont des calomnies, avait rugi Adam.
*Mam** lui avait fait signe d'approcher. Adam avait obéi en hésitant et sa mère lui avait cédé sa place à table. Il avait caressé la couverture brune, tachée par l'usure. La première page arborait une peinture aux implications sinistres : elle représentait un petit homme que l'on conduisait à l'échafaud. Dessous, on avait calligraphié une

---

100. « Qu'ils me haïssent, pourvu qu'ils me craignent. »

433

légende: «*Oderint, dum metuant*[100]».

Le jeune homme avait appris à lire et possédait quelques notions de latin. Mais il n'avait pas compris cette illustration. En quête de réponses, Adam avait tourné les pages du livre, qui étaient toutes vierges. Il était donc revenu à l'illustration. À la regarder de plus près, il avait pu constater que celui qui représentait la victime n'était pas petit; c'était plutôt celui qui l'accompagnait qui était grand.

— C'est moi qui ai fabriqué ce livre, il y a bien longtemps, avait expliqué *Da**. Nous avons dû le cacher, sinon celui qu'il représente l'aurait sûrement détruit.

— Père ne voulait pas que tu saches qu'il était un bourrel, avait ajouté *Mam**. Il ne craignait rien de plus au monde que ton rejet.

Adam avait plaqué la main sur le livre et, après ce qui avait semblé un effort considérable, il s'était résolu à le rouvrir pour l'affronter de nouveau. Sur le dessin, le regard indifférent de Louis paraissait se détourner sciemment des larmes qui avaient brouillé la vue du jeune homme penché au-dessus de lui, le faisant ressembler à un gros insecte sur le papier.

— Ça ne va pas, avait dit Adam d'une voix à peine audible. Ce Baillehache ne correspond en rien au père que j'ai connu. Je ne le craignais pas, moi. Je l'aimais.

— Nous le savons. C'est précisément la raison pour laquelle nous ne t'en avons jamais parlé, même si nous savions aussi que nous allions devoir en venir là tôt ou tard. Nous appréhendions ce jour, avait dit *Mam**.

Da* avait répliqué:

— C'est vrai. Car Dieu sait que cela donnerait lieu à une belle histoire. Oui, bien belle...

Il avait secoué la tête en signe de découragement.

— Mais nous ne saurions te la dire. C'est trop pour nous.

— C'est pourtant l'histoire sans laquelle nous ne saurions vivre, avait dit *Mam**, qui s'était discrètement rapprochée pour reprendre le livre.

Avec un couteau à lame fine qu'il n'avait pas remarqué, elle avait soigneusement découpé la page illustrée et l'avait jetée au feu sans que *Da** eût fait quoi que ce fût pour arrêter son geste. Il en avait même semblé très ému. Elle avait reposé le codex ouvert sur la table et s'était assise devant son fils. Au-dessus du livre devenu muet, le visage de *Mam** s'était tristement penché. La lueur de la chandelle avait allumé dans ses yeux couleur de pluie deux petites braises qui avaient palpité.

— Maintenant que tu sais qui était Baillehache, avait dit son père, tu es prêt à connaître Louis Ruest. À toi revient la tâche de trouver ce que ce livre aurait dû exprimer au départ.

Il lui avait communiqué l'adresse d'un certain Nicolas Flamel, résidant à Paris.

Il avait fallu à Adam trois ans d'errance et de guerre pour lui donner le courage de s'y rendre.

Les enfants de Toinot et Blandine l'escortèrent jusqu'à la maison. Pourtant, ils ne s'y arrêtèrent pas et l'entraînèrent jusque dans la cour. Installés sous le feuillage vert argenté du grand saule qui y poussait, ses parents l'attendaient.

Comme ils étaient beaux, tous les deux. Adam s'était toujours plu à les comparer aux deux pins qui poussaient l'un près de l'autre dans un des prés du domaine. Il revit clairement les longs cheveux bouclés et la barbe de *Da**, qui avaient adopté à la place du gris une teinte semblable à celle de la paille. Ses yeux s'éclairaient d'une lueur juvénile lorsqu'il évoquait le velours de montagnes qu'il n'avait jamais vues et qui empruntaient la même teinte émeraude qu'eux. Lui qui n'avait plus quitté le vieux domaine depuis des années ne parlait de l'Écosse que pour en faire le terreau fertile de ses fables. L'apparence de *Mam**, quant à elle, semblait plus raisonnable : sous le rebord en dentelle d'une coiffe légère, ses boucles s'étaient graduellement festonnées de blanc argenté. Mais son doux visage arrivait à faire oublier qu'il avait pris quelques rides, somme toute assez discrètes.

En le voyant monter vers eux cerné d'enfants, Jehanne porta les mains à ses joues, tandis que la barbe de Sam fleurissait sous l'effet d'un sourire. Tous deux le rejoignirent à grandes enjambées. La coiffe de la femme, en fuguant, se balança dans son dos par ses cordons et exposa une chevelure toute d'argent. Adam se retrouva captif de la douce étreinte de sa mère qui n'avait changé qu'en surface. Par-dessus l'épaule de *Mam**, il offrit à Sam un sourire ému avant que Jehanne ne se décide à le libérer et à le diriger vers sa sœur cadette en reniflant. Ces derniers temps, de la pluie venait à ses yeux plus souvent.

Les mille petits riens d'un accueil longtemps désiré leur passaient par la tête en même temps et affleuraient à leurs lèvres, excités, désordonnés, comme les bulles festives animant le vin de Champagne. Ainsi apprit-il que son autre sœur n'habitait plus chez eux, car elle s'était mariée l'année précédente.

— Ce doit être l'effet du temps qui passe. On change, tout change, avait dit *Mam**.

Elle s'efforçait ostensiblement d'y croire, alors qu'il la surprenait en train de s'éponger les yeux avec son mouchoir brodé. Elle l'étreignit à

435

nouveau avec une force qui dénonçait sa crainte de le voir repartir.

— Et guère en mieux, renchérit Da*, en se hâtant de sortir la politique de son sac à malices pour se distraire de son émoi. On se retrouve avec deux papes et des couronnes sans tête. Faut-il donc s'étonner de voir des rois qui s'enflamment[101]?

Mais ils savaient tous trois que ces événements lointains avaient peu de réelle signification pour eux dans la paix millénaire de leurs landes. Ils ne servaient qu'à dissimuler quelque chose de plus profond, de beaucoup plus personnel. Da* emprisonna à son tour Adam dans une étreinte virile, kilt contre kilt. Les deux vêtements s'apparentèrent sans hésiter.

— J'ai quelque chose à vous montrer, dit le jeune homme.

— Vraiment? dit Sam. Nous aussi. Viens un peu par là.

Le trio s'arrêta au vieux four, duquel Jehanne sortit deux gros pains qui furent déposés chacun dans son panier, dont Adam se chargea. Toinot, Blandine, la sœur d'Adam et les enfants se joignirent à eux et ils prirent la direction de la clairière aux chênes.

Elle avait complètement changé d'aspect. Sam s'arrêta pour ouvrir une barrière en fer forgé qui semblait retenir l'enthousiasme d'une débauche de rosiers sauvages. Il en poussait d'ailleurs tellement partout qu'Adam eut du mal à retrouver le tertre de ses souvenirs. Il écarta les rejetons d'un spécimen à fleurs blanches qui embaumait pour mieux voir une croix celtique en pierre nouvellement plantée à la tête du tertre.

— Puisque nous venons si souvent ici, nous y avons fait le jardin, expliqua Sam.

Blandine étendit au pied du tertre une nappe sur laquelle furent placés les paniers de pain au levain odorant, une bouteille de vin, les baies, charcuteries et fromages qui avaient été prévus pour un pique-nique de bienvenue. Alors qu'ils festoyaient de ces délices simples, le soleil déclinant sema sur le tertre à peine visible un fragile tricot de pétales parfumés. Il leur sembla à tous que Louis, du haut de son ciel, avait humé le pain et leur signifiait son appréciation.

Adam se délesta de son bagage. Il déposa au pied de la croix le livre muet duquel sa mère avait jadis découpé une image. Pendant qu'ils se restauraient et bavardaient, le vent se plut à en tourner les pages, comme s'il était en quête de ce qui n'y avait pas été consigné.

Adam fit une pause pour déballer son grand paquet plat.

— C'est ce qui manquait au livre, expliqua-t-il en appuyant contre la croix un portrait au pied duquel il reposa le codex ouvert. Ses parents reconnurent tout de suite l'œuvre. Il s'agissait du portrait de

Louis que Sam avait jadis peint. Le regard autoritaire du bourreau y prenait vie, intense, légèrement sarcastique comme il savait l'être si souvent. Le silence se fit autour de lui. Jehanne haleta.

— Contrairement à nous, il n'a pas vieilli, dit Sam.

— Mais il y a quand même quelque chose de différent, dit Jehanne.

Elle se souvint de la nuit où elle avait vu ce portrait pour la première fois. Le regard du bourreau s'était braqué sur elle comme s'il avait attendu, patient, impitoyable, la réponse à quelque question posée sous la torture.

— C'est vrai qu'il n'est plus le même, confirma Sam. Je me demande si l'éclairage... non, ce n'est pas ça. Tu l'as retravaillé.

— C'est cela, dit Adam, dont les lèvres frémirent avant de se dissimuler dans la mie du pain rompu qu'il avait à la main.

Sam dit :

— Il sourit. Tu lui as fait un sourire.

Adam sourit à son tour. Il acquiesça et reprit place parmi sa famille.

Le codex s'anima de nouveau sous le vent du crépuscule dont Louis supervisait le travail. Et, une fois apaisé, il dévoila l'une de ses pages où quelque chose avait été griffonné en hâte :

Mors non exstinguet. La mort ne nous anéantit pas.

Notes

1. Bertrand du Guesclin était un roturier d'origine bretonne qui fut couvert d'honneurs par le roi de France, Charles V de Valois, pour ses hauts faits. Les troupes qu'il menait étaient, disait-on, destinées à aider Henri de Trastamare, un prince de Castille, à détrôner son frère Pedro qui était au pouvoir et était soutenu par le roi d'Angleterre et Charles de Navarre. On avait fait semblant de croire à cette mission qui n'était en fait qu'un prétexte du Valois pour se débarrasser des routiers. Henri avait sans tarder congédié ses encombrants alliés, et les compagnies s'étaient remises en route pour la France à la mi-juin 1366. La bataille des deux frères espagnols se déroula à Najera, le 3 avril 1367. Elle laissa près de 6000 morts sous les chauds rayons d'un soleil qui était fait pour les vacances. Édouard de Woodstock, le prince de Galles et héritier du trône d'Angleterre, avait remporté la victoire pour Don Pedro. Mais leur solde demeura impayée. L'héritier Édouard de Woodstock, lui-même gravement malade, avait dû congédier son armée mécontente, impayée, réduite du cinquième par la maladie plutôt que par les combats. Les hommes s'étaient donc soudain trouvés libres et avaient résolu de se payer eux-mêmes. Ils étaient remontés en France afin d'y poursuivre leur lucratif pillage et avaient pris soin de préciser que c'était le prince de Galles, leur débiteur, qui les autorisait à se dédommager ainsi. Au bout du compte, cette longue campagne n'avait servi à rien. Plus tard au cours de la même année, le Trastamare s'était à nouveau manifesté et était parvenu à poignarder son frère Don Pedro.

2. Édouard de Woodstock, héritier de la couronne d'Angleterre, avait déjà un pied-à-terre dans le Midi.

3. Référence à la bataille de Poitiers (Maupertuis), qui avait eu lieu le 19 septembre 1356.

4. Au Moyen Âge, la nouvelle année ne commençait pas à la date fixe du 1ᵉʳ janvier, mais à Pâques, fête dont la date variable est fixée selon une méthode de calcul appelée comput ecclésiastique. Pâques suit la pleine Lune qui coïncide avec l'équinoxe de printemps ou qui le suit immédiatement, de sorte qu'il tombe toujours entre le 22 mars et le 25 avril. En fait, ce calcul s'établit à l'aide d'un calendrier perpétuel lunaire qui utilise une lune moyenne fictive nommée Lune ecclésiastique. Selon notre calendrier actuel, l'année 1371 devait donc être commencée tel qu'indiqué, alors que, pour les personnages, 1370 était toujours en cours.

5. «Nous voici qui venons quêter – parmi les feuilles si vertes; Nous voici qui venons errer – si agréables à voir.» Extrait d'une chanson de quête anglaise provenant de : H. Keyte, A. Parrott, C. Bartlett, *The New Oxford Book of Carols*, Oxford University Press, 1992, telle que citée dans Strada, Kadou (*Noëls anciens et chansons de quête*), XXI-21 Records / Anonymus, XXI-CD 2 1412. Traduction de l'auteure.

6. «Que l'amour et la joie viennent à vous, et à votre offrande aussi, et que Dieu vous bénisse, et vous envoie une bonne année!» (Strada, *op. cit.*), traduction de l'auteure.

7. Quête de l'aguilaneuf : ancêtre de la guignolée québécoise. Elle avait lieu le 1ᵉʳ janvier, qui alors n'était pas encore le jour de l'An, la nouvelle année commençant à Pâques. À l'occasion de la quête de l'aguilaneuf, des gens se déguisaient et passaient de maison en maison pour recueillir des dons et se restaurer. C'était une occasion de faire la fête tout autant que la charité, même si ceux qui procédaient à la quête n'étaient pas forcément pauvres.

8. «Nous ne sommes pas les mendiants de tous les jours, qui quêtent de porte en porte, mais nous sommes les enfants de voisins que vous avez déjà vus.» (Strada, *op. cit.*), traduction de l'auteure.

9. «Le courage fournit ce que la beauté refuse.» C'était la devise de Bertrand du Guesclin.

10. Sobriquet donné à Henri de Trastamare (voir note 1).

11. Le 28 décembre ou le 1ᵉʳ janvier, jour de la fête des Saints Innocents, était la fête des fous. Tout le monde se mettait de la partie, même les notables. Des moines mineurs se déguisaient même en évêques et

parodiaient la messe. Cette fête fut condamnée par le concile de Bâle en 1431, mais elle ne commença à disparaître qu'au XVIe s.

12. Nicolas Flamel (v. 1330 ou 1340 - 1418): riche bourgeois parisien qui fut libraire, érudit et philanthrope. À sa mort, il devint une figure de légende. Aujourd'hui encore, on le considère comme l'un des alchimistes les plus célèbres.

13. «La ferme, andouille!»

14. «Entre là-dedans, mais alors, tout de suite!» avec un fort accent.

15. Il est ici fait allusion à la légende selon laquelle le roi Arthur aurait planté son épée entre Lancelot et Guenièvre, étendus dans leur hutte fleurie: la présence de cette arme entre eux était destinée à assurer leur chasteté.

16. Proverbe qui signifie: «Rends service à une personne grossière et elle s'en plaindra ou le retournera contre toi.»

17. Littéralement: «Essaye de garder ta vie», avec un fort accent.

18. Cet instrument s'appelait «poire d'angoisse». Certains modèles étaient munis de clous. Tout comme le garrottage, qui pouvait effrayer sans être fatal, elle pouvait servir à extorquer des aveux si on ne l'utilisait pas de façon abusive.

19. Expression du poète tragique Accius, citée par Cicéron, *De officiis*, I, 28,97.

20. On croyait que la mandragore, une plante dont la racine est de forme humaine et que l'on disait dotée de propriétés magiques, poussait au pied du gibet, grâce à la semence ultime d'un pendu. Le décès récent provoque des spasmes nerveux qui mènent à une érection chez l'homme. Quant à la corde de pendu, elle se vendait par petits bouts qui servaient d'amulettes.

21. On fêtait le 1er mai par des danses autour d'un poteau ou d'un arbre décoré. L'essence choisie pour une invitation au mai avait son importance. Le sureau et parfois le coudrier étaient considérés comme une insulte. On pouvait aussi accrocher à des branchettes ordinaires des objets dérisoires tels que des coquilles d'œufs, des pelures ou des ordures, ou encore y ajouter des inscriptions grotesques.

22. La place Saint-Sauveur, aussi dite du Pilori, fut le site des exécutions jusqu'à la Révolution française.

23. Église Saint-Exécuteur est un surnom de l'église Saint-Sauveur.

24. Le prince de Galles avait tenu Limoges de force, après une tentative

de défection de celle-ci le 24 août 1370. Le massacre qui avait eu lieu à cette occasion contribua à donner mauvaise réputation aux Anglais en France et apprit aux autres villes à bien se défendre. Édouard de Woodstock ne traitait plus la France comme une conquête possible, mais comme la terre d'un autre sur laquelle il ne comptait pas revenir. Peu après, il s'embarqua pour Londres. Son frère, le duc de Lancastre, commençait probablement à lui faire concurrence là-bas. Le prince de Galles, trop malade pour espérer succéder à son père, voulait au moins assurer le trône à son fils.

25. Ce proverbe a pour origine la théorie médiévale des humeurs. En été, la chaleur de l'homme est trop faible pour être mêlée à celle de la femme dite froide et à la nourriture grossière qu'est le chou. Avec son ajout personnel, « sauf si t'es saoul », Louis plaisante, certes, mais il fait aussi allusion au vin qui est chaud et sec, ce qui aide donc à digérer les mets froids et humides.

26. Les herbes de la Saint-Jean équivalaient à notre eau de Pâques actuelle.

27. Extrait de STRADA, *Grantjoie - ménestrels de grands chemins*, Analekta AN 2 8811. Comme il s'agit d'airs du XIIIe s. et que la langue française subissait de grandes mutations au XIVe s., l'auteure a pris la liberté d'utiliser le français moderne au lieu de la transcription ancienne inscrite dans le livret de ce disque compact.

28. Maître Eckhart: dominicain allemand (v. 1260 - v. 1327). Ses théories mystiques et panthéistes furent condamnées par le pape.

29. « Plus on a d'ennemis, plus l'honneur est grand. »

30. L'image des colombes est tirée du livre *Mélusine ou Garin de Montglave*, et la citation, du tout début de *Perceval ou le Conte du Graal*, de Chrétien de Troyes.

31. « Dans les profondeurs de mon donjon
    Je te souhaite la bienvenue
    Dans les profondeurs de mon donjon
    Je voue un culte à ton effroi
    Dans les profondeurs de mon donjon
    Je demeure.
    Je ne sais pas
    Si je te souhaite du bien. »
    Vieilles rimes de prison. Origine inconnue

32. L'Angélus, souvent utilisé comme signal pour la pause de mi-journée, n'existait pas encore. Cette coutume remonte au XVᵉ s.

33. Le bûcher: le supplice terrifiant imposé aux hérétiques, aux accusés de sorcellerie et aux traîtresses (par pudeur). Une femme pouvait y être condamnée pour le meurtre de son mari.

34. Même si parfois les flammes montaient très haut et empêchaient le bourreau de s'approcher pour faire le *retentum* lorsqu'il était prescrit, ce dernier pouvait être administré de différentes façons. Normalement, il consistait à passer préalablement autour du cou de la victime une ficelle presque invisible qui servait à l'étrangler avant la fin du supplice, ou à retirer le banc pour que la victime s'étrangle avec l'anneau. D'autres fois, le bourreau enfonçait dans le cœur du supplicié la pointe du croc employé pour pousser les fagots. Parfois une ordonnance le prescrivait à un moment précis de la sentence, selon sa gravité. C'était l'équivalent du coup de grâce, un coup porté au cœur, à l'estomac ou à la nuque lors du supplice de la roue. Le *retentum* était plus fréquemment pratiqué sur les bûchers.

35. «Rendons grâce à Dieu.»

36. Croyance médiévale authentique selon laquelle l'haleine d'ail consécutive à ce test confirme que la femme n'est pas bréhaigne*.

37. Papesse Jeanne (822-v. 857). Desdémone fait ici un usage vicieux d'une légende célèbre dont il existe plusieurs versions et qui était accréditée par l'Église de l'époque. Jeanne était fille de moine et put bénéficier d'une riche éducation culturelle, ce qui était en général refusé aux femmes de l'époque. Après avoir beaucoup voyagé en dissimulant son identité sexuelle, elle aurait obtenu une chaire d'enseignement à Rome, et aurait fini par devenir la secrétaire du pape Léon IV, à qui elle aurait succédé sous le nom de Benoît III. Après deux ans, elle se serait retrouvée enceinte. Démasquée à cause de contractions qui l'auraient prise au cours d'une procession, elle aurait été lapidée à mort par la foule. Selon d'autres sources, elle serait morte en couches. Mais selon les chroniques officielles, le laps de temps entre le règne de Léon IV et l'élection officielle d'un nouveau pape n'est pas suffisamment long pour rendre possible l'existence de cette supercherie. Desdémone fait un lien entre la papesse et Jehanne en raison du fait que toutes deux ont voulu cacher leur grossesse.

38. Extrait de *Tristan et Iseult*.

39. Les grands espaces se faisant plutôt rares en ville, on choisissait de

manière générale une place centrale comme site des exécutions. Toutefois, les supplices pouvaient avoir lieu à n'importe quel autre endroit préalablement choisi ou même, à l'occasion, au lieu même où le crime avait été commis.

40. L'estrapade provient d'Allemagne et date du XIIIe s.

41. À titre indicatif, il était rare que le bourreau dût pendre des femmes. Sous prétexte que l'on ne voulait pas les voir se tortiller au bout d'une corde, les âmes pudiques de ses supérieurs lui ordonnaient le plus souvent d'enterrer vivantes les condamnées à mort. C'était plus « décent ».

42. Les prédictions de Jean de la Rochetaillade sont dûment consignées. Elles s'étendent de 1345 à 1370.

43. Jean Perret était le maître des Ponts de Paris, et Henri Matret, le maître charpentier du roi.

44. Au temps de Jean le Bon, Robert le Coq (1310-1368) fut avocat au Parlement de Paris, membre du Conseil secret, puis maître des requêtes de l'Hôtel; il fut chanoine d'Amiens et évêque de Laon avec rang de duc et pair, et député aux états généraux de 1356 qui lui permirent d'ailleurs de semer la pagaille. Il fut le complice avoué du roi de Navarre après le meurtre de Charles d'Espagne en 1354. Ce fut aussi lui qui convainquit le futur Charles V que son père lui voulait du mal, ce qui mena au banquet de Rouen, avec toutes ses conséquences. Il fut assez rusé pour arriver à s'en sortir indemne, mais d'autres furent impliqués à sa place. Il eût normalement dû être pair de France, mais puisqu'il était dévoué à Charles de Navarre, Geoffroy II le Meingre fut élu à sa place. Le Coq avait trouvé refuge à l'évêché de Calahorra, en Espagne.

45. Pélage : moine irlandais mort vers 430. Sa doctrine se nomme pélagianisme.

46. « Le temps passe. »

47. Hadewich d'Anvers fut une fameuse béguine* mystique et une poétesse du XIIIe s. très inspirée par l'érotisme courtois. Il est à noter que l'extrême fin de l'aventure courtoise se situe vers le début du XVe s.

48. Gilles de Rome : prédicateur mort en 1316.

49. Sur les francs qui furent frappés au cours du règne du roi Jean le Bon (1319-1364, roi de 1350 à 1364), ce dernier était représenté monté sur un palefroi, d'où l'expression francs à cheval. Son successeur, Charles

V, étant mauvais cavalier, il y eut donc aussi des francs à pied. L'appellation franc date de 1360. Les pièces portaient la devise *Francorum Rex*, c'est-à-dire roi de France, d'où le nom. Il s'agissait de pièces en or fin. Il existait de nombreuses devises telles que le liard, la livre, le noble ou le denier. Leur cours et leurs équivalences variaient non seulement d'une période à l'autre, mais aussi d'une région à l'autre. Il était donc assez difficile d'en établir la valeur exacte.

50. Façon imagée d'expliquer la raison pour laquelle les cloches ne sonnent pas du Jeudi saint à la vigile pascale du samedi. C'est une possible allusion au fait que le carême tire à sa fin.

51. Genèse, 2,19.

52. Titre d'une bulle papale de Boniface VIII au roi Philippe le Bel, rédigée en 1302.

53. Les dérivés de l'ergot sont encore utilisés aujourd'hui pour accélérer le travail et le processus de récupération suivant la naissance.

54. Ésaïe, 43,1.

55. Le baptême était toujours donné le lendemain de la naissance, en général par immersion complète. La mère n'était pas en mesure d'y assister.

56. Épicure : philosophe grec (341-270 av. J.-C.), fondateur d'une école de pensée qui fait des sensations le critère fondamental des connaissances et de la morale, et des plaisirs qui en découlent, le principe du bonheur.

57. Genèse, 22, 1-12.

58. «La mort ne nous anéantit pas.» Emprunté à un factum de Guillaume de Nogaret, qui demandait que le pape Boniface VIII fût brûlé après sa mort comme hérétique, parce qu'il avait défié l'autorité de Philippe le Bel.

59. La serpette de vigneron est un outil hérité des Romains. Elle fut en usage jusqu'à la diffusion du sécateur.

60. Selon la théorie médiévale des humeurs, le vin étant chaud et sec, il aide à digérer les mets froids et humides dont un grand nombre de fruits fait partie.

61. L'écorce écrasée sert à produire le tan qui est indispensable à l'industrie du cuir, sans compter d'autres usages plus proprement industriels.

62. 1 Co, 13,1.

63 Cette appellation a pour origine le terme anglais *bone setter*, c'est-à-dire rebouteux. Il s'agit de l'une des occupations traditionnelles des bourreaux, qui servaient eux aussi de méchants pour assagir les enfants trop turbulents. Il serait très plausible, étant donné l'entourage anglophone auquel les personnages sont exposés et l'influence des deux Écossais et des Anglais, qu'un tel terme déformé ait pu faire son apparition dans leur langage de la même façon qu'il l'a fait au Québec, d'où est issu ce personnage de légende.

64. Ce personnage réel fut vraiment le chambellan de Charles de Navarre.

65. Charles V fut plus dépensier que Louis XIV, le Roi-Soleil, dont les appétits de luxe souvent déraisonnables sont notoires. Toutefois, ce fut par les soins de Charles le Sage que fut réunie au Louvre une collection de manuscrits qui constitua le départ des bibliothèques royales et de la Bibliothèque nationale de Paris.

66. Eustache Deschamps (v. 1346-1406) : poète et fonctionnaire royal.

67. Thomas l'Allemant était l'huissier d'armes de Charles V.

68. La tour du Temple était l'une des prisons de Paris utilisées par Charles V.

69. Il est à noter que si Jaquet de Rue ou du Rue a bel et bien été soumis à la torture, les documents accessibles n'ont pas permis de préciser la méthode employée. L'auteure a opté pour les brodequins, parce que c'était une pratique commune de l'époque.

70. Il s'agit du banquet de Rouen, qui eut lieu le 5 avril 1356. À l'époque où il était encore dauphin, Charles le Sage avait convié des amis à ce banquet qui avait été organisé dans le but d'aider le jeune homme à succéder plus rapidement à son père, le roi Jean le Bon. Charles de Navarre, qui était le beau-frère du dauphin, y avait aussi assisté. La fête avait été interrompue par Jean le Bon lui-même, qui y avait fait irruption avec une escorte. Les traîtres avaient été arrêtés, mais Jean avait pardonné au dauphin, qui s'était amendé sans retard. La légende veut que Charles de Navarre, ayant soupçonné d'avance la lâche défection du dauphin, lui avait fait ingurgiter un poison.

71. Son vrai nom était Jean de Grailly. Après la bataille de Cocherel, en 1364, il s'était fait conseiller par les reines Blanche, Jeanne de Navarre et Jeanne d'Évreux de se montrer enclin à servir le roi de France. Ce dernier en avait fait son chambellan et l'avait comblé de faveurs. Son titre vient de *capitalis*, qui signifie chef, capitaine. Le

captal mourut à Paris en 1376, toujours en captif privilégié du roi de France, après avoir servi pendant un certain nombre d'années d'intermédiaire entre Charles V et le Mauvais. Rappelons ici que la valeur de tous ces aveux, authentiques, est des plus suspectes puisqu'elle a été soutirée à Jaquet de Rue par la torture.

72. Seguin de Badefol fut un routier célèbre dont les exploits en tant que chef de la plus grande Compagnie des Tard-Venus émerveillèrent Charles de Navarre. Celui-ci le fit venir en sa cour, sous prétexte qu'il avait l'intention de le prendre à sa solde. En fait, son réel motif était de s'approprier le trésor que le routier transportait toujours avec lui à dos de mules. Le roi l'accueillit en ami et lui fit servir un repas magnifique, terminé par un dessert de coings et de poires sucrés préparés par Guillemin Petit, son valet. Seguin ne tarda pas à être pris d'un violent accès de colique dont il trépassa, à Pampelune même.

73. Le célibat ecclésiastique ne devint général qu'au XIIIe s., alors que se propageaient des croyances orientales perçues comme hérétiques.

74. Lyons-la-Forêt, en Normandie, est à 156 kilomètres de Caen.

75. La rue de Clatigny se trouvait sur l'Île de la Cité, à l'emplacement de l'actuel Hôtel-Dieu. Un grand nombre de putains y avaient élu domicile.

76. Si 11, 28-30 (extraits).

77. À ne pas confondre avec un homonyme plus connu, Charles Quint (1500-1558), roi d'Espagne et de Sicile, de même qu'empereur germanique. Le mot quint est ici employé dans son sens réel de cinquième.

78. Les cartes font figure de nouvelles venues dans la panoplie des jeux médiévaux. Ce jeu ne fit son apparition en Europe qu'au cours de la seconde moitié du XIVe s.

79. Jean, 15, 13.

80. En signe de reddition de la part d'une ville, il suffisait que quelques bourgeois importants fussent délégués vers les assaillants, corde au cou et pieds nus. C'était en quelque sorte l'équivalent du drapeau blanc actuel.

81. Ce geste se faisait plus typiquement avec une épée d'arçon.

82. Les molettes ou éperons pouvaient être d'or, d'argent, de bronze ou de fer. Celles que portaient les chevaliers étaient simplement dorées; certains seigneurs en possédaient d'argent.

83. Taillefer fut bateleur de l'armée de Guillaume le Conquérant. À la

célèbre bataille de Hastings, il marcha en premier devant Guillaume en chantant. Il demanda l'honneur de frapper le premier coup et périt transpercé de flèches comme saint Sébastien.

84. « Dans la queue le venin. » Proverbe romain faisant allusion au venin du scorpion, qui est enfermé dans sa queue. Habituellement, ce proverbe fait référence à un certain type de lettre ou de discours dont le début est inoffensif et la toute fin, acerbe. Mais Sam lui donne ici un double sens beaucoup plus vicieux.

85. Sam fait ici usage de la réplique la plus célèbre du XIVe s., qui fut entendue lors du combat des Trente, en 1351. Ce combat, représentation typique de l'expression militaire de la chevalerie, résulta de l'interminable affrontement entre la Bretagne et la France. Il commença par un défi lancé du côté français par Robert de Beaumanoir à Bramborough, du parti anglo-breton. Trop de monde ayant manifesté l'envie de s'illustrer à ce combat, on résolut donc de former deux camps de trente hommes. Ce fut lors d'une pause au cours de cet affrontement que Beaumanoir, sanglant et à bout de forces, réclama à boire, s'attirant ainsi cette réplique de la part de Geoffroi du Bois. Le côté français remporta la victoire.

86. « Agneau de Dieu qui effacez les péchés du monde, exaucez-nous, Seigneur. »

87. Ruest signifie petit ruisseau.

88. Ce ne fut que vers la fin du XVe s. que le roi Charles VII simplifia les nombreux codes de justice ayant cours dans le royaume. L'un des nouveaux articles qu'il mit en vigueur interdisait aux juges d'exécuter eux-mêmes leurs sentences comme cela se faisait encore dans de nombreuses provinces. Cet article marqua les débuts officiels de la profession de bourreau.

89. Eurydice : personnage du mythe d'Orphée, qui est l'archétype de la culpabilité du survivant. Selon une des versions de ce mythe, Orphée était un musicien talentueux dont la lyre exerçait une fascination sur les êtres et les choses. Or, il ne se résignait pas au décès de son épouse Eurydice, qui avait été tuée par le venin d'un serpent. Armé de sa lyre, il résolut d'aller sauver Eurydice de l'enfer. Il obtint le privilège de ramener Eurydice à la vie, à condition de ne pas la regarder ni de lui parler tant qu'il ne serait pas revenu dans le monde des vivants. Son amour pour Eurydice eut hélas raison de sa volonté de ne pas tourner la tête vers elle. Son épouse fut happée par le monde des Ombres.

90. D'après un extrait de La Chanson de Roland.

91. Selon une chanson du XIIᵉ s.

92. De manière générale, au Moyen Âge, le couteau agissait davantage comme objet utilitaire que comme moyen de défense. À table, le couteau était souvent le seul ustensile à la disposition des convives, chacun possédant le sien en propre.

93. Cette doctrine est typique de la pensée chrétienne médiévale, mais elle fut plus particulièrement répandue au Bas Moyen Âge en conséquence des nombreux malheurs qui y sont survenus. L'institution de la doctrine du purgatoire, monde intermédiaire où les âmes des pécheurs sont purifiées des péchés commis sur terre, date du XIIe s.

94. Pensée de saint Augustin.

95. « Entre tes mains, Seigneur, je remets mon âme. »

96. Il s'agit de l'actuelle place Malherbe.

97. L'amende honorable suscitait fréquemment la sympathie de certains parmi la foule, qui pouvaient joindre leur prière à celle, publique, du condamné. Le geste de Louis est touchant parce qu'il affiche ouvertement son intention de prier avec Sam.

98. « Allez, la messe est dite. »

99. Cantique de Syméon, Luc 2,29.

100. « Qu'ils me haïssent, pourvu qu'ils me craignent. »

101. En 1378, le grand schisme d'Occident avait divisé l'Église catholique romaine en deux factions qui plus tard se subdivisèrent encore : celle des cardinaux français, qui désiraient élire Clément VII, contre celle des cardinaux italiens, qui eux supportaient Urbain VI. Les « couronnes sans têtes » font allusion, entre autres, au roi Charles VI qui manifesta des signes de folie. Quant aux « rois qui s'enflamment », il s'agit d'une double référence à de supposés accidents dont Charles VI et Charles de Navarre auraient été victimes.

Glossaire

à courte vue, Qui ne se souvient pas d'un visage.

ailes de houce, Bandes d'étoffe flottant d'un vêtement – le plus souvent, **floternel** ou pourpoint.

aléna, n. m. De l'ancien allemand *alensa*, signifiant «outil aigu». Arme du XIVe s. à lame triangulaire, de coupe longue et fine, qui était, selon la façon dont elle était montée, soit une dague, soit une sorte de pique.

aller l'amble, ambler, v. Caracoler, en parlant d'un cheval, en déplaçant simultanément les deux pattes situées du même côté. C'est un pas gracieux, fréquemment adopté lors de parades.

alpargates, Espadrilles faites en Espagne, y compris en Navarre.

amigaut, n. m. Cordon qui passait dans une coulisse et fermait la fente pratiquée sur le devant de l'encolure d'un vêtement pour permettre le passage de la tête. Les chemises et les robes des femmes étaient munies d'un amigaut.

armer ou **armer ses lèvres**, Se dit d'un cheval qui résiste aux contraintes de l'attelage en couvrant les barres de ses lèvres, ce qui rend l'appui du mors trop ferme. Lorsqu'il «arme», il se défend contre l'appui du mors en tendant l'encolure et en pointant du museau, ou en abaissant la tête pour s'encapuchonner, c'est-à-dire pour rapprocher le bas de la tête vers le poitrail.

451

arobase, n. f. Caractère que l'on utilisait déjà au Moyen Âge dans le calcul des multiplications. Elle n'était pas nécessairement bien calligraphiée sur, par exemple, de simples notes de frais ou des factures.

aumusse, n. f. Type de cape. || Sorte de bonnet ou de chaperon fourré que portent en particulier les chanoines.

barbute, n. f. Casque sans visière.

bayle, n. m. Bailli.

béguine, n. f. Femme qui mène l'existence des religieuses sans prononcer de vœux. L'Église ne les reconnaissait pas. Le mot a souvent une valeur péjorative.

belle dame, Belladone. Antispasmodique encore en usage de nos jours. Plante très vénéneuse qui contient de l'atropine, un alcaloïde. Elle était utilisée pour inhiber les contractions utérines lorsqu'il y avait danger de fausse couche. On y avait également recours contre les convulsions survenant au cours de l'accouchement.

bidau, n. m. Homme d'armes mal équipé.

bisette, n. f. Dentelle légère en fil de lin.

bodhrán, n. m. Grand tambour au son grave, typiquement écossais. Se prononce «boranne».

bordeau, n. m. Bordel, lieu de prostitution, synonyme de *lupanar* (diminutif de «borde», petite cabane).

bouhaureau, n. m. Canard malard (colvert).

bouilleux, n. m. Soupe à la farine. Il s'agit de farine de froment délayée dans du lait, assaisonnée de sucre, de safran, de miel, de vin doux, d'aromates, de beurre ou de graisse et de jaunes d'œufs. C'est un plat très apprécié des Normands.

bourrel, bourrelle, Bourreau, épouse du bourreau ou femme bourreau.

bredi-breda, n. m. Quelque chose que l'on fait vite, en s'emmêlant.

bréhaigne, adj. Femme qui ne peut concevoir d'enfant.

broigne, n. f. Pièce d'armure. Cuirasse faite de cuir et d'anneaux de fer cousus, employée dès le XIIᵉ s.

Burgibus, n. pr. Le portier de l'enfer.

cagou, cagoux, n. m. Lépreux.

calette, n. f. Sorte de bonnet protégeant la tête et les oreilles et dont les pans se nouaient sous le menton. Elle était portée indifféremment par les hommes et les femmes.

cani, adj. Applicable au bois qui a commencé à pourrir.

cariset, n. m. Grosse serge flamande.

carreau, n. m. Oreiller.

chaleil, n. m. Petite lampe plate, souvent en cuivre, à mèche exposée, suspendue sous le ciel de lit (baldaquin); on la laissait allumée toute la nuit.

chambellage, n. m. Droit féodal payé par les vassaux du roi au chambellan de ce dernier.

chanter la Marion, Fêter.

charivari, n. m. Ancienne tradition, venue sans doute de l'Italie et du Languedoc, qui consistait à se regrouper et à faire du chahut devant la maison d'un couple, souvent uni en secondes noces, où la différence d'âge suscitait le scandale des plus jeunes. Les protestataires avaient recours aux ustensiles de cuisine et aux outils agricoles en guise d'instruments de musique.

chasse-mulet, n. m. Domestique du meunier chargé d'apporter les sacs de grains envoyés au moulin par le boulanger et de rapporter ensuite chez ce dernier les sacs de farine.

chevaucheur, n. m. Cavalier.

chevestre, n. f. Corde.

codex, n. m. Livre fabriqué à l'aide d'un procédé ancien consistant à plier des pages qui sont ensuite coupées.

colletin, n. m. Pièce d'armure qui recouvrait le cou et les épaules. Le colletin pouvait être fait en mailles ou en plaques de fer.

cotardie, n. f. De «cotte hardie»: survêtement commun aux hommes et aux femmes.

coulon, n. m. Pigeon voyageur.

courante, n. f. Diarrhée.

couvrechef, n. m. Bande de linon qui faisait office de soutien-gorge, épinglée, nouée ou faufilée par la chambrière.

craspoiz, n. m. Viande grasse de baleine salée et apprêtée à la manière du lard, qui pouvait être consommée en carême, du fait de sa richesse énergétique, car cette denrée n'était pas considérée comme de la viande.

Da, n. pr. Papa en gaélique.

de taille et d'estoc, «de taille» se dit d'une arme ou d'un coup destiné à couper avec le tranchant d'une lame, alors que «d'estoc» signifie «percer avec la pointe».

dent-de-lion, n. m. Pissenlit. Il est à noter que l'équivalent anglais de ce mot, *dandelion*, est toujours en usage.

dévier, v. Mourir, en moyen français.

dextre, n. f. droite; senestre, gauche.

digitale, n. f. Plante à hampe dressée qui pousse dans certains sous-bois, reconnue pour son effet tonique sur le cœur. Aujourd'hui encore, on utilise la digitaline, le principe actif de cette plante, pour le traitement des maladies cardiaques.

douaire, n. m. Droit assuré de l'épouse de jouir, après la mort de l'époux, d'une partie des biens qui, le jour du mariage, devenaient la propriété de l'homme. Il peut consister en une rente en nature ou en argent. Ce droit porte sur les biens propres du mari qu'il possède le jour du mariage, mais également sur les biens acquis par succession ou donation. Le douaire est acquis par la consommation du mariage et n'est dû à la femme que si elle survit à son époux. C'est un droit viager que la veuve conserve toute sa vie, même si elle se remarie. Ce droit avait cours en Normandie.

dulcimer, n. m. Instrument à cordes pincées ou frappées de la famille des cithares, originaire des pays celtes.

écrille, n. f. Claie ou porte de retenue des eaux.

enconner, v. Foutre.

enfançon, n. m. Petit enfant.

enherber, v. Empoisonner.

épilence ou épilance, n. f. Sorte d'épilepsie des faucons.

esconse, n. f. Sorte de lanterne sourde en usage au Moyen Âge.

escrémir, v. Pratiquer l'escrime.

espérances bretonnes, Espérances vaines. On supposait que les Bretons attendaient toujours le roi Artus.

esteuf, n. m. Petite balle pour jouer à la longue paume. Ancêtre du mot «éteuf».

estoc, n. m. Pointe d'une lame.

Excalibur, n. pr. Nom de l'épée légendaire du roi Arthur. On la disait dotée de propriétés magiques.

falotier, n. m. Personne qui s'occupe des lanternes éclairant la voie publique.

fardelle, n. f. Sac en peau de daim.

faudesteuil, n. m. Ancienne forme de fauteuil.

faux-visage, n. m. Nom donné à un masque fabriqué avec du cuir bouilli parfois surmonté d'une chevelure en soie fileuse.

fervêtu, fervêtue, adj. Revêtu d'une armure.

feux grégeois, n. m. Mélange hautement inflammable à base de soufre, de salpêtre, de matières bitumineuses et de substances grasses ou résineuses, telles que l'huile, le naphte, le goudron ou la poix, qui brûle même au contact de l'eau. La composition exacte, mise au point au Moyen Âge, en est aujourd'hui perdue.

fifre, n. m. Petite flûte produisant des notes très aiguës qui avançait en bataille avec le tambour.

flancherie ou **flanchière**, n. f. Partie du harnais qui recouvrait l'arrière-train du cheval de bataille.

floternel, n. m. Manteau court et ajusté porté par les hommes.

foulage, n. m. Piétinement des grappes de raisin entassées dans une cuve ou sur le sol d'un fouloir.

foulon, n. m. Ouvrier spécialisé dans le foulage des draps.

foutir, v. Foutre en ancien français.

fromentée, n. f. Bouillie composée avec de la farine de froment.

fumière, n. f. Emplacement destiné à recevoir les tas de fumier. || Tas de fumier.

gafirot, n. m. Capitule de la bardane.

gantelet à gadelinges, Gant d'armure qui pouvait être à broches ou à picots. La partie protégeant les phalanges était munie d'une suite de pointes de façon à ce que le poing fermé fît office de masse d'armes.

géline, n. f. Poule.

génitoires, n. m. pl. Organes génitaux masculins, plus spécialement les bourses.

Gonesse (pain de), Pain de luxe fabriqué avec du blé provenant de Gonesse, une grosse bourgade céréalière se trouvant au nord de Paris.

goudèle, n. f. Déformation de *good ale*, c'est-à-dire, de «bonne bière».

grand œuvre, La recherche de la pierre philosophale.

Grande Île, Angleterre.

guimpe, n. f. Voile qui enserre le visage, retombe sur le cou, les épaules et la poitrine. Un voile recouvre la guimpe. Les femmes mariées se couvraient normalement les cheveux, un peu à la manière des religieuses.

guisarme, n. f. **Arme d'hast** en usage à partir du XIIIᵉ s., mais qui existait possiblement dès le début du XIIᵉ s. Elle servait à piquer, à tailler et à désarçonner. Dans la mêlée, c'était l'arme idéale du fantassin contre le cavalier.

hanouard, n. m. Porteur de sel et de poisson de mer. Les hanouards avaient le privilège de porter le corps du défunt roi jusqu'à la première croix de la route entre Paris et Saint-Denis.

harnois, n. m. Ensemble de l'habit guerrier.

hart, n. f. Corde avec laquelle on pendait les condamnés.

hast (armes d'), Armes munies d'un long manche en vue d'un usage guerrier.

haubergeon ou **haubert,** n. m. Tunique entièrement composée d'un assemblage d'anneaux de fer entrelacés et fermés par un rivet. Cet habit de guerre en mailles pouvait s'inverser. La brèche dans l'encolure, pour le passage de la tête, était pratiquée côté dos, de façon à ce que, sur l'avant, le cou fût protégé; mais on pouvait porter ce vêtement à l'envers sans compromettre l'aisance de ses mouvements.

haute messe, Messe chantée par des choristes.

havage (droit de), n. m. Taxe créée spécialement à l'intention des exécuteurs, car leurs gages en tant que tels étaient trop aléatoires et les auraient laissés dans la misère. Les bourreaux n'étaient rémunérés que lorsqu'ils avaient à exercer leur office. Ce privilège du havage était une sorte d'impôt à lever en nature certains jours prédéterminés. Octroyé par les villes et le roi, il permettait à l'exécuteur d'obtenir une poignée ou un morceau de toutes les marchandises amenées aux halles.

heuses, n. f. Bottes semblables à des guêtres conçues pour monter à cheval. Synonyme : **houseaux**

hèze, n. f. Porte faite de branches entrelacées.

homespun, n. m. Tissu écossais primitivement tissé à domicile, ou vêtement fait de ce tissu. Le *homespun* est suffisamment imperméable pour recouvrir une tente.

houseaux, n. m. pl. Hautes guêtres en cuir pour monter à cheval. Le modèle dit « à pli » est apparu vers la moitié du XIVe siècle.

huque, n. f. Sorte de robe de chambre courte, doublée d'hermine, portée par les hommes.

huve, n. f. Haute coiffure féminine.

hypocras, n. m. Vin sucré dans lequel ont longtemps macéré des épices, habituellement un mélange de cardamome, de cannelle et de gingembre.

jaseran, n. m. Cotte de mailles.

jeu de moulin, Jeu de société qui se jouait avec une planche et des pions spécialement conçus à cet effet.

jeu de paume, Ancêtre du tennis. D'abord d'origine ecclésiastique et bourgeoise, ce jeu finit par être accaparé par l'aristocratie.

juniperus sabina, Herbe abortive dont l'efficacité était discutable.

licteur, n. m. Du latin *lictor*, officier qui marchait devant les magistrats ou les empereurs de l'ancienne Rome et qui portait une hache entourée d'un faisceau de verges.

longière, n. f. Nappe très vaste qui, retroussée en bordure autour des tables, servait à s'essuyer la bouche et les mains.

loudier, n. m. Paysan.

mal de saint Acaire, Avoir mauvais caractère. Le mot acariâtre provient de cette locution employée au Moyen Âge. Acaire ou Achaire, évêque de Noyon, mourut en 639. On attribua à ses reliques la vertu de guérir l'humeur aigre. La fête du saint était célébrée le 27 novembre.

Mam, n. pr. Maman en gaélique

manticore, n. f. Animal mythologique possédant le corps et les quatre pattes d'un lion, une tête d'homme – sa mâchoire étant cependant équipée de trois rangées de dents – et une queue de scorpion munie d'aiguillons venimeux. La manticore est une bête extrêmement cruelle qui s'attaque aussi bien aux humains qu'aux autres animaux. Tout comme le sphinx, elle donne parfois à sa future proie une énigme à résoudre.

mazapane, n. m. Massepain, pâte d'amande. On dit aussi *marzipan*. Celui de Tolède fut inventé au XIIIe s.

ménétrier, n. m. Ménestrel. Le ménestrel jonglait et chantait des airs déjà existants tandis que le trouvère popularisait la chanson de geste, le poème épique relatant les exploits militaires et les événements historiques. Tous deux se sont répandus dans le nord de la France après la vogue des célèbres troubadours du Midi.

mollequin, n. m. Mousseline de coton.

moniage, n. m. Coutume consistant à revêtir l'habit monastique au moment de mourir.

monnaie de billon, Ensemble de piécettes sans grande valeur.

mont-joie, n. f. Monceau de pierres parfois surmonté d'une croix qui servait à marquer les chemins ou à rappeler un événement important. Ce terme pouvait aussi désigner la croix qui surmontait ces élévations.

morpoil, n. m. Vermine. Peut être utilisé dans un sens péjoratif.

narthex, n. m. Vestibule d'une cathédrale.

ondoyer, v. L'ondoiement consiste à baptiser avec seulement l'ablution d'eau, sans la cérémonie complète normalement requise par le sacrement de l'Église.

ordalie, n. f. Épreuve judiciaire, plus typiquement par l'eau ou par le feu. On disait «ordal» en ancien français, et *ordeal* en anglais. Ce terme est encore utilisé couramment dans cette langue.

oubloyer, n. m. Pâtissier spécialisé.

pain de bouche, Pain de froment raffiné qui se mange pour lui-même plutôt qu'en accompagnement.

palimpseste, n. m. Parchemin manuscrit dont on a effacé en la grattant la première écriture pour pouvoir écrire un nouveau texte.

parousie, n. f. Retour glorieux du Christ précédant le Jugement dernier.

passer, v. Mourir, en moyen français (trépasser).

passot, n. m. Épée courte et large à deux tranchants.

perce-mailles, n. m. Dague robuste destinée à briser les mailles des **hauberts**.

physicien, n. m. À prendre ici dans le sens ancien de médecin.

plumail, n. m. Plumet. ‖ Cimier de plumes. ‖ Plumeau pour épousseter.

porée, n. f. Purée de pois ou de poireau.

portereau, n. m. Barrage de bois analogue à une palissade.

postil, n. m. Porte de village.

potailler, v. intr. Boire du vin, de l'alcool.

potron, n. m. Derrière, cul d'une personne.

prime, Vers six heures.

rebec, n. m. Ancêtre du violon.

remiage, n. m. Consiste en l'action de pressurer une seconde fois le marc des pommes à cidre après l'avoir additionné d'eau ou de jus faible pour l'épuiser.

retable, n. m. Ornement sculpté contre lequel est appuyé l'autel. Il fait donc face au prêtre qui, à l'époque, célébrait la messe le dos tourné à la foule.

rissole, Pâté en forme de croissant fait de farine de seigle, farci de veau haché et frit dans l'huile.

rosconne, n. f. Toile de lin spécifiquement bretonne.

Ruin, adj. Méchant.

sabouleux, n. m. Épileptique.

sabrenasser ou **sabrenauder**, v. Travailler mal et trop vite.

saint malaise, Épilepsie.

samit, n. m. Étoffe qui a la consistance du satin. Le camocas est une variété de soie précieuse et, tout comme le sandal, il ressemble au taffetas.

satanin, n. m. Étoffe brillante semblable au satin.

satrape, n. m. Individu qui mène une existence fastueuse.

Seanair, n. pr. Grand-père en gaélique.

semblance, adv. Qui ressemble à, ou comme vous, tout dépendant du contexte.

sermontaise, n. f. Nom vulgaire de la livèche, une herbacée cultivée pour ses feuilles et ses graines qui sont utilisées comme condiments alimentaires.

sicaire, n. m. Tueur à gages.

tables (jouer aux), Ancêtre du jeu de jacquet, aussi connu sous le nom anglais de *backgammon*.

tané, adj. Fatigué. Il ne s'agit aucunement d'un régionalisme typique du Québec, où on a plutôt tendance à écrire le mot avec deux *n*, probablement en référence au tannage des peaux qui est un travail fastidieux, mais bien d'une expression directement héritée du Moyen Âge.

tierce, Neuf heures.

tiretaine, n. f. Étoffe faite de laine pure ou d'un mélange de fibres variées et de laine.

touaille, n. f. Serviette.

touret, n. m. Coiffure essentiellement féminine. Il s'agissait d'une espèce de diadème à bourrelets et rehauts d'orfèvrerie.

tranchelard, n. m. Large lame triangulaire.

tranchoir ou tailloir, n. m. Pain rassis que l'on utilisait souvent en guise d'assiette et que l'on mangeait ensuite. Il était parfois donné aux domestiques ou aux animaux.

tref, n. m. Tente conique soutenue par un mât central.

vauplate, n. m. Fût de bois volumineux d'usage spécifiquement normand.

veautre, n. m. Chien de chasse.

vêprée, n. f. De Vêpres. Tombée du jour.

vouge, n. m. Arme dont l'embout est une sorte de hachoir; c'est l'ancêtre de la hallebarde. La **guisarme**, à l'origine, était une serpe de bûcheron. Ces deux armes devinrent des **armes d'hast**, c'est-à-dire qu'elles furent munies d'un long manche en vue d'un usage guerrier. La majorité des armes de ce type dérivent d'outils de paysans, tels la faux, le couteau ou la hache. Hormis la **guisarme** et le vouge, les principales armes d'hast sont la pertuisane, le fauchard, la hallebarde et la pique.

vougier, n. m. Homme équipé d'un vouge.

Table des matières

Achevé d'imprimer par N.I.I.A.G.
en août 2009
pour le compte de France Loisirs, Paris

N° d'éditeur : 56490
Dépôt légal : juin 2009

Imprimé en Italie